ULLSTEIN

Das Buch

Quogue/USA, 1965: Am Palmsonntag, ein Jahr nach dem erfolgreich beendeten Krieg gegen die Santadios, versammelt Don Domenico Clericuzio, Amerikas bedeutendster Mafiaboß, anläßlich einer Taufe seine Kinder und die mächtigsten Clan-Bosse um sich. Dieses Fest ist für ihn ein willkommener Anlaß, einen Ausblick auf die Zukunft der Clericuzios zu geben. Sein Wunsch ist es, daß die Clan-Fehden und das gegenseitige Töten ein Ende haben, und er fordert seine Söhne auf, ehrbaren Berufen nachzugehen.

Hollywood/Las Vegas, 1990: Während seine Söhne den Wunsch ihres Vaters respektiert und befolgt haben, gehen die Enkelsöhne Dante und Croccifixio (Cross) ihre eigenen Wege. Der gutaussehende Cross hat die Leitung des Xanadu übernommen, des berühmten Casinohotels in Las Vegas, und vertritt die Interessen des Clans mitten im Zentrum des so wichtigen Glücksspielgeschäfts. Aber die Liebe zu der erfolgreichen Schauspielerin Athena Aquitane läßt ihn eigenmächtig handeln, und damit bringt er den Clan in ernsthafte Schwierigkeiten. Die wahre Gefahr aber liegt in dem hitzköpfigen Verhalten Dantes. Die Gegensätzlichkeit der beiden jungen Männer bringt den Clan an den Rand des Abgrunds. Cross' und Dantes Schicksal entscheidet sich bei ihrem letzten Zusammentreffen in einem imposanten Showdown in Las Vegas. Doch einer hat die Fäden nie aus der Hand gegeben – der letzte Pate ...

Der Autor

Mario Puzo wurde 1920 als Sohn italienischer Einwanderer in New York City geboren. 1955 veröffentlichte er seinen ersten Roman *Die dunkle Arena*. Mit *Mamma Lucia* gelang ihm 1965 der große Durchbruch. Ein internationaler Bestseller wurde *Der Pate*, der 1969 erschien und von Francis Ford Coppola in zwei Teilen verfilmt wurde – mit phänomenalem Erfolg. Puzo und Coppola wurden für die Drehbücher zu den Filmen über den Paten mit zwei Oscars ausgezeichnet. Mario Puzo starb im Juli 1999 auf Long Island.

In unserem Hause sind von Mario Puzo außerdem erschienen:

Die dunkle Arena
Mamma Lucia
Las Vegas
Der Sizilianer
Narren sterben
Omerta

Mario Puzo

Der letzte Pate

Roman

Aus dem Amerikanischen
von Gisela Stege,
Veronika Dünninger und
Bernhard Schmidt

Ullstein

Ullstein Taschenbuchverlag 2000
Der Ullstein Taschenbuchverlag ist ein Unternehmen der
Econ Ullstein List Verlag GmbH & Co. KG, München

Titel der amerikanischen Originalausgabe: The Last Don
(Random House Inc., New York)
Übersetzung: Gisela Stege, Veronika Dünninger, Bernhard Schmidt
Umschlagkonzept: Lohmüller Werbeagentur GmbH & Co. KG, Berlin
Umschlaggestaltung: DYADEsign, Düsseldorf
Titelabbildung: Mauritius, Mittenwald
Gesetzt aus der Sabon, Linotype
Satz: Josefine Urban – KompetenzCenter, Düsseldorf
Druck und Bindearbeiten: Ebner Ulm
Printed in Germany
ISBN 3-548-24938-8

Für
Virginia Altman
Domenick Cleri

Prolog

Quogue
1965

Am Palmsonntag, ein Jahr nach dem Großen Krieg gegen die Santadios, feierte Don Domenico Clericuzio die Taufe zweier Neugeborener aus dem Kreis seiner Blutsverwandten und traf die wichtigste Entscheidung seines Lebens. Er lud die größten Familienchefs von Amerika zu sich ein, dazu Alfred Gronevelt, den Eigentümer des Hotels Xanadu in Vegas, und David Redfellow, der sich in den Vereinigten Staaten ein riesiges Drogenimperium aufgebaut hatte. Sie alle waren mehr oder weniger seine Partner.

Nun wollte das mächtigste Familienoberhaupt Amerikas, Don Clericuzio, seine Macht abtreten – nach außen hin. Es wurde Zeit, mit anderen Karten zu spielen; demonstrative Macht war zu gefährlich. Der Machtwechsel an sich barg jedoch einige Gefahren. Deswegen mußte er äußerst behutsam und mit großem Wohlwollen vorgehen. Und zwar auf eigenem Grund und Boden, im Zentrum seiner Macht.

Das Anwesen der Clericuzios in Quogue war zwanzig Morgen groß und von einer drei Meter hohen roten, mit Stacheldraht und elektronischen Sensoren bewehrten Mauer umgeben. Auf diesem Areal lagen außer dem Herrenhaus die Villen seiner drei Söhne sowie zwanzig kleinere Häuser für zuverlässige Gefolgsleute der Familie.

Bevor die geladenen Gäste eintrafen, setzte sich der Don im Spaliergarten hinter dem Herrenhaus mit seinen Söhnen an einem weißen gußeisernen Tisch zusammen. Giorgio, der älteste, war hochgewachsen, trug einen kleinen, flotten Schnurrbart und besaß die schlaksige Figur eines britischen Gentleman, die er mit maßgeschneiderten Anzügen noch betonte. Er war siebenundzwanzig, verschlossen, hatte einen scharfen Verstand und harte Gesichtszüge. Der Don teilte Giorgio mit, daß er sich um die Aufnahme in die Wharton School of Business bewerben solle, um alle Tricks zu erlernen, mit deren Hilfe man Geld stehlen könne, ohne das Gesetz zu übertreten.

Giorgio erhob keine Einwände; dieser Befehl seines Vaters kam einem königlichen Edikt gleich und stand nicht zur Diskussion. Also nickte er gehorsam.

Nun wandte sich der Don an seinen Neffen Joseph »Pippi« De Lena. Der Don liebte Pippi ebenso wie seine Söhne, denn Pippi war nicht nur sein Blutsverwandter – der Sohn seiner verstorbenen Schwester –, sondern auch der große General, der die brutalen Santadios besiegt hatte.

»Du gehst nach Las Vegas«, bestimmte er. »Dort kümmerst du dich um unsere Beteiligung am Xanadu. Da unsere Familie sich aus allen aktiven Unternehmungen zurückzieht, wird es hier nicht mehr soviel zu tun geben. Aber du wirst der Hammer der Familie bleiben.«

Wie er sah, war Pippi nicht sehr glücklich darüber, also mußte er ihm Gründe nennen. »Nalene, deine Frau, kann unmöglich im Dunstkreis der Familie leben, sie kann hier in der Bronx-Enklave nicht bleiben. Sie ist einfach zu anders. Die Leute können sie nicht akzeptieren. Baut euch ein neues Leben auf, fern von uns.« Der Don hatte recht, aber er hatte noch einen anderen Grund. Pippi war der große Held und General der Familie Clericuzio, und wenn er weiterhin »Bürgermeister« der Bronx-Enklave blieb, würde er nach dem Tod des Don zuviel Macht in seiner Hand vereinigen.

»Du wirst mein *bruglione* im Westen sein«, erklärte er Pippi. »Du wirst reich werden. Aber es warten dort auch wichtige Aufgaben auf dich.«

Er überreichte Pippi die Eigentumsurkunden für ein Haus in Las Vegas und eine blühende Inkasso-Agentur. Dann wandte sich der Don seinem jüngsten Sohn Vincent zu, einem jungen Mann von fünfundzwanzig Jahren. Er war kleiner als die anderen, dafür aber gebaut wie ein wuchtiger Schrank. Er war wortkarg und besaß ein weiches Herz. Schon auf den Knien seiner Mutter hatte er alle Gerichte der italienischen Bauernküche gelernt und, als seine Mutter in jungen Jahren starb, die bittersten Tränen von allen vergossen.

Der Don lächelte ihm zu. »Ich werde jetzt über dein Schicksal entscheiden und dich auf den rechten Weg schicken«, sagte er. »Du wirst das beste Restaurant von ganz New York eröffnen. Du sollst keine Kosten scheuen. Ich will, daß du den Franzosen zeigst, was gute Küche wirklich ist.« Pippi und die anderen Söhne lachten, sogar Vincent rang sich ein Lächeln ab. Der Don lächelte ebenfalls. »Ein Jahr lang wirst du die besten Kochschulen Europas besuchen.«

Vincent war zwar aufrichtig erfreut, knurrte aber mißmutig: »Was können die mir schon beibringen?«

Der Don warf ihm einen strengen Blick zu. »Deine Pasteten könnten besser sein«, bemerkte er. »Vor allem aber sollst du lernen, wie man ein solches Unternehmen führt. Wer weiß, vielleicht gehört dir eines Tages eine ganze Kette von Restaurants. Giorgio wird dir das nötige Geld geben.«

Schließlich wandte sich der Don an Petie. Petie war der zweitälteste und fröhlichste seiner Söhne. Er war freundlich, trotz seiner sechsundzwanzig Jahre kaum mehr als ein Knabe, aber der Don wußte, daß er viel von den sizilianischen Clericuzios hatte.

»Petie«, begann der Don, »da Pippi nun im Westen lebt, wirst du Bürgermeister der Bronx-Enklave. Du wirst der Familie die Soldaten stellen. Darüber hinaus aber habe ich für dich ein Bauunternehmen gekauft, ein sehr großes. Du sollst die Wolkenkratzer von New York instand setzen, Kasernen für die Staatspolizei bauen, die Straßen der Stadt pflastern. Die Firma ist bestens gesichert, doch ich erwarte von dir, daß du ein Spitzenunternehmen daraus machst. So gehen deine Soldaten einer legalen Arbeit nach, und du verdienst eine Menge Geld. Zunächst absolvierst du bei dem Mann, dem die Firma jetzt gehört, eine Lehre. Aber vergiß nicht, daß es deine oberste Pflicht ist, der Familie die Soldaten zu liefern und ihnen Befehle zu erteilen.« Er wandte sich an Giorgio.

»Giorgio«, sagte der Don, »du wirst mein Nachfolger. Du und Vinnie, ihr sollt nicht mehr in jenem Bereich der Familie arbeiten, der gefährlich werden kann, es sei denn, es geht nicht anders. Wir müssen Vorsorge treffen. Deine Kinder, meine Kinder und die beiden Kleinen, Dante und Croccifixio, dürfen nicht in so einer Welt aufwachsen. Wir sind reich, wir brauchen unser Leben nicht mehr aufs Spiel zu setzen, um unser täglich Brot zu verdienen. Von nun an wird unsere Familie den anderen Familien nur noch als Berater in finanziellen Angelegenheiten dienen. Wir werden sie politisch unterstützen und ihre Auseinandersetzungen schlichten. Dazu brauchen wir allerdings eine einsatzfähige Truppe. Außerdem müssen wir das Geld der anderen beschützen, und dafür werden sie gestatten, daß wir uns bei ihnen den Schnabel netzen.«

Er machte eine kleine Pause. »In zwanzig, dreißig Jahren

sind wir alle in der legalen Welt aufgegangen und können furchtlos unseren Reichtum genießen. Die beiden Kinder, die wir heute taufen, werden weder solche Sünden wie wir begehen noch solche Gefahren auf sich nehmen müssen.«

»Wozu dann noch die Bronx-Enklave?« fragte Giorgio.

»Wir hoffen zwar, eines Tages Heilige zu sein«, gab der Don zurück, »aber Märtyrer werden wir auf keinen Fall.«

Eine Stunde später stand Don Clericuzio auf dem Balkon seines Hauses und beobachtete die Festlichkeiten unten im Garten.

Auf dem weiten Rasen, übersät von Picknicktischen und flügelähnlichen grünen Sonnenschirmen, hatten sich etwa zweihundert Gäste versammelt, viele von ihnen Soldaten aus der Bronx-Enklave. Taufen waren gewöhnlich Freudenfeste, heute war die Stimmung jedoch gedämpft.

Der Sieg über die Santadios war die Clericuzios teuer zu stehen gekommen. Der Don hatte seinen Lieblingssohn Silvio verloren und seine Tochter Rose Marie den Ehemann.

Jetzt beobachtete er, wie die Menschen sich um die langen Tafeln drängten, auf denen Kristallkaraffen mit tiefrotem Wein, weiße Schüsseln mit verschiedenen Suppen, Pasta in jeder nur erdenklichen Form, Platten mit verschiedenen Fleisch- und Käsesorten und knusprig frische Brote in allen Größen und Formen warteten. Vorübergehend ließ er sich von der sanften Musik der kleinen Band umschmeicheln, die im Hintergrund aufspielte.

Unmittelbar im Mittelpunkt der Picknicktische entdeckte der Don die beiden Kinderwagen mit den blauen Babydecken. Wie tapfer die beiden Kleinen waren, nicht einmal gezuckt hatten sie, als sie mit Taufwasser übergossen wurden. Neben ihnen standen die beiden Mütter: Rose

Marie und Nalene De Lena, Pippis Frau. Er konnte die Babygesichter sehen, vom Leben noch so unberührt: Dante Clericuzio und Croccifixio De Lena. Es war seine Aufgabe, dafür zu sorgen, daß diese beiden Kinder beim Verdienen ihres Lebensunterhaltes niemals leiden mußten. Wenn er das schaffte, wäre ihr Eintritt in die reguläre Gesellschaft dieser Welt gesichert. Seltsam, dachte er, daß es unter den Gästen keinen Mann gibt, der den Kindern die Ehre erweist.

Jetzt sah er, wie Vincent, der sonst immer finster dreinblickte, ein paar kleine Kinder an einem Hot-dog-Wagen versorgte, den er für dieses Fest hatte bauen lassen. Er ähnelte den Hot-dog-Wagen auf den Straßen von New York, nur daß er größer war, einen bunteren Sonnenschirm hatte und daß Vincent bessere Zutaten verwandte. Er trug eine blütenweiße Schürze und dekorierte seine Hot dogs mit Sauerkraut und Senf, mit roten Zwiebeln und scharfer Sauce. Jedes Kind mußte ihm für einen Hot dog einen Kuß auf die Wange geben. Denn trotz seiner rauhen Schale war Vincent der weichherzigste seiner Söhne.

Auf dem Bocciaplatz spielte Petie mit Pippi De Lena, Virginio Ballazzo und Alfred Gronevelt. Petie war ein Witzbold, der ständig Dummheiten im Kopf hatte, was dem Don im Grunde nicht gefiel, weil er es für gefährlich hielt. Selbst jetzt störte Petie das Spiel mit seinen Tricks, denn eine der Bocciakugeln explodierte nach dem ersten Schlag.

Virginio Ballazzo war der Unterboß des Don, ein Manager der Familie Clericuzio. Er war ein temperamentvoller Mann und tat so, als jage er Petie nach, der wiederum so tat, als laufe er vor ihm davon. Welche Ironie! dachte der Don. Sein Sohn Petie war ein geborener Mörder, und auch der verspielte Ballazzo erfreute sich eines gewissen Rufs.

Aber beide waren sie Pippi nicht gewachsen.

Der Don bemerkte die Blicke, mit denen die Frauen unter den Gästen Pippi musterten. Bis auf die beiden Mütter, Rose Marie und Nalene. Er sah so umwerfend gut aus! Ebenso hochgewachsen wie der Don, war sein Körper muskulös und kraftvoll, sein Gesicht brutal, aber gutaussehend. Doch auch viele Männer beobachteten ihn, einige davon Soldaten aus der Bronx-Enklave, sie bemerkten seine befehlsgewohnte Art und die geschmeidigen Bewegungen seines Körpers, sie wußten, wer er war: eine Legende, der *Hammer,* der beste aller qualifizierten Männer.

David Redfellow, jung, mit rosigen Wangen, mächtigster Drogendealer von Amerika, kniff die beiden Babys in den Kinderwagen in die Wangen. Und Alfred Gronevelt, noch immer in Jackett und Krawatte, fühlte sich recht unwohl bei diesem ihm fremden Spiel. Gronevelt war genauso alt wie der Don, fast sechzig.

Und heute wollte Don Clericuzio ihrer aller Leben verändern – zum Besseren, wie er hoffte.

Giorgio trat auf den Balkon, um ihn zur ersten Besprechung dieses Tages zu rufen. Zu dieser Sitzung kamen die zehn Mafiachefs im Herrenzimmer der Villa zusammen. Giorgio hatte sie bereits von Don Clericuzios Angebot in Kenntnis gesetzt. Die Taufe war eine ausgezeichnete Tarnung für das Treffen, aber gesellschaftlich verband sie nichts mit den Clericuzios, und sie wollten so schnell wie möglich wieder verschwinden.

Das Herrenzimmer der Clericuzios war ein fensterloser Raum mit schweren Möbeln und einer Bar. Alle zehn Männer an dem riesigen Konferenztisch aus dunklem Marmor machten ernste Gesichter. Sie begrüßten Don Clericuzio einer nach dem anderen und warteten anschließend gespannt auf das, was er ihnen zu sagen hatte.

Don Clericuzio rief seine Söhne Vincent und Petie, seinen

Geschäftsführer Ballazzo und Pippi De Lena herein. Sobald sie den Raum betreten hatten, begann Giorgio, eiskalt und ironisch, mit einer kurzen Einführung.

Don Clericuzio beobachtete die Gesichter der Männer, die da vor ihm saßen, die mächtigsten Männer der illegalen Gesellschaft, die es sich zur Aufgabe gemacht hatte, die wahren Bedürfnisse der Menschen zu befriedigen.

»Mein Sohn Giorgio hat Sie darüber informiert, wie alles geschehen soll«, sagte er. »Mein Vorschlag ist folgender: Ich ziehe mich aus all meinen Beteiligungen bis auf das Glücksspiel zurück. Meine Geschäfte in New York überlasse ich meinem alten Freund Virginio Ballazzo. Er wird eine eigene Familie gründen und nicht mehr von den Clericuzios abhängig sein. Meine Beteiligungen an den Gewerkschaften, am Transportwesen, an Alkohol, Tabak und Drogen im übrigen Land trete ich an Ihre Familien ab. Meine Beziehungen zum Rechtswesen stehen Ihnen ständig zur Verfügung. Dafür verlange ich, daß Sie mir die Verwaltung Ihrer Einkünfte übertragen. Ich werde sie sicher anlegen, und Sie können jederzeit darauf zurückgreifen. Daß die Regierung diesem Geld auf die Spur kommen könnte, brauchen Sie nicht zu befürchten. Als Gegenleistung verlange ich lediglich eine Provision von fünf Prozent.«

Das war ein Traumvertrag für die zehn Bosse. Sie waren den Clericuzios dankbar dafür, daß sie sich zurückzogen, obwohl es der Familie ein leichtes gewesen wäre, die Kontrolle ganz zu übernehmen und ihre Imperien zu vernichten.

Vincent ging um den Tisch herum und schenkte allen ein wenig Wein ein. Dann hoben die Männer das Glas und tranken auf den Ruhestand des Don.

Nachdem sich die Mafiabosse feierlich verabschiedet hatten, wurde David Redfellow von Petie hereingeführt und nahm in dem Ledersessel dem Don gegenüber Platz. Vincent servierte ihm ein Glas Wein. Redfellow unterschied sich von den anderen Männern nicht nur durch seine langen blonden Haare, sondern auch durch einen Brillantohrring und seinen sauberen, gebügelten Jeansanzug. Er war skandinavischer Abstammung, hatte klare blaue Augen, trug stets eine fröhliche Miene zur Schau, war witzig und schlagfertig.

Der Don war David Redfellow großen Dank schuldig, denn er hatte bewiesen, daß gesetzestreue Behörden im Zusammenhang mit Drogen bestochen werden konnten.

»David«, sagte Don Clericuzio, »Sie ziehen sich aus dem Drogenhandel zurück. Ich habe etwas Besseres für Sie.«

Redfellow erhob keine Einwände. »Warum jetzt?« fragte er den Don.

»Erstens«, antwortete dieser, »verwendet die Regierung zuviel Zeit und Mühe auf dieses Geschäft. Sie müßten bis an Ihr Lebensende in Angst und Sorge leben. Aber wichtiger noch, es ist zu gefährlich geworden. Mein Sohn Petie und seine Soldaten haben Ihnen als Leibwächter gedient. Das kann ich nicht länger zulassen. Die Kolumbianer sind zu wild, zu tollkühn, zu gewalttätig. Sollen die den Drogenhandel übernehmen. Sie ziehen sich nach Europa zurück. Ich selbst sorge für Ihren Schutz dort. Sie könnten in Italien eine Bank erwerben und in Rom Ihren Wohnsitz nehmen. Wir werden eine Menge Geschäfte dort abzuwickeln haben.«

»Großartig«, gab Redfellow zurück. »Ich spreche nicht Italienisch, und ich habe keine Ahnung vom Bankgeschäft.«

»Das werden Sie alles lernen«, erwiderte Don Clericuzio. »Und Sie werden ein glückliches Leben führen in Rom. Wenn Sie unbedingt wollen, können Sie natürlich auch hierbleiben, aber dann werde ich Sie nicht länger unterstützen, und Petie wird Ihr Leben nicht mehr beschützen. Sie können wählen.«

»Wer wird meine Geschäfte übernehmen?« fragte Redfellow. »Bekomme ich eine Abfindung?«

»Ihre Geschäfte werden die Kolumbianer übernehmen«, antwortete der Don. »Das läßt sich nicht verhindern, das ist der Lauf der Geschichte. Doch die Regierung wird ihnen das Leben zur Hölle machen. Also, was ist – ja oder nein?«

Redfellow überlegte einen Moment und lachte dann. »Wann soll ich anfangen?«

»Giorgio wird Sie nach Rom begleiten und mit meinen Leuten dort bekannt machen«, sagte der Don. »Und außerdem wird er Sie ständig beraten.«

Der Don umarmte David Redfellow. »Ich danke Ihnen, daß Sie meinen Rat angenommen haben. Wir werden auch in Europa noch Partner sein, und glauben Sie mir, dort läßt es sich sehr schön leben.«

Nachdem David Redfellow gegangen war, bestellte der Don Alfred Gronevelt ins Herrenzimmer. Als Besitzer des Hotels Xanadu in Vegas hatte Gronevelt unter dem Schutz der inzwischen ausgelöschten Familie der Santadios gestanden.

»Mr. Gronevelt«, sagte der Don, »Sie werden das Hotel unter meinem Schutz weiterführen. Sie haben nichts zu befürchten, weder für sich noch für Ihr Eigentum. Sie werden einundfünfzig Prozent des Hotels behalten. Ich selbst übernehme die neunundvierzig Prozent, die zuvor den Santadios gehört haben, und lasse mich durch dieselbe Anwaltsfirma vertreten. Sind Sie damit einverstanden?«

Gronevelt war trotz seines Alters ein Mann von Würde und körperlicher Ausstrahlung. Behutsam gab er zurück: »Wenn ich bleibe, will ich das Hotel mit derselben Autorität wie früher betreiben. Sonst verkaufe ich Ihnen meinen Anteil.«

»Verkaufen – eine Goldgrube?« fragte der Don ungläubig. »Nein, nein, von mir haben Sie nichts zu befürchten. Ich bin vor allem anderen Geschäftsmann. Wären die Santadios maßvoller gewesen, wären all diese schrecklichen Dinge nicht geschehen. Jetzt existieren sie nicht mehr. Doch Sie und ich, wir sind vernünftige Menschen. Meine Vertreter erhalten die Prozente der Santadios. Und Joseph De Lena, Pippi, wird der Respekt entgegengebracht werden, der ihm gebührt. Er wird im Westen mein *bruglione* sein, mit einem Gehalt von einhunderttausend pro Jahr, bezahlt von Ihrem Hotel in der Form Ihrer Wahl. Sollten Sie mit irgend jemandem Probleme haben, wenden Sie sich an ihn. In Ihrer Branche gibt es ja immer wieder Probleme.«

Gronevelt, ein hochgewachsener, magerer Mann, wirkte gelassen. »Warum bevorzugen Sie mich? Sie haben andere, einträglichere Möglichkeiten.«

»Weil Sie ein Genie in Ihrem Beruf sind«, antwortete Don Domenico ernst. »Das sagen alle in Las Vegas. Und um Ihnen meine Wertschätzung zu beweisen, erhalten Sie von mir eine Gegenleistung.«

Gronevelt lächelte. »Sie haben mir schon genug gegeben. Mein Hotel. Was könnte sonst noch wichtig sein?«

Der Don schenkte ihm ein wohlwollendes Lächeln, denn obwohl er immer sehr ernst wirkte, hatte er großen Spaß daran, die Menschen mit seiner Macht zu überraschen. »Sie dürfen den nächsten Kandidaten für die Gaming Commission von Nevada ernennen«, sagte der Don. »Dort ist ein Platz frei geworden.«

Dies war eine der seltenen Gelegenheiten in seinem Leben, da Gronevelt aufrichtig überrascht, aber auch tiefbeeindruckt war. Vor allem aber war er hochgestimmt, denn auf einmal sah er eine Zukunft für sein Hotel, wie er sie sich nie hätte träumen lassen. »Wenn Sie das schaffen«, sagte Gronevelt, »werden wir in den kommenden Jahren alle zusammen sehr reich werden.«

»Es ist geschafft«, erwiderte der Don. »Und jetzt können Sie nach draußen gehen und sich amüsieren.«

»Ich fahre nach Vegas zurück«, erklärte Gronevelt. »Ich halte es nicht für geschickt, die Leute merken zu lassen, daß ich hier zu Gast bin.«

Der Don nickte. »Petie, du sorgst dafür, daß Mr. Gronevelt nach New York gefahren wird.«

Jetzt befanden sich außer dem Don nur noch seine Söhne, Pippi De Lena und Virginio Ballazzo im Zimmer. Sie wirkten ein wenig bestürzt. Der Don hatte nur Giorgio ins Vertrauen gezogen. Die anderen hatten von seinem Plan keine Ahnung gehabt.

Ballazzo war jung für einen *bruglione,* nur ein paar Jahre älter als Pippi. Er regierte über die Gewerkschaften, das Transportwesen im Bekleidungsdistrikt und einen Teil des Drogenhandels. Don Domenico sagte ihm, von nun an dürfe er selbständig handeln, unabhängig von den Clericuzios. Lediglich einen Tribut von zehn Prozent müsse er entrichten. Davon abgesehen sei er auf seinem Gebiet jedoch Alleinherrscher.

Virginio Ballazzo war überwältigt von soviel Großzügigkeit. Normalerweise ein überschäumender Mann, der seinen Gedanken oder Beschwerden immer *con brio* Ausdruck verlieh, war er jetzt vor Dankbarkeit so gerührt, daß er den Don nur noch stumm umarmen konnte.

»Von diesen zehn Prozent werden fünf für Ihr Alter oder den Fall zurückgelegt, daß Sie ins Unglück geraten sollten«, erläuterte ihm der Don. »Und nun verzeihen Sie mir, aber die Menschen ändern sich, sie haben ein schlechtes Gedächtnis, die Dankbarkeit für frühere Großzügigkeiten läßt nach. Deswegen möchte ich Sie ermahnen, bei Ihren Abrechnungen hundertprozentig korrekt zu sein.« Er hielt einen Moment inne. »Schließlich bin ich nicht das Finanzamt und kann Sie nicht mit Zinsen und Zuschlägen bestrafen.«

Ballazzo begriff. Don Domenico pflegte seine Strafe immer sehr schnell und zielsicher auszuteilen. Ohne jede Vorwarnung. Und diese Strafe war stets der Tod. Denn wie sollte man sich sonst eines Feindes erwehren?

Don Clericuzio entließ Ballazzo, doch als der Don gleich darauf Pippi zur Tür begleitete, zögerte er einen Moment, zog seinen Neffen dicht zu sich heran und flüsterte ihm ins Ohr. »Vergiß nicht, daß wir beide ein Geheimnis haben. Und daß es auf ewig unser Geheimnis bleiben muß. Von mir hast du den Befehl nicht erhalten. Verstanden?«

Auf dem Rasen vor dem Haus wartete Rose Marie Clericuzio darauf, mit Pippi De Lena zu sprechen. Sie war eine sehr junge und hübsche Witwe, aber Schwarz stand ihr nicht. Die Trauer um Ehemann und Bruder dämpfte ihre natürliche Lebhaftigkeit, die ihre besondere Schönheit ausmachte. Ihre großen braunen Augen waren zu dunkel, ihre olivfarbene Haut zu fahl. Nur ihr frisch getaufter, mit einem blauen Bändchen geschmückter Sohn Dante, der in ihren Armen ruhte, verlieh ihr einen kleinen Farbtupfer. Den ganzen Tag über hatte sie sich von ihrem Vater, Don Clericuzio, und ihren drei Brüdern Giorgio, Vincent und Petie seltsamerweise ferngehalten. Nun aber gedachte sie, Pippi De Lena zur Rede zu stellen.

Er war ihr Cousin, zehn Jahre älter als sie, und als Teenager war sie heftig in ihn verliebt gewesen. Aber Pippi hatte sich immer väterlich verhalten, war ihr stets ausgewichen. Zwar war er für seine Schwäche für Frauen bekannt, er war aber viel zu vorsichtig, um dieser Schwäche bei der Tochter seines Don nachzugeben.

»Hallo, Pippi«, sagte sie. »Ich gratuliere.«

Pippi lächelte mit einem Charme, der seine brutalen Züge attraktiv machte. Als er sich hinunterbeugte, um dem Kind einen Kuß auf die Stirn zu drücken, entdeckte er überrascht, daß die Haare, in denen noch ein leichter Weihrauchduft von der Kirche hing, für ein so kleines Kind außergewöhnlich dicht waren.

»Dante Clericuzio, ein wunderschöner Name«, sagte er lobend.

Das war nicht unbedingt ein unschuldiges Kompliment. Rose Marie hatte für sich und ihr vaterloses Kind ihren Mädchennamen wieder angenommen. Der Don hatte sie mit unwiderlegbarer Logik von dieser Notwendigkeit überzeugt, und dennoch hatte sie irgendwie ein schlechtes Gewissen.

Aus diesem Schuldbewußtsein heraus sagte Rose Marie: »Wie hast du's geschafft, deine protestantische Frau zu einer katholischen Taufe und einem so religiösen Namen zu überreden?«

Pippi sah sie lächelnd an. »Meine Frau liebt mich. Sie würde mir jeden Gefallen tun.«

Und das stimmt, dachte Rose Marie. Pippis Ehefrau liebte ihren Mann, weil sie ihn nicht kannte. Nicht so, wie sie selbst ihn kannte und früher einmal geliebt hatte. »Warum mußtest du deinen Sohn Croccifixio nennen?« fragte Rose Marie. »Du hättest deiner Frau wenigstens einen amerikanischen Namen zugestehen können.«

»Ich habe ihn nach deinem Großvater genannt«, sagte Pippi. »Deinem Vater zuliebe.«

»Immer müssen wir alles meinem Vater zuliebe tun«, stellte Rose Marie bitter fest. Doch diese Bitterkeit wurde durch ihr Lächeln gemildert. Auf ihrem Gesicht schien immer ein Lächeln zu liegen, und diese Lieblichkeit nahm allem, was sie sagte, die Spitze. Jetzt zögerte sie ein wenig. »Danke, daß du mir das Leben gerettet hast.«

Pippi starrte sie einen Moment verständnislos, erstaunt und ein wenig mißtrauisch an. Dann sagte er leise: »Du warst keinen Augenblick in Gefahr« und legte ihr den Arm um die Schultern. »Das kannst du mir glauben«, fuhr er fort. »Aber denk nicht mehr über diese Dinge nach. Vergiß einfach alles. Vor uns liegt ein glückliches Leben. Laß uns die Vergangenheit vergessen.«

Rose Marie neigte den Kopf, um ihren Sohn zu küssen; in Wirklichkeit wollte sie jedoch ihr Gesicht vor Pippi verbergen. »Ich verstehe alles«, sagte sie, weil sie wußte, daß er ihrem Vater und ihren Brüdern von diesem Gespräch berichten würde, »ich habe meinen Frieden damit gemacht.« Sie wollte ihre Familie wissen lassen, daß sie sie alle immer noch liebte und zufrieden war, daß ihr Kind in die Familie aufgenommen und nunmehr auch durch die Heilige Taufe von Sünden befreit und vor der ewigen Hölle gerettet worden war.

In diesem Moment kam Virginio Ballazzo, um Rose Marie und Pippi in die Mitte des Rasens zu führen. Und aus dem Haus trat, gefolgt von seinen drei Söhnen, Don Domenico Clericuzio höchstpersönlich.

Die Herren im Gesellschaftsanzug, die Damen in festlichen Kleidern, die Säuglinge in Satin – die Familie Clericuzio bildete für den Fotografen einen Halbkreis. Die Gäste applaudierten und riefen Glückwünsche, und so wurde die Szene festgehalten: ein Augenblick des Friedens, des Sieges und der Liebe.

Später wurde das Foto vergrößert, gerahmt und im Arbeitszimmer des Don neben dem letzten Porträt seines Sohnes Silvio aufgehängt, der im Krieg gegen die Santadios getötet worden war.

Der Don beobachtete die Festlichkeiten vom Balkon seines Schlafzimmers aus.

Rose Marie schob ihren Kinderwagen an den Bocciaspielern vorbei, während Nalene, Pippis Ehefrau, groß und schlank, mit ihrem Sohn Croccifixio auf dem Arm über den Rasen schritt. Sie legte das Kind neben Dante in den Wagen, und die Mütter blickten liebevoll auf die beiden Kleinen hinab.

Der Don spürte, wie eine Woge des Glücks bei dem Gedanken in ihm aufstieg, daß diese beiden Kinder behütet und beschützt aufwachsen und niemals erfahren würden, welch hoher Preis für ihre unbeschwerte Zukunft gezahlt worden war.

Dann sah der Don, daß Petie eine Babyflasche in den Wagen legte, und alle lachten, weil beide Babys um die Flasche kämpften. Als Rose Marie ihren Sohn Dante aus dem Wagen hob, dachte der Don daran, wie sie noch vor wenigen Jahren gewesen war. Er seufzte. Es gibt nichts Schöneres als eine verliebte Frau und nichts Herzzerreißenderes, als dieselbe Frau als Witwe zu sehen, dachte er voller Bedauern.

Rose Marie war das Kind gewesen, das er am innigsten geliebt hatte; so strahlend war sie immer gewesen, so von Fröhlichkeit erfüllt. Aber Rose Marie hatte sich verändert. Der Verlust von Bruder und Ehemann war zu hart für sie gewesen. Nach den Erfahrungen des Don konnten sich jedoch auch treue Liebende wieder verlieben, waren Witwen die schwarze Trauerkleidung früher oder später leid. Und nun hatte sie ein Kind, dem sie zärtliche Liebe schenken konnte.

Der Don blickte auf sein Leben zurück und freute sich, daß es so wundervolle Früchte getragen hatte. Gewiß, er hatte ungeheuerliche Entscheidungen treffen müssen, um zu Macht und Reichtum zu gelangen, doch darüber empfand er nur wenig Bedauern. Außerdem war alles notwendig gewesen und hatte sich dazu noch als richtig erwiesen. Sollten andere Männer über ihre Sünden jammern – Don Clericuzio akzeptierte sie und setzte all seinen Glauben auf Gott, der ihm, wie er wußte, vergeben würde.

Inzwischen spielte Pippi mit drei Soldaten aus der Bronx-Enklave Boccia, Männern, die älter waren als er und solide Geschäfte in der Enklave besaßen. Dennoch hatten sie Respekt vor Pippi. Dieser war mit seiner gewohnt guten Laune und Geschicklichkeit immer noch Mittelpunkt der Aufmerksamkeit. Er war eine Legende, er hatte gegen die Santadios Boccia gespielt.

Pippi war übermütig und jubelte laut, wenn seine Kugel die des Gegners vom Ziel wegschob. Welch ein Mann, dieser Pippi! dachte der Don. Ein treuer Soldat, ein warmherziger Weggefährte. Stark und schnell, listig, klug und zurückhaltend.

Sein bester Freund Virginio Ballazzo hatte sich zu den Bocciaspielern gesellt, der einzige, der Pippi an Geschicklichkeit gleichkam. Mit weitem Schwung schickte Ballazzo seine Kugel auf die Bahn, und alle jubelten, als er traf. Triumphierend hob er die Hand dem Balkon entgegen, und der Don applaudierte ihm. Er war stolz darauf, daß solche Männer unter seiner Herrschaft blühten und gediehen, wie es überhaupt all jene taten, die sich an diesem Palmsonntag in Quogue versammelt hatten. Und er war stolz, daß seine vorausschauende Klugheit sie auch in den nächsten schweren Jahren beschützen würde.

Was der Don jedoch nicht voraussehen konnte, das war die Saat des Bösen in noch unfertigen Menschenseelen.

Erstes Buch

Hollywood
Las Vegas
1990

1. Kapitel

Das zitronengelbe Sonnenlicht des kalifornischen Frühlings ließ Boz Skannets roten Haarschopf aufleuchten. Sein straffer, muskulöser Körper vibrierte vor Lust auf den großen Kampf. Über eine Milliarde Menschen auf der ganzen Welt würden Zeugen seiner Tat werden, er war voll freudiger Erregung.

Im Gummizug von Skannets Tennishose steckte eine kleine Pistole, gut verborgen unter einer Jacke, deren Reißverschluß bis in den Schritt hinab geschlossen war. Auf der weißen Jacke leuchteten senkrechte rote Blitze. Um die Haare hatte er sich ein scharlachrotes Tuch mit blauen Tupfen gebunden. In der Rechten hielt er eine riesige silbrige Evianflasche. Boz Skannet gedachte, sich der Welt des Showbiz, vor die er gleich treten sollte, bestens zu präsentieren.

Eine dichtgedrängte Menschenmenge stand vor dem Dorothy Chandler Pavillon in Los Angeles. Gespannt erwartete sie die Ankunft des Filmstars, dem der Academy Award, der Oscar, verliehen werden sollte. Für die Zuschauer waren Tribünen errichtet worden, auf der Straße wimmelte es von TV-Kameras und Reportern, die ihre Bilder in alle Welt senden würden. Heute abend konnten die Menschen ihre großen Filmstars leibhaftig und in voller Größe sehen, befreit von ihren künstlich geschaffenen, mythischen Masken, wehrlos dem Auf und Ab des realen Lebens ausgesetzt.

Um die Neugierigen zurückzuhalten, bildeten uniformierte Sicherheitsposten mit glänzendbraunen Schlagstöcken in den Holstern einen dichten Kordon.

Doch über sie machte Boz Skannet sich keine Gedanken. Er war größer, schneller und härter als jeder einzelne dieser Männer und hatte außerdem den Vorteil der Überraschung für sich. Nur vor den TV-Reportern und Kameraleuten mußte er sich in acht nehmen, weil die furchtlos ihr Territorium absteckten, auf dem sie die Prominenten abzufangen gedachten. Aber die würden wohl eher darauf bedacht sein, die Szene aufzuzeichnen, als sie zu verhindern.

Als eine weiße Limousine vor dem Eingang zum Pavillon hielt, entdeckte Skannet Athena Aquitane, »die schönste Frau der Welt«, wie viele Zeitschriften behaupteten. Während sie ausstieg, drängten sich die Zuschauer an die Barrieren und riefen ihren Namen. Kameras umgaben sie und übertrugen ihre Schönheit bis in die fernsten Zonen der Erde. Sie winkte.

Skannet flankte über den Tribünenzaun. Während er im Zickzack durch die Verkehrssperren spurtete, sah er die braunen Hemden der Sicherheitswachen, die sich auf ihn zu stürzen suchten. Das übliche Schema: Sie hatten den falschen Angriffswinkel, und er schlüpfte ebenso mühelos an ihnen vorbei wie vor Jahren auf dem Footballplatz an den angreifenden Gegenspielern. Er erreichte sein Ziel auf die Sekunde genau. Da war Athena, den Kopf geneigt, um den Kameras ihre Schokoladenseite zu bieten, und sprach ins Mikrofon. Drei Männer standen neben ihr. Skannet vergewisserte sich, daß ihn die Kamera erfaßte, und dann schleuderte er Athena Aquitane die Flüssigkeit aus der Flasche ins Gesicht.

»Das ist Säure, du Miststück!« Dann blickte er mit ernster, ruhiger Miene direkt in die Kamera. »Sie hat es verdient«, verkündete er. Und damit verschwand er unter einem Ansturm von Sicherheitsleuten mit gezückten Schlagstökken. Er kniete am Boden.

Im letzten Moment hatte Athena Aquitane sein Gesicht gesehen. Als sie seinen Ruf hörte, wandte sie erschrocken den Kopf ab, und die Flüssigkeit traf sie nur noch auf Wange und Ohr.

Eine Milliarde TV-Zuschauer waren Zeugen. Sie sahen Athenas bezauberndes Gesicht, die silbrige Flüssigkeit auf ihrer Wange, den Schock und das Entsetzen, das Erkennen, als sie ihren Angreifer sah. Sekundenlang verzerrte abgrundtiefe Angst ihr schönes Gesicht.

Diese Milliarde TV-Zuschauer sah weltweit, wie die Polizei Skannet abführte. Er wirkte selbst wie ein großer Filmstar, als er seine gefesselten Hände zum Siegesgruß hob, krümmte sich aber sogleich vor Schmerz, weil ein wütender Polizeibeamter die Waffe in seinem Hosenbund fand und ihm einen kurzen, kräftigen Schlag in die Nieren versetzte.

Athena Aquitane, noch immer unter Schock, wischte sich die Flüssigkeit vom Gesicht. Sie verspürte kein Brennen. Die Tropfen auf ihrer Hand lösten sich auf. Um sie herum drängten sich Menschen, um sie zu schützen und in Sicherheit zu bringen.

Sie machte sich los und erklärte ihnen ruhig: »Es ist nur Wasser.« Um ganz sicherzugehen, leckte sie sich die letzten Tropfen von der Hand. Dann versuchte sie sich an einem Lächeln. »Typisch für meinen Mann«, sagte sie.

Mit der unnachahmlichen Courage, die sie zur Legende gemacht hatte, betrat Athena rasch den Pavillon der Academy Awards. Als sie den Oscar als beste Schauspielerin erhielt, erhob sich das Publikum und applaudierte eine Ewigkeit lang, so schien ihr.

In der klimatisierten Penthouse-Suite des Xanadu in Las Vegas wartete der fünfundachtzigjährige Besitzer auf den Tod. An diesem Frühlingstag meinte er sechzehn Stockwerke tiefer das Klicken der Elfenbeinkugeln in den roten und schwarzen Vertiefungen der Rouletteschüsseln zu hören, das ferne Rufen von Würfelspielern, die mit heiseren Stimmen ihre rollenden Würfel anfeuerten, das Schnurren Tausender Spielautomaten, die Silbermünzen verschlangen.

Alfred Gronevelt war so glücklich, wie ein Mensch sein kann, wenn er stirbt. Viele Jahrzehnte hatte er als illegaler Geschäftsmann verbracht, als Amateur-Zuhälter, Glücksspieler, Mordgehilfe, politischer Manipulator und schließlich als strenger, doch gütiger Herr des Xanadu-Casino-Hotels. Aus Furcht vor Verrat hatte er niemals einen Menschen von Herzen geliebt, war aber zu vielen freundlich gewesen. Er empfand keine Reue. Jetzt genoß er die winzig kleinen Freuden, die es in seinem Leben noch für ihn gab. Wie etwa auch heute wieder die Nachmittagsrunde durchs Casino.

Croccifixio »Cross« De Lena, während der letzten fünf Jahre seine rechte Hand, kam ins Schlafzimmer. »Fertig, Alfred?« fragte er. Gronevelt lächelte ihm zu und nickte.

Cross half ihm auf und setzte ihn in den Rollstuhl, die Krankenschwester packte den alten Herrn in warme Wolldecken, und der Pfleger nahm seinen Platz hinter dem Rollstuhl ein. Die Schwester reichte Cross eine Pillendose und öffnete dann die Tür der Penthouse-Wohnung. Sie selbst blieb hier oben und wartete. Gronevelt konnte sie bei seinen Nachmittagsausflügen nicht ertragen.

Der Rollstuhl fuhr problemlos über den künstlichen Rasen

des Penthouse-Gartens und in den privaten Expreßlift, der sie die sechzehn Stockwerke bis ins Casino hinunterbrachte.

Gronevelt saß aufrecht in seinem Stuhl und blickte aufmerksam nach rechts und links. Es war ein Genuß für ihn, die Männer und Frauen zu sehen, die gegen ihn wetteten, wobei der Vorteil unweigerlich auf seiner Seite lag. Der Rollstuhl machte eine gemächliche Runde durch die Blackjack- und Roulette-Abteilung, den Baccarat-Bereich, den Dschungel der Würfeltische. Die Spieler bemerkten den Alten im Rollstuhl kaum, weder seine wachen Blicke noch das nachdenkliche Lächeln auf seinem totenkopfähnlichen Gesicht. Rollstuhlspieler waren in Vegas nichts Außergewöhnliches. Sie waren der Meinung, das Schicksal schulde ihnen zum Ausgleich für ihr Unglück ein wenig Glück.

Schließlich rollte der Stuhl in den Coffee Shop und Speisesaal. Der Pfleger brachte ihn zu seiner reservierten Nische und zog sich an einen anderen Tisch zurück, wo er auf das Zeichen zum Aufbruch wartete.

Durch die Glaswand konnte Gronevelt den riesigen Swimmingpool sehen, dessen Wasser unter der Sonne Nevadas in einem heißen Blau brannte, während sich junge Frauen mit kleinen Kindern wie buntes Spielzeug darin tummelten. Der Gedanke, daß dies alles von ihm geschaffen worden war, erfüllte ihn mit freudiger Genugtuung.

»Iß doch ein bißchen, Alfred«, forderte Cross De Lena ihn auf.

Gronevelt sah ihn lächelnd an. Cross' äußere Erscheinung gefiel ihm, der Mann war auf eine Art und Weise gutaussehend, die auf Männer wie auch auf Frauen anziehend wirkte, und er gehörte zu den wenigen Menschen, denen Gronevelt im Verlauf seines Lebens fast ein wenig vertraut hatte.

»Ich liebe diese Branche«, sagte Gronevelt. »Du, Cross, wirst meine Anteile am Hotel erben, und ich weiß, daß du dich mit unseren Partnern in New York auseinandersetzen mußt. Aber ich bitte dich, laß das Xanadu nicht im Stich.«

Cross tätschelte dem Alten die Hand, die unter der Haut nur noch aus Knochen bestand. »Bestimmt nicht«, antwortete er.

Gronevelt spürte, wie die Glaswand das Sonnenlicht in sein Blut brannte. »Ich habe dir alles beigebracht, Cross«, sagte er. »Wir haben Dinge getan, die für dich schwer waren, *wirklich* schwer. Du darfst nicht zurückblicken. Du weißt, daß man auf unterschiedlichste Weise reich werden kann. Tu also möglichst viel Gutes. Auch das zahlt sich aus. Ich spreche jetzt nicht von Liebe oder Haß. Die bringen nur sehr wenig ein.«

Gemeinsam tranken sie ihren Kaffee. Gronevelt aß nur ein blättriges Stückchen Strudel. Cross trank Orangensaft zu seinem Kaffee.

»Noch eines«, fuhr Gronevelt fort. »Gib nie jemandem eine Villa, der nicht mindestens eine Million beim Spielen einsetzt. Merk dir das, und vergiß es nicht. Die Villen sind legendär geworden. Sie sind ein äußerst wichtiger Faktor.«

Wieder tätschelte Cross Gronevelts Hand und ließ diesmal die seine auf der Hand des Alten liegen. Seine Zuneigung war aufrichtig. In gewisser Weise liebte er Gronevelt mehr als seinen Vater.

»Keine Sorge«, sagte Cross, »die Villen sind sakrosankt. Sonst noch etwas?«

Gronevelts Augen waren milchig; der graue Star dämpfte ihr altes Feuer. »Sieh dich vor«, sagte er. »Sei immer sehr, sehr vorsichtig.«

»Das werde ich«, gab Cross zurück. Dann sagte er, um den Alten von seinem bevorstehenden Tod abzulenken: »Wann wirst du mir alles über den großen Krieg gegen die Santadios erzählen? Du hast doch damals mit den Santadios zusammengearbeitet. Niemand verliert jemals ein Wort darüber.«

Gronevelt stieß den fast emotionslosen, hauchleisen Seufzer der Alten aus. »Die Zeit wird knapp«, sagte er, »das ist mir klar. Aber noch kann ich nicht mit dir darüber sprechen. Frag deinen Vater.«

»Pippi habe ich schon gefragt«, sagte Cross. »Aber er will nicht reden.«

»Was vergangen ist, ist vergangen«, sagte Gronevelt. »Man soll niemals zurückblicken. Nicht, um Ausreden zu suchen. Nicht, um Rechtfertigungen zu suchen, und nicht, um das Glück zu suchen. Du bist, was du bist, die Welt ist, was sie ist.«

Wie jeden Nachmittag wusch die Schwester in der Penthouse-Suite Gronevelt mit einem Schwamm und kontrollierte Puls und Blutdruck. Als sie die Stirn runzelte, sagte Gronevelt: »Das sind nur die Zinsen.«

In der Nacht schlief er friedlich, und als der Tag anbrach, bat er die Schwester, ihm auf den Balkon zu helfen. Sie machte es ihm in dem geräumigen Sessel bequem und deckte ihn warm zu. Dann setzte sie sich neben ihn und nahm seine Hand, um den Puls zu fühlen. Als sie ihre Hand zurückziehen wollte, hielt Gronevelt sie fest. Sie ließ es geschehen, und so beobachteten sie gemeinsam, wie die Sonne über der Wüste aufging.

Die Sonne war ein roter Ball, der die Luft erst schwarzblau und dann dunkelorange färbte. Gronevelt sah die Tennisplätze, den Golfparcours, den Swimmingpool, die sieben Villen, strahlend wie Versailles, auf deren Dächern die Flagge des Xanadu wehte: waldgrüne Felder mit weißen Tauben. Und dahinter die Wüste mit ihrem endlosen Sand.

Das alles habe ich geschaffen, dachte Gronevelt. In einem

öden Land habe ich einen Vergnügungspark errichtet. Und mir ein glückliches Leben erarbeitet. Aus dem Nichts. Ich habe versucht, ein guter Mensch zu sein, soweit das auf dieser Welt möglich ist. Sollte man mich dafür verdammen? Seine Gedanken wanderten in die Kindheit zurück, als er mit seinen Freunden, vierzehnjährigen Philosophen, über Gott und moralische Werte diskutierte, wie Jungen es damals eben taten.

»Wenn ihr nur auf einen Knopf drücken und eine Million Chinesen umbringen müßtet, um eine Million Dollar zu kriegen«, fragte sein Freund triumphierend, als stelle er eine grandiose, unlösbare Rätselaufgabe, »würdet ihr's tun?« Nach langen Diskussionen waren sie alle der Überzeugung, daß sie es nicht tun würden. Bis auf Gronevelt.

Und nun fand er, daß er recht gehabt hatte. Nicht wegen seines erfolgreichen Lebens, sondern weil diese grandiose Rätselfrage so nicht mehr gestellt werden konnte. Sie war heute kein Dilemma mehr. Man konnte die Frage nur noch so stellen:

»Würdet ihr den Knopf drücken, um zehn Millionen Chinesen zu töten« – warum eigentlich Chinesen? –, »für eintausend Dollar?« So mußte die Frage heute lauten.

Mit dem heller werdenden Morgenlicht färbte die Welt sich grellrot, und Gronevelt umklammerte die Hand der Schwester, um nicht aus dem Gleichgewicht zu geraten. Er konnte direkt in die Sonne blicken, denn der graue Star wirkte als Schutzschild. Schläfrig dachte er an bestimmte Frauen, die er gekannt und geliebt, an bestimmte Unternehmungen, die er durchgeführt hatte. An Männer, die er gnadenlos hatte zu Fall bringen müssen, wie auch an Augenblicke, in denen er anderen Gnade erwiesen hatte. Er dachte an Cross wie an einen Sohn und bemitleidete ihn und alle Santadios und Clericuzios. Er war froh, daß er das alles hinter sich ließ. Was war denn besser, ein glückliches Leben oder ein moralisches? Und mußte man Chinese sein, um das zu entscheiden?

Diese letzte verwirrende Frage zerstörte seinen Geist endgültig. Die Schwester, die seine Hand hielt, fühlte, wie sie erkaltete, wie sich die Muskeln spannten. Sie beugte sich vor und suchte nach Lebenszeichen. Es gab keinen Zweifel: Er war nicht mehr.

Cross De Lena, Erbe und Nachfolger, arrangierte Gronevelts feierliche Beisetzung. Die wichtigsten Persönlichkeiten von Las Vegas, die ganz großen Glücksspieler, Gronevelts zahlreiche Freundinnen, das gesamte Personal des Hotels – sie alle mußten benachrichtigt und geladen werden. Denn Alfred Gronevelt war anerkanntermaßen der Genius des Glücksspiels von Vegas gewesen.

Er hatte Kapital für den Bau von Kirchen aller Glaubensrichtungen aufgebracht und gespendet, denn er sagte immer wieder: »Menschen, die an Religion und Glücksspiel glauben, müssen für ihren Glauben belohnt werden.« Er hatte den Bau von Slums verboten, er hatte erstklassige Krankenhäuser und Schulen gebaut. Und immer, wie er erklärte, aus Eigennutz. Atlantic City hatte er gehaßt, weil dort unter dem Schutz des Staates Geld kassiert, aber nichts für die soziale Infrastruktur getan wurde.

Gronevelt war führend in dem Bemühen gewesen, die Öffentlichkeit davon zu überzeugen, daß das Glücksspiel kein verächtliches Laster, sondern Freizeitunterhaltung für die Mittelklasse war, nicht weniger normal als Golf oder Baseball. In Amerika hatte er das Glücksspiel zu einer ehrbaren Industrie gemacht. Ganz Las Vegas würde ihm die letzte Ehre geben.

Cross schob seine persönlichen Gefühle beiseite. Er empfand einen tiefen Verlust, denn zeit seines Lebens hatte ein festes Band aufrichtiger Zuneigung zwischen ihnen bestanden. Und nun besaß Cross einundfünfzig Prozent des Xanadu. Im Wert von mindestens fünfhundert Millionen Dollar.

Er würde sein Leben ändern müssen, das wußte er. Da er jetzt um soviel reicher und mächtiger war, drohten ihm auch mehr Gefahren. Sein Verhältnis zu Don Clericuzio und seiner Familie würde sich ein wenig heikler gestalten, weil er nunmehr ihr Partner in einem gigantischen Unternehmen war.

Der erste Anruf, den Cross tätigte, ging nach Quogue; dort sprach er mit Giorgio, der ihm bestimmte Anweisungen erteilte. Giorgio erklärte ihm, daß von der Familie niemand außer Pippi an der Beerdigung teilnehmen werde. Außerdem werde Dante die nächste Maschine nach Vegas nehmen, um den bereits besprochenen Auftrag zu beenden, aber er dürfe nicht zu der Beerdigung gehen. Die Tatsache, daß Cross jetzt die Hälfte des Hotels besaß, wurde nicht erwähnt.

Von Claudia, seiner Schwester, lag eine Nachricht vor, doch als er sie anrief, erreichte er nur ihren Anrufbeantworter. Eine weitere Nachricht kam von Ernest Vail. Cross mochte Vail und hatte von ihm Schuldscheine über fünfzigtausend angenommen, aber Vail mußte bis nach der Beisetzung warten.

Eine weitere Nachricht kam von seinem Vater Pippi, der ein lebenslanger Freund von Gronevelt gewesen war und dessen Rat er jetzt dringend brauchte. Wie sollte sein Leben weitergehen? Wie würde der Vater auf seinen neuen Status, seinen neuen Reichtum reagieren? Das war ein heikles Problem wie das Verhältnis zu den Clericuzios, die sich damit abfinden mußten, daß ihr *bruglione* im Westen jetzt zu eigener Macht und zu eigenem Reichtum gelangt war.

Der Don persönlich würde sich fair verhalten, daran zweifelte Cross keinen Moment, und daß ihn der eigene Vater unterstützen würde, war eigentlich vorauszusetzen. Die Kinder des Don jedoch, Giorgio, Vincent und Petie – wie würden die reagieren? Und der Enkel Dante? Er und Dante waren Feinde, seit sie gemeinsam in der Privatkapelle des Don getauft worden waren. Das war ein alter Familienscherz.

Und nun sollte Dante nach Las Vegas kommen, um sich Big Tim, den Rustler, vorzunehmen. Das beunruhigte Cross, weil er eine unerklärbare Schwäche für Big Tim hatte. Doch dessen Schicksal hatte der Don persönlich bestimmt, und Cross fragte sich, wie Dante wohl bei diesem Job vorgehen würde.

Die Beisetzung Alfred Gronevelts war die prächtigste, die Las Vegas jemals gesehen hatte, ein Tribut an ein einzigartiges Genie. Seinen Leichnam bahrte man in der protestantischen Kirche auf, die mit seinem Geld gebaut worden war, ein Gotteshaus, das die Größe europäischer Kathedralen mit den schrägen braunen Mauern der amerikanischen Eingeborenenkultur vereinte. Und der riesige Parkplatz war dank der hochgerühmten Erfindungsgabe von Las Vegas statt mit Bildern aus der religiösen Tradition Europas mit amerikanischen Eingeborenenmotiven ausgeschmückt worden.

Der Chor, der das Lob des Herrn sang und Gronevelt dem Himmel empfahl, kam von der Universität, der er drei Lehrstühle für Geisteswissenschaften gestiftet hatte.

Hunderte von Trauergästen, die das College mit Hilfe der von Gronevelt finanzierten Stipendien absolviert hatten, wirkten aufrichtig bedrückt. Einige der Anwesenden waren Glücksspieler, die ganze Vermögen an das Hotel verloren hatten und nun ein wenig schadenfroh waren, weil sie letztlich über Gronevelt triumphierten. Allein erschienene Frauen, einige davon im mittleren Alter, weinten leise. Vertreter der Synagogen waren ebenso gekommen wie Repräsentanten der katholischen Kirche, bei deren Bau er geholfen hatte.

Das Casino zu schließen hätte gegen alles verstoßen, woran Gronevelt glaubte, aber immerhin waren die Manager und Croupiers anwesend, die Nachtschicht hatten. Selbst einige Benutzer der Villen waren erschienen und erfreuten sich der besonderen Ehrerbietung von Cross und Pippi.

Auch Walter Wavven, Gouverneur des Staates Nevada, nahm an der Beisetzung teil – in Begleitung des Bürgermeisters. Der Sunset Strip wurde abgesperrt, damit die lange Reihe der silbernen Trauerwagen, schwarzen Limousinen und Trauergäste, die zu Fuß gekommen waren, den Toten auf den Friedhof begleiten konnten und Alfred Gronevelt zum letzten Mal durch die Welt fahren konnte, die er geschaffen hatte.

An jenem Abend zollten die Bürger und Besucher von Las Vegas Alfred Gronevelt jenen letzten Tribut, der ihm am liebsten gewesen wäre: Sie spielten mit einer Hingabe, die, sah man vom Silvesterabend ab, einen neuen Rekord für den »Drop« einbrachte. Um ihm die letzte Ehre zu erweisen, begruben sie ihr Geld zusammen mit seinem Leichnam.

Am Ende jenes Tages bereitete sich Cross De Lena auf sein neues Leben vor.

Am selben Abend saß Athena Aquitane allein in ihrem Strandhaus in der Malibu Colony und überlegte, was sie tun sollte. Die Meeresbrise, die von draußen durch die offenen Fenster hereindrang, ließ sie frösteln.

Einen so weltberühmten Filmstar wie sie kann man sich nur schwer als Kind vorstellen. Ebensowenig kann man sich vorstellen, wie dieses Kind allmählich zur Frau heranwuchs. Das Charisma der Filmstars ist so ausgeprägt, daß es den Anschein hat, sie seien als voll herangereifte, erwachsene Schönheiten dem Kopf des Zeus entsprungen. Sie haben als Kinder niemals ins Bett gemacht, haben niemals Schmerzen, niemals ein häßliches Gesicht gehabt, aus dem sie herauswachsen mußten, haben niemals mit der lähmenden Schüchternheit der Halbwüchsigen kämpfen müssen, niemals masturbiert, niemals um Liebe gebettelt, waren nie hilflos dem Schicksal ausgeliefert. Daher fiel es Athena jetzt sehr schwer, sich an eine solche Person zu erinnern.

Athena fand, daß sie seit ihrer Geburt zu den glücklichsten Menschen der Welt gehörte. Alles war ihr wie selbstverständlich zugefallen. Sie hatte wundervolle Eltern, die ihre Begabung erkannten und förderten. Sie bestaunten ihre Schönheit, taten aber alles, was in ihrer Macht stand, um auch ihren Geist zu bilden. Ihr Vater unterrichtete sie im Sport, ihre Mutter in Literatur und Kunst. Sie konnte sich nicht erinnern, in ihrer Kindheit je unglücklich gewesen zu sein. Bis sie siebzehn Jahre alt wurde.

Da verliebte sie sich in Boz Skannet, der vier Jahre älter war als sie und am College als regionaler Footballstar gefeiert wurde. Seiner Familie gehörte die größte Bank in ihrem Heimatstaat Texas. Boz war fast ebenso gutaussehend, wie Athena schön war, außerdem war er lustig und charmant und bewunderte sie. Die beiden vollkommenen Körper zogen sich gegenseitig an wie Magneten, alle Nervenenden standen unter Hochspannung, beider Haut war wie Milch und Seide. Sie schwebten in einem nur ihnen vergönnten Himmel, und um sicherzugehen, daß dieser Zustand ewig dauerte, heirateten sie.

Nach wenigen Monaten wurde Athena schwanger, nahm aber nur wenig zu; und da ihr auch nie übel wurde, konnte sie sich an dem Gedanken, ein Kind zu bekommen, rückhaltlos erfreuen. Sie ging weiterhin aufs College, studierte Theaterwissenschaft und spielte Golf und Tennis. Boz vermochte sie zwar im Tennis zu schlagen, beim Golfspiel war sie ihm aber weit überlegen.

Boz trat in die Bank seines Vaters ein. Sobald das Kind geboren war, ein kleines Mädchen, das sie Bethany tauften, setzte Athena ihr Studium fort, denn Boz verfügte über so viel Geld, daß sie sich ein Kindermädchen und eine Hausangestellte leisten konnten. Die Ehe steigerte Athenas Wissensdurst. Sie las mit Begeisterung, vor allem Bühnenstücke. Sie liebte Pirandello, Strindberg versetzte sie in Schrecken, sie weinte über Tennessee Williams. Athena sprühte nur so vor Lebenslust, und ihre Intelligenz verlieh ihrer Schönheit eine Würde, die Schönheit sonst zuweilen vermissen läßt. Es war also nicht verwunderlich, daß viele Männer, junge und alte, sich in sie verliebten. Boz Skannets Freunde beneideten ihn um diese Frau. Athena war sehr stolz auf ihre Vollkommenheit, bis sie in späteren Jahren feststellen mußte, daß sie eben dadurch viele Menschen verärgerte, sogar Freunde und Liebhaber.

Boz scherzte, es sei, wie wenn er einen Rolls jeden Abend auf der Straße parken müsse. Er war intelligent genug, um zu begreifen, daß seine Frau für Höheres bestimmt, daß sie ein außergewöhnlicher Mensch war. Und er erkannte deutlich, daß es sein Schicksal war, sie zu verlieren, wie er sie in seinen Träumen ja bereits verloren hatte. Es gab keinen Krieg, in dem er seinen Mut beweisen konnte, obwohl er keine Furcht kannte. Er wußte, daß er über Charme und gutes Aussehen verfügte, nicht aber über eine besondere Begabung. Auch war er nicht daran interessiert, ein Riesenvermögen anzuhäufen.

Er war neidisch auf Athenas Fähigkeiten, auf die Sicherheit, mit der sie ihren Platz in der Welt einnahm.

Also warf Boz Skannet sich seinem Schicksal in die Arme. Er trank im Übermaß, er verführte die Ehefrauen seiner Kollegen und tätigte in der Bank seines Vaters zwielichtige Geschäfte. Er war zunehmend stolz auf eine Verschlagenheit, so wie jeder Mensch stolz auf eine neu erworbene Fertigkeit ist, und kaschierte mit ihrer Hilfe seinen wachsenden Haß auf die eigene Frau. Es erschien ihm geradezu heldenhaft, eine so schöne und perfekte Frau wie Athena zu hassen.

Boz' Gesundheit war trotz seiner Ausschweifungen hervorragend. Daran klammerte er sich. Er schuftete im Fitneßclub und nahm Boxunterricht. Er liebte den Ring, in dem er seinen Körper ausleben, wo er seine Faust in ein Gesicht schmettern konnte; den Wechsel von der Geraden zum Haken; das stoische Einstecken von gegnerischen Schlägen. Er liebte die Jagd, das Töten von Tieren. Er liebte es, naive Frauen zu verführen, liebte die Einförmigkeit von Liebesaffären.

Mit Hilfe seiner neuentdeckten Hinterlist fand er einen Ausweg: Er und Athena könnten sich mehr Kinder zulegen. Vier, fünf, sechs. Das würde sie wieder zusammenführen. Das würde sie davon abhalten, einfach auf und davon zu gehen. Athena aber durchschaute seine Absichten und lehnte ab. Und sie sagte: »Wenn du Kinder haben willst, mach sie mit den anderen Frauen, die du vögelst.«

Es war das erste Mal, daß sie ihm gegenüber eine so derbe Ausdrucksweise benutzte. Er war nicht überrascht, daß sie von seinen Seitensprüngen wußte, schließlich hatte er nicht versucht, sie geheimzuhalten. Im Gegenteil, das war ja gerade seine List. Denn so würde er es sein, der ihr den Laufpaß gab, nicht sie ihm.

Athena beobachtete genau, was mit Boz vorging, aber sie war zu jung und zu sehr auf ihr eigenes Leben konzentriert, um dem genügend Aufmerksamkeit zu schenken. Erst als Boz' Grausamkeit zutage trat, entdeckte Athena im Alter von zwanzig Jahren, wie hart sie sein konnte, wie ungeduldig im Umgang mit jeglicher Art von Dummheit.

Boz begann all die cleveren Spielchen der Männer zu treiben, die Frauen hassen. Und Athena hatte das Gefühl, daß er den Verstand verlor.

Auf dem Heimweg vom Büro holte er immer ihrer beider Sachen von der Reinigung ab. »Deine Zeit ist viel wertvoller als meine, Liebling«, sagte er. »Schließlich mußt du neben deiner Examensarbeit noch all die Unterrichtsstunden in Musik und Theaterwissenschaft besuchen.« Weil er das betont gleichmütig sagte, glaubte er, sie merke den haßerfüllten Vorwurf nicht, der in seiner Stimme lag.

Eines Tages kam Boz mit einem Armvoll ihrer Kleider nach Hause, während sie in der Badewanne saß. Er blickte auf sie hinab: auf ihr goldenes Haar, auf ihre weiße Haut, auf ihre runden, mit Seifenschaum verzierten Brüste und Hinterbakken. Mit halberstickter Stimme fragte er sie: »Was würdest du sagen, wenn ich den ganzen Krempel einfach zu dir in die Wanne werfe?« Statt dessen hängte er die Kleider in den Wandschrank, half ihr aus der Wanne und rieb sie mit rosaroten Frotteetüchern trocken. Dann schlief er mit ihr. Wenige Wochen später wiederholte sich die Szene. Aber diesmal warf er die Kleider ins Wasser.

Eines Abends drohte er bei Tisch, das gesamte Geschirr zu zerschlagen, tat es aber nicht. Eine Woche später zerschlug er alles, was er in der Küche fand. Später entschuldigte er sich für diese Art von Zwischenfällen. Und jedesmal versuchte er hinterher, mit ihr zu schlafen. Nun aber wies Athena ihn zurück, und sie schliefen in getrennten Schlafzimmern.

An einem anderen Abend hob Boz beim Essen die Faust und verkündete: »Dein Gesicht ist einfach zu perfekt. Wenn ich dir die Nase bräche, würde es vielleicht etwas charaktervoller, wie das von Marlon Brando.«

Sie floh in die Küche, aber er folgte ihr. In ihrer entsetzlichen Angst griff sie nach einem Messer. Boz lachte nur und sagte: »Das ist das einzige, was du nicht kannst.« Und er hatte recht. Mühelos entwand er ihr das Messer. »War doch nur Spaß«, beteuerte er. »Das ist wirklich dein einziger Fehler, daß du keinen Sinn für Humor besitzt.«

Mit ihren zwanzig Jahren hätte Athena bei ihren Eltern Hilfe suchen können, aber sie tat weder dies, noch vertraute sie sich Freunden an. Statt dessen durchdachte sie alles gründlich und baute auf die eigene Intelligenz. Sie erkannte, daß sie das College niemals beenden würde, dazu war ihre Lage zu gefährlich. Die Behörden konnten sie nicht beschützen, das war ihr klar. Flüchtig erwog sie einen regelrechten Feldzug, damit Boz sie wieder aufrichtig liebte, damit er wieder der alte wurde; inzwischen aber hatte sie eine so starke körperliche Abneigung gegen ihn, daß sie den Gedanken, von ihm berührt zu werden, nicht ertragen konnte, und sie wußte, daß sie nie wieder in der Lage sein würde, eine überzeugende Darstellung von Liebe zu bieten, obwohl dies ihrem Hang zum Dramatischen entsprach.

Das, was Boz schließlich tat, bestärkte sie in dem Beschluß, ihn zu verlassen. Es hatte nichts mit ihr zu tun, sondern mit Bethany.

Er liebte es, ihre einjährige Tochter beim Spielen in die Luft zu werfen und dann so zu tun, als wolle er sie nicht auffangen. Erst in letzter Sekunde streckte er die Arme nach ihr aus. Einmal jedoch ließ er das Kind scheinbar versehentlich aufs Sofa und dann, eines Tages, absichtlich auf den Boden fallen. Athena rang vor Entsetzen nach Luft und lief hinzu, um ihr Baby aufzuheben, an sich zu drücken, zu trösten. Die ganze Nacht saß sie wachend am Bettchen der Kleinen, um sich davon zu überzeugen, daß es ihr gutging. Bethany hatte eine erschreckend dicke Beule am Kopf. Boz entschuldigte sich unter Tränen und versicherte, er werde sie nie wieder auf diese Art quälen. Aber Athena hatte einen Entschluß gefaßt.

Am folgenden Tag räumte sie ihre Konten leer. Dann entwarf sie einen komplizierten Reiseplan, damit niemand ihre Route verfolgen konnte. Als Boz zwei Tage später aus dem Büro nach Hause kam, waren sie und das Baby spurlos verschwunden.

Sechs Monate später tauchte Athena ohne Baby in Los Angeles auf und begann ihre Karriere. Ohne Mühe fand sie einen Agenten mittleren Niveaus und arbeitete in kleinen Theatergruppen. Im Mark Taper Forum spielte sie in einem Stück die Hauptrolle, danach kleinere Rollen in zweitrangigen Filmen, schließlich erhielt sie in einem A-Film eine Nebenrolle. In ihrem nächsten Film wurde sie bereits zum großen Star, und Boz Skannet kehrte in ihr Leben zurück.

Für die nächsten drei Jahre kaufte sie sich von ihm los, war aber keineswegs erstaunt über seine Attacke vor der Oscarverleihung. Ein alter Trick. Diesmal nur ein kleiner Scherz ... das nächste Mal aber würde die Flasche tatsächlich Säure enthalten.

»Wir haben ein großes Problem im Studio«, sagte Molly Flanders an jenem Vormittag zu Claudia De Lena. »Es geht um Athena Aquitane. Sie fürchten, daß sie wegen dieser Attacke bei der Oscarverleihung den neuen Film nicht weiterdrehen will. Bantz verlangt, daß du ins Studio kommst. Sie wollen mit dir über Athena reden.«

Claudia war mit Ernest Vail zu Molly ins Büro gekommen. »Sobald wir hier fertig sind, rufe ich bei ihr an«, sagte Claudia. »Das kann doch nicht ihr Ernst sein.«

Molly Flanders war Medienanwältin und in jener Stadt voll ehrfurchtgebietender Menschen die gefürchtetste Verteidigerin der Filmrechte. Sie liebte den Kampf im Gerichtssaal über alles und gewann ihre Prozesse fast immer, weil sie eine großartige Schauspielerin und eine exzellente Juristin war.

Bevor sie sich auf Medienrecht spezialisiert hatte, war sie die beste Strafverteidigerin im Staat Kalifornien gewesen und hatte zwanzig Mörder vor der Gaskammer gerettet. Die höchste Strafe, die einer ihrer Mandanten abzusitzen hatte, waren einige Jahre für Totschlag. Dann aber hatten ihre Nerven gestreikt, und sie hatte sich aufs Medienrecht verlegt. Das sei nicht so blutig, sagte sie, aber man habe es dabei mit den größeren und intelligenteren Bösewichtern zu tun.

Inzwischen vertrat sie A-Film-Regisseure, lukrative Stars, Drehbuchautoren der Spitzenklasse. Am Morgen nach der Oscarverleihung kam Claudia De Lena zu ihr ins Büro, eine ihrer Lieblingsmandantinnen. Begleitet wurde sie von ihrem gegenwärtigen Co-Autor, dem ehemals berühmten Romancier Ernest Vail.

Claudia De Lena war eine alte Freundin und wenn auch nicht Mollys wichtigste Mandantin, so doch die ihr vertrauteste. Deshalb hatte sie auch zugestimmt, als Claudia sie bat, Vail als Mandanten anzunehmen. Jetzt bedauerte sie es, denn Vail war mit einem Problem gekommen, für das selbst sie keine Lösung zu finden vermochte. Außerdem war er ein Mann, für den sie keinerlei Zuneigung aufbrachte, obwohl sie mit der Zeit gelernt hatte, selbst Mörder zu mögen. Sie war ein wenig schuldbewußt, daß sie ihm eine schlechte Nachricht mitzuteilen hatte.

»Ernest«, begann sie, »ich hab' mir alle Verträge, sämtliche Dokumente vorgenommen. Aber es hat keinen Zweck, die LoddStone Studios weiterhin zu verklagen. Die einzige Möglichkeit, die Rechte zurückzubekommen, wäre, ins Gras zu beißen, bevor das Copyright erlischt. Und das heißt, innerhalb der nächsten fünf Jahre.«

Vor zehn Jahren noch war Ernest Vail der berühmteste

Romancier Amerikas gewesen, hochgelobt von Kritikern, vielgelesen von einem breiten Publikum. In einem Roman kam eine nicht geschützte Hauptperson vor, die LoddStone vermarktete. Sie kauften die Rechte, drehten den Film und erzielten einen enormen Erfolg. Zwei Fortsetzungen brachten ebenfalls ein Vermögen ein. Weitere vier Fortsetzungen waren beim Studio in Planung. Unglücklicherweise hatte Vail mit seinem ersten Vertrag dem Studio sämtliche Rechte an Personen und Titeln übertragen – auf allen Planeten des Universums, in allen möglichen Formen der Vermarktung. Der Standardvertrag für Romanciers, die noch keinen Einfluß in der Filmwelt besaßen.

Ernest Vail war ein Mann, der ständig eine grimmige, verbissene Miene zur Schau trug. Und dafür hatte er gute Gründe. Die Kritiker lobten seine Bücher immer noch, aber das Publikum las sie nicht mehr. Außerdem war er trotz seiner Begabung im Privatleben gescheitert. Seine Frau hatte ihn verlassen und die drei Kinder mitgenommen. Von dem einzigen Buch, das erfolgreich verfilmt worden war, hatte er ein einziges Mal profitiert, das Studio aber würde über die Jahre Hunderte von Millionen daran verdienen.

»Erklären Sie mir das«, verlangte Vail.

»Die Verträge sind wasserdicht«, gab Molly zurück. »Ihre Personen gehören dem Studio. Es gibt nur ein einziges Schlupfloch. Die Copyrightgesetze bestimmen, daß sämtliche Rechte an Ihren Werken bei Ihrem Tod an Ihre Erben zurückfallen.«

Zum ersten Mal lächelte Vail. »Wiedergutmachung«, sagte er.

»Von was für Summen ist hier die Rede?« erkundigte sich Claudia.

»Bei einem fairen Handel«, antwortete Molly, »fünf Prozent vom Bruttoerlös. Wenn wir mal voraussetzen, daß sie noch weitere fünf Filme daraus machen, die keine Flops sind, Gesamteinnahmen eine Milliarde weltweit, dann ist hier die Rede von dreißig bis vierzig Millionen.« Sie hielt einen Moment inne und lächelte ironisch. »Wenn Sie tot wären, könnte ich für Ihre Erben einen weit besseren Handel rausschlagen. Dann könnten wir denen wirklich die Pistole auf die Brust setzen.«

»Rufen Sie die Leute von LoddStone an«, verlangte Vail. »Ich wünsche eine Unterredung. Ich werde ihnen klarmachen, daß ich mich umbringe, wenn sie mich nicht beteiligen.«

»Sie werden Ihnen nicht glauben«, wandte Molly ein.

»Dann tu' ich's eben«, sagte Vail.

»Sei doch vernünftig«, sagte Claudia liebenswürdig. »Du bist erst sechsundfünfzig Jahre alt, Ernest. Das ist zu jung, um für Geld zu sterben. Für ein Prinzip, zum Wohle deines Landes, für die Liebe – gewiß. Aber doch nicht für Geld.«

»Ich muß meine Frau und meine Kinder versorgen«, sagte Vail.

»Ihre Ex-Frau«, berichtigte Molly. »Und außerdem. Sie haben seitdem noch zweimal geheiratet!«

»Ich spreche von meiner richtigen Frau«, entgegnete Vail. »Von der, die meine Kinder auf die Welt gebracht hat.«

Molly begriff, warum er in Hollywood so unbeliebt war. »Das Studio wird Ihnen nicht geben, was Sie verlangen«, sagte sie. »Die wissen, daß Sie sich nicht umbringen werden, und lassen sich von einem Schriftsteller nicht bluffen. Wenn Sie ein bankfähiger Star wären, vielleicht. Ein A-Regisseur, vielleicht. Aber ein Schriftsteller, niemals. Sie sind in dieser Branche nichts als ein Stück Scheiße. Tut mir leid, Claudia.«

»Ernest weiß das«, sagte Claudia, »und ich weiß es auch. Wenn nicht jeder in dieser Stadt eine solche Todesangst vor einem leeren Blatt Papier hätte, würden sie sich uns endgültig vom Hals schaffen. Aber kannst du nicht wenigstens irgendwas tun?«

Molly seufzte und rief Eli Marrion an. Sie verfügte über genügend Einfluß, um persönlich an den Präsidenten von LoddStone heranzukommen.

Später gingen Claudia und Vail auf einen Drink in die Polo Lounge. »Große Frau, diese Molly«, sagte Vail nachdenklich. »Große Frauen sind leichter zu verführen. Und sie sind viel netter im Bett als kleine Frauen. Schon mal aufgefallen?«

Nicht zum ersten Mal fragte sich Claudia, warum ihr Vail so am Herzen lag. Das konnte sie nicht von vielen Menschen sagen. Aber sie hatte Vails Romane geliebt, liebte sie immer noch. »Du steckst bis obenhin voll Scheiße«, sagte sie.

»Ich meine, große Frauen sind liebenswürdiger«, sagte Vail. »Sie bringen einem das Frühstück ans Bett, sie erweisen einem kleine Gefälligkeiten. Weibliche Gefälligkeiten.«

Claudia zuckte die Achseln.

»Große Frauen sind gutherzig«, fuhr Vail fort. »Eine hat mich mal abends von einer Party nach Hause gebracht, obwohl sie eigentlich nicht so recht wußte, was sie mit mir anfangen sollte. Sie sah sich im Schlafzimmer um, wie meine Mutter sich immer in ihrer Küche umsah, wenn nichts zu essen im Haus war und sie überlegte, woraus sie irgendwas zusammenkochen konnte. Die Lady überlegte wohl, wie zum Teufel wir beide uns mit dem Material, das zur Verfügung stand, amüsieren sollten.«

Beide tranken einen Schluck. Wie immer mochte sie ihn ganz besonders, wenn er sich so entwaffnend gab. »Weißt du eigentlich, wie Molly und ich uns angefreundet haben?« fragte Claudia. »Sie verteidigte irgendeinen Kerl, der seine

Freundin ermordet hatte, und brauchte einen guten Text für ihn, den er vor Gericht aufsagen konnte. Ich schrieb die Szene wie für einen Film, und ihr Mandant bekam Totschlag. Ich glaube, ich hab' noch die Dialoge für drei weitere Fälle für sie geschrieben, bevor wir dann damit aufhörten.«

»Ich hasse Hollywood«, stellte Vail fest.

»Du haßt Hollywood nur, weil die LoddStone Studios dich mit deinem Buch beschissen haben«, gab Claudia zurück.

»Nicht nur das«, widersprach Vail. »Ich bin wie eine von diesen alten Kulturen, die Azteken, die chinesischen Kaiserreiche, die indianischen Eingeborenen Amerikas, die von einem Volk vernichtet wurden, das über eine höher entwikkelte Technologie verfügte. Ich bin ein echter Schriftsteller, ich schreibe Romane, um an den Verstand zu appellieren. Diese Art zu schreiben ist eine sehr rückständige Technik. Damit komme ich nicht gegen das Kino an. Im Kino gibt es Kameras, Bühnenbilder, Musik. Und es gibt diese großartigen Gesichter. Wie soll ein Schriftsteller das allein mit Worten heraufbeschwören? Und im Kino gibt es ein begrenztes Kampfziel. Filme brauchen nicht den Verstand zu erobern, sondern nur das Herz.«

»Verdammt, ich soll kein Schriftsteller sein?« sagte Claudia. »Ein Filmautor ist kein Schriftsteller? Das sagst du doch nur, weil du nicht gut bist in dem Fach.«

Vail tätschelte ihr die Schulter. »Ich will dich nicht herabsetzen«, beteuerte er. »Ich will auch nicht sagen, daß Kino keine Kunst ist. Es ist nur eine Definition.«

»Du hast Glück, daß ich deine Bücher mag«, sagte Claudia. »Kein Wunder, daß dich hier keiner ausstehen kann.«

Vail lächelte liebenswürdig. »Aber nein«, sagte er, »es ist nicht so, daß sie mich nicht ausstehen können. Sie empfinden Verachtung für mich. Sobald aber meine Erben nach meinem

Tod die Rechte an meinen Figuren zurückbekommen, werden sie wieder Respekt vor mir haben.«

»Das kann doch nicht dein Ernst sein!« sagte Claudia.

»Ich glaube schon«, antwortete Vail. »Eine höchst verlokkende Vorstellung, Selbstmord. Ist das heutzutage etwa nicht politisch korrekt?«

»Ach, verdammt!« sagte Claudia und schlang Vail den Arm um den Hals. »Der Kampf fängt doch gerade erst an. Bestimmt werden sie aufmerken, wenn ich nach deinen Prozenten frage. Okay?«

Vail sah sie lächelnd an. »Hat keine Eile«, wehrte er ab. »Ich brauche mindestens sechs Monate, um mir zu überlegen, wie ich mich umbringen soll. Ich hasse Gewalt.«

Unvermittelt wurde Claudia klar, daß Vail es ernst meinte. Sie war überrascht, daß der Gedanke an seinen Tod bei ihr Panik auslöste. Nicht etwa, daß sie ihn liebte, obwohl sie eine vorübergehende Affäre gehabt hatten. Ja, sie mochte ihn nicht einmal besonders. Es war nur der Gedanke, daß ihm die wunderschönen Bücher, die er geschrieben hatte, weniger wichtig waren als Geld, daß seine Kunst durch einen so verächtlichen Gegner wie den schnöden Mammon besiegt werden konnte. Aus dieser Panik heraus sagte sie: »Schlimmstenfalls werde ich nach Vegas zu meinem Bruder Cross fahren. Er mag dich. Er wird was unternehmen.«

Vail lachte. »So sehr mag er mich nun auch wieder nicht.«

»Er hat ein gutes Herz«, behauptete Claudia. »Ich kenne meinen Bruder.«

»Nein, das tust du nicht«, widersprach Vail.

Am Abend der Oscarverleihung war Athena aus dem Dorothy Chandler Pavillon nach Hause gefahren, ohne an der Feier teilzunehmen, und war gleich zu Bett gegangen. Stundenlang warf sie sich im Bett herum, konnte aber nicht einschlafen. Jeder Muskel ihres Körpers war gespannt. Ich lasse mir das nicht mehr von ihm gefallen, dachte sie. Nicht schon wieder. Von nun an lasse ich mich nicht mehr von ihm terrorisieren!

Sie stand auf, machte sich eine Tasse Tee und versuchte ihn zu trinken, doch als sie sah, daß ihre Hand zitterte, wurde sie ungeduldig, ging hinaus, stellte sich auf den Balkon und sah zum Nachthimmel empor. Stundenlang blieb sie dort stehen, aber ihr Herz raste immer noch vor Angst.

Sie zog sich an. Weiße Shorts und Tennisschuhe. Und als die rote Sonne allmählich emporstieg, begann sie zu laufen. Schnell, immer schneller lief sie am Strand entlang, versuchte auf dem festen, nassen Sand zu bleiben, versuchte der Flutlinie zu folgen, wo ihr das kalte Wasser über die Füße lief. Sie mußte einen klaren Kopf bekommen. Sie durfte nicht zulassen, daß Boz sie besiegte. Dafür hatte sie zu lange zu schwer gearbeitet. Und töten würde er sie, daran zweifelte sie keine Sekunde. Zuerst aber würde er mit ihr spielen, sie quälen, sie entstellen, sie häßlich machen, in dem Glauben, daß sie dann ihm gehörte. Sie spürte, daß ihr Zorn wie eine Trommel in ihrer Kehle dröhnte und der kühle Wind ihr Meerwasser ins Gesicht sprühte. Nein, schwor sie sich. Niemals wieder!

Sie dachte an das Studio; die Leute dort würden verzweifelt sein, würden ihr drohen. Aber da ging es nur um Geld, nicht um sie. Ihretwegen machten die sich keine Sorgen. Sie dachte an ihre Freundin Claudia, für die der Film der große Durchbruch gewesen wäre, und wurde traurig. Sie dachte an all die anderen, obwohl sie wußte, daß sie sich den Luxus des Mitleids nicht leisten konnte. Boz war verrückt, und Leute, die nicht verrückt waren, würden versuchen, ihm gut zuzureden. Er war klug genug, ihnen vorzumachen, sie könnten gewinnen. Sie aber wußte es besser. Sie durfte dieses Risiko nicht eingehen. Sie konnte es sich nicht leisten, dieses Risiko einzugehen...

Als sie den großen schwarzen Felsblock erreichte, an dem der Nordstrand endete, war sie außer Atem. Sie setzte sich, versuchte ihr rasendes Herz zu beruhigen. Als sie den Schrei der Möwen hörte, die herabstießen und über dem Wasser dahinsegelten, füllten sich ihre Augen mit Tränen, die sie jedoch energisch unterdrückte. Und zum ersten Mal seit langer Zeit wünschte sie sich, daß ihre Eltern nicht so weit entfernt leben würden. Ein Teil von ihr empfand wie ein kleines Kind und sehnte sich verzweifelt danach, nach Hause in die Sicherheit fliehen zu können, zu einem Menschen, der sie in die Arme nehmen und einfach alles ins Lot bringen würde. Früher hatte sie geglaubt, daß so etwas möglich wäre, und bei dem Gedanken daran mußte sie lächeln, ein schiefes, ironisches Lächeln. Jetzt wurde sie von allen so sehr geliebt, so sehr bewundert, so sehr verehrt... na und? Sie fühlte sich leerer, einsamer, als sie es sich je hätte vorstellen können. Manchmal, wenn sie einer ganz normalen Frau mit Ehemann und Kindern begegnete, hatte sie große Sehnsucht empfunden. Aufhören! befahl sie sich dann jedesmal sofort.

Denk nach. Es liegt an dir. Überleg dir einen Plan und führe ihn aus. Es ist nicht nur dein eigenes Leben, das davon abhängt...

Als sie nach Hause ging, war es Vormittag. Aber sie schritt mit hocherhobenem Haupt und nach vorn gerichtetem Blick dahin: Sie wußte jetzt, was sie zu tun hatte.

Boz Skannet wurde über Nacht in Gewahrsam gehalten. Nachdem er entlassen war, organisierte sein Anwalt eine Pressekonferenz. Skannet erklärte den Reportern, daß er, obwohl er Athena Aquitane seit zehn Jahren nicht mehr gesehen habe, mit ihr verheiratet und daß seine Tat nur ein dummer Streich gewesen sei. Bei der Flüssigkeit habe es sich um Wasser gehandelt. Er sagte voraus, daß Athena ihn nicht anzeigen werde, und machte Anspielungen auf ein schreckliches Geheimnis, das sie hüte. In einem Punkt hatte er recht: Eine Anzeige erfolgte nicht.

An jenem Tag informierte Athena Aquitane die LoddStone Studios – das Studio, das die teuersten Streifen der Filmindustrie herstellte –, daß sie für die Arbeit an jenem Film nicht mehr zur Verfügung stehe, weil sie wegen des Angriffs um ihr Leben fürchten müsse.

Ohne sie konnte der Film, ein historisches Epos namens *Messalina,* nicht fertiggestellt werden. Und die investierten fünfzig Millionen Dollar waren verloren. Es bedeutete außerdem, daß kein größeres Studio es von nun an mehr wagen würde, eine Filmrolle mit Athena Aquitane zu besetzen.

Die LoddStone Studios veröffentlichten eine Erklärung, in der es hieß, ihr Star leide unter extremer Erschöpfung, werde sich aber nach Ablauf eines Monats ausreichend erholt haben, um die Dreharbeiten fortzusetzen.

2. Kapitel

Die LoddStone Studios waren zwar die mächtigste Filmgesellschaft Hollywoods, doch Athena Aquitanes Weigerung, zur Arbeit zurückzukehren, war auch für sie ein kostspieliger Rückschlag. Es kam nur selten vor, daß ein Schauspieler einen so vernichtenden Schlag auszuteilen vermochte, *Messalina* aber war das Zugpferd des Studios für die Weihnachtssaison, der ganz große Film, der auch alles andere, was LoddStone herausbrachte, durch den langen, harten Winter ziehen mußte.

Der folgende Sonntag war zufällig der Tag des alljährlichen Festival of Brotherhood, einer Wohltätigkeitsveranstaltung, die in Beverly Hills bei Eli Marrion stattfand, dem Hauptaktionär und Präsidenten der LoddStone Studios.

Weitab in den Canons oberhalb von Beverly Hills lag Eli Marrions riesiges Herrenhaus, ein Prachtbau mit zwanzig Zimmern, in dem es seltsamerweise nur ein einziges Schlafzimmer gab. Eli Marrion mochte es nicht, wenn außer ihm noch jemand unter seinem Dach schlief. Aber es gab Gästebungalows, zwei Tennisplätze und einen großen Swimmingpool. Sechs Räume beherbergten seine umfangreiche Gemäldesammlung.

Zu dieser Wohltätigkeitsveranstaltung waren fünfhundert der prominentesten Einwohner von Hollywood geladen, die pro Person ein Eintrittsgeld von eintausend Dollar bezahlen mußten. Bars, Zelte mit kalten Büffets und Zelte zum Tanzen waren über das Gelände verteilt, außerdem spielte eine Band. Zum Haus selbst war der Zugang untersagt. Als Toiletten dienten mobile Installationen in bunt dekorierten und witzig konstruierten Zelten.

Das Herrenhaus, die Gästebungalows, die Tennisplätze und der Swimmingpool waren mit Seilen abgesperrt und wurden von Sicherheitsposten bewacht. Keiner der Gäste nahm Anstoß daran, denn Eli Marrion war eine zu hochstehende Persönlichkeit, als daß man ihm etwas übelgenommen hätte.

Während die Gäste sich für die obligatorischen drei Stunden auf den weiten Rasenflächen amüsierten, Klatsch austauschten und tanzten, saß Marrion im riesigen Konferenzsaal des Hauses mit einer Gruppe von Leuten zusammen, deren oberstes Interesse es war, den Film *Messalina* fertigzustellen.

Eli Marrion beherrschte die illustre Versammlung. Er war achtzig Jahre alt, aber er war so geschickt gekleidet und hergerichtet, daß man ihn höchstens für sechzig hielt. Die grauen Haare waren kunstvoll geschnitten und silbrig getönt, der dunkle Anzug machte seine Schultern breiter, ließ ihn fülliger wirken, verbarg seine stockdürren Unterschenkel. Er trug mahagonifarbene Schuhe und über dem weißen Hemd eine rosafarbene Krawatte, die seiner grauen Blässe einen Hauch Farbe verlieh. Seine Herrschaft über die LoddStone Studios war aber nur dann absolut, wenn er selbst es so wollte. Es gab Zeiten, da es klüger war, einfache Sterbliche nach ihrem freien Willen handeln zu lassen.

Athena Aquitanes Weigerung, den Film fertigzustellen, war ein so ernstes Problem, daß es Marrions persönliche Aufmerksamkeit erregte. *Messalina,* eine Hundert-Millionen-

Dollar-Produktion, das Zugpferd, zur Deckung der Kosten mit Video-, Fernseh-, Kabel- und Auslandsrechten vorverkauft, war ein Goldschatz, der zu sinken drohte wie eine alte spanische Galeone.

Und dann war da Athena selbst. Mit dreißig Jahren ein großer Star und jetzt schon für einen weiteren Blockbuster bei LoddStone verpflichtet. Ein echtes »Talent«, wertvoller als alles andere. Marrion bewunderte Talente.

Aber Schauspieler waren wie Dynamit: Sie konnten sehr gefährlich werden, deshalb mußte man sie unter Kontrolle halten. Das tat man mit sehr viel Liebe und zuvorkommenden Schmeicheleien. Man überschüttete sie mit weltlichen Gütern. Man wurde zu Vater, Mutter, Bruder, Schwester, ja sogar zum Liebhaber. Kein Opfer war zu groß. Aber es kamen auch Zeiten, da durfte man nicht schwach werden, da mußte man sogar unbarmherzig sein.

Und nun waren in diesem Raum bei Marrion die Personen versammelt, die seinem Willen Geltung verschaffen sollten: Bobby Bantz, Skippy Deere, Melo Stuart und Dita Tommey.

Eli Marrion, der ihnen in diesem wohlvertrauten Konferenzzimmer gegenübersaß, in diesem Zimmer mit Gemälden, Tischen, Stühlen und Teppichen, die an die zwanzig Millionen Dollar wert waren, mit Kristallgläsern und Karaffen, die mindestens eine weitere halbe Million gekostet hatten, Eli Marrion spürte den Verfall seines Körpers. Täglich aufs neue entdeckte er staunend, wie schwierig es war, sich der Welt als der allmächtige Mann zu präsentieren, der zu sein er vorgeben mußte.

Morgens fühlte er sich nicht mehr erfrischt, die Anstrengung, sich zu rasieren, sich die Krawatte zu binden, das Hemd zuzuknöpfen, wurde ihm fast zuviel. Gefährlicher noch war seine geistige Schwäche, denn sie äußerte sich in

Mitgefühl für Menschen, die weniger mächtig waren als er. Inzwischen setzte er immer häufiger Bobby Bantz ein, übertrug ihm immer mehr Macht. Schließlich war der Mann dreißig Jahre jünger als er und ihm als sein bester Freund seit langen Jahren treu ergeben.

Bantz war Präsident und Vorstandsvorsitzender der Studios. Seit über dreißig Jahren erledigte Bantz für Marrion die Dreckarbeit, und beide waren sich im Laufe der Zeit sehr nahe gekommen: wie Vater und Sohn, wie man so sagt. Sie paßten zueinander. Als Marrion die Siebzig überschritten hatte, war er zu zartbesaitet geworden, um bestimmte Dinge zu tun, die unbedingt getan werden mußten.

Es war Bantz, der die Filme nach dem künstlerischen Schnitt von den Regisseuren übernahm und sie der Öffentlichkeit zugänglich machte. Es war Bantz, der mit Regisseuren, Stars und Drehbuchautoren deren prozentuale Beteiligung diskutierte und sie vor die Wahl stellte, entweder vor Gericht zu ziehen oder sich mit ein bißchen weniger zu begnügen. Es war Bantz, der mit den Künstlern knallharte Verträge aushandelte. Vor allem mit den Autoren.

Bantz weigerte sich, den Drehbuchautoren gegenüber auch nur die geringste Ergebenheit zu heucheln. Gewiß, anfangs benötigte man ein Drehbuch, doch Bantz war der festen Überzeugung, daß jeder Film allein mit der Besetzung stand und fiel. Mit der Macht der Stars. Regisseure waren wichtig, weil sie es verstanden, einem das letzte Geld aus der Tasche zu ziehen. Produzenten, auch nicht eben faul, wenn es um diesen Taschendiebstahl ging, wurden wegen ihrer manischen Energie gebraucht, die nötig war, um ein Filmprojekt auf den Weg zu bringen.

Aber Autoren? Die brauchten doch nur den ersten Entwurf zu Papier zu bringen. Dann setzte man ein Dutzend weiterer Schreiber daran, die das Ganze erst einmal umschrieben.

Anschließend verlieh der Produzent dem Plot die richtige Form. Der Regisseur erfand Mimik und Gestik (zuweilen einen ganz neuen Film), und dann kamen die Stars mit ihren persönlichen Dialogeinfällen. Außerdem gab es noch den Kreativstab des Studios, der den Autoren mittels langer, sorgfältig erarbeiteter Memos Einsichten, Ideen für Plots und Wunschlisten übermittelte. Bantz hatte so manches Millionen-Dollar-Drehbuch eines hochgerühmten Autors gesehen, hatte Millionen von Dollars bezahlt und schließlich, als der Film fertig war, festgestellt, daß dieses Werk kein einziges Stück des Plots, kein einziges Wort der Dialoge enthielt, die vom ursprünglichen Autor stammten. Gewiß, Eli hatte eine Schwäche für Drehbuchautoren, aber nur, weil man sie mit ihren Verträgen so leicht über den Tisch ziehen konnte.

Marrion und Bantz waren miteinander durch die ganze Welt gezogen, um auf Filmfestivals und in Marktzentren Filme zu verkaufen – nach London, Paris und Cannes, nach Tokio und Singapur. Sie hatten das Schicksal junger Künstler bestimmt. Gemeinsam hatten sie ein Weltreich regiert, als Kaiser und sein oberster Vasall.

Eli Marrion und Bobby Bantz waren einhellig der Meinung, daß Künstler – jene, die Filme schrieben, in Filmen auftraten und Filme inszenierten – die undankbarsten Menschen der Welt waren. Ach, diese hoffnungsvollen, edlen Begabungen! Wie liebenswürdig konnten sie sein, wie dankbar für jede Chance, so zuvorkommend, solange sie sich ihren Weg nach oben erkämpfen mußten; aber wie sehr veränderten sie sich meist, sobald sie ein bißchen Ruhm erworben hatten. Fleißige Honigbienen verwandelten sich in zornige Hornissen. Da war es nur natürlich, daß Marrion und Bantz sich einen Stab von zwanzig Anwälten hielten, um sie in ihrem Netz zu fangen.

Warum machten sie immer soviel Ärger? Warum waren sie so unglücklich? Eines jedenfalls stand fest: Menschen, die auf Geld aus waren statt auf Kunst, erfreuten sich einer längeren Karriere, hatten mehr Vergnügen am Leben, waren weit bessere und gesellschaftlich wertvollere Menschen als jene Künstler, die unbedingt den göttlichen Funken im Menschen aufzeigen wollten. Zu schade, daß man darüber keinen Film drehen konnte, daß Geld ein besseres Heilmittel war als Kunst und Liebe. Aber das würde die Öffentlichkeit nie schlucken.

Bobby Bantz hatte sie alle aus dem Festtrubel herausgeholt, der draußen vor der Villa herrschte. Einzige anwesende Künstlerin war die Regisseurin von *Messalina*, eine Frau namens Dita Tommey, zur A-Klasse gehörend und bekannt dafür, daß sie am besten mit weiblichen Stars umgehen konnte; und das bedeutete in Hollywood heutzutage nicht etwa, daß sie lesbisch, sondern daß sie Feministin war. Daß sie außerdem lesbisch war, interessierte die Herren im Konferenzzimmer nicht weiter. Dita Tommey drehte ihre Filme, ohne das Budget zu überziehen, ihre Filme brachten Geld, und ihre Verhältnisse mit Frauen verursachten bei den Dreharbeiten weit weniger Probleme als ein männlicher Regisseur, der mit seinen Schauspielerinnen schlief. Lesbische Geliebte berühmter Stars waren fügsam.

Eli Marrion saß am Kopf des Konferenztischs und überließ es Bantz, die Diskussion zu leiten.

»Dita«, sagte Bantz, »erklären Sie uns doch bitte genau, wo wir bei diesem Film stehen und wie man die Situation Ihrer Meinung nach retten könnte.«

Tommey war klein und ziemlich stämmig und pflegte sofort zur Sache zu kommen. »Athena hat Todesangst«, sagte sie, »und sie wird erst wieder zur Arbeit erscheinen, wenn euch Genies etwas einfällt, womit wir ihr diese Angst nehmen können. Kommt sie nicht wieder, seid ihr um fünfzig Millionen Dollar ärmer. Ohne sie können wir den Film nicht fertigdrehen.« Sie hielt einen Augenblick inne. »In der letzten Woche habe ich um sie herumgedreht und euch damit ein bißchen Geld gespart.«

»Scheißfilm!« schimpfte Bantz. »Ich hab' ihn von vornherein nicht haben wollen.«

Damit provozierte er die anderen Herren. Skippy Deere, der Produzent, entgegnete: »Selber Scheiß, Bobby.« Und Melo Stuart, Athena Aquitanes Agent, sagte: »Bockmist!«

In Wirklichkeit hatten sie *Messalina* alle begeistert zugestimmt. Kaum ein Projekt der Filmgeschichte hatte so mühelos grünes Licht bekommen.

In *Messalina* wurde die Geschichte des Römischen Reichs unter Kaiser Claudius vom feministischen Standpunkt aus erzählt. Die Geschichte, von Männern geschrieben, zeigte die Kaiserin Messalina als korrupte und mörderische Hure, die eines Nachts die ganze Bevölkerung Roms zu einer sexuellen Orgie verführte. In diesem Film jedoch, der ihr Leben fast zweitausend Jahre später nachzeichnete, wurde sie als tragische Heldin dargestellt, als eine Antigone, eine Medea. Als eine Frau, die den Versuch unternahm, mit den einzigen Waffen, die ihr zur Verfügung standen, eine Welt zu verändern, in der die Männer das weibliche Geschlecht, also die Hälfte der Menschheit, wie Sklaven behandelten.

Es war ein großartiges Konzept – wilde Sexszenen in üppigen Farben, dazu ein hochaktuelles, populäres Thema –, doch es bedurfte einer perfekten Verpackung, um das Ganze glaubwürdig zu machen. Zunächst verfaßte Claudia De Lena ein Drehbuch, überaus geistreich und mit einer starken Story. Dita Tommey als Regisseurin war eine pragmatische und politisch korrekte Wahl. Sie verfügte über eine nüchterne Intelligenz und war eine bewährte Regisseurin. Athena Aquitane war eine perfekte Messalina und hatte in dem Film bislang uneingeschränkt dominiert. Ihr Gesicht war ebenso schön wie ihr Körper, und ihre geniale Schauspielkunst machte alles plausibel. Wichtiger noch, sie war einer der drei lukrativen weiblichen Stars der Welt. Claudia hatte ihr mit der ihr eigenen, eher ausgefallenen Phantasie eine Szene gegeben, in der Messalina, von den immer zahlreicher werdenden christlichen Legenden angeregt, Märtyrer vor dem sicheren Tod im Amphitheater rettet. Als Tommey diese Szene gelesen hatte, hatte sie zu Claudia gesagt: »Also irgendwo muß aber 'ne Grenze sein!«

Claudia hatte gegrinst und geantwortet: »Nicht im Kino.«

Skippy Deere sagte: »Wir müssen den Film ruhen lassen, bis Athena zur Arbeit zurückkehrt. Das wird uns hundertfünfzig Riesen pro Tag kosten. Die Situation ist also folgende: Wir haben fünfzig Millionen ausgegeben. Wir sind halb fertig, wir können Athena nicht rausschreiben, und wir können sie auch nicht doubeln lassen. Wenn sie also nicht zurückkommen will, können wir den Film auf den Müll werfen.«

»Können wir nicht«, widersprach Bantz. »Die Versicherung deckt keinen Star, der die Arbeit verweigert. Fällt sie aus 'nem Flugzeug, zahlt die Versicherung. Sie, Melo, müssen sie zurückholen; Sie sind schließlich verantwortlich dafür.«

»Ich bin ihr Agent«, sagte Melo Stuart, »aber ich habe auch nur begrenzten Einfluß auf eine Frau wie sie. Ich will Ihnen was sagen: Sie hat ehrlich Angst. Es ist wirklich keine Laune von ihr. Sie hat Angst, aber sie ist auch eine intelligente Frau, also muß sie einen Grund haben. Das ist eine gefährliche, knifflige Situation.«

»Wenn sie einen Hundert-Millionen-Dollar-Film torpediert«, warf Bantz ein, »wird sie nie wieder arbeiten können. Haben Sie ihr das klargemacht?«

»Sie weiß es«, sagte Stuart.

»Wer könnte sie am ehesten zur Vernunft bringen?« fragte Bantz. »Skippy, Sie haben's versucht, aber nicht geschafft. Melo, Sie ebenfalls. Dita, daß Sie Ihr Bestes getan haben, weiß ich. Sogar ich selbst habe einen Versuch gestartet.«

»Sie zählen nicht, Bobby«, sagte Tommey zu Bantz. »Athena haßt Sie.«

»Na schön«, fuhr Bantz auf, »manchen Leuten paßt mein Stil nicht, aber sie hören wenigstens auf mich.«

»Bobby«, sagte Tommey freundlich, »keiner von den Künstlern mag Sie, aber Athena hat eine echte Abneigung gegen Sie.«

»Ich habe ihr die Rolle gegeben, durch die sie ein Star geworden ist«, erwiderte Bantz.

»Sie wurde als Star geboren«, behauptete Melo Stuart gelassen. »Sie hatten einfach Glück, sie zu kriegen.«

»Dita, Sie sind ihre Freundin«, sagte Bantz. »Es ist Ihre Aufgabe, sie wieder zur Arbeit zurückzuholen.«

»Athena ist nicht meine Freundin«, widersprach Tommey. »Sie ist eine Kollegin, die mich respektiert, denn nachdem ich versucht hatte, sie anzumachen, und keinen Erfolg damit hatte, habe ich taktvoll Abstand davon genommen. Im Gegensatz zu Ihnen, Bobby. Sie haben es jahrelang weiterversucht.«

»Also wirklich, Dita«, sagte Bantz freundlich scherzend, »was zum Teufel bildet die sich ein, daß sie sich von uns nicht bumsen läßt? Jetzt werden Sie wohl entscheiden müssen, Eli.«

Nun konzentrierte sich die Aufmerksamkeit der Anwesenden auf den Alten, der eher gelangweilt wirkte. Eli Marrion war so mager, daß ein männlicher Star einmal scherzhaft bemerkt hatte, er müsse einen Radiergummi auf dem Schädel tragen, doch das war eher boshaft als zutreffend. Marrion besaß einen vergleichsweise riesigen Schädel und das grobe Gorillagesicht eines weit schwereren Mannes, eine breite Nase und dicke Lippen, und dennoch wirkte sein Gesicht seltsam gütig und fast ein bißchen sanft; manche behaupteten sogar, daß er gut aussehe. Seine Augen aber verrieten ihn, denn sie waren kalt und grau und strahlten eine so hohe Überlegenheit und starke Konzentration aus, daß er die meisten Menschen einschüchterte. Möglicherweise war das der Grund, weshalb er darauf bestand, daß ihn alle beim Vornamen nannten.

Mit ausdrucksloser Stimme sagte Marrion: »Wenn Athena nicht auf euch hört, wird sie auch auf mich nicht hören. Meine Autorität wird sie nicht beeindrucken. Und das macht es um so unverständlicher, daß sie sich von dieser albernen Attacke eines lächerlichen Kerls so große Angst einjagen läßt. Gibt es nicht irgendeine Möglichkeit, uns aus dieser Lage herauszukaufen?«

»Wir werden's versuchen«, antwortete Bantz. »Aber das spielt keine Rolle für Athena. Sie traut ihm nicht.«

Skippy Deere, der Produzent, sagte: »Auch die Muskeln haben wir schon spielen lassen. Ich hab' ein paar Freunde bei der Polizei gebeten, ihn unter Druck zu setzen, aber der Kerl ist zäh. Seine Familie hat Geld und politische Verbindungen, und obendrein ist er verrückt.«

»Wieviel genau wird das Studio verlieren, wenn der Film nicht produziert wird?« wollte Stuart wissen. »Ich werde mich bemühen, Sie bei zukünftigen Paketen zu entschädigen.«

Melo Stuart das genaue Ausmaß des Schadens anzuvertrauen barg ein gewisses Risiko, denn als Athenas Agent würde er damit ein Druckmittel in der Hand haben. Marrion antwortete nicht, sondern nickte zu Bobby Bantz hinüber.

Bantz zögerte; dann sagte er: »Ausgegeben wurden fünfzig Millionen. Okay, fünfzig Millionen können wir verkraften.

Aber wir müssen das Geld aus den Auslandsrechten zurückzahlen, das Videogeld, und außerdem haben wir kein Zugpferd für Weihnachten. Das kann uns weitere ...« Er hielt inne, gab die Zahl nur ungern preis. »Und wenn wir den Profit dazuzählen, den wir verlieren ... Verdammt, zweihundert Millionen Dollar. Da müßten Sie uns bei vielen Paketen entgegenkommen, Melo.«

Stuart lächelte; ich werde meinen Preis für Athena hinaufschrauben müssen, dachte er. »Aber in echtem Bargeld verliert ihr nur fünfzig«, wandte er ein.

Als Marrion sprach, hatte seine Stimme den sanften Ton verloren. »Melo«, fragte er, »wieviel wird es uns kosten, Ihre Klientin wieder an die Arbeit zurückzuholen?« Sie alle wußten, was geschehen war: Marrion hatte entschieden, so zu tun, als sei das Ganze nur ein Trick.

Stuart begriff. Wieviel willst du uns abknöpfen für diesen kleinen Trick? Es war ein Angriff auf seine Integrität, aber er hatte nicht vor, sich aufs hohe Roß zu setzen. Nicht bei Marrion. Wäre es Bantz gewesen, hätte er zornige Empörung an den Tag gelegt.

Stuart war ein mächtiger Mann in der Welt des Films, der nicht einmal Marrion in den Hintern zu kriechen brauchte. Er herrschte über einen Stall von fünf A-Regisseuren, nicht unbedingt lukrativ, aber wirklich sehr mächtig, zwei männlichen lukrativen Stars und einem weiblichen: Athena. Das bedeutete, daß er drei Leute an der Hand hatte, die ihm für jeden Film grünes Licht garantierten. Dennoch war es nicht sehr klug, Marrion zu verärgern. Nur weil er solchen Gefahren aus dem Weg ging, war Stuart so mächtig geworden. Gewiß, dies war eine großartige Gelegenheit, ihm die Pistole auf die Brust zu setzen, andererseits aber auch wieder nicht. Denn es war eine der wenigen Gelegenheiten, da sich Offenheit bezahlt machen konnte.

Stuarts größter Aktivposten war seine Aufrichtigkeit; er glaubte ehrlich an das, was er verkaufte, und hatte sogar schon vor zehn Jahren an Athenas Talent geglaubt, als sie noch gänzlich unbekannt war. Darum glaubte er auch jetzt an sie. Und wenn es ihm gelang, sie umzustimmen, und sie wieder vor die Kameras trat? Das wäre doch wirklich etwas wert, diese Möglichkeit sollte man nicht von der Hand weisen.

»Hier geht's nicht um Geld«, erklärte Stuart nachdrücklich. Er war von seiner eigenen Aufrichtigkeit hingerissen. »Sie könnten Athena eine zusätzliche Million bieten, sie würde dennoch nicht weiterarbeiten. Nein, Sie müssen das Problem dieses sogenannten, für Jahre verschwundenen Ehemanns lösen.«

Einen Augenblick herrschte unheilverkündendes Schweigen. Alle schenkten ihm rückhaltlos Aufmerksamkeit. Eine Geldsumme war genannt worden. War das ein Eröffnungszug?

»Sie wird kein Geld nehmen«, sagte Skippy Deere.

Dita Tommey zuckte die Achseln. Sie glaubte keine Sekunde an das, was Stuart sagte. Aber es ging ja nicht um ihr Geld. Bantz funkelte Stuart, der Marrion unaufhörlich mit kühlem Blick musterte, aufgebracht an.

Marrion deutete Stuarts Bemerkung richtig. Mit Geld würde man Athena nicht zurückholen. So gerissen waren die Künstler nicht. Er beschloß, die Sitzung zu beenden.

»Melo«, sagte er, »erklären Sie Ihrer Klientin, daß das Studio den Film aufgeben und sich mit dem Verlust abfinden wird, wenn sie nicht binnen eines Monats zurückkommt. Dann werden wir sie auf alles verklagen, was sie besitzt. Sie muß einsehen, daß sie nie wieder für irgendein größeres amerikanisches Studio arbeiten kann.« Lächelnd blickte er in die Runde. »Was soll's. Es sind ja schließlich nur fünfzig Millionen.«

Sie alle wußten, daß er es ernst meinte, daß er die Geduld verloren hatte. Dita Tommey geriet in Panik; für sie bedeutete der Film mehr als für alle anderen. Er war ihr Baby. Mit ihrem Okay konnte sie grünes Licht bewirken. Aus dieser Panik heraus sagte sie: »Holt Claudia De Lena; die kann mit ihr reden. Sie gehört zu Athenas besten Freunden.«

Die anwesenden Männer wunderten sich, daß Tommey bei einer Diskussion auf so hoher Ebene eine Autorin hinzuziehen wollte und daß ein so großer Star wie Athena auf eine kleine Drehbuchschreiberin wie De Lena hören sollte, mochte sie auch noch so gut sein.

Bobby Bantz sagte geringschätzig: »Ich weiß nicht, was schlimmer ist – ein Star, der unter Niveau bumst, oder die Freundschaft mit einer Autorin.«

Hier verlor Marrion abermals die Geduld. »Bitte, verschonen Sie uns mit Belanglosigkeiten. Lassen Sie Claudia mit ihr reden. Aber irgendwie muß diese Angelegenheit geregelt werden. Wir haben noch andere Filme zu machen.«

Am folgenden Tag erhielten die LoddStone Studios einen Scheck. Er kam von Athena Aquitane. Sie zahlte den Vorschuß zurück, den sie für *Messalina* erhalten hatte.

Damit ging der Fall an die Anwälte.

Innerhalb von nur fünfzehn Jahren hatte Andrew Pollard die Pacific Ocean Security Company zur angesehensten Sicherheitsagentur der Westküste ausgebaut. Nachdem er in einer Hotelsuite begonnen hatte, herrschte er jetzt über eine Zentrale mit mehr als fünfzig fest Angestellten, die in einem vierstöckigen Firmengebäude in Santa Monica untergebracht waren, dazu kamen über fünfhundert Detektive und Wachen auf freiberuflicher Basis sowie eine wechselnde Reservetruppe, die einen großen Teil des Jahres für ihn arbeitete.

Die Pacific Ocean Security bediente Superreiche und Berühmte. Sie schützte die Villen von Filmmagnaten mit bewaffnetem Personal und elektronischen Geräten. Sie lieferte Bodyguards für Stars und Produzenten. Sie stellte uniformierte Wachen, die bei großen Medienereignissen wie der Oscarverleihung die Menschenmassen in Schach hielten, und führte in heiklen Fällen auch Ermittlungen durch, so zum Beispiel, wenn es um die Abwehr potentieller Erpresser ging.

Andrew Pollard war erfolgreich, weil er in Details sehr genau war. Auf den Grundstücken seiner Klienten verteilte er Schilder mit der Aufschrift ACHTUNG! VON SCHUSSWAFFEN WIRD GEBRAUCH GEMACHT!, die des Nachts grellrot blinkten, und ließ Wachen in der Umgebung der von Mauern umgebenen Villen patrouillieren. Sein sorgfältig ausgewähltes Personal bezahlte er so hoch, daß die Leute alles daransetzten, um möglichst nicht gefeuert zu werden. Er konnte es sich leisten, großzügig zu sein. Seine Klienten waren die Reichsten im Lande und bezahlten ihn entsprechend. Er war so clever, mit der Polizei von Los Angeles, auf der untersten wie auf der obersten Ebene, eng zusammenzuarbeiten. Er war ein Geschäftsfreund von Jim Losey, dem legendären Kriminalbeamten, den die einfachen Polizisten wie einen Helden verehrten. Am wichtigsten aber war eindeutig, daß er die Unterstützung der Clericuzios genoß.

Fünfzehn Jahre zuvor, als junger Polizist und noch ein wenig sorglos, hatte ihn die Dienstaufsichtsbehörde der Polizei von New York City erwischt. Es war eine kleine, unwichtige Bestechungsaffäre, der er sich nur schwer hätte entziehen können. Er war standhaft geblieben und hatte sich geweigert, seinen Vorgesetzten zu beichten, wer außer ihm noch darin verwickelt war. Die Handlanger der Clericuzios hatten das anerkennend registriert und eine Reihe juristischer Schachzüge in Bewegung gesetzt, die für Andrew Pollard zu einem Handel führten: Bei einem freiwilligen Abschied von der Polizeitruppe von New York würde er seiner Strafe entgehen.

Pollard zog mit Weib und Kind nach Los Angeles, und die Familie stellte ihm Geld für die Gründung seiner Pacific Ocean Security Company zur Verfügung. Dann gab die Familie Order, Pollards Klienten nicht zu belästigen, ihre Häuser von Einbrüchen zu verschonen und Menschen, die mit ihnen zu tun hatten, nicht zu überfallen. Ihr Schmuck müsse tabu sein und, falls irrtümlich gestohlen, umgehend zurückgegeben werden. Das war der Grund, warum die flammenden Schilder mit der Aufschrift ACHTUNG! VON SCHUSSWAFFEN WIRD GEBRAUCH GEMACHT! zusätzlich stets den Namen der Sicherheitsagentur trugen.

Andrew Pollards Erfolg grenzte an Zauberei, denn die Villen, die unter seinem Schutz standen, wurden nicht ausgeraubt. Und da seine Bodyguards fast ebensogut ausgebildet waren wie FBI-Beamte, wurde seine Agentur auch nie wegen interner Verstöße, sexueller Belästigung ihrer Auftraggeber oder der Behelligung von Kindern angezeigt, Vorkommnisse, die in der Welt der Sicherheitsfirmen durchaus nicht unbekannt waren. Es gab ein paar Erpressungsversuche, und ein paar Wachen verkauften Informationen aus der Intimsphäre an Skandalblättchen, aber solche Dinge waren unvermeidlich. Alles in allem führte Pollard eine saubere, leistungsfähige Agentur.

Seine Firma verfügte über Computerzugang zu vertraulichen Informationen über Menschen aus allen Lebensbereichen. Und so war es nur natürlich, daß den Clericuzios alle Daten geliefert wurden, die sie brauchten. Pollard hatte ein gutes Einkommen und war der Familie dankbar. Unter anderem auch für die Tatsache, daß er hin und wieder bei einem heiklen Auftrag, bei dem er seine Wachmänner nicht einsetzen konnte, vom *bruglione* des Westens auf seine Bitte hin tatkräftige Unterstützung erhielt.

Da gab es zum Beispiel ausgekochte Gauner, die Los Angeles und Hollywood für eine Art paradiesischen Dschungel hielten, in dem es von potentiellen Opfern nur so wimmelte. Da gab es die Filmmanager, die Erpressern in die Falle gingen, im verborgenen lebende Filmstars, sadomasochistische Regisseure, pädophile Produzenten, allesamt von der Angst gequält, ihre Geheimnisse könnten ans Licht kommen. Pollard war dafür bekannt, daß er diese Fälle mit Takt und Diskretion behandelte. Er verstand es, die niedrigsten Zahlungen auszuhandeln und dafür zu sorgen, daß es zu keinem Nachschlag kam.

Am Tag nach der Oscarverleihung ließ Bobby Bantz Andrew Pollard in sein Büro kommen. »Ich brauche alles, was Sie über diesen Boz Skannet beschaffen können«, sagte er zu Pollard. »Ich brauche alles über Athena Aquitane. Für einen großen Star ist erstaunlich wenig über sie bekannt. Außerdem möchte ich, daß Sie mit Skannet einen Deal abschließen. Wir brauchen Athena noch drei bis vier Monate für den Film, also handeln Sie mit Skannet etwas aus, damit er sich so weit wie möglich von hier entfernt. Bieten Sie ihm zwanzig Riesen pro Monat, von mir aus können Sie aber auch bis zu hundert gehen.«

»Und danach kann er machen, was er will?« fragte Pollard ruhig.

»Danach ist es ein Fall für die Behörden«, antwortete Bantz. »Sie müssen äußerst vorsichtig sein, Andrew. Dieser Kerl hat eine einflußreiche Familie. Die Filmindustrie darf auf gar keinen Fall in den Verdacht zwielichtiger Taktiken geraten, das könnte den Film kaputtmachen und dem Studio schaden. Also schließen Sie einen Handel ab. Außerdem brauchen wir Ihre Firma für ihre persönliche Sicherheit.«

»Und wenn er nicht auf den Handel eingeht?« erkundigte sich Pollard.

»Dann müssen Sie sie Tag und Nacht bewachen«, sagte Bantz. »Bis der Film fertig ist.«

»Ich könnte ihn ein bißchen unter Druck setzen«, schlug Pollard vor. »Alles vollkommen legal, natürlich. Ich will hier keinerlei Vorschläge machen.«

»Er hat zu gute Verbindungen«, entgegnete Bantz. »Die Polizei übt ihm gegenüber Zurückhaltung. Sogar Jim Losey, ein guter Freund von Skippy Deere, hält still. Von den Public Relations mal ganz abgesehen, könnte das Studio auf ganz enorme Geldsummen verklagt werden. Damit will ich nicht sagen, daß Sie ihn wie 'ne Mimose behandeln sollen, aber ...«

Pollard begriff. Ein bißchen Druck, um den Mann einzuschüchtern, dann aber zahlen, was er verlangte. »Ich werde Leute schmieren müssen«, sagte er.

Bantz nahm ein Kuvert aus seiner Schreibtischschublade. »Er unterschreibt drei Kopien, und hier ist ein Scheck über fünfzigtausend Dollar als Anzahlung. Die Zahlen in dem Vertrag sind offengelassen worden. Sie können sie einsetzen, wenn Sie den Handel abschließen.«

Als er hinausging, sagte Bantz noch: »Bei der Oscarverleihung haben sich Ihre Leute nicht gerade als hilfreich erwiesen. Scheiße, die haben im Stehen geschlafen.«

Pollard fühlte sich nicht gekränkt. Das war echt Bantz.

»Die sollten auch nur die Massen im Zaum halten«, erklärte er. »Keine Sorge, bei Miss Aquitane werde ich meine Topleute einsetzen.«

Innerhalb von vierundzwanzig Stunden hatten die Computer der Pacific Ocean Security alles über Boz Skannet in Erfahrung gebracht. Er war vierunddreißig Jahre alt, hatte die A&M von Texas besucht, wo er Conference All-Star Running Back gewesen war, und hatte anschließend eine Saison als Footballprofi gespielt. Sein Vater besaß eine mittelgroße Bank in Houston, wichtiger aber war, daß sein Onkel die Politik der Demokraten in Texas steuerte und ein enger persönlicher Freund des Präsidenten war. Und zu all dem kam eine enorme Menge Geld.

Boz Skannet war ein Kapitel für sich. Als Vizepräsident der Bank seines Vaters wäre er fast wegen eines Betrugs im Ölgeschäft vor Gericht gestellt worden. Sechsmal war er wegen tätlicher Angriffe festgenommen worden. In einem Fall hatte er zwei Polizeibeamte krankenhausreif geschlagen. Angeklagt worden war Skannet nicht, weil er den Polizisten Schadenersatz bezahlte. Auch eine Anzeige wegen sexueller Belästigung gab es, ein Fall, bei dem man sich außergerichtlich einigte. Bevor all dies geschah, hatte er mit einundzwanzig Athena geheiratet und war im darauffolgenden Jahr Vater eines kleinen Mädchens geworden. Das Kind hieß Bethany. Mit zwanzig Jahren war seine Frau mitsamt der Tochter verschwunden.

Aufgrund dieser Informationen konnte sich Andrew Pollard ein Bild machen. Der Mann war gefährlich: Er trug den Groll auf seine Frau zehn Jahre lang mit sich herum, hatte bewaffnete Polizisten verprügelt. Die Chancen, einen solchen Mann einzuschüchtern, waren gleich Null. Man mußte ihm das Geld aushändigen, ihn den Vertrag unterzeichnen lassen und sich um Gottes willen aus allem heraushalten.

Pollard rief Jim Losey an, der den Fall Skannet für die Polizei von Los Angeles bearbeitete. Pollard hatte die größte Hochachtung vor Losey, denn der war ein Cop, wie er selbst gern einer gewesen wäre. Die beiden arbeiteten glänzend zusammen. Zu jedem Weihnachtsfest erhielt Losey ein hübsches Geschenk von der Pacific Ocean Security. Und jetzt brauchte Pollard die Informationen der Polizei, brauchte alles, was Losey ihm über den Fall sagen konnte.

»Jim«, sagte Pollard, »können Sie mir eine Info über Boz Skannet schicken? Ich brauche seine Adresse in L. A., und ich möchte mehr über ihn wissen.«

»Gern«, antwortete Losey, »aber die Anzeige gegen ihn wurde fallengelassen. Was haben Sie damit zu tun?«

»Sicherheitsauftrag«, sagte Pollard. »Wie gefährlich ist der Kerl?«

»Verrückt ist der«, antwortete Losey. »Sagen Sie Ihren Bodyguards, sie sollen sofort schießen, wenn er ihnen auf die Pelle rückt.«

»Dann würdet ihr mich ja doch nur verhaften.« Pollard lachte. »Das ist verboten.«

»Ja«, erwiderte Losey, »das müßte ich. Blöder Scherz.«

Boz Skannet war in einem bescheidenen Hotel an der Ocean Avenue von Santa Monica abgestiegen, was Andrew Pollard beunruhigte, denn von dort aus waren es nur fünfzehn Autominuten bis zu Athenas Villa in der Malibu Colony. Er beauftragte ein Team von vier Mann mit der Bewachung von Athenas Haus und postierte zwei Leute in Skannets Hotel. Dann verabredete er sich für denselben Nachmittag mit Skannet.

Zu diesem Treffen nahm Pollard drei seiner stärksten und härtesten Männer mit. Bei jemandem wie Skannet wußte man nie, was man zu erwarten hatte.

Skannet öffnete ihnen die Tür seiner Hotelsuite. Er gab sich liebenswürdig, begrüßte sie mit einem Lächeln, bot ihnen aber keine Erfrischungen an. Seltsamerweise trug er Krawatte, Hemd und Jackett, vielleicht, um ihnen zu zeigen, daß er trotz allem immer noch ein Banker war. Pollard stellte sich und seine drei Bodyguards vor, und alle drei zeigten ihm ihre Ausweise der Pacific Ocean Security. Skannet sah sie grinsend an und sagte: »Ganz schön bullig, wie ihr ausseht. Freunde. Hundert zu eins, daß ich euch in einem fairen Kampf in Grund und Boden prügeln kann?«

Die drei Bodyguards, gut durchtrainierte Männer, quittierten dies mit einem kleinen, verständnisinnigen Lächeln, Pollard dagegen zeigte sich betont beleidigt. Eine wohlkalkulierte Reaktion. »Wir sind rein geschäftlich hier, Mr. Skannet«, sagte er. »Und nicht, um uns Ihre Drohungen anzuhören. Die LoddStone Studios sind bereit, Ihnen jetzt und hier fünfzigtausend bar auf die Hand zu bezahlen und für die folgenden acht Monate zwanzigtausend pro Monat, wenn Sie L. A. sofort verlassen.« Pollard holte den Vertrag und den dicken grünweißen Scheck aus seinem Aktenkoffer.

Skannet sah die Papiere genau durch. »Ein einfacher Vertrag«, bemerkte er. »Ich werde nicht mal einen Anwalt brauchen. Aber es ist auch äußerst einfaches Geld. Ich hatte eher an hundert Riesen jetzt und fünfzigtausend pro Monat gedacht.«

»Zuviel«, sagte Pollard. »Wir haben von einem Richter eine einstweilige Verfügung gegen Sie. Sie dürfen sich Athena bis auf höchstens einen Häuserblock Entfernung nähern, sonst wandern Sie in den Knast. Athena wird rund um die Uhr von uns bewacht. Außerdem habe ich Überwachungstrupps auf Sie angesetzt, die Ihnen auf den Fersen bleiben. Also ist das hier für Sie doch leicht verdientes Geld.«

»Ich hätte schon früher nach Kalifornien kommen sollen«, sagte Skannet. »Hier liegt das Geld offenbar auf der Straße. Warum sollten Sie mir Geld geben?«

»Das Studio möchte Miss Aquitane beruhigen«, sagte Pollard.

»Dann ist sie also tatsächlich ein wichtiger Star«, sagte Skannet nachdenklich. »Na ja, sie war schon immer was Besonderes. Und wenn man sich vorstellt, daß ich sie früher fünfmal am Tag gefickt habe...« Grinsend sah er die drei Männer an. »Und Grips obendrein.«

Pollard musterte den Mann neugierig. Skannet sah so robust und blendend aus wie der Marlboro-Mann aus der Zigarettenwerbung, nur daß seine Haut von Sonne und Alkohol gerötet und sein Körper wuchtiger gebaut war. Er hatte die charmante, träge Aussprache der Südstaaten, die sowohl humorvoll als auch gefährlich wirken konnte. In solche Männer verliebten sich viele Frauen. In New York hatte es auch ein paar Cops gegeben, die so aussahen, und die hatten Punkte gesammelt wie die Banditen. Man schickte sie zu einem Mordfall, und innerhalb einer Woche trösteten sie die Witwe. Wenn man es recht bedachte, war Jim Losey auch so ein Cop. Pollard hatte allerdings nie soviel Glück gehabt.

»Kommen wir zum Geschäft«, sagte Pollard. Er wollte, daß Skannet den Vertrag unterzeichnete und vor Zeugen den Scheck entgegennahm; dann konnte ihn das Studio, falls nötig, später wegen Erpressung anzeigen.

Skannet setzte sich an den Tisch. »Haben Sie etwas zu schreiben?« fragte er.

Pollard holte einen Stift aus seinem Aktenkoffer und setzte zwanzigtausend pro Monat ein. Skannet beobachtete ihn dabei und sagte munter: »Ich hätte also mehr rausschlagen können.« Dann unterschrieb er alle drei Kopien. »Wann muß ich L. A. verlassen?«

»Noch heute abend«, antwortete Pollard. »Ich bringe Sie zu Ihrer Maschine.«

»Nein, danke«, erwiderte Skannet. »Ich glaube, ich fahre lieber nach Las Vegas und gehe mit diesem Scheck ein bißchen spielen.«

»Ich werde Sie im Auge behalten«, sagte Pollard. Jetzt war der Zeitpunkt gekommen, da er ein bißchen Muskeln zeigen mußte, fand er. »Ich warne Sie. Wenn Sie sich noch einmal hier in Los Angeles blicken lassen, werde ich Sie wegen Erpressung verklagen.«

Skannets rotes Gesicht strahlte vor Vergnügen. »Ach ja, bitte«, sagte er. »Dann werde ich genauso berühmt wie Athena.«

An jenem Abend berichtete das Überwachungsteam, Boz Skannet sei zwar ausgezogen, aber nur, um sich im Beverly Hills Hotel ein Zimmer zu nehmen; außerdem habe er den Scheck über fünfzigtausend Dollar auf sein Konto bei der Bank of America eingezahlt. Daraus zog Pollard mehrere Schlüsse: daß Skannet Einfluß haben mußte, weil er im Beverly Hills Hotel aufgenommen worden war, und daß er sich einen Scheißdreck um den Vertrag kümmerte. Pollard erstattete Bobby Bantz gleich Bericht und bat um weitere Instruktionen. Bantz befahl ihm, den Mund zu halten. Der Vertrag sei Athena vorgelegt worden, um sie zu beruhigen und zu bewegen, zur Arbeit zurückzukehren. Daß sie ihnen ins Gesicht gelacht hatte, verschwieg er lieber.

»Sie können den Scheck sperren lassen«, meinte Pollard.

»Nein«, sagte Bantz. »Sowie er ihn einlöst, schleppen wir ihn vor Gericht – wegen Betrugs, Erpressung, irgendwas. Athena soll nur nicht erfahren, daß er sich immer noch hier in der Stadt aufhält.«

»Ich werde die Bewachung für sie verstärken«, sagte Pollard. »Aber wenn er es wirklich auf sie abgesehen hat, wird das nichts nützen.«

»Er blufft«, sagte Bantz. »Er hat's beim ersten Mal nicht getan. Warum sollte er ihr jetzt was antun?«

»Das will ich Ihnen sagen«, antwortete Pollard. »Wir sind

in sein Zimmer eingedrungen und haben es durchsucht. Und raten Sie mal, was wir gefunden haben! Eine Flasche mit Säure.«

»Scheiße!« sagte Bantz. »Könnten Sie das den Cops erzählen? Jim Losey, zum Beispiel?«

»Der Besitz von Säure ist nicht strafbar«, wandte Pollard ein. »Einbruch schon. Skannet kann mich ins Gefängnis bringen.«

»Sie haben mir kein Wort gesagt«, befahl ihm Bantz. »Dieses Gespräch hat niemals stattgefunden. Und Sie vergessen, was Sie wissen.«

»Aber sicher, Mr. Bantz«, sagte Pollard. »Ich werde Ihnen die Informationen nicht mal in Rechnung stellen.«

»Vielen Dank«, gab Bantz ironisch zurück. »Melden Sie sich.«

Claudia wurde von Skippy Deere unterrichtet und darauf hingewiesen, wie sie sich beide als Produzent und Autorin des Filmprojekts zu verhalten hatten.

»Sie müssen Athena in den Arsch kriechen«, behauptete Deere. »Sie müssen dienern. Sie müssen heulen, einen Nervenzusammenbruch vortäuschen. Sie müssen sie an alles erinnern, was Sie als enge und treue Freundin und Profikollegin jemals für sie getan haben. Sie müssen Athena in diesen Film zurückholen.«

Claudia war mit Skippys Ansichten vertraut. »Warum ich?« gab sie kühl zurück. »Sie sind der Produzent, Dita ist Regisseurin, Bantz ist Präsident von LoddStone. Ihr könnt ihr von mir aus in den Arsch kriechen. Ihr habt schließlich weit mehr Übung darin als ich.«

»Weil es von Anfang an Ihr Projekt war«, sagte Deere. »Sie haben auf gut Glück das Originaldrehbuch geschrieben. Sie haben mich dafür gewonnen, und Sie haben Athena dafür gewonnen. Wenn dieses Projekt scheitert, wird man mit dem Fehlschlag immer nur Ihren Namen verbinden.«

Als Deere gegangen war und sie allein in ihrem Büro saß, erkannte Claudia, daß Deere recht hatte. In ihrer Verzweiflung dachte sie an ihren Bruder Cross. Er war der einzige, der ihr helfen und das Problem Boz lösen konnte. Der Gedanke, ihre Freundschaft mit Athena auszunutzen, war ihr verhaßt. Sie wußte genau, daß Athena sie möglicherweise im Stich lassen würde, aber Cross würde das niemals tun.

Als sie im Xanadu in Las Vegas anrief, erfuhr sie jedoch, daß Cross sich während der nächsten Tage in Quogue aufhalten würde. Das rief all ihre Kindheitserinnerungen wach, die sie ständig zu vergessen suchte. In Quogue würde sie ihren Bruder bestimmt nicht anrufen. Mit den Clericuzios wollte sie nie wieder etwas zu tun haben. Jedenfalls nicht freiwillig. Sie wollte nie wieder an ihre Kindheit erinnert werden, nie wieder an ihren Vater, nie wieder an einen der Clericuzios.

Zweites Buch

Die Clericuzios
und
Pippi De Lena

3. Kapitel

Die legendäre Grausamkeit der Familie Clericuzio hatte ihre Wurzeln in Sizilien, in einer Zeit, die mehr als einhundert Jahre zurücklag. Damals hatten die Clericuzios mit einer rivalisierenden Familie zwanzig Jahre lang Krieg um den Besitz eines Waldstücks geführt. Don Pietro Forlenza, der Patriarch des gegnerischen Clans, lag im Sterben. Nach achtundfünfzig Jahren des Kampfes hatte er einen Schlaganfall erlitten, der seinem Leben, wie der Arzt voraussagte, binnen einer Woche ein Ende bereiten würde. Ein Mitglied der Clericuzios drang ins Schlafzimmer des Kranken ein und erstach ihn mit dem Ausruf, der Alte habe keinen friedlichen Tod verdient.

Diese alte Mordgeschichte pflegte Don Domenico Clericuzio gern zu erzählen, um darauf hinzuweisen, wie töricht er diese altmodischen Methoden fand, daß wahllose Grausamkeit nichts weiter sei als ungezügelte Kraftprotzerei. Grausamkeit sei eine zu kostbare Waffe, um sie sinnlos zu verschwenden: Sie habe stets einem wichtigen Zweck zu dienen.

Und damit hatte er recht, denn es war ebendiese Grausamkeit, die den Untergang der Familie Clericuzio in Sizilien herbeiführte. Als Mussolini und die Faschisten in Italien die absolute Macht errangen, war ihnen klar, daß die Mafia vernichtet werden mußte. Dieses Ziel erreichten sie, indem sie gültiges Recht außer Kraft setzten und mit Waffengewalt gegen die Mafia vorgingen. Diese wurde vernichtet – um den Preis von Tausenden Unschuldiger, die mit den Mafiosi ins Gefängnis oder ins Exil gingen.

Nur der Clan der Clericuzios war mutig genug, sich den Verfügungen der Faschisten mit Gewalt zu widersetzen. Sie ermordeten den faschistischen Präfekten des Ortes, sie griffen die Garnisonen der Faschisten an. Und was das unverschämteste war: Als Mussolini in Palermo eine Ansprache hielt, stahlen sie seine heißgeliebte, aus England importierte »Melone« mitsamt dem dazugehörigen Regenschirm. Dieser bäuerliche, mit Verachtung gemischte Humor war es, der Mussolini in Sizilien lächerlich machte und letztlich zum Untergang der Familie führte. Es folgte eine massive Truppenkonzentration in ihrer Heimatprovinz. Fünfhundert Mitglieder des Clans wurden sofort getötet. Weitere fünfhundert wurden auf öde Inseln im Mittelmeer verbannt, die als Strafkolonien dienten. Nur der innerste Kern der Familie überlebte, und diese Männer schickten den jungen Domenico Clericuzio nach Amerika. Wo Don Domenico sich – ein Beweis dafür, daß man sein Blut nicht verleugnen kann – unverzüglich ein eigenes Reich aufbaute, das er mit weit mehr List und weiser Voraussicht lenkte als seine Vorfahren das ihre in Sizilien. Dabei vergaß er jedoch keinen Moment, daß der schlimmste Feind immer ein Staat ohne Gesetze war. Deswegen liebte er Amerika.

Schon früh lernte er die berühmte Maxime des amerikanischen Rechtssystems kennen, daß es besser sei, hundert Schuldige laufenzulassen, als einen Unschuldigen zu bestrafen. Sprachlos angesichts dieses edlen Prinzips, wurde er zum begeisterten Patrioten. Amerika war sein Land! Er würde Amerika niemals verlassen.

Von diesem Gedanken beflügelt, errichtete Don Domenico

das Reich der Clericuzios in Amerika auf einer solideren Basis, als es der Clan in Sizilien getan hatte. Mit großzügigen Bargeldgeschenken sicherte er sich die Freundschaft aller politischen und gerichtlichen Institutionen. Er verließ sich nicht auf ein oder zwei Einkommensquellen, sondern expandierte nach bester Tradition amerikanischer Unternehmen. Zum Beispiel ins Baugeschäft, in die Abfallverwertungs-Industrie und die verschiedenen Zweige des Transportwesens. Die Haupteinnahmequelle bildete jedoch das Glücksspiel, dem seine große Liebe galt – im Gegensatz zum Drogenhandel, der zwar gewinnbringender war, dem er aber zutiefst mißtraute. Schließlich erlaubte er der Familie Clericuzio in späteren Jahren nur noch, auf dem Sektor Glücksspiel aktiv zu werden. Alle anderen Unternehmen zahlten den Clericuzios eine Abgabe von fünf Prozent.

So kam es, daß sich der Plan und der Traum des Don nach fünfundzwanzig Jahren erfüllte. Das Glücksspiel war inzwischen nicht mehr anrüchig und wurde, weit wichtiger, mit der Zeit immer mehr legalisiert. Zum Beispiel in Gestalt der äußerst einträglichen Staatslotterien, die den Bürgern von der Regierung angeboten wurden – eine einzige große Gaunerei, weil die Auszahlung der Gewinne über zwanzig Jahre verteilt wurde, was im Grunde darauf hinauslief, daß der Staat die ursprüngliche Summe niemals auszahlte, sondern nur die Zinsen für das zurückgehaltene Geld. Und die mußten dann auch noch versteuert werden. Ein Witz! Don Domenico kannte diese Details, weil seiner Familie eine der Firmen gehörte, von denen die Lotterie in mehreren Staaten gegen einen beachtlich hohen Preis verwaltet wurde.

Aber der Don setzte auf den Tag, an dem das Wetten im Bereich des Sports in sämtlichen US-Staaten ebenso legalisiert würde wie bisher nur in Nevada. Seine Informationen bezog er aus den Abgaben, die aus den illegalen Wetten an ihn entrichtet wurden. Der Gewinn beim Football Super Bowl allein würde sich bei legalen Wetten auf eine Milliarde Dollar belaufen – an einem Tag! Die World Series mit ihren sieben Spielen würde einen ähnlich hohen Gewinn erzielen. College-Football, Eishockey, Basketball – alles überreichlich sprudelnde Quellen. Außerdem würde es komplizierte, aber verlockende Wetten auf Sportereignisse geben – wahre und dazu legale Goldminen! Der Don selbst würde diesen glorreichen Tag nicht mehr erleben, das war ihm klar, doch welch eine Welt öffnete sich seinen Kindern! Wie Renaissancefürsten würden die Clericuzios leben, würden Kunstmäzene sein, Berater und Oberhäupter von Regierungen, als ehrbare Persönlichkeiten in die Geschichtsbücher eingehen. Eine Schleppe aus Gold würde die Spuren ihrer Herkunft verwischen. All seine Nachkommen, seine Gefolgsleute, seine treuen Freunde würden für immer gesichert sein. Gewiß, der Don träumte; seine Vision war die einer zivilisierten Gesellschaft, einer Welt, die wie ein riesengroßer Baum all jene schönen Früchte abwirft, die der Menschheit Nahrung und Obdach bringen. In den Wurzeln dieses riesigen Baumes würde jedoch der ewige Python der Clericuzios lauern, um seine Nahrung aus einer unversiegbaren Quelle zu ziehen.

Wenn die Familie Clericuzio für die vielen Mafia-Imperien in den Vereinigten Staaten die Heilige Kirche war, dann war Don Domenico Clericuzio, das Oberhaupt des Clans, der Papst, bewundert nicht nur für seine Intelligenz, sondern auch für seine Kraft.

Darüber hinaus wurde Don Clericuzio wegen des strengen Moralkodex verehrt, den er in seiner Familie durchsetzte. Ob Mann, Frau oder Kind, ein jeder war, ungeachtet der Streßfaktoren, Gewissensbisse und erschwerenden Umstände, hundertprozentig für seine Taten verantwortlich. Die Tat allein machte den Menschen aus; Worte waren ein Furz im Wind. Die Sozialwissenschaften verachtete er nicht weniger als die Psychologie. Er war ein frommer Katholik: Bußgeld für die Sünden dieser Welt, Vergebung erst in der nächsten. Jede Schuld mußte bezahlt werden. Der Don übte unnachsichtige Strenge bei seinen Richtsprüchen.

Ebenso streng hielt er es mit der Loyalität. Zuerst kamen seine Blutsverwandten, dann kam sein Gott (er hatte nicht einmal eine Privatkapelle im Haus!) und an dritter Stelle seine Verpflichtungen gegenüber all seinen Untergebenen im Clan der Clericuzios.

Die Gesellschaft, die Regierung spielten – obwohl der Don Patriot war – keine Rolle in seinem Weltbild. Don Clericuzio war in Sizilien geboren, wo Gesellschaft und Regierung als Feind galten. Seine Auffassung vom freien Willen war eindeutig und klar. Man konnte als Sklave leben und sein tägliches Brot ohne jede Hoffnung und Würde verdienen, oder man verdiente sein Brot als Mann, der Respekt verlangte. Der Clan war für ihn die Gesellschaft, Gott war sein Richter, und seine Gefolgsleute respektierten ihn. Ihnen war er auf dieser Welt verpflichtet: Er hatte dafür zu sorgen, daß sie genug zu essen hatten, daß die Welt ihnen Respekt erwies und sie vor der Strafe anderer Menschen geschützt waren.

Der Don hatte sein Imperium nicht errichtet, damit seine Kinder und Enkel eines Tages mit einer Masse hilfloser Menschen verschmolzen. Er hatte seine Macht etabliert und baute sie immer weiter aus, damit der Name und das Vermögen der Familie mindestens so lange überlebten wie die katholische Kirche. Gab es auf dieser Welt ein höheres Ziel für einen Menschen, als sein tägliches Brot zu verdienen und erst in der nächsten vor einen alles vergebenden Gott zu treten? Was seine Mitmenschen und ihre mangelhaften Gesellschaftsstrukturen anging, so konnten sie seinetwegen auf den Grund des Ozeans sinken.

Don Domenico führte seine Familie zu den höchsten Gipfeln der Macht. Das tat er mit an die Borgias erinnernder Grausamkeit und machiavellistischer Gerissenheit sowie einem soliden amerikanischen Geschäftsbewußtsein. Vor allem aber mit patriarchalischer Liebe zu seinen Gefolgsleuten. Tugend wurde belohnt. Beleidigungen gerächt. Der Lebensunterhalt garantiert.

Schließlich stiegen die Clericuzios, genau wie der Don es geplant hatte, so weit auf, daß die Familie sich nur noch in dringenden Notfällen zu kriminellen Aktionen hinreißen ließ. Die anderen Mafia-Familien dienten hauptsächlich als ausführende Barone oder *bruglioni,* die alle, sobald sie Probleme hatten, mit dem Hut in der Hand zu den Clericuzios kamen. Auf italienisch reimen sich die Wörter »*bruglione*« und »Baron«, im Dialekt der Italiener bezeichnet man einen Menschen als *bruglione,* der schon bei den kleinsten Schwierigkeiten versagt. Es war Don Domenico mit seiner Intelligenz, der, von den ständigen Hilferufen der Barone genervt, das Wort »Baron« durch *bruglione* ersetzte. Die Clericuzios sorgten für Frieden zwischen ihnen, holten sie aus dem Gefängnis, versteckten ihre illegal erworbenen Gelder in Europa, arrangierten narrensichere Möglichkeiten, damit sie ihre Drogen nach Amerika hereinschmuggeln konnten, und setzten ihren Einfluß bei Richtern und verschiedenen wichtigen Regierungsbehörden auf Landes- und auf Staatsebene ein. Hilfe vor Ort wurde normalerweise nicht benötigt, denn besaß ein *bruglione* in der Stadt, in der er wohnte, keinen Einfluß, war er keinen Pfifferling wert.

Gefestigt wurde die Macht der Familie durch Don Clericuzios ältesten Sohn Giorgio, ein Genie auf dem ökonomischen Sektor. Wie eine göttliche Wäscherin reinigte er die Kaskaden schwarzen Geldes, die eine moderne Zivilisation ausspeit. Es war Giorgio, der stets versuchte, die Grausamkeit des Vaters zu mäßigen. Vor allem aber war Giorgio darauf bedacht, die Clericuzios aus dem Licht der Öffentlichkeit herauszuhalten. Daher lebte die Familie, selbst für die Behörden, wie eine Art UFO. Es gab gelegentlich Einblicke, Gerüchte, Horror- und Wohltätigkeitsstorys. Erwähnt wurden sie in den Akten des FBI und der Polizei, aber nie erschienen irgendwelche Zeitungsberichte, nicht einmal in jenen Publikationen, die sich damit hervortaten, die Aktivitäten verschiedener anderer, durch Nachlässigkeit und Egoismus ins Unglück geratener Mafiafamilien zu schildern.

Nicht daß die Familie der Clericuzios ein zahnloser Tiger war. Giorgios jüngere Brüder Vincent und Petie waren zwar nicht so clever wie Giorgio, aber von fast ebenso gefährlicher Grausamkeit wie der Don. Und sie verfügten über einen Pool von Vollstreckern, die in einer Enklave in der Bronx lebten, die schon immer italienisch gewesen war. Diese Enklave, vierzig Häuserblocks im Quadrat, hätte die Kulisse für einen Film aus dem alten Italien sein können. Es gab dort weder bärtige orthodoxe Juden noch Schwarze, Asiaten oder Bohemiens, nicht einmal Geschäftsniederlassungen dieser unerwünschten Elemente. Es gab kein einziges chinesisches Restaurant. Sämtliche Immobilien der Enklave gehörten den Clericuzios oder wurden von ihnen kontrolliert. Gewiß, einige Sprößlinge der italienischen Familien trugen lange Haare und führten sich als Gitarre spielende Rebellen auf, doch diese Teenager wurden umgehend zu Verwandten nach Kalifornien geschickt. In jedem Jahr trafen neue, sorgfältig ausgewählte Einwanderer aus Sizilien ein und mehrten die Einwohnerzahl. Die Bronx-Enklave, inmitten von Vierteln mit der höchsten Kriminalitätsrate der Welt gelegen, war eigentümlicherweise hundertprozentig frei von Missetätern.

Pippi De Lena war vom Bürgermeister der Bronx-Enklave zum *bruglione* der Clericuzios in der Las-Vegas-Sektion aufgestiegen. Dennoch blieb er den Clericuzios, die noch immer sein ganz spezielles Talent brauchten, direkt unterstellt.

Pippi war im wesentlichen das, was man als *qualificato* bezeichnete, ein Qualifizierter. Er hatte schon mit siebzehn begonnen, sich seine »Knochen« selbst zu verdienen, und zwar, was seine Tat noch bewundernswerter machte, mit der Garrotte. Normalerweise verachteten die jungen Männer in Amerika in ihrem vorschnellen, unreifen Stolz diesen ganz besonderen Strick. Außerdem war er körperlich stark, relativ groß und von einschüchternd bulliger Statur. Im Umgang mit Schußwaffen und Sprengstoff war er selbstverständlich Experte. Von all dem abgesehen aber war er wegen seiner Lebensfreude ein Mann mit Charme; er verfügte über eine Herzlichkeit, die allen Männern die Befangenheit nahm, und die Frauen schätzten seine Ritterlichkeit, eine Mischung aus ländlichem Sizilien und amerikanischem Kino. Obwohl er seine Arbeit überaus ernst nahm, fand er, daß man das Leben genießen müsse.

Natürlich hatte er auch kleine Schwächen. Er trank gern und reichlich, spielte viel und war versessen auf Frauen. Und er war weniger unbarmherzig, als der Don es sich gewünscht hätte – vielleicht, weil Pippi die Gesellschaft anderer Menschen zu sehr genoß. All diese Schwächen machten ihn jedoch zu einer um so gefährlicheren Waffe. Er war ein Mann, der seine Laster benutzte, um seinem Körper Gift zu entziehen, statt es ihm zuzuführen.

Nützlich für seine Karriere war natürlich auch, daß er Don Domenicos Neffe war. Er war sein Blutsverwandter, und das zählte, als Pippi mit der Familientradition brach.

Kein Mensch kann leben, ohne Fehler zu machen. Pippi De Lena heiratete im Alter von achtundzwanzig Jahren aus

Liebe und krönte diesen Fehler noch, indem er sich eine für einen Qualifizierten absolut unpassende Frau aussuchte.

Ihr Name war Nalene Jessup, und sie war Tänzerin in der Show des Xanadu in Las Vegas. Voller Stolz wies Pippi ständig darauf hin, daß sie kein Showgirl war, das in der vordersten Reihe mit Busen und Hintern wackelte, sondern eine Tänzerin. Außerdem war Nalene nach Vegas-Standard eine Intellektuelle. Sie las Bücher, interessierte sich für Politik, und da sie aus der weiß-angelsächsisch-protestantisch gefärbten Kultur von Sacramento in Kalifornien stammte, hatte sie altmodische Wertvorstellungen.

Die beiden waren perfekte Gegensätze. Pippi hatte keinerlei geistige Interessen, er las so gut wie nie, hörte kaum Musik und ging selten ins Kino oder ins Theater. Pippi hatte das Gesicht eines Bullen, Nalene das Antlitz einer Blume. Pippi war extrovertiert und voller Charme, hatte aber etwas Bedrohliches an sich. Nalene war so sanft, daß es keiner ihrer Kolleginnen unter den Showgirls oder den Tänzerinnen je gelang, sich mit ihr zu streiten, wie sie es untereinander oftmals taten, um sich ein wenig die Zeit zu vertreiben.

Das einzige, was Pippi und Nalene gemeinsam hatten, war das Tanzen. Denn Pippi De Lena, der gefürchtete Hammer der Clericuzios, verwandelte sich, sobald er einen Tanzboden betrat, in einen veritablen Künstler. Das war für ihn die Poesie, die er nicht lesen konnte, die mittelalterliche Courtoisie der Gralsritter, die Zärtlichkeit, die exquisite Raffinesse der Sexualität. Nur hier konnte er nach etwas greifen, das er nicht zu begreifen vermochte.

Für Nalene Jessup war es ein flüchtiger Blick ins Innerste seiner Seele. Wenn sie, bevor sie einander liebten, stundenlang tanzten, wurde ihr Sex dadurch ätherisch, zu einer echten Kommunikation zwischen gleichgestimmten Seelen.

Wenn sie tanzten, allein in ihrer Wohnung oder auf dem Tanzparkett der Hotels von Las Vegas, sprach er mit ihr.

Er war ein begabter Geschichtenerzähler. Er brachte seine Bewunderung für sie auf schmeichelhafte, amüsante Art zum Ausdruck. Er verfügte über eine überwältigende maskuline Ausstrahlung, die er ihr als Sklave zu Füßen legte; und er konnte zuhören. Stolz und interessiert lauschte er ihr, wenn sie von Büchern sprach, vom Theater, von der Aufgabe der Demokratie, den Unterdrückten zu helfen, von den Rechten der Schwarzen, der Befreiung Südafrikas, der Pflicht, die unglücklichen Armen der dritten Welt zu sättigen. Pippi war fasziniert von diesen Gefühlen, die für ihn exotisch waren.

Hinzu kam, daß sie sexuell perfekt zusammenpaßten, daß ihre Gegensätze einander anzogen. Gut für ihre Liebe war auch, daß Pippi die wahre Nalene erkannte, Nalene aber nicht den wahren Pippi. Was sie sah, war ein Mann, der sie anbetete, der sie mit Geschenken überschüttete und sich ihre Träume anhörte.

Als sie sich eine Woche kannten, heirateten sie. Nalene war erst achtzehn, sie wußte es nicht besser. Pippi war achtundzwanzig und liebte sie aufrichtig. Auch er war mit altmodischen Wertbegriffen aufgewachsen – allerdings ganz anderer Art –, und beide wünschten sich eine Familie. Nalenes Eltern waren gestorben, und Pippi zögerte, die Clericuzios in sein neu gefundenes Glück einzubeziehen. Außerdem wußte er, daß sie nicht einverstanden wären. Es war besser, sie vor vollendete Tatsachen zu stellen und die Dinge sich allmählich entwickeln zu lassen. Sie heirateten in einer Kapelle in Vegas.

Doch Pippi hatte sich wieder einmal geirrt: Don Clericuzio war durchaus einverstanden, daß Pippi heiratete. Er sagte oft: »Die oberste Pflicht eines Mannes ist es, sich den eigenen Lebensunterhalt zu verdienen.« Aber wozu, wenn dieser

Mann weder Frau noch Kinder hatte? Der Don nahm allerdings Anstoß daran, daß er nicht gefragt und daß die Hochzeit nicht im Kreis der Clericuzios gefeiert worden war. Schließlich floß Clericuzio-Blut in Pippis Adern.

Verdrossen stellte der Don fest: »Von mir aus können die auf den Boden des Ozeans runtertanzen.« Aber er schickte trotzdem großzügige Hochzeitsgeschenke. Ein Haus, eine Inkasso-Agentur, die das für jene Zeit fürstliche Einkommen von einhunderttausend Dollar pro Jahr garantierte, sowie eine Beförderung. Pippi De Lena sollte dem Clan der Clericuzios weiterhin als einer der ihnen am engsten verbundenen *bruglioni* des Westens dienen, wurde jedoch aus der Bronx-Enklave verbannt, denn seine ihnen so fremde Frau konnte mit den gläubigen Katholiken unmöglich in friedlicher Harmonie leben. Sie war ihnen ebenso fremd wie die Moslems, die Schwarzen, die orthodoxen Juden und die Asiaten, die ebenfalls aus der Enklave verbannt waren. Letztendlich verlor Pippi also, obwohl er der Hammer der Clericuzios blieb, obwohl er ein lokaler Baron blieb, einiges an Einfluß im Herrenhaus von Quogue.

Brautführer bei der Trauung war Alfred Gronevelt, Besitzer des Xanadu, der anschließend eine kleine Dinnerparty gab, auf der Braut und Bräutigam die ganze Nacht hindurch tanzten. In den darauffolgenden Jahren entstand zwischen Gronevelt und Pippi De Lena eine enge und sehr treue Freundschaft.

Sie blieben lange genug verheiratet, um zwei Kinder in die Welt zu setzen: einen Sohn und eine Tochter. Der älteste, Croccifixio getauft, aber von allen Cross genannt, war im Alter von zehn Jahren mit seinem zierlich gebauten Körper und seinem nahezu feminin wirkenden Gesicht das Ebenbild der Mutter, besaß aber die körperliche Kraft und die hervorragende Koordinationsfähigkeit seines Vaters. Claudia, die jüngere, war wiederum das Ebenbild des Vaters, mit groben Zügen, die nur durch die Frische und Unschuld der Kindheit vor Häßlichkeit bewahrt wurden, verfügte aber nicht über die Eigenschaften des Vaters. Dafür war ihr die Liebe der Mutter für Bücher, Musik und Theater sowie deren Sanftmut eigen. Daher war es nur natürlich, daß Cross und Pippi einander nahestanden, während Claudia sich enger ihrer Mutter Nalene verbunden fühlte.

In den elf Jahren, bevor die Familie De Lena auseinanderbrach, liefen die Dinge ausgezeichnet. Pippi etablierte sich in Las Vegas als *bruglione* und Geldeintreiber für das Xanadu, diente den Clericuzios nebenher aber noch immer als Hammer. Er wurde reich und führte ein angenehmes, wenn auch auf Befehl des Don unauffälliges Leben. Er trank, nahm an Glücksspielen teil, tanzte mit seiner Frau, spielte mit seinen Kindern und versuchte sie auf das Erwachsenendasein vorzubereiten.

Durch sein eigenes gefährliches Leben hatte Pippi gelernt, immer weit vorauszudenken. Das war einer der Gründe für seinen Erfolg. Schon früh sah er in Cross, dem Kind, auch Cross, den künftigen Mann. Und dieser Mann sollte sein Verbündeter sein, das war sein Wunsch. Aber vielleicht wollte er auch wenigstens ein menschliches Wesen in seiner Nähe haben, dem er hundertprozentig vertrauen konnte.

Also bildete er Cross aus, lehrte ihn alle Tricks des Glücksspiels und nahm ihn mit zum Dinner mit Gronevelt, damit er dessen Geschichten über die vielen verschiedenen Möglichkeiten erfuhr, ein Casino zu überlisten. Seine Erzählungen begann Gronevelt stets mit den Worten: »In jeder Nacht liegen Millionen von Menschen wach und denken darüber nach, wie sie mein Casino betrügen können.«

Pippi nahm Cross mit auf die Jagd, zeigte ihm, wie man

Tiere häutet und ausweidet, gewöhnte ihn an den Geruch des Blutes und den Anblick der eigenen blutbesudelten Hände. Er ließ Cross Boxunterricht geben, damit er den Schmerz spürte, erklärte ihm den Umgang mit Schußwaffen und deren Pflege, zog die Grenze jedoch bei der Garrotte, denn das war sein ganz persönliches Vergnügen und in den modernen Zeiten nicht mehr sehr brauchbar. Außerdem gab es keine Möglichkeit, der Mutter des Jungen Sinn und Zweck des Stricks zu erklären.

Die Familie der Clericuzios besaß eine große Jagdhütte in den Bergen von Nevada, die Pippi für den Urlaub mit seiner Familie benutzen konnte. Dort ging er mit beiden Kindern auf die Jagd, während Nalene in der warmen Hütte ihre geliebten Bücher las. Auf der Jagd gelang es Cross mühelos, Wölfe, Hirsche und manchmal sogar Berglöwen und Bären zu erlegen, ein Zeichen dafür, daß er sehr talentiert war, ein gutes Gefühl für Schußwaffen besaß, im Umgang mit ihnen stets vorsichtig war, in der Gefahr ruhig blieb und nicht mit der Wimper zuckte, wenn er in die blutigen, schleimigen Eingeweide griff. Nie war er zimperlich, wenn es darum ging, Gliedmaßen und Köpfe abzutrennen und das Wild zuzurichten.

Claudia hingegen ließ all diese Eigenschaften vermissen. Beim Knall einer Waffe zuckte sie zusammen, beim Häuten eines Stücks Wild mußte sie sich übergeben. Nach wenigen Jagdausflügen weigerte sie sich, die Hütte zu verlassen, und verbrachte die Zeit lieber lesend bei ihrer Mutter oder ging am nahen Bach spazieren. Nicht einmal angeln wollte Claudia, denn sie konnte es nicht ertragen, den stählernen Haken durch den weichen Körper eines Wurms zu bohren.

Pippi konzentrierte sich auf seinen Sohn. Er machte den Jungen mit den grundlegenden Verhaltensregeln vertraut. Niemals Zorn über eine Kränkung zeigen, niemals etwas über sich selbst verraten. Sich den Respekt anderer durch Taten und nicht durch Worte verdienen. Die Mitglieder der eigenen Familie respektieren. Das Glücksspiel als Zeitvertreib betrachten, nicht als Beruf. Vater, Mutter und Schwester lieben, sich vor der Liebe zu einer anderen als der eigenen Frau jedoch hüten. In der eigenen Frau die Frau sehen, die ihm die Kinder geboren hat. Und sobald das geschehen war, das eigene Leben dafür einsetzen, ihnen das tägliche Brot zu verschaffen.

Cross war ein so gelehriger Schüler, daß sein Vater richtig vernarrt in ihn war. Außerdem liebte er ihn, weil Cross so sehr seiner Mutter glich, weil er ihre Anmut besaß, weil er ihr Ebenbild war, doch ohne jene intellektuelle Veranlagung, die jetzt allmählich seine Ehe zu zerstören begann.

Pippi hatte nie an den Traum des Don geglaubt, daß alle jüngeren Kinder sich in die normale Gesellschaft eingliedern würden; ja, er hielt das nicht mal für die beste Möglichkeit. Er respektierte die Genialität des Alten, doch diese Vorstellung des großen Don war für ihn reine Romantik. Schließlich wünschten sich alle Väter, daß ihre Söhne mit ihnen zusammenarbeiteten, daß sie genauso wurden wie sie; Blut blieb Blut, daran würde sich nie etwas ändern.

Wie sich herausstellte, hatte Pippi in dieser Hinsicht recht. Trotz aller Absichten Don Clericuzios stellte sich heraus, daß sich selbst sein leiblicher Enkel Dante nicht in den großen Plan fügte. Als Dante heranwuchs, erwies es sich, daß er den Rückschritt zum alten sizilianischen Blut verkörperte, machtgierig und halsstarrig war. Er scheute nicht einmal davor zurück, die Gesetze Gottes und der Gesellschaft zu brechen.

Als Cross sieben war und Claudia sechs, begann Cross, von Natur aus aggressiv, Claudia in den Bauch zu boxen, sogar vor den Augen des Vaters. Claudia rief um Hilfe. Für Pippi als Vater gab es mehrere Möglichkeiten, dieses Problem zu lösen. Er konnte Cross befehlen, damit aufzuhören, und ihn, wenn er das nicht tat, beim Genick packen und in der Luft zappeln lassen, was er des öfteren auch tat. Er konnte Claudia aber auch auffordern, sich zu wehren. Oder er konnte Cross mit einem kräftigen Hieb an die Wand schleudern, was er ein- oder zweimal getan hatte. Einmal jedoch – möglicherweise, weil er gerade zu Abend gegessen hatte und ein wenig träge war, höchstwahrscheinlich aber, weil Nalene ständig mit ihm stritt, wenn er den Kindern gegenüber Gewalt anwandte – steckte er sich gelassen eine Zigarre an und sagte zu Cross: »Jedesmal, wenn du deine Schwester schlägst, bekommt sie einen Dollar von mir.« Und weil Cross nicht aufhörte, seine Schwester zu schlagen, kassierte Claudia von Pippi triumphierend einen wahren Regen von Dollarscheinen. Bis Cross schließlich frustriert aufgab.

Pippi überschüttete seine Frau mit Geschenken, aber es waren Gaben, wie sie ein Herr seiner Sklavin zukommen läßt. Bestechungsgeschenke, mit denen er ihre Knechtschaft zu kaschieren suchte: Brillantringe, Pelzmäntel, Reisen nach Europa. Weil sie Las Vegas haßte, kaufte er ihr ein Ferienhaus in Sacramento. Als er ihr einen Bentley schenkte, warf er sich in eine Chauffeursuniform, um ihn ihr zu überreichen. Gegen Ende ihrer Ehe schenkte er ihr einen antiken Ring samt Expertise, die ihn als Teil der Borgia-Sammlung auswies. Die einzige Grenze, die er für sie zog, war die Verwendung von Kreditkarten; die mußte sie aus ihrer Haushaltskasse bezahlen. Pippi benutzte nie Karten.

Dafür war er in anderen Dingen großzügig. Er gewährte ihr absolute Bewegungsfreiheit, denn Pippi war kein eifersüchtiger italienischer Ehemann. Obwohl er selbst niemals ins Ausland reiste, es sei denn geschäftlich, gestattete er

Nalene, mit ihren Freundinnen nach Europa zu fliegen, weil sie unbedingt die Londoner Museen, das Pariser Ballett, die italienische Oper besuchen wollte.

Es kam vor, daß Nalene sich über diesen Mangel an Eifersucht wunderte, im Laufe der Jahre aber wurde ihr klar, daß kein Mann aus ihrem Bekanntenkreis es wagen würde, ihr den Hof zu machen.

Zu ihrer Ehe bemerkte Don Clericuzio sarkastisch: »Glauben die etwa, sie können ihr ganzes Leben lang tanzen?«

Die Antwort lautete, wie sich herausstellte, nein. Als Tänzerin war Nalene nicht gut genug, um es bis an die Spitze zu schaffen, und ihre Beine waren paradoxerweise zu lang. Um ein Partygirl zu sein, war sie zu ernsthaft. Deswegen hatte sie ja schließlich geheiratet. Und während der ersten vier Jahre war sie auch glücklich. Sie kümmerte sich um die Kinder, besuchte Vorlesungen an der Universität von Nevada und verschlang ganze Gebirge von Büchern.

Aber Pippi interessierte sich nicht mehr für den Zustand der Umwelt, hatte die Probleme der jammernden Schwarzen satt, die nicht einmal stehlen lernen konnten, ohne geschnappt zu werden, und was die Uramerikaner betraf, wer immer die sein mochten, die konnten seinetwegen auf den Grund des Ozeans sinken und ersaufen.

Diskussionen über Bücher oder Musik gingen über seinen Horizont. Und Nalenes Forderung, er dürfe die Kinder nicht schlagen, verwirrte ihn nur. Kleine Kinder waren wie Tiere; wie sollte man ihnen zivilisiertes Benehmen beibringen, ohne sie gelegentlich an die Wand zu schmettern? Dabei achtete er stets sorgsam darauf, sie nicht zu verletzen.

Pippi nahm sich im vierten Ehejahr mehrere Geliebte: eine in Las Vegas, eine in Los Angeles und eine in New York. Nalene zahlte es ihm heim, indem sie ihr Lehrerexamen ablegte.

Sie gaben sich beide die größte Mühe. Sie liebten ihre Kinder und bereiteten ihnen ein angenehmes Leben. Nalene nahm sich viele Stunden Zeit, um mit ihnen zu lesen, zu singen und zu tanzen. Die Ehe wurde von Pippis guter Laune zusammengehalten. Seine Lebenskraft und Überschwenglichkeit täuschten über die Probleme zwischen Ehemann und Ehefrau hinweg. Die beiden Kinder liebten ihre Mutter und blickten zu ihrem Vater auf. Die Mutter liebten sie, weil sie so gütig und sanft, so schön und liebevoll, den Vater, weil er so stark war.

Beide Eltern waren ausgezeichnete Lehrer. Von ihrer Mutter lernten die Kinder soziales Verhalten, gute Manieren, Tanzen, wie man sich kleidet und wie man sich pflegt. Vom Vater lernten sie Weltgewandtheit, wie man seinen Körper schützt und durch Sport kräftigt, und das Glücksspiel. Nie nahmen sie es dem Vater übel, wenn er ein wenig rauh mit ihnen umging, vor allem, weil er das nur tat, um sie zu erziehen; sie wurden nie zornig darüber und waren ihm auch niemals böse.

Cross war furchtlos, konnte aber nachgeben. Claudia besaß nicht den körperlichen Mut ihres Bruders, zeigte jedoch eine gewisse Hartnäckigkeit. Daß es niemals an Geld mangelte, war dabei durchaus hilfreich.

Im Laufe der Jahre fielen Nalene gewisse Dinge auf. Anfangs waren es nur Lappalien. Wenn Pippi den Kindern das Kartenspiel beibrachte – Poker, Blackjack, Gin Rummy –, manipulierte er die Karten und nahm ihnen all ihr Taschengeld ab, um ihnen hinterher eine fulminante Glückssträhne zu gewähren, damit sie von Triumph erfüllt einschlafen konnten. Seltsam war, daß Claudia als Kind das Glücksspiel mehr liebte als Cross. Später zeigte Pippi ihnen, wie er sie betrogen hatte. Nalene wurde zornig; sie hatte das Gefühl, daß er mit dem Leben der Kinder ebenso spielte wie mit dem ihren. Pippi behauptete, das gehöre zu ihrer Erziehung. Sie entgegnete, das sei nicht Erziehung, sondern Verführung. Er wolle sie auf die Realität des Lebens vorbereiten, erklärte er, sie dagegen auf dessen Schönheit.

Pippi hatte stets zuviel Bargeld in der Tasche – ein Umstand, der in den Augen seiner Frau wie in denen des Finanzamts verdächtig war. Gewiß, Pippis Firma, die Inkasso-Agentur, blühte und gedieh, für ein so kleines Unternehmen führten sie jedoch ein viel zu luxuriöses Leben.

Wenn die Familie im Osten Urlaub machte und mit den Kreisen der Clericuzios in Berührung kam, entging es Nalene nicht, wie respektvoll Pippi behandelt wurde. Sie beobachtete, wie vorsichtig die Männer mit ihm umgingen, bemerkte die Ehrerbietung, die langen Besprechungen, zu denen die Männer heimlich zusammenkamen.

Es gab noch andere Kleinigkeiten. Mindestens einmal im Monat mußte Pippi geschäftlich verreisen. Die Hintergründe dieser Reisen erfuhr Nalene nie, Pippi sprach nicht darüber. Er hatte die Genehmigung, eine Schußwaffe zu tragen – durchaus logisch für einen Mann, dessen Arbeit darin bestand, große Geldsummen einzutreiben. Er war überaus vorsichtig. Nalene und die Kinder hatten keinen Zugang zu seiner Waffe, und die Patronen hielt er in einem anderen Schrank unter Verschluß.

Im Laufe der Jahre verreiste Pippi immer häufiger, Nalene verbrachte mehr Zeit zu Hause bei den Kindern. Sexuell lebten Pippi und Nalene sich auseinander, wodurch die Entfremdung nicht mehr aufzuhalten war, weil Pippi sich gerade beim Sex als zärtlich und verständnisvoll erwies.

Für einen Mann ist es unmöglich, sein wahres Wesen jahrelang vor einem Menschen zu verbergen, der ihm sehr nahesteht. Nalene entdeckte, daß Pippi ein Mann war, der sich ganz auf seine eigenen Wünsche konzentrierte, daß er von

Natur aus gewalttätig war, obwohl er ihr gegenüber niemals Gewalt anwandte. Daß er verschlossen war, obwohl er Offenheit vorgab. Daß er, obwohl liebenswürdig, gefährlich war.

Er besaß Eigenheiten, die ihn zuweilen liebenswert machten. Zum Beispiel wollte er, daß andere Menschen das, was er genoß, ebenfalls genießen sollten. Einmal waren sie mit einem Ehepaar zum Dinner in ein italienisches Restaurant gegangen. Da die beiden italienische Küche nicht besonders mochten, aßen sie nur wenig. Als Pippi das bemerkte, konnte er das Dinner nicht aufessen.

Manchmal sprach er über seine Arbeit in der Inkasso-Agentur. Fast alle großen Hotels von Las Vegas waren seine Klienten, für die er nicht eingelöste Glücksspiel-Schuldscheine, sogenannte Marker, von Kunden eintrieb, die die Zahlung verweigerten. Nalene gegenüber betonte er, daß dabei niemals Gewalt angewendet werde, nur eine spezielle Form der Überredung. Normalerweise sei es Ehrensache, daß die Leute ihre Schulden bezahlten, jeder sei für seine Taten verantwortlich, und es kränke ihn, daß vermögende Spieler ihren Verpflichtungen nicht immer nachkämen. Ärzte, Anwälte, Generaldirektoren erfreuten sich des umfangreichen Serviceangebots des Hotels und wollten dann ihren Teil des Vertrags nicht einhalten. Aber bei ihnen sei das Inkasso leicht. Man besuche sie in ihren Büros und schlage dann einen solchen Lärm, daß Kunden und Kollegen alles mithörten. Man mache eine Szene, aber man drohe ihnen nicht; man nenne sie Schnorrer, vom rechten Weg abgekommene Glücksspieler, die ihren Beruf vernachlässigten, um sich im Sumpf des Lasters zu suhlen.

Kleine Geschäftsleute waren zäher, Pfennigfuchser, die einen Handel eins zu zehn herauszuschlagen versuchten. Und dann gab es noch die Cleveren, die Schecks ausschrieben, die platzten, und dann behaupteten, da sei wohl ein Fehler passiert. Ein besonders beliebter Trick: Sie bezahlten mit einem Scheck über zehntausend, obwohl nur achttausend auf ihrem Konto waren. Doch da Pippi Zugang zu Bankinformationen hatte, zahlte er einfach die fehlenden zweitausend auf das Konto des Mannes ein und hob dann die gesamten zehntausend ab. Pippi lachte vor Vergnügen, wenn er Nalene von solchen gelungenen Streichen erzählte.

Der wichtigste Teil seines Jobs aber sei es, wie er Nalene erklärte, einen Glücksspieler so überzeugend zu bearbeiten, daß er nicht nur seine Schulden zahlte, sondern außerdem weiterspielte. Selbst ein bankrotter Spieler war von Wert. Er arbeitete. Er verdiente Geld. Also brauchte man seine Schulden nur aufzuschieben, ihn zu überreden, auch ohne Kredit im Casino zu spielen und seine Schulden jedesmal abzuzahlen, wenn er gewann.

Eines Abends erzählte Pippi Nalene eine Geschichte, die er besonders lustig fand. An jenem Tag saß er in seinem Büro bei der Inkasso-Agentur, die in einer kleinen Einkaufspassage in der Nähe des Hotels Xanadu lag, als er auf der Straße draußen Schüsse hörte. Er lief gerade rechtzeitig hinaus, um zwei maskierte und bewaffnete Männer zu sehen, die aus einem benachbarten Juweliergeschäft flohen. Ohne zu überlegen, zog Pippi seine Waffe und schoß auf die beiden Männer, die in einen wartenden Wagen sprangen und entkamen. Wenige Minuten darauf traf die Polizei ein. Die Beamten befragten zunächst alle Zeugen, dann aber nahmen sie Pippi fest. Natürlich wußten sie, daß Pippi einen Waffenschein besaß, aber indem er tatsächlich schoß, hatte er das Delikt einer »fahrlässigen Gefährdung« begangen. Alfred Gronevelt war auf die Polizeiwache gekommen und hatte ihn aus dem Gewahrsam freigekauft.

»Warum zum Teufel hab' ich das bloß getan?« fragte Pippi. »Alfred meinte, das sei einfach der Jagdinstinkt in mir. Aber ich kapier' das nicht. Ich schieße auf Räuber. Ich schütze die Öffentlichkeit. Und dann sperren sie mich ein. Richtig *einsperren* tun die mich!«

Doch diese kleinen Einblicke in seinen Charakter waren bis zu einem gewissen Grad eine geschickte List von Pippi und dienten dazu, anderen Zugang zu einem Teil seines Charakters zu geben, ohne das eigentliche Geheimnis aufzudecken.

Zur Scheidung entschloß sich Nalene erst, als Pippi wegen Mordes verhaftet wurde.

Danny Fuberta war Inhaber eines Reisebüros in New York, das er mit seinen Einnahmen als Kredithai unter dem Schutz der inzwischen ausgelöschten Santadio-Familie finanziert hatte. Den größten Teil seines Lebensunterhalts verdiente er sich aber als Junket Master von Las Vegas.

Ein Junket Master schließt mit einem Hotel in Las Vegas einen Exklusivvertrag, der ihn verpflichtet, dem Haus Urlauber und Touristen zuzuführen, die sich im Glücksspiel versuchen wollen. Jeden Monat charterte Danny Fuberta eine 747 und warb annähernd zweihundert Kunden an, die er mit der Maschine zum Hotel Xanadu beförderte. Für einen Pauschalpreis von eintausend Dollar erhielt der Kunde einen kostenfreien Flug von New York nach Vegas und zurück, kostenlose Speisen und Getränke unterwegs, kostenlose Hotelzimmer, kostenlose Speisen und Getränke im Hotel. Fuberta hatte stets eine lange Warteliste für diese Flüge und suchte sich seine Kunden sorgfältig aus. Es mußten Leute mit gutbezahlten, wenn auch nicht unbedingt legalen Jobs sein, die mindestens vier Stunden pro Tag im Casino beim Glücksspiel verbrachten. Und wenn irgend möglich, sollten sie am Kassenfenster des Hotels Xanadu einen Kredit aufnehmen.

Einer von Fubertas größten Pluspunkten war seine Freundschaft mit Gaunern, Bankräubern, Drogendealern, Zigarettenschmugglern, zwielichtigen Geschäftsleuten aus dem Bekleidungsviertel und anderen Unterweltlern, die im Sündenpfuhl New York nach Kräften absahnten. Diese Männer waren die besten Kunden. Schließlich führten sie ein anstrengendes Leben und brauchten dringend einen entspannenden Urlaub. Sie verdienten riesige Summen schwarzen Geldes – in bar –, und sie liebten das Glücksspiel.

Für jede Flugzeugladung mit zweihundert Kunden, die Danny Fuberta im Xanadu ablieferte, erhielt er eine Pauschalsumme von zwanzigtausend Dollar. Manchmal, wenn die Kunden hoch verloren, erhielt er zusätzlich einen Bonus. All das sowie der Grundpreis für die Pauschalreise verschaffte ihm ein beträchtliches Monatseinkommen. Unglücklicherweise hatte Fuberta jedoch selbst eine Schwäche für das Glücksspiel. Und so kam eine Zeit, da seine Rechnungen höher waren als seine Einnahmen.

Als findiger Mann entdeckte Fuberta schon bald eine Möglichkeit, wieder solvent zu werden. Zu seinen Pflichten als Junket Master gehörte es, für den Casino-Kredit, der dem Junket-Kunden gewährt wurde, zu bürgen.

Fuberta rekrutierte eine Bande von sehr erfahrenen Kriminellen. Mit ihnen heckte er einen Plan aus, das Hotel Xanadu um achthunderttausend Dollar zu erleichtern.

Fuberta stattete die vier Männer mit gefälschten Papieren aus, die sie als Geschäftsleute aus der Bekleidungsbranche mit hohem Kreditrahmen auswiesen; die Daten hatte er sorgfältig aus seinen Reisebüro-Akten herausgesiebt. Auf Grund dieser Papiere erklärte er sie für das Zweihunderttausend-Limit zulässig. Dann setzte er sie in die Junket-Maschine.

»Die haben sich's wirklich gutgehen lassen«, sagte Gronevelt später.

Während des zweitägigen Aufenthalts ließen Fuberta und seine Bande haushohe Zimmerservicerechnungen auflaufen, luden die Tanzmädchen zum Dinner ein und kauften auf Kredit Geschenke in der Boutique, aber das war noch das geringste. Sie holten sich schwarze Chips vom Casino und unterzeichneten ihre Schuldscheine, die Marker.

Sie teilten sich in zwei Gruppen. Ein Team wettete gegen die Würfel, das andere mit den Würfeln. Auf diese Art konnten sie nicht mehr verlieren als den Gewinnanteil, oder sie kamen bei null raus. So holten sie sich Chips im Wert von einer Million Dollar auf ihre Marker, die Fuberta später in Bargeld einwechselte. Sie taten, als spielten sie wie wild, traten in Wirklichkeit aber nur auf der Stelle. Dabei entwickelten sie eine hektische Aktivität. Sie zogen ein perfektes Schauspiel ab, beschworen die Würfel, runzelten finster die Stirn, wenn sie verloren, und jubelten jedesmal, wenn sie gewannen. Am Ende des Tages lieferten sie ihre Chips bei Fuberta ab, der sie einlöste, und unterschrieben Marker, um sich an der Kasse neue Chips abzuholen. Als es zwei Tage später vorbei war mit der Komödie, war das Syndikat um achthunderttausend Dollar reicher, und die Gauner hatten munter für weitere zwanzigtausend Dollar Serviceleistungen genossen, an der Kasse jedoch Schuldscheine in Höhe von einer Million Dollar hinterlassen.

Danny Fuberta, der die Idee gehabt hatte, erhielt vierhunderttausend, die vier Kumpane waren mit ihrem Anteil zufrieden, vor allem, als Fuberta ihnen einen zweiten Versuch zusicherte. Was könnte schöner sein als ein langes Wochenende im Grand Hotel, Gratisspeisen und -getränke, schöne Mädchen und obendrein noch einhundert Riesen! Das war weit besser, als eine Bank auszurauben und dabei das Leben zu riskieren.

Gronevelt kam ihnen schon am folgenden Tag auf die

Schliche. Die Tagesberichte wiesen Marker aus, die selbst für Fubertas Junket zu hoch waren. Der »Drop« am Spieltisch, die Summe, die nach den Spielen des Abends übrigblieb, war zu niedrig für die Geldmenge, die eingesetzt worden war. Gronevelt ließ sich das Videoband des »Eye in the Sky«, der Überwachungskamera, kommen. Er brauchte nicht länger als zehn Minuten, um die ganze Operation zu begreifen und zu erkennen, daß die Marker über eine Million soviel wert waren wie Zigarettenpapier und die Ausweispapiere falsch gewesen sein mußten.

Gronevelt reagierte mit Unmut. Er hatte im Laufe der Jahre zahllose Tricks kennengelernt, doch dieser war so furchtbar dumm! Und außerdem mochte er Danny Fuberta; der Mann hatte dem Xanadu so manchen Dollar eingetragen. Er wußte genau, was Fuberta behaupten würde: daß auch er sich von den falschen Ausweisen habe reinlegen lassen, daß auch er ein unschuldiges Opfer sei.

Gronevelt ärgerte sich über die Inkompetenz seines Casino-Personals. Der Croupier am Craptisch hätte etwas merken, der Kassierer hätte den Trick mit den Gegenwetten durchschauen müssen. So gerissen war er nun auch wieder nicht. Aber in guten Zeiten wurden die Menschen nachlässig, da war Las Vegas keine Ausnahme. Bedauernd überlegte er, daß er den Crapcroupier und den Kassierer würde entlassen oder sie wieder an den Roulettetisch setzen und das Rad drehen lassen müssen. Vor einem aber konnte er sich nicht drücken: Er mußte die Angelegenheit Danny Fuberta den Clericuzios übergeben.

Zunächst bestellte er Pippi De Lena zu sich ins Hotel und zeigte ihm die Papiere wie auch den Film des »Eye in the Sky«. Da Pippi zwar Fuberta kannte, nicht aber die anderen vier Männer, ließ Gronevelt von dem Videoband Standfotos ziehen, die er Pippi übergab.

Pippi schüttelte den Kopf. »Was zum Teufel hat Danny sich dabei gedacht? Daß er damit durchkommen würde? Ich habe ihn immer für einen gerissenen Gauner gehalten!«

»Er ist ein Spieler«, antwortete Gronevelt. »Die glauben alle, daß ihre Karten immer gewinnen.« Er hielt einen Augenblick inne. »Danny wird versuchen, Sie zu überzeugen, daß er nicht in die Sache eingeweiht war. Aber vergessen Sie eines nicht: Er hat für die anderen bürgen müssen. Er wird behaupten, daß er das auf Grund ihrer Ausweise getan hätte. Aber ein Junket Master muß sich vergewissern, daß seine Kunden auch die sind, die zu sein sie vorgeben. Er muß eingeweiht gewesen sein.«

Pippi tätschelte ihm lächelnd den Rücken. »Keine Angst, er wird mich nicht überzeugen.« Beide lachten. Es spielte keine Rolle, ob Danny Fuberta schuldig war. Er war verantwortlich für seine Fehler.

Am nächsten Tag flog Pippi nach New York, um den Clericuzios in Quogue den Fall darzulegen.

Er passierte das bewachte Tor und fuhr den breiten Pflasterweg hinauf durch ein langgestrecktes grasbewachsenes Plateau mit einer Mauer, die mit Stacheldraht und Elektronik bestückt war. An der Haustür der Villa stand ein Wachtposten. Dabei waren dies friedliche Zeiten.

Giorgio begrüßte ihn, dann wurde er durch die Villa bis in den dahinterliegenden Garten geführt. Im Garten wuchsen Tomaten- und Gurkenpflanzen, Kopfsalat und sogar Melonen, alle beschattet von Feigenbäumen mit großen Blättern. Der Don hatte keinen Sinn für Blumen.

Die Familie saß an dem runden Holztisch und nahm ein frühes Mittagessen ein. Der Don, trotz seiner fast siebzig Jahre strahlend vor Gesundheit, genoß die nach Feigen duftende Luft seines Gartens. Er fütterte seinen zehnjährigen Enkel

Dante, der zwar hübsch, aber ziemlich anmaßend für einen Jungen im Alter von Cross war. Pippi hatte stets Lust, ihm eine kräftige Ohrfeige zu verpassen. Der Don war Wachs in den Händen seines Enkels; er wischte ihm den Mund ab und redete liebevoll auf ihn ein. Vincent und Petie blickten eher säuerlich drein. Die Besprechung konnte erst anfangen, wenn der Kleine aufgegessen hatte und von Rose Marie, seiner Mutter, weggebracht wurde. Als der Junge davontrippelte, blickte ihm Don Domenico strahlend nach. Dann wandte er sich Pippi zu.

»Ah, mein *martello«,* sagte er. »Na, was hältst du von Fuberta, diesem Halunken? Wir ermöglichen ihm ein schönes Leben, und er wird gierig und bedient sich auf unsere Kosten.«

»Wenn er alles zurückzahlt, könnte er unser Geldzuträger bleiben«, antwortete Giorgio beschwichtigend. Das einzig akzeptable Argument für Gnade.

»Es geht hier um keine geringe Summe«, sagte der Don. »Wir müssen das Geld zurückhaben. Pippi, was meinst du?«

Pippi zuckte die Achseln. »Ich kann's versuchen. Aber das sind Leute, die nichts für schlechte Zeiten zurücklegen.«

Vincent, der leeres Gerede haßte, forderte: »Zeig uns die Fotos!« Pippi zog die Bilder heraus, und Vincent betrachtete mit Petie zusammen aufmerksam die vier Verbrecher. »Die kennen wir, Petie und ich«, sagte Vincent.

»Gut«, gab Pippi zurück. »Dann könnt ihr euch um diese vier kümmern. Und was soll ich mit Fuberta machen?«

»Die haben uns verächtlich gemacht«, sagte der Don. »Was glauben die denn, wer wir sind? Hilflose Narren, die zur Polizei laufen? Vincent, Petie, ihr helft Pippi. Ich will das Geld wiederhaben und wünsche, daß diese *mascalzoni* bestraft werden.« Alle begriffen. Pippi hatte den Oberbefehl. Und das Urteil für die fünf Männer lautete Tod.

Der Don verließ sie, um seinen Rundgang durch den Garten zu machen.

Giorgio seufzte. »Der Alte ist zu hart für die Zeit, in der wir leben. Das bedeutet ein größeres Risiko, als die ganze Sache wert ist.«

»Nicht, wenn Vinnie und Pete sich um die vier Gauner kümmern«, entgegnete Pippi. »Ist das okay für dich, Vince?«

»Du mußt mit dem Alten reden, Giorgio«, antwortete Vincent. »Die vier haben bestimmt kein Geld. Also müssen wir was aushandeln. Wenn sie losziehen, Geld verdienen und es uns zurückzahlen, kommen sie noch mal davon. Bringen wir sie unter die Erde, gibt's kein Geld.«

Vincent war ein realistischer Vollstrecker, der praktischen Lösungen immer Vorrang vor seinen Blutgelüsten einräumte.

»Okay, das kann ich Pop klarmachen«, sagte Giorgio. »Sie waren nur Handlanger. Aber Fuberta wird er nicht so davonkommen lassen.«

»Die Junket Master müssen einen Denkzettel verpaßt kriegen«, sagte Pippi.

»Cousin Pippi«, sagte Giorgio lächelnd, »welchen Bonus versprichst du dir davon?«

Pippi haßte es, wenn Giorgio ihn Cousin nannte. Vincent und Petie nannten ihn aus Zuneigung Cousin, Giorgio aber tat das nur, wenn er es herabsetzend meinte.

»Bei Fuberta ist es meine Pflicht«, antwortete Pippi. »Ihr habt mir die Inkasso-Agentur gegeben, und ich bekomme Gehalt vom Xanadu. Aber das Geld zurückzuholen wird sehr schwer sein, deswegen steht mir eine prozentuale Beteiligung zu. Genau wie Vince und Petie, wenn sie was von den Gaunern eintreiben.«

»Das ist fair«, gab Giorgio zu. »Aber das hier ist nicht dasselbe wie Kreditschulden eintreiben. Hier kannst du nicht fünfzig Prozent erwarten.«

»Nein, nein«, wehrte Pippi ab. »Ich will nur meinen Schnabel benetzen.«

Alle lachten über die alte sizilianische Redensart. »Giorgio«, sagte Petie, »sei nicht so geizig. Du willst mich und Vincent doch nicht bescheißen.« Petie war inzwischen das Oberhaupt der Bronx-Enklave, Chef der Vollstrecker, und vertrat stets die Auffassung, daß die einfachen Soldaten mehr Geld bekommen sollten. Er pflegte seinen Anteil mit seinen Männern zu teilen.

»Ihr seid allesamt geldgierig«, sagte Giorgio lächelnd. »Aber ich werde dem Alten zwanzig Prozent empfehlen.« Wie Pippi wußte, bedeutete das letztlich fünfzehn oder zehn. Es war immer dasselbe mit Giorgio.

»Und wenn wir alles in einen Topf werfen?« fragte Vince, an Pippi gewandt.

Das bedeutete, daß sie sich zu dritt alles Geld teilen würden, das zurückgeholt wurde, egal von wem. Es war als freundliche Geste gemeint. Die Chance, Geld von Leuten zurückzuholen, die am Leben bleiben durften, war weitaus größer, als Geld von Leuten zu erwarten, die sterben mußten. Vincent kannte Pippis Wert.

»Sicher, Vince«, sagte Pippi, »das wäre mir recht.«

Er sah, daß Dante am anderen Ende des Gartens an der Hand des Don spazierenging. Er hörte Giorgio sagen: »Ist es nicht wundervoll, wie gut sich Dante und mein Vater verstehen? Zu mir war Vater nie so freundlich. Die beiden stecken dauernd die Köpfe zusammen. Nun ja, der Alte ist klug, der Kleine kann von ihm nur lernen.«

Pippi sah, daß der Junge zum alten Don aufblickte. Die beiden wirkten, als teilten sie ein gräßliches Geheimnis, das ihnen die Herrschaft über Himmel und Erde sicherte. Später sollte Pippi fest davon überzeugt sein, daß diese Vision den bösen Blick auf ihn gezogen habe und Auslöser für sein Unglück gewesen sei.

Pippi De Lena hatte sich seinen Ruf im Laufe der Jahre durch sorgfältige Planung erworben. Er war kein rasender Gorilla, sondern ein geschickter Techniker. Als solcher verließ er sich bei der Ausführung eines Auftrags auf seine psychologische Strategie. Bei Danny Fuberta gab es drei Probleme: Erstens mußte das Geld wiederbeschafft werden; zweitens mußte er sich sorgfältig mit Vincent und Petie Clericuzio abstimmen (das war nicht schwer, Vincent und Petie waren außerordentlich tüchtig in ihrer Arbeit; innerhalb von zwei Tagen spürten sie die Gauner auf, zwangen sie zum Geständnis und arrangierten die Abrechnung); und drittens mußte er Danny Fuberta töten.

Es war ein leichtes für Pippi, Fuberta zufällig über den Weg zu laufen, seinen ganzen Charme einzusetzen und darauf zu bestehen, den anderen zum Lunch in ein Chinarestaurant auf der East Side einzuladen. Fuberta wußte, daß Pippi für das Xanadu Geld eintrieb, sie hatten im Laufe der Jahre zwangsweise geschäftlich miteinander zu tun gehabt; doch Pippi schien sich so aufrichtig zu freuen, ihn in New York zu treffen, daß Fuberta nicht nein sagen konnte.

Pippi spielte ganz piano. Er wartete, bis sie beide bestellt hatten, dann sagte er: »Gronevelt hat mir von eurem Coup erzählt. Sie wissen, daß Sie dafür verantwortlich sind, daß der Kredit dieser Leute gedeckt ist.«

Fuberta schwor, er sei unschuldig. Pippi schenkte ihm ein breites Grinsen und schlug ihn kameradschaftlich auf die Schulter. »Kommen Sie schon, Danny«, sagte er. »Gronevelt hat die Bänder, und Ihre vier Kumpel haben bereits gestanden. Sie sitzen ganz schön in der Tinte, aber ich könnte das für Sie in Ordnung bringen, wenn Sie das Geld wieder rausrücken. Vielleicht kann ich sogar erreichen, daß Sie im Junket-Geschäft bleiben.«

Um seinen Worten Nachdruck zu verleihen, zog er die vier

Fotos der Gauner heraus. »Das sind Ihre Kameraden«, sagte er. »Die sich jetzt, in diesem Moment, die Seele aus dem Hals singen. Und alle schieben Ihnen die Schuld zu. Sie haben uns genau die Geldverteilung erklärt. Wenn Sie jetzt also Ihre vierhundert Riesen zurückgeben, sind Sie entlastet.«

»Na klar kenne ich die Boys«, gab Fuberta zurück, »aber das sind harte Burschen, die reden nicht.«

»Es sind die Clericuzios, die ihnen die Fragen stellen«, sagte Pippi.

»Ach, du Scheiße!« fluchte Danny. »Ich wußte nicht, daß denen das Hotel gehört.«

»Jetzt wissen Sie's«, sagte Pippi. »Und wenn die ihr Geld nicht zurückkriegen, sitzen Sie ganz tief in der Tinte.«

»Ich könnte jetzt einfach rausgehen«, sagte Fuberta.

»Aber nein«, entgegnete Pippi, »bleiben Sie doch! Die Pekingente ist großartig. Hören Sie, wir können alles regeln, es ist wirklich ganz einfach. Jeder versucht hin und wieder mal, andere reinzulegen, stimmt's? Geben Sie einfach das Geld zurück.«

»Ich hab' keinen Penny«, behauptete Fuberta.

Zum erstenmal ließ Pippi Ärger erkennen. »Ein bißchen Respekt müssen Sie schon beweisen«, sagte er. »Geben Sie einhunderttausend zurück, dann nehmen wir für die übrigen dreihundert einen Marker.«

Fuberta kaute auf einem Bratklößchen herum und überlegte. »Ich könnte Ihnen fünfzig geben«, sagte er dann.

»Das ist gut, das ist sehr gut«, lobte Pippi. »Den Rest können Sie abzahlen, indem Sie kein Geld für die Anlieferung von Junkets im Hotel nehmen. Ist das fair?«

»Ich glaube schon«, antwortete Fuberta.

»Dann zerbrechen Sie sich nicht weiter den Kopf, sondern genießen Sie das Essen«, sagte Pippi. Dabei rollte er eine Scheibe Ente zu einem Pfannkuchen zusammen, würzte sie mit schwarz-süßer Sauce und reichte sie Fuberta. »Schmeckt phantastisch, Danny«, sagte er. »Essen Sie. Dann kommen wir zum Geschäft.«

Zum Nachtisch aßen sie Schokoladeneis und verabredeten, daß Pippi die fünfzigtausend nach Ladenschluß in Fubertas Reisebüro abholen sollte. Pippi griff nach der Rechnung und bezahlte bar. »Danny«, sagte er, »haben Sie bemerkt, daß das Schokoladeneis in Chinarestaurants besonders viel Kakao enthält? Erstklassig! Wissen Sie, was ich glaube? Das erste Chinarestaurant in Amerika hat damals das Rezept mißverstanden, und die anderen, die danach kamen, haben einfach das falsche Rezept kopiert. Großartig. Wunderbares Schokoladeneis.«

Danny Fuberta hatte nicht achtundvierzig Jahre seines Lebens zwielichtige Geschäfte gemacht, ohne zu lernen, auf die Zeichen zu achten. Nachdem er Pippi verlassen hatte, tauchte er unter und schickte eine Nachricht, er sei unterwegs, um das Geld aufzutreiben, das er dem Xanadu schulde. Pippi war nicht überrascht. Fuberta bediente sich nur der Taktik, die in solchen Fällen allgemein üblich war. Er war verschwunden, damit er ungefährdet verhandeln konnte. Und das bedeutete, daß er kein Geld hatte und daß es keinen Bonus gab, solange Vincent und Petie nicht ihrerseits Geld eintreiben konnten.

Pippi holte sich einige Männer aus der Bronx-Enklave, um die Stadt zu durchsuchen. Gleichzeitig wurde bekanntgemacht, daß Danny Fuberta von den Clericuzios gesucht werde. Eine Woche verging, und Pippi wurde immer nervöser. Er hätte wissen müssen, daß er Fuberta durch die Rückzahlungsforderung in Alarm versetzt hatte. Daß Fuberta sich ausrechnete, daß fünfzigtausend nicht genug sein würden, selbst wenn er diese fünfzigtausend hatte.

Nach einer weiteren Woche wurde Pippi so ungeduldig, daß er, als der Durchbruch kam, leichtsinniger vorging, als es erforderlich gewesen wäre.

Danny Fuberta tauchte in einem kleinen Restaurant auf der Upper West Side auf. Der Besitzer, ein Clericuzio-Soldat, tätigte einen kurzen Anruf. Pippi traf ein, als Fuberta das Restaurant verließ und zu Pippis Überraschung eine Schußwaffe zog. Fuberta war ein Gauner und hatte keine Erfahrung mit Gewalttätigkeit. Daher ging der Schuß, als er abdrückte, weit daneben. Pippi hingegen pumpte fünf Kugeln in ihn hinein.

An dieser Szene waren ein paar unglückselige Umstände zu beklagen. Erstens gab es Augenzeugen. Zweitens traf ein Streifenwagen ein, bevor Pippi die Flucht ergreifen konnte. Drittens hatte Pippi keinerlei Vorbereitungen für eine Schießerei getroffen, weil er sich mit Fuberta lediglich an einem sicheren Ort unterhalten wollte. Und viertens sagten, obwohl man Notwehr geltend machen konnte, mehrere Zeugen aus, Pippi habe zuerst geschossen. Alles in allem lief es auf die alte Wahrheit hinaus, daß man in den Händen der Justiz als Unschuldiger stärker gefährdet war denn als Schuldiger. Außerdem hatte Pippi sich auf sein letztes freundschaftliches Gespräch mit Fuberta vorbereitet, indem er seine Pistole mit einem Schalldämpfer versehen hatte.

Günstig war, daß Pippi auf das katastrophale Erscheinen des Streifenwagens am Ort des Geschehens genau richtig reagierte. Er versuchte nicht, sich den Weg freizuschießen, sondern folgte den vorgegebenen Richtlinien. Bei den Clericuzios gab es eine strenge Verhaltensregel: Niemals auf einen Polizisten schießen. Pippi hielt sich eisern daran. Er ließ seine Waffe fallen und trat sie beiseite. Er wehrte sich nicht gegen die Festnahme und leugnete jegliche Verbindung mit dem Toten, der nur wenige Schritt entfernt auf dem Boden lag.

Derartige Unwägbarkeiten waren vorausgesehen und eingeplant worden. Schließlich mußte man, so sorgfältig man auch alles durchdachte, immer mit der Ironie des Schicksals rechnen. Augenblicklich drohte Pippi in einem Meer von unglückseligen Zufällen unterzugehen, aber er wußte, daß er sich nur zu entspannen brauchte: Er konnte sich voll und ganz darauf verlassen, daß ihn die Clericuzios heil und sicher an Land brachten.

Zunächst waren da hochbezahlte Verteidiger, die ihn gegen Kaution herausholen würden. Dann waren da Richter und Staatsanwälte, die man überreden konnte, unerschütterlich für Fair play einzutreten, Zeugen, die man veranlassen konnte, das Gedächtnis zu verlieren, aufrechte, unbeeinflußbare amerikanische Geschworene, die sich mit Hilfe einer kleinen Ermutigung strikt weigerten, einen Schuldspruch zu fällen, nur um der Staatsmacht eins auszuwischen. Ein Soldat der Clericuzios brauchte sich nicht wie ein Wahnsinniger den Weg aus einem Dilemma freizuschießen.

Aber es war das erste Mal in seinen langen Jahren im Dienst der Familie, daß Pippi De Lena eine Gerichtsverhandlung über sich ergehen lassen mußte. Und nach der streng eingehaltenen Strategie mußten seine Frau und Kinder im Gerichtssaal anwesend sein. Die Geschworenen mußten sehen, daß das Leben dieser unschuldigen Familie von ihrer Entscheidung abhing. Zwölf ausgewählte Männer und Frauen mußten ihre Herzen verhärten. »Begründeter Zweifel« war ein Gottesgeschenk für einen Geschworenen, den das Mitleid plagte.

Bei der Verhandlung sagten die Polizeibeamten aus, sie hätten nicht gesehen, daß Pippi eine Waffe in der Hand gehalten oder beiseite getreten hätte. Drei Augenzeugen vermochten den Angeklagten nicht zu identifizieren, die übrigen beiden gaben sich bei Pippis Identifizierung so halsstarrig, daß sie Jury und Richter verärgerten. Der Clericuzio-Soldat, dem das Restaurant gehörte, sagte aus, er sei Danny Fuberta zum Lokal hinaus gefolgt, weil der Mann die Rechnung nicht bezahlt habe, er sei Zeuge der Schießerei, und der Schütze sei eindeutig nicht der Angeklagte Pippi De Lena gewesen.

Pippi hatte zum Zeitpunkt des Schußwechsels Handschuhe getragen, deswegen fanden sich auf der Waffe keine Fingerabdrücke. Die Verteidigung legte ein ärztliches Zeugnis mit der Bestätigung vor, daß Pippi De Lena häufig an einem rätselhaften chronischen Hautausschlag leide und ihm daher das Tragen von Handschuhen ärztlicherseits angeraten worden sei.

Als zusätzliche Versicherung war ein Geschworener bestochen worden. Schließlich war Pippi eine hochstehende Führungskraft der Familie. Doch war diese letzte Vorsichtsmaßnahme nicht vonnöten. Pippi wurde freigesprochen und galt nun in den Augen des Gesetzes für immer als unschuldig.

Nicht aber in den Augen seiner Frau Nalene. Sechs Monate nach dem Prozeß erklärte Nalene Pippi, daß sie sich scheiden lassen wolle.

Wer unter ständiger Hochspannung lebt, muß einen hohen Preis bezahlen. Teile des Körpers nutzen sich ab. Übermäßiges Essen und Trinken schädigen Leber und Herz. Schlaf wird kriminell vernachlässigt, der Verstand reagiert nicht auf Schönheit, und Vertrauen ist nicht seine Sache. Unter all dem litten Pippi und Nalene. Sie konnte ihn nicht in ihrem Bett ertragen, und er konnte sich nicht an einer Partnerin erfreuen, die seine Freuden nicht teilte. Er empfand eine tiefe Erleichterung darüber, daß er sein wahres Ich nicht länger vor ihr zu verbergen brauchte.

»Okay, lassen wir uns scheiden«, antwortete Pippi seiner Frau, »doch meine Kinder behalte *ich*.«

»Ich weiß jetzt, wer du bist«, entgegnete Nalene. »Ich will dich nie mehr wiedersehen und werde nicht zulassen, daß meine Kinder bei dir aufwachsen.«

Das überraschte Pippi. Nalene war niemals heftig oder taktlos gewesen. Außerdem überraschte es ihn, daß sie es wagte, in diesem Ton mit ihm, Pippi De Lena, zu sprechen. Aber Frauen waren eben rücksichtslos. Dann erwog er seine eigene Lage. Er eignete sich nicht zur Kindererziehung. Cross war elf, Claudia zehn, und er sah ein, daß beide Kinder die Mutter mehr liebten als ihn, obwohl Cross ihm sehr nahestand.

Er wollte seiner Frau gegenüber fair sein. Schließlich hatte er von ihr alles bekommen, was er wollte, eine Familie, zwei Kinder, einen Fels in der Brandung seines Lebens, wie wohl ein jeder Mann ihn brauchte. Wer wußte, was aus ihm geworden wäre, wenn es sie nicht gegeben hätte?

»Laß uns das noch mal überlegen«, schlug er vor. »Wir wollen doch möglichst freundschaftlich auseinandergehen.« Er setzte seinen ganzen Charme ein. »Verdammt, wir haben zwölf schöne Jahre gehabt. Es gab doch Zeiten, da waren wir glücklich! Und wir haben zwei wundervolle Kinder, die ich dir zu verdanken habe.« Abermals von ihrer abweisenden Miene überrascht, hielt er inne. »Nun komm schon, Nalene, ich war ein guter Vater, die Kinder mögen mich. Und ich werde dir bei allem helfen, was du tun möchtest. Das Haus hier in Las Vegas kannst du natürlich behalten. Außerdem werde ich dir eine von den Boutiquen im Xanadu geben. Bekleidung, Schmuck, Antiquitäten. Du kannst zweihundert Riesen im Jahr verdienen. Und die Kinder können wir uns sozusagen teilen.«

»Ich hasse Las Vegas«, gab Nalene zurück, »habe es immer gehaßt. Ich habe mein Lehrerexamen und einen Job in Sacramento. Die Kinder hab' ich dort schon in der Schule angemeldet.«

Das war der Moment, in dem Pippi zutiefst erstaunt erkannte, daß sie seine Gegnerin war, und eine gefährliche dazu. Das war ein Gedanke, der ihm völlig fremd und neu erschien. In seiner Vorstellungswelt waren Frauen niemals gefährlich. Weder die Ehefrau noch die Geliebte, weder eine Tante noch die Ehefrau eines Freundes, ja, nicht einmal Rose Marie, die Tochter des Don. Pippi hatte immer in einer Welt gelebt, in der Frauen gar keine Feinde sein *konnten.* Plötzlich empfand er jene Wut, jenen Strom von Energie, den er bisher nur Männern gegenüber empfunden hatte.

Aus diesem Gefühl heraus sagte er: »Ich werde nicht nach Sacramento fahren, um meine Kinder zu sehen.« Er wurde immer zornig, wenn jemand seinen Charme, seine Freundschaft zurückwies. Jeder, der sich Pippi De Lena gegenüber nicht einsichtig zeigte, provozierte eine Katastrophe. Und sobald er sich zur Konfrontation entschlossen hatte, ging Pippi bis an die äußerste Grenze. Außerdem war er verblüfft darüber, daß seine Frau bereits Pläne gemacht hatte.

»Du sagst, du weißt, wer ich bin«, sagte Pippi. »Also sei lieber vorsichtig. Du kannst nach Sacramento ziehen, du kannst von mir aus auf den Grund des Ozeans ziehen. Aber du wirst nur eins von meinen Kindern mitnehmen. Das andere bleibt hier bei mir.«

Nalene musterte ihn mit kaltem Blick. »Das wird das Gericht entscheiden«, sagte sie. »Du solltest dir einen Anwalt nehmen. Der kann sich dann mit meinem Anwalt in Verbindung setzen.« Fast hätte sie ihm ins Gesicht gelacht, als sie seine verdutzte Miene sah.

»Du hast einen Anwalt?« fragte Pippi. »Du willst mit mir vor Gericht gehen?« Er begann laut zu lachen. Er schien sein Gelächter nicht kontrollieren zu können. Es klang fast hysterisch.

Es war seltsam, mit anzusehen, wie sich ein Mann, der zwölf Jahre lang ein demütiger Liebhaber gewesen war, der um ihren Körper, um ihren Schutz vor der Grausamkeit der Welt gebettelt hatte, in ein gefährliches, bedrohliches Tier verwandelte. In diesem Moment begriff sie endlich, warum die anderen Männer ihn mit so großem Respekt behandelt, warum sie ihn gefürchtet hatten. Jetzt hatte sein häßlicher Charme nichts mehr von jener entwaffnenden Herzlichkeit. Seltsamerweise war sie weniger verängstigt als gekränkt darüber, daß sich seine Liebe zu ihr so schnell in nichts auflösen konnte. Schließlich hatten sie zwölf Jahre lang einer des anderen Körper geliebkost, hatten miteinander gelacht, miteinander getanzt, hatten gemeinsam die Kinder aufgezogen, und nun schien seine Dankbarkeit für alles, was sie ihm gegeben hatte, nichts mehr zu zählen.

»Es ist mir gleichgültig, was du entscheidest«, sagte Pippi eiskalt zu ihr. »Es ist mir gleichgültig, was irgendein Richter entscheidet. Wenn du vernünftig bist, bin auch ich vernünftig. Wenn du aber hart sein willst, wird dir überhaupt nichts bleiben.«

Zum erstenmal fürchtete sie sich vor all den Dingen, die sie liebte: vor seinem kraftvollen Körper, vor seinen Händen mit den schweren Knochen, vor den unregelmäßigen, groben Zügen, die sie immer für männlich gehalten hatte, die andere aber als häßlich empfanden. Während ihrer ganzen Ehe war er immer mehr Liebhaber als Ehemann für sie gewesen, nie war er ihr gegenüber laut geworden, nie hatte er auch nur den kleinsten Scherz auf ihre Kosten gemacht, nie hatte er geschimpft, wenn sie zuviel Geld ausgab. Und es traf zu, er war ein guter Vater gewesen und den Kindern gegenüber nur hart geworden, wenn sie es an dem notwendigen Respekt vor ihrer Mutter fehlen ließen.

Sie fühlte sich schwach, und Pippis Gesicht veränderte den Ausdruck; ihr war, als wäre es von dunklen Schatten umgeben. Zuviel Fleisch polsterte seine Wangen, das kleine Grübchen an seinem Kinn schien mit einer winzigen Menge schwarzen Kitts ausgefüllt. Die dichten Augenbrauen waren weiß gesprenkelt, aber die Haare auf seinem massigen Schädel waren schwarz, die Strähnen so dick wie Roßhaar. Und seine Augen, sonst immer so fröhlich, waren jetzt von einem unbarmherzigen, stumpfen Braun.

»Ich dachte, du liebst mich«, sagte Nalene. »Wie kannst du mich nur so sehr ängstigen.« Sie brach in Tränen aus.

Damit entwaffnete sie Pippi. »Hör auf mich«, sagte er. »Hör nicht auf einen Anwalt. Wenn du vor Gericht gehst und wenn ich in allen Punkten verlieren sollte, wirst du trotzdem nicht beide Kinder bekommen. Laß nicht zu, daß ich grob werde, Nalene, ich will es nicht. Ich verstehe, daß du nicht mehr mit mir zusammenleben willst. Ich war immer der Meinung, daß ich von Glück sagen konnte, daß du's so lange mit mir ausgehalten hast. Ich möchte, daß du glücklich bist. Du wirst weit mehr von mir bekommen als von irgendeinem Richter. Aber ich werde allmählich alt, und ich will nicht ohne Familie leben.«

Dies war eine der wenigen Gelegenheiten in ihrem Leben, da sich Nalene nicht einer kleinen Bosheit enthalten konnte. »Du hast doch die Clericuzios«, sagte sie.

»Die habe ich«, bestätigte Pippi. »Und das solltest du nicht vergessen. Das wichtigste von allem aber ist, daß ich im Alter nicht allein sein will.«

»Das müssen Millionen von Männern«, gab Nalene zurück. »Und von Frauen.«

»Weil sie hilflos sind«, sagte Pippi. »Weil sie ihr Leben von Fremden bestimmen lassen. Andere Menschen nehmen ihnen die Existenz. Mir wird keiner so was antun.«

»Weil du ihnen die Existenz nehmen wirst?« fragte Nalene voller Verachtung.

»Ganz recht.« Lächelnd blickte Pippi auf sie hinab. »Genau das.«

»Du kannst sie jederzeit besuchen«, sagte Nalene. »Aber leben müssen sie beide bei mir.«

Unvermittelt kehrte er ihr den Rücken zu und sagte ruhig: »Tu, was du nicht lassen kannst.«

»Warte!« sagte Nalene. Pippi wandte sich zu ihr um. Und sie sah in der seelenlosen Grausamkeit seiner Miene etwas so Furchtbares, daß sie leise hinzusetzte: »Wenn einer von beiden mit dir gehen will, dann ist es okay.«

Auf einmal wurde Pippi so überschwenglich, als sei das Problem damit gelöst. »Großartig!« sagte er. »Dein Kind kann mich in Las Vegas besuchen, und mein Kind kann dich in Sacramento besuchen. Das ist perfekt. Das machen wir heute abend noch klar.«

Nalene machte einen letzten Versuch. »Vierzig ist kein Alter«, sagte sie. »Du kannst eine neue Familie gründen.«

Pippi schüttelte den Kopf. »Niemals. Du bist die einzige Frau, die mich je hat binden können. Ich habe spät geheiratet und weiß, daß ich es nicht noch mal tun werde. Du kannst von Glück sagen, daß ich klug genug bin, um zu wissen, daß ich dich nicht halten kann, aber ich bin auch klug genug, um zu wissen, daß ich nicht noch mal von vorn anfangen kann.«

»Das stimmt«, gab Nalene zu. »Du kannst mich nicht zwingen, dich wieder zu lieben.«

»Aber ich könnte dich töten«, entgegnete Pippi. Dabei sah er sie lächelnd an. Als sei das ein Scherz.

Sie sah ihm in die Augen und glaubte ihm. Ihr wurde klar, daß dies die Quelle seiner Macht war: Die Menschen glaubten ihm, wenn er eine Drohung aussprach. Sie nahm ihren ganzen restlichen Mut zusammen.

»Aber vergiß nicht«, sagte sie. »Wenn beide bei mir bleiben wollen, mußt du sie gehenlassen.«

»Sie lieben ihren Vater«, behauptete Pippi. »Einer wird hier bei ihrem alten Herrn bleiben wollen.«

Am Abend nach dem Essen, als es im Haus dank der Klimaanlage kühl und die Wüstenhitze draußen nicht mehr zu ertragen war, wurde Cross, damals elf, und Claudia, zehn, die Lage erklärt. Keins der beiden Kinder schien überrascht zu sein. Cross, so gutaussehend wie seine Mutter schön, besaß jetzt schon die stählerne innere Härte des Vaters, aber auch dessen Vorsicht. Außerdem kannte er keine Angst. Er entschied sich auf der Stelle. »Ich bleibe bei Mom«, erklärte er.

Claudia dagegen war eher ängstlich; sie fürchtete sich vor dieser Wahl. Mit der Schlauheit kleiner Kinder antwortete sie: »Ich bleibe bei Cross.«

Pippi war überrascht. Cross stand ihm näher als seiner Mutter. Cross war derjenige, der mit ihm auf die Jagd ging, Cross spielte mit ihm Karten und Golf und boxte sogar gern mit ihm. Cross hatte kein Interesse an Büchern und Musik wie seine Mutter. Es war Cross, der ihn an den Samstagen zur Inkasso-Agentur begleitete, um ihm dort Gesellschaft zu leisten, wenn er Schreibarbeiten zu erledigen hatte. Eigentlich war Pippi sicher gewesen, daß er Cross behalten dürfte. Auf jeden Fall aber war es Cross, den zu behalten er sich erhoffte.

Er war begeistert von Claudias geschickter Antwort. Die Kleine war klug. Aber Claudia war ihm äußerlich zu ähnlich; er wollte nicht tagtäglich ein Gesicht sehen müssen, das nicht weniger häßlich war als sein eigenes. Außerdem war es nur logisch, daß Claudia mit ihrer Mutter ging. Claudia liebte dieselben Dinge wie Nalene. Was zum Teufel sollte er mit Claudia anfangen?

Pippi musterte die beiden Kinder. Er war stolz auf alle beide. Sie wußten, daß die Mutter der schwächere Elternteil war; deswegen entschieden sie sich für sie. Und ihm fiel auf, daß sich Nalene mit ihrem Sinn für Dramatik sehr umsichtig auf diese Gelegenheit vorbereitet hatte. Sie trug eine schwarze Hose, einen schwarzen Pullover und hatte sich das goldblonde Haar mit einem schmalen schwarzen Stirnband zurückgebunden, so daß ihr Gesicht wie ein zartes weißes Oval wirkte. Wie sich die eigene brutale Erscheinung in den Augen kleiner Kinder dagegen ausnehmen mußte, war ihm klar.

Er setzte auf seinen Charme. »Ich möchte doch nur, daß einer von euch mir Gesellschaft leistet«, sagte er. »Aber wählen müßt ihr.« Und gleichzeitig dachte er voll Zorn: Was kümmert's mich?

»Wenn sie beide mit mir gehen wollen, dürfen sie das. Das hast du versprochen.«

»Laßt uns das in Ruhe diskutieren«, schlug Pippi vor. Er war keineswegs gekränkt: Die Kinder liebten ihn, das wußte er, doch ihre Mutter liebten sie mehr als ihn. Das fand er natürlich. Aber das bedeutete nicht, daß sie die richtige Wahl getroffen hatten.

»Es gibt nichts zu diskutieren«, widersprach Nalene geringschätzig. »Du hast es versprochen.«

Pippi wußte nicht, wie schrecklich er auf die anderen drei wirkte. Wußte nicht, wie eiskalt seine Augen dreinblickten. Er glaubte seine Stimme unter Kontrolle zu haben, als er sprach, glaubte vernünftig mit ihnen zu sprechen.

»Ihr müßt wählen. Wenn es schiefgeht, könnt ihr machen, was ihr wollt. Das habe ich versprochen. Aber ich muß wenigstens eine Chance haben.«

Nalene schüttelte den Kopf. »Du benimmst dich lächerlich«, sagte sie. »Wir werden vor Gericht gehen.«

In diesem Moment erkannte Pippi, was er tun mußte. »Es

spielt keine Rolle. Ihr könnt machen, was ihr wollt. Ich bitte euch nur, vernünftig zu sein. An euer aller Zukunft zu denken. Cross ist wie ich, Claudia ist wie du. Cross würde sich bei mir wohl fühlen, Claudia bei dir. So und nicht anders ist die Lage.« Er hielt einen kurzen Moment inne. »Reicht es dir nicht, zu wissen, daß sie dich beide mehr lieben als mich? Daß du ihnen mehr fehlen würdest als ich?« Er setzte den Gedanken nicht fort, die Kinder sollten nicht verstehen, was er da sagte.

Aber Nalene begriff. Vor Entsetzen streckte sie die Hand aus und zog Claudia fest an sich. In diesem Moment sah Claudia flehend den Bruder an und sagte nur: »Cross ...«

Cross' schönes Gesicht zeigte keine Regung. Seine Bewegungen waren geschmeidig. Urplötzlich stand er neben dem Vater. »Ich bleibe bei dir, Dad«, sagte er. Pippi ergriff dankbar seine Hand.

Jetzt brach Nalene in Tränen aus. »Cross, du kannst mich jederzeit besuchen, sooft du willst. Du bekommst ein eigenes Zimmer in Sacramento. Das kein anderer außer dir benutzen darf.«

Pippi machte fast einen Luftsprung vor Freude. Ihm war eine unendlich schwere Last von der Seele genommen, weil er nun nicht tun mußte, was zu tun er sich innerhalb eines kurzen Moments entschlossen hatte. »Das müssen wir feiern«, sagte er. »Und wenn wir geschieden sind, werden wir eben zwei glückliche Familien sein statt einer. Und unser Leben lang glücklich sein.« Die anderen starrten ihn mit steinernen Mienen an. »Na ja, was soll's, wir werden uns jedenfalls Mühe geben«, setzte er ein wenig leiser hinzu.

Nach den ersten beiden Jahren fuhr Claudia nie wieder nach Las Vegas, um ihren Bruder und ihren Vater zu besuchen. Cross kam zwar jedes Jahr nach Sacramento, um Nalene und

Claudia zu besuchen, nach seinem fünfzehnten Geburtstag beschränkten sich die Besuche jedoch auf die Weihnachtsferien.

Die beiden so verschiedenen Eltern waren die beiden Pole ihres Lebens. Claudia und ihre Mutter wurden einander immer ähnlicher. Claudia liebte die Schule; sie liebte Bücher, Theater, Kino; sie sonnte sich in der Liebe der Mutter. Und Nalene fand in Claudia die lebensprühende Energie ihres Vaters und seinen Charme. Sie mochte auch ihre Unansehnlichkeit, die nichts von der Brutalität des Vaters hatte. Die beiden waren glücklich zusammen.

Claudia beendete das College und zog nach Los Angeles, um sich im Filmgeschäft zu versuchen. Nalene ließ sie nur ungern ziehen, aber sie hatte sich in Sacramento ein erfülltes Leben mit vielen Freunden aufgebaut und war stellvertretende Direktorin an einer staatlichen High-School geworden.

Cross und Pippi waren ebenfalls glücklich geworden, aber auf ganz andere Art. Pippi wog die Fakten ab. Cross war in der High-School zwar ein ausgezeichneter Sportler, aber ein eher gelangweilter Schüler. Er interessierte sich nicht fürs College. Und hatte, obwohl er ganz außerordentlich gut aussah, nicht übermäßig viel Sinn für Mädchen.

Cross genoß das Leben mit dem Vater. Ja, ganz gleich, auf welch häßliche Weise die Entscheidung zustande gekommen war, sie schien die richtige gewesen zu sein. Es gab tatsächlich zwei glückliche Familien, nur waren sie nicht zusammen. Pippi entpuppte sich als ein ebenso guter Vater für Cross, wie Nalene eine gute Mutter für Claudia war, das heißt, er formte ihn nach dem eigenen Vorbild.

Cross liebte die Maschinerie des Hotels Xanadu, die Manipulation der Gäste, den Kampf gegen die gewieften Betrüger. Und er entwickelte letztlich doch einen gesunden Appetit auf Showgirls; schließlich durfte Pippi den Sohn nicht mit seinen eigenen Maßstäben messen. Pippi beschloß, daß Cross der Familie beitreten sollte. Pippi glaubte an die oft geäußerten Worte des Don: »Das wichtigste im Leben ist, sein Brot selbst zu verdienen.«

Pippi nahm Cross als Partner in seine Inkasso-Agentur auf. Er nahm ihn zum Dinner mit Gronevelt ins Hotel Xanadu mit und sorgte dafür, daß sich Gronevelt für das Wohlergehen seines Sohnes interessierte. Er machte Cross zum Mitglied seiner Gruppe von vier Golfspielern, zu denen jeweils hoch spielende Stammgäste des Xanadu gehörten, und richtete es immer so ein, daß Cross gegen ihn spielen mußte. Schon im Alter von siebzehn Jahren verfügte Cross über das besondere Einfühlungsvermögen des Golf-Wetters und spielte ein Loch weitaus besser, wenn es um hohe Beträge ging. Zumeist gewannen Cross und sein Partner. Pippi nahm diese Niederlagen mit Anstand hin, denn sie kosteten ihn zwar Geld, trugen seinem Sohn aber enormes Wohlwollen ein.

Er nahm Cross zu den gesellschaftlichen Ereignissen der Clericuzios mit nach New York: zu allen Feiertagen – vor allem zum 4. Juli, den die Clericuzios mit patriotischem Eifer begingen –, zu allen Hochzeiten und Beerdigungen der Familie. Schließlich war Cross ihr Cousin ersten Grades, und in seinen Adern floß das Blut Don Clericuzios.

Wenn Pippi einmal pro Woche sein Glück an den Spieltischen des Xanadu versuchte, um bei seinem speziellen Croupier sein Wochengehalt von achtzigtausend Dollar zu gewinnen, saß Cross dabei und sah ihm zu. Pippi unterwies ihn in den Gewinnmöglichkeiten aller Arten des Glücksspiels. Er lehrte ihn, wie man beim Spielen mit dem Geld umgehen mußte, daß man nie spielen sollte, wenn man sich nicht wohl fühlte, daß man nie länger als zwei Stunden pro Tag und nie öfter als drei Tage pro Woche spielen durfte, daß man nie hoch wetten sollte, wenn man eine Pechsträhne hatte, und eine Glückssträhne stets mit vorsichtiger Zielstrebigkeit nutzen mußte.

Es kam Pippi keineswegs unnatürlich vor, dem Sohn die Häßlichkeit der realen Welt vor Augen zu führen. Als Juniorpartner der Inkasso-Agentur waren diese Erkenntnisse für Cross absolut notwendig. Denn das Inkasso verlief zuweilen nicht ganz so harmlos, wie Pippi es Nalene beschrieben hatte.

Bei den schwierigeren Inkasso-Fällen ließ Cross kein Zeichen von Abscheu erkennen. Er war noch zu jung und zu hübsch, um Furcht einzuflößen, aber sein Körper sah aus, als sei er kräftig genug, um jeden Befehl auszuführen, den Pippi ihm gab.

Schließlich setzte Pippi seinen Sohn, um ihn zu testen, bei einem besonders heiklen Fall ein, bei dem nur Überredungskunst und keine Gewalt angewendet werden durfte. Daß Cross geschickt wurde, war schon ein Zeichen dafür, daß die Eintreibung nicht forciert werden würde, ein Zeichen guten Willens für den Schuldner. Dieser Schuldner, ein sehr kleiner Mafia-*bruglione* aus dem Norden Kaliforniens, schuldete dem Xanadu einhundert Riesen. Die Angelegenheit war nicht wichtig genug, um den Namen Clericuzio hineinzuziehen, die Sache sollte in einer gedämpfteren Tonart erledigt werden: mit Samthandschuhen statt mit der eisernen Faust.

Cross erwischte den Mafia-Baron zu einem ungünstigen Zeitpunkt. Der Mann, Falco, hörte sich den vernünftigen Vorschlag an, den Cross ihm machte; dann zog er eine Pistole und setzte sie dem jungen Mann an die Kehle. »Noch ein weiteres Wort, und ich schieß' dir deine Scheißmandeln raus«, drohte Falco.

Zu seiner eigenen Überraschung empfand Cross keine Angst. »Einigen wir uns auf fünfzigtausend«, sagte er. »Sie werden mich doch für lausige fünfzig Riesen nicht umbringen wollen! Das würde meinem Vater gar nicht gefallen.«

»Wer ist dein Vater?« fragte Falco, der weiter die Pistole auf ihn gerichtet hielt.

»Pippi De Lena«, sagte Cross, »und der wird mich ohnehin umbringen, weil ich mich mit fünfzig Riesen zufriedengeben will.«

Falco lachte und legte die Waffe weg. »Okay, sag denen, daß ich bezahle, wenn ich das nächste Mal nach Vegas komme.«

»Melden Sie sich bei mir, wenn Sie kommen. Ich gebe Ihnen Ihren üblichen Rabatt.«

Falco hatte Pippis Namen sehr wohl registriert, aber es lag auch etwas in Cross' Gesicht, das ihn zum Nachgeben veranlaßte. Die Furchtlosigkeit, die kühle Antwort, der kleine Scherz. Das alles ließ auf einen Menschen schließen, den seine Freunde rächen würden. Immerhin bewirkte dieser Zwischenfall, daß Cross von nun an eine Waffe und einen Leibwächter mitnahm, wenn er Schulden einzog.

Pippi feierte den Mut seines Sohnes mit einem Urlaub für sie beide im Xanadu. Gronevelt stellte ihnen zwei schöne Suiten und Cross einen Vorrat an schwarzen Chips zur Verfügung.

Zu jener Zeit war Gronevelt achtzig Jahre alt und weißhaarig, aber sein hochgewachsener Körper war noch kraftvoll und gelenkig. Außerdem hatte er einen Hang zur Pädagogik. Es machte ihm Spaß, Cross in die Welt des Spiels einzuführen. Als er ihm die schwarzen Chips überreichte, sagte er: »Du kannst nicht gewinnen, deshalb werde ich die hier zurückkriegen. Aber hör mir gut zu: Du hast immerhin eine Chance. Mein Hotel hat noch andere Annehmlichkeiten zu bieten. Einen großen Golfplatz, sogar aus Japan kommen Gäste her, um dort zu spielen. Wir haben Gourmet-Restaurants, und in unserem Theater gibt es wundervolle Girlie-Shows mit den größten Stars aus Film und Musik. Wir haben Tennisplätze und Swimmingpools. Wir haben eine eigene kleine Maschine, mit der du über den Grand Canyon fliegen kannst. Alles gratis. Also gibt es keinen Grund, die fünftausend, die du da in der Tasche hast, unbedingt zu verlieren. Überlaß das Spielen lieber den anderen.«

Während jener drei Urlaubstage befolgte Cross Gronevelts Rat. An jedem Vormittag spielte er mit Gronevelt, seinem Vater und einem Stammgast, der im Hotel abgestiegen war, Golf. Gewettet wurde hoch, aber nie astronomisch. Am besten war Cross, wenn es um besonders große Summen ging. »Nerven aus Stahl, Nerven aus Stahl«, sagte Gronevelt bewundernd zu Pippi.

Was aber Gronevelt am besten gefiel, das waren das gesunde Urteilsvermögen des jungen Mannes, seine Intelligenz und die Tatsache, daß er immer das Richtige tat, ohne daß es ihm gesagt werden mußte. Am letzten Vormittag war der Stammgast, der diesmal dabei war, schlechter Laune, und das aus gutem Grund. Als geschickter und leidenschaftlicher Glücksspieler, durch eine Kette lukrativer Pornohäuser steinreich, hatte er am Abend zuvor nahezu fünfhunderttausend Dollar verloren. Es war nicht so sehr das Geld, das ihn ärgerte, als die Tatsache, daß er mitten in einer Pechsträhne die Beherrschung verloren und versucht hatte, das Glück herbeizuzwingen: der Fehler eines unerfahrenen Anfängers.

Als Gronevelt an jenem Vormittag einen relativ niedrigen Betrag von fünfzig Dollar pro Loch vorschlug, grinste er höhnisch und sagte: »Bei dem, was Sie mir gestern abend abgeknöpft haben, Alfred, könnten Sie sich doch leicht einen Tausender pro Loch leisten.«

Gronevelt fühlte sich gekränkt. Seine allmorgendliche Golfrunde war für ihn eine gesellige Abwechslung, und das

Spiel mit den Geschäften des Hotels in Verbindung zu bringen war schlicht gesagt unhöflich. Mit seiner gewohnten Zuvorkommenheit antwortete er jedoch: »Aber sicher. Ich werde Ihnen sogar Pippi als Partner überlassen. Ich selber werde mit Cross spielen.«

Sie spielten. Der Pornohaus-Magnat spielte gut. Pippi ebenfalls. Und auch Gronevelt. Nur Cross versagte. Er spielte das schlechteste Golf, das die anderen jemals von ihm gesehen hatten. Er verhakte seine Treibschläge, er landete in Bunkern, sein Ball segelte in den kleinen Teich, der unter enormen Kosten mitten in der Wüste von Nevada angelegt worden war, und wenn er puttete, versagten seine Nerven. Um fünftausend Dollar reicher und mit wiederhergestelltem Ego bestand der Pornohaus-Magnat darauf, mit ihnen zu frühstücken.

»Tut mir leid. Sie im Stich gelassen zu haben, Mr. Gronevelt«, sagte Cross.

Gronevelt sah ihn mit ernster Miene an und antwortete: »Wenn dein Vater es erlaubt, wirst du eines Tages für mich arbeiten.«

Cross hatte das Verhältnis zwischen seinem Vater und Gronevelt seit Jahren schon genau beobachtet. Sie waren gute Freunde, trafen sich einmal in der Woche zum Dinner, und Pippi verhielt sich Gronevelt gegenüber stets auffallend ehrerbietig, ein Verhalten, das er nicht einmal bei den Clericuzios an den Tag legte. Gronevelt wiederum schien keine Angst vor Pippi zu haben, gewährte ihm jedoch die Nutznießung aller Annehmlichkeiten des Xanadu, nur keine Villa. Außerdem hatte Cross gemerkt, daß Pippi im Hotel jede Woche genau achttausend Dollar gewann, und die entsprechenden Schlüsse daraus gezogen: Die Clericuzios und Alfred Gronevelt waren im Xanadu Partner.

Cross war sich auch klar darüber, daß Gronevelt ein besonderes Interesse an ihm hatte, ihm spezielle Aufmerksamkeit widmete, wie das Geschenk der schwarzen Chips in diesem Urlaub bewies. Aber er hatte noch andere Zeichen des Wohlwollens erfahren. Cross und seinen Freunden wurden die Spielverluste im Xanadu ersetzt. Zum Abschluß der High-School schenkte ihm Gronevelt ein Cabrio. Von seinem siebzehnten Geburtstag an führte ihn Gronevelt bei den Showgirls des Hotels ein – mit unübersehbar demonstrierter Zuneigung, die ihm entsprechend Gewicht verlieh. Außerdem entdeckte Cross im Laufe der Jahre, daß Gronevelt selbst, so alt er auch war, nicht selten Frauen zum Dinner in sein Penthouse einlud, und dem Klatsch der Mädchen nach zu urteilen, war Gronevelt ein guter Fang. Er hatte nie eine ernsthafte Affäre, aber er war so großzügig mit seinen Geschenken, daß die Frauen ihn verehrten. Eine Frau, die sich einen Monat lang seiner Gunst erfreute, wurde reich.

Als Gronevelt ihn einmal bei einem ihrer Mentor-Schüler-Gespräche über die Regeln belehrte, die bei der Verwaltung eines großen Casino-Hotels wie dem Xanadu zu beachten waren, wagte Cross es, ihn nach den Frauen zu fragen, die im Hotel angestellt waren.

Gronevelt sah ihn lächelnd an. »Die Mädchen aus den Shows überlasse ich dem Unterhaltungschef. Die anderen Frauen behandle ich, als wären sie Männer. Doch wenn ich dir einen Rat für dein Liebesleben geben soll, dann folgenden: Ein intelligenter, vernünftiger Mann hat in den meisten Fällen nichts von den Frauen zu befürchten. Nur vor zwei Dingen solltest du dich hüten. Erstens und am gefährlichsten: vor einer jungen Dame in Not. Zweitens: vor einer Frau, die ehrgeiziger ist als du. Nun halt mich bitte nicht für hartherzig, ich könnte einer Frau dasselbe sagen, aber das wäre nicht in unserem Sinn. Ich hatte Glück, ich liebe das Xanadu mehr als alles andere auf der Welt. Aber eines muß ich gestehen: Ich bedauere, daß ich keine Kinder habe.«

»Sie scheinen ein herrliches Leben zu führen«, sagte Cross.

»Meinst du?« gab Gronevelt zurück. »Nun ja, ich bezahle dafür.«

In Quogue wurde Cross von allen Frauen der Familie Clericuzio umschwärmt. Mit seinen zwanzig Jahren stand er in der Blüte jugendlicher Männlichkeit, war hübsch, graziös, stark und für sein Alter überraschend höflich. Die Familienmitglieder machten Scherze, die nicht ganz frei von typisch sizilianischer bäuerlicher Bosheit waren, und sagten, zum Glück sehe er wie seine Mutter aus und nicht wie sein Vater.

Am Ostersonntag, während über hundert Verwandte die Auferstehung Christi feierten, erhielt Cross von seinem Cousin Dante das letzte Puzzlesteinchen des Rätsels, das seinen Vater umgab.

In dem großen, von einer Mauer umgebenen Garten der Familienvilla entdeckte Cross ein wunderschönes Mädchen, das inmitten einer Gruppe von jungen Männern hofhielt. Er beobachtete, wie sein Vater zum kalten Büffet hinüberging, um sich einen Teller Grillwürstchen zu holen, und dabei eine freundliche Bemerkung an die Gruppe um das junge Mädchen richtete. Er sah genau, wie das Mädchen vor Pippi zurückscheute. Obwohl die Frauen seinen Vater normalerweise mochten, weil seine Häßlichkeit, seine gute Laune und seine Lebensfreude sie entwaffneten.

Dante hatte die Szene ebenfalls beobachtet. »Schönes Mädchen«, sagte er lächelnd. »Komm, wir gehn rüber und sagen hallo.«

Er übernahm die Vorstellung. »Lila«, sagte er, »das ist unser Cousin Cross.«

Lila war gleich alt wie sie, aber noch nicht voll entwickelt;

sie besaß die leicht unvollkommene Schönheit der Heranwachsenden. Ihr Haar war honigfarben, ihre Haut glänzte, wie von einem inneren Wasserlauf erfrischt, aber ihr Mund hatte seine endgültige Form noch nicht gefunden. Sie trug einen weißen Angorapullover, der ihre Haut golden wirken ließ. Cross verliebte sich sofort in sie.

Doch als er mit ihr sprechen wollte, ignorierte Lila ihn und flüchtete sich in den Schutz der Matronen an einem anderen Tisch.

»Ich glaube, sie mag mich nicht«, sagte Cross leicht verlegen zu Dante. Der Cousin grinste ihn boshaft an.

Dante war zu einem seltsamen jungen Mann von großer Vitalität herangewachsen, mit einem scharf geschnittenen, verschlagenen Gesicht. Er hatte das grobe schwarze Haar der Clericuzios, das er unter merkwürdigen Renaissance-Kappen versteckte. Er war ziemlich klein, nicht größer als eins sechzig, besaß jedoch ein ausgeprägtes Selbstbewußtsein – vielleicht, weil er der Liebling des alten Don war. Er hatte eine boshafte Ausstrahlung. Jetzt sagte er zu Cross: »Ihr Familienname ist Anacosta.«

Cross erinnerte sich an den Namen. In der Familie Anacosta hatte es ein Jahr zuvor eine Tragödie gegeben. Das Familienoberhaupt und sein ältester Sohn waren in Miami in einem Hotelzimmer erschossen worden. Aber Dante sah Cross so eindringlich an, als erwarte er eine Antwort. Cross zeigte eine ausdruckslose Miene. »Ja und?« fragte er.

»Du arbeitest für deinen Vater, stimmt's?« sagte Dante.

»Natürlich«, antwortete Cross.

»Und du willst Lila den Hof machen?« sagte Dante. »Du mußt verrückt sein.« Er lachte.

Cross ahnte, daß dies Gefahr bedeutete. Er schwieg.

»Weißt du denn nicht, was dein Vater macht?« fuhr Dante fort.

»Er treibt Geld ein«, sagte Cross.

Dante schüttelte den Kopf. »Aber so was mußt du doch wissen! Dein Dad legt Leute für die Familie um. Er ist hier der oberste Hammer.«

Cross hatte das Gefühl, als würden die Schleier aller Geheimnisse des Lebens von einem Zauberwind davongeblasen. Auf einmal war alles völlig klar. Der Abscheu seiner Mutter vor dem Vater, der Respekt, der Pippi von seinen Freunden und der Clericuzio-Familie entgegengebracht wurde, die Tatsache, daß sein Vater manchmal ohne Erklärung wochenlang verschwand, die Waffe, die er stets mit sich führte, die verstohlenen Witzchen, die er nie so recht verstanden hatte. Er dachte an den Mordprozeß gegen seinen Vater, den er an jenem Abend, da der Vater ihn bei der Hand genommen hatte, seltsamerweise aus seinen Kindheitserinnerungen gestrichen hatte. Da empfand er plötzlich eine tiefe Zuneigung für den Vater, ein Gefühl, als müsse er ihn nun, da er so nackt dastand, unbedingt beschützen.

Vor allem aber stieg in Cross ein schrecklicher Zorn darüber auf, daß Dante es gewagt hatte, ihm diese Wahrheit ins Gesicht zu sagen.

»Nein«, sagte er zu Dante, »davon weiß ich nichts. Und du weißt auch nichts davon. Niemand weiß etwas davon.« Fast hätte er gesagt: Und du kannst mich mal, du kleines Arschloch! Statt dessen sah er Dante lächelnd an und fragte: »Wo hast du bloß diese beschissene Mütze her?«

Virginio Ballazzo organisierte das Ostereiersuchen der Kinder mit dem Geschick des geborenen Clowns. Er scharte die Kinder um sich, wunderschöne Blumen im Festtagsstaat, winzige Gesichter wie Blütenblätter, Haut wie Eierschalen, Hüte mit rosa Schleifen geschmückt. Die Gesichtchen strahlten rosig vor freudiger Erregung. Ballazzo gab jedem Kind ein Bastkörbchen und einen Kuß, dann rief er laut: »Los!«, und die Kinder stoben auseinander.

Virginio Ballazzo bot einen erfreulichen Anblick: Sein Anzug stammte aus London, seine Schuhe aus Italien, die Hemden aus Frankreich, und die Haare waren von einem Michelangelo aus Manhattan gestylt worden. Das Leben hatte es mit Virginio gut gemeint und ihn mit einer Tochter gesegnet, die fast ebenso schön war wie die Kinder.

Lucille, genannt Ceil, war achtzehn Jahre alt und spielte an diesem Tag die Assistentin ihres Vaters. Während sie die Körbchen verteilte, stießen die Männer auf dem Rasen bewundernde Pfiffe aus. Sie trug Shorts und eine offene weiße Bluse. Ihre Haut war dunkel, mit einem Hauch Sahne darüber. Die schwarzen Haare hatte sie sich wie eine Krone um den Kopf gelegt, und so stand sie wie eine jugendliche Königin da, erschaffen aus exquisiter Gesundheit, Jugend und ungekünstelter Fröhlichkeit.

Jetzt sah sie aus den Augenwinkeln, daß Cross und Dante sich stritten, und auch, daß Cross einen schnellen, schweren Schlag erhalten hatte, der ihn den Mund verziehen ließ.

Da sie noch ein Körbchen am Arm hatte, ging sie zu Dante und Cross hinüber. »Wer von euch beiden möchte Ostereier suchen?« fragte sie mit liebenswürdig-humorvollem Lächeln. Damit reichte sie ihnen den Korb.

Beide starrten sie wie benommen vor Bewunderung an. Die späte Vormittagssonne verwandelte ihre Haut in Gold, ihre Augen tanzten vor Vergnügen. Die weiße Bluse wölbte sich einladend und dennoch jungfräulich, ihre gerundeten Schenkel waren milchweiß.

In diesem Moment begann eins der kleinen Mädchen zu schreien. Das Kind hatte ein riesiges Osterei gefunden, fast so groß wie eine Bowlingkugel und mit leuchtendroten und blauen Farben bemalt. Die Kleine hatte versucht, es in ihr

Körbchen zu bugsieren – so eifrig, daß ihr der schöne weiße Strohhut verrutscht war. Ihr Gesichtchen mit den weit aufgerissenen Augen drückte Staunen und energische Entschlossenheit aus. Aber das Ei zerbrach, und ein Vögelchen flatterte heraus. Deswegen hatte die Kleine geschrien.

Petie lief über den Rasen und nahm das Kind auf die Arme, um es zu trösten. Das Ganze war einer seiner kleinen Streiche, und alle Zuschauer lachten.

Die Kleine rückte sorgfältig ihren Hut gerade; dann rief sie mit zitternder Stimme: »Du hast mich reingelegt!« und schlug Petie ins Gesicht. Die Zuschauer brüllten vor Lachen, als sie vor Petie davonlief. Er bat die Kleine um Verzeihung, fing sie ein und schenkte ihr ein mit Steinen besetztes Osterei an einer Goldkette. Sie nahm es gnädig und gab ihm einen Kuß dafür.

Ceil nahm Cross bei der Hand und führte ihn zum Tennisplatz, der etwa hundert Meter von der Villa entfernt war. Um ein wenig für sich zu sein, setzten sie sich in die Tennishütte mit den drei Wänden, deren offene Seite dem Festtrubel abgekehrt war.

Dante, der ihnen nachsah, war gedemütigt. Er war sich der Tatsache, daß Cross attraktiver war als er, sehr bewußt und fühlte sich zurückgesetzt. Dennoch war er stolz, einen so gutaussehenden Cousin zu haben. Zu seiner Verwunderung stellte er fest, daß er noch immer das Körbchen hielt; also zuckte er die Achseln und zog los, um an der Eiersuche teilzunehmen.

In ihrer Tennishütte versteckt, umfaßte Ceil Cross' Gesicht mit beiden Händen und küßte ihn auf den Mund. Es waren zärtliche, hauchzarte Küsse. Doch als er die Hände unter ihre Bluse schieben wollte, stieß sie ihn von sich. Dabei zeigte sie ihm ein strahlendes Lächeln. »Ich wollte dich küssen, seit ich zehn Jahre alt bin«, erklärte sie. »Und heute war ein so prächtiger Tag dafür.«

Cross war erregt von ihren Küssen, aber er fragte sie nur: »Warum?«

»Weil du so schön bist und so perfekt«, antwortete Ceil. »Heute kann nichts unrecht sein.« Sie schob ihre Hand in die seine. »Haben wir nicht wundervolle Familien?« sagte sie. Dann erkundigte sie sich plötzlich: »Warum bist du bei deinem Vater geblieben?«

»Es hat sich einfach so ergeben«, antwortete Cross.

»Und hast du dich eben mit Dante gestritten?« fragte Ceil weiter. »Er ist ein widerlicher Kriecher.«

»Dante ist okay«, behauptete Cross. »Wir haben nur rumgealbert. Er spielt den Leuten genauso gern dumme Streiche wie mein Onkel Petie.«

»Dante ist grob«, sagte Ceil und gab Cross noch einen Kuß. Sie hielt seine Hand. »Mein Vater verdient unheimlich viel Geld, jetzt kauft er ein Haus in Kentucky und einen 1920er Rolls-Royce. Er besitzt schon drei Oldtimer und will jetzt in Kentucky Pferde kaufen. Hast du Lust, morgen rüberzukommen und dir die Autos anzusehen? Dir hat doch Mutters Küche immer so gut geschmeckt.«

»Morgen muß ich nach Las Vegas zurück«, sagte Cross. »Ich arbeite jetzt im Xanadu.«

Ceil drückte kurz seine Hand. »Ich hasse Las Vegas«, erklärte sie. »Es ist eine abscheuliche Stadt.«

»Ich finde es großartig«, entgegnete Cross lächelnd. »Warum haßt du es? Du bist doch noch nie dort gewesen.«

»Weil die Menschen da ihr schwer verdientes Geld verschleudern«, sagte Ceil mit jugendlicher Empörung. »Gott sei Dank, mein Vater spielt nicht. Und all diese leichtfertigen Showgirls!«

Cross lachte. »Davon weiß ich nichts«, sagte er. »Ich benutze nur den Golfplatz. Das Casino hab' ich noch nie von innen gesehen.«

Sie wußte, daß er sich über sie lustig machte, sagte aber: »Wenn ich dich einlade, mich im College zu besuchen, wenn ich dort bin, kommst du dann?«

»Aber sicher«, antwortete Cross. In diesem Spiel war er weitaus erfahrener als sie. Außerdem empfand er Zärtlichkeit wegen ihrer Unschuld, weil sie seine Hände hielt, weil sie die wahren Ziele ihres Vaters und der Familie nicht kannte. Sie versuchte nur vorsichtig, die Fühler auszustrecken, das war ihm klar, dazu kam das schöne Wetter, die Explosion der Fraulichkeit in ihrem jungen, weiblichen Körper. Er war von ihren süßen, unerotischen Küssen gerührt.

»Wir sollten jetzt zur Party zurückkehren«, sagte er, und so schlenderten sie Hand in Hand zum Picknickplatz hinüber. Virginio, ihr Vater, sah sie zuerst; fröhlich rieb er zwei Finger aneinander und sagte: »Schande, Schande!« Dann umarmte er sie beide. Es war ein Tag, an den sich Cross immer wieder erinnern sollte, so voller Unschuld, mit vielen kleinen Kindern, zu Ehren der Auferstehung in züchtiges Weiß gekleidet. Und weil er endlich begriffen hatte, wer sein Vater war.

Als Pippi und Cross nach Vegas zurückkehrten, hatte sich ihr Verhältnis zueinander verändert. Pippi wußte offenbar, daß das Geheimnis gelüftet worden war, und widmete Cross besonders liebevolle Aufmerksamkeit. Cross merkte verwundert, daß sich an seinen Gefühlen für den Vater nichts geändert hatte, daß er ihn immer noch liebte. Er konnte sich nicht vorstellen, ohne den Vater zu leben, ohne die Clericuzios, ohne Gronevelt und das Xanadu. Dies war das Leben, das ihm zugedacht war, und er war nicht traurig darüber, daß er es führen mußte. Nur eine gewisse Ungeduld begann sich in ihm breitzumachen. Es mußte ein weiterer Schritt getan werden.

Drittes Buch

Claudia De Lena
Athena Aquitane

4. Kapitel

Auf der Fahrt von ihrer Wohnung an den Pacific Palisades zu Athenas Haus in Malibu überlegte Claudia De Lena, wie sie Athena überreden konnte, zur Arbeit an *Messalina* zurückzukehren.

Das war für sie selbst ebenso wichtig wie für das Studio. *Messalina* war ihr erstes echtes Originaldrehbuch; bis dahin hatte sie nur mit Adaptionen von Romanen, dem Umschreiben oder Manipulieren fremder Drehbücher zu tun gehabt oder mit anderen Autoren zusammengearbeitet.

Außerdem war sie Co-Produzentin von *Messalina,* und diese Tatsache verlieh ihr eine Macht, die sie bisher noch nie besessen hatte. Da sie außerdem noch ein Einkommen aus den Bruttoeinnahmen zu erwarten hatte, konnte sie sich auf wirklich großes Geld freuen. Und konnte dann auch den nächsten Schritt wagen und bei der Verfilmung eigener Drehbücher auch als Produzentin fungieren. Sie war vermutlich der einzige Mensch westlich des Mississippi, der nicht Regie führen wollte, denn das erforderte eine Härte im Umgang mit Menschen, die sie nicht ertragen konnte.

Claudias Verhältnis zu Athena war nicht etwa die übliche Berufsfreundschaft zwischen Kollegen aus der Filmindustrie, sondern von aufrichtiger Zuneigung geprägt. Athena wußte, wieviel dieser Film für ihre Karriere bedeutete. Athena war intelligent. Was Claudia allerdings vor ein Rätsel stellte, war Athenas Angst vor Boz Skannet, denn normalerweise fürchtete Athena nichts und niemanden.

Nun ja, eines würde sie bestimmt erreichen: herausfinden, warum Athena sich so fürchtete. Dann würde sie ihr mit Sicherheit helfen können. Und natürlich mußte sie Athena davor bewahren, ihre eigene Karriere zu ruinieren. Denn wer kannte sich schließlich besser in den komplizierten Feinheiten und geschickt gestellten Fallen des Filmgeschäfts aus als sie?

Claudia De Lena hatte von einem Leben als Schriftstellerin in New York geträumt. Als ihr erster Roman, den sie mit achtzehn schrieb, von zwanzig Verlagen abgelehnt wurde, ließ sie sich dennoch nicht entmutigen und beschloß statt dessen, nach Los Angeles umzuziehen und sich an Drehbüchern zu versuchen.

Weil sie geistreich, lebensfroh und begabt war, fand sie in Los Angeles schon bald viele Freunde. Als sie an einem Kurs der UCLA für Drehbuchautoren teilnahm, lernte sie einen jungen Mann kennen, dessen Vater ein berühmter Schönheitschirurg war. Sie und der junge Mann wurden ein Liebespaar, und da er von ihrem Körper ebenso hingerissen war wie von ihrer Intelligenz, hob er ihren Status von dem einer kameradschaftlichen Bettgenossin auf den einer ernsthaften Beziehung und nahm sie sogar zum Dinner in sein Elternhaus mit. Sein Vater, der Schönheitschirurg, war begeistert von ihr. Nach dem Dinner umfaßte der Chirurg ihr Gesicht mit beiden Händen.

»Es ist unfair, daß ein junges Mädchen wie Sie nicht so hübsch ist, wie es sein könnte«, sagte er. »Bitte, nehmen Sie mir das nicht übel, so etwas ist ein absolut natürliches Mißgeschick. Und genau das ist der Zweck meiner Arbeit. Wenn Sie wollen, kann ich das für Sie ändern.«

Claudia nahm es ihm nicht übel, aber sie war empört. »Warum zum Teufel muß ich unbedingt hübsch sein? Was habe ich davon?« fragte sie lächelnd. »Für Ihren Sohn bin ich hübsch genug.«

»Alle Vorteile dieser Welt haben Sie davon«, antwortete der Chirurg. »Und wenn ich mit Ihnen fertig bin, werden Sie für meinen Sohn zu gut sein. Sie sind ein bezauberndes und intelligentes Mädchen, aber Schönheit ist Macht. Wollen Sie wirklich den Rest Ihres Lebens damit verbringen, allein herumzustehen, während die Männer die gutaussehenden Frauen umschwärmen, die nicht ein Zehntel Ihrer Intelligenz besitzen? Und müssen Sie rumsitzen wie ein Mauerblümchen, nur weil Ihre Nase zu dick ist und Sie ein Kinn wie ein Mafiaverbrecher haben?« Dann tätschelte er ihr die Wange und fuhr fort: »Es ist wirklich nur eine Kleinigkeit. Sie haben wunderschöne Augen und einen sehr hübschen Mund. Und Ihre Figur kann sich mit der jedes Filmstars messen.«

Claudia wich vor ihm zurück. Sie wußte, daß sie ihrem Vater ähnelte, und der »Mafiaverbrecher« hatte bei ihr einen wunden Punkt berührt.

»Das ist unwichtig«, sagte sie. »Ich kann Sie nicht bezahlen.«

»Noch etwas«, entgegnete der Chirurg. »Ich kenne das Filmgeschäft. Ich habe die Karrieren männlicher und weiblicher Filmstars verlängert. Wenn der Tag kommt, an dem Sie einem Studio einen Film anbieten, wird Ihr Aussehen eine wichtige Rolle spielen. Das mag Ihnen unfair erscheinen; ich weiß ja, daß Sie begabt sind. Aber so ist es in der Filmwelt nun mal. Sehen Sie es einfach als berufliche Investition statt als reines Mann-Frau-Problem. Obwohl es das natürlich ist.« Wie er sah, zögerte sie noch immer. »Ich werde kein Geld von Ihnen nehmen«, erklärte er dann. »Ich mach's für Sie und meinen Sohn. Obwohl ich fürchte, daß er, sobald Sie so hübsch sind, wie ich es hoffe, seine Freundin verlieren wird.«

Claudia hatte immer gewußt, daß sie nicht hübsch war, und jetzt kehrte die Erinnerung daran zurück, daß der Vater ihr den Bruder stets vorgezogen hatte. Wäre sie hübsch gewesen, wäre ihr Leben dann anders verlaufen? Zum erstenmal betrachtete sie den Chirurgen ein wenig genauer. Er sah gut aus, sein Blick war so sanft, als begreife er genau, was sie empfand. Sie lachte. »Okay«, sagte sie, »machen Sie mich zur Cinderella.«

Er brauchte nicht viel zu verändern. Er machte ihre Nase schmaler, formte ihr Kinn runder und behandelte ihre Haut. Als Claudia in die Welt zurückkehrte, war sie eine gutaussehende, stolze Frau mit schöner Nase und faszinierender Ausstrahlung, vielleicht nicht hübsch, doch weit attraktiver als vorher.

Die beruflichen Folgen waren traumhaft. Claudia erhielt trotz ihrer Jugend einen Termin bei Melo Stuart, der ihr Agent wurde. Er verschaffte ihr kleinere Drehbücher zum Umschreiben und lud sie zu Partys ein, auf denen sie Produzenten, Regisseure und Stars kennenlernte. Alle waren bezaubert von ihr. In den darauffolgenden fünf Jahren wurde sie als A-Klasse-Autorin für A-Filme gehandelt. Doch auch die Wirkung auf ihr Privatleben war wie im Märchen. Der Chirurg hatte recht gehabt: Sein Sohn konnte nicht mehr mithalten. Claudia verzeichnete eine Folge erotischer Eroberungen – einige davon im Grunde Unterwerfungen –, die jedem Filmstar zur Ehre gereicht hätten.

Claudia liebte das Filmgeschäft. Sie arbeitete gern mit anderen Autoren zusammen, sie diskutierte gern mit Produzenten, sie beschwatzte gern Regisseure: mit ersteren darüber, daß man Geld sparen könne, wenn man das Drehbuch auf eine ganz bestimmte Art gestaltete, die anderen, weil sie wußte, wie man ein Drehbuch auf höchstes künstlerisches Niveau heben konnte. Sie bewunderte Schauspielerinnen und Schauspieler, die Art, wie sie ihren Text modulierten, damit er besser und bewegender klang. Sie liebte die Magie der Drehorte, welche die meisten Leute langweilig fanden, sie genoß die Kameradschaftlichkeit der Crew und hatte keinerlei Hemmungen, mit Männern »unterhalb des Niveaus« zu schlafen. Sie liebte es, einen Film von der Entstehung bis zu seinem Erfolg oder Mißerfolg zu beobachten. Sie hielt den Film für eine großartige Kunstform und sah sich, wenn sie den Auftrag bekam, ein Drehbuch umzuschreiben, sozusagen als Heilerin, die nicht darauf aus war, sich einen Namen zu machen, indem sie möglichst viel veränderte. Mit fünfundzwanzig Jahren genoß sie einen hervorragenden Ruf und hatte mit zahlreichen Stars Freundschaft geschlossen, am engsten mit Athena Aquitane.

Weit überraschender für sie war ihre eigene, überschäumende Sexualität. Mit einem Mann, den sie mochte, ins Bett zu gehen, war für sie ebenso natürlich wie jeder andere Akt der Freundschaft. Sie tat es niemals, um sich einen Vorteil zu verschaffen, dafür war sie zu begabt; im Gegenteil, sie witzelte manchmal, die Stars schliefen mit ihr, um ihr nächstes Drehbuch zu bekommen.

Ihr erstes Abenteuer erlebte sie mit dem Chirurgen selbst, der sich als weitaus charmanter und erfahrener als sein Sohn erwies. Möglicherweise von seiner eigenen Arbeit begeistert, bot er ihr an, ihr eine Wohnung sowie ein wöchentliches Taschengeld zur Verfügung zu stellen – nicht nur für den Sex, sondern aus Freude an ihrer Gesellschaft. Claudia lehnte gutgelaunt ab. »Ich dachte, ich müßte nichts bezahlen«, sagte sie.

»Du hast doch schon bezahlt«, gab er zurück. »Aber ich hoffe, wir werden uns gelegentlich wiedersehen.«

»Na klar«, antwortete Claudia.

Was sie so außergewöhnlich an sich selbst fand, war die Entdeckung, daß sie mit vielen verschiedenen Männern unterschiedlichsten Alters, Typs und Aussehens schlafen konnte. Und es aufrichtig genoß. Sie war wie ein angehender Gourmet, der alle möglichen fremden Delikatessen kostet. Bei aufstrebenden Schauspielern und Drehbuchschreibern spielte sie die Mentorin, aber das war nicht ihre Lieblingsrolle. Sie wollte lernen. Und fand ältere Männer weitaus interessanter.

An einem unvergeßlichen Tag erlebte sie einen One-Night-Stand mit Eli Marrion persönlich. Sie genoß ihn, obwohl er im Grunde nicht erfolgreich verlief.

Sie lernten sich auf einer Party der LoddStone Studios kennen, und Marrion war fasziniert von ihr, weil sie nicht in Ehrfurcht vor ihm erstarrte, sondern ein paar scharfe, geringschätzige Bemerkungen über die jüngste Blockbuster-Produktion der Studios machte. Außerdem hatte Marrion gehört, wie sie Bobby Bantz' Annäherungsversuche mit einer humorvollen Bemerkung zurückwies, die keine feindseligen Gefühle hinterließ.

Eli Marrion hatte den Sex seit einigen Jahren aufgegeben, denn da er nahezu impotent war, bedeutete er mehr Schwerarbeit als Spaß für ihn. Als er Claudia einlud, ihn zu seinem Bungalow im Beverly Hills Hotel zu begleiten, der den LoddStone Studios gehörte, nahm er an, daß sie ihm nur wegen seines Einflusses folgte. Daß sie es aus sexueller Neugier tat, ahnte er nicht. Wie würde es sein, mit einem so mächtigen Mann ins Bett zu gehen, der so alt war? Aber das war nicht allein der Grund, denn sie fand Marrion trotz seines Alters attraktiv. Sein Gorillagesicht konnte tatsächlich anziehend wirken, wenn er lächelte, und das tat er, als er ihr erklärte, daß ihn alle Eli nannten, auch seine Enkel. Weil sie von seiner

Skrupellosigkeit gehört hatte, war sie von seiner Intelligenz und seinem natürlichen Charme fasziniert. Es würde bestimmt interessant werden.

Im Schlafzimmer der Parterrewohnung im Bungalow des Beverly Hills entdeckte sie zu ihrer Belustigung, daß er schamhaft war. Also ließ Claudia jede Zurückhaltung beiseite und half ihm beim Ausziehen, und während er seine Kleider zusammengefaltet über einen gepolsterten Stuhl legte, zog sie sich ebenfalls aus, umarmte ihn kurz und folgte ihm dann unter die Bettdecke. Marrion versuchte sich an einem Scherz. »Als König Salomon im Sterben lag, wurden Jungfrauen zu ihm ins Bett gelegt, um ihn zu wärmen.«

»Also, ich werde dir nicht viel helfen«, sagte Claudia. Sie küßte und streichelte ihn. Seine Lippen waren angenehm warm. Seine Haut war von einer wachsartigen Trockenheit, die nicht unangenehm war. Als er sich auszog, hatte sie sich über seine Schamhaftigkeit gewundert und sekundenlang darüber gestaunt, was ein Dreitausend-Dollar-Anzug doch für einen mächtigen Mann tun konnte. Aber sein kleiner Körper mit dem riesigen Kopf wirkte auch so liebenswert. Sie fühlte sich nicht im geringsten abgestoßen. Nachdem sie sich zehn Minuten gestreichelt und geküßt hatten (der große Marrion küßte mit der Unschuld eines Kindes), wurde ihnen beiden klar, daß er inzwischen hundertprozentig impotent war. Heute bin ich zum letzten Mal mit einer Frau im Bett, dachte Marrion. Dann seufzte er und entspannte sich, während sie ihn in den Armen hielt.

»Okay, Eli«, sagte Claudia, »jetzt werde ich dir in allen Einzelheiten erklären, warum euer Film vom finanziellen und vom künstlerischen Standpunkt aus miserabel ist.« Und während sie ihn immer noch sanft streichelte, lieferte sie ihm eine gründliche Analyse des Drehbuchs, des Regisseurs und der Schauspieler. »Der Film ist nicht nur schlecht«, sagte Claudia, »er ist unmöglich. Weil er kein Gefühl für die Story hat, und weil euer beschissener Regisseur euch nichts weiter liefert als eine Dia-Show von dem, was er für eine gute Story hält. Und die Schauspieler bewegen sich so mechanisch, weil sie wissen, daß das Ganze Scheiße ist.«

Marrion hörte ihr mit wohlwollendem Lächeln zu. Er fühlte sich rundum wohl. Er hatte eingesehen, daß ein wesentlicher Teil seines Lebens vorüber war, beendet durch den herannahenden Tod. Der Gedanke, daß er nie wieder mit einer Frau schlafen, ja, es nicht einmal versuchen würde, war keineswegs demütigend. Er wußte, daß Claudia nicht über diese Nacht reden würde, und wenn doch – was spielte das schon für eine Rolle? Er verfügte noch immer über seine irdische Macht. Solange er am Leben war, vermochte er noch immer das Schicksal Tausender zu beeinflussen. Und nun war er an ihrer Analyse des Films interessiert.

»Das verstehst du nicht«, wandte er ein. »Ich kann zwar einen Film initiieren, aber ich kann ihn nicht machen. Du hast ganz recht, ich werde diesen Regisseur nie wieder engagieren. Die Künstler verlieren kein Geld, aber ich. Sie müssen allerdings die Schuld auf sich nehmen. Meine Frage lautet: Wird dieser Film Geld einbringen? Und wenn ein Kunstwerk daraus wird, ist das nur ein glücklicher Zufall.«

Während sie sich unterhielten, stieg Marrion aus dem Bett und begann sich anzukleiden. Claudia haßte es, wenn Männer ihre Kleider anzogen; man konnte dann nur noch schwer mit ihnen reden. Für sie war Marrion, so seltsam das sein mochte, als Nackter viel liebenswerter; die spindeldürren Beine, der ausgemergelte Körper, sein riesiger Schädel – das alles löste in ihr liebevolles Mitleid aus. Seltsamerweise war sein schlaffer Penis größer als der der meisten anderen Männer im selben Zustand. Sie nahm sich vor, ihren Chirurgen danach zu fragen. Wurde ein Penis um so größer, je nutzloser er wurde?

Plötzlich entdeckte sie, wie anstrengend es für Marrion war, sich das Hemd zuzuknöpfen und die Manschettenknöpfe einzustecken. Sie sprang aus dem Bett, um ihm zu helfen.

Marrion betrachtete ihren nackten Körper. Ihre Figur war besser als die zahlreicher Stars, mit denen er ins Bett gegangen war, doch er verspürte keinen Kitzel, und die Zellen seines Körpers reagierten nicht auf ihre Schönheit. Im Grunde jedoch empfand er weder Bedauern noch Trauer.

Claudia half ihm, die Hose anzuziehen, das Hemd zuzuknöpfen, die Manschettenknöpfe einzustecken. Sie rückte seine kastanienbraune Krawatte zurecht und kämmte ihm das graue Haar mit den Fingern. Als er schließlich in sein Jakkett geschlüpft war, war all seine sichtbare Macht wiederhergestellt. Sie küßte ihn und sagte: »Es war schön.«

Marrion musterte sie, als sei sie eine Art Gegner. Dann zeigte er sein berühmtes Lächeln, das die Häßlichkeit seiner Züge auslöschte. Er akzeptierte die Tatsache, daß sie wahrhaft harmlos war, daß sie ein gutes Herz hatte, und sagte sich, daß ihre Jugend der Grund dafür sei. Nur schade, daß die Welt, in der sie lebte, sie verändern würde.

»Also, wenigstens etwas zu essen kann ich dir bieten«, sagte Marrion. Damit griff er zum Telefon, um den Zimmerservice anzurufen.

Claudia war hungrig. Sie verdrückte eine Suppe, Ente mit verschiedenen Gemüsen und danach eine riesige Schale Erdbeereis. Marrion aß nur wenig, tat aber das Seine, um die Flasche Wein zu leeren. Sie unterhielten sich über Filme und Bücher, und Claudia entdeckte zu ihrem Erstaunen, daß Marrion ein weit besserer Leser war als sie.

»Ich wäre gern Schriftsteller geworden«, gestand Marrion.

»Ich schreibe gern, und Bücher machen mir viel Freude. Aber weißt du, ich habe kaum einen Schriftsteller kennengelernt, den ich persönlich gern haben könnte, obwohl ich die Bücher dieser Leute bewundere. Ernest Vail, zum Beispiel. Der schreibt wundervolle Bücher, aber als Mensch ist er ein unerträglicher Zeitgenosse. Woher kommt das?«

»Weil die Schriftsteller nicht ihre Bücher sind«, antwortete Claudia. »Ihre Bücher sind die Essenz des Besten in ihnen. Sie sind wie eine Tonne Felsgestein, das man zerschlagen muß, um einen winzigen Diamanten zu finden – falls man das tun muß, um einen Diamanten zu finden.«

»Du kennst Ernest Vail?« fragte Marrion. Claudia wußte es zu würdigen, daß er es ohne eine Spur von Anzüglichkeit sagte. Er mußte von ihrer Affäre mit Vail gewußt haben. »Also, ich liebe seine Bücher, aber persönlich kann ich ihn nicht ausstehen. Außerdem hegt er einen Groll gegen das Studio, der ganz unvernünftig ist.«

Claudia tätschelte ihm die Hand. »Alle Talente hegen Groll gegen das Studio«, sagte sie. »Das ist nichts Persönliches. Ich bin vermutlich die einzige unter den Drehbuchautoren, die dich wirklich mag.« Beide lachten.

Bevor sie sich trennten, sagte Marrion zu Claudia: »Wenn du mal ein Problem haben solltest, ruf mich bitte an – jederzeit.« Das war ein Hinweis darauf, daß er ihre persönliche Beziehung nicht fortzusetzen wünschte.

Claudia begriff. »Ich werde dieses Angebot nicht ausnutzen«, versicherte sie. »Und wenn du Probleme mit einem Drehbuch hast, darfst du mich ebenfalls anrufen. Gratisratschläge, aber wenn ich schreiben muß, wirst du meinen normalen Preis zahlen müssen.« Womit sie sagen wollte, daß er sie beruflich dringender brauchte als sie ihn. Was natürlich nicht zutraf, ihm aber zeigte, daß sie selbst großes Zutrauen in ihr Talent hatte. Sie trennten sich als Freunde.

Der Verkehr auf dem Pacific Coast Highway war träge. Claudia wandte den Blick nach links auf das glitzernde Meer und sah verwundert, daß nur wenige Menschen am Strand waren. Ganz anders als in Long Island, wo sie als Kind gewohnt hatte. Über sich sah sie die Hanggleiter unmittelbar über die Stromleitungen hinweg auf den Strand zusegeln. Rechts von ihr drängten sich Menschen um einen Übertragungswagen und riesige Kameras. Irgend jemand drehte einen Film. Wie sehr mochte sie doch den Pacific Coast Highway! Und wie sehr hatte Ernest Vail ihn gehaßt! Eine Fahrt auf dem Highway sei wie ein Weg zur Hölle, behauptete er...

Claudia De Lena hatte Vail kennengelernt, als sie den Auftrag bekam, am Drehbuch zu seinem Bestseller mitzuarbeiten. Sie hatte seine Bücher immer gern gelesen; seine Sätze waren so graziös, wie Musik folgten sie aufeinander. Er kannte das Leben und verstand die Tragödien der handelnden Personen. Außerdem war ihm eine Erfindungsgabe eigen, an der sie sich genauso erfreute wie früher an den Märchen ihrer Kindheit. Sie war begeistert, ihn kennenzulernen. Der Mensch Ernest Vail war jedoch ganz anders.

Vail war damals Anfang Fünfzig. Seine körperliche Ausstrahlung hatte nichts von der Grazie seiner Prosa. Er war klein und schwer und hatte eine kahle Stelle auf dem Kopf, die er nicht zu verbergen trachtete. Möglich, daß er die Personen in seinen Büchern verstand und liebte, von den Feinheiten des Lebens hatte er jedenfalls keine Ahnung. Diese kindliche Naivität war möglicherweise Teil seines Charmes. Doch erst, als sie ihn näher kennenlernte, entdeckte Claudia, daß unter dieser Naivität eine verquere Intelligenz lauerte, an der man sich durchaus erfreuen konnte. Er konnte witzig sein, wie ein Kind unbewußt witzig ist, und er besaß auch den verletzlichen Egoismus eines Kindes.

Bei jenem Frühstück in der Polo Lounge schien Ernest Vail der glücklichste Mensch der Welt zu sein. Seine Romane hatten ihm bei den Kritikern hohes Ansehen und eine Menge für ihn jedoch unwichtiges Geld eingebracht. Dann war ihm mit seinem letzten Buch der Durchbruch gelungen; es war zu einem Bestseller geworden und sollte nun von den LoddStone Studios für einen Film adaptiert werden. Vail hatte das Drehbuch geschrieben, und nun erklärten ihm Bobby Bantz und Skippy Deere, wie wundervoll dieses Drehbuch sei. Zu Claudias größtem Erstaunen schluckte Vail diese Lobeshymnen wie ein Starlet, das zu einem Casting geht. Was zum Teufel hatte Claudia nach Vails Ansicht bei dieser Besprechung zu suchen? Besonders erschüttert war sie darüber, daß ausgerechnet Bantz und Deere ihr am Tag zuvor erklärt hatten, das Drehbuch sei »ein Stück Scheiße«. Das meinten sie weder grausam noch abwertend. Ein Stück Scheiße war einfach etwas, das nicht so richtig funktionierte.

Claudia ließ sich von Vails Häßlichkeit nicht abschrecken, schließlich war sie selbst auch häßlich gewesen, bis sie unter dem Messer des Chirurgen zur Schönheit erblüht war. Ja, sie war sogar ein wenig bezaubert von seiner Gutgläubigkeit und seiner Begeisterung.

»Wir haben Claudia hergebeten, um Ihnen zu helfen, Ernest«, sagte Bantz. »Sie beherrscht alle Feinheiten der Kunst, sie ist die Beste und wird ein richtiges Drehbuch daraus machen. Ich wittere einen großen Hit. Und vergessen Sie nicht – Ihnen gehören zehn Prozent der Nettoeinnahmen.«

Claudia sah, daß Vail den Köder schluckte. Das arme Schwein wußte nicht mal, daß zehn Prozent der Nettoeinnahmen zehn Prozent von gar nichts waren.

Vail schien aufrichtig dankbar für ihre Hilfe. »Na sicher, ich kann von ihr lernen«, sagte er. »Drehbücher schreiben macht viel mehr Spaß, als Bücher zu schreiben, aber für mich ist das etwas ganz Neues.«

»Sie sind ein Naturtalent, Ernest«, sagte Skippy Deere beruhigend. »Sie können hier bei uns 'ne Menge zu tun kriegen. Und Sie können reich werden mit diesem Film – vor allem, wenn er ein Hit wird, und vor allem, wenn er den Oscar gewinnt.«

Claudia beobachtete die Herren. Zwei Mistkerle und ein Dummkopf, ein nicht unübliches Trio für Hollywood. Aber sie selbst war auch nicht viel schlauer gewesen. Hatte Skippy Deere sie nicht ins Bett und danach über den Tisch gezogen? Trotzdem mußte sie Skippy bewundern. Er wirkte so grundehrlich!

Wie Claudia wußte, gab es schon jetzt ernsthafte Probleme. Außerdem war ihr bekannt, daß der unvergleichliche Benny Sly hinter ihr her arbeitete und Vails intellektuellen Helden zu einer Zugnummer machte, indem er ihn zu einem James Bond-Sherlock Holmes-Casanova umschrieb. Von Vails Buch würde nichts weiter bleiben als das blanke Knochengerüst.

Aus diesem Gefühl des Mitleids heraus sagte Claudia zu, an jenem Abend mit Vail zu essen und mit ihm an dem Drehbuch zu arbeiten. Einer der Tricks bei einer solchen Zusammenarbeit bestand darin, jegliche Annäherung zu vermeiden, und das tat sie, indem sie sich bei den Arbeitssitzungen so unattraktiv wie möglich gab. Eine Romanze lenkte sie bei der Arbeit zu sehr ab.

Zu ihrer Verwunderung führten die zwei Monate, die sie mit gemeinsamer Arbeit verbrachten, zu einer dauerhaften Freundschaft. Als sie beide am selben Tag aus dem Projekt gefeuert wurden, fuhren sie zusammen nach Las Vegas. Claudia hatte das Glücksspiel schon immer geliebt, und auch Vail war diesem Laster verfallen. In Vegas machte sie ihn mit ihrem Bruder Cross bekannt und sah voll Staunen, wie gut sich die beiden Männer verstanden. Dabei gab es, soweit sie sehen konnte, keinerlei Basis für eine solche Freundschaft. Ernest war ein Intellektueller, der sich weder für Golf noch für einen anderen Sport interessierte. Cross hatte seit Jahren kein Buch mehr angerührt. Also fragte sie Ernest danach.

»Er kann gut zuhören, und ich kann gut reden«, antwortete er. Was Claudia für keine stichhaltige Erklärung hielt.

Sie fragte Cross, der das größere Geheimnis für sie war. Cross dachte über die Frage nach. Dann sagte er: »Man muß ihn nicht ständig im Auge behalten; er will nichts von einem.« Und als Cross das sagte, wußte sie sofort, daß er recht hatte. Für sie war das eine erstaunliche Erkenntnis. Ernest Vail war zu seinem eigenen Nachteil ein Mensch, der keine Hintergedanken hatte.

Ihre Affäre mit Ernest Vail war anders als die anderen. Obwohl er ein weltbekannter Romanautor war, besaß er in Hollywood keine Macht. Außerdem hatte er kein soziales Gespür, ja, er forderte sogar Feindseligkeit heraus. In seinen Zeitschriftenartikeln sprach er heikle nationale Fragen an und verhielt sich stets politisch unkorrekt, ironischerweise jedoch verärgerte er dadurch beide Seiten. Er spottete über die Demokratie in Amerika; er schrieb über den Feminismus, er behauptete, Frauen würden immer so lange von Männern unterdrückt, bis sie ihnen körperlich das Wasser reichten, und riet den Feministinnen, paramilitärische Trainingsgruppen aufzustellen. Im Zusammenhang mit den Rassenproblemen schrieb er einen Essay über die Sprache, in dem er verlangte, die Schwarzen sollten sich als »Farbige« bezeichnen, weil »schwarz« auf die verschiedenste Art und Weise herabsetzend verwendet werde – schwarze Gedanken, schwarz wie die Hölle, schwarzsehen – und weil das Wort stets einen negativen Beiklang habe, es sei denn in der Bezeichnung »kleines Schwarzes« für ein Kleid.

Dann wiederum erzürnte er beide Seiten, weil er behauptete, eigentlich müßten alle mediterranen Rassen als »farbig« bezeichnet werden, die Italiener, die Spanier, die Griechen usw.

Wenn er über Klassenunterschiede schrieb, behauptete er, Menschen mit viel Geld müßten grausam und abweisend sein, und die Armen sollten zu Verbrechern werden, weil sie gegen Gesetze kämpfen müßten, die von den Reichen erlassen worden waren, um das eigene Geld zu schützen. Die Wohlfahrt, schrieb er, sei nichts als eine notwendige Bestechung, damit die Armen keine Revolution anzettelten. Religion, so meinte er, müsse verschrieben werden wie Medikamente.

Leider vermochte niemand je herauszufinden, ob er scherzte oder das alles ernst meinte. Und da keine seiner exzentrischen Äußerungen jemals in seinen Büchern auftauchte, brachte auch eine intensive Lektüre seiner Werke keine neuen Erkenntnisse.

Und doch entstand, als Claudia mit ihm am Drehbuch für seinen Bestseller arbeitete, eine enge Verbindung zwischen ihnen. Er war ein eifriger Schüler und erwies ihr große Hochachtung, während sie ihrerseits seine etwas säuerlichen Scherze goutierte, seine Ernsthaftigkeit hinsichtlich der sozialen Zustände. Sie staunte über seine Nachlässigkeit im Umgang mit Geld im praktischen Leben und seine Sorge um Geld, wenn er theoretisch darüber sprach. Und über seine unglaubliche Dummheit in der Frage, wie die Welt in Machtfragen funktionierte, vor allem in Hollywood. Sie verstanden sich so gut, daß sie ihn bat, ihren Roman zu lesen. Und sich am nächsten Tag geschmeichelt fühlte, als er Notizen über seine Lektüre ins Studio mitbrachte.

Der Roman wurde schließlich wegen ihrer Erfolge als Drehbuchautorin und auf Druck ihres Agenten Melo Stuart veröffentlicht. Er erhielt einige recht positive Besprechungen und ein paar höhnische, deswegen, weil sie Drehbuchautorin war. Aber Claudia liebte ihr Buch trotzdem. Es verkaufte sich weder gut, noch bewarb sich jemand um die Filmrechte. Aber es existierte schwarz auf weiß. Sie signierte ein Exemplar für Vail: »Für den größten lebenden Romanautor Amerikas«. Aber auch das half nichts.

»Du hast Glück«, erklärte Vail. »Du bist keine Schriftstellerin, sondern Drehbuchautorin. Aus dir wird nie eine Romanautorin werden.« Und dann verbrachte er die nächsten dreißig Minuten damit, ihren Roman ohne jede Bösartigkeit und ohne Hohn auseinanderzunehmen und ihr zu beweisen, daß er absoluter Unsinn sei, daß er keine Struktur, keine Tiefe, keine Resonanz in der Charakterzeichnung besitze, daß sogar die Dialoge, ihre größte Stärke, einfach fürchterlich seien, nichts weiter seien als geistreiches Geschwätz ohne jeden Sinn. Es war ein absolut brutaler Mord, aber mit so messerscharfer Logik ausgeführt, daß Claudia ihn als gerechtfertigt hinnehmen mußte.

Er beendete die Lektion mit einer Bemerkung, die er für freundlich hielt. »Ein sehr gutes Buch für eine Achtzehnjährige«, sagte Vail. »Alle Fehler, die ich erwähnt habe, lassen sich durch Erfahrung ausmerzen, einfach, indem man älter wird. Einen wirst du aber niemals beheben können: Du hast keine Sprache.«

Daran nahm Claudia, obwohl tief zerknirscht, dann doch Anstoß. Einige Rezensenten hatten die lyrische Qualität ihres Stils gelobt. »Darin hast du aber unrecht«, behauptete sie. »Ich habe versucht, vollkommene Sätze zu bilden. Und was ich in deinen Büchern am meisten bewundere, ist die Poesie deiner Sprache.«

Zum ersten Mal lächelte Vail. »Danke«, sagte er. »Ich habe nicht versucht, poetisch zu sein. Meine Sprache ist aus den Emotionen der Personen entstanden. Deine Sprache, deine Poesie in diesem Buch ist künstlich aufgepfropft. Sie ist ganz einfach unecht.«

Claudia brach in Tränen aus. »Verdammte Scheiße, was glaubst du denn, wer *du* bist?« schimpfte sie. »Wie kannst du mir nur etwas so furchtbar Destruktives sagen? Wie kannst du dir deiner Sache so beschissen sicher sein?«

Vail wirkte, als sei er belustigt. »He, du könntest lesbare Bücher schreiben und dabei verhungern. Aber warum, wo du doch eine geniale Drehbuchautorin bist? Und was das Sichersein angeht – das ist das einzige, was ich kann, aber das kann ich aus dem Effeff. Oder irre ich mich da?«

»Du irrst dich nicht«, räumte Claudia ein, »aber du bist ein sadistisches Arschloch.«

Vail musterte sie aufmerksam. »Du bist begabt«, sagte er. »Du hast ein gutes Ohr für Filmdialoge, du bist eine Expertin für die Handlung. Du verstehst wirklich, was Film ist. Warum solltest du Hufschmied werden statt Automechaniker? Du bist ein Filmmensch, aber keine Romanautorin.«

Claudia starrte ihn mit großen Augen an. »Du hast ja keine Ahnung, wie beleidigend du bist!«

»O doch«, widersprach Vail. »Aber nur, weil es gut für dich ist.«

»Ich kann's nicht fassen, daß du derselbe Mensch sein sollst, der deine Bücher geschrieben hat«, zischte sie giftig. »Kein Mensch würde glauben, daß du sie geschrieben hast...

Hier brach Vail in ein vergnügtes Kichern aus. »Da hast du recht«, sagte er. »Ist das nicht wundervoll?«

Während der ganzen folgenden Woche verhielt er sich bei der Arbeit am Drehbuch ihr gegenüber äußerst formell, weil er annahm, daß ihre Freundschaft ein Ende hatte. Schließlich sagte Claudia: »Nun sei doch nicht so steif, Ernest. Ich verzeihe dir ja. Ich glaube sogar, daß du recht hast. Aber warum mußtest du so hart zu mir sein? Ich dachte schon, du treibst eins dieser typisch männlichen Machtspielchen. Du weißt schon, mich erst demütigen und dann ins Bett zerren. Aber dafür bist du zu dumm, das weiß ich. Verdammt noch mal, warum versüßt du deine bittere Medizin nicht mal mit einem winzigen Löffel Zucker?«

Vail zuckte die Achseln. »Ich habe nur eines, was für mich spricht«, entgegnete er. »Wenn ich in diesen Dingen nicht ehrlich bin, bin ich gar nichts. Außerdem war ich hart, weil du mir wirklich sehr am Herzen liegst. Du weißt ja gar nicht, wie außergewöhnlich du bist!«

Claudia lächelte. »Wegen meiner Begabung, meines Intellekts oder meiner Schönheit?« fragte sie.

Vail winkte ab. »Nein, nein«, sagte er. »Weil du vom Glück begünstigt bist. Dich wird keine Tragödie in die Knie zwingen. Und das ist etwas sehr Seltenes.«

Claudia überlegte. »Weißt du«, sagte sie dann, »darin liegt irgendwie etwas Beleidigendes. Soll das heißen, daß ich im Grunde beschränkt bin?« Sie hielt inne. »Wer melancholisch ist, gilt als besonders sensibel.«

»Genau«, antwortete Vail. »Ich bin melancholisch, deswegen bin ich viel sensibler als du, ja?« Beide lachten, dann umarmte sie ihn.

»Danke, daß du so ehrlich bist«, sagte sie.

»Nun werd nicht gleich übermütig«, warnte Vail. »Meine Mutter hat immer gesagt: ›Das Leben ist wie eine Kiste voll Handgranaten, man erfährt nie, was einen in Stücke gerissen hat.‹«

»Himmel, mußt du immer ins Weltuntergangshorn stoßen?« fragte Claudia lachend. »Du wirst niemals ein Filmautor werden, das hast du mit diesem Satz bewiesen.«

»Aber es ist ehrlicher«, wandte Vail ein.

Noch vor dem Ende ihrer Zusammenarbeit an dem Drehbuch zerrte Claudia ihn ins Bett. Er war ihr inzwischen so sehr ans Herz gewachsen, daß sie ihn ohne Kleider sehen wollte, damit sie wirklich miteinander reden, wirklich Vertraulichkeiten austauschen konnten.

Als Liebhaber war Vail eher leidenschaftlich als erfahren. Außerdem war er dankbarer als die meisten Männer. Aber das beste war, daß er nach dem Sex gern redete, ohne sich von seiner Nacktheit beim Dozieren, bei seinen hemmungslos vernichtenden Kritiken stören zu lassen. Und Claudia liebte es, wenn er nackt war. Ohne Kleider schien er die Beweglichkeit und Spontaneität eines Affen zu besitzen, und in der Tat war er stark behaart, mit einer dichtbewachsenen Brust und auf dem Rücken Stellen mit richtigem Pelz. Außerdem war er so gierig wie ein Affe und umklammerte ihren nackten Körper, als sei er eine Frucht an einem Baum. Seine Gier belustigte Claudia. Sie genoß das Komödiantische am Sex. Und sie genoß die Tatsache, daß er weltberühmt war, daß sie ihn im Fernsehen gesehen hatte, wo er sich ihrer Meinung nach ein bißchen sehr großspurig über die Literatur und den beklagenswerten moralischen Zustand der Welt ausgelassen hatte, während er höchst würdevoll die Pfeife umklammerte, die er nur selten rauchte, und in seinem Tweedjackett mit den aufgenähten Lederflicken an den Ellbogen überaus gelehrt wirkte. Im Bett war er weit amüsanter als im Fernsehen, denn er hatte nicht die Ausstrahlung eines Schauspielers.

Von wahrer Liebe, von einer echten Beziehung war zwischen ihnen niemals die Rede. Claudia brauchte so etwas nicht, und Vail kannte diesen Begriff nur aus der Literatur. Sie akzeptierten beide, daß er dreißig Jahre älter war als sie und bis auf seine Berühmtheit wirklich kein guter Fang.

Außer der Literatur hatten sie nichts gemeinsam, und das war, sie wußten es beide, die schlechteste Basis für eine Ehe.

Aber sie diskutierte gern mit ihm über Filme. Ernest behauptete, Filme seien keine Kunst, sondern eine Rückkehr zu primitiven Höhlenzeichnungen. Filme hätten keine Sprache, und da die Entwicklung der menschlichen Rasse von der Sprache abhänge, stellten sie lediglich eine regressive, geringer zu wertende Kunstform dar.

Als beiden ihre Arbeit am Drehbuch gekündigt wurde, hatten sie bereits enge Freundschaft geschlossen. Vail schenkte Claudia, bevor er nach New York zurückkehrte, einen winzigen, verbogenen Ring mit vier verschiedenfarbigen Edelsteinen. Er sah zwar nicht sehr teuer aus, war aber eine wertvolle Antiquität, nach der er sehr lange gesucht hatte. Von da an legte sie den Ring nie mehr ab und betrachtete ihn als eine Art Talisman.

Als er abreiste, war ihr erotisches Verhältnis beendet. Falls er je nach L. A. zurückkehren sollte, steckte sie mit Sicherheit in einer anderen Affäre. Und er sah ein, daß ihr Sex eher der Freundschaft als der Leidenschaft entsprungen war.

Ihr Abschiedsgeschenk für ihn war eine gründliche Ausbildung in der Lebensart Hollywoods. Wie sie ihm erklärte, werde ihr gemeinsames Drehbuch von dem großen Benny Sly umgeschrieben, dem legendären Drehbuch-Umschreiber, der sogar für den Oscar für umgeschriebene Drehbücher nominiert worden war. Benny Sly habe sich darauf spezialisiert, unverkäufliche Storys in Hundert-Millionen-Blockbuster zu verwandeln. Also werde er aus Vails Buch ganz zweifellos einen Film machen, den Vail zwar verabscheuen, der aber garantiert eine Menge Geld einbringen werde.

Vail zuckte die Achseln. »Macht nichts«, sagte er. »Ich kriege zehn Prozent der Nettoeinnahmen. Ich werde reich.«

Claudia musterte ihn gereizt. »Netto?« rief sie empört. »Kaufst du vielleicht auch Bundesanleihen? Keinen einzigen Penny wirst du sehen, ganz gleich, wieviel dieser Film einbringt. LoddStone ist ein Genie darin, Geld im Handumdrehen verschwinden zu lassen. Weißt du was? Ich hatte Nettoprozente von fünf Filmen, die ganze Berge von Geld eingebracht haben, aber ich habe nie einen Penny gesehen. Genauso wird es dir ergehen.«

Wieder zuckte Vail die Achseln. Das alles schien ihm gleichgültig, was sein Verhalten in den darauffolgenden Jahren um so rätselhafter machte.

Claudias nächste Affäre erinnerte sie daran, daß Ernest gesagt hatte, das Leben sei wie eine Kiste voll Handgranaten. Zum erstenmal verliebte sie sich – sehr vorsichtig – in einen Mann, der gar nicht zu ihr paßte, einen jungen »genialen« Regisseur. Danach verliebte sie sich Hals über Kopf und ohne jede Vorsicht in einen Mann, in den sich die meisten Frauen auf der Welt verliebt hätten. Auch er paßte nicht zu ihr.

Das anfängliche Aufflammen ihres Selbstwertgefühls angesichts der Tatsache, daß sie auf so erstklassige Alpha-Männchen anziehend wirkte, wurde durch die Art, wie diese Männer sie behandelten, sehr schnell wieder gedämpft.

Der Regisseur, ein wenig liebenswertes Frettchen von einem Mann, nur wenige Jahre älter als sie, hatte drei Offbeat-Filme gedreht, die nicht nur bei den Kritikern ein Erfolg waren, sondern auch eine beträchtliche Summe Geldes einbrachten. Sämtliche Studios wollten mit ihm arbeiten. Die LoddStone Studios gaben ihm einen Vertrag für drei Filme und obendrein Claudia, die das Script umschreiben sollte, das ihm als Vorlage diente.

Eine der Eigenschaften, die den Regisseur zum Genie machten, war seine Fähigkeit, genau zu wissen, was er wollte. Anfangs ließ er sich nur auf Claudia ein, weil sie eine Frau und Schriftstellerin war, in Hollywoods Machtstruktur also doppelt minderwertig. Sie gerieten sich sofort in die Haare.

Er bat sie, eine Szene zu schreiben, die ihrem Gefühl nach nicht in den Aufbau des Plots paßte. Für sich allein wäre diese Szene zwar ein Glanzstück gewesen, das sah Claudia ein, aber es konnte nichts weiter daraus werden als eine Paradeszene für den Regisseur.

»Ich kann diese Szene nicht schreiben«, sagte Claudia. »Sie hilft der Story kein bißchen weiter und besteht nur aus Action und Kamera.«

»Deswegen nennt sich das ja auch Film«, gab der Regisseur kurz angebunden zurück. »Machen Sie's einfach so, wie wir's besprochen haben.«

»Ich möchte aber weder Ihre noch meine Zeit verschwenden«, sagte Claudia. »Schreiben Sie's doch von mir aus mit Ihrer beschissenen Kamera.«

Der Regisseur verschwendete nicht mal Zeit darauf, zornig zu werden. »Sie sind gefeuert«, sagte er. »Raus aus dem Film.« Er klatschte in die Hände.

Doch Skippy Deere und Bobby Bantz sorgten dafür, daß sie sich versöhnten, aber auch das nur, weil der Regisseur von ihrer Hartnäckigkeit fasziniert war. Der Film wurde ein Erfolg, und zwar, wie Claudia zugeben mußte, eher wegen der Begabung des Regisseurs als Filmemacher denn wegen der ihren als Autorin. Sie hatte einfach nicht die Idee des Regisseurs nachvollziehen können. Ins Bett fielen sie eher durch Zufall, wo sich der Regisseur allerdings als große Enttäuschung erwies. Er wollte sich nicht nackt ausziehen, sondern behielt das Hemd an, während er mit ihr schlief. Dennoch träumte Claudia immer noch davon, daß sie zusammen großartige Filme machen, daß sie als Regisseur und Drehbuchautorin eins der größten Teams aller Zeiten werden könnten. Sie war durchaus bereit, sich ihm unterzuordnen und mit ihrem Talent seiner Genialität zu dienen. Hand in Hand könnten sie große Kunst schaffen und so zur Legende werden. Die Affäre dauerte einen Monat, bis Claudia ihr Drehbuch von *Messalina* fertig hatte und es ihm zeigte. Er las es und legte es angewidert beiseite. »Nichts als ein Stück Feministinnenscheiße mit Titten und Arsch«, erklärte er. »Du bist ein kluges Mädchen, aber auf so einen Film möchte ich nicht ein ganzes Jahr meines Lebens verschwenden.«

»Es ist doch nur ein erster Entwurf«, wandte Claudia ein.

»Großer Gott, wie ich es hasse, wenn Leute eine persönliche Verbindung ausnutzen, damit sie einen Film machen können!« sagte der Regisseur.

In dieser Sekunde war es aus mit Claudias Liebe zu ihm. Sie war empört. »Wenn ich einen Film machen will, brauch' ich nicht mit dir zu ficken!« schimpfte sie.

»Natürlich nicht«, gab der Regisseur zurück. »Du hast Talent und stehst in dem Ruf, zum Besten zu gehören, was Hollywood an Arsch aufzuweisen hat.«

Jetzt war Claudia zutiefst entsetzt. Sie klatschte nie über ihre Sexpartner. Und sie haßte den Ton, den er anschlug – als wäre es eine Schande, wenn Frauen das taten, was Männer tun.

»Du hast zwar Talent«, gab Claudia zurück, »aber ein Mann, der beim Ficken das Hemd anbehält, hat einen weit schlimmeren Ruf. Und außerdem schlafen die Leute wenigstens nicht mit mir, weil ich ihnen Probeaufnahmen versprochen habe.«

Das war das Ende ihrer Beziehung, und sie erwog, Dita Tommey zu fragen, ob sie den Film drehen wolle. Nur eine Frau könne ihrem Script gerecht werden, fand sie.

Ach was, zum Teufel mit ihm, dachte Claudia. Der Kerl hat sich nie nackt ausgezogen, und nach dem Sex reden wollte er auch nicht. Im Filmemachen war er zwar wirklich klasse, aber er hatte keine Sprache. Und für ein Genie ist er ein wahrhaft uninteressanter Mann, es sei denn, man redet über Film.

Inzwischen näherte sich Claudia der großen Kurve des Pacific Coast Highway, von wo aus man das Meer wie einen riesigen Spiegel sah, der die Klippen zu ihrer Rechten reflektierte. Dies war ihr erklärter Lieblingsplatz, von einer natürlichen Schönheit, die sie immer wieder begeisterte. Zur Malibu Colony, wo Athena wohnte, waren es nur noch zehn Minuten. Claudia versuchte ihre Bitte zu formulieren. Sie wollte den Film retten, wollte erreichen, daß Athena zurückkehrte. Sie dachte daran, daß sie zu verschiedenen Zeiten ihres Lebens denselben Liebhaber gehabt hatten, und empfand einen gewissen Stolz, daß ein Mann, der Athena geliebt hatte, auch sie lieben konnte.

Die Sonne strahlte jetzt am schönsten. Sie ließ die Wogen des Pazifik glitzern wie riesige Diamanten. Unvermittelt trat Claudia auf die Bremse, weil sie dachte, einer der Gleitschirme wolle vor ihrem Wagen landen. Sie sah, wie ihr das junge Mädchen darin, dem eine Brust aus der Bluse hing, zögernd zuwinkte und wieder zum Strand abdrehte. Warum durften sie das? Warum kam da keine Polizei? Sie schüttelte den Kopf und trat wieder aufs Gaspedal. Der Verkehr lichtete sich, und der Highway bog ab, so daß sie das Meer nicht mehr sehen konnte. Nach einer halben Meile würde es aber wieder auftauchen. Genau wie die wahre Liebe, dachte Claudia lächelnd. Die wahre Liebe war immer wieder in ihr Leben zurückgekehrt.

Als sie sich wirklich und wahrhaftig verliebte, war das eine zwar schmerzliche, doch lehrreiche Erfahrung für sie. Und das war im Grunde nicht ihre Schuld, denn der Mann war Steve Stallings, ein bekannter Star, der auf der ganzen Welt von Frauen vergöttert wurde. Er war von einer einschüchternden maskulinen Schönheit, besaß natürlichen Charme und eine ungeheure Lebenslust, die durch den kontrollierten Konsum von Kokain noch gesteigert wurde. Darüber hinaus war er ein hochbegabter Schauspieler. Mehr als alles andere war er jedoch ein Don Juan. Er schlief mit allem, was ihm unter die Augen kam – an den Drehorten in Afrika, in einer Kleinstadt des amerikanischen Westens, in Bombay, Singapur, Tokio, London, Rom und Paris. Und zwar tat er das, wie ein Gentleman Almosen an die Armen verteilt, sozusagen aus christlicher Nächstenliebe. Von einer echten Beziehung war niemals die Rede, eher würde ein Bettler zur Dinnerparty eines Wohltäters geladen werden. Von Claudia war er so bezaubert, daß die Affäre mit ihr immerhin siebenundzwanzig Tage dauerte.

Für Claudia waren es demütigende siebenundzwanzig Tage, trotz des Vergnügens. Steve Stallings war ein unwiderstehlicher Liebhaber – dank des Kokains. Er fühlte sich nackt sogar noch wohler als Claudia selbst. Die Tatsache, daß er einen vollkommenen Körper besaß, trug dazu bei. Immer wieder ertappte Claudia ihn, wie er sich im Spiegel fast so bewunderte wie eine Frau, die ihren Hut zurechtrückt.

Claudia wußte, daß sie nur eine unwichtige Konkubine war. Wenn sie sich verabredeten, rief er sie jedesmal an, um ihr zu sagen, daß er eine Stunde später komme, um dann sechs Stunden zu spät zu erscheinen. Manchmal sagte er ganz ab. Sie war nur Lückenbüßerin für den Abend. Außerdem bestand er, wenn sie im Bett waren, immer darauf, daß sie ebenfalls Kokain nahm, und das machte zwar Spaß, aber es setzte ihrem Gehirn so zu, daß sie während der nächsten paar Tage nicht arbeiten konnte und dem, was sie schrieb, gründlich mißtraute. Ihr wurde klar, daß sie genau das wurde, was sie am meisten auf der Welt verabscheute: eine Frau, deren ganzes Leben sich um die Launen eines Mannes drehte.

Von der Tatsache, daß sie nur vierte oder fünfte Wahl war, fühlte sie sich zwar gedemütigt, im Grunde aber konnte sie es ihm nicht übelnehmen. Statt dessen ärgerte sie sich über sich selbst. Schließlich hätte Steve Stallings auf diesem Höhepunkt seines Ruhms so gut wie jede Frau in Amerika haben können, aber er hatte sie erwählt. Stallings würde alt und weniger schön werden, er würde eines Tages weniger berühmt sein und immer mehr Kokain nehmen. Also mußte er seine große Zeit ausnutzen. Sie war verliebt und – es war dies eines der wenigen Male in ihrem Leben – furchtbar unglücklich.

Als Stallings also am siebenundzwanzigsten Tag anrief, um ihr mitzuteilen, er werde eine Stunde später kommen, antwortete sie ihm: »Nicht nötig, Steve. Ich werde dein Geisha-Haus verlassen.«

Es folgte eine kurze Pause, und als er dann antwortete, schien er nicht überrascht zu sein. »Wir scheiden hoffentlich als Freunde«, sagte er. »Ich habe deine Gesellschaft aufrichtig genossen.«

»Aber sicher«, antwortete Claudia und legte auf. Zum ersten Mal wollte sie am Ende einer Affäre nicht befreundet bleiben. Was ihr wirklich Kummer machte, war ihr eigener Mangel an Intelligenz. Es lag auf der Hand, daß sein Verhalten nur ein Trick war, damit sie ihn verließ, daß sie zu lange gebraucht hatte, um den Wink mit dem Zaunpfahl zu verstehen. Es war so demütigend! Wie hatte sie nur so dumm sein können? Sie weinte, nach einer Woche jedoch stellte sie fest, daß es sie gar nicht störte, nicht verliebt zu sein. Sie hatte nun jede Menge Zeit und konnte in Ruhe arbeiten. Es war ein Vergnügen, mit einem Kopf an die Arbeit zurückzukehren, der frei war von Kokain und wahrer Liebe.

Nachdem ihr genialer Regisseur und Liebhaber ihr Script abgelehnt hatte, arbeitete Claudia sechs Monate lang wie eine Wilde daran, es umzuschreiben.

Claudia De Lena schrieb ihr Originaldrehbuch von *Messalina* als witziges Propagandastück für den Feminismus. Nachdem sie aber schon fünf Jahre im Filmgeschäft war, wußte sie, daß man jede Botschaft mit gewissen Zutaten würzen mußte, wie Habgier, Sex, Mord und dem Glauben an die Menschheit. Sie wußte, daß sie große Teile nicht nur für Athena Aquitane schreiben mußte, sondern für mindestens drei weitere weibliche Stars in kleineren Rollen. Gute Frauenrollen waren so selten, daß dieses Drehbuch die Spitzenstars anlocken würde. Und dann war da noch – schlechthin unabdingbar – der große Bösewicht: charmant, skrupellos, gutaussehend und intelligent. Hier griff sie auf das Vorbild ihres Vaters zurück.

Zunächst wollte sich Claudia an einen unabhängigen und einflußreichen weiblichen Produzenten wenden, aber die meisten Studiochefs, die grünes Licht für einen Film geben konnten, waren Männer. Die mochten zwar das Script, fürchteten aber, daß es in der Hand eines weiblichen Produzenten und eines weiblichen Regisseurs« zu einem allzu offensichtlichen Propagandafilm werden könnte. Sie wollten mindestens einen Mann dabei haben. Daß Dita Tommey Regie führen sollte, hatte Claudia bereits für sich entschieden.

Da es sich um einen Mega-Budget-Film handelte, würde Tommey mit Sicherheit mitmachen. Ein solcher Film würde sie, falls erfolgreich, zur Umsatzgarantin machen. Und selbst wenn es ein Flop werden sollte, würde er ihren Ruf fördern. Ein Film mit einem Riesenbudget, der danebenging, war für den Regisseur zuweilen prestigeträchtiger als ein Film mit kleinem Budget, der Geld einbrachte.

Ein weiterer Grund war, daß Dita Tommey ausschließlich Frauen liebte und dieser Film ihr den Weg zu vier schönen, berühmten Frauen ebnen konnte.

Claudia wünschte sich Tommey, weil sie einige Jahre zuvor schon einmal zusammen an einem Film gearbeitet und dabei gute Erfahrungen gemacht hatten. Dita war sehr direkt, sehr intelligent, sehr talentiert. Außerdem war sie als Regisseurin kein »Autorenkiller«, der Freunde hinzuzog, die das Drehbuch umschrieben und dann namentlich erwähnt werden wollten. Sie verlangte niemals, bei einem Film als Co-Autorin genannt zu werden, wenn sie nicht wirklich einen beträchtlichen Teil beigetragen hatte, und hielt, anders als andere Regisseure und Stars, nichts von sexueller Belästigung. Obwohl der Ausdruck »sexuelle Belästigung« im Filmgeschäft eigentlich fehl am Platze war, weil der Verkauf von Sex-Appeal einfach zum Job gehörte.

Claudia richtete es so ein, daß Skippy Deere das Script an einem Freitag erhielt, denn wirklich gründlich las er Drehbücher nur am Wochenende. Sie schickte es ihm, weil er trotz seiner Untreue der beste Produzent in Hollywood war. Und weil er eine alte Beziehung niemals ganz vergaß. Es klappte. Am Sonntag vormittag erhielt sie einen Anruf von ihm. Er wollte, daß sie noch am selben Tag zum Lunch zu ihm kam.

Claudia warf ihren Computer in den Mercedes und legte Arbeitskleidung an: blaues Herren-Jeanshemd, verschossene Blue Jeans und Mokassins. Die Haare band sie sich mit einem roten Tuch im Nacken zusammen.

Sie nahm die Ocean Avenue nach Santa Monica. Im Palisades Park zwischen Ocean Avenue und Pacific Coast Highway sah sie die obdachlosen Männer und Frauen von Santa Monica, die sich dort zum Sonntags-Brunch versammelten. Freiwillige Sozialhelfer servierten ihnen jeden Sonntag in der frischen Luft der Parklandschaft Essen und Trinken auf Holztischen und -bänken. Claudia wählte immer diese Route, um ihnen zuzusehen und sich diese andere Welt in Erinnerung zu rufen, in der die Menschen keinen Mercedes und keinen Swimmingpool besaßen und nicht am Rodeo Drive einkauften. In den ersten Jahren hatte sie sich oft freiwillig dazu gemeldet, Essen im Park auszuteilen; heute schickte sie nur noch einen Scheck an die Kirche, die diese Speisung organisierte. Es war für sie zu schmerzlich geworden, von der einen in die andere Welt überzuwechseln, es beeinträchtigte ihren Ehrgeiz. Aber sie konnte es nicht lassen, diese Menschen zu beobachten, die so schäbig gekleidet waren, deren Leben zerstört war, obwohl einige von ihnen seltsamerweise sehr würdevoll wirkten. Ohne Hoffnung leben zu müssen schien ihr etwas ganz Außergewöhnliches, und dennoch war es nichts weiter als eine Frage des Geldes, jenes Geldes, das sie so mühelos mit Drehbüchern verdiente. Was sie in sechs Monaten an Honoraren erhielt, war mehr, als diese Menschen in ihrem ganzen Leben zu sehen bekamen.

In Skippy Deeres Villa in den Canons von Beverly Hills wurde Claudia von der Haushälterin zum Swimmingpool mit den leuchtend blau-gelben Badehütten geführt. Deere ruhte auf einem gepolsterten Liegestuhl. Neben ihm stand ein kleiner Marmortisch mit Telefon und Stapeln von Manuskripten. Er trug seine rote Lesebrille, die er nur zu Hause benutzte. In der Hand hielt er ein hohes beschlagenes Glas Evian.

Jetzt sprang er auf, um sie zu umarmen. »Claudia!« sagte er. »Wir müssen schnell arbeiten.«

Sie versuchte seinen Ton einzuschätzen. Gewöhnlich vermochte sie die Reaktion auf ihre Drehbücher am Tonfall zu erkennen. Es gab das sorgfältig modulierte Lob, das ein endgültiges »Nein« bedeutete. Oder den fröhlichen, begeisterten

Ton, der uneingeschränkte Bewunderung ausdrückte, dann folgten fast immer mindestens drei Gründe, warum das Drehbuch nicht angekauft werden könne: ein anderes Studio arbeite am selben Thema, die entsprechende Besetzung könne nicht beschafft werden, die Studios würden das Thema nicht anrühren. Deere schlug jedoch den Ton eines entschlossenen Geschäftsmannes an, der sich ein gutes Geschäft sichern will. Er sprach von Geld und von Kontrolle. Und das bedeutete eindeutig ja.

»Dies könnte ein wirklich großer Film werden«, sagte er zu Claudia. »Wirklich sehr groß. Das heißt, er *kann* gar nicht klein werden. Ich weiß, was du tust, du bist ein intelligentes Mädchen, aber ich muß den Sex einem Studio verkaufen. Den weiblichen Stars werde ich ihn natürlich mit Feminismus verkaufen. Den männlichen Star kriegen wir, wenn du ihn ein bißchen weichklopfst, ihm ein paar mehr Situationen als *god guy* gibst. Ich vermute, daß du in diesem Fall Co-Produzentin werden willst, aber die Musik bestimme ich. Du darfst deine Meinung äußern; wenn sie vernünftig ist, habe ich nichts dagegen.«

»Ich möchte den Regisseur bestimmen können«, sagte Claudia.

»Du, das Studio und die Stars.« Deere lachte.

»Wenn ich nicht den Regisseur bestimmen kann, verkaufe ich nicht«, erklärte Claudia.

»Okay«, sagte Deere. »Dann solltest du dem Studio erst einmal sagen, daß du Regie führen willst; wenn du dann einlenkst, sind die so erleichtert, daß sie dir die Wahl lassen.« Er hielt einen Moment inne. »An wen hattest du denn gedacht?«

»An Dita Tommey«, antwortete Claudia.

»Gut. Clever«, lobte Deere. »Weibliche Stars lieben Dita. Das Studio auch. Sie hält sich an das Budget, sie beutet den

Film nicht aus. Aber du und ich werden die Besetzung machen, bevor wir sie dazuholen.«

»Wem wirst du ihn anbieten?« fragte Claudia.

»LoddStone«, antwortete Deere. »Die lassen mir weitgehend freie Hand, also brauchen wir uns nicht zu sehr über die Besetzung und die Regisseure zu streiten. Du hast da ein perfektes Drehbuch geschrieben, Claudia. Intelligent, aufregend, mit einer großartigen Meinung über den frühen Feminismus, und das ist heutzutage ultra-in. Und Sex. Du rechtfertigst Messalina und mit ihr alle anderen Frauen. Ich werde mit Melo und Molly Flanders über deinen Deal sprechen, und die kann dann mit der zuständigen Abteilung von LoddStone reden.«

»Du Miststück«, sagte Claudia. »Du hast also schon mit LoddStone gesprochen?«

»Gestern abend«, gestand Skippy Deere grinsend. »Ich hab' ihnen das Script rübergebracht, und die haben mir grünes Licht gegeben, wenn ich alles organisiere. Und hör zu, Claudia, mich bescheißt du nicht. Mit diesem Film hast du Athena in der Tasche, das weiß ich; deswegen kannst du so hart verhandeln.« Er hielt einen Augenblick inne. »Das habe ich jedenfalls LoddStone gesagt. Und nun, an die Arbeit!«

Das war der Beginn des großen Projekts gewesen. Sie konnte einfach nicht zulassen, daß jetzt alles den Bach runterging.

Claudia näherte sich der Verkehrsampel, an der sie links auf die Nebenstraße abbiegen mußte, die zur Colony führte. Zum erstenmal empfand sie einen Anflug von Panik. Athena besaß einen für Stars so lebenswichtigen starken Willen, daß sie ihren Entschluß sicher nicht zurücknehmen würde. Nicht weiter schlimm; wenn sich Athena weigerte, würde sie nach Vegas fliegen und ihren Bruder Cross um Hilfe bitten. Er hatte sie noch nie im Stich gelassen. Nicht, als sie heranwuchsen, nicht, als sie bei ihrer Mutter leben wollte, nicht, als ihre Mutter starb.

Claudia erinnerte sich an die großen Feste in der Clericuzio-Residenz auf Long Island. Eine Umgebung wie aus Grimms Märchen, ein von Mauern umgebenes Herrenhaus, wo sie und Cross unter Feigenbäumen spielten. Es gab zwei Gruppen von Jungen zwischen acht und zwölf Jahren. Die gegnerische Gruppe wurde von Dante Clericuzio angeführt, dem Enkel des alten Don, der sich wie ein Drache an einem Fenster im oberen Stock aufgebaut hatte.

Dante war ein aggressiver Junge, der gern kämpfte, der gern den General spielte, und der einzige, der ihren Bruder Cross zu einer Prügelei herauszufordern wagte. Dante hatte Claudia eines Tages zu Boden gestoßen und versucht, sie mit seinen Schlägen kleinzukriegen, als Cross auftauchte. Dann prügelten sich Dante und Cross. Damals war Claudia aufgefallen, wie selbstsicher Cross trotz Dantes wilder Wut gewesen war. Und Cross hatte mühelos gewonnen.

Deswegen vermochte Claudia die Wahl ihrer Mutter nicht zu verstehen. Wie konnte es sein, daß sie Cross nicht mehr liebte als sie? Cross, der diese Liebe weit mehr verdiente. Der soviel Charakter bewiesen hatte, als er sich bereit erklärte, beim Vater zu bleiben. Dabei hatte Claudia nie eine Sekunde daran gezweifelt, daß Cross lieber bei ihr und der Mutter geblieben wäre.

In den Jahren nach dem Auseinanderbrechen der Ehe behielten sie weiter Kontakt zum Clan. Aus den Gesprächen, aus der Körpersprache der Menschen ihrer Umgebung schloß Claudia, daß ihr Bruder Cross bis zu einem gewissen Grad einen ähnlich hohen Rang einnahm wie sein Vater. Die Zuneigung zwischen ihr und dem Bruder blieb erhalten, obwohl sie inzwischen grundverschieden waren. Wie sie bemerkte, gehörte Cross zur Familie der Clericuzios, sie dagegen nicht.

Als Claudia einundzwanzig war, zwei Jahre nach ihrem Umzug nach L. A., wurde bei Nalene Krebs entdeckt. Cross, der damals, nachdem er bei den Clericuzios seine »Knochen« verdient hatte, bei Gronevelt im Xanadu arbeitete, kam nach Sacramento, um die beiden letzten Wochen seiner Mutter mit ihnen zusammen zu verbringen. Cross engagierte Krankenschwestern, die rund um die Uhr wachten, eine Köchin und eine Haushälterin. Zum erstenmal seit der Auflösung der Familie lebten sie zu dritt zusammen. Nalene wollte nicht, daß Pippi sie besuchte.

Da der Krebs Nalenes Augenlicht geschädigt hatte, las Claudia ihr ständig vor, aus Zeitschriften, Zeitungen und Büchern, während Cross die Einkäufe erledigte. Manchmal mußte er für einen Nachmittag nach Las Vegas fliegen und sich um das Hotel kümmern, aber am Abend war er stets pünktlich zurück.

In den Nächten hielten Cross und Claudia abwechselnd die Hand der Mutter und versuchten sie zu trösten. Und obwohl Nalene unter starken Drogen stand, drückte sie ihnen immer wieder die Hand. Manchmal halluzinierte sie und glaubte, ihre Kinder seien wieder klein. In einer furchtbaren Nacht bat sie Cross weinend um Verzeihung für das, was sie ihm angetan hatte. Cross hielt sie fest in seinen Armen und versicherte ihr, daß sich alles zum Guten gewendet habe.

Während der langen Abende, wenn die Mutter in tiefem Drogenschlaf lag, erzählten Cross und Claudia einander ihr Leben in allen Einzelheiten.

Cross berichtete, er habe die Inkasso-Agentur verkauft und die Clericuzios verlassen, ihren Einfluß jedoch dazu benutzt, einen Job im Xanadu zu bekommen. Er machte Andeutungen über seine Macht und sagte Claudia, sie sei jederzeit im Hotel willkommen. Kost und Logis natürlich gratis. Claudia fragte ihn, wieso er das tun könne, und er antwortete ihr mit einem leichten Anflug von Stolz: »Ich habe die Macht.«

Claudia fand diesen Stolz komisch und ein bißchen traurig.

Claudia schien den Tod der Mutter weit intensiver zu betrauern als Cross, doch sie fanden zu der tiefen Verbundenheit ihrer Kindheit zurück. Im Laufe der Jahre kam Claudia häufig nach Las Vegas, lernte Gronevelt kennen und beobachtete die enge Freundschaft des Alten mit ihrem Bruder. Während dieser Jahre erkannte Claudia, daß Cross tatsächlich eine gewisse Macht besaß, brachte diese Macht jedoch keinen Moment mit den Clericuzios in Verbindung. Da Claudia inzwischen jeden Kontakt mit der Familie abgebrochen hatte und nie an Beerdigungen, Hochzeiten oder Taufen teilnahm, wußte sie nicht, daß Cross immer noch zum Clan gehörte. Und Cross erwähnte ihr gegenüber nichts davon. Ihren Vater sah sie kaum noch, er interessierte sich nicht für sie.

Der Silvesterabend war das größte Ereignis in Las Vegas, Menschen aus dem ganzen Land strömten dort zusammen, aber Cross hatte immer eine Suite für seine Schwester. Claudia war keine große Spielerin, am Silvesterabend jedoch ließ auch sie sich mitreißen. Sie hatte einen ehrgeizigen Schauspieler mitgebracht, bei dem sie Eindruck machen wollte. Sie verlor die Kontrolle und unterzeichnete mehrere Marker über insgesamt fünfzigtausend Dollar. Als Cross mit den Markern in der Hand in die Suite herunterkam, hatte er einen seltsamen Ausdruck im Gesicht. Das fiel Claudia auf, als er zu sprechen begann. Es war das Gesicht des Vaters.

»Claudia«, sagte Cross, »ich hatte dich für klüger gehalten. Was zum Teufel soll das hier?«

Claudia kam sich ziemlich idiotisch vor. Cross hatte ihr immer wieder eingeschärft, nur um kleine Summen zu spielen, ihre Einsätze nicht zu erhöhen, wenn sie verlor, und niemals mehr als zwei bis drei Stunden pro Tag zu spielen, weil die Zeit, die man mit dem Spielen verbrachte, die hinterlistigste von allen Fallen sei. All diese Ratschläge hatte Claudia mißachtet...

»Cross«, sagte sie, »gib mir zwei Wochen Zeit, dann zahle ich alles zurück.«

Die Reaktion ihres Bruders überraschte sie. »Ich bringe mich eher um, als dich diese Marker einlösen zu lassen.« Betont langsam riß er die Zettel mittendurch und steckte sie ein. Dann sagte er: »Hör zu, ich lade dich hierher ein, weil ich dich sehen will, und nicht, um dir dein Geld abzuknöpfen. Du *kannst* nicht gewinnen. Geht das denn nicht in deinen Schädel? Mit Glück hat das überhaupt nichts zu tun. Zwei und zwei sind immer noch vier.«

»Ja, ja, ist ja okay«, sagte Claudia.

»Es macht mir nichts aus, diese Marker zu zerreißen, aber ich hasse es, wenn du so dumm bist!« sagte Cross.

Dabei beließen sie es, aber Claudia machte sich Gedanken. Besaß Cross wirklich soviel Macht? Würde Gronevelt sein Verhalten gutheißen, ja, würde er jemals davon erfahren?

Derartige Zwischenfälle hatte es mehrfach gegeben, einer der erschreckendsten jedoch betraf eine Frau namens Loretta Lang.

Loretta war ein Star, der in der Show der Xanadu Follies tanzte und sang. Sie schäumte über vor Lebensfreude und war von einem natürlichen, fröhlichen Temperament, das Claudia bezauberte. Cross machte sie nach der Show miteinander bekannt.

Bei ihrem nächsten Besuch brachte Claudia Melo Stuart mit, um einen Abend in Las Vegas mit den Follies zu erleben. Melo, der nur Claudia zuliebe mitgekommen war, erwartete nicht allzuviel. Dennoch sah er anerkennend zu und sagte zu Claudia: »Das Mädchen hat wirklich was drauf. Nicht mit der Singerei oder der Tanzerei, aber sie ist die geborene Komikerin. Und ein weiblicher Komiker ist Gold wert.«

Als sie hinter der Bühne mit Loretta sprachen, setzte Melo eine entschlossene Miene auf und sagte: »Sie waren wunderbar, Loretta! Ganz wunderbar! Hören Sie zu. Können Sie nächste Woche nach L. A. kommen? Ich sorge dafür, daß Aufnahmen von Ihnen gemacht werden, die ich einem Freund beim Film zeigen kann. Aber erst müssen Sie einen Vertrag mit meiner Agentur unterschreiben. Ich muß nämlich eine Menge Arbeit investieren, bevor ich richtig kassieren kann. So ist das nun mal, in diesem Geschäft. Aber vergessen Sie nicht, ich finde Sie wunderbar!«

Loretta fiel Melo um den Hals. Ganz ohne gespielt spöttische Begeisterung, wie Claudia feststellte. Ein Termin wurde festgesetzt, dann gingen sie zu dritt zum Dinner, um die Angelegenheit zu feiern, bevor Melo die erste Frühmaschine nahm, um nach Los Angeles zurückzukehren.

Beim Essen gestand ihnen Loretta, daß sie schon einen wasserdichten Vertrag mit einer Agentur besaß, die sich auf Nightclub-Entertainment spezialisiert hatte. Einen Vertrag, der noch drei Jahre gültig war. Melo versicherte Loretta, daß sich alles regeln ließe.

Aber es ließ sich nicht regeln. Lorettas Showbiz-Agentur bestand darauf, ihre Karriere während der nächsten drei Jahre zu kontrollieren. Die verzweifelte Loretta bat die überraschte Claudia, sich an ihren Bruder Cross zu wenden.

»Was zum Teufel könnte Cross für Sie tun?« fragte Claudia.

»Er besitzt großen Einfluß hier in der Stadt«, antwortete Loretta. »Er könnte etwas aushandeln, womit ich leben kann. Bitte!«

Als Claudia zur Penthouse-Suite auf dem Dach des Hotels hinauffuhr und Cross das Problem unterbreitete, musterte der Bruder sie mit angewiderter Miene und schüttelte den Kopf.

»Was zum Teufel ist denn so schwer daran?« fragte Claudia. »Leg einfach ein gutes Wort für sie ein, mehr will ich gar nicht.«

»Du bist dumm«, gab Cross zurück. »Ich habe Dutzende von Dämchen wie die gesehen. Sie nutzen Freunde wie dich aus, bis sie ganz oben sind, dann lassen sie dich fallen.«

»Na und?« sagte Claudia. »Sie ist wirklich begabt. Das hier könnte ihr ganzes Leben verändern.«

Wieder schüttelte Cross den Kopf. »Bitte mich lieber nicht, mich da einzumischen.«

»Und warum nicht?« Claudia war daran gewöhnt, um Gefälligkeiten für andere Leute zu bitten, das gehörte zum Filmgeschäft.

»Wenn ich mich darauf einlasse, muß ich unbedingt Erfolg haben, darum«, antwortete Cross.

»Ich erwarte nicht, daß du Erfolg hast, ich bitte dich nur, dein Bestes zu tun«, sagte Claudia. »Dann kann ich Loretta wenigstens sagen, daß wir's versucht haben.«

Cross lachte. »Du bist wirklich naiv«, sagte er. »Okay, sag Loretta, daß sie mit ihrem Agenten morgen zu mir kommen soll. Punkt zehn Uhr morgen früh. Und du solltest vielleicht auch dabeisein.«

Bei der Besprechung am nächsten Vormittag lernte Claudia Lorettas Showbiz-Agenten kennen. Sein Name war Tolly Nevans, und er war im lässigen, grellen Las-Vegas-Stil gekleidet, nur ein wenig durch den Ernst der Zusammenkunft gedämpft. Das heißt, er trug einen blauen Blazer mit kragenlosem Hemd und Blue jeans.

»Freut mich. Sie wiederzusehen, Cross«, sagte Tolly Nevans.

»Kennen wir uns?« erkundigte sich Cross. Mit den Einzelheiten der Follies-Show hatte er persönlich nichts zu tun.

»Ist schon lange her«, erwiderte Nevans höflich. »Als Loretta ihren ersten Auftritt im Xanadu hatte.«

Claudia bemerkte den Unterschied zwischen den Agenten, die in L. A. die großen Filmtalente vertraten, und Tolly Nevans, der mit der weit kleineren Welt des Nightclub-Entertainments zu tun hatte. Nevans war ein bißchen nervöser, seine äußere Erscheinung nicht ganz so überwältigend. Und er besaß nicht die Selbstsicherheit von Melo Stuart.

Loretta drückte Cross einen flüchtigen Kuß auf die Wange, sagte aber kein Wort. Auch ihre gewohnte Lebhaftigkeit war verschwunden. Sie setzte sich neben Claudia, die Lorettas Anspannung spürte.

Cross trug Golfkleidung, weiße Hose, weißes T-Shirt, weiße Turnschuhe und eine Baseballmütze auf dem Kopf. Er bot Drinks aus seiner Hausbar an, aber alle lehnten ab. Dann sagte er ruhig: »Kommen wir zum Geschäft. Loretta?«

Ihre Stimme zitterte. »Tolly will seinen Prozentsatz von allem, was ich verdiene, behalten. Auch für die Filmarbeit. Aber die Agentur in L. A. verlangt natürlich den vollen Prozentsatz von allen Filmangeboten, die sie mir verschafft. Ich kann nicht zwei Quoten bezahlen. Außerdem will Tolly über alles bestimmen, was ich mache. Das werden die Leute aus L. A. natürlich nicht dulden, und ich auch nicht.«

Nevans zuckte die Achseln. »Wir haben einen Vertrag. Wir wollen nur, daß sie diesen Vertrag einhält.«

»Aber dann will mein Filmagent mich nicht nehmen«, klagte Loretta.

»Für mich ist das ganz einfach«, erklärte Cross. »Sie kaufen sich von dem Vertrag frei.«

»Loretta ist eine großartige Künstlerin, sie bringt uns viel Geld ein«, sagte Nevans. »Wir haben sie immer gefördert, wir glauben fest an ihr Talent. Wir haben eine Menge Geld investiert. Wir können sie jetzt nicht so mir nichts, dir nichts gehenlassen, wo sie gerade anfängt, sich auszuzahlen.«

»Bezahlen Sie ihn, Loretta«, sagte Cross.

Loretta war den Tränen nahe. »Ich kann nicht zwei Quoten zahlen. Das ist zu grausam!«

Claudia war bemüht, ihr Lächeln nicht zu verlieren. Cross tat nichts dergleichen. Nevans wirkte tief gekränkt.

Schließlich sagte Cross: »Du gehst jetzt deine Golfsachen holen, Claudia. Ich möchte, daß du neun Löcher mit mir spielst. Sobald ich hier fertig bin, treffen wir uns unten an der Kasse.«

Claudia hatte sich gewundert, daß Cross sich für diese Besprechung so zwanglos kleidete. Als nähme er sie nicht wirklich ernst. Das kränkte sie, und sie wußte genau, daß es Loretta ebenso ging. Tolly dagegen schien es Sicherheit zu verleihen. Der Mann hatte keinen Kompromiß vorgeschlagen. Also sagte Claudia zu Cross: »Ich möchte warten, ich will Salomon bei der Arbeit zusehen.«

Cross konnte seiner Schwester nicht böse sein. Er lachte, und sie lächelte ihm zu. Dann wandte sich Cross an Nevans. »Wie ich sehe, wollen Sie nicht nachgeben. Und ich finde, Sie haben recht. Wie wär's mit einem Prozentsatz Ihrer Filmeinnahmen für ein Jahr? Ihr Mitspracherecht müßten Sie allerdings abgeben, sonst läuft gar nichts.«

»Auf gar keinen Fall werde ich ihm das geben!« platzte Loretta empört heraus.

»Und es entspricht nicht meinen Wünschen«, sagte Nevans. »Der Anteil ist okay, aber was, wenn wir einen großartigen

Job für dich haben und du an einem Film arbeitest? Dann verlieren wir Geld.«

Cross seufzte. »Tolly«, sagte er fast traurig, »ich wünsche, daß Sie dieses Mädchen aus dem Vertrag entlassen. Das ist eine Bitte. Unser Hotel macht viele Geschäfte mit Ihnen. Tun Sie mir den Gefallen.«

Zum ersten Mal wirkte Nevans beunruhigt. Beinah bittend entgegnete er: »Liebend gern würde ich Ihnen diesen Gefallen tun, Cross, aber ich muß mit meinen Partnern bei der Agentur Rücksprache nehmen.« Einen Augenblick hielt er inne. »Vielleicht könnten wir einen Auskauf arrangieren.«

»Nein«, gab Cross zurück, »ich bitte um eine Gefälligkeit. Nicht um einen Auskauf. Und ich wünsche Ihre Antwort jetzt, damit ich in Ruhe hier hinausgehen und meine Golfrunde genießen kann.« Er machte eine Pause. »Sagen Sie einfach ja oder nein.«

Claudia erschrak über die schroffe Antwort. Soweit sie sehen konnte, verhielt sich Cross weder drohend noch einschüchternd. Im Gegenteil, er schien das ganze Problem beiseite schieben zu wollen, als habe er das Interesse daran verloren. Aber Claudia erkannte deutlich, daß Nevans erschrocken war.

Seine Antwort war erstaunlich. »Das ist unfair«, maulte er und warf Loretta einen vorwurfsvollen Blick zu. Sie schlug die Augen nieder.

Lässig rückte Cross seine Baseballmütze seitwärts. »Ist nur eine höfliche Bitte«, sagte er, »die Sie ohne weiteres abschlagen können. Wie Sie wollen.«

»Nein, nein«, sagte Nevans hastig. »Ich wußte nicht, daß Sie so großes Interesse daran haben, daß Sie so gute Freunde sind.«

Auf einmal sah Claudia, daß eine erstaunliche Veränderung an ihrem Bruder vorging. Cross beugte sich vor und bedachte Tolly Nevans mit einer flüchtigen, doch liebevollen Umarmung. Dabei zeigte er ein herzliches Lächeln. Dieser Lump sieht unverschämt gut aus, dachte sie. Und dann sagte Cross in einem Ton aufrichtiger Dankbarkeit: »Das werden wir Ihnen nicht vergessen, Tolly. Passen Sie auf. Sie haben hier im Xanadu carte blanche für jedes neue Talent, das Sie hier auftreten lassen wollen, dritte Nummer mindestens. Außerdem werde ich eine Special Night At The Follies für all Ihre Schützlinge arrangieren, und ich möchte, daß Sie und Ihre Partner an diesem Abend mit mir im Hotel dinieren. Sie können mich jederzeit anrufen, ich werde Anweisung geben, daß Sie sofort durchgestellt werden. Direkt. Okay?«

Zweierlei war Claudia klargeworden: Cross hatte bewußt seine Macht gezeigt, und Cross hatte Nevans für sein Zugeständnis entschädigt – aber erst, nachdem er ihn sich unterworfen hatte. Tolly Nevans würde seine Special Night bekommen und sich einen Abend lang in der Macht sonnen dürfen.

Weiterhin war Claudia klargeworden, daß Cross sie Zeugin seiner Macht hatte werden lassen, um ihr seine Liebe zu beweisen und die Tatsache, daß diese Liebe auf materieller Macht beruhte. Aber sie entdeckte in seinem wunderschönen Gesicht, in dieser Schönheit, um die sie ihn seit ihrer Kindheit beneidete, einen harten Zug, fast so, als verwandle sich alles in den kalten Marmor antiker Statuen.

Claudia bog vom Pacific Coast Highway ab und fuhr bis ans Tor der Malibu Colony. Sie liebte diese Colony, liebte die Häuser unmittelbar am Strand, liebte das Meer, das vor ihnen glitzerte, und sah im Wasser die Spiegelung der dahinterliegenden Berge. Sie parkte den Wagen vor Athenas Haus.

Boz Skannet lag am öffentlichen Strand südlich des Zauns zur Malibu Colony. Der schlichte Maschendrahtzaun lief quer über den Strand und ungefähr zehn Schritte weit ins Wasser hinein. Doch dieser Zaun war nur eine symbolische Grenze. Wenn man sich weit genug hinauswagte, konnte man mühelos um ihn herumschwimmen.

Boz erkundete das Gelände für seinen nächsten Angriff auf Athena. Heute unternahm er nur einen Probelauf, deswegen war er hierher, zum öffentlichen Strand, hinausgefahren. Die Badehose war unter T-Shirt und Tennishose verschwunden, in seiner Strandtasche, die eigentlich eine Tennistasche war, lag in Handtücher gewickelt das vorbereitete Fläschchen mit der Säure.

Von seinem Platz am Strand aus konnte er durch den Maschendraht bis zu Athenas Haus hinüberblicken. Unten am Strand sah er die beiden privaten Wachtposten. Die Männer waren bewaffnet. Wenn die Rückseite bewacht wurde, mußte die Vorderseite des Hauses ebenfalls bewacht sein. Die Wachen zu verletzen machte ihm nichts aus, aber er wollte nicht, daß es so aussah, als hätte ein Verrückter wahllos jede Menge Menschen umgebracht. Das lenkte nur von seiner gerechtfertigten Absicht ab, Athena zu vernichten.

Boz Skannet zog Hose und T-Shirt aus und streckte sich auf seiner Decke aus; dann blickte er über den Sand und die blaue Fläche des Pazifik hinweg in die Ferne. Die warme Sonne machte ihn schläfrig. Er dachte an Athena.

Im College hatte er eine Vorlesung über Emersons Essays gehört, in der der Professor zitierte: »Schönheit ist ihre eigene Rechtfertigung.« War es Emerson? War es die Schönheit? Aber er hatte an Athena gedacht.

Es geschieht so selten, daß man einen Menschen findet, der äußerlich so wunderschön und dabei innerlich von Natur aus so rein ist. Deswegen dachte er an Thena. In jenen Tagen, als sie ein junges Mädchen war, hatten alle sie Thena genannt.

Als er noch jung war, hatte er sie so sehr geliebt, daß er lebte wie in einem Traum. Er konnte nicht fassen, daß das Leben so schön sein konnte. Doch mit der Zeit war alles vor die Hunde gegangen.

Wie konnte sie es wagen, so vollkommen zu sein? Wie konnte sie es wagen, soviel Liebe zu fordern? Wie konnte sie es wagen, so viele Menschen zu zwingen, sie zu lieben? Wußte sie nicht, wie gefährlich das war?

Auch über sich selbst wunderte sich Boz. Warum hatte sich seine Liebe in Haß verwandelt? Das war im Grunde einfach. Weil er wußte, daß er sie nicht bis ans Ende des Lebens behalten konnte, daß er sie eines Tages verlieren *mußte*.

Plötzlich spürte er, daß sein Gesicht nicht mehr von der Sonne gewärmt wurde, und öffnete die Augen. Vor ihm stand ein großer, gutgekleideter Mann, der einen zusammengeklappten Liegestuhl trug. Boz erkannte ihn. Es war Jim Losey, der Kriminalbeamte, von dem er verhört worden war, nachdem er Thena das Wasser ins Gesicht gespritzt hatte.

Blinzelnd blickte Boz zu ihm empor. »Welch ein Zufall, daß wir beide am selben Strand schwimmen gehen! Was zum Teufel wollen Sie von mir?«

Losey klappte seinen Stuhl auf und setzte sich hinein. »Den hat mir meine Exfrau geschenkt. Wenn ich schon so viele Surfer verhören und verhaften müsse, meinte sie, könnte ich's mir wenigstens dabei bequem machen.« Beinah freundlich blickte er auf Boz hinab. »Ich wollte Ihnen nur ein paar Fragen stellen. Erstens, was tun Sie hier so dicht bei Miss Aquitanes Haus? Sie übertreten die Sicherheitsvorschrift des Richters.«

»Ich befinde mich hier an einem öffentlichen Strand, zwischen uns befindet sich ein Zaun, und ich trage eine Badehose. Sehe ich aus wie einer, der sie belästigen will?« fragte Boz.

Losey zeigte ein mitfühlendes Lächeln. »He, hören Sie«, sagte er. »Wenn ich mit dieser Braut verheiratet wäre, könnte ich mich auch nicht von ihr fernhalten. Wie wär's mit einem Blick in Ihre Strandtasche?«

Boz stopfte sich die Tasche unter den Kopf. »Kommt nicht in Frage«, sagte er. »Oder haben Sie einen Durchsuchungsbefehl?«

Losey schenkte ihm ein freundliches Lächeln. »Zwingen Sie mich nicht, Sie festzunehmen«, warnte er. »Oder Ihnen die Seele aus dem Leib zu prügeln und mir die Tasche einfach zu nehmen.«

Das ließ Boz aufmerken. Er stand auf, reichte Losey die Tasche, zog sie dann aber wieder zurück. »Versuchen Sie's doch! Los, nehmen Sie mir die Tasche weg!«

Jim Losey war verblüfft. Nach seiner eigenen Einschätzung war er noch nie jemandem begegnet, der härter war als er. In einer anderen Situation hätte er seinen Totschläger oder seine Pistole gezogen und den Mann zu Brei geschlagen. Vielleicht war es der Sand unter seinen Füßen, der ihn unsicher machte, vielleicht aber auch die Furchtlosigkeit, die Skannet an den Tag legte.

Boz sah ihn lächelnd an. »Sie werden mich schon erschießen müssen«, sagte er. »Ich bin stärker als Sie. Und mindestens ebenso groß wie Sie. Und wenn Sie auf mich schießen wollen, haben Sie keinen stichhaltigen Grund.«

Losey bewunderte den Durchblick des Mannes. Bei einem Handgemenge wäre der Ausgang zweifelhaft. Und für den Gebrauch einer Schußwaffe gab es wirklich keinen Grund.

»Okay«, lenkte er ein. Er klappte seinen Liegestuhl zusammen und wollte davongehen. Dann wandte er sich noch einmal zu ihm um und sagte bewundernd: »Sie sind wirklich ein harter Bursche. Sie haben gewonnen. Aber liefern Sie mir keinen stichhaltigen Grund. Wie Sie sehen, habe ich Ihren Abstand vom Haus drüben nicht nachgemessen; es könnte sein, daß Sie sich um Haaresbreite außerhalb der vom Richter festgesetzten Grenze bewegen.«

Boz lachte. »Keine Angst, ich werde Ihnen keinen Grund liefern.«

Er beobachtete, wie Jim Losey den Strand verließ, zu seinem Wagen ging und davonfuhr. Boz packte seine Decke in die Strandtasche und kehrte zu seinem eigenen Wagen zurück. Er verstaute die Strandtasche im Kofferraum, löste den Autoschlüssel vom Schlüsselring und versteckte ihn unter dem Vordersitz. Dann kehrte er an den Strand zurück, um doch noch um den Zaun herumzuschwimmen.

5. Kapitel

Athena Aquitane hatte sich ihren Weg zum Star auf jene traditionelle Art und Weise erarbeitet, die vom Publikum nur selten anerkannt wird. Sie hatte lange Jahre mit ihrer Ausbildung verbracht: Schauspielunterricht, Tanz- und Bewegungsunterricht, Sprechunterricht, eingehende Lektüre der dramatischen Literatur – Dinge, wie sie für die Schauspielkunst unverzichtbar sind.

Und natürlich die Anfänger-Tretmühle. Sie machte die Runde bei Agenten, Castings, leicht wollüstigen Produzenten und Regisseuren, ließ die eher dinosaurierhart wirkenden sexuellen Annäherungsversuche der Räder und Rädchen in den Studios über sich ergehen.

Im ersten Jahr hatte sie sich ihren Lebensunterhalt mit Werbung und als Model verdient, mit Auftritten als spärlich bekleidete Hosteß bei Automobil-Ausstellungen, aber das machte sie nur im ersten Jahr. Dann begann sich ihre Schauspielkunst auszuzahlen. Sie hatte Liebhaber, die sie mit Geld und Schmuck überschütteten. Einige von ihnen wollten sie sogar heiraten. Diese Affären waren kurz und endeten in Freundschaft.

Das alles war weder schmerzlich noch demütigend für sie, nicht einmal, als der Käufer eines Rolls-Royce überzeugt war, sie gehöre zur Ausstattung des Wagens. Sie mochte die

Männer, genoß den Sex – aber nur als Vergnügen und als Belohnung für echte Bemühungen. Die Männer waren kein ernst zu nehmender Teil ihrer Welt.

Ihr Leben, das war die Schauspielerei. Ihr geheimes Wissen über sich selbst war ernst zu nehmen, die Gefahren dieser Welt ebenso. Aber zuallererst kam das Schauspiel. Nicht die winzigen Filmrollen, mit deren Hilfe sie ihre Unkosten bezahlte, sondern die Bühnenrollen in großen Dramen, die von einheimischen Theatergruppen aufgeführt wurden, und dann die Stücke im Mark Taper Forum, die ihr schließlich die großen Filmparts eintrugen.

Ihr wahres Leben, das waren die Personen, die sie spielte; sie fühlte sich lebendiger, wenn sie ihre Rolle zum Leben erwecken und sie im Innern mit sich herumtragen konnte, während sie ihrer normalen Existenz nachging. Ihre Liebesaffären waren ein Zeitvertreib wie Golf oder Tennis oder Dinner mit Freunden.

Das wahre Leben spielte sich nur im Theater ab, das für sie einer Kathedrale glich: Make-up auflegen, dem Kostüm einen Farbtupfer hinzufügen, Miene verziehen, um die Gefühle auszudrücken, die in ihr wachgerufen wurden, wenn sie sich ihren Text durch den Kopf gehen ließ, und wenn sie dann in die tiefe Schwärze des Zuschauerraums blickte – und Gott ihr endlich sein Antlitz zeigte –, was sie dann spielte, das war ihr eigenes Schicksal. Sie weinte, verliebte sich, schrie vor Schmerz, bat um Vergebung für geheime Sünden und durfte zuweilen die erlösende Freude endlich gefundenen Glücks erleben.

Sie gierte nach Ruhm und Erfolg, um ihre Vergangenheit auszulöschen, die Erinnerung an Boz Skannet zu eliminieren, an das Kind, das sie gemeinsam hatten, an den Verrat durch ihre Schönheit; das Patengeschenk einer hinterlistigen Märchenfee.

Wie jeder Künstler wollte sie von aller Welt geliebt werden. Daß sie schön war, wußte sie, aber sie wußte auch, daß sie intelligent war. Deswegen glaubte sie von vornherein an sich selbst. Was sie anfangs jedoch nicht so recht glauben konnte, war, daß sie die für jeden Erfolg unverzichtbaren Eigenschaften einer großen Begabung besaß: eine enorme Energie und hohes Konzentrationsvermögen. Und Wißbegier.

Athenas große Liebe waren das Schauspiel und die Musik, und damit sie sich auf diese Dinge konzentrieren konnte, benutzte sie ihre Energie, um sich auf allen anderen Gebieten zur Expertin zu entwickeln. Sie lernte Autos reparieren, wurde eine hervorragende Köchin, brillierte beim Sport. Und da sie wußte, wie wichtig das für ihren erwählten Beruf war, studierte sie die Liebe in der Literatur und im realen Leben.

Einen einzigen Fehler hatte sie: Sie brachte es nicht fertig, anderen Menschen Schmerz zuzufügen, und da man dies im Leben kaum vermeiden kann, war sie unglücklich. Dennoch traf sie stahlharte Entscheidungen, durch die sie ihren Platz in der Welt verbesserte. Sie benutzte ihre Macht als lukrativer Star und legte zuweilen eine Kälte an den Tag, die nicht weniger intensiv war als ihre Schönheit. Mächtige Männer flehten sie an, in ihren Filmen zu spielen, viele bettelten darum, in ihr Bett steigen zu dürfen. Sie beeinflußte die Wahl von Regisseuren und Co-Stars. Sie durfte straflos kleinere Missetaten begehen, das Establishment zur Weißglut bringen, nahezu alle Moralbegriffe mißachten, und wer wollte entscheiden, wer die wirkliche Athena war? Sie verfügte über die Unergründlichkeit aller großen Stars, sie war ein Zwilling, und es war unmöglich, ihr reales Leben von dem Leben zu unterscheiden, das sie auf die Leinwand brachte.

Die Welt liebte sie, aber das genügte ihr nicht. Sie wußte um ihre innere Häßlichkeit. Es gab einen einzigen Menschen, der sie nicht liebte, und das verursachte ihr Schmerz. Es gehört zu den Eigenschaften einer Schauspielerin, daß sie verzweifelt, wenn sie hundert positive Kritiken bekommt und eine einzige schlechte.

Am Ende ihrer ersten fünf Jahre in Los Angeles erhielt Athena ihre erste Starrolle in einem Film und machte ihre größte Eroberung.

Wie alle männlichen Spitzenstars besaß Steve Stallings bei jedem seiner Filme ein Vetorecht bei der Besetzung der weiblichen Hauptrolle. Als er Athena im Mark Taper Forum in einem Theaterstück sah, erkannte er sofort ihr großes Talent. Da er jedoch noch mehr von ihrer Schönheit beeindruckt war, verlangte er, daß Athena in seinem nächsten Film als Co-Star mitspielte.

Athena war überrascht und fühlte sich geschmeichelt. Dies war ihre große Chance, das war ihr klar, doch anfangs wußte sie nicht, warum sie erwählt worden war. Melo Stuart, ihr Agent, klärte sie auf.

Sie saßen in Melos Büro, einem wunderschön eingerichteten Raum mit orientalischen Antiquitäten, golddurchwirkten Teppichen und schweren, bequemen Möbeln, alles gebadet in künstlichem Licht, denn die Vorhänge waren geschlossen und sperrten das Tageslicht gänzlich aus. Statt zum Lunch auszugehen, zelebrierte Melo lieber einen englischen Tee in seinem Büro, so daß er sich, während er sprach, winzige Sandwiches in den Mund schieben konnte. Zum Lunch ging er nur mit seinen wirklich berühmten Klienten.

»Sie haben sich diese Chance verdient«, erklärte er Athena. »Sie sind eine großartige Schauspielerin. Aber Sie sind erst seit ein paar Jahren hier in der Stadt und trotz Ihrer Intelligenz noch ein wenig grün. Also nehmen Sie mir nicht übel, was ich Ihnen jetzt sagen werde. Folgendes ist geschehen.« Er hielt einen Augenblick inne. »Normalerweise würde ich das niemals erklären, normalerweise ist es auch nicht nötig.«

»Aber ich bin noch so grün«, sagte Athena lächelnd.

»Nicht direkt grün«, widersprach Melo. »Aber Sie haben sich so sehr auf Ihre Kunst konzentriert, daß Sie die gesellschaftlichen Verwicklungen der Branche manchmal nicht wahrzunehmen scheinen.«

Athena war belustigt. »Dann sagen Sie mir, wie ich an diese Rolle gekommen bin.«

»Stallings' Agent rief mich an«, erklärte Melo. »Stallings habe Sie in dem Taper-Stück gesehen, sagte er mir, und sei von Ihrer Leistung überwältigt gewesen. Er will Sie unbedingt in seinem Film haben. Dann rief mich der Produzent an, um mit mir zu verhandeln, und wir haben uns geeinigt. Feste Gage zweihunderttausend, keine Beteiligung, das kommt später in Ihrer Karriere, und keine Optionen auf weitere Filme. Das ist ein großartiges Angebot.«

»Vielen Dank«, sagte Athena.

»Ich sollte es Ihnen wirklich nicht sagen«, fuhr Melo fort, »aber Steve pflegt sich bis über beide Ohren in seine Co-Stars zu verlieben. Offen gesagt, er ist ein äußerst heißblütiger Verehrer.«

»Sagen Sie's nicht so laut, Melo«, fiel Athena ihm ins Wort.

»Aber das muß ich, glaube ich«, sagte Melo.

Er musterte sie voll Zuneigung. Auch er selbst, sonst immer so unnahbar, hatte sich anfangs in Athena verliebt, doch da sie sich niemals verführerisch gab, hatte er den Wink verstanden und ihr seine Gefühle nicht mitgeteilt. Schließlich war sie ein wertvoller Besitz, der ihm in der Zukunft Millionen einbringen konnte.

»Wollten Sie mir sagen, daß ich ihm, sobald wir zum ersten Mal allein sind, sofort um den Hals fallen soll?« fragte Athena ironisch. »Reicht mein Talent nicht aus?«

»Es reicht ganz und gar«, antwortete Melo. »Und wiederum auch nicht. Eine große Schauspielerin ist eine große Schauspielerin, basta. Aber wissen Sie auch, wie man beim Film ein Star wird? Irgendwann müssen alle genau im richtigen Moment die große Rolle angeboten bekommen. Und das hier ist diese Rolle. Sie können es sich nicht leisten, sie abzulehnen. Und was ist so schwer daran, sich in Steve Stallings zu verlieben? Hundert Millionen Frauen auf der ganzen Welt sind in ihn verliebt, warum nicht auch Sie? Sie sollten sich geschmeichelt fühlen.«

»Ich fühle mich geschmeichelt«, entgegnete Athena kühl. »Aber wenn ich ihn nun regelrecht hasse, was dann?«

Melo schob sich ein weiteres Sandwich in den Mund. »Was gibt's da zu hassen? Er ist ein netter Mann, das schwöre ich Ihnen. Aber flirten Sie wenigstens mit ihm, bis Sie so viel vom Film gedreht haben, daß Sie nicht mehr rausgeworfen werden können.«

»Und wenn ich so gut bin, daß die mich nicht rausschmeißen wollen?« fragte Athena.

Melo seufzte. »Ehrlich gesagt, so lange wird Steve nicht warten. Wenn Sie sich nach drei Tagen nicht in ihn verliebt haben, sind Sie sofort draußen.«

»Das ist sexuelle Belästigung«, behauptete Athena lachend.

»Im Filmgeschäft gibt's keine sexuelle Belästigung«, entgegnete Melo. »In gewisser Weise bieten Sie Ihren Hintern schon feil, indem sie sich engagieren lassen.«

»Ich meinte den Teil, wo ich mich in ihn verlieben soll«, sagte Athena. »Ist schlichtes Bumsen denn für Steve nicht genug?«

»Bumsen kann er überall, soviel er will«, sagte Melo. »Er verliebt sich in Sie, also verlangt er, daß er ebenfalls geliebt wird. Bis der Film abgedreht ist.« Er seufzte. »Dann werden Sie sich beide wieder entlieben, weil Sie beide viel zu sehr mit Ihrer Arbeit beschäftigt sind.« Er machte eine kurze Pause.

»Es wird Ihrer Würde keinen Abbruch tun«, sagte er. »Ein Star wie Steve läßt sein Interesse erkennen. Das Ziel seines Interesses, nämlich Sie, erwidern dieses Interesse oder lassen erkennen, daß sein Interesse Ihnen gleichgültig ist. Am ersten Tag wird Steve Ihnen Blumen schicken. Am zweiten Tag wird er Sie nach der Probe zum Dinner einladen, um mit Ihnen das Drehbuch durchzusehen. Nichts davon ist erzwungen. Bis auf die Tatsache natürlich, daß Sie aus dem Film entlassen werden, wenn Sie nicht mitgehen. Bei voller Gage, das kann ich für Sie rausschlagen.«

»Glauben Sie nicht, daß ich gut genug bin, um es zu schaffen, ohne meinen Körper zu verkaufen, Melo?« fragte Athena mit gespieltem Vorwurf in der Stimme.

»Selbstverständlich sind Sie das«, beteuerte Melo. »Sie sind jung, erst fünfundzwanzig. Sie können ohne weiteres zwei bis drei Jahre warten, ja sogar vier bis fünf. Ich habe absolutes Vertrauen in Ihr Talent. Aber wagen Sie den Versuch. Alle lieben Steve.«

Es verlief genauso, wie Melo Stuart es vorausgesagt hatte. Am ersten Tag erhielt Athena Blumen. Am zweiten Tag probten sie mit dem ganzen Team. Es handelte sich um eine dramatische Komödie, in der Lachen in Weinen überging, eine der schwierigsten Aufgaben für einen Schauspieler. Athena war von Steve Stallings' Kunst beeindruckt. Er las seine Rolle mit monotoner Stimme, ohne jede Effekthascherei, und dennoch erwachten die Worte zum Leben, und dabei wählte er von mehreren Möglichkeiten stets die echteste. Sie spielten eine Szene auf zehn verschiedene Arten und reagierten aufeinander, folgten einander wie zwei Tänzer. Am Ende sagte er leise: »Gut, gut« und lächelte sie mit einer respektvollen Bewunderung an, die rein beruflich war.

Am Ende dieses Tages zeigte Steve schließlich seinen Charme.

»Ich glaube, es wird ein großartiger Film – weil Sie mitmachen«, sagte er. »Wie wär's, wollen wir uns heute abend zusammensetzen und dieses Script richtig durcharbeiten?« Er hielt einen Moment inne; dann sagte er mit einem jungenhaften Lächeln: »Wir sind wirklich gut zusammen.«

»Danke«, antwortete Athena. »Wann und wo?«

Sofort drückte Steves Miene höfliches, gespieltes Entsetzen aus. »Aber nein!« sagte er. »Sie haben die Wahl.«

In diesem Moment beschloß Athena, ihre Rolle zu akzeptieren und als wahrer Profi zu spielen. Er war der Superstar. Sie war der Neuling. Aber die Wahl lag stets bei ihm, und ihre Pflicht war es, zu wählen, was er wünschte. Sie hörte Melo immer noch sagen: »Warten Sie zwei, drei, vier, fünf Jahre.« Aber sie konnte nicht so lange warten.

»Wäre es Ihnen recht, zu mir zu kommen?« fragte Athena. »Ich könnte ein einfaches Dinner machen, damit wir beim Essen arbeiten können.« Sie hielt einen Augenblick inne. Dann fragte sie: »Um sieben?«

Perfektionistisch, wie sie war, bereitete sich Athena körperlich und geistig auf die gegenseitige Verführung vor. Da es ein leichtes Dinner gab, würde es weder die gemeinsame Arbeit noch ihre sexuelle Leistungsfähigkeit beeinträchtigen. Obwohl sie kaum Alkohol anrührte, kaufte sie eine Flasche Weißwein. Das Essen sollte ihre Kochkunst beweisen, aber sie konnte es zubereiten, während sie arbeiteten.

Kleidung. Sie hatte begriffen, daß die Verführung zufällig wirken sollte, ohne jede Absicht. Dennoch sollten ihre Kleider keineswegs als ein Signal der Abwehr dienen. Als Schauspieler würde Steve aufmerksam beobachten und jedes Zeichen zu deuten suchen.

Also trug sie ausgeblichene Blue jeans, die ihr Hinterteil vorteilhaft zur Geltung brachten, während das fleckige Blau und Weiß fröhlich einladend wirkte. Keinen Gürtel. Oben eine gerüschte weiße Seidenbluse, die das milchige Weiß ihrer Brüste erahnen ließ. Ihre Ohren schmückte sie mit kleinen runden grünen Clips, passend zu ihren Augen. Aber das Ganze wirkte noch immer ein wenig zu streng, zu reserviert. Es ließ Raum für Zweifel. So lackierte sie ihre Fußnägel knallrot und empfing ihn barfuß.

Steve Stallings brachte eine Flasche guten Rotwein mit. Und er hatte sich zum Arbeiten angezogen: ausgebeulte braune Kordhosen, blaues Jeanshemd, weiße Turnschuhe, das dunkle Haar nur nachlässig frisiert. Unter dem Arm trug er das Script, aus dessen Seiten gelbe Notizzettel ragten. Das einzige, was ihn verriet, war ein schwacher Duft nach Eau de Cologne.

Sie aßen zwanglos am Küchentisch. Er machte ihr ein Kompliment für das Essen, das durchaus angebracht war. Sie blätterten in ihren Drehbüchern, verglichen ihre Notizen, korrigierten Dialoge, damit sie sich leichter aussprechen ließen.

Nach dem Dinner gingen sie ins Wohnzimmer und spielten bestimmte Szenen aus dem Script durch, die sie als besonders schwierig erkannt hatten.

Wie Athena bemerkte, spielte Steve Stallings seine Rolle perfekt. Er verhielt sich wie ein Profi, voller Respekt. Nur die Blicke verrieten seine aufrichtige Bewunderung für ihre Schönheit, seine Anerkennung für ihr Spiel, ihre gründliche Beherrschung des Textes. Schließlich fragte er sie, ob sie zu müde sei, um jetzt noch die ausschlaggebende Liebesszene des Drehbuchs durchzuspielen.

Inzwischen war das Dinner angenehm verdaut worden. Und sie waren, wie die Personen in ihrem Script, gute Freunde geworden. Sie spielten die Liebesszene, und Steve küßte sie leicht auf die Lippen, berührte sie jedoch nicht weiter.

Nach dem ersten züchtigen Kuß blickte er ihr tief und ernst in die Augen und sagte mit perfekt intonierter, heiserer Emotion in der Stimme: »Das wollte ich schon tun, als ich dich zum ersten Mal sah.«

Athena begegnete seinem Blick. Dann schlug sie die Augen nieder, zog seinen Kopf sanft zu sich herab und gab ihm einen züchtigen Kuß. Das gebotene Signal. Sie waren beide von der aufrichtigen Leidenschaft überrascht, mit der er reagierte. Das beweist, daß ich die bessere Schauspielerin bin, dachte Athena. Aber er war ein Könner. Während er sie entkleidete, glitten seine Hände über ihre Haut, tasteten seine Finger, kitzelte seine Zunge die Innenseite ihrer Schenkel, und ihr Körper reagierte. Ist doch gar nicht so schlimm, dachte sie, als sie ins Schlafzimmer gingen. Außerdem sah Steve wirklich gut aus.

Athena hatte sich inzwischen in die Rolle einer Frau hineingesteigert, die von wahnsinniger physischer Leidenschaft überwältigt ist. Sie waren in perfektem Einklang miteinander und stiegen in einem blendenden Moment gemeinsam zum Höhepunkt empor. Als sie sich erschöpft zurücklegten, fragten sich beide, wie die Szene wohl auf der Leinwand ausgesehen hätte, und entschieden, daß sie für einen Take nicht gut genug gewesen wäre. Sie hatte weder die Persönlichkeit gut genug erkennen lassen noch die Story so entwickelt, wie es nötig war. Ihr hatte das zärtliche Gefühl der wahren Liebe, ja sogar der wahren Lust gefehlt. Man hätte einen zweiten Take drehen müssen.

Steve Stallings verliebte sich, aber das tat er oft. Athena war, obwohl es sich in gewissem Sinne um professionelle Vergewaltigung handelte, erfreut darüber, daß sich die Dinge so gut entwickelten. Es gab nichts Negatives, außer der Frage des freien Willens. Und vermutlich konnte man von jedem Leben behaupten, daß eine weise Unterdrückung des freien

Willens für den Menschen nicht selten lebensnotwendig war.

Steven war glücklich, daß er für die Arbeit an seinem neuen Film all seine Schäfchen im Stall hatte. Er hatte eine gute Mitarbeiterin. Es würde ein angenehmes Verhältnis werden, er brauchte sich den Sex also nicht zu suchen. Außerdem hatte er kaum jemals eine Frau gehabt, die so sehr mit Schönheit und Begabung gesegnet war wie Athena und die auch noch im Bett gut war. Daß sie außerdem wahnsinnig in ihn verliebt war, konnte später natürlich zum Problem werden.

Was nun geschah, trug jedoch dazu bei, ihre Liebe zu festigen. Beide sprangen zugleich aus dem Bett und sagten: »Auf, an die Arbeit!« Sie griffen zu ihren Drehbüchern und begannen ihre Dialoge splitternackt aufzusagen.

Sowohl der Film als auch ihre Affäre wurden Riesenerfolge. Athena hatte die erste Sprosse erklommen, um ein Star zu werden, und jeder Film, den sie in den folgenden fünf Jahren drehte, trug ebenfalls dazu bei.

Ihre Affäre erregte, wie die meisten Affären der Stars, großes Aufsehen, war jedoch naturgemäß von kurzer Dauer. Steve und Athena liebten einander mit Unterstützung des Drehbuchs, doch ihre Liebe war von Humor und Distanziertheit geprägt, wie es sein Ruhm und ihr Ehrgeiz verlangten. Keiner von beiden konnte es sich leisten, verliebter zu sein als der andere, und diese Gleichheit in der Liebe war der Tod ihrer Leidenschaft. Ihre Affäre endete, als die Dreharbeiten abgeschlossen waren. Athena mußte in Indien drehen, Steve in Italien. Es gab Telefonate, Weihnachtskarten und Geschenke, ja, einmal flogen sie sogar für ein Wochenende nach Hawaii. Gemeinsam an einem Film zu arbeiten war etwa so, wie Ritter der Tafelrunde zu sein. Nach Ruhm und Reichtum zu streben glich ungefähr der Suche nach dem Heiligen Gral: Man mußte allein auf sich gestellt sein.

Es war gemunkelt worden, sie würden vielleicht heiraten. Das war jedoch völlig ausgeschlossen. Athena genoß die Affäre, übersah aber niemals die komische Seite daran. Obwohl sie als Profischauspielerin so tat, als sei sie verliebter als Steve, fiel es ihr oft sehr schwer, nicht leise zu kichern. Steve war so ernsthaft, so perfekt als leidenschaftlicher, sinnlicher Liebhaber, daß sie eigentlich nur ins Kino hätte zu gehen brauchen, um ihn im Film zu betrachten. Seine körperliche Schönheit konnte sie genießen, nicht aber ununterbrochen bewundern. Drogen und Alkohol konsumierte er zwar ständig, aber kontrolliert. Kokain benutzte er wie ein vom Arzt verschriebenes Medikament, Alkohol machte ihn noch charmanter. Sein Erfolg hatte ihn weder launisch noch eigenwillig gemacht.

Als Steve ihr einen Heiratsantrag machte, war Athena überrascht und lehnte freundlich ab. Sie wußte, daß Steve mit allem schlief, was ihm über den Weg lief – am Drehort, in Hollywood und selbst in der Reha-Klinik, als sein Drogenproblem doch noch außer Kontrolle geriet. Er war kein Mann, den sie zum Partner haben wollte.

Steve akzeptierte ihr Nein mit Anstand. Sein Antrag war auf eine vorübergehende, auf ein Übermaß an Kokain beruhende Schwäche zurückzuführen, und so war er fast erleichtert.

Während Athena im Verlauf der folgenden fünf Jahre den Gipfel des Starruhms erreichte, begann Steves Stern zu verblassen. Für seine Fans, vor allem die Frauen, war er zwar immer noch ein Idol, in der Wahl seiner Rollen aber hatte er Pech oder war zu dumm. Drogen und Alkohol beeinträchtigten seine Arbeit. Über Melo Stuart hatte Steve Athena um die männliche Hauptrolle in *Messalina* gebeten. Der Schuh saß inzwischen am anderen Fuß. Da Athena über ihren Co-Star entscheiden durfte, gab sie ihm die Rolle. Das tat sie sowohl aus einem seltsamen Gefühl der Dankbarkeit, als auch weil er für diese Rolle wie geschaffen war; allerdings unter der Bedingung, daß er nicht mit ihr schlafen mußte.

Im Verlauf der letzten fünf Jahre hatte Athena nur kurze Affären gehabt. Eine davon mit dem jungen Produzenten Kevin Marrion, Eli Marrions einzigem Sohn.

Kevin Marrion war in ihrem Alter, aber schon ein Veteran im Filmgeschäft. Er hatte seinen ersten größeren Film im Alter von einundzwanzig Jahren produziert, und er war ein Hit geworden. Was ihn davon überzeugte, daß er ein Händchen für Filme hatte. Seit der Zeit hatte er drei Flops produziert, und jetzt verlieh ihm nur noch sein Vater Glaubwürdigkeit in der Branche.

Kevin Marrion sah hervorragend aus; schließlich war Eli Marrions erste Frau eine der größten Schönheiten des Films gewesen. Leider versagte sein gutes Aussehen vor der Kamera ebensosehr wie er selbst bei seinen Probeaufnahmen. Für ihn gab es nur als Produzent eine Zukunft.

Athena und Kevin lernten einander kennen, als er sie bat, die Hauptrolle in seinem neuen Film zu übernehmen. Athena lauschte ihm mit hingerissenem Staunen und Entsetzen. Er sprach mit der Naivität derer, die es ganz besonders ernst meinen.

»Das beste Drehbuch, das ich jemals gelesen habe«, versicherte Kevin. »Ich muß gestehen, daß ich geholfen habe, es zu schreiben. Athena, Sie sind die einzige Schauspielerin, die diese Rolle verdient. Ich könnte jede Schauspielerin im Filmgeschäft haben, aber ich will nur Sie.« Dabei sah er sie, um sie von seiner Aufrichtigkeit zu überzeugen, eindringlich an.

Athena war fasziniert, wie gut er das Script verkaufte. Es war die Story einer obdachlosen Frau, die auf der Straße lebt und gerettet wird, weil sie in einer Mülltonne ein Baby findet, und schließlich zum Oberhaupt der Obdachlosen Amerikas aufsteigt. In der ersten Hälfte des Films schob sie den Einkaufswagen mit all ihren Habseligkeiten vor sich her. Und nachdem sie Alkohol, Drogen, Hunger, Vergewaltigung und den Versuch der Behörden überstanden hat, ihr das Kind wegzunehmen, kandidiert sie schließlich als Unabhängige für den Posten des Präsidenten der Vereinigten Staaten. Allerdings, ohne zu gewinnen – das war es, was die große Klasse dieses Drehbuchs ausmachte.

Athena war entsetzt. Dies war ein Film, in dem sie eine obdachlose, verzweifelte Frau in alten Lumpen und einer trostlosen Umgebung spielen mußte. Visuell eine Katastrophe. Das Buch war grauenhaft sentimental, das Intelligenzniveau niedrig, der dramatische Aufbau idiotisch. Es war ein bestürzend hoffnungsloser Mist.

»Wenn Sie die Rolle übernehmen, werde ich glücklich sterben«, erklärte Kevin.

Und Athena dachte: Bin ich verrückt, oder ist dieser Kerl beschränkt? Aber er war ein mächtiger Produzent, offensichtlich ehrlich und offensichtlich ein Mann, der Dinge in Bewegung setzen konnte. Sie warf Melo Stuart einen verzweifelten Blick zu. Er lächelte aufmunternd zurück. Aber sie brachte keinen Ton heraus.

»Wundervoll! Eine wundervolle Idee!« schwärmte Melo. »Klassisch. Aufstieg und Fall. Fall und Aufstieg. Die Quintessenz des Dramas. Aber Kevin, Sie wissen doch, wie wichtig es für Athena ist, nach ihrem Durchbruch den richtigen nächsten Film auszuwählen. Warten Sie, bis wir das Drehbuch gelesen haben, dann werden wir uns bei Ihnen melden.«

»Selbstverständlich«, sagte Kevin und überreichte ihnen zwei Kopien. »Sie werden es mögen, das weiß ich jetzt schon.«

Melo führte Athena in ein kleines Thai-Restaurant an der Melrose Street. Sie bestellten; dann blätterte er das Script durch.

»Lieber bringe ich mich um«, sagte Athena. »Ist Kevin behämmert?«

»Sie begreifen das Filmgeschäft immer noch nicht«, sagte Melo. »Kevin ist intelligent. Er wagt sich hier allerdings an etwas, für das er nicht geeignet ist. Ich hab' schon Schlimmeres gesehen.«

»Wo? Wann?« fragte Athena.

»So aus dem Stand fällt mir nichts ein«, gestand Melo. »Sie sind als Star groß genug, um nein zu sagen, aber Sie sind nicht groß genug, um sich unnötig Feinde zu machen.«

»Eli Marrion ist zu klug, um seinen Sohn bei diesem Projekt zu unterstützen«, behauptete Athena. »Er muß doch wissen, wie grauenvoll dieses Drehbuch ist.«

»Gewiß«, sagte Melo. »Er witzelt sogar, er habe einen Sohn, der Filme mache, die finanzielle Flops seien, und eine Tochter, die ernsthafte Filme drehe, die Verlust machten. Eli muß seine Kinder glücklich machen. Nicht wir. Wir sagen nein zu diesem Film. Aber es gibt da einen Haken. LoddStone besitzt die Rechte für einen großen Roman, in dem es eine große Rolle für Sie gibt. Geben Sie Kevin jetzt einen Korb, kriegen Sie später vielleicht die andere Rolle nicht.«

Athena zuckte die Achseln. »Dieses Mal werde ich warten.«

»Warum nicht beide Rollen annehmen? Machen Sie zur Bedingung, daß Sie zuerst den Roman drehen dürfen. Dann werden wir eine Möglichkeit finden, uns vor Kevins Film zu drücken.«

»Machen wir uns damit keine Feinde?« fragte Athena lächelnd.

»Da der erste Film ein Riesenhit sein wird, spielt das dann keine Rolle mehr. Dann können Sie es sich leisten, sich Feinde zu machen.«

»Sind Sie sicher, daß ich an Kevins Film vorbeikomme?« fragte Athena.

»Wenn ich Sie nicht davor bewahren kann, dürfen Sie mich feuern«, sagte Melo. Er hatte den Deal mit Eli Marrion bereits in der Tasche. Der wollte seinen Sohn nicht mit einem direkten Nein abfertigen und fand so eine Möglichkeit, der Katastrophe aus dem Weg zu gehen. Eli wollte den Schwarzen Peter Melo und Athena zuschieben. Und Melo hatte nichts dagegen. Die Schurkenrolle zu übernehmen gehörte zum Job jedes Filmagenten.

Alles klappte. Der erste Teil, der Film zu dem Roman, machte Athena zum absoluten Spitzenstar. Leider hatte er zur Folge, daß sie sich zu einem vorübergehenden Zölibat entschloß.

Während der scheinbaren Vorproduktion von Kevins Film, der niemals gedreht werden sollte, war vorauszusehen, daß er sich in Athena verliebte. Kevin Marrion, ein relativ naiver Mann für einen Produzenten, verfolgte Athena mit unverhohlener Ernsthaftigkeit und Leidenschaft. Das netteste an ihm waren sein soziales Gewissen und seine Begeisterung. Eines Abends ging Athena in einem Augenblick der Schwäche, gepaart mit dem schlechten Gewissen, das sie plagte, weil sie seinen Film torpedierte, mit ihm ins Bett. Es war ein recht angenehmes Erlebnis, und Kevin bestand auf Heirat.

Inzwischen hatten Athena und Melo Claudia De Lena überredet, das Buch umzuschreiben. Sie machte eine Farce daraus, und Kevin feuerte sie. Er war so wütend, daß er anderen damit auf die Nerven ging.

Athena kam die Affäre sehr gelegen. Sie paßte sehr schön in ihren Arbeitsplan. Kevins Begeisterung im Bett war erfreulich. Und daß er auf einer Heirat sogar ohne Ehevertrag bestand, war schmeichelhaft, denn eines Tages würde er die LoddStone Studios erben.

Doch eines Abends, nachdem er unaufhörlich über die Filme geredet hatte, die sie zusammen machen würden, schoß Athena wie ein Blitz plötzlich ein Gedanke durch den Kopf: »Wenn ich diesem Kerl noch eine einzige Minute zuhören muß, bring' ich mich um.« Und wie viele Menschen, die aus Verzweiflung unfreundlich werden, machte sie Nägel mit Köpfen. In dem Bewußtsein, daß sie ohnehin ein schlechtes Gewissen haben würde, machte sie gleich reinen Tisch. Sie erklärte Kevin, daß sie ihn nicht nur nicht heiraten, sondern daß sie auch nicht mehr mit ihm schlafen und außerdem in seinem Film nicht mitspielen wolle.

Kevin war sprachlos. »Wir haben einen Vertrag«, protestierte er. »Und wir werden ihn umsetzen. Du verrätst mich auf der ganzen Linie.«

»Ich weiß«, gab Athena zurück. »Sprich bitte mit Melo.« Sie fand sich selbst einfach abscheulich. Kevin hatte natürlich recht, offenbar machte er sich weit mehr Sorgen um seinen Film als um seine Liebe zu ihr.

Nach dieser Affäre, als ihre Filmkarriere gesichert war, verlor Athena das Interesse an den Männern. Sie blieb allein. Sie hatte wichtigere Dinge vor, Dinge, bei denen die Liebe der Männer keine Rolle spielte.

Athena Aquitane und Claudia De Lena hatten sich nur miteinander angefreundet, weil Claudia auf der Suche nach Freundschaft mit Frauen, die ihr gefielen, sehr hartnäckig war. Kennengelernt hatte sie Athena, als sie das Drehbuch für einen ihrer ersten Filme umschrieb und Athena noch kein ganz großer Star war.

Athena bestand darauf, ihr bei dem Drehbuch zu helfen – ein abschreckender Gedanke für jeden Autor –, doch sie erwies sich als intelligente Mitarbeiterin und große Hilfe. Ihr Instinkt, was die Personen und die Story betraf, war immer richtig. Sie war klug genug, zu wissen, daß sie, je stärker die Charaktere um sie herum waren, desto mehr in der Hand hatte, um ihre eigene Rolle auszubauen.

Oft arbeiteten sie in Athenas Haus in Malibu, und dort entdeckten sie, wieviel sie gemeinsam hatten. Sie waren beide Sportlerinnen: kraftvolle Schwimmerinnen, Amateurgolferinnen und sehr gut auf dem Tennisplatz. Wenn sie zusammen Doppel spielten, besiegten sie die meisten männlichen Doppel auf den Tennisplätzen von Malibu Beach. Also setzten sie ihre Freundschaft fort, als die Dreharbeiten beendet waren.

Claudia erzählte Athena alles über sich. Athena erzählte Claudia nur wenig. Claudia erkannte es, hielt es aber für unwichtig. Claudia erzählte von ihrer Affäre mit Steve Stallings. Athena lachte vergnügt, und sie tauschten ihre Erfahrungen aus. Das Zusammensein mit Steve hatte Spaß gemacht, und er war großartig im Bett, darin waren sie sich einig. Außerdem war er ja so begabt, ein wundervolles Talent als Schauspieler, und ein wirklich bezaubernder Mann.

»Er war fast so schön wie du«, sagte Claudia. Sie war großherzig genug, um Schönheit bei anderen aufrichtig zu bewundern.

Athena schien das nicht gehört zu haben. So verhielt sie sich immer, wenn jemand von ihrer Schönheit sprach.

»Aber er ist ein besserer Schauspieler?« fragte Athena neckend.

»Ganz und gar nicht, du bist eine wirklich große Schauspielerin«, beteuerte Claudia. Und weil sie Athena dazu herausfordern wollte, ein wenig mehr von sich preiszugeben, ergänzte sie: »Aber als Mensch ist er viel glücklicher als du.«

»Wirklich?« fragte Athena. »Kann sein. Doch eines Tages wird er verdammt viel unglücklicher sein, als ich es jemals werden kann.«

»Ja«, sagte Claudia. »Kokain und Schnaps werden ihn fertigmachen. Er wird nicht in Schönheit altern. Aber er ist intelligent, vielleicht kann er damit umgehen.«

»Ich möchte nie so werden wie er«, sagte Athena. »Und das wird auch nicht geschehen.«

»Du bist meine Heldin«, sagte Claudia. »Aber auch du wirst dich dem Alterungsprozeß stellen müssen. Du trinkst nicht, und du spielst nicht viel herum, das weiß ich, aber deine Geheimnisse werden dich fertigmachen.«

Athena lachte. »Meine Geheimnisse werden meine Rettung sein. Sie sind so banal, daß es sich nicht lohnt, sie zu erzählen. Wir Filmstars brauchen unsere Mysterien.«

Jeden Samstagvormittag, wenn sie nicht arbeiteten, gingen sie auf dem Rodeo Drive zusammen einkaufen. Claudia sah verblüfft, wie hervorragend Athena es verstand, sich so zu tarnen, daß ihre Fans und die Verkäuferinnen in den Geschäften sie nicht erkannten. Sie trug eine schwarze Perücke und, um ihre Figur zu kaschieren, weite Gewänder. Sie veränderte ihr Make-up so, daß ihr Kinn üppiger wirkte und ihr Mund voller, interessant war aber, daß sie offenbar ihre Gesichtszüge verändern konnte. Außerdem trug sie Kontaktlinsen, die ihre leuchtend grünen Augen mit einem unauffälligen Haselnußbraun verdeckten. Und sie sprach mit Südstaatenakzent.

Wenn Athena etwas kaufte, ließ sie es über Claudias Kreditkarten abbuchen und gab Claudia später beim Lunch einen Scheck über die entsprechende Summe. Es war herrlich, als unbekannte Nobodys völlig entspannt in einem Restaurant zu sitzen. Eine Drehbuchautorin werde ohnehin niemand erkennen, scherzte Claudia.

Zweimal im Monat verbrachte Claudia das Wochenende in Athenas Strandhaus in Malibu mit Schwimmen und Tennis. Claudia hatte Athena den zweiten Entwurf von *Messalina* zu lesen gegeben, und Athena hatte sie um die Hauptrolle gebeten. Als wäre sie nicht ein Spitzenstar, dem gegenüber eher Claudia die Bittstellerin sein müßte.

Daher durfte Claudia, als sie in Malibu eintraf, um Athena zur Rückkehr zu den Dreharbeiten zu überreden, eine gewisse Hoffnung auf Erfolg hegen. Schließlich ruinierte sie nicht nur die eigene, sondern auch Claudias Karriere.

Das erste jedoch, was Claudias Zuversicht erschütterte, war der dichte Sicherheitskordon um Athenas Villa, durch den sie zusätzlich zu den gewohnten Wachtposten am Eingang zur Malibu Colony geschützt wurde.

Das Eingangstor des Hauses selbst wurde von zwei Männern in der Uniform der Pacific Ocean Security Company bewacht. Zwei weitere Wachen patrouillierten auf dem riesigen Gartengelände innerhalb der Mauern. Und während sie von der kleinen südamerikanischen Haushälterin in den Ocean Room geführt wurde, konnte sie draußen am Strand noch zwei andere Wachmänner entdecken. Sie alle trugen Schlagstöcke und Schußwaffen in Holstern.

Athena begrüßte Claudia mit einer herzlichen Umarmung. »Ich werde dich sehr vermissen«, sagte sie. »In einer Woche bin ich weg.«

»Warum tust du so was Verrücktes?« erkundigte sich Claudia. »Warum läßt du dir von so einem Idioten von Macho das ganze Leben zerstören? Und das meine. Ich kann einfach nicht glauben, daß du so feige bist. Hör zu, ich werde heute nacht bei dir bleiben, und morgen besorgen wir uns Waffenscheine und beginnen mit den Schießübungen. In spätestens zwei Tagen sind wir erstklassige Scharfschützen.«

Athena lachte und umarmte sie abermals. »Dein Mafiablut macht sich bemerkbar«, stellte sie fest.

Sie holten sich Drinks, machten es sich in den tiefen Sesseln bequem und blickten auf das Meer hinaus, das wie ein blaugrünes Gemälde eines Seestücks vor ihnen lag.

»Du kannst mich nicht umstimmen, und ich bin nicht feige«, entgegnete Athena. »Aber ich werde dir jetzt das Geheimnis verraten, das du schon immer wissen wolltest, dann kannst du's dem Studio weitergeben, und dann werden die mich vielleicht verstehen.«

Also erzählte sie Claudia die ganze Geschichte ihrer Ehe. Von Boz Skannets Sadismus, von seiner Grausamkeit, wie er sie bewußt gedemütigt hatte und wie sie davongelaufen war.

Mit ihrem wachen Instinkt für Geschichten spürte Claudia sofort, daß an Athenas Story etwas fehlte, daß sie etwas Wichtiges ausgelassen hatte.

»Was ist mit dem Baby?« fragte Claudia.

Athenas Züge erstarrten zur Maske. »Darüber kann ich dir jetzt nichts weiter sagen, sogar das, was ich dir bisher über mein Kind erzählt habe, muß unbedingt unter uns bleiben. Das ist etwas, was du dem Studio nicht erzählen darfst. In diesem Punkt muß ich mich auf dich verlassen können.«

Claudia merkte, daß sie Athena mit dieser Frage nicht weiter bedrängen durfte. »Aber warum willst du den Film aufgeben?« fragte Claudia. »Du kannst doch ausreichend geschützt werden. Und hinterher kannst du dann sofort verschwinden.«

»Nein«, sagte Athena. »Das Studio beschützt mich nur, solange die Dreharbeiten laufen. Aber auch das spielt keine

Rolle. Ich kenne Boz. Der läßt sich durch nichts aufhalten. Auch wenn ich bleibe, kann ich den Film nicht beenden.«

In diesem Moment entdeckten sie beide einen Mann in Badehose, der vom Wasser her zum Haus heraufkam. Die beiden Sicherheitswachen hielten ihn an. Als einer der beiden in eine Trillerpfeife blies, kamen die beiden Wachen aus dem Garten herübergelaufen. Bei einer Übermacht von vier zu eins schien sich der Mann in der Badehose lieber zurückziehen zu wollen.

Athena, die aufgestanden war, schien tief erschüttert. »Das ist Boz«, sagte sie leise zu Claudia. »Er tut das nur, um mich zu erschrecken. Dies ist kein ernst gemeinter Überfall.« Sie trat auf die Holzterrasse hinaus und blickte zu den fünf Männern hinab. Claudia folgte ihr.

Boz Skannet hob das gebräunte Gesicht in die Sonne und spähte blinzelnd zu ihnen herauf. Sein Körper in der Badehose wirkte wie eine tödliche Bedrohung.

Lächelnd sagte er: »Hallo, Athena. Was ist, werd' ich zu einem Drink eingeladen?«

Athena schenkte ihm ein strahlendes Lächeln. »Wenn ich Gift im Haus hätte, gern. Du hast die Anordnung des Gerichts mißachtet. Dafür könnte ich dich einsperren lassen.«

»Aber nein, das würdest du niemals tun«, entgegnete Boz. »Dafür stehen wir uns zu nahe, dafür teilen wir zu viele Geheimnisse miteinander.« Obwohl er lächelte, wirkte er immer noch bedrohlich.

Er erinnerte Claudia an die Männer, die zu den Festen der Clericuzios nach Quogue kamen.

Einer der Wachen erklärte: »Er ist vom öffentlichen Strand aus um den Zaun herumgeschwommen. Seinen Wagen muß er drüben abgestellt haben. Aber wir können ihn auch einsperren lassen.«

»Nein«, entschied Athena. »Bringen Sie ihn zu seinem Wagen. Und sagen Sie der Agentur, daß ich vier weitere Wachen auf meinem Grundstück brauche.«

Boz blickte immer noch zu ihnen empor; sein Körper wirkte wie eine lebensgroße Statue. »Bis bald, Athena«, sagte er. Dann führten ihn die Wachen davon.

»Er ist furchteinflößend«, gestand Claudia. »Vielleicht hast du ja wirklich recht. Um ihn zu stoppen, müßten wir mit Kanonen schießen.«

»Ich rufe dich an, bevor ich fliehe«, sagte Athena, als stehe sie auf einer Bühne. »Dann können wir ein letztes Mal zusammen essen.«

Claudia war den Tränen nahe. Boz hatte sie wirklich in Schrecken versetzt, weil er sie an ihren Vater erinnerte. »Ich werde jetzt nach Vegas fliegen und mit meinem Bruder Cross sprechen. Der ist klug und kennt eine Menge Leute. Ich bin sicher, daß er uns helfen kann. Also verschwinde bitte nicht, bevor ich zurück bin.«

»Warum sollte er mir helfen?« gab Athena zurück. »Und wie? Ist er in der Mafia?«

»Natürlich nicht«, antwortete Claudia entrüstet. »Er wird dir helfen, weil er mich gern hat.« Dies sagte sie mit Stolz in der Stimme. »Und weil ich außer meinem Vater der einzige Mensch bin, den er aufrichtig liebt.«

Athena musterte sie stirnrunzelnd. »Das klingt, als sei dein Bruder etwas zwielichtig. Du bist zu naiv für eine Frau, die beim Film arbeitet. Übrigens – wie kommt es, daß du mit so vielen Männern schläfst? Du bist keine Schauspielerin, und für eine Schlampe halte ich dich eigentlich nicht.«

»Das ist kein Geheimnis«, sagte Claudia. »Warum schlafen die Männer mit so vielen Frauen?« Dann umarmte sie Athena. »Ich muß los, nach Las Vegas«, sagte sie. »Rühr dich nicht von der Stelle, bis ich zurück bin.«

An diesem Abend saß Athena auf der Sonnenterrasse und betrachtete das Meer, das schwarz unter dem mondlosen Himmel lag. Sie überdachte ihre Pläne und dachte voll Zuneigung an Claudia. Eigentlich seltsam, daß sie ihren Bruder nicht durchschaut, dachte sie, aber Liebe macht nun einmal blind.

Als Claudia sich später am Nachmittag mit Skippy Deere traf und ihm Athenas Story erzählte, blieben beide eine Zeitlang schweigend sitzen. Dann sagte Deere: »Sie hat einiges ausgelassen. Ich habe mit Boz Skannet gesprochen, weil ich ihn auszahlen wollte. Er hat sich geweigert. Und mich gewarnt, wenn wir was Krummes zu drehen versuchten, würde er der Presse eine Story geben, die uns ruinieren würde. Wie Athena ihr Kind abgeschoben hat.«

Claudia fuhr wütend auf. »Das ist nicht wahr!« widersprach sie. »Jeder, der Athena kennt, weiß genau, daß sie so etwas niemals tun würde.«

»Sicher«, antwortete Deere. »Aber wir haben Athena nicht gekannt, als sie zwanzig war.«

»Du Mistkerl!« sagte Claudia. »Ich werde jetzt nach Las Vegas fliegen und mit meinem Bruder Cross sprechen. Der hat mehr Verstand und mehr Courage als ihr alle. Der wird die Sache für sie regeln.«

»Ich glaube kaum, daß er Boz Skannet einschüchtern kann«, warnte Deere. »Wir haben doch schon alles versucht.« Er sah jedoch eine andere Möglichkeit.

Er wußte einige Dinge über Cross. Cross versuchte, ins Filmgeschäft einzusteigen. Er hatte in sechs von Deeres Filmen investiert und insgesamt Geld verloren, also konnte Cross so intelligent auch nicht sein. Es wurde gemunkelt, Cross habe gewisse »Verbindungen«, Einfluß in der Mafia. Doch mit der Mafia hatten schließlich irgendwie alle zu tun, dachte Deere. Das machte ihn noch nicht gefährlich. Er bezweifelte, daß Cross ihnen mit Boz Skannet helfen konnte. Ein Produzent hörte jedoch immer gut zu, ein Produzent war auf langfristiges Denken spezialisiert. Und außerdem konnte er Cross immer noch überreden, in einen weiteren Film zu investieren. Es war immer eine große Hilfe, kleinere Partner zu haben, die keinen Einfluß auf die Herstellung des Films und auf die Finanzen nehmen konnten.

Skippy Deere machte eine nachdenkliche Pause; dann sagte er zu Claudia: »Ich komme mit.«

Claudia De Lena mochte Skippy Deere, obwohl Deere sie früher einmal um eine halbe Million Dollar betrogen hatte. Sie liebte Deere wegen seiner Fehler, weil er so vielseitig war in seinen Gaunereien und weil er immer ein guter Gesellschafter war – lauter bewundernswerte Eigenschaften bei einem Produzenten.

Vor Jahren hatten sie gemeinsam an einem Film gearbeitet und waren Freunde geworden. Selbst damals war Deere schon einer der erfolgreichsten und interessantesten Produzenten von Hollywood gewesen. Einmal, als ein Star in der Dekoration damit prahlte, er habe mit Deeres Ehefrau geschlafen, war Deere, der drei Stockwerke über ihm alles hörte, kurzerhand losgesprungen, auf dem Kopf des Stars gelandet und hatte ihm die Schulter gebrochen, bevor er ihm anschließend mit einem kräftigen Schwinger die Nase einschlug.

Als Claudia einmal mit ihm über den Rodeo Drive bummelte, hatte sie in einem Schaufenster eine Bluse entdeckt. Es war die schönste Bluse, die sie jemals gesehen hatte: weiß, mit fast unsichtbar zarten grünen Streifen, so hinreißend, als wäre sie von Monet gemalt. Das Geschäft gehörte zu jenen, bei denen man sich anmelden mußte, bevor man es zum Einkaufen betreten durfte – als wäre der Eigentümer ein berühmter Arzt. Kein Problem. Skippy Deere war ein persönlicher Freund des Eigentümers, wie er ein guter Freund von Studio-Bossen war, von Spitzenmanagern großer Konzerne, von Regierungschefs der ganzen westlichen Welt.

Im Geschäft erklärte ihnen der Verkäufer, die Bluse koste fünfhundert Dollar. Claudia war aufrichtig entsetzt. »Fünfhundert Dollar für eine Bluse?« fragte sie ungläubig. »Daß ich nicht lache!«

Der Verkäufer wiederum war über Claudias Frechheit entsetzt. »Das Material ist vom Feinsten«, erklärte er, »das Stück ist handgearbeitet ... Und das Grün der Streifen ist ein Grün, das kein anderer Stoff auf der Welt aufweist. Der Preis ist angemessen.«

Deere lächelte. »Kauf sie nicht, Claudia«, warnte er. »Weißt du, wieviel es allein kostet, das Ding reinigen zu lassen? Mindestens dreißig Dollar. Jedesmal, wenn du sie trägst, dreißig Dollar. Und pflegen mußt du sie wie ein Baby. Keine Essensflecken, und Rauchen ist völlig ausgeschlossen. Sobald du ein Loch reinbrennst – futsch sind deine ganzen fünfhundert.«

Claudia sah den Verkäufer lächelnd an. »Sagen Sie«, fragte sie ihn, »bekomme ich eine Prämie, wenn ich die Bluse kaufe?«

Der Verkäufer, ein erstklassig gekleideter Mann, hatte Tränen in den Augen, als er sagte: »Bitte, gehen Sie!«

Sie verließen das Geschäft.

»Seit wann werfen Verkäufer denn ihre Kunden raus?« erkundigte sich Claudia lachend.

»Wir sind hier am Rodeo Drive«, antwortete Skippy. »Du kannst von Glück sagen, daß sie dich überhaupt reingelassen haben.«

Als Claudia tags darauf zur Arbeit ins Studio kam, stand

eine Geschenkschachtel auf ihrem Schreibtisch. Sie enthielt ein Dutzend dieser Blusen und dazu eine Notiz von Skippy Deere: »Nur bei der Oscarverleihung zu tragen!«

Wie Claudia wußte, hatten alle beide, der Verkäufer in dem Geschäft und Skippy Deere, sie übers Ohr gehauen. Denn später sah sie die gleichen wunderschönen Streifen an einem Damenkleid und an einem Tennisstirnband für einhundert Dollar.

Der Film, an dem sie mit Deere arbeitete, war ein minderwertiger Liebes- und Actionfilm, dem der Oscar ebensowenig sicher war wie Deere eine Ernennung in den Supreme Court. Aber sie war gerührt.

Und dann war der Tag gekommen, da der Film die magische Einspielgrenze von hundert Millionen Dollar erreichte und Claudia überzeugt war, nun würde sie reich. Zur Feier des Tages lud Skippy Deere sie zum Dinner ein. Er schäumte über vor guter Laune. »Heute ist mein Glückstag«, behauptete er. »Der Film klettert über hundert, Bobby Bantz' Sekretärin hat mir ganz wunderbar einen geblasen, und meine Ex-Frau ist gestern abend bei einem Autounfall ums Leben gekommen.«

An diesem Dinner nahmen noch zwei weitere Produzenten teil, die bei diesen Worten zusammenzuckten. Claudia dachte, Deere mache einen Scherz. Dann sagte Deere jedoch zu den Produzenten: »Wie ich sehe, werden Sie grün vor Neid. Ich spare fünfhunderttausend pro Jahr an Unterhalt, und meine beiden Kinder erben ihren Grundbesitz, den sie bei der Scheidung von mir gekriegt hat, also brauch' ich auch die nicht mehr zu unterstützen.«

Claudia wirkte plötzlich tief deprimiert, aber Deere sagte tröstend zu ihr: »Ich bin nur ehrlich. Genau das würde jeder andere Mann auch denken, nur keiner würde es laut sagen.«

Skippy Deere hatte im Filmgeschäft Lehrgeld bezahlt. Als Sohn eines Zimmermanns hatte er seinem Vater bei der Arbeit an den Residenzen der Filmstars von Hollywood geholfen. So wie es nur in Hollywood möglich ist, wurde er zum Liebhaber eines weiblichen Stars im mittleren Alter, die ihm einen Job als Lehrling in der Firma ihres Agenten besorgte: der Anfang des Versuchs, ihn loszuwerden.

Er arbeitete hart und lernte, sein aufbrausendes Naturell zu bändigen. Vor allem aber lernte er, wie man Stars verhätschelt, heiß gehandelte neue Regisseure überredet, frische, junge Stars beschwatzt, bester Freund und Mentor von Schundautoren wird. Er mokierte sich über sein Verhalten, zitierte einen großen Renaissance-Kardinal, der die Sache des Borgia-Papstes vor dem König von Frankreich vertreten mußte. Als der König ihm den blanken Hintern zeigte und sogar den Darm entleerte, um seiner Verachtung für den Papst Ausdruck zu verleihen, rief der Kardinal begeistert aus: »Oh, der Arsch eines Engels!« und eilte hinzu, um ihn zu küssen.

Doch Deere beherrschte auch die unerläßliche Hardware. Er lernte die Kunst des Verhandelns, die er auf die Formel »Alles verlangen« verkürzte. Er bildete sich literarisch und entwickelte ein sicheres Auge für verfilmbare Romane. Schauspielerisches Talent erkannte er auf Anhieb. Er prüfte alle Einzelheiten der Produktion sowie die verschiedenen Möglichkeiten, Geld aus dem Budget eines Films zu stehlen. Er wurde ein erfolgreicher Produzent, ein Fachmann, der es verstand, fünfzig Prozent des Drehbuchs und siebzig Prozent des Budgets auf die Leinwand zu bringen.

Hilfreich war, daß er wirklich gern las und daß er etwas von Drehbüchern verstand. Er verstand es, Szenen zu streichen und Dialoge umzuschreiben, und erfand selbst kleine Szenen, die sich bisweilen glänzend spielen ließen, aber selten für die erzählte Story wichtig waren. Worauf er selbst sehr stolz war und was seinen Filmen letztlich zu finanziellem Erfolg verhalf, war die Tatsache, daß ihm besonders gute Schlußszenen einfielen, die fast immer in einem Sieg des Guten über das Böse endeten, und wenn das nicht in den Film paßte, pries er eben die Schönheit der Niederlage. Sein Meisterstück war der Schluß eines Films gewesen, der von der Vernichtung New Yorks durch eine Atombombe handelte, einer Katastrophe, aus der alle Personen als bessere Menschen hervorgingen, die sich der Liebe zu ihrem Nächsten verschrieben, sogar der Mann, der die Bombe hatte hochgehen lassen. Um das zu schaffen, hatte er fünf zusätzliche Autoren anheuern müssen.

All das hätte ihm als Produzent wenig genützt, hätte er nicht so geschickt mit Finanzen umgehen können. Investorengelder zauberte er aus der Luft herbei. Reiche Männer liebten seine Gesellschaft ebenso wie die schönen Frauen, die an seinem Arm hingen. Stars und Regisseure genossen seine aufrichtige Bewunderung für die schönen Dinge des Lebens. Er schmeichelte den Studios Fördergelder ab und lernte, daß man von manchen Studio-Bossen mit Hilfe enormer Bestechungssummen grünes Licht bekommen konnte. Die Zahl seiner Weihnachtskarten und -geschenke war Legion: an Stars, an Kritiker von Zeitungen und Zeitschriften, ja sogar an hochgestellte Polizeibeamte. Er nannte sie alle *dear friends,* und wenn sie ihm nicht mehr nützlich sein konnten, strich er sie von seiner Geschenk-, niemals jedoch von seiner Kartenliste.

Eines der wichtigsten Dinge, die ein Produzent brauchte, war der Besitz einer *»property«*. Das konnte ein obskurer Roman sein, der als Buch erfolglos war, aber es war etwas Konkretes, über das man mit dem Studio verhandeln konnte. Deere sicherte sich die Rechte an solchen Werken mit einer

Fünf-Jahres-Option zu fünfhundert Dollar pro Jahr. Oder er erwarb die Option an einem Drehbuch und schrieb es mit dem Autor zusammen um, damit ein Studio es kaufte. Das war wirklich Schwerarbeit, Autoren waren so ungeheuer fragil. »Fragil« war sein Lieblingswort für Leute, die er für Idioten hielt. Besonders zutreffend war es für weibliche Stars.

Eine seiner erfolgreichsten Verbindungen war die mit Claudia De Lena gewesen – und eine der erfreulichsten. Er mochte die Kleine aufrichtig und war gern bereit, ihr alle Kniffe und Schliche beizubringen. Drei Monate lang hatten sie gemeinsam an dem Drehbuch gearbeitet. Sie gingen zusammen zum Dinner aus, sie spielten Golf (Deere war verblüfft, als Claudia ihn schlug). Sie gingen zur Rennbahn von Santa Anita. Sie schwammen in Skippy Deeres Pool gemeinsam mit Sekretärinnen, die im Badeanzug Diktate aufnahmen. Sogar ins Xanadu in Vegas hatte Claudia Deere auf ein Wochenende mitgenommen, damit er ihren Bruder Cross kennenlernte. Gelegentlich schliefen sie auch zusammen, es ergab sich halt so.

Der Film war finanziell ein großer Erfolg, und Claudia nahm an, daß sie an den Nettoeinnahmen ziemlich viel Geld verdienen würde. Sie hatte einen Anteil von Skippy Deeres Beteiligung und wußte, daß er immer »stromaufwärts« ausgerichtet war, wie Deere den Bruttoprozentsatz zu nennen pflegte. Was Claudia allerdings nicht wußte, war, daß Deere zwei verschiedene Beteiligungen hatte, die eine brutto, die andere netto. Und Claudias Back-End-Vertrag sicherte ihr einen Anteil an Skippy Deeres Nettoposition. Was letztlich auf gar nichts hinauslief, obwohl der Film einhundert Millionen Dollar einspielte. Die Berechnungsart des Studios, Deeres Bruttoprozentsatz und die Kosten des Films fraßen ihren Nettogewinn einfach auf.

Claudia klagte, und Skippy Deere erklärte sich, um ihre Freundschaft zu erhalten, zur Zahlung einer kleineren Summe bereit. Als Claudia ihm Vorwürfe machte, sagte Deere: »Das hat nichts mit unserem persönlichen Verhältnis zu tun, das spielt sich nur zwischen unseren Anwälten ab.«

»Früher war ich menschlich«, sagte Skippy Deere häufig. »Dann hab' ich geheiratet.« Mehr noch, er hatte sich aufrichtig in eine Schauspielerin namens Christi verliebt. Seine Erklärung dafür war, daß er noch jung war und daß er sie geheiratet hatte, obwohl er mit seinem scharfen Blick schon damals wußte, daß sie eine begabte Schauspielerin war. Wie sich herausstellte, hatte er in dieser Hinsicht recht, doch Christi besaß auf der Leinwand nicht die magische Ausstrahlung, die Schauspieler zum Star macht. Das Beste, was sie zu erreichen vermochte, war die dritte weibliche Hauptrolle.

Aber Deere liebte sie aufrichtig. Als er zu einem Machtfaktor in der Filmindustrie aufstieg, gab er sich die größte Mühe, aus Christi einen Star zu machen. Um ihr große Rollen zu verschaffen, forderte er Gefälligkeiten ein, die andere Produzenten, Regisseure, Studio-Bosse ihm schuldeten. Nach ein paar Filmen gelang es ihm, sie bis zur zweiten weiblichen Hauptrolle hochzudrücken. Doch als sie älter wurde, arbeitete sie weniger. Sie hatten zwei Kinder, aber Christi wurde immer unglücklicher, und das kostete Deere einen Großteil seiner Arbeitszeit.

Wie alle erfolgreichen Produzenten arbeitete Skippy Deere wie ein Wahnsinniger. Um seine Filme zu überwachen, Finanzierungen zu sichern, Projekte zu entwickeln, mußte er in der ganzen Welt umherreisen. Dabei kam er in Kontakt mit vielen schönen, bezaubernden Frauen, und da er nicht auf Gesellschaft verzichten konnte, hatte er häufig romantische Affären, die er aus vollem Herzen genoß. Dennoch liebte er immer noch seine Frau.

Eines Tages brachte ihm eine Mitarbeiterin der Producerabteilung ein Drehbuch, das ihrer Meinung nach bestens für Christi geeignet sei, eine narrensichere Starrolle, die genau ihrem Talent entspreche. Es war ein schwarzer Film, von einer Frau, die ihren Ehemann aus Liebe zu einem jungen Dichter ermordete und anschließend vor der Trauer ihrer Kinder und dem Argwohn ihrer Schwiegerfamilie fliehen mußte. Und letztlich natürlich Erlösung fand. Es war ein grauenvoller Kitsch, aber es konnte klappen.

Skippy Deere hatte zwei Probleme: Er mußte das Studio zuerst dazu bringen, den Film zu machen, und es anschließend überreden, Christi die Rolle zu geben.

Er pochte auf alle ihm geschuldeten Gefälligkeiten. Er ließ sich sein Geld von den Nettoeinnahmen bezahlen. Er überredete einen männlichen Spitzenstar, eine Rolle zu übernehmen, die eigentlich eine Feature-Rolle war, und engagierte Dita Tommey als Regisseurin. Alles funktionierte wie geschmiert. Christi spielte ihre Rolle perfekt, Deere produzierte den Film perfekt, das heißt, neunzig Prozent des Budgets kamen tatsächlich auf die Leinwand.

Während dieser ganzen Zeit wurde Deere seiner Frau kein einziges Mal untreu – bis auf eine Nacht, die er in London verbrachte, um die Verteilung zu arrangieren, und auch da wurde er nur schwach, weil die kleine Engländerin so dünn war, daß ihn die Logistik interessierte.

Es klappte. Der Film wurde ein kommerzieller Erfolg, er verdiente an den Nettoprozenten mehr, als er im Rahmen eines normalen Vertrags verdient hätte, und Christi gewann den Oscar als beste Schauspielerin.

Und damit, erklärte Skippy Deere Claudia später, hätte der Film schließen sollen: glücklich bis ans Lebensende. Nun aber hatte seine Frau zu einem echten Selbstwertgefühl gefunden und ahnte, was sie wirklich wert war. Sie wurde zum

Star, dem man die Drehbücher ins Haus brachte. Man bot ihr Rollen an, die Schönheit und Charisma verlangten. Deere riet ihr, auf ein Angebot zu warten, das wirklich zu ihr passe, der nächste Film werde ausschlaggebend sein. Über die Frage, ob sie ihm treu bleiben würde, machte er sich keine Gedanken, er gestand ihr durchaus das Recht zu, sich am jeweiligen Drehort zu amüsieren. Aber nun, in den paar Monaten nach ihrem Oscar, als sie von der ganzen Stadt gefeiert, zu allen Top-Partys eingeladen wurde, in allen Showbiz-Kolumnen auftauchte und von jungen Schauspielern, die nach Rollen suchten, umworben wurde, erblühte sie zu einer neuen, fraulichen Jugendlichkeit. Sie ging unbekümmert mit Schauspielern aus, die fünfzehn Jahre jünger waren als sie. Die Klatschkolumnisten nahmen Notiz von ihr, die Feministinnen spornten sie jubelnd an.

Skippy Deere schien das alles gut zu verkraften. Er hatte Verständnis für sie. Denn schließlich hörte auch er nicht auf, immer wieder junge Mädchen zu vernaschen. Warum sollte er da seiner Frau das bißchen Vergnügen verübeln? Andererseits wiederum – warum sollte er seine übermenschlichen Anstrengungen, Christis Karriere zu fördern, fortsetzen? Vor allem, nachdem sie ihn um eine Rolle für einen ihrer jugendlichen Liebhaber gebeten hatte. Also hörte er auf, nach Drehbüchern für sie zu suchen, bei anderen Produzenten, Regisseuren und Studio-Bossen für sie einzutreten. Und da sie alle schon ältere Herren waren, hielten sie in männlich-brüderlicher Treue zu ihm und hörten ebenfalls auf, Christi besonders zu berücksichtigen.

Christi drehte noch zwei weitere Filme als Star; beide wurden Flops, weil die Rollen nicht zu ihr paßten. Damit verspielte sie den beruflichen Kredit, den ihr der Oscar eingebracht hatte. Nach drei Jahren war sie wieder bei den dritten weiblichen Hauptrollen angelangt.

Inzwischen hatte sie sich in einen jungen Mann verliebt, der unbedingt Produzent werden wollte, der sogar ihrem Ehemann sehr ähnlich war, aber dringend Kapital brauchte. Also reichte Christi die Scheidung ein und erhielt eine enorme Abfindung sowie Unterhaltszahlungen in Höhe von 500 000 Dollar pro Jahr. Da ihre Anwälte keine Ahnung von Skippys Aktiva in Europa hatten, trennten sie sich als Freunde. Und nun, sieben Jahre später, war sie bei einem Autounfall ums Leben gekommen. Zu diesem Zeitpunkt stand sie zwar immer noch auf Deeres Weihnachtskartenliste, aber ebenso auf seiner berühmten »Das-Leben-ist-zu-kurz«-Liste, das hieß, daß er ihre Anrufe nicht erwiderte.

Claudia De Lena empfand eine seltsame Zuneigung zu Deere. Weil er anderen sein wahres Ich zeigte, weil er ein so hemmungslos egoistisches Leben führte, weil er den Menschen in die Augen sehen und sie seine Freunde nennen konnte, ohne sich darum zu kümmern, daß diese genau wußten, er würde niemals etwas aus Freundschaft für sie tun. Weil er ein so fröhlicher, leidenschaftlicher Heuchler war. Und weil er so gut überreden konnte. Außerdem war er der einzige Mann unter ihren Bekannten, der sich geistig mit Cross zu messen vermochte. Sie nahmen die nächste Maschine nach Vegas.

Viertes Buch

Cross De Lena
Die Clericuzios

6. Kapitel

Als Cross einundzwanzig war, erwartete Pippi De Lena voll Ungeduld von seinem Sohn, daß er dem ihm vorgezeichneten Weg folge. Das Wichtigste im Leben eines Mannes war, darin waren sich alle einig, daß er seinen Lebensunterhalt verdiente. Er mußte für sein Brot, für ein Dach über dem Kopf sowie die notwendige Bekleidung sorgen und die Mäuler seiner Kinder stopfen. Damit all dies ohne unnötige Einschränkungen erfolgte, mußte es der Mann zu einem gewissen Maß an Macht in der Welt bringen. Daraus folgte, wie die Nacht auf den Tag, daß Cross seinen Platz in der Familie der Clericuzios einnehmen mußte. Zu diesem Zweck war es unerläßlich, daß er sich »seine Knochen verdiente«.

Cross genoß einen guten Ruf in der Familie. Seine Antwort, als Dante ihm offenbarte, daß Pippi ein Hammer sei, wurde von Don Domenico persönlich immer wieder genüßlich zitiert. »Davon weiß ich nichts. Davon weißt du nichts. Davon weiß keiner was. Wo hast du bloß diese beschissene Mütze her?« Welch eine Antwort! rief der Don hocherfreut aus. Ein so junger Mann, und so diskret und so geistreich, wie stolz kann der Vater auf ihn sein! Wir müssen dem Jungen eine Chance geben. Nachdem Pippi diese Äußerungen zugetragen worden waren, wußte er, daß die Zeit reif war.

Also begann er Cross vorzubereiten. Er gab ihm Inkasso-Aufträge, die schwierig waren und Gewalt erforderten. Er sprach mit ihm über die alte Familiengeschichte und über die Art, wie die Aufträge ausgeführt wurden. Nur nichts Kompliziertes, betonte er. Und wenn es unbedingt kompliziert sein mußte, dann bis ins kleinste Detail geplant. Am besten war extreme Einfachheit. Man riegelte ein kleines geographisches Gebiet ab und griff sich die Zielperson innerhalb dieses Gebiets. Zuerst Überwachung, dann das Auto und der *hitman,* dann Absperrwagen für eventuelle Verfolger und gleich anschließend einige Zeit untertauchen, damit man nicht sofort befragt werden konnte. Das war einfach. Wenn es kompliziert sein mußte, machte man es kompliziert. Ausdenken konnte man sich alles, nur mußte man solide planen. Kompliziert machte man es nur, wenn es nicht anders ging.

Er nannte Cross sogar bestimmte Codewörter. Eine »Kommunion« gab es, wenn die Leiche des Opfers verschwand. Das war kompliziert. Eine »Konfirmation« gab es, wenn die Leiche gefunden wurde. Das war einfach.

Pippi unterrichtete Cross über die Clericuzios. Und über ihren großen Krieg mit den Santadios, durch den ihre Oberherrschaft gesichert worden war. Von seiner Rolle in diesem Krieg erzählte Pippi nichts und war überhaupt sparsam mit Einzelheiten. Statt dessen lobte er Giorgio, Vincent und Petie. Aber vor allem lobte er Don Domenico für seinen Weitblick.

Der Clan der Clericuzios hatte viele Netze geknüpft, das weitaus größte aber war das Glücksspiel. Der Clan kontrollierte alle Arten von Casinos und illegalem Glücksspiel in den Vereinigten Staaten. Er besaß Einfluß auf die Native American Casinos, den er äußerst zurückhaltend ausübte, er besaß großen Einfluß auf die Sportwetten, die in Nevada legal, im übrigen Land illegal waren. Der Familie gehörten Fabriken für Spielautomaten, Anteile an der Produktion von Würfeln und Spielkarten, der Versorgung mit Silber und Porzellan, den Wäschereien für die Casino-Hotels. Das Glücksspiel war das kostbarste Juwel des Imperiums, deswegen beteiligte der Clan sich an einer Public-Relations-Kampagne für die Legalisierung des Glücksspiels in allen Staaten der USA. Vor allem beim Sport, der, wie Studien erwiesen hatten, ganz enorme Gewinne verhieß.

Ein durch Bundesgesetze in den gesamten Vereinigten Staaten legalisiertes Glücksspiel war zum Heiligen Gral des Clericuzio-Clans geworden. Nicht nur in Casinos und Lotterien, sondern ebenso bei Sportwetten: bei Baseball, Football, Basketball und all den anderen Zweigen. Der Sport wurde in Amerika heiliggehalten, und wenn das Glücksspiel erst legalisiert wurde, würde sich dieser Heiligenschein auch auf das Glücksspiel selbst übertragen. Der Profit würde überwältigend sein.

Giorgio, dessen Gesellschaft einen Teil der Staatslotterien managte, hatte der Familie eine Aufstellung der zu erwartenden Zahlen gegeben. Auf den Super Bowl wurden in den ganzen Vereinigten Staaten Wetten im Wert von mindestens zwei Milliarden Dollar abgeschlossen, die meisten davon illegal. Bei den Sportwetten in Las Vegas brachten allein die legalen schon über fünfzig Millionen ein. Die World Series brachte, je nachdem, wie viele Spiele es gab, etwa eine weitere Milliarde. Basketball war wesentlich weniger einträglich, durch die vielen Ausscheidungsspiele aber ergab sich eine weitere Milliarde, und das ohne die alltäglichen Wetten während der Saison.

Sobald dies alles legalisiert wurde, konnten die Summen durch spezielle Lotterien und Kombinationswetten mühelos verdoppelt oder verdreifacht werden – bis auf den Super Bowl, dessen Erträge sich um das Zehnfache vermehren und möglicherweise sogar einen Nettogewinn von einer Milliarde Dollar pro Tag ergeben würden. Alles in allem würden einhundert Milliarden Dollar erzielt werden können, und das schöne daran war, daß keinerlei Produktivität erforderlich war und Ausgaben nur für Marketing und Verwaltung anfielen. Eine enorme Summe Geld für die Clericuzios: ein Profit von mindestens fünf Milliarden Dollar pro Jahr!

Und die Clericuzios verfügten über die Erfahrung sowie die politischen Verbindungen und die Macht, um einen großen Teil dieses Marktes zu beherrschen. Giorgio hatte Tabellen vorbereitet, aus denen die komplizierten Einkünfte ersichtlich waren, die auf Grund der großen Sportereignisse erzielt werden konnten. Das Glücksspiel würde ein starker Magnet sein, der dem amerikanischen Volk, dieser gigantischen Goldmine, das Geld aus der Tasche zog.

Das Glücksspiel barg also wenig Risiko und darüber hinaus ungeheure Möglichkeiten, was das Wachstum betraf. Um das angestrebte Ziel – das legalisierte Glücksspiel – zu erreichen, waren Kosten kein Hindernis, und so wurden selbst größere Risiken in Kauf genommen.

Der Reichtum der Clericuzios stammte aber außerdem von den Drogen, wenn auch nur auf einem sehr hohen Niveau, alles andere war zu riskant. Sie kontrollierten die Aufbereitung von Drogen in Europa, sorgten für politische Protektion und gerichtliche Intervention und wuschen das Geld. Ihre Position auf dem Drogenmarkt war juristisch unantastbar und extrem profitabel. Sie deponierten das Schwarzgeld bei einer Kette von europäischen Banken und einigen Banken in den Vereinigten Staaten. Das Rechtswesen wurde erfolgreich umgangen.

Trotz allem aber, warnte Pippi, kämen Zeiten, da ein Risiko eingegangen werden, da eine eiserne Faust demonstriert werden mußte. Das tat der Clan unter Wahrung größter Diskretion, und er ging dabei gnadenlos und mit äußerster Grausamkeit vor. Das waren die Zeiten, da man sich das gute Leben, das man führte, und das tägliche Brot hart verdienen mußte.

Kurz nach seinem einundzwanzigsten Geburtstag wurde Cross schließlich auf die Probe gestellt.

Einer der wertvollsten politischen Trümpfe der Clericuzios war Walter Wavven, der Gouverneur von Nevada. Er war ein Mann Anfang Fünfzig, hochgewachsen und schlaksig, der zwar einen Cowboyhut, dazu aber perfekt sitzende Maßanzüge trug. Er sah gut aus und hatte, obwohl verheiratet, sehr viel für das weibliche Geschlecht übrig. Außerdem liebte er gutes Essen und Trinken, schloß gern Sportwetten ab und war ein begeisterter Casino-Spieler. Andererseits war er zu sehr auf die Gefühle der Öffentlichkeit bedacht, um diese Eigenschaften erkennen zu lassen oder romantische Affären zu riskieren. Deswegen verließ er sich darauf, daß Alfred Gronevelt und das Hotel Xanadu seine Gelüste befriedigten, während er selbst seinen politischen und privaten Ruf als gottesfürchtiger, standfester Bewahrer althergebrachter Familienwerte hütete.

Gronevelt hatte Wavvens spezielle Vorzüge schon frühzeitig erkannt und ihm eine finanzielle Basis geschaffen, mit deren Hilfe Wavven die politische Leiter emporzuklettern vermochte. Wenn Wavven, nachdem er Gouverneur von Nevada geworden war, ein entspanntes Wochenende zu verbringen wünschte, gab Gronevelt ihm eine seiner begehrten Villen.

Diese Villen waren Gronevelts genialster Einfall gewesen.

Als Gronevelt nach Las Vegas kam, war der Ort im Grunde genommen noch eine Glücksspielstadt für Cowboys, und so hatte er sowohl das Glücksspiel als auch die Glücksspieler studiert, wie ein Naturwissenschaftler ein für die Evolution wichtiges Insekt studieren würde. Das einzige große Geheimnis, das wohl niemals gelüftet werden würde, war die Frage, warum reiche Männer weiterhin Zeit auf das Glücksspiel verschwendeten, um Geld zu gewinnen, das sie gar nicht brauchten. Gronevelt entschied, daß sie das taten, um ihre anderen Laster zu kaschieren oder weil sie das Glück selbst erobern wollten; daß es ihnen aber vor allem darum ging, anderen Menschen gegenüber eine Art Überlegenheit zu beweisen. Also schloß er daraus, daß sie, wenn sie spielten, wie Götter behandelt werden mußten. Dann würden sie spielen, wie die Götter spielten oder die Könige von Frankreich in Versailles.

Also gab Gronevelt einhundert Millionen Dollar aus, um auf dem Grundstück des Xanadu (mit seiner gewohnten Voraussicht hatte er weit mehr Grund gekauft, als für das Hotel selbst nötig war) sieben luxuriöse Villen sowie ein ganz spezielles Schmuckkästchen von Casino bauen zu lassen. Diese Villen waren kleine Paläste, in jeder konnten sechs Paare in sechs verschiedenen Apartments untergebracht werden. Die Einrichtung war verschwenderisch: handgeknüpfte Teppiche, Marmorböden, goldene Bäder, kostbare Materialien an den Wänden; Eßzimmer und Küchen wurden mit Hotelpersonal ausgestattet. Modernste audiovisuelle Geräte verwandelten die Wohnzimmer in Theater. Die Bars dieser Villen waren mit den besten Weinen und Spirituosen und einer Kiste illegaler Havannazigarren ausgestattet. Jede Villa verfügte über einen eigenen Swimmingpool im Freien und einen Jacuzzi-Pool im Haus. Den Glücksspieler kostete das Ganze keinen Cent.

Innerhalb der Sicherheitszone, in der die Villen standen, gab es ein kleines ovales Casino, die Perle genannt, in dem

Großkunden ungestört spielen konnten. Der Mindesteinsatz beim Baccarat war eintausend Dollar. Auch die Chips sahen in diesem Casino anders aus: Der kleinste war der schwarze Einhundert-Dollar-Chip; der Fünfhunderter war weiß, mit Gold durchwirkt, der Tausender blau mit goldenen Streifen, und der speziell entworfene Chip für zehntausend Dollar trug in der Mitte seiner goldenen Fläche einen echten Diamanten. Als besondere Konzession an die Damen wechselte der Croupier am Roulette jedoch Einhundert-Dollar-Chips in solche zu fünf Dollar.

Es war verblüffend, aber selbst superreiche Männer und Frauen fielen auf den Köder herein. Nach Gronevelts Rechnung kostete diese extravagante Werbung das Hotel bei der Betriebsabrechnung fünfzigtausend Dollar pro Woche, die allerdings von der Steuer abgesetzt wurden. Außerdem wurden auf dem Papier alle Preise überhöht angesetzt. Die Zahlen (er führte eine getrennte Buchhaltung) ergaben, daß jede Villa pro Woche im Durchschnitt einen Profit von einer Million Dollar einbrachte. Die Luxusrestaurants, von denen die Villen und andere wichtige Gäste beliefert wurden, waren als Steuerabschreibungen ebenfalls gewinnträchtig. Bei der Betriebsabrechnung kostete ein Dinner für vier insgesamt über eintausend Dollar, die aber, da die Gäste auf Werbung liefen, in derselben Höhe als Unkosten von der Steuer abgesetzt wurden. Da das Essen das Hotel, Arbeitsstunden inklusive, höchstens einhundert Dollar kostete, war schon hier ein Profit zu verzeichnen.

So waren die sieben Villen für Gronevelt wie sieben Kronen, mit denen er das Haupt der Glücksspieler schmückte, die bei einem Aufenthalt von zwei bis drei Tagen über eine Million Dollar einsetzten. Dabei spielte es keine Rolle, ob sie gewannen oder verloren. Hauptsache, sie spielten. Und lösten ihre Marker sofort ein, denn sonst wurden sie in eine der Hotel-Suiten umquartiert, die zwar ebenfalls luxuriös, im Vergleich zu den Villen jedoch indiskutabel waren.

Aber da war natürlich noch mehr. In diese Villen konnten bekannte Persönlichkeiten ihre Geliebten oder Boyfriends mitbringen, hier konnten sie sich unerkannt am Glücksspiel beteiligen. Und seltsamerweise gab es zahlreiche Titanen der Geschäftswelt, Männer, die Hunderte von Millionen Dollar schwer waren, gar Ehefrauen und Geliebte hatten und dennoch einsam waren. Die sich nach fröhlicher weiblicher Gesellschaft sehnten, nach Frauen, die ihnen außergewöhnliches Mitgefühl bekundeten. Für diese Männer wurden die Villen von Gronevelt besonders schön ausgestattet.

Zu ihnen gehörte auch Gouverneur Walter Wavven. Ihm gestattete Gronevelt als einzigem, mit Einsätzen unter einer Million Dollar zu spielen. Er setzte bescheiden, und auch dann nur mit Geld, das ihm von Gronevelt privat vorgeschossen wurde; und wenn seine Marker einen bestimmten Betrag überstiegen, wurden sie beiseite gelegt, um durch spätere Gewinne ausgeglichen zu werden.

Wavven besuchte das Hotel, um sich zu erholen, um Golf zu spielen, um zu trinken und den von Gronevelt zur Verfügung gestellten schönen Frauen den Hof zu machen.

Gronevelt hielt den Gouverneur an der langen Leine. Während zwanzig langer Jahre hatte er ihn niemals offen um einen Gefallen gebeten, nur darum, seine Gründe für eine Gesetzgebung darlegen zu dürfen, die dem Casino-Geschäft in Las Vegas förderlich sein könnte. In den meisten Fällen kam er mit seiner Meinung durch; wenn nicht, klärte ihn der Gouverneur über die politischen Realitäten auf, die dem entgegenstanden. Dennoch leistete ihm der Gouverneur einen unschätzbaren Dienst, indem er Gronevelt den einflußreichen Richtern und Politikern vorstellte, die man mit Barem umstimmen konnte.

Im tiefsten Herzen hegte Gronevelt gegen jede Wahrscheinlichkeit die Hoffnung, Gouverneur Walter Wavven werde eines Tages Präsident der Vereinigten Staaten werden. Dann würde der Lohn überreichlich sein.

Aber das Glück übertölpelt auch die listigsten Menschen, wie Gronevelt immer wieder erkennen mußte. Und selbst die unscheinbarsten Sterblichen lösen bei den Mächtigsten Katastrophen aus. Dieser spezielle Auslöser war ein fünfundzwanzigjähriger junger Mann, in den sich die älteste Tochter des Gouverneurs verliebte, ein junges Mädchen von achtzehn Jahren.

Der Gouverneur war mit einer intelligenten, gutaussehenden Frau verheiratet, die in ihren politischen Ansichten fairer und liberaler war als ihr Mann; dennoch arbeiteten sie als gutes Team zusammen. Sie hatten drei Kinder, und diese Familie war ein dicker politischer Pluspunkt für den Gouverneur. Marcy, die älteste, studierte in Berkeley – ihre eigene Wahl und die ihrer Mutter, nicht dagegen die des Gouverneurs.

Von der steifen Atmosphäre eines politischen Elternhauses befreit, war Marcy von der Freiheit der Universität überwältigt, von ihrer Orientierung zur politischen Linken, ihrer Offenheit für neue Musik und die Erkenntnisse, die man durch Drogen erwarb. Als echte Tochter ihres Vaters war sie in ihren sexuellen Interessen relativ freimütig. Auf Grund dieser Naivität und des angeborenen Instinkts der Jugend für Gerechtigkeit galten ihre Sympathien den Armen, der Arbeiterklasse, den unterdrückten Minderheiten. Außerdem verliebte sie sich in die Reinheit der Kunst. Daher war es nur natürlich, daß sie die Gesellschaft von Studenten suchte, die Musiker und Dichter waren. Ebenso natürlich war es, daß sie sich nach einigen flüchtigen Erlebnissen in einen Kommilitonen verliebte, der Stücke schrieb, die Gitarre schlug und bettelarm war.

Sein Name war Theo Tatoski, und er war genau der Richtige für eine College-Romanze. Er sah gut aus, entstammte einer katholischen Familie, deren meiste Mitglieder in den Automobilwerken von Detroit arbeiteten, und hatte sich mit der Vorliebe der Dichter für Stabreime geschworen, lieber zu ficken, als Fußbremsen zu fertigen. Trotzdem hatte er, um sich das Studiengeld zu verdienen, einen Teilzeitjob. Er nahm sich selbst überaus ernst, doch das wurde durch die Tatsache gemildert, daß er tatsächlich Talent besaß.

Zwei Jahre lang waren Marcy und Theo unzertrennlich. Sie nahm Theo mit nach Hause, in die Villa des Gouverneurs, damit er ihre Familie kennenlernte, und sah hocherfreut, daß er sich von ihrem Vater nicht beeindrucken ließ. Später, in ihrem gemeinsamen Schlafzimmer der Gouverneursresidenz, setzte er sie davon in Kenntnis, daß ihr Vater ein typischer Schaumschläger sei.

Vielleicht hatte Theo ihre Herablassung gespürt; der Gouverneur und seine Frau waren beide besonders freundlich zu ihm gewesen, besonders höflich und fest entschlossen, die Wahl ihrer Tochter zu respektieren, obwohl sie insgeheim über diese Mesalliance betroffen waren. Die Mutter machte sich keine Sorgen; sie wußte, daß Theos Charme, wenn ihre Tochter erwachsen wurde, mit der Zeit verblassen würde. Der Vater war beunruhigt, versuchte das aber durch eine selbst für einen Politiker außergewöhnliche Leutseligkeit wettzumachen. Schließlich war der Gouverneur laut seiner politischen Plattform der Champion der Arbeiterklasse, und die Mutter besaß Bildung und dachte fortschrittlich. Durch eine Romanze mit Theo konnte Marcy ihren Horizont erweitern. Mittlerweile lebten Marcy und Theo zusammen und wollten nach dem College-Abschluß heiraten. Theo wollte seine Stücke schreiben und aufführen, während Marcy seine Muse und Literaturlehrerin sein wollte.

Ein stabiles Arrangement. Die jungen Leute schienen nicht allzu viele Drogen zu nehmen, ihr sexuelles Verhältnis war keine große Sache. Der Gouverneur dachte sich im stillen, im schlimmsten Fall würde ihm diese Ehe politisch helfen, der Öffentlichkeit zeigen, daß er trotz seiner reinen WASP-Abstammung, trotz seines Reichtums, seiner Kultur, ein echter Demokrat war und einen Schwiegersohn aus dem Arbeitermilieu akzeptierte.

Alle machten sie Konzessionen an eine banale Situation. Die Eltern wünschten nur, Theo würde ihnen nicht so auf die Nerven gehen.

Aber die Jugend ist launisch. In ihrem letzten College-Jahr verliebte sich Marcy in einen Kommilitonen, der reich und für ihre Eltern gesellschaftlich weit akzeptabler war als Theo. Dennoch wollte sie Theo als Freund behalten. Sie fand es aufregend, zwischen zwei Liebhabern zu jonglieren, ohne buchstäblich die Sünde des Ehebruchs zu begehen. In ihrer Unschuld hatte sie das Gefühl, dadurch einzigartig zu sein.

Theo reagierte auf die Situation nicht etwa so tolerant wie ein echter Berkeley-Radikaler, sondern engstirnig. Trotz seines dichterischen und musischen und bohemehaften Lebens, trotz der Lehren feministischer Professoren, trotz der ganzen Berkeley-Atmosphäre des sexuellen Laissez-faire wurde er hemmungslos eifersüchtig.

Theo war immer ein düsterer Exzentriker gewesen, das gehörte zu seinem jugendlichen Charme. Bei Diskussionen vertrat er oft die extrem revolutionäre These, wenn man einhundert Unschuldige in die Luft sprengen müsse, um für die Zukunft eine freie Gesellschaft zu schaffen, so sei das ein geringer Preis. Trotzdem wußte Marcy genau, daß Theo so etwas nie tun könnte. Als sie einmal nach vierzehn Tagen Ferien in ihre Wohnung zurückkehrten, hatten sie ein Nest neugeborener Mäuse in ihrem Bett gefunden. Theo hatte die winzigen Tierchen heil und sicher auf die Straße hinuntergebracht.

Als Theo jedoch von Marcys neuem Liebhaber erfuhr, schlug er sie wütend ins Gesicht. Dann brach er in Tränen aus und bat sie um Verzeihung. Sie verzieh ihm. Sie fand den gemeinsamen Sex noch immer aufregend, und um so aufregender nun, da sie angesichts seiner Kenntnis von ihrer Untreue mehr Macht über ihn hatte. Doch mit der Zeit wurde er immer gewalttätiger, sie stritten häufiger, und Marcy verließ die Wohnung und zog aus.

Auch ihre zweite Liebe verging. Danach hatte Marcy noch ein paar Affären. Aber sie und Theo blieben Freunde und schliefen auch gelegentlich zusammen. Marcy wollte in den Osten gehen und ihren Master an einem Elite-College machen; Theo zog nach Los Angeles hinunter, um dort Stücke zu schreiben und sich nach Arbeit als Drehbuchautor umzusehen. Eines seiner kurzen Musicals wurde dreimal von einer kleinen Theatergruppe aufgeführt. Er lud Marcy ein, es sich anzusehen.

Marcy flog nach Los Angeles. Das Stück war so gräßlich, daß die Hälfte der Zuhörer schnell wieder hinausging. Also blieb Marcy über Nacht in Theos Wohnung, um ihn zu trösten. Was genau in jener Nacht geschah, ließ sich niemals eindeutig feststellen. Erwiesen war, daß Theo Marcy irgendwann am frühen Morgen erstach, ihr Messerstiche in beide Augen versetzte. Dann stieß er sich das Messer selbst in den Bauch und rief die Polizei. Die kam rechtzeitig, um sein Leben zu retten, nicht aber das von Marcy.

Der Prozeß in Kalifornien war ein bedeutendes Medienereignis: Die Tochter des Gouverneurs von Nevada von einem Arbeiterdichter ermordet, der drei Jahre lang ihr Liebhaber gewesen und dann von ihr abserviert worden war.

Verteidigt wurde er von Molly Flanders, die sich erfolgreich auf Verbrechen aus Leidenschaft spezialisiert hatte, obwohl dieser Fall ihre letzte Strafsache war, bevor sie sich dem Entertainmentrecht zuwandte. Ihre Taktik war klassisch. Zeugen wurden aufgerufen, die bekundeten, daß Marcy mindestens sechs Liebhaber gehabt hatte, während Theo immer noch glaubte, sie würden heiraten. Die reiche, gesellschaftlich prominente Schlampe Marcy hatte ihren ehrlichen Arbeiterautor eiskalt fallenlassen, woraufhin er durchdrehte. Flanders plädierte auf zeitweise Unzurechnungsfähigkeit ihres Mandanten. Die beliebteste Wendung (von Claudia De Lena für Molly geschrieben) lautete: »Er ist nicht verantwortlich für das, was er getan hat.« Eine Formulierung, die bei Don Clericuzio einen Tobsuchtsanfall ausgelöst hätte.

Als Theo im Zeugenstand saß, wirkte er pflichtschuldigst niedergedrückt. Seine Eltern hatten als fromme Katholiken mächtige Angehörige des kalifornischen Klerus überredet, sich des Falles anzunehmen; also sagten sie aus, daß Theo seine hedonistische Lebensweise aufgegeben habe und nunmehr entschlossen sei, Theologie zu studieren. Es wurde darauf hingewiesen, daß Theo versucht habe, sich umzubringen, und daher eindeutig Reue gezeigt habe, wodurch seine Unzurechnungsfähigkeit bewiesen sei – als gehörte dies beides zusammen. Das Ganze wurde von Molly Flanders' Rhetorik aufpoliert, die ein rührendes Bild von dem wichtigen Beitrag zeichnete, den Theo einst für die Gesellschaft leisten würde, wenn man ihn nicht für eine törichte Tat bestrafe, ausgelöst von einer Frau mit lockerer Moral, die ihm das arme Arbeiterherz gebrochen habe. Von einem rücksichtslosen reichen Mädchen, das unglücklicherweise den Tod gefunden habe.

Molly Flanders liebte Kaliforniens Geschworene. Intelligent, ausreichend gebildet, um die Nuancen eines psychiatrischen Traumas zu verstehen, vertraut mit der höheren Kultur von Theater, Film, Musik und Literatur, vibrierten sie vor

Mitgefühl. Als Flanders ihr Plädoyer beendet hatte, konnte kein Zweifel an dem Ergebnis bestehen. Theo wurde wegen zeitweiser Unzurechnungsfähigkeit freigesprochen. Man gab ihm unverzüglich einen Vertrag für einen Auftritt in einer Geschichte über sein Leben im Rahmen einer Miniserie – nicht in der Hauptrolle, sondern als Nebenschauspieler, der selbstkomponierte Lieder sang, um damit die Story zusammenzuhalten, ein hundertprozentig zufriedenstellendes Ende einer modernen Tragödie.

Auf Gouverneur Walter Wavven, den Vater des Mädchens, wirkte es sich katastrophal aus. Alfred Gronevelt sah seine Investitionen von zwanzig Jahren den Bach runtergehen, denn in der Zurückgezogenheit seiner Villa teilte Gouverneur Wavven Gronevelt mit, daß er sich nicht zur Wiederwahl stellen werde. Welchen Sinn hatte es, Macht zu erwerben, wenn jeder primitive Scheißkerl von weißem Abschaum seine Tochter erstechen, ihr fast den Kopf abschneiden und dann sein Leben als freier Mann verbringen durfte? Schlimmer noch, sein geliebtes Kind war von Presse und Fernsehen als dumme Fotze durch den Dreck gezogen worden, die es nicht anders verdient hatte.

Es gibt Tragödien im Leben, deren Folgen nicht geheilt werden können. Der Gouverneur verbrachte möglichst viel Zeit im Xanadu, war aber nicht mehr der alte. Er interessierte sich weder für die Showgirls noch für die Würfel. Er trank nur vor sich hin und spielte Golf. Und das stellte Gronevelt vor ein höchst delikates Problem.

Er hatte aufrichtiges Mitgefühl mit dem Gouverneur. Man kann nicht über zwanzig Jahre lang freundschaftlichen Verkehr mit einem Mann pflegen, selbst nicht aus Eigennutz, ohne ein wenig Zuneigung für ihn zu empfinden. Wenn Gouverneur Walter Wavven sich aus der Politik zurückzog, war er keine Schlüsselfigur mehr, stellte kein Zukunftspotential mehr dar. Er war nur noch ein Mann, der sich mit Alkohol ruinierte. Und wenn er spielte, tat er das unkonzentriert; inzwischen besaß Gronevelt Marker im Wert von zweihunderttausend von ihm. Deswegen war nun die Zeit gekommen, da er dem Gouverneur die Benutzung einer Villa verweigern mußte. Gewiß, er würde dem Gouverneur eine Luxussuite im Hotel geben, aber das würde eine Art Degradierung sein, und bevor er sich dazu entschloß, unternahm Gronevelt einen letzten Rehabilitierungsversuch.

Eines Morgens überredete Gronevelt den Gouverneur, sich mit ihm zum Golf zu treffen. Um das Quartett vollzumachen, rekrutierte er noch Pippi De Lena und dessen Sohn Cross. Pippi besaß einen ungeschliffenen Witz, den der Gouverneur mochte, und Cross war ein so gutaussehender, höflicher junger Mann, daß auch die Älteren ihn immer gern um sich hatten. Nach dem Spiel gingen sie auf einen späten Lunch in die Villa des Gouverneurs.

Wavven hatte stark abgenommen und schien nicht mehr auf seine äußere Erscheinung zu achten. Er steckte in einem fleckigen Jogginganzug und trug dazu eine Baseballmütze mit Xanadu-Logo. Er war unrasiert. Er lächelte häufig – kein Politikerlächeln, sondern eine Art schamhafter Grimasse. Wie Gronevelt feststellte, waren seine Zähne stark vergilbt. Außerdem war er betrunken.

Gronevelt beschloß, den Sprung ins kalte Wasser zu wagen. »Governor«, sagte er, »Sie lassen Ihre Familie im Stich, Sie lassen Ihre Freunde im Stich, und Sie lassen die Bewohner von Nevada im Stich. So können Sie nicht weitermachen.«

»Klar kann ich das«, gab Walter Wavven zurück. »Ich scheiße auf die Einwohner von Nevada. Wen kümmert s?«

»Mich«, sagte Gronevelt. »Mir sind Sie nicht gleichgültig. Ich werde das Geld zusammenbringen, und Sie müssen bei der nächsten Wahl für das Amt des Senators kandidieren.«

»Warum zum Teufel sollte ich?« fragte der Gouverneur. »Das bedeutet doch nichts in diesem beschissenen Land. Ich bin Gouverneur des großen Staates Nevada, und dieses kleine Schwein ermordet meine Tochter und wird freigesprochen. Und ich muß mir das bieten lassen. Die Leute reißen Witze über mein totes Kind und beten für den Mörder. Wissen Sie, wofür ich bete? Daß eine Atombombe dieses verfluchte Land auslöscht, und vor allem den Staat Kalifornien.«

Pippi und Cross verhielten sich während dieses Wortwechsels still. Sie waren leicht erschüttert über die Heftigkeit des Gouverneurs. Außerdem merkten beide, daß Gronevelt einen bestimmten Zweck verfolgte.

»Sie müssen das alles hinter sich lassen«, sagte Gronevelt. »Lassen Sie nicht zu, daß diese Tragödie Ihr Leben zerstört.« Mit seinem salbungsvollen Ton hätte er einen Heiligen zur Weißglut bringen können.

Der Gouverneur schleuderte seine Baseballmütze quer durchs Zimmer und holte sich an der Bar einen weiteren Whiskey.

»Ich kann nicht vergessen«, sagte er. »Bei Nacht liege ich wach und träume davon, diesem kleinen Scheißkerl die Augen aus dem Kopf zu drücken. In Brand stecken möchte ich ihn. Ihm Hände und Füße abhacken. Und dann will ich ihn lebendig haben, damit ich es immer wieder tun kann.« Er grinste sie trunken an, wäre fast gestolpert, sie sahen seine gelben Zähne und rochen die Fäulnis in seinem Atem.

Wavven wirkte jetzt weniger stark betrunken, seine Stimme wurde leiser, er redete fast im Gesprächston. »Haben Sie gesehen, wie er sie erstochen hat?« fragte er. »Durch beide Augen. Der Richter wollte nicht, daß die Geschworenen die Fotos sahen. Präjudizierend. Aber ich, ihr Vater, durfte die Fotos sehen. Und so kommt der kleine Theo frei davon. Mit einem höhnischen Grinsen auf dem Gesicht. Durch beide Augen hat er meine Tochter gestochen, aber er steht jeden Morgen auf und sieht, wie die Sonne scheint. O Gott, ich wünschte, ich könnte sie alle umbringen – den Richter, die Geschworenen, die Anwälte, alle.« Er füllte sein Glas; dann wanderte er wütend im Zimmer umher.

»Ich kann nicht da rausgehen und lauter Unsinn von mir geben über etwas, woran ich nicht mehr glaube. Nicht, solange dieser kleine Bastard am Leben ist. Er hat an meinem Tisch gesessen, meine Frau und ich, wir haben ihn wie ein menschliches Wesen behandelt, obwohl wir ihn nicht mochten. Wir haben unsere Bedenken zurückgestellt. Stellen Sie niemals Ihre Bedenken zurück, bei niemandem! Wir haben ihn in unser Haus aufgenommen, wir haben ihm ein Bett gegeben, in dem er mit unserer Tochter schlafen konnte, und er hat sich die ganze Zeit ins Fäustchen gelacht über uns. Wen kümmert's schon, daß du der Gouverneur bist? Wen kümmert's, daß du Geld hast? ›Wen kümmert's, daß du zivilisiert, daß du ein anständiger Mensch bist? Ich werde deine Tochter umbringen, wann ich will, und du kannst nichts dagegen tun. Ich werde euch alle fertigmachen. Ich werde eure Tochter ficken, dann werde ich sie umbringen, und dann werde ich euch das in den Arsch schieben und ungestraft davonkommen.‹« Wavven schwankte, und Cross ging schnell hinüber, um ihn zu stützen. Der Gouverneur blickte an Cross vorbei zu der hohen, mit Wandmalereien verzierten Decke hinauf, überall rosige Engel und weißgewandete Heilige. »Ich will, daß er stirbt!« sagte der Gouverneur und brach in Tränen aus. »Ich will, daß er stirbt!«

»Lassen Sie sich Zeit, Walter«, sagte Gronevelt leise, »es wird vorübergehen. Lassen Sie sich Zeit. Kandidieren Sie für den Senat. Sie haben die besten Jahre Ihres Lebens vor sich, Sie können immer noch unendlich viel bewirken.«

Wavven löste sich von Cross und sagte sehr ruhig zu Gronevelt: »Begreifen Sie denn nicht? Ich glaube nicht mehr daran, daß ich Gutes bewirken kann. Ich darf niemandem sagen, was ich wirklich fühle, nicht einmal meiner Frau. Diesen Haß, den ich empfinde. Und ich werde Ihnen noch was sagen. Die Wähler haben nur noch Verachtung für mich, sie halten mich für einen schwachen Tor. Für einen Mann, der zuläßt, daß seine Tochter ermordet wird, und dann nicht mal dafür sorgen kann, daß der Mörder bestraft wird. Wer würde einem solchen Mann noch das Wohl des großen Staates Nevada anvertrauen?« Er grinste höhnisch. »Dieser kleine Ficker würde eher gewählt werden als ich.« Er hielt einen Augenblick inne. »Vergessen Sie's, Alfred. Ich kandidiere für gar nichts mehr.«

Gronevelt musterte ihn eingehend. Er spürte etwas, das Pippi und Cross entging. Leidenschaftliche Trauer führte häufig zu Schwäche, aber Gronevelt beschloß, das Risiko auf sich zu nehmen. »Walter«, sagte er, »würden Sie für den Senat kandidieren, wenn der Mann bestraft wird? Würden Sie dann wieder der alte werden?«

Der Gouverneur schien ihn nicht zu verstehen. Sein Blick wanderte kurz zu Pippi und Cross hinüber, dann starrte er Gronevelt ins Gesicht. Gronevelt sagte zu Pippi und Cross: »Wartet in meinem Büro auf mich.«

Pippi und Cross gingen schnell hinaus. Gronevelt blieb mit Gouverneur Wavven allein zurück. Gronevelt sagte ernst: »Zum ersten Mal im Leben müssen Sie und ich jetzt sehr offen sein, Walter. Wir kennen uns seit zwanzig Jahren. Haben Sie jemals erlebt, daß ich indiskret war? Antworten Sie mir. Es besteht keine Gefahr. Werden Sie kandidieren, wenn dieser junge Mann stirbt?«

Der Gouverneur ging an die Bar und schenkte sich Whiskey ein. Aber er trank nicht. Er lächelte. »Ich werde mich am

Tag nach der Beerdigung des Jungen aufstellen lassen. Nachdem ich an der Beisetzung teilgenommen habe, um zu zeigen, daß ich ihm vergebe«, sagte er. »Das wird meinen Wählern gefallen.«

Gronevelt war erleichtert. Er hatte es geschafft. »Aber vorher gehen Sie zum Zahnarzt«, befahl er dem Gouverneur. »Und lassen sich Ihre verdammten Zähne in Ordnung bringen.«

Pippi und Cross erwarteten Gronevelt in seiner Bürosuite im Penthouse. Damit sie es ein wenig bequemer hatten, ging er mit ihnen in seine Wohnräume hinüber, wo er ihnen berichtete, wie das Gespräch verlaufen war.

»Geht es dem Gouverneur gut?« erkundigte sich Pippi.

»Der Gouverneur war nicht so betrunken, wie er vorgegeben hat«, antwortete Gronevelt. »Er hat mir seine Antwort erteilt, ohne sich selbst zu kompromittieren.«

»Ich fliege heute abend in den Osten«, sagte Pippi. »Wir brauchen das Okay der Clericuzios.«

»Sag ihnen, ich halte den Gouverneur für einen Mann, der ganz nach oben kommt«, sagte Gronevelt. »Bis an die Spitze. Er würde uns ein unbezahlbarer Freund sein.«

»Giorgio und der Don werden das verstehen«, sagte Pippi. »Ich muß nur alles eingehend erklären und mir das Okay geben lassen.«

Gronevelt sah lächelnd zu Cross hinüber; dann wandte er sich an Pippi und sagte behutsam: »Ich glaube, Pippi, es wird Zeit, daß Cross in die Familie aufgenommen wird. Ich glaube, er sollte dich auf dem Flug begleiten.«

Aber Giorgio Clericuzio beschloß, für die Besprechung nach Las Vegas zu kommen. Er wollte das Ganze von Gronevelt selbst hören, und Gronevelt hatte seit zehn Jahren keine Reise mehr unternommen.

Giorgio und seine Bodyguards wurden, obwohl er nicht zu den großen Spielern gehörte, in einer der Villen untergebracht: Gronevelt war ein Mann, der wußte, wann er eine Ausnahme machen mußte. Er hatte seine Villen mächtigen Politikern verweigert. Finanzgiganten, einigen der berühmtesten Filmstars von Hollywood, schönen Frauen, die mit ihm geschlafen hatten, engen, persönlichen Freunden. Sogar Pippi De Lena. Aber er gab Giorgio Clericuzio eine Villa, obwohl er Giorgios spartanischen Geschmack kannte und wußte, daß er den außergewöhnlichen Luxus nicht zu würdigen wußte. Jedes Zeichen des Respekts zählte.

Sie kamen in Giorgios Villa zusammen. Gronevelt, Pippi und Giorgio ...

Gronevelt erklärte die Situation. »Der Gouverneur könnte der Familie außerordentlich nützlich sein«, berichtete Gronevelt. »Wenn er sich zusammenreißt, kann er ganz nach oben gelangen. Zuerst Senator, dann Präsident. Wenn das geschieht, habt ihr gute Aussichten, daß die Sportwetten überall im Land legalisiert werden. Das wird der Familie Milliarden einbringen, und diese Milliarden werden kein schwarzes Geld sein, sondern weißes. Ich bin der Meinung, wir sollten es wirklich tun.«

Weißes Geld war weitaus wertvoller als schwarzes. Aber Giorgios größtes Plus war, daß er sich nie zu überstürzten Entscheidungen hinreißen ließ. »Weiß der Gouverneur, daß Sie zu uns gehören?«

»Nicht mit Sicherheit«, antwortete Gronevelt. »Aber er muß Gerüchte gehört haben. Und er ist kein Dummkopf. Ich habe einiges für ihn getan, was ich ohne Hintergrund niemals hätte tun können, das weiß er. Und er ist clever. Er hat nichts weiter gesagt, als daß er kandidieren würde, wenn der Junge stirbt. Er hat mich um nichts gebeten. Er ist ein großer Schwindler, er war nicht so betrunken, als er zusammenbrach. Ich glaube, er hat das Ganze geplant. Er war ehrlich, aber er hat mir auch was vorgemacht. Er war nicht in der Lage, seine Rache zu planen, aber er dachte sich, daß ich da was tun könnte. Er leidet, aber er intrigiert auch dabei.« Er hielt inne. »Wenn wir ihm den Gefallen tun, wird er für den Senat kandidieren, und dann wird er unser Senator sein.«

Giorgio ging unruhig auf und ab; er schlug einen Bogen um die Statuen auf ihren Podesten, er umrundete den Jacuzzi, dessen Marmorierung durch den Stein zu schimmern schien. Dann fragte er Gronevelt: »Haben Sie ihm ohne unser Okay zugesagt?«

»Ja«, antwortete Gronevelt. »Ich mußte ihn umstimmen. Ich mußte positiv auf ihn einwirken, damit er das Gefühl hatte, daß er noch immer Macht besitzt. Daß er noch immer Dinge bewirken kann.«

Giorgio seufzte. »Ich hasse diesen Teil unserer Geschäfte«, bekannte er.

Pippi lächelte. Giorgio redete baren Unsinn. Er hatte geholfen, die Santadios auszulöschen, mit einer Brutalität, die den alten Don mit Stolz erfüllte.

»Ich glaube, wir brauchen jetzt Pippi als Experten«, sagte Gronevelt. »Und ich finde, es wird Zeit, daß sein Sohn Cross in die Familie aufgenommen wird.«

Giorgio warf Pippi einen Blick zu. »Meinst du, daß Cross dazu bereit ist?« fragte er seinen Vetter.

»Er hat alle Vorteile gehabt«, entgegnete Pippi. »Jetzt wird es Zeit, daß er sich seinen Lebensunterhalt verdient.«

»Aber wird er es auch tun?« fragte Giorgio. »Es ist ein großer Schritt.«

»Ich rede mit ihm«, versicherte Pippi. »Er wird es tun.«

Giorgio wandte sich an Gronevelt. »Wenn wir dem Gouverneur diesen Gefallen tun – was ist, wenn er uns anschließend vergißt? Wir nehmen das Risiko auf uns, und alles ist umsonst. Hier ist ein Mann, der Gouverneur von Nevada ist, seine Tochter wird ermordet, und er tut nichts. Er hat keine Courage.«

»Er hat etwas getan, er ist zu mir gekommen«, widersprach Gronevelt. »Ihr müßt Menschen wie den Gouverneur verstehen. Es hat ihn jede Menge Mut gekostet.«

»Aber wird er's auch bringen?« fragte Giorgio.

»Wir reservieren ihn für die ganz großen Probleme«, erklärte Gronevelt. »Ich mache seit zwanzig Jahren mit ihm Geschäfte. Ich garantiere euch, daß er's bringt. Wenn er richtig behandelt wird. Er kennt sich aus, er ist nicht dumm.«

»Pippi«, sagte Giorgio, »es muß wie ein Unfall aussehen. Das wird 'ne Menge Staub aufwirbeln. Wir wollen vermeiden, daß der Gouverneur den Verdächtigungen seiner Feinde, der Presse und diesem verdammten Fernsehen ausgesetzt wird.«

»Ja«, antwortete Gronevelt, »am Gouverneur darf nicht das geringste hängenbleiben.«

»Vielleicht ist der Fall zu schwierig für Cross, um sich seine Knochen zu verdienen.«

»Nein, er ist sehr gut«, entgegnete Pippi so, daß die anderen nicht widersprechen konnten. Auf diesem Gebiet war Pippi der Experte. Das hatte er bei zahlreichen Einsätzen ähnlicher Art bewiesen, vor allem in dem großen Krieg gegen die Santadios. Immer wieder hatte er der Familie der Clericuzios gesagt: »Es geht um meinen Arsch, wenn etwas schiefläuft, und ich will nicht, daß jemand anders die Schuld daran trägt.«

Giorgio klatschte in die Hände. »Okay, fangen wir an. Alfred, wie wär's mit einer Runde Golf morgen früh? Morgen abend muß ich geschäftlich nach L. A. und am Tag darauf wieder an die Ostküste zurück. Pippi, gib mir Bescheid, wenn du jemanden aus der Enklave brauchst, und laß mich wissen, ob Cross drin ist oder draußen.«

Daran erkannte Pippi, daß Cross nie in den inneren Kreis der Familie aufgenommen werden würde, wenn er diesen Auftrag ablehnte.

Golf war für Pippis Generation der Clericuzios zu einer wahren Leidenschaft geworden; der alte Don riß boshafte Witze darüber und behauptete, es sei ein Spiel für *bruglioni.* An jenem Nachmittag spielten Pippi und Cross auf dem Golfplatz des Xanadu. Sie verzichteten auf Golfcars, denn Pippi wollte den Spaziergang und die Einsamkeit der Greens genießen.

Unmittelbar vor dem neunten Loch lag eine Art Obstgarten mit einer Bank unter den Bäumen. Dort ruhten sie sich aus.

»Ich werde nicht ewig leben«, begann Pippi, »und du mußt deinen Lebensunterhalt selbst verdienen. Die Inkasso-Agentur bringt zwar viel ein, ist aber ein mühseliges Geschäft. Man muß fest in der Familie der Clericuzios verankert sein.« Pippi hatte Cross vorbereitet, hatte ihm ein paar harte Inkasso-Aufträge zugewiesen, bei denen er Gewalt und Mißhandlungen anwenden mußte, hatte ihn dem Familienklatsch ausgesetzt; er wußte, worauf es ankam. Pippi hatte gelassen auf den richtigen Zeitpunkt gewartet, auf eine Zielperson, die nicht so leicht Mitgefühl weckte.

»Ich verstehe«, antwortete Cross leise.

»Dieser Kerl hat die Tochter des Gouverneurs umgebracht«, fuhr Pippi fort. »Ein mieser kleiner Scheißer, und er ist straffrei ausgegangen. Das ist nicht gerecht.«

Cross war belustigt über die Psychologie des Vaters. »Und der Gouverneur ist unser Freund«, sagte er.

»Richtig«, sagte Pippi. »Du kannst natürlich nein sagen, Cross, vergiß das nicht. Aber ich möchte, daß du mir bei einem Auftrag hilfst, den ich ausführen muß.«

Cross blickte auf die weiten Greens hinaus, auf die Fähnchen an den Löchern, die in der stillen Wüstenluft schlaff an ihren Stangen hingen, auf die silbrigen Bergketten dahinter, auf den Himmel, der die Neonlichter des Sunset Strip reflektierte. Er wußte, daß sein Leben eine neue Wendung nehmen würde, und einen kurzen Moment lang verspürte er Angst. »Wenn's mir nicht paßt, kann ich immer noch für Gronevelt arbeiten«, antwortete er, ließ aber die Hand einen Moment auf der Schulter des Vaters ruhen, um ihn wissen zu lassen, daß er nur scherzte.

Pippi sah ihn grinsend an. »Dies ist ein Job für Gronevelt. Du hast ihn mit dem Gouverneur zusammen gesehen. Und wir werden ihm jetzt einen Wunsch erfüllen. Gronevelt brauchte noch das Okay von Giorgio. Ich habe gesagt, daß du mir dabei helfen würdest.«

Weit hinten an einem Green sah Cross ein Quartett von zwei Damen und Herren, die wie Comicfiguren in der Wüstensonne leuchteten. »Ich muß mir meine Knochen verdienen«, sagte er zu seinem Vater. Er mußte zustimmen, das wußte er, sonst würde er ein anderes Leben führen müssen. Aber er liebte das Leben, das er jetzt führte, die Arbeit für seinen Vater, den Aufenthalt im Xanadu, die Unterweisung durch Gronevelt, die schönen Showgirls, das leichte Geld, das Gefühl der Macht. Und wenn er zustimmte, würde er niemals dem Schicksal eines normalen Menschen unterworfen werden.

»Die Planung übernehme ich«, erklärte Pippi. »Und ich werde ständig in deiner Nähe sein. Es besteht keine Gefahr. Aber du mußt schießen.«

Cross erhob sich von der Bank. Er sah die Flaggen, die auf den sieben Villen wehten, obwohl sich auf dem Golfplatz kein Lüftchen regte. Zum erstenmal in seinem jungen Leben verspürte er Abschiedsschmerz. Die Welt, in der er bisher gelebt hatte, würde verlorengehen. »Ich mache mit«, sagte er.

In den darauffolgenden drei Wochen gab Pippi seinem Sohn Cross eingehende Instruktionen. Wie er ihm erklärte, warteten sie noch auf den Bericht eines Überwachungsteams über Theo, sein Verhalten, seine Gewohnheiten, neuere Fotos. Außerdem sollte eine sechsköpfige Eingreiftruppe aus der Enklave von New York in Los Angeles eintreffen, wo Theo immer noch wohnte. Der ganze Einsatzplan sollte sich auf den Bericht des Überwachungsteams stützen. Dann klärte Pippi Cross über die Philosophie auf, die dahintersteckte.

»Es geht hier ums Geschäft«, sagte er. »Man sorgt mit allen Mitteln dafür, daß man nicht auf die Verlustseite gerät. Einen umlegen kann jeder. Der Trick besteht darin, sich nicht erwischen zu lassen. Das ist die große Sünde. Und niemals an die betreffenden Personen denken. Wenn der Chef von General Motors fünfzigtausend Leute auf die Straße setzt, dann geht es dabei ums Geschäft. Er kann nicht anders, er muß ihr Leben ruinieren. Zigaretten bringen Tausende von Menschen um, aber was kann man dagegen tun? Die Leute wollen unbedingt rauchen, und man kann kein Geschäft verbieten, das Milliarden von Dollar einbringt. Genauso ist es mit Waffen, jeder besitzt eine Schußwaffe, jeder tötet jeden, aber es handelt sich um eine Milliarden-Dollar-Industrie, die kann man nicht einfach so abschaffen. Was soll man tun? Die Menschen müssen Geld verdienen, das kommt zuerst. Und wenn du das nicht glaubst, kannst du gleich im Dreck leben.«

Die Clericuzios seien sehr streng, warnte Pippi Cross. »Du mußt dir ihr Okay holen. Du kannst nicht einfach rumlaufen und Leute umlegen, nur weil sie dir auf die Schuhe rotzen. Die Familie muß hinter dir stehen, denn nur sie kann dich vor dem Gefängnis bewahren.«

Cross hörte zu. Er stellte nur eine einzige Frage. »Giorgio will, daß es wie ein Unfall aussieht. Wie machen wir das?«

Pippi lachte. »Laß dir niemals von anderen vorschreiben, wie du deinen Auftrag ausführen sollst. Die können dich alle am Arsch lecken. Sie teilen mir mit, was sie maximal erwarten. Und ich mache das, was ich für das Beste halte. Und das Beste ist immer das, was einfach ist. Sehr, sehr einfach. Nur wenn man muß, macht man's kompliziert, dann macht man's sehr, sehr kompliziert.«

Als der Überwachungsbericht kam, wies Pippi Cross an, alle Details gründlich zu studieren. Es gab auch ein paar Fotos von Theo, Fotos von seinem Wagen mitsamt den Nummernschildern. Und eine Straßenkarte der Route, die er benutzte, wenn er von Brentwood nach Oxnard fuhr, um seine Freundin zu besuchen. »Der findet wirklich noch eine Freundin?« fragte Cross seinen Vater.

»Du kennst die Frauen nicht«, belehrte ihn Pippi. »Wenn sie dich mögen, kannst du in ihren Spülstein pissen. Wenn sie dich nicht mögen, kannst du sie zur Königin von England machen, und sie scheißen trotzdem auf dich.«

Pippi flog nach L. A., um seine Einsatztruppe einzuweisen. Als er zwei Tage später zurückkehrte, sagte er zu Cross: »Morgen abend.«

Am folgenden Tag fuhren sie, um der Wüstenhitze zu entgehen, vor Tagesanbruch von Vegas nach Los Angeles. Während der Fahrt durch die Wüste riet Pippi Cross, sich zu entspannen. Cross war fasziniert von dem grandiosen Sonnenaufgang, der den Wüstensand in ein tiefes Gewässer aus Gold zu verwandeln schien, das bis an den Fuß der fernen Sierra reichte. Er war unruhig. Er wollte die Sache hinter sich bringen.

Als sie in dem Haus eintrafen, das die Familie in den Pacific Palisades unterhielt, wartete die Sechs-Mann-Crew aus der

Bronx-Enklave bereits auf sie. In der Einfahrt stand ein gestohlener Wagen, der umgespritzt und mit falschen Kennzeichen versehen worden war. Außerdem wurden im Haus Waffen für sie bereitgehalten, die nicht zurückverfolgt werden konnten.

Cross staunte über die luxuriöse Einrichtung des Hauses. Es bot einen wunderschönen Blick über den Highway hinweg aufs Meer, einen Swimmingpool und eine riesige Sonnenterrasse. Außerdem gab es sechs Schlafzimmer. Die Männer schienen Pippi gut zu kennen. Aber weder wurden sie Cross vorgestellt noch er ihnen.

Elf Stunden mußten sie warten, bevor um Mitternacht der Einsatz beginnen konnte. Die anderen Männer ignorierten den riesigen Fernseher und setzten sich in Badehosen auf die Sonnenterrasse zum Kartenspielen. Pippi sah Cross lächelnd an. »Scheiße«, sagte er, »ich hatte den Swimmingpool ganz vergessen.«

»Ist schon okay«, gab Cross zurück. »Wir schwimmen einfach in Unterhosen.« Das Haus war abgelegen, ringsum geschützt von dicken Bäumen und einer hohen Hecke.

»Wir können auch ruhig nackt baden«, meinte Pippi. »Kein Mensch kann uns sehen, bis auf die Hubschrauber, und die werden sich lieber die vielen Bräute ansehen, die in Malibu vor ihren Häusern sonnenbaden.«

Ein paar Stunden lang vertrieben sie sich die Zeit mit Schwimmen und Sonnenbaden; dann nahmen sie eine Mahlzeit ein, die einer aus der Sechsertruppe zubereitet hatte. Es gab Steak vom Grill und Salat. Dazu tranken die anderen Männer Rotwein, während Cross sich mit einem Club Soda begnügte. Wie er feststellte, aßen und tranken alle Männer nur mäßig.

Nach dem Essen machte Pippi mit Cross in dem gestohlenen Wagen eine Erkundungsfahrt. Sie fuhren zu einem

Western-Restaurant ein Stück weiter den Pacific Coast Highway hinunter, in dem sie Theo finden würden. Laut Überwachungsbericht machte Theo regelmäßig am Mittwochabend auf der Fahrt nach Oxnard gegen Mitternacht auf einen Kaffee und Eier mit Schinken in dem Restaurant halt. Und er verließ es gegen ein Uhr morgens wieder. An diesem Abend würde ihm ein Überwachungsteam von zwei Mann folgen und sofort anrufen, wenn er sich auf den Heimweg machte.

Wieder im Haus, besprach Pippi mit seinen Männern noch einmal den Einsatz. Die sechs Mann sollten sich auf drei Wagen verteilen. Ein Wagen würde ihnen vorausfahren, ein zweiter die Nachhut bilden, der dritte auf dem Platz neben dem Restaurant parken und für den Notfall bereitstehen.

Cross und Pippi saßen auf der Sonnenterrasse und warteten auf den Anruf. In der Einfahrt standen fünf Wagen, alle schwarz, die im Mondschein wie Käfer glänzten. Die sechs Mann aus der Enklave setzten ihr Kartenspiel fort, bei dem es nur um Silbermünzen ging: Nickles, Dimes und Quarters – Fünf- und Zehncent- sowie Vierteldollarstücke. Um halb zwölf kam endlich der Anruf: Theo befand sich auf dem Weg von Brentwood zum Restaurant. Die sechs Mann verteilten sich auf die drei Wagen und fuhren los, um die ihnen zugewiesenen Positionen einzunehmen. Pippi und Cross stiegen in den gestohlenen Wagen und warteten noch weitere fünfzehn Minuten, bevor sie aufbrachen. Cross hatte eine kleine 22er-Pistole in seine Jackentasche gesteckt, die auch ohne Schalldämpfer nur ein scharfes, kurzes Plop von sich gab; Pippi trug eine Glock, die relativ starken Lärm verursachte. Seit seiner einzigen Verhaftung wegen Mordes weigerte sich Pippi strikt, einen Schalldämpfer zu benutzen.

Pippi fuhr. Der Einsatz war bis in die kleinste Einzelheit geplant worden. Kein Mitglied des Einsatztrupps sollte das Restaurant betreten, denn die Kriminalpolizei würde die

Angestellten über alle Gäste befragen. Das Überwachungsteam hatte gemeldet, was Theo trug, was für einen Wagen mit welchen Autokennzeichen er fuhr. Sie hatten insofern Glück, als Theos Wagen flammend rot war und es sich um einen billigen Ford handelte, mühelos zu erkennen in einer Umgebung, in der man sonst nur Mercedes und Porsche sah.

Als Pippi und Cross auf dem Parkplatz des Restaurants eintrafen, entdeckten sie, daß Theos Wagen bereits dort stand. Pippi parkte direkt daneben. Dann machte er die Scheinwerfer des Wagens aus, stellte die Zündung ab und blieb in der Dunkelheit still sitzen. Hinter dem Pacific Coast Highway sahen sie das Meer schimmern, durchzogen von Streifen aus Gold, die das Mondlicht aufs Wasser warf. Hinten in einer Ecke des Parkplatzes war einer ihrer Teamwagen geparkt. Wie sie wußten, hatten die beiden anderen Teams auf dem Highway Stellung bezogen und warteten darauf, sie nach Hause zurückzubegleiten, eventuelle Verfolger abzuschütteln und ihnen jedes Problem aus dem Weg zu räumen.

Cross warf einen Blick auf seine Uhr. Es war halb eins. Fünfzehn Minuten mußten sie noch warten. Plötzlich schlug Pippi ihm auf die Schulter. »Er kommt zu früh«, sagte Pippi. »Los!«

Cross entdeckte die Gestalt, die aus dem Restaurant kam, im Lichtschein der Tür. Überrascht sah er, wie jungenhaft diese Gestalt war, klein und mager, mit einem dichten Haarschopf über dem bleichen, schmalen Gesicht. Theo wirkte viel zu zierlich für einen Mörder.

Dann kam die nächste Überraschung: Statt zu seinem Wagen zu gehen, überquerte Theo, geschickt dem Verkehr ausweichend, den Pacific Coast Highway. Auf der anderen Seite schlenderte er über den offenen Strand bis ans Wasser hinunter, achtete aber darauf, daß die Wellen ihm nicht die Füße näßten. Dort blieb er stehen und starrte aufs Meer hinaus, während der gelbe Mond am fernen Horizont unterging. Dann machte er kehrt und kam über den Highway auf den Parkplatz zurück. Da ihn die Wellen doch erwischt hatten, quatschte das Wasser in seinen modischen Stiefeln.

Langsam stieg Cross aus dem Wagen. Theo hatte ihn fast erreicht. Cross wartete, bis Theo an ihm vorbei war, dann lächelte er höflich und machte Platz, damit Theo in seinen Wagen steigen konnte. Als Theo saß, zog Cross seine Pistole. Theo, der eben den Zündschlüssel ins Schloß stecken wollte, während sein Fenster noch offen war, blickte auf, weil er den Schatten neben sich bemerkte. Im selben Moment drückte Cross ab. Die beiden jungen Männer sahen einander an. Theo erstarrte, als die Kugel sein Gesicht zerschmetterte, das zu einer blutigen Maske wurde, aus der die Augen hervorglotzten. Cross riß die Tür auf und gab zwei weitere Schüsse auf Theos Schädel ab. Blut spritzte ihm ins Gesicht. Dann warf er einen Beutel mit Drogen auf den Boden von Theos Wagen und schlug die Tür zu. Pippi hatte seinen Wagen im selben Moment gestartet, als Cross feuerte. Jetzt öffnete er den Wagenschlag, und Cross sprang hinein. Dem Plan folgend, hatte er die Waffe nicht fallen lassen. Denn dann hätte es nach einem geplanten Mord ausgesehen statt nach einem fehlgeschlagenen Drogendeal.

Pippi fuhr vom Parkplatz hinunter, der Begleitwagen folgte ihnen. Die beiden Vorauswagen nahmen ihre Positionen ein, und fünf Minuten darauf waren sie wieder im Haus der Familie. Zehn Minuten später waren Pippi und Cross in Pippis Wagen unterwegs nach Las Vegas. Der Einsatztrupp sollte den gestohlenen Wagen und die Waffe beseitigen.

Als sie an dem Restaurant vorbeikamen, war nirgends Polizei zu sehen. Offenbar war Theo noch nicht entdeckt worden. Pippi schaltete das Autoradio ein und hörte sich die Nachrichten an. Nichts. »Perfekt«, lobte Pippi. »Wenn man etwas gründlich plant, läuft es mit Sicherheit.«

Als die Sonne aufging und die Wüste in ein träges rotes Meer verwandelte, trafen sie in Las Vegas ein. Cross sollte diese Fahrt durch die Wüste, durch die Dunkelheit, durch das Mondlicht, das niemals zu enden schien, nie wieder vergessen. Dann ging die Sonne auf, und kurze Zeit später strahlten die Neonlichter des Strips von Las Vegas wie ein Leuchtfeuer, das Sicherheit verheißt, das Erwachen aus einem Alptraum. In Las Vegas wurde es niemals dunkel.

Nahezu im selben Moment wurde Theo gefunden, dessen Gesicht im Morgengrauen geisterhaft fahl war. Die Meldungen konzentrierten sich auf die Tatsache, daß Theo im Besitz von Kokain im Wert von einer halben Million Dollar war. Es handelte sich offenbar um einen Drogendeal, der fehlgeschlagen war. Der Gouverneur hatte nichts zu befürchten.

An dem ganzen Ereignis fielen Cross mehrere Dinge auf. Daß die Drogen, die er Theo untergeschoben hatte, höchstens zehntausend Dollar gekostet hatten, während die Behörden den Wert auf eine halbe Million ansetzten. Daß der Gouverneur großes Lob dafür einheimste, daß er Theos Familie sein Mitgefühl ausdrückte. Und daß die Medien nach einer Woche die ganze Angelegenheit mit keinem Wort mehr erwähnten.

Pippi und Cross wurden zu einer Besprechung mit Giorgio an die Ostküste zitiert. Giorgio beglückwünschte sie beide zu diesem klug und geschickt ausgeführten Auftrag, ohne jedoch zu erwähnen, daß es eigentlich wie ein Unfall hätte aussehen sollen. Außerdem spürte Cross bei diesem Besuch deutlich, daß ihn die Clericuzios mit dem Respekt behandelten, der einem Hammer der Familie zustand. Der erste Beweis dafür war, daß Cross einen Anteil an den Einnahmen aus den Glücksspielen, ob legal oder illegal, von Las Vegas erhielt. Und es war klar, daß er von nun an offizielles Mitglied des Clericuzio-Clans war und somit bei besonderen Gelegenheiten zum Einsatz gerufen werden würde, zu einem Entgelt, das sich aus dem Risiko des Auftrags ergab.

Auch Gronevelt erhielt seinen Lohn. Nachdem Walter Wavven zum Senator gewählt worden war, zog er sich für ein Wochenende ins Xanadu zurück. Gronevelt gab ihm eine Villa und ging hinüber, um ihm zu seinem Wahlsieg zu gratulieren.

Senator Wavven hatte zu seiner alten Form zurückgefunden. Er spielte und gewann, er genoß kleine Dinner mit den Showgirls vom Xanadu. Er schien sich vollständig erholt zu haben. Nur ein einziges Mal erwähnte er seine überstandene Krise und sagte zu Gronevelt: »Alfred, Sie haben einen Blankoscheck bei mir.«

Gronevelt entgegnete lächelnd: »Niemand kann es sich leisten, Blankoschecks in der Brieftasche herumzutragen, aber danke.«

Er wollte nicht, daß der Senator seine Schuld mit Schecks bezahlte. Er wollte eine lange, beständige Freundschaft, die niemals endete.

Im Verlauf der nächsten fünf Jahre wurde Cross zum Experten für das Glücksspiel und übernahm die Verwaltung eines Casino-Hotels. Er arbeitete als Gronevelts Assistent, obwohl sein Hauptjob noch immer die Arbeit für seinen Vater Pippi war – nicht nur bei der Leitung der Inkasso-Agentur, von der nunmehr feststand, daß er sie erben sollte, sondern darüber hinaus als Hammer Numero zwei der Clericuzios.

Im Alter von fünfundzwanzig Jahren wurde Cross von den Clericuzios nur noch Little Hammer genannt. Er wunderte sich selbst darüber, wie eiskalt er seiner Arbeit nachging. Doch seine Zielpersonen waren niemals Leute, die er kannte. Sie waren Fleischklumpen, die in einer verletzbaren Haut steckten; das Skelett darunter verlieh ihnen den Umriß wilder Tiere, wie er sie mit dem Vater gejagt hatte, als er noch ein Junge war. Er fürchtete zwar das Risiko, aber nur mit dem Kopf; körperliche Angst kannte er nicht. Es gab allerdings in den Ruhezeiten seines Lebens Momente, da war er am Morgen, wenn er aufwachte, von einem unbestimmten Entsetzen erfüllt, als hätte er einen gräßlichen Alptraum gehabt. Dann wiederum gab es Zeiten, da war er deprimiert und rief sich die Erinnerung an Schwester und Mutter ins Gedächtnis, kleine Szenen aus der Kindheit und ein paar Besuche, nachdem die Familie auseinandergebrochen war.

Er erinnerte sich an die Wange der Mutter, die so warm, an ihre seidige Haut, die so hauchzart gewesen war, daß er sich einbildete, das Blut darunter pulsieren zu hören – sicher umschlossen und ungefährlich. In seinen Träumen aber zerfiel diese Haut wie Asche, und das Blut kam durch klaffende Risse in scharlachroten Wasserfällen herausgeströmt.

Das rief wiederum andere Erinnerungen wach, als die Mutter ihn mit kalten Lippen küßte, als ihre Arme ihn winzige Momente der Höflichkeit lang umschlossen. Nie hielt sie seine Hand, wie sie die von Claudia hielt. Nie empfand er ihren Verlust in der Gegenwart, empfand ihn nur in seiner Vergangenheit.

Wenn er an seine Schwester Claudia dachte, empfand er diesen Verlust niemals. Ihre gemeinsame Vergangenheit existierte, und sie war immer noch Teil seines Lebens, allerdings nicht genug. Er dachte daran, wie sie sich im Winter gestritten hatten. Dann steckten sie die Fäuste in die Manteltaschen und schlugen damit aufeinander los. Ein harmloses Duell. Alles war, wie es sein sollte, sagte sich Cross, nur manchmal fehlten ihm Mutter und Schwester. Dennoch war er glücklich mit seinem Vater und den Clericuzios.

So kam es, daß sich Cross mit fünfundzwanzig Jahren an seinem letzten Auftrag als Hammer der Familie beteiligte. Und diesmal war die Zielperson ein Mensch, den er sein Leben lang gekannt hatte …

Im Rahmen einer umfassenden Untersuchung des FBI flogen viele der über das ganze Land verstreuten sogenannten Barone auf, einige davon echte *bruglioni,* unter anderem Virginio Ballazzo, inzwischen Oberhaupt der größten Familie an der Ostküste.

Virginio Ballazzo war schon seit über zwanzig Jahren Baron des Clericuzio-Clans und hatte den Clericuzio-Schnabel immer getreulich genetzt. Zum Lohn dafür hatten ihn die Clericuzios reich gemacht: Zur Zeit seines Falls war Ballazzo über fünfzig Millionen Dollar schwer und lebte mit seiner Familie in wahrhaft herrschaftlichem Stil. Dennoch geschah das Unerwartete, und es kam so weit, daß er trotz seiner Loyalitätsschuld jene verriet, die ihn so hoch hatten steigen lassen. Er brach das Gesetz der *omertà,* den Kodex, der es ihm untersagte, den Behörden Informationen zu liefern.

Eine der Anklagen gegen ihn lautete auf Mord, aber es war nicht so sehr die Angst vor dem Gefängnis, die ihn zum Verräter machte, denn schließlich gab es keine Todesstrafe im Staat New York. Und ganz gleich, wie hoch seine Strafe war – falls er überhaupt verurteilt wurde –, die Clericuzios würden ihn innerhalb von zehn Jahren rausholen und dafür sorgen, daß ihm selbst diese zehn Jahre leichtgemacht wurden. Er kannte das Procedere. Bei seinem Prozeß würden die Zeugen für ihn Meineide leisten, die Geschworenen konnten mit

Bestechungsgeldern gewonnen werden. Und sobald er einige Jahre abgesessen hatte, wurde ein neuer Prozeß vorbereitet, würden neue Fakten vorgelegt werden, die einwandfrei seine Unschuld bewiesen. Es gab einen berühmten Fall, in dem die Clericuzios das erreichten, nachdem einer ihrer Männer fünf Jahre abgesessen hatte. Der Mann war freigesprochen worden, und der Staat hatte ihm mehr als eine Million Dollar Wiedergutmachung für die »ungerechtfertigte Gefängnisstrafe« gezahlt.

Nein, vor dem Gefängnis fürchtete sich Ballazzo nicht. Was ihn zum Verräter machte, war die Drohung der Bundesregierung, unter den vom Kongreß verabschiedeten Gesetzen all seine weltlichen Güter zu beschlagnahmen. Ballazzo konnte den Gedanken nicht ertragen, daß er und seine Kinder ihre palastartige Villa in New Jersey, die luxuriöse Eigentumswohnung in Florida, die Pferdezucht in Kentucky verlieren sollten, die drei Pferde hervorgebracht hatte, die im Kentucky Derby nie plaziert worden waren. Unter den berüchtigten RICO-Gesetzen war es der Regierung gestattet, alle weltlichen Güter derjenigen zu beschlagnahmen, die wegen verbrecherischer Verschwörung verhaftet wurden. Don Clericuzio persönlich hatte sich über die RICO-Gesetze empört, doch sein einziger Kommentar dazu war: »Die Reichen werden das noch bereuen, der Tag wird kommen, da unter diesen Gesetzen die ganze Wall Street verhaftet wird.«

Nicht Glück, sondern weise Voraussicht war es, daß die Clericuzios ihrem alten Freund Ballazzo in den letzten Jahren das Vertrauen entzogen hatten. Weil er sich für ihren Geschmack zu ostentativ verhielt. Die *New York Times* hatte einen Bericht über seine Sammlung von Oldtimer-Autos gebracht, mit Virginio Ballazzo, eine flotte Schirmmütze auf dem Kopf, am Steuer eines 1935er Rolls-Royce. Im Fernsehen dozierte Virginio Ballazzo, Reitgerte in der Hand, anläßlich des Kentucky Derbys über die Schönheit des Sports der Könige. Dort wurde er als vermögender Teppichimporteur vorgestellt. Das alles war zuviel für die Clericuzios, sie wurden ihm gegenüber zunehmend mißtrauisch.

Als Virginio Ballazzo mit dem District Attorney der Vereinigten Staaten zu diskutieren begann, informierte Ballazzos Anwalt die Clericuzios. Der Don, der sich zum Teil schon zur Ruhe gesetzt hatte, nahm seinem Sohn Giorgio umgehend die Initiative aus der Hand. Dies war eine Situation, die eine sizilianische Hand erforderte.

Dann wurde eine Familienkonferenz abgehalten: mit Don Clericuzio, seinen drei Söhnen Giorgio, Vincent und Petie sowie Pippi De Lena. Eindeutig war, daß Ballazzo die Struktur der Familie schädigen konnte, doch nur die unteren Schichten würden darunter sehr stark leiden. Der Verräter konnte wertvolle Informationen liefern, stichhaltige Beweise jedoch nicht. Giorgio meinte, schlimmstenfalls könne man das Hauptquartier jederzeit in ein anderes Land verlegen, ein Vorschlag, den der Don entrüstet von sich wies. Wo anders als in Amerika lohnte es sich zu leben? Amerika hatte sie reich gemacht, Amerika war das mächtigste Land der Welt. Und es schützte seine Reichen. Immer wieder zitierte der Don den Spruch: »Es ist besser, daß hundert Schuldige straffrei ausgehen, als daß ein einziger Unschuldiger bestraft wird«, um dann sofort hinzuzufügen: »Welch ein wundervolles Land!« Das Problem war, daß sie alle verweichlichten, weil sie ein zu gutes Leben führten. In Sizilien hätte es Ballazzo niemals gewagt, zum Verräter zu werden, hätte er nicht mal im Traum daran gedacht, das Gesetz der *omertà* zu brechen. Weil seine eigenen Söhne ihn getötet hätten.

»Ich bin zu alt, um in einem fremden Land zu leben«, sagte

der Don. »Ich werde mich nicht von einem Verräter aus meinem Haus vertreiben lassen!«

An sich ein eher kleines Problem, war Virginio Ballazzo dennoch ein Symptom, ein drohender Infektionsherd. Es gab viele andere wie ihn, die sich nicht an die alten Gesetze hielten, durch die sie alle stark und mächtig geworden waren. Es gab einen *bruglione* der Familie in Louisiana, einen in Chicago und einen dritten in Tampa, die mit ihrem Reichtum protzten, die aller Welt ihre Macht unter die Nase rieben. Und wenn diese *cafoni* erwischt wurden, versuchten sie der Strafe zu entgehen, die sie durch ihre eigene Leichtfertigkeit herausgefordert hatten. Indem sie das Gesetz der *omertà* brachen. Indem sie ihre Brüder verrieten. Dieses Gesindel mußte ausgerottet werden. Das war der feste Standpunkt des Don. Jetzt aber würde er auf die anderen hören; schließlich war er alt. Vielleicht gab es ja andere Lösungen für dieses Problem.

Giorgio erklärte, was sich abspielte. Ballazzo versuchte mit den Staatsanwälten zu verhandeln. Wenn der Staat ihm fest zusagte, sich nicht auf die RICO-Gesetze zu berufen, wenn seine Frau und seine Kinder das Vermögen behalten durften, war er gern bereit, ins Gefängnis zu gehen. Aber natürlich versuchte er, einer Gefängnisstrafe zu entgehen, denn dann hätte er vor Gericht gegen die Menschen aussagen müssen, die er verraten hatte. Statt dessen würden er und seine Frau in ein Zeugenschutzprogramm aufgenommen werden und bis an ihr Lebensende unter falschen Namen leben müssen. Sie würden sich plastischer Chirurgie unterziehen müssen. Und seine Kinder würden den Rest ihres Lebens in einigem Wohlstand verbringen können. So lautete der Deal.

Trotz all seiner Fehler war Ballazzo ein liebevoller Vater, darin waren sich alle einig. Er hatte drei wohlgeratene Kinder. Ein Sohn absolvierte die Harvard School of Business, Ceil, die Tochter, besaß ein elegantes Kosmetikgeschäft an der Fifth Avenue, ein weiterer Sohn arbeitete als Computerfachmann an einem Raumfahrtprojekt. Sie alle verdienten es, ihren Wohlstand zu genießen. Schließlich waren sie echte Amerikaner und repräsentierten den amerikanischen Traum.

»Also«, entschied der Don, »werden wir Virginio eine Nachricht schicken, die er versteht. Er kann alle anderen denunzieren. Er kann sie ins Gefängnis oder auf den Grund des Ozeans schicken. Aber wenn er ein einziges Wort über die Clericuzios sagt, hat er seine Kinder verwirkt.«

»Heutzutage scheint sich keiner mehr von Drohungen einschüchtern zu lassen«, gab Pippi De Lena zu bedenken.

»Diese Drohung wird von mir persönlich kommen«, entgegnete Don Domenico. »Mir wird er glauben. Ihm selbst wird nicht das geringste versprochen. Er wird es verstehen.«

Nun meldete sich Vincent zu Wort. »Wenn er erst im Zeugenschutzprogramm steckt, werden wir ihn nie mehr aufspüren können.«

Der Don wandte sich an Pippi De Lena. »Und du, mein *martello*, was hast du dazu zu sagen?«

Pippi De Lena zuckte die Achseln. »Nachdem er ausgesagt hat, nachdem sie ihn in diesem Schutzprogramm versteckt haben – na sicher können wir ihn dann aufspüren. Aber es wird 'ne Menge Druck geben, 'ne Menge Publicity. Ist es das wert? Würde das irgendwas ändern?«

»Die Publicity, der Druck«, sagte der Don, »genau das ist es, was sich auszahlt. Der ganzen Welt werden wir unsere Botschaft schicken. Und wenn es getan wird, sollte es *bella figura* geschehen.«

»Wir könnten die Ereignisse einfach ihren Lauf nehmen lassen«, sagte Giorgio. »Egal, was Ballazzo sagt, uns kann er damit nicht vernichten. Deine Lösung, Pop, ist eine kurzfristige Lösung.«

Der Don erwog diesen Vorwurf. »Du hast recht mit dem, was du da sagst. Aber gibt es für irgend etwas eine langfristige Lösung? Das Leben ist voller Zweifel, voller kurzfristiger Lösungen. Und ihr fragt euch, ob durch diese Strafe andere daran gehindert werden, in die Falle zu gehen? Mag sein, mag auch nicht sein. Einige werden sich sicher davon abhalten lassen. Gott selbst könnte keine Welt ohne Strafe erschaffen. Ich werde persönlich mit Ballazzos Anwalt reden. Er wird mich verstehen. Er wird die Botschaft weitergeben. Und Ballazzo wird sie glauben.« Er legte eine kleine Pause ein; dann seufzte er. »Nach dem Prozeß werden wir den Job ausführen.«

»Und seine Frau?« fragte Giorgio.

»Eine gute Frau«, räumte der Don ein, »aber sie ist zu amerikanisch geworden. Wir können keine trauernde Witwe hinterlassen, die ihren Kummer und ihre Vermutungen laut hinausschreit.«

Zum erstenmal meldete sich Petie zu Wort. »Und Virginios Kinder?« Petie war ein echter Mörder.

»Nicht, falls es nicht unbedingt nötig ist. Wir sind keine Ungeheuer«, antwortete Don Domenico. »Und außerdem hat Ballazzo mit seinen Kindern nie über seine Geschäfte gesprochen. Er wollte, daß alle ihn für einen Pferdezüchter hielten. Also soll er mit seinen Pferden auf den Grund des Ozeans reiten.« Alle schwiegen. Dann fuhr der Don traurig fort: »Laßt die Kleinen am Leben. Schließlich leben wir in einem Land, in dem die Kinder nicht daran denken, ihre Eltern zu rächen.«

Am folgenden Tag wurde Virginio Ballazzo die Nachricht durch seinen Anwalt überbracht. Wie bei derartigen Nachrichten üblich, war der Inhalt in blumige Floskeln gekleidet. Als der Don mit dem Anwalt sprach, verlieh er seiner Hoffnung Ausdruck, sein alter Freund Virginio Ballazzo bewahre nur die freundlichsten Erinnerungen an die Clericuzios, die sich stets um die Interessen ihres unglückseligen Freundes kümmern würden. Wie der Don dem Anwalt erklärte, müsse Ballazzo niemals Angst um seine Kinder haben, selbst wenn überall Gefahr drohe, sogar auf der Fifth Avenue, denn der Don werde persönlich für ihre Sicherheit haften. Er, der Don, wisse genau, wie sehr Ballazzo seine Kinder liebte; daß kein Gefängnis, nicht mal der elektrische Stuhl oder alle Teufel in der Hölle seinem Freund Angst einjagen würden, nur das Schreckgespenst, daß seine Kinder Schaden erleiden könnten. »Sagen Sie ihm«, wies der Don den Anwalt an, »daß ich persönlich, Don Domenico Clericuzio, dafür bürge, daß ihnen kein Unglück zustoßen wird.«

Der Anwalt überbrachte seinem Mandanten diese Nachricht Wort für Wort, woraufhin dieser folgendermaßen antwortete: »Sagen Sie meinem Freund, meinem teuersten Freund, der mit meinem Vater zusammen in Sizilien aufgewachsen ist, daß ich mich voll Dankbarkeit auf seine Garantien verlasse. Sagen Sie ihm, daß ich nur die besten Erinnerungen an alle Clericuzios bewahre, so tief, daß ich nicht darüber sprechen kann. Ich küsse ihm die Hand.«

Dann sang Ballazzo seinem Anwalt etwas vor: »Tra la la ... Ich glaube, wir sollten unsere Aussage noch einmal sehr sorgfältig rekapitulieren«, sagte er. »Wir wollen meinen guten Freund doch nicht mit hineinziehen ...«

»Ja«, antwortete der Anwalt, wie er dem Don später berichtete.

Alles verlief genau nach Plan. Virginio Ballazzo brach die *omertà* und sagte aus, schickte zahlreiche kleine Lichter ins Gefängnis und belastete sogar den Bürgermeister von New

York. Aber kein Wort über die Clericuzios. Dann tauchte das Ehepaar Ballazzo im Zeugenschutzprogramm unter.

Die mächtige Mafia sei zerschlagen worden, jubelten Presse und Fernsehen. Es gab Hunderte von Fotos, TV-Shows live über die Bösewichter, die ins Gefängnis abgeführt wurden. Ballazzo nahm die gesamte Doppelseite in der Mitte der Daily News ein: TOP DON DER MAFIA GESTÜRZT. Die Fotos zeigten ihn mit seinen Oldtimer-Autos, seinen Kentucky-Derby-Pferden, seiner imponierenden Londoner Garderobe. Es war eine Orgie.

Als der Don Pippi den Auftrag erteilte, das Ehepaar Ballazzo aufzutreiben und zu bestrafen, sagte er: »Mach es so, daß sie die gleiche Publicity bekommen wie jetzt. Wir wollen doch nicht, daß unser Virginio vergessen wird.« Aber es sollte noch über ein Jahr dauern, bis der Hammer seinen Auftrag ausführen konnte.

Cross erinnerte sich gut an Ballazzo; er kannte ihn als jovialen, großzügigen Mann. Er und Pippi waren einmal zum Dinner im Haus der Ballazzos gewesen, denn Mrs. Ballazzo erfreute sich eines guten Rufes als italienische Köchin, vor allem wegen ihrer Makkaroni und ihres Blumenkohls mit Knoblauch und Kräutern, ein Gericht, an das Cross besonders gern zurückdachte. Als Junge hatte er mit den Ballazzo-Kindern gespielt und sich als Teenager sogar in Ceil, Ballazzos Tochter, verliebt. Nach jenem zauberhaften Sonntag hatte sie ihm aus dem College geschrieben, aber er hatte ihr nie geantwortet. Als er jetzt mit Pippi allein war, sagte er: »Ich möchte diesen Auftrag nicht übernehmen.«

Der Vater sah ihn an und lächelte traurig. »So etwas kommt gelegentlich vor, Cross«, gab er zurück. »Du mußt dich daran gewöhnen. Sonst wirst du nicht überleben können.«

Cross schüttelte den Kopf. »Ich kann's nicht tun«, sagte er.

Pippi seufzte. »Okay«, meinte er dann. »Ich werde ihnen sagen, daß ich dich bei der Planung einsetzen werde. Für den eigentlichen Auftrag können sie mir dann Dante geben.«

Pippi leitete die Suche ein. Mit enormen Bestechungssummen überwanden die Clericuzios die Nebelwand des Zeugenschutzprogramms.

Die Ballazzos fühlten sich in ihrer neuen Identität sicher; schließlich hatten sie Geburtsurkunden, neue Sozialversicherungsnummern und einen Trauschein, und die plastische Chirurgie hatte ihre Gesichter so verändert, daß sie zehn Jahre jünger aussahen. Durch ihren Körperbau jedoch, ihre Gestik und ihre Stimmen waren sie leichter zu identifizieren, als ihnen bewußt war.

Alte Gewohnheiten sind nur schwer abzulegen. An einem Samstag abend fuhr Virginio Ballazzo mit seiner Frau zu der Kleinstadt in der Nähe ihres neuen Besitzes, um in dem kleinen Casino zu spielen, das mit Erlaubnis der örtlichen Behörden arbeitete. Auf der Heimfahrt wurden sie von Pippi De Lena und Dante Clericuzio aufgehalten, die ihnen mit einer Truppe von sechs weiteren Männern den Weg verstellten. Dante durchbrach die Regeln des Auftrags; er konnte nicht widerstehen und gab sich den beiden zu erkennen, bevor er sie mit seiner Schrotflinte erschoß.

Es wurde kein Versuch unternommen, die Leichen zu beseitigen. Es wurden keine Wertgegenstände gestohlen. Das Ganze war als Racheakt gedacht, durch den der Welt eine Botschaft überbracht wurde. Es gab eine Flut zorniger Reaktionen von Presse und Fernsehen, die Behörden versprachen, der Gerechtigkeit werde Genüge getan werden. Ja, die Aufregung war so groß, daß das gesamte Clericuzio-Imperium in Gefahr zu geraten schien.

Pippi war gezwungen, sich zwei Jahre lang in Sizilien zu verstecken. Dante wurde Hammer Numero eins der Familie. Cross wurde zum *bruglione* des Westimperiums der Clericuzios ernannt. Von seiner Weigerung, an der Hinrichtung der Ballazzos teilzunehmen, war Notiz genommen worden. Er war nicht geeignet, das Amt eines Hammers zu übernehmen.

Bevor Pippi für zwei Jahre nach Sizilien verschwand, traf er sich ein letztes Mal zum Abschiedsessen mit Don Clericuzio und dessen Sohn Giorgio.

»Ich muß mich für meinen Sohn entschuldigen«, sagte Pippi. »Cross ist noch jung, und die Jugend ist sentimental. Er hatte die Ballazzos aufrichtig gern.«

»Wir hatten Virginio ebenfalls gern«, sagte der Don. »Es gab keinen, der mir lieber war.«

»Warum haben wir ihn dann getötet?« wollte Giorgio wissen. »Das hat uns mehr Probleme eingebracht als Nutzen.«

Don Clericuzio maß ihn mit strengem Blick. »Ohne Ordnung kann niemand leben. Wenn du die Macht besitzt, mußt du sie benutzen, um mit aller Strenge für Gerechtigkeit zu sorgen. Ballazzo hat sich eines schweren Vergehens schuldig gemacht. Pippi versteht das, nicht wahr, Pippi?«

»Selbstverständlich, Don Domenico«, antwortete Pippi. »Aber Sie und ich, wir sind von der alten Schule. Unsere Söhne verstehen das nicht.« Er hielt inne. »Ich wollte mich außerdem dafür bedanken, daß Sie Cross zu Ihrem *bruglione* im Westen gemacht haben, während ich fort bin. Er wird Sie nicht enttäuschen.«

»Das weiß ich«, sagte der Don. »Ich vertraue ihm ebenso wie dir. Er ist intelligent, und seine Empfindlichkeit ist die der Jugend. Die Zeit wird sein Herz verhärten.«

Sie aßen ein Dinner, das von einer der Frauen gekocht und serviert worden war, deren Ehemänner in der Enklave arbeiteten. Weil sie die Schale mit dem geriebenen Parmesan für den Don vergessen hatte, ging Pippi in die Küche, um die Reibe zu holen, und brachte dem Don die Schale herein. Mit großer Sorgfalt rieb er den Käse in die Schale und sah dann zu, wie der Don seinen riesigen Silberlöffel in den gelblichen Käseberg tauchte, ihn in den Mund schob und dann einen Schluck aus seinem Glas mit kräftigem, selbstgekeltertern Wein trank. Welch ein Mann, dachte Pippi. Über achtzig Jahre alt, und kann noch immer nicht nur den Tod eines Sünders anordnen, sondern auch diesen schwer verdaulichen Käse essen und diesen sauren Wein dazu trinken. Beiläufig erkundigte er sich: »Ist Rose Marie im Haus? Ich hätte mich gern von ihr verabschiedet.«

»Sie hat einen ihrer blöden Anfälle«, erklärte Giorgio. »Gott sei Dank hat sie sich in ihrem Zimmer eingeschlossen, sonst könnten wir hier jetzt nicht in Ruhe sitzen und essen.«

»Ach«, sagte Pippi, »ich hatte immer gedacht, daß es ihr mit der Zeit bessergehen würde.«

»Sie denkt zuviel«, sagte der Don. »Sie liebt ihren Sohn Dante zu sehr. Sie will einfach nicht verstehen. Die Welt ist so, wie sie ist, und jeder ist so, wie er ist.«

»Pippi«, fragte Giorgio glattzüngig, »wie schätzt du Dante nach diesem Ballazzo-Auftrag ein? Hat der Junge Nerven gezeigt?«

Pippi zuckte die Achseln und schwieg. Der Don stieß ein kurzes Knurren aus und musterte ihn scharf. »Du kannst offen reden«, sagte der Don. »Giorgio ist sein Onkel, und ich bin sein Großvater. Wir sind alle blutsverwandt und dürfen einander kritisieren.«

Pippi hörte auf zu essen und sah den Don und Giorgio

offen an. Fast ein wenig bedauernd, antwortete er: »Dante hat einen blutigen Mund.«

Das sagte man in ihren Kreisen von einem Mann, der in seiner Brutalität zu weit ging, ein Hinweis auf wahre Bestialität bei der Arbeit. Und das war bei den Clericuzios strengstens verboten.

Giorgio lehnte sich in seinem Stuhl zurück. »Großer Gott«, sagte er. Der Don warf Giorgio für diese Blasphemie einen mißbilligenden Blick zu; dann winkte er Pippi, er solle fortfahren. Der schien nicht überrascht zu sein.

»Er war ein guter Schüler«, sagte Pippi. »Er besitzt das richtige Temperament und die erforderliche Körperkraft. Er ist sehr flink, und er ist intelligent. Aber er genießt seine Arbeit zu sehr. Er hat sich mit den Ballazzos zuviel Zeit gelassen. Er hat zehn Minuten mit ihnen gesprochen, bevor er die Frau erschoß. Und dann wartete er noch einmal fünf Minuten, bis er Ballazzo selbst erschoß. Das ist nicht nach meinem Geschmack, aber viel wichtiger ist, daß man nie sagen kann, wann so etwas zu gefährlich wird, manchmal zählt jede Minute. Bei anderen Jobs war er ebenfalls unnötig grausam, ein Schritt zurück in die alten Zeiten, als man es für clever hielt, Männer an Fleischerhaken zu hängen. Ich möchte nicht weiter ins Detail gehen.«

Giorgio sagte verärgert: »Das kommt daher, daß dieser Winzling von einem Neffen so klein ist. Ein richtiger Scheißzwerg ist der. Und dann diese beschissenen Mützen. Wo zum Teufel kriegt er die her?«

»Genau daher, wo die Schwarzen ihre Mützen herkriegen«, antwortete der Don gutgelaunt. »Als ich in Sizilien heranwuchs, hat jeder irgendeine komische Mütze getragen. Wer weiß, warum? Wen kümmert's? Und jetzt hört auf, Unsinn zu reden. Ich habe auch komische Mützen getragen. Liegt womöglich in der Familie. Die Mutter setzt ihm alle möglichen Flausen in den Kopf, seit er klein ist. Sie hätte wieder heiraten sollen. Witwen sind wie Spinnen. Sie spinnen zuviel.«

»Aber er ist gut in seinem Job«, entgegnete Giorgio betont.

»Besser, als Cross jemals werden könnte«, bestätigte Pippi diplomatisch. »Aber manchmal habe ich das Gefühl, daß er genauso verrückt ist wie seine Mutter.« Er hielt inne. »Manchmal macht er mir sogar angst.«

Der Don aß einen Löffel Käse und trank einen Schluck Wein. »Giorgio«, sagte er, »du wirst deinen Neffen belehren und ihm seine Fehler austreiben. Sie könnten eines Tages für alle in der Familie gefährlich werden. Aber laß ihn nicht wissen, daß der Befehl von mir kommt. Er ist zu jung, und ich bin zu alt; ich möchte ihn nicht beeinflussen.«

Pippi und Giorgio wußten, daß das eine Lüge war, aber sie wußten auch, daß der Alte gute Gründe hatte, wenn er seine Einmischung nicht bekanntmachen wollte. In diesem Moment hörten sie über sich Schritte, dann kam jemand die Treppe herab. Rose Marie betrat das Eßzimmer.

Bekümmert erkannten die drei Männer, daß sie einen ihrer Anfälle hatte. Die Haare standen ihr wirr vom Kopf, ihr Make-up war verschmiert, ihre Kleidung ungeordnet. Am schlimmsten aber war: Ihr Mund stand offen, und kein Wort kam heraus. Um ihre fehlende Sprache zu ersetzen, benutzte sie ihren Körper und ihre gestikulierende Hand. Ihre Gesten waren verblüffend lebendig, eindrucksvoller sogar als Worte. Sie haßte sie alle, wünschte, sie wären tot, wünschte, ihre Seelen schmorten auf ewig im Höllenfeuer. An ihrem Essen ersticken sollten sie, blind werden vom Wein, die Schwänze sollten ihnen abfallen, wenn sie mit ihren Frauen schliefen. Dann griff sie sich Giorgios Teller und Pippis Teller und schmetterte beide heftig zu Boden.

Das alles wurde jetzt geduldet, aber als sie, vor Jahren, ihren ersten Anfall bekam und dem Teller des Don dieselbe Behandlung zuteil werden ließ, hatte er sie für drei Monate in ein Sanatorium verbannt. Selbst jetzt legte der Don hastig den Deckel auf seine Käseschale, denn ihr schäumender Speichel flog reichlich. Dann war plötzlich alles vorbei, und sie wurde erstaunlich still und wandte sich an Pippi. »Ich wollte dir Lebewohl sagen. Ich hoffe, daß du in Sizilien stirbst.«

Pippi empfand überwältigendes Mitleid mit ihr. Er stand auf und nahm sie in die Arme. Sie leistete keinen Widerstand. Er küßte sie auf die Wange; dann sagte er: »Ich möchte lieber in Sizilien sterben als nach Hause kommen und dich so wiedersehen.« Sie riß sich von ihm los und lief die Treppe hinauf.

»Wie überaus rührend«, bemerkte Giorgio höhnisch. »Aber du mußt so was ja auch nicht jeden Monat mit ihr durchmachen.« Dabei grinste er, aber sie wußten alle, daß Rose Marie über die Wechseljahre hinaus war, und außerdem hatte sie ihre Anfälle öfter als nur einmal im Monat.

Der Don schien sich am wenigsten über den Anfall seiner Tochter zu ärgern. »Es wird ihr bessergehen, oder sie wird sterben«, sagte er. »Wenn nicht, werde ich sie wegschikken.«

Dann wandte er sich an Pippi. »Ich werde dir Bescheid sagen, wenn du aus Sizilien zurückkommen kannst. Genieß die Ruhepause, wir werden alle nicht jünger. Aber halte die Augen offen für neue Männer, die für die Enklave rekrutiert werden können. Das ist wichtig. Wir brauchen Männer, auf deren Treue wir uns verlassen können, denen die *omertà* im Blut liegt, die nicht so sind wie die Lumpen, die hier im Land geboren sind und ein gutes Leben führen, aber nicht dafür bezahlen wollen.«

Während Pippi am folgenden Tag nach Sizilien unterwegs war, wurde Dante in die Residenz von Quogue befohlen, um dort das Wochenende zu verbringen. Am ersten Tag ließ Giorgio zu, daß Dante seine gesamte Zeit mit Rose Marie verbrachte. Es war rührend, mit anzusehen, wie sehr sie einander zugetan waren; wenn er bei seiner Mutter war, schien Dante ein ganz anderer Mensch zu sein. Er trug keine seiner seltsamen Mützen, er unternahm mit ihr Spaziergänge über das Grundstück, er ging mit ihr essen. Er umsorgte sie wie ein französischer Kavalier aus dem achtzehnten Jahrhundert. Wenn sie in hysterische Tränen ausbrach, wiegte er sie in den Armen, und sie bekam nicht einen ihrer gewohnten Anfälle. Dabei sprachen sie ständig in leisem, vertraulichem Ton miteinander.

Am Abend half Dante Rose Marie beim Tischdecken, rieb den Käse für den Don und leistete ihr in der Küche Gesellschaft. Sie kochte sein Lieblingsessen, Penne mit Broccoli, und anschließend Lammbraten mit Speck und Knoblauch.

Giorgio war immer wieder verblüfft über die enge Bindung zwischen dem Don und Dante. Dante gab sich fürsorglich, löffelte dem Don Penne und Broccoli auf den Teller und putzte und polierte betont den großen Silberlöffel, den er für den geriebenen Parmesan benutzte. Dante neckte den Alten sogar. »Großvater«, sagte er, »wenn du neue Zähne hättest, müßten wir diesen Käse nicht reiben. Die Zahnärzte leisten heutzutage hervorragende Arbeit, sie können dir sogar Stahl in die Kiefer pflanzen. Ein Wunder!«

Der Don erwiderte die Witzelei. »Ich möchte, daß meine Zähne mit mir zusammen sterben«, entgegnete er. »Und für Wunder bin ich zu alt. Warum sollte Gott auf einen Uralten wie mich ein Wunder verschwenden?«

Da Rose Marie sich für ihren Sohn schön gemacht hatte, waren wieder Spuren ihrer früheren Schönheit an ihr zu entdecken. Sie schien sich zu freuen, mit ihrem Vater und ihrem Sohn auf einer so familiären Ebene zusammenzusein. Diese Freude überstrahlte ihre sonst immer so ängstliche Miene.

Auch Giorgio war zufrieden. Es freute ihn, daß seine Schwester glücklich war. Sie war nicht mehr so enervierend, und sie konnte besser kochen. Sie starrte ihn nicht mit vorwurfsvollen Blicken an, und sie wurde nicht von einem ihrer Anfälle heimgesucht.

Als der Don und Rose Marie zu Bett gegangen waren, ging Giorgio mit Dante ins Herrenzimmer. Denn in diesem Raum gab es weder Telefon noch Fernseher und keinerlei Verbindungen mit den anderen Teilen des Hauses. Und er hatte eine sehr dicke Tür. Jetzt war er mit zwei schwarzen Ledersofas und schwarzen Ledersesseln möbliert. Es gab immer noch einen Whiskeyschrank und eine kleine Hausbar mit einem kleinen Kühlschrank und Gläsern in einem Regal. Auf dem Tisch stand eine Kiste Havannazigarren. Und immer noch war es ein Raum ohne Fenster, der an eine kleine Höhle erinnerte.

Dantes Gesicht, viel zu verschlagen und interessant für einen so jungen Mann, verursachte Giorgio immer wieder Unbehagen. Sein Blick war zu listig-schlau, und Giorgio fand es irritierend, daß er so klein war.

Giorgio schenkte für beide Drinks ein und setzte eine der Havannas in Brand. »Gott sei Dank trägst du in Gegenwart deiner Mutter nicht eine von deinen verrückten Mützen«, sagte er. »Warum trägst du sie überhaupt?«

»Weil es mir so gefällt«, antwortete Dante. »Und um dich, Onkel Petie und Onkel Vincent auf mich aufmerksam zu machen.« Er legte eine kleine Pause ein; dann sagte er mit verschmitztem Grinsen: »Sie machen mich größer.« Das stimmt, dachte Giorgio, mit diesen Mützen sieht er besser aus. Sie schmeicheln seinem Frettchengesicht, und wenn er keine Mütze trägt, wirken seine Züge seltsam unkoordiniert.

»Du solltest sie nicht bei deinen Jobs tragen«, sagte Giorgio. »Man kann dich viel zu leicht identifizieren.«

»Tote reden nicht«, entgegnete Dante. »Und ich werde jeden töten, der mich bei einem Job zu Gesicht bekommt.«

»Hör auf, mich zu bescheißen, Neffe«, mahnte Giorgio. »Das ist nicht gut. Es ist ein Risiko. Und die Familie duldet keine Risiken. Aber etwas anderes: Es heißt, daß du einen blutigen Mund hast.«

Zum erstenmal reagierte Dante aufgebracht und wirkte unvermittelt todgefährlich. Er stellte sein Glas ab; dann sagte er: »Weiß Großvater davon? Kommt das hier von ihm?«

»Der Don weiß nichts davon«, log Giorgio. Er war ein äußerst geschickter Lügner. »Und ich werde ihm auch nichts sagen. Du bist sein Liebling; es würde ihm Kummer bereiten. Aber ich befehle dir hier und jetzt: Keine Mützen mehr bei einem Job, und sieh zu, daß dein Mund sauber bleibt. Du bist jetzt der oberste Hammer der Familie, aber du genießt deine Aufgaben zu sehr. Das ist gefährlich und verstößt gegen die Regeln des Clans.«

Dante schien ihn nicht zu hören. Er dachte offensichtlich nach, denn dann kehrte plötzlich sein Lächeln zurück. »Das muß Pippi dir verraten haben«, sagte er freundlich.

»Ja«, antwortete Giorgio kurz und hart. »Und Pippi ist der Beste. Wir haben dich Pippi zugeteilt, damit du lernst, wie so etwas auf die richtige Art und Weise erledigt wird. Und weißt du auch, warum er der Beste ist? Weil er ein gutes Herz hat. Er tut es niemals, weil es ihm Spaß macht.«

Auf einmal flippte Dante aus. Er bog sich vor Lachen. Er krümmte sich auf dem Sofa, bis er auf den Boden hinunterrollte. Giorgio beobachtete ihn verdrossen; der ist genauso verrückt wie seine Mutter, dachte er. Schließlich rappelte sich Dante auf, trank einen großen Schluck aus seinem Glas und sagte mit forcierter Munterkeit: »Jetzt willst du also behaupten, daß ich kein gutes Herz habe?«

»Ganz recht«, antwortete Giorgio. »Du bist mein Neffe, aber ich weiß genau, was du sonst noch bist. Du hast zwei Männer bei einer Art persönlicher Auseinandersetzung getötet, ohne das Okay der Familie zu haben. Der Don wollte nichts gegen dich unternehmen, er wollte dich nicht einmal zurechtweisen. Dann hast du ein Chorusgirl umgebracht, das du seit einem Jahr gebumst hast. Aus Wut. Du hast ihr eine Kommunion verpaßt, damit die Polizei sie nicht finden konnte. Und sie wurde auch nicht gefunden. Und nun hältst du dich für einen ungeheuer cleveren kleinen Mistkerl, aber die Familie hat alle Beweise zusammengetragen und dich für schuldig erklärt, obwohl du vor Gericht niemals verurteilt worden wärst.«

Auf einmal wurde Dante still. Nicht aus Angst, sondern aus Berechnung. »Weiß der Don alles über diesen Scheiß?«

»Ja«, sagte Giorgio. »Aber du bist immer noch sein Liebling. Er sagt, wir sollen es durchgehen lassen, weil du noch so jung bist. Er meint, du würdest schon lernen. Ich möchte nicht zu ihm gehen mit dieser Sache wegen dem blutigen Mund, er ist zu alt. Du bist sein Enkel, deine Mutter ist seine Tochter. Es würde ihm das Herz brechen.«

Wieder lachte Dante auf. »Der Don hat also ein Herz, ja? Pippi De Lena hat ein Herz. Cross hat das Herz eines Feiglings, meine Mutter hat ein gebrochenes Herz. Aber ich habe kein Herz, wie? Was ist denn mit dir, Onkel Giorgio? Hast du ein Herz?«

»Aber sicher«, antwortete Giorgio. »Und das schlägt immer noch für dich.«

»Also bin ich der einzige, der kein beschissenes Herz hat, wie?« fragte Dante. »Ich liebe meine Mutter und meinen Großvater, aber die beiden hassen einander. Mein Großvater liebt mich immer weniger, je älter ich werde. Du und Vinnie und Petie, ihr mögt mich nicht, obwohl wir Blutsverwandte sind. Glaubst du, ich weiß das alles nicht? Aber ich liebe euch alle immer noch, obwohl ihr mich weit weniger mögt als diesen beschissenen Pippi De Lena. Glaubst du wirklich, ich hätte nicht wenigstens ein bißchen Verstand?«

Giorgio wunderte sich über diesen Ausbruch. Aber er war auch beunruhigt, weil einige Wahrheiten darin steckten. »Was den Don betrifft, so liegst du falsch; er mag dich mindestens ebensosehr wie du ihn. Genauso wie Petie, Vincent und ich. Haben wir dich nicht immer mit allem Respekt der Familie behandelt? Gewiß, der Don ist ein bißchen zurückhaltend, aber der Mann ist alt! Und was mich betrifft, so versuche ich dich nur zu deiner eigenen Sicherheit ein bißchen zu warnen. Du arbeitest auf einem gefährlichen Gebiet, du mußt ganz einfach vorsichtig sein. Und darfst dich auf gar keinen Fall von persönlichen Gefühlen beeinflussen lassen. Das würde zur Katastrophe führen.«

»Wissen Vinnie und Pete von all diesem Scheiß?« fragte Dante.

»Nein«, antwortete Giorgio. Eine weitere Lüge. Auch Vincent hatte mit Giorgio über Dante gesprochen. Petie nicht, aber Petie war der geborene Meuchelmörder. Doch selbst er hatte seinem Unbehagen über Dante Ausdruck verliehen.

»Gibt es noch andere Beschwerden über die Art, wie ich meine Arbeit verrichte?« fragte Dante.

»Nein«, antwortete Giorgio. »Und nimm das alles nicht so schwer. Ich berate dich als dein Onkel. Aber auf Grund meiner Position in der Familie erteile ich dir folgenden Befehl: Von heute an wirst du nie wieder eine Kommunion oder Konfirmation anordnen, ohne dir das Okay der Familie eingeholt zu haben. Kapiert?«

»Okay«, sagte Dante. »Aber ich bin immer noch der Hammer Nummer eins – oder?«

»Bis Pippi von seiner kleinen Urlaubsreise zurückkehrt«, schränkte Giorgio ein. »Hängt alles von deiner Arbeit ab.«

»Falls es dich tröstet, werde ich den Spaß an meiner Arbeit einschränken«, sagte Dante. »Okay?« Dabei schlug er Giorgio liebevoll auf die Schulter.

»Gut«, antwortete Giorgio. »Morgen abend wirst du deine Mutter zum Essen ausführen. Ihr Gesellschaft leisten. Das wird deinem Großvater gefallen.«

»Aber sicher«, sagte Dante.

»Eines von Vincents Restaurants liegt draußen, in der Nähe von East Hampton«, sagte Giorgio. »Dahin wirst du mit deiner Mutter fahren.«

»Geht es ihr schlechter?« fragte Dante unvermittelt.

Giorgio zuckte die Achseln. »Sie kann die Vergangenheit nicht vergessen. Sie klammert sich an alte Geschichten, die sie besser vergessen sollte. Der Don sagt immer: ›Die Welt ist so, wie sie ist, und wir sind, was wir sind‹, sein altes Sprichwort. Aber das kann sie einfach nicht akzeptieren.« Er legte Dante liebevoll den Arm um die Schultern. »Und jetzt wollen wir dieses kleine Gespräch vergessen. Ich hasse es, so reden zu müssen.« Als hätte der Don ihm das nicht ausdrücklich aufgetragen.

Nachdem Dante am Montag morgen abgereist war, berichtete Giorgio dem Don ausführlich über das Gespräch. Der Don seufzte. »Dabei war er ein so niedlicher kleiner Junge! Was ist bloß mit ihm passiert?«

Giorgio besaß eine einzige gute Eigenschaft: Wenn er es wirklich wollte, sagte er seine Meinung – selbst seinem Vater, dem großen Don persönlich. »Er hat zuviel mit seiner Mutter geredet. Und er hat schlechtes Blut.« Danach blieben sie beide eine Zeitlang stumm.

»Und wenn Pippi zurückkommt – was machen wir dann mit deinem Enkel?« fragte Giorgio.

»Ich finde trotz allem, daß Pippi in den Ruhestand treten sollte«, sagte der Don. »Dante muß Gelegenheit haben, zum Ersten aufzusteigen, schließlich ist er ein Clericuzio. Pippi wird als Berater für seinen Sohn als *bruglione* im Westen arbeiten. Falls nötig, kann er jederzeit auch Dante beraten. Auf diesem Gebiet hat keiner eine umfassendere Erfahrung als er. Wie er im Fall der Santadios bewiesen hat. Aber er sollte seine letzten Jahre in Frieden verbringen dürfen.«

»Der Hammer emeritus«, sagte Giorgio leise. Aber der Don gab vor, die sarkastische Bemerkung nicht verstanden zu haben.

Stirnrunzelnd sagte er zu Giorgio: »Nicht mehr lange, und du wirst meine Pflichten übernehmen müssen. Eines darfst du nie vergessen: Oberstes Ziel muß immer sein, daß die Clericuzios eines Tages Teil der Gesellschaft werden, daß die Familie niemals ausstirbt. So schwer die Wahl auch manchmal fallen mag.«

Damit gingen sie auseinander. Aber es sollte zwei Jahre dauern, bis Pippi aus Sizilien zurückkehrte, während der Mord an den Ballazzos im Sumpf der Bürokratie versank. In einem von den Clericuzios geschaffenen Sumpf.

Fünftes Buch

Las Vegas
Hollywood
Quogue

7. Kapitel

Cross De Lena empfing seine Schwester Claudia und Skippy Deere im Manager-Penthouse des Hotels Xanadu. Deere staunte immer wieder über den Unterschied zwischen den Geschwistern. Claudia, nicht unbedingt hübsch, aber dennoch so anmutig, und Cross, auf konventionelle Art gutaussehend mit seinem schlanken und doch athletischen Körper: Claudia, von Natur aus liebenswert, und Cross, auf seine steife Art umgänglich und distanziert. Es besteht ein Unterschied zwischen liebenswürdig und umgänglich, dachte Deere. Das eine liegt in den Genen, das andere ist angelernt.

Claudia und Skippy Deere saßen auf der Couch, Cross den beiden gegenüber. Nachdem ihm Claudia die Situation im Zusammenhang mit Boz Skannet erklärt hatte, beugte sie sich eifrig vor und sagte: »Bitte, Cross, hör mir zu. Es geht jetzt nicht nur ums Geschäft. Athena ist meine beste Freundin. Und sie ist wirklich einer der besten Menschen, die ich kenne. Als ich Hilfe brauchte, hat sie mir geholfen. Und die Gefälligkeit, um die es sich hier handelt, ist für mich die wichtigste, um die ich dich jemals gebeten habe. Wenn du Athena aus dieser verzweifelten Lage hilfst, werde ich dich nie wieder um etwas bitten.« Dann wandte sie sich an Skippy Deere. »Die Geldfrage kannst du Cross besser erklären.«

Deere pflegte stets in die Offensive zu gehen, bevor er andere um etwas bat. Also sagte er zu Cross: »Ich komme jetzt schon seit über zehn Jahren in Ihr Hotel. Wieso haben Sie mir noch nie eine von den Villen gegeben?«

Cross lachte. »Weil sie immer voll besetzt waren.«

»Dann werfen Sie doch jemanden raus«, verlangte Deere.

»Mach' ich«, antwortete Cross. »Sobald ich eine Gewinnabrechnung von Ihren Filmen in Händen habe und sehe, daß Sie beim Baccarat zehn Riesen auf den Tisch legen.«

»Ich bin seine Schwester«, warf Claudia ein, »und habe auch noch nie eine Villa bekommen. Hör auf, rumzumosern, Skippy, und erklär ihm endlich das Geldproblem.«

Als Deere endete, sagte Cross, von einem Block ablesend, auf dem er sich Notizen gemacht hatte: »Lassen Sie mich das rekapitulieren: Wenn diese Athena nicht an ihre Arbeit zurückkehrt, werden Sie und das Studio fünfzig Millionen in bar plus zweihundert Millionen an voraussichtlichen Gewinnen verlieren. Aber sie will nicht an die Arbeit zurückkehren, weil sie so große Angst vor einem Ex-Ehemann namens Boz Skannet hat. Sie könnten ihm viel Geld bieten, aber auch dann wird sie nicht an die Arbeit zurückkehren, weil sie der Meinung ist, daß niemand ihn aufhalten kann. Ist das richtig so?«

»Ja«, antwortete Deere. »Während der Arbeit an diesem Film werden wir sie besser beschützen als den Präsidenten der Vereinigten Staaten, das haben wir ihr fest versprochen. Sogar schon jetzt lassen wir diesen Skannet rund um die Uhr überwachen. Vierundzwanzig Stunden am Tag. Aber sie denkt gar nicht daran, ihre Arbeit wiederaufzunehmen.«

»Ich sehe da wirklich kein Problem«, sagte Cross.

»Der Mann kommt aus einer politisch einflußreichen Familie in Texas«, erklärte Deere. »Und er ist ein wirklich harter Brocken. Ich habe versucht, unsere Sicherheitsleute auf ihn anzusetzen und Druck auf ihn auszuüben ...«

»Welche Sicherheitsagentur beschäftigen Sie?« erkundigte sich Cross.

»Pacific Ocean Security«, antwortete Deere.

»Warum kommen Sie dann zu mir?« fragte Cross.

»Weil Ihre Schwester meint. Sie könnten uns helfen«, sagte Deere. »Es war nicht meine Idee.«

Cross wandte sich an seine Schwester. »Wie kommst du darauf, daß ich helfen könnte, Claudia?«

Claudia verzog unangenehm berührt das Gesicht. »Ich hab' schon öfter erlebt, daß du bei der Lösung von Problemen geholfen hast, Cross. Deine Überredungskunst ist einzigartig, und du scheinst immer eine Lösung zu finden.« Sie schenkte ihm ein kindliches Grinsen. »Außerdem bist du mein älterer Bruder, und ich habe volles Vertrauen zu dir.«

Cross seufzte. Dann sagte er: »Immer diese Süßholzraspelei!« Deere bemerkte, welche selbstverständliche Zuneigung zwischen den beiden bestand.

Eine Zeitlang schwiegen alle drei. Dann sagte Deere: »Eigentlich sind wir auf gut Glück hergekommen, Cross. Aber wenn Sie eine weitere Geldanlage suchen, hätte ich da ein geplantes Projekt anzubieten, das mehr als gut ist.«

Cross sah zunächst Claudia an, dann Deere; dann sagte er nachdenklich: »Erst möchte ich diese Athena kennenlernen, Skippy. Dann kann ich vielleicht all Ihre Probleme lösen.«

»Gott sei Dank!« sagte Claudia erleichtert. »Wir können gleich morgen fliegen – alle zusammen.« Glücklich fiel sie ihm um den Hals.

»Okay«, sagte Deere, der jetzt schon überlegte, wie er Cross dazu bringen konnte, einen Teil seiner Verluste an *Messalina* zu übernehmen.

Am Tag darauf flogen sie nach Los Angeles. Claudia hatte

Athena überredet, sie zu empfangen, dann hatte Deere den Telefonhörer übernommen. Das Gespräch hatte ihn überzeugt, daß Athena niemals zu ihrer Arbeit am Film zurückkehren würde. Das versetzte ihn in Wut, und um sie zu vergessen, überlegte er während des Fluges, wie er Cross dazu bewegen könnte, ihm eine seiner verdammten Villen zu geben, wenn er das nächste Mal nach Las Vegas käme.

Die Malibu Colony, in der Athena Aquitane wohnte, war ein ungefähr vierzig Minuten nördlich von Beverly Hills und Hollywood gelegener Strandabschnitt. Die Colony umfaßte zwar etwas mehr als einhundert Wohnsitze, jeder einzelne im Wert von drei bis sechs Millionen Dollar, wirkte von außen jedoch eher heruntergekommen und ungepflegt. Jedes Haus war von einem Zaun umgeben und zuweilen mit dekorativen Toren bestückt.

Der einzige Zugang zur Colony selbst bestand aus einer Privatstraße, geschützt von schwenkbaren Schlagbäumen, die von Sicherheitsleuten in einem Torhaus bedient wurden. Das Sicherheitspersonal kontrollierte sämtliche Besucher per Telefon oder Checkliste. Die Bewohner besaßen spezielle Autoaufkleber, die wöchentlich ausgetauscht wurden. Cross bezeichnete dies als »lästige«, aber kaum ernst zu nehmende Schutzmaßnahme.

Die Männer der Pacific Ocean Security, die Athenas Haus bewachten, waren von ganz anderem Kaliber. Sie waren uniformiert, bewaffnet und schienen körperlich topfit.

Die Besucher betraten Athenas Haus von einem Gehweg aus, der parallel zum Strand verlief. Hier waren zusätzliche Sicherheitsmaßnahmen installiert, von Athenas Sekretärin überwacht, die sie nun von einem kleinen, nahe gelegenen Gästehaus aus per Summer einließ.

Drinnen trafen sie auf zwei weitere Männer in den Uniformen der Pacific Ocean und einen dritten direkt vor der Haustür. Am Gästehaus vorbei ging es durch einen langgestreckten Garten mit Blumen und Zitronenbäumen, deren Duft die Salzluft würzte. Schließlich erreichten sie das Haupthaus, von dem aus man auf den Pazifik hinaussehen konnte.

Ein zierliches südamerikanisches Dienstmädchen ließ sie ein und führte sie durch eine weitläufige Küche bis in ein Wohnzimmer, das aufs Meer hinausging – ein Raum mit Bambusmöbeln, Glastischen und tiefseegrünen Sofas. Das Dienstmädchen führte sie weiter durch diesen Raum zu einer Glastür, die sich auf eine Terrasse mit Blick aufs Meer öffnete, eine breite und langgestreckte Terrasse mit Tischen, Stühlen und einem Trainingsrad, das silbern glänzte. Und dahinter lag blaugrün der weite Ozean, der sich bis zum Horizont erstreckte.

Als Cross De Lena Athena auf dieser Terrasse sah, verspürte er Angst. Athena war weitaus schöner als auf der Leinwand, und das war selten. Der Film vermochte weder ihre Farben noch die Tiefe der Augen und ihre grüne Farbe wiederzugeben. Sie bewegte sich, wie sich ein durchtrainierter Sportler bewegen würde: mit einer körperlichen Anmut, die natürlich wirkte. Ihre Haare, zu einer goldenen Bürste gestutzt, die bei jeder anderen Frau häßlich gewirkt hätte, vermochten ihre Schönheit noch zu krönen. Sie trug einen dunkelblauen Trainingsanzug, der ihre Körperformen kaschieren sollte, aber nicht konnte. Ihre Beine waren im Vergleich zum Rumpf lang, ihre Füße nackt, ihre Fußnägel nicht lackiert.

Am tiefsten aber beeindruckte ihn der intelligente Ausdruck auf ihrem Gesicht.

Athena begrüßte Skippy mit dem üblichen Kuß auf die Wange und Claudia mit einer herzlichen Umarmung. Cross reichte sie zur Begrüßung die Hand. In ihren Augen spiegelte sich das Wasser des Ozeans. »Ich habe schon viel von Ihnen gehört, durch Claudia«, sagte sie zu Cross. »Sie sind der schöne, geheimnisvolle Bruder, der den Lauf der Erde anhalten kann, wenn er es will.« Sie lachte vollkommen natürlich, es war alles andere als das Lachen einer eingeschüchterten Frau.

Cross empfand ein Gefühl von Glückseligkeit – einen anderen Ausdruck dafür gab es nicht. Ihre Stimme klang kehlig, bezaubernd dunkel wie ein Musikinstrument. Das Meer hinter ihr wirkte wie ein Rahmen für ihre feingeschnittenen Wangenknochen, für die Lippen, die auch ungeschminkt voll und von einem tiefen Weinrot waren, für die Intelligenz, die sie ausstrahlte. Unvermittelt dachte Cross an eine kurze Lektion, die ihm Gronevelt erteilt hatte. *Geld kann dir auf dieser Welt Sicherheit bieten – vor allem, nur nicht vor einer schönen Frau.*

Cross hatte in Las Vegas ebenso viele schöne Frauen kennengelernt wie in Los Angeles und Hollywood. In Las Vegas aber war die Schönheit nur Schönheit an sich, begleitet höchstens von einem Hauch Talent; viele dieser Schönheiten hatten in Hollywood versagt. In Hollywood war die Schönheit an Talent und – seltener – an künstlerische Größe gebunden. Von beiden Städten fühlten sich schöne Frauen der ganzen Welt angezogen. Und dann gab es noch jene Schauspielerinnen, die alle in den Schatten stellten.

Das waren die Frauen, die sich außer ihrem Charme und ihrer Schönheit noch eine gewisse ländliche Unschuld und Courage bewahrt hatten und Wißbegier hinsichtlich ihres Handwerks. Ihre Kunst verlieh ihnen eine gewisse Würde. Obwohl Schönheit in beiden Städten gängige Ware war, stiegen Hollywoods Göttinnen zu ihrem Olymp empor und ließen sich die Bewunderung der Welt zu Füßen legen. Zu diesen wenigen Göttinnen gehörte Athena Aquitane.

Cross wandte sich an Athena. »Wie Claudia mir sagte, sind Sie die schönste Frau der Welt«, sagte er kühl.

»Und was hat sie über meinen Verstand gesagt?« gab Athena ebenso kühl zurück.

Sie beugte sich über das Terrassengeländer und streckte als eine Art gymnastische Übung ein Bein nach hinten aus. Diese Bewegung, die bei jeder anderen Frau affektiert gewirkt hätte, sah bei ihr ganz natürlich aus. Ja, sie fuhr während des gesamten Gesprächs mit ihren Übungen fort, beugte ihren Körper vor- und rückwärts oder streckte ein Bein über das Geländer, während sie mit den Armen gelegentlich ein Wort unterstrich.

»Thena«, sagte Claudia, »du würdest doch nie auf die Idee kommen, daß wir verwandt sind, nicht wahr?«

»Niemals«, warf Skippy Deere ein.

Athena dagegen musterte sie beide und antwortete: »Ihr seid euch sehr ähnlich.« Und Cross merkte, daß sie es ernst meinte.

»Jetzt weißt du, warum ich sie mag«, sagte Claudia.

Athena hielt einen Moment in ihren Übungen inne und sagte zu Cross: »Man hat mir erklärt. Sie könnten mir helfen. Aber ich kann mir nicht vorstellen, wie.«

Cross versuchte, sie nicht anzustarren, versuchte, den Blick nicht auf das flammende Sonnengold ihrer Haare zu richten, das sich von dem Grün hinter ihr abhob. »Ich verstehe mich gut darauf, Menschen zu überzeugen«, sagte er. »Wenn es stimmt, daß Ihr Ehemann der einzige Grund ist, warum Sie nicht an Ihre Arbeit zurückkehren wollen, kann ich ihn vielleicht zu einem Kompromiß überreden.«

»Ich glaube kaum, daß Boz seinen Teil eines Handels einhalten würde«, gab Athena zurück. »Das Studio hat mit ihm schon einen Kompromiß ausgehandelt.«

Deere sagte mit einer Stimme, die er für gedämpft hielt:

»Aber Athena, Sie brauchen sich wirklich keine Sorgen zu machen, das versichere ich Ihnen.« Aus irgendeinem Grund aber klang das sogar in seinen eigenen Ohren nicht überzeugend. Er fuhr fort, sie alle aufmerksam zu beobachten. Er wußte, wie überwältigt Männer auf Athena reagierten; wenn sie wollten, konnten Schauspielerinnen die charmantesten Wesen der ganzen Welt sein. Aber bei Cross vermochte Deere keine Veränderung zu entdecken.

»Skippy will einfach nicht akzeptieren, daß ich aus einem Film aussteigen kann«, sagte Athena. »Er ist für ihn offenbar furchtbar wichtig.«

»Für Sie etwa nicht?« fuhr Deere verärgert auf.

Athena warf ihm einen kühlen Blick zu. »Das war einmal. Aber ich kenne Boz. Ich muß verschwinden, ein neues Leben beginnen.« Sie schenkte ihm ein verschmitztes Lächeln. »Ich kann mich überall durchschlagen.«

»Ich könnte mich mit Ihrem Mann verständigen«, meinte Cross. »Und ich kann Ihnen garantieren, daß er sich an unsere Abmachung hält.«

»Athena«, sagte Deere in vertraulichem Ton, »im Filmgeschäft gibt es Hunderte von Fällen wie diesen, Stars werden dauernd von Verrückten belästigt. Wir haben narrensichere Maßnahmen. Es besteht wirklich keine Gefahr.«

Athena setzte ihre Übungen fort und warf ein Bein hoch in die Luft. »Sie kennen Boz nicht«, entgegnete sie. »Ich schon.«

»Ist Boz der einzige Grund, warum Sie nicht an Ihre Arbeit zurückkehren wollen?« erkundigte sich Cross.

»Ja«, antwortete Athena. »Er wird mich bis an mein Lebensende verfolgen. Sie können mich schützen, bis der Film abgedreht ist. Aber was dann?«

»Es ist mir bisher noch immer gelungen, einen Kompromiß auszuhandeln. Ich werde ihm geben, was immer er verlangt.«

Athena hielt mit ihrer Gymnastik inne. Zum ersten Mal sah sie Cross direkt in die Augen. »Ich werde mich nie auf einen Handel verlassen, dem Boz zustimmt«, sagte sie. Und wandte sich endgültig ab.

»Es tut mir leid, daß ich Ihre Zeit verschwendet habe«, sagte Cross.

»Ich habe meine Zeit nicht verschwendet«, entgegnete Athena lässig. »Ich habe meine Übungen absolviert.« Dann sah sie ihm abermals in die Augen. »Ich danke Ihnen für Ihre Mühe. Ich versuche ganz einfach nur so furchtlos zu wirken wie in einem von meinen Filmen. In Wirklichkeit habe ich Todesangst.« Gleich darauf hatte sie sich jedoch wieder gefaßt und sagte: »Claudia und Skippy reden immer von Ihren berühmten Villen. Wenn ich nach Las Vegas komme – würden Sie mir eine als Versteck zur Verfügung stellen?«

Ihre Miene war ernst, doch ihre Augen blitzten. Sie wollte Claudia und Skippy ihre Macht über die Männer vorführen und erwartete von Cross eindeutig ein Ja, und sei es nur aus Ritterlichkeit.

Cross sah sie lächelnd an. »Die Villen sind normalerweise besetzt«, antwortete er ihr. Er hielt einen Augenblick inne, dann fuhr er fort: »Aber wenn Sie nach Las Vegas kommen, kann ich Ihnen garantieren, daß niemand Ihnen Schaden zufügen wird.«

Jetzt wandte Athena sich direkt an ihn. »Boz läßt sich von niemandem aufhalten. Es ist ihm egal, ob er erwischt wird. Was immer er vorhat, wird er in aller Öffentlichkeit ausführen, damit es alle sehen können.«

»Aber warum?« fragte Claudia ungeduldig.

Athena lachte. »Weil er mich einmal geliebt hat. Und weil sich mein Leben positiver entwickelt hat als das seine.« Einen Augenblick lang musterte sie ihre Besucher. »Ist es nicht furchtbar«, fragte sie, »daß sich zwei Menschen, die sich lieben, eines Tages so sehr hassen können?«

In diesem Moment wurden sie von dem südamerikanischen Dienstmädchen unterbrochen, das einen Herrn auf die Terrasse begleitete.

Der Mann war hochgewachsen, gutaussehend und modisch perfekt gekleidet. Er entschuldigte sich sogleich. »Sie hat mir nicht gesagt, daß Sie beschäftigt sind, Miss Aquitane«, sagte er. »Ich glaube, ich hab' sie mit meiner Marke eingeschüchtert.« Er zeigte sie ihnen. »Ich bin nur gekommen, um ein paar Informationen über den Zwischenfall neulich abend zu holen. Ich kann warten. Oder wiederkommen.«

Seine Worte klangen höflich, aber sein Blick war hart. Er sah flüchtig zu den beiden anderen Herren hinüber und sagte: »Hallo, Skippy.«

Skippy Deere war verärgert. »Ohne einen PR-Vertreter und einen Anwalt können Sie nicht mit ihr sprechen«, protestierte er. »Das dürften Sie doch wissen, Jim.«

Der Detective reichte Claudia und Cross die Hand und stellte sich vor: »Jim Losey.«

Die beiden wußten, wer er war. Der berühmteste Kriminalbeamte von Los Angeles, dessen Abenteuer sogar die Basis für eine Miniserie geliefert hatten. Außerdem war er in einigen Filmen in winzigen Rollen aufgetreten und stand sowohl auf Deeres weihnachtlicher Geschenk- wie auch auf seiner Kartenliste. Dies veranlaßte Deere zu dem Vorschlag: »Wenn Sie mich später anrufen, werde ich mit Ihnen auf angemessenem Weg ein Interview mit Miss Aquitane verabreden.«

Losey lächelte ihm herablassend zu und antwortete: »Aber gern, Skippy.«

Athena dagegen sagte: »Möglicherweise bin ich nicht

mehr lange hier. Warum fragen Sie mich nicht gleich? Es stört mich nicht.«

Losey hätte freundlich gewirkt, wäre da nicht die unablässige Wachsamkeit in seinem Blick gewesen und die sprungbereite Spannung in seiner Haltung, die er durch viele Jahre Arbeit als Detective erworben hatte.

»In Gegenwart von denen hier?« fragte er sie.

Athena verharrte regungslos, und von ihrem Charme war nichts geblieben, als sie ruhig entgegnete: »Zu ›denen‹ habe ich mehr Vertrauen als zu Ihrer Polizei.«

Losey nahm es gelassen. »Ich wollte Sie nur fragen, warum Sie die Klage gegen Ihren Ehemann zurückgezogen haben. Hat er Sie auf irgendeine Art bedroht?«

»Aber nein!« antwortete Athena verächtlich. »Er hat mir nur vor einem Millionenpublikum Wasser ins Gesicht gespritzt und dazu ›Säure‹ geschrien. Am Tag darauf war er auf Kaution schon wieder draußen.«

»Okay, okay«, sagte Losey und hob beschwichtigend beide Hände. »Ich dachte einfach, ich könnte helfen.«

»Rufen Sie mich später an, Jim«, warf Skippy Deere ein.

Das löste schrille Alarmglocken in Cross aus. Nachdenklich beobachtete er Deere, vermied es aber, Losey anzusehen. Und Losey vermied es, ihn anzusehen.

»Das werde ich«, sagte Losey. Auf einem der Sessel entdeckte er Athenas Handtasche und nahm sie in die Hand. »Die hab' ich am Rodeo Drive gesehen«, sagte er. »Zweitausend Dollar.« Dann sah er Athena an und fuhr mit verächtlicher Höflichkeit fort: »Vielleicht können Sie mir erklären, warum jemand für so etwas wie das hier soviel Geld bezahlt.«

Athenas Miene war wie versteinert. »Das ist eine beleidigende Frage«, sagte sie. »Verlassen Sie mein Haus.«

Losey verneigte sich vor ihr und ging. Er grinste zufrieden.

Er hatte genau den Eindruck hinterlassen, den er hinterlassen wollte.

»Du bist also doch menschlich«, sagte Claudia und legte Athena den Arm um die Schultern. »Warum bist du so wütend geworden?«

»Ich war nicht wütend«, entgegnete Athena. »Ich habe ihm etwas signalisiert.«

Nachdem die drei Besucher gegangen waren, fuhren sie von Malibu zum *Nate and Al's* in Beverly Hills. Wie Deere Cross gegenüber behauptete, war dies das einzige Restaurant westlich der Rocky Mountains, in dem man genießbare Pastrami, Corned beef und Hot dogs à la Coney Island bekam.

Beim Essen verkündete Skippy Deere nachdenklich: »Athena wird nicht zum Film zurückkehren.«

»Das hab' ich schon immer gewußt«, behauptete Claudia. »Ich verstehe bloß nicht, warum sie den Detective so schlecht behandelt hat.«

Deere lachte laut auf. »Haben Sie das verstanden?« fragte er Cross.

»Nein«, antwortete Cross.

»Eine der großen Legenden von Hollywood handelt davon, wie man als ein Nobody die Stars ins Bett kriegen kann. Also bei den männlichen Stars ist es offensichtlich, man sieht ja ständig, daß die Girlies sich beim Drehort und beim Beverly Wilshire Hotel rumtreiben. Bei den weiblichen Stars weniger ... irgendein Kerl, der bei denen im Haus arbeitet, ein Tischler, ein Gärtner, kann manchmal Glück haben, vielleicht ist sie gerade geil, ich persönlich habe auch diese Erfahrung gemacht. Aber das ist Bumsen unter Niveau und schadet der Karriere der weiblichen Stars. Es sei denn, natürlich, es handelt sich um Superstars. Wir Alten dagegen, die wir die Show kontrollieren, goutieren so etwas nicht. Verdammt noch mal, zählen Geld und Macht denn überhaupt nichts mehr?« Grinsend sah er die anderen an. »Nehmen wir zum Beispiel Jim Losey. Einen großen, gutaussehenden Kerl. Er hat tatsächlich Schwerverbrecher getötet und ist für Menschen, die in einer Phantasiewelt leben, ein Star. Das ist ihm bewußt. Und das nutzt er aus. Also versucht er einen weiblichen Star nicht zu bitten, sondern einzuschüchtern. Deswegen hat er diesen Knaller losgelassen. Mehr noch, deswegen ist er überhaupt herausgekommen. Das war sein Vorwand, um Athena kennenzulernen, und er hat sich wohl ausgerechnet, er könnte einen Versuch wagen. Diese beleidigende Frage war in Wirklichkeit die Erklärung, daß er mit ihr ins Bett steigen will. Und Athena hat ihn eiskalt abserviert.«

»Dann ist sie also die Jungfrau Maria?« fragte Cross.

»Für einen Filmstar ja«, antwortete Deere.

»Glauben Sie, daß sie das Studio reinlegen, daß sie nur versuchen will, mehr Geld rauszuschlagen?« fragte Cross unvermittelt.

»Auf diesen Gedanken würde sie niemals kommen«, entgegnete Claudia. »Sie ist hundertprozentig ehrlich.«

»Gibt es irgendwelche Rechnungen, die sie begleichen will?« fragte Cross.

»Ich glaube. Sie verstehen das Filmgeschäft nicht«, entgegnete Deere. »Erstens würde das Studio zulassen, daß sie es reinlegt. Das machen alle Stars. Und zweitens, wenn sie jemandem böse ist, würde sie das offen sagen. Sie ist absolut verrückt.« Er hielt einen Augenblick inne. »Sie haßt Bobby Bantz, und nach mir ist sie auch nicht unbedingt wild. Wir versuchen sie beide seit Jahren ins Bett zu kriegen, haben aber nie Glück damit gehabt.«

»Schade, daß du ihr nicht helfen kannst«, sagte Claudia zu Cross. Aber er antwortete ihr nicht.

Während der ganzen Fahrt von Malibu nach Las Vegas

hatte Cross angestrengt nachgedacht. Und sich gesagt, daß dies die Chance sei, auf die er gewartet hatte. Es würde zwar gefährlich werden, aber wenn er es richtig anpackte, würde er es endlich schaffen, sich von den Clericuzios zu lösen.

»Skippy«, sagte Cross, »ich möchte Ihnen und dem Studio einen Vorschlag machen. Ich möchte Ihren Film kaufen. Auf der Stelle. Ich gebe Ihnen die fünfzig Millionen, die Sie investiert haben, stelle das Geld zur Verfügung, das Sie brauchen, um den Film fertigzudrehen, und überlasse es dem Studio, ihn zu vermarkten.«

»Haben Sie hundert Millionen?« fragte Skippy Deere, und Claudia stellte dieselbe Frage.

»Ich kenne Leute, die das Geld haben«, antwortete Cross.

»Sie werden Athena nicht zurückholen können«, behauptete Deere. »Und ohne Athena gibt es keinen Film.«

»Ich habe schon einmal gesagt, daß ich gut darin bin, Menschen zu überzeugen«, sagte Cross. »Können Sie mir ein Gespräch mit Eli Marrion verschaffen?«

»Sicher«, antwortete Deere. »Allerdings nur, wenn Sie mich als Produzent des Films behalten.«

Das Gespräch war nicht so leicht zu arrangieren. Die LoddStone Studios, das heißt, Eli Marrion und Bobby Bantz, mußten davon überzeugt werden, daß Cross De Lena nicht einer von den großmäuligen Geschäftemachern war, sondern daß er sowohl über das Geld als auch über Bürgen verfügte. Fest stand, daß ihm ein Teil des Hotels Xanadu in Las Vegas gehörte, sonst aber besaß er nicht genügend Geld, um das vorgeschlagene Geschäft durchzuziehen. Deere wollte zwar für ihn bürgen, das entscheidende Argument aber war, daß Cross einen Kreditbrief über fünfzig Millionen Dollar vorlegte.

Auf den Rat seiner Schwester hin engagierte Cross De Lena Molly Flanders als seine Anwältin für dieses Geschäft.

Molly Flanders empfing Cross in ihrem höhlenartigen Büro. Cross war äußerst vorsichtig, ihm waren gewisse Dinge über sie bekannt. In der Welt, in der er sein bisheriges Leben verbracht hatte, war ihm noch nie eine Frau begegnet, die auf irgendeinem Gebiet Macht ausübte, und Claudia hatte ihm erzählt, Molly Flanders sei eine der mächtigsten Personen von Hollywood. Studio-Bosse nahmen ihre Anrufe entgegen, Spitzenagenten wie Melo Stuart suchten ihre Hilfe bei den wichtigsten Abschlüssen. Stars wie Athena Aquitane bedienten sich ihrer bei Auseinandersetzungen mit den Studios. Einmal hatte Flanders die Produktion einer Top-Miniserie im Fernsehen gestoppt, weil der Scheck ihres Klienten nicht pünktlich mit der Post eintraf.

Sie sah weit besser aus, als Cross erwartet hatte. Sie war füllig, aber wohlproportioniert und kleidete sich sehr geschmackvoll. Auf diesem Körper jedoch saß ein Kopf mit dem Gesicht einer elfenhaften, blonden Hexe, mit Adlernase, üppigem Mund und durchdringenden braunen Augen, die sich vor intensiver, intelligenter Kampflust zusammenzuziehen schienen. Ihre Haare hatte sie zu Zöpfen geflochten und als Kranz um den Kopf gelegt. Sie wirkte einschüchternd – bis sie lächelte.

Trotz all ihrer Härte war Molly Flanders für gutaussehende Männer durchaus empfänglich, und Cross gefiel ihr, sobald sie ihn sah. Sie war überrascht, denn eigentlich hatte sie erwartet, daß Claudias Bruder häßlich war. Außer diesem guten Aussehen entdeckte sie aber eine Kraft an ihm, die Claudia fehlte. Er wußte, daß die Welt keine Überraschungen für ihn bereithielt. Das sah man ihm an. Das alles konnte sie jedoch nicht davon überzeugen, Cross als Mandanten zu nehmen. Sie hatte Gerüchte über gewisse Verbindungen gehört, sie hatte nichts übrig für die Welt von Las Vegas, und sie bezweifelte, daß er wirklich fest entschlossen war, ein so horrendes Risiko einzugehen.

»Mr. De Lena«, sagte sie, »eines möchte ich klarstellen. Ich vertrete Athena Aquitane als Anwalt, nicht als Agent. Ich habe ihr die Folgen erklärt, die sie tragen muß, wenn sie auf ihrer Arbeitsverweigerung besteht. Und ich bin überzeugt, daß sie es tun wird. Wenn Sie jetzt also Ihr Geschäft mit dem Studio durchziehen und Athena noch immer nicht an die Arbeit zurückkehren will, werde ich sie vertreten, falls Sie gerichtlich gegen sie vorgehen.«

Cross musterte sie eingehend. Es war ihm unmöglich, diese Frau zu durchschauen. Also mußte er die meisten seiner Karten auf den Tisch legen. »Ich werde eine Erklärung unterzeichnen, daß ich Miss Aquitane nicht verklage, wenn ich den Film mache«, sagte er. »Und hier ist ein Scheck über zweihunderttausend Dollar, falls Sie mich nehmen. Nur für den Anfang. Später können Sie mir dann mehr in Rechnung stellen.«

»Moment, daß ich Sie recht verstehe«, sagte Molly. »Sie bezahlen dem Studio die fünfzig Millionen, die es bisher investiert hat. Auf die Hand. Sie stellen das Geld zur Verfügung, das zur Fertigstellung des Films erforderlich ist, mindestens weitere fünfzig Millionen. Also setzen Sie hundert Millionen darauf, daß Athena an die Arbeit zurückkehrt. Und überdies darauf, daß der Film ein Hit werden wird. Er könnte sich als Flop erweisen. Ich halte das für ein immenses Risiko.«

Wenn er wollte, konnte Cross sehr charmant sein. Aber er spürte, daß er bei dieser Frau damit nicht weiterkam. »Wie ich hörte, kann dieser Film bei den Auslandseinnahmen für Video- und TV-Verkäufe kein Geld verlieren, selbst wenn er ein Flop wird«, sagte er. »Das einzig wirkliche Problem besteht darin, Miss Aquitane wieder an die Arbeit zurückzuholen. Aber vielleicht können Sie mir ja dabei helfen.«

»Nein, kann ich nicht«, gab Molly sofort zurück. »Ich will Ihnen nichts vormachen. Ich hab's versucht und nichts erreicht. Und Eli Marrion meint, was er sagt. Er wird die Filmarbeiten abbrechen und den Verlust wegstecken, und dann wird er versuchen, Athena zu ruinieren. Aber das werde ich nicht zulassen.«

Cross war fasziniert. »Und wie wollen Sie das machen?«

»Marrion muß mit mir auskommen«, erklärte sie. »Er ist ein kluger Mann. Ich werde ihn vor Gericht bekämpfen, ich werde sein Studio bei jedem Geschäftsabschluß schädigen. Athena wird zwar nie wieder arbeiten können, aber ich werde nicht dulden, daß ihr der letzte Penny aus der Tasche gezogen wird.«

»Wenn Sie mich vertreten, können Sie sich das alles sparen«, sagte Cross. Damit zog er einen Umschlag aus der Innentasche seines Jacketts und reichte ihn ihr. Sie öffnete ihn und studierte den Inhalt; dann griff sie zum Telefon und vergewisserte sich durch mehrere Anrufe, daß der Scheck gedeckt war.

Sie sah Cross lächelnd an. »Ich will Sie damit nicht etwa kränken«, sagte sie. »Ich mache das auch bei den größten Filmproduzenten hier in der Stadt.«

»Wie Skippy Deere?« fragte Cross lachend. »Ich habe in sechs von seinen Filmen investiert; vier davon waren Hits, aber ich habe noch immer kein Geld daran verdient.«

»Weil ich Sie nicht vertreten habe«, entgegnete Molly. »Also, bevor ich zustimme, müssen Sie mir erklären, wie Sie es anstellen wollen, Athena an die Arbeit zurückzuholen.« Sie hielt inne. »Ich hab' da ein paar Gerüchte über Sie gehört.«

»Und ich über Sie«, konterte Cross. »Ich erinnere mich, daß Sie vor Jahren, als Sie noch Strafverteidigerin waren, einen jungen Mann in einem Mordfall vor einem Schuldspruch gerettet haben. Er hatte seine Freundin umgebracht, und Sie haben auf Unzurechnungsfähigkeit plädiert. Nach nicht mal einem ganzen Jahr lief er schon wieder frei herum.« Er machte eine kleine Pause, ließ sie bewußt seinen Ärger spüren. »Sein Ruf war Ihnen offenbar gleichgültig.«

Molly musterte ihn kühl. »Sie haben meine Frage nicht beantwortet.«

Cross sagte sich, daß eine Lüge mit Charme vorgetragen werden müsse. »Molly«, sagte er. »Darf ich Sie Molly nennen?« Als sie nickte, fuhr Cross fort: »Wie Sie wissen, leite ich ein Hotel in Las Vegas. Dort habe ich gelernt, daß Geld Wunder wirkt, daß man mit Geld jede Art von Angst verjagen kann. Also werde ich Athena fünfzig Prozent aller Einnahmen aus dem Film anbieten. Wenn Sie das Geschäft richtig rüberbringen und wir Glück haben, würde das dreißig Millionen für sie bedeuten.« Er wartete einen Moment; dann sagte er ernst: »Kommen Sie, Molly. Würden Sie für dreißig Millionen nicht auch ein Risiko eingehen?«

Molly schüttelte den Kopf. »Für Athena ist Geld wirklich nicht wichtig.«

»Ich frage mich nur, warum das Studio ihr dieses Geschäft nicht ebenfalls anbietet«, sagte Cross.

Jetzt lächelte ihm Molly zum ersten Mal zu. »Sie kennen die Filmstudios nicht«, sagte sie. »Die befürchten, daß sämtliche Stars denselben Trick anzuwenden versuchen, wenn sie einen Präzedenzfall schaffen. Aber machen wir weiter. Das Studio wird Ihr Angebot, glaube ich, annehmen, weil die allein mit dem Vertrieb des Films eine Menge Geld machen werden. Darauf werden sie bestehen. Außerdem werden sie einen Prozentsatz an den Einnahmen verlangen. Aber ich sage es Ihnen noch einmal: Athena wird Ihr Angebot nicht annehmen.« Sie hielt inne; dann sagte sie mit spöttischem

Lächeln: »Ich dachte, ihr Eigentümer aus Las Vegas meidet das Glücksspiel.«

Cross erwiderte ihr Lächeln. »Jeder versucht sich mal am Glücksspiel. Ich zum Beispiel, wenn die Prozentsätze stimmen. Und außerdem werde ich das Hotel verkaufen und meinen Lebensunterhalt im Filmgeschäft verdienen.« Er wartete eine Minute, damit sie in ihn hineinsehen und erkennen konnte, wie sehr er sich wünschte, Teil dieser Welt zu sein. »Ich finde das weit interessanter.«

»Aha«, sagte Molly. »Also ist das nicht nur eine flüchtige Laune.«

»Ein Fuß in der Tür«, erklärte Cross. »Sobald ich den drin habe, brauche ich Ihre Hilfe, um weiterzumachen.«

Das fand Molly belustigend. »Ich werde Sie vertreten«, sagte sie. »Aber was das Weitermachen betrifft, so wollen wir doch erst mal sehen, ob Sie diese hundert Millionen verlieren.«

Sie griff zum Telefon und sprach hinein. Dann legte sie auf und sagte zu Cross: »Wir haben einen Termin mit den Geschäftsführern, damit wir ihnen unsere Regeln darlegen können. Und Sie haben drei Tage Zeit, sich alles noch mal zu überlegen.«

Cross war beeindruckt. »Das haben Sie aber schnell hingekriegt«, sagte er staunend.

»Die, nicht ich«, gab Molly zurück. »Es kostet sie ein Vermögen, wenn sie bei diesem Film auf der Stelle treten.«

»Ich muß dies nicht sagen, das ist mir klar«, entgegnete Cross, »aber das Angebot, das ich Miss Aquitane machen werde, ist streng vertraulich und muß unter uns bleiben.«

»Das hätten Sie jetzt nicht zu sagen brauchen«, bestätigte Molly.

Sie reichten sich die Hand. Als Cross hinausgegangen war, fiel Molly etwas ein. Warum hatte Cross De Lena jenen so lange zurückliegenden Fall erwähnt, bei dem sie den jungen Mann rausgeboxt hatte, diesen berühmten Sieg für sie? Warum diesen speziellen Fall? Sie hatte noch viele andere Mörder rausgeboxt.

Drei Tage später trafen sich Cross De Lena und Molly Flanders, bevor sie zu den LoddStone Studios fuhren, in Mollys Büro, damit sie noch die Finanzunterlagen durchgehen konnten, die Cross zu der Besprechung mitnehmen wollte. Dann fuhren sie mit Mollys Mercedes 300 SL zu den Studios.

Als sie am Tor eingelassen wurden, sagte Molly zu Cross: »Sehen Sie sich den Parkplatz an. Ich geb' Ihnen für jeden amerikanischen Wagen, den Sie hier sehen, einen Dollar.«

Sie kamen an einem Meer von schnittigen Autos in allen Partien des Regenbogens vorbei, Mercedes, Aston Martin, BMW, Rolls-Royce. Cross entdeckte einen einzigen Cadillac und wies Molly darauf hin. »Irgendein armes Schwein von Autor aus New York«, erklärte Molly munter.

Die LoddStone Studios waren ein riesiges Areal mit verschiedenen kleinen Gebäuden, in denen unabhängige Produktionsfirmen arbeiteten. Das Hauptgebäude hatte nur zehn Stockwerke und wirkte wie eine Filmkulisse. Das Studio hatte sich die Atmosphäre der zwanziger Jahre bewahrt, in denen die Firma gegründet worden war. Inzwischen waren nur die absolut notwendigen Reparaturen vorgenommen worden. Das Ganze erinnerte Cross an die Enklave in der Bronx.

Die Büros im Verwaltungsgebäude des Studios waren klein und eng, bis auf den neunten Stock, in dem die Direktionssuiten von Eli Marrion und Bobby Bantz lagen. Zwischen den beiden Suiten befand sich ein riesiger Konferenzsaal mit Bar und Barkeeper an einem Ende und einer kleinen Küche neben der Bar. Rings um den Konferenztisch standen bequeme dunkelrote Armsessel. An der Wand hingen Poster von LoddStone-Filmen.

Dort warteten schon Eli Marrion, Bobby Bantz, Skippy Deere, der Chefsyndikus der Firma und zwei weitere Anwälte. Molly reichte dem Chefsyndikus die Finanzunterlagen, und die drei gegnerischen Juristen nahmen Platz, um sie aufmerksam zu lesen. Der Barkeeper brachte ihnen Drinks ihrer Wahl und verschwand. Skippy Deere übernahm es, die Herren vorzustellen.

Eli Marrion bestand darauf, daß Cross ihn beim Vornamen nannte. Dann erzählte er ihnen allen eine seiner Lieblingsgeschichten, die er häufig zu benutzen pflegte, um seine Gegner vor den Verhandlungen in Sicherheit zu wiegen. Sein Großvater, sagte Eli Marrion, habe die Firma Anfang der zwanziger Jahre gegründet. Er habe sie Lode Stone Studios nennen wollen, habe jedoch immer noch mit einem so starken deutschen Akzent gesprochen, daß die Anwälte ganz verwirrt gewesen seien. Damals war das Studio erst eine Zehntausend-Dollar-Firma, und als der Fehler entdeckt wurde, schien sich die Mühe, den Namen zu ändern, einfach nicht zu lohnen. So kam es, daß eine Sieben-Milliarden-Dollar-Firma einen Namen trug, der keinen Sinn ergab. Aber – das war Marrions Pointe, denn er erzählte niemals einen Witz ohne ernsthafte Pointe – das gedruckte Wort sei unwichtig. Es sei der visuelle Eindruck, der Lodestone oder Loadstone, das heißt der natürliche Magnet, der das Licht aus allen Bereichen des Universums anzog, durch den das Logo der Firma so mächtig wurde.

Dann legte Molly ihnen das Angebot vor. Cross wollte dem Studio die fünfzig Millionen ersetzen, die es bereits aufgewendet hatte, dem Studio die Vertriebsrechte überlassen und Skippy Deere als Produzent behalten. Außerdem wollte

Cross das Geld für die Fertigstellung des Films zur Verfügung stellen. Und die LoddStone Studios sollten fünf Prozent Gewinnbeteiligung erhalten.

Alle hörten aufmerksam zu. Dann sagte Bobby Bantz: »Dieser Prozentsatz ist lächerlich! Wir verlangen wesentlich mehr. Und woher sollen wir wissen, daß Sie beide und Athena sich nicht gegen uns verschworen haben? Daß das hier nicht ein Gaunerstück ist?«

Cross staunte über Mollys Reaktion. Aus irgendeinem Grund hatte er angenommen, daß diese Verhandlungen weit zivilisierter verlaufen würden als jene, die er aus Las Vegas kannte.

Molly aber begann regelrecht zu kreischen, und ihr Hexengesicht war wutverzerrt. »Leck mich, Bobby«, schrie sie Bantz an. »Du besitzt tatsächlich die Unverschämtheit, uns einer Verschwörung zu bezichtigen? Weil das hier nicht von deiner Versicherung gedeckt ist, benutzt du diese Besprechung, um dich aus der Falle zu befreien, und dann willst du uns obendrein auch noch beleidigen. Wenn du dich nicht sofort entschuldigst, werde ich mich mit Mr. De Lena verabschieden, und dann kannst du deine eigene Scheiße fressen.«

»He, Molly, Bobby, immer langsam«, versuchte Skippy Deere sie zu beschwichtigen. »Wir versuchen hier einen Film zu retten. Also könnten wir das Ganze wenigstens einmal durchsprechen ...«

Marrion hatte die Szene mit einem stillen Lächeln beobachtet, aber kein Wort dazu geäußert. Er würde den Mund nur aufmachen, um ja oder nein zu sagen.

»Ich halte es für eine logische Frage«, behauptete Bobby Bantz. »Was kann dieser Kerl Athena schon bieten, damit sie zurückkommt, wenn wir versagt haben?«.

Cross saß ruhig lächelnd da. Molly hatte ihn gebeten, möglichst ihr die Antworten zu überlassen.

»Mr. De Lena hat offensichtlich etwas Besonderes zu bieten«, sagte sie jetzt. »Warum sollte er es Ihnen verraten? Wenn Sie ihm für diese Information zehn Millionen zahlen, werde ich mit ihm darüber sprechen. Und zehn Millionen wären noch billig.«

Darüber mußte sogar Bobby Bantz lachen.

»Die glauben, Cross würde nicht soviel Geld riskieren, wenn er nicht etwas hundertprozentig Sicheres in der Hinterhand hätte«, warf Skippy Deere ein. »Das macht sie natürlich ein bißchen argwöhnisch.«

»Ach, Skippy«, sagte Molly, »ich hab' schon gesehen, daß du eine Million für einen Roman hingeblättert, aber nie einen Film daraus gemacht hast. Worin besteht der Unterschied?«

»Daß Skippy unser Studio dazu bringen will, diese Million auf den Tisch zu legen«, warf Bobby Bantz ein.

Alle lachten. Cross staunte über diese Besprechung. Allmählich verlor er die Geduld. Außerdem wußte er, daß er nicht allzu eifrig wirken durfte, deswegen konnte es nicht schaden, wenn er sich seine Verärgerung anmerken ließ. Mit gedämpfter Stimme sagte er: »Ich folge einer Intuition. Wenn das für Sie zu kompliziert ist, können wir das Ganze einfach vergessen.«

»Wir reden hier von ziemlich viel Geld«, sagte Bantz zornig. »Dieser Film könnte weltweit brutto eine halbe Milliarde einbringen.«

»Wenn ihr Athena zurückholen könnt«, ergänzte Molly schnell. »Ich habe heute morgen mit ihr gesprochen. Zum Beweis dafür, daß sie es ernst meint, hat sie sich schon die Haare abgeschnitten.«

»Dann trägt sie eben eine Perücke. Scheißschauspielerinnen«, schimpfte Bantz. Finster musterte er Cross; er versuchte ihn zu durchschauen und dachte offensichtlich über etwas nach. »Wenn Athena nicht zurückkommt und Sie Ihre fünfzig Millionen verlieren und den Film nicht beenden können«, fragte er, »wer kriegt dann die Aufnahmen, die schon gemacht wurden?«

»Ich«, antwortete Cross.

»Aha«, gab Bantz zurück. »Dann bringen Sie ihn so heraus, wie er ist. Vielleicht sogar als Softporno.«

»Das wäre eine Möglichkeit«, sagte Cross.

Molly sah Cross an und schüttelte den Kopf, mahnte ihn, den Mund zu halten. »Wenn ihr mit diesem Deal einverstanden seid«, wandte sie sich an Bantz, »kann über alles andere, Auslands-, Video-, TV- und Gewinnbeteiligung, verhandelt werden. Es gibt nur eine Vorbedingung: Die Übereinkunft muß geheim bleiben. Mr. De Lena will nur als Koproduzent genannt werden.«

»Okay«, sagte Skippy Deere. »Aber mein Beteiligungsvertrag mit dem Studio gilt immer noch.«

Zum ersten Mal meldete sich Marrion zu Wort. »Das läuft separat«, sagte er, und das hieß nein. »Cross, geben Sie Ihrer Anwältin freie Hand für die Verhandlungen?«

»Ja«, antwortete Cross.

»Dann wünsche ich, daß dies im Protokoll festgehalten wird«, sagte Marrion. »Sie sollten wissen, daß wir vorhatten, den Film zu verschrotten und den Verlust abzuschreiben. Wir sind überzeugt davon, daß Athena nicht zurückkehren wird. Wir machen Ihnen nicht vor, daß Sie vielleicht zurückkommen wird. Wenn Sie dieses Geschäft abschließen und uns fünfzig Millionen Dollar zahlen, sind wir nicht mehr haftbar zu machen. Dann müßten Sie Athena selbst verklagen, und die verfügt nicht über soviel Geld.«

»Athena würde ich niemals verklagen«, sagte Cross. »Ich würde vergeben und vergessen.«

»Sie brauchen sich nicht vor Geldgebern zu verantworten?« fragte Bantz.

Cross zuckte schweigend die Achseln.

»Das ist Betrug!« sagte Marrion. »Sie können mit Ihrer persönlichen Einstellung nicht die Geldgeber betrügen, die Ihnen vertrauen. Nur weil sie reich sind.«

Ohne eine Miene zu verziehen, entgegnete Cross: »Ich habe es noch nie für opportun gehalten, mich gegen reiche Leute zu stellen.«

»He, das ist doch irgendein Trick!« warf Bantz erbittert ein.

Seine Gefühle mit einer Miene wohlwollender Zuversicht kaschierend, sagte Cross: »Ich habe mein ganzes Leben damit verbracht, Menschen zu überzeugen. In meinem Las-Vegas-Hotel muß ich äußerst gerissene Menschen dazu überreden, ihr Geld gegen jede Chance zu verwetten. Und das gelingt mir, weil ich sie glücklich mache. Das heißt, ich gebe ihnen, was sie wirklich wollen. Genau dasselbe mache ich mit Miss Aquitane.«

Bantz gefiel das Ganze nicht. Er war überzeugt, daß sein Studio über den Tisch gezogen wurde. Deshalb sagte er jetzt grob: »Wenn wir herausfinden, daß Athena sich schon bereit erklärt hat, mit Ihnen zusammenzuarbeiten, gehen wir vor Gericht. Und werden diesen Vertrag nicht einhalten.«

»Ich möchte mich auf lange Sicht am Filmgeschäft beteiligen«, entgegnete Cross. »Ich möchte mit den LoddStone Studios zusammenarbeiten. Auf diesem Sektor gibt es genug Geld für alle.«

Eli Marrion hatte Cross während der Sitzung genau beobachtet und versucht, ihn einzuschätzen. Der Mann war sehr zurückhaltend, er bluffte nicht, und er war auch kein Schaumschläger. Der Pacific Ocean Security war es nicht gelungen, eine echte Verbindung mit Athena aufzudecken, also war eine Verschwörung praktisch ausgeschlossen. Eine Entscheidung mußte getroffen werden, aber es war keine ganz so schwierige Entscheidung, wie die Leute in diesem Zimmer vorgaben. Marrion war inzwischen so erschöpft, daß er das Gewicht der Kleidung auf seinem skelettdürren Körper spürte. Er wollte dem Ganzen ein Ende machen.

»Vielleicht ist Athena schlicht und ergreifend verrückt«, meinte Skippy Deere. »Vielleicht ist sie nicht mehr zurechnungsfähig. Dann können wir uns mit der Versicherung retten.«

»Sie ist vernünftiger als alle anderen in diesem Raum«, protestierte Molly Flanders. »Bevor Sie sie damit festnageln, könnte ich Sie eher selbst alle einweisen lassen.«

Bobby Bantz sah Cross direkt ins Gesicht. »Würden Sie eine Erklärung unterzeichnen, daß Sie zu diesem Zeitpunkt keinerlei Übereinkunft mit Athena Aquitane haben?«

»Ja«, sagte Cross. Und ließ keinen Zweifel an seiner Abneigung gegen Bantz.

Marrion, der es bemerkte, empfand Genugtuung. Wenigstens dieser Teil der Besprechung verlief nach Plan: Bantz war als der böse Bube ausgewiesen. Erstaunlich, daß die Menschen ihn immer fast instinktiv ablehnten. Dabei war es im Grunde nicht seine Schuld. Es war die Rolle, für die er ausersehen war, obwohl sie ihm zugegebenermaßen auf den Leib geschneidert zu sein schien.

»Wir wollen zwanzig Prozent der Einnahmen aus diesem Film«, sagte Bantz. »Wir vertreiben ihn im In- und Ausland. Und sind außerdem an allen Nachfolgefilmen beteiligt.«

Verärgert antwortete Skippy Deere: »Aber sie sind doch alle tot, am Ende des Films. Es kann also gar keine Nachfolgefilme geben.«

»Okay«, lenkte Bantz ein, »dann eben Rechte für alle Vorfolgefilme.«

»Nachfolge, Vorfolge, alles Quatsch«, sagte Molly. »Könnt ihr von mir aus gerne haben. Aber ihr kriegt nicht mehr als zehn Prozent der Einnahmen. Weil ihr ja schon am Vertrieb ein Vermögen verdienen werdet. Außerdem geht ihr kein Risiko ein. Also wollt ihr nun – ja oder nein?«

Eli Marrion konnte es nicht mehr aushalten. Er erhob sich, richtete sich kerzengerade auf und sagte mit beherrschter, ruhiger Stimme: »Zwölf Prozent. Dann ist es abgemacht.«

Lange richtete er den Blick auf Cross. Dann sagte er: »Es geht nicht so sehr ums Geld. Aber dies könnte ein wirklich großartiger Film werden, und ich möchte ihn nicht verschrotten. Außerdem bin ich gespannt darauf, wie sich das alles entwickelt.« Er wandte sich an Molly. »Ja oder nein?«

Und ohne Cross anzusehen oder erst auf ein Zeichen von ihm zu warten, antwortete Molly Flanders kurz und bündig: »Ja.«

Später blieben Eli Marrion und Bobby Bantz allein im Konferenzsaal zurück. Beide schwiegen. Sie hatten im Laufe der Jahre gelernt, daß es Dinge gab, die nicht laut ausgesprochen werden mußten. Schließlich sagte Marrion: »Es gibt da eine moralische Frage, die geklärt werden muß.«

»Wir haben schriftlich versprochen, den Vertrag geheimzuhalten, Eli, aber wenn Sie meinen, es wäre wichtig, könnte ich jemanden anrufen.«

Marrion seufzte. »Dann verlieren wir den Film. Dieser Cross ist unsere einzige Hoffnung. Und wenn er herausfände, daß Sie die undichte Stelle sind, könnte es gefährlich werden.«

»Was immer er ist, er wird es nicht wagen, LoddStone anzurühren«, sagte Bantz. »Ich mache mir nur Sorgen, daß er wirklich einen Fuß in die Tür kriegen könnte.«

Marrion trank einen Schluck aus seinem Glas und paffte

seine Zigarre, deren holzig duftender Rauch seinen Körper erfrischte.

Eli Marrion war inzwischen total erschöpft. Er wurde zu alt, um sich Gedanken über zukünftige Katastrophen zu machen. Dafür stand ihm die große, allumfassende Katastrophe zu dicht bevor.

»Rufen Sie nicht an«, sagte er. »Wir müssen diesen Vertrag einhalten. Mag sein, daß ich meine zweite Kindheit erlebe, aber ich möchte unbedingt sehen, was dieser Zauberer aus seinem Hut zieht.«

Im Anschluß an diese Besprechung fuhr Skippy Deere nach Hause, rief Jim Losey an und bat ihn, sich sofort mit ihm zu treffen. Bei diesem Treffen verlangte er absolute Geheimhaltung von Losey und berichtete ihm dann alles, was sich abgespielt hatte. »Ich glaube. Sie sollten diesen Cross überwachen lassen«, sagte er. »Möglicherweise entdecken Sie etwas, das recht interessant ist.«

Aber das sagte er erst, nachdem er Jim Losey versprochen hatte, ihm eine kleine Rolle in einem neuen Film zu geben, den er über Serienmorde in Santa Monica drehen wollte.

Cross De Lena, der nach Las Vegas zurückkehrte, dachte in seiner Penthouse-Suite über die Wendung nach, die sein Leben nahm. Warum hatte er dieses Risiko auf sich genommen? Vor allem, weil die Gewinne enorm sein konnten: nicht nur finanziell, sondern auch in Gestalt eines ganz neuen Lebens. Was er aber in Frage stellte, war ein verborgenes Motiv, das Bild von Athena Aquitane, umrahmt von meergrünem Wasser, von ihrem in ständiger Bewegung befindlichen Körper, die Vorstellung, daß sie ihn eines Tages kennen- und liebenlernen könnte – nicht auf ewig, aber wenigstens für eine kurze Zeit. Was hatte Gronevelt gesagt? »Frauen sind nie gefährlicher für Männer, als wenn sie gerettet werden müssen. Vorsicht, Vorsicht! Hüte dich vor schönen Frauen, die in Bedrängnis sind.«

Aber das alles verdrängte er aus seinen Gedanken. Während er auf den Strip von Las Vegas hinabblickte, auf diese Mauer aus farbigen Lichtern, auf die Menschenmassen, die sich durch diese Lichter schoben wie Ameisen, die Lasten von Geld beförderten, um sie in einem riesigen Loch zu vergraben, analysierte er das ganze Problem zum ersten Mal auf eine neutrale, distanzierte Art und Weise.

Wenn Athena Aquitane ein solcher Engel war, warum verlangte sie dann – zwar nicht mit Worten, aber durch ihre Haltung – als Preis für ihre Rückkehr zu den Dreharbeiten, daß irgendwer ihren Ehemann umbrachte? Das mußte doch jedem eindeutig klar sein. Das Angebot des Studios, sie zu beschützen, während sie den Film beendete, galt kaum etwas, weil sie dann auf ihren eigenen Tod hinarbeitete. Sobald der Film fertig war und sie wieder allein lebte, würde Skannet sie verfolgen.

Eli Marrion, Bobby Bantz, Skippy Deere – sie alle kannten das Problem und wußten die Lösung. Aber keiner würde es wagen, sie laut auszusprechen. Für Menschen wie sie war das Risiko zu groß. Sie waren alle so hoch gestiegen, sie lebten alle in einem so großen Wohlstand, daß sie zuviel zu verlieren hatten. Für sie glich der Gewinn den Verlust nicht aus. Sie konnten den Verlust des Films verkraften; das war für sie nur eine unwichtige Niederlage. Aber sie konnten es sich nicht leisten, von der obersten Ebene der Gesellschaft auf die niedrigste abzustürzen. Dieses Risiko war tödlich.

Außerdem hatten sie, das mußte man ihnen zugestehen, eine überaus kluge Entscheidung getroffen. Sie waren keine Experten auf diesem Gebiet, es war nicht von der Hand zu weisen, daß sie Fehler machten. Lieber verbuchten sie die fünfzig Millionen Dollar als Verlust, statt Punkte ihrer Aktien in der Wall Street verlieren zu müssen.

Also gab es für ihn jetzt zwei Hauptprobleme: Erstens die Hinrichtung Boz Skannets auf eine Art, die weder dem Film noch Athena irgendwie schaden konnte. Aber das zweite und weitaus wichtigere Problem bestand darin, die Zustimmung seines Vaters Pippi De Lena und des Clericuzio-Clans zu erhalten. Denn Cross war sich darüber im klaren, daß sein Coup der Familie nicht lange verborgen bleiben würde.

8. Kapitel

Cross De Lena plädierte aus den verschiedensten Gründen dafür, Big Tim am Leben zu lassen. Erstens füllte er die Kasse des Xanadu in jedem Jahr um fünfhunderttausend bis eine Million Dollar auf, und zweitens empfand er eine heimliche Zuneigung für diesen Mann, für seine Lebensfreude, für seine zuweilen unverschämten Possen.

Tim Snedden, »der Rustler« genannt, war Eigentümer einer Kette von Einkaufszentren, die über den ganzen nördlichen Teil des Staates Kalifornien verteilt waren. Darüber hinaus gehörte er zu den High Rollern von Las Vegas und stieg gewöhnlich im Xanadu ab. Besonders gern beteiligte er sich an Sportwetten, bei denen er eine außergewöhnlich glückliche Hand bewies. Der Rustler stieg nur auf große Wetten ein, fünfzigtausend auf Football und gelegentlich zehntausend auf Basketball. Weil er kleinere Wetten verlor, seine großen Wetten aber fast unweigerlich gewann, hielt er sich für clever. Cross war ihm sofort auf die Schliche gekommen.

Der Rustler war ein gewichtiger Mann, nahezu zwei Meter groß und über hundertfünfzig Kilo schwer. Sein Appetit stand seiner Körpergröße in nichts nach, er verschlang alles, was ihm vor die Augen kam. Er habe einen partiellen Magen-Bypass, prahlte er; damit könne die Nahrung direkt durch seinen Körper hindurchgehen, ohne daß er ein Gramm zunehme. Grinsend bezeichnete er das als Supertrick, den er der Natur gespielt habe.

Der Rustler war ein geborener Trickser, und daher hatte er auch seinen Spitznamen. Im Xanadu ließ er seine Freunde kostenlos unter seinem Werbekostenbonus bedienen, der Zimmerservice brach beinah zusammen. Auch seine Callgirls und die Einkäufe in der Boutique versuchte er unter diesem Bonus abzurechnen. Und wenn er verlor und die Kasse einen ganzen Berg seiner Marker besaß, zögerte er die Einlösung bis zum nächsten Besuch im Xanadu hinaus, statt sie wie ein Gentleman-Spieler innerhalb eines Monats einzulösen.

Nun hatte der Rustler zwar bei seinen Sportwetten Glück, bei den Casino-Wetten dagegen weit weniger. Er war geschickt, er kannte die Chancen und wettete korrekt, ließ sich jedoch von seiner angeborenen Überschwenglichkeit mitreißen und verspielte seine Gewinne aus den Sportwetten und noch weit mehr. Daher geschah es nicht so sehr wegen des Geldes, sondern auf Grund einer Langzeitstrategie, daß sich die Clericuzios für ihn interessierten.

Da das eigentliche Ziel der Familie die Legalisierung der Sportwetten in den gesamten Vereinigten Staaten war, mußte jeglicher Skandal, in den der Sport verwickelt wurde, diesem Ziel schaden. Die Folgen waren so beunruhigend, daß Pippi und Cross zu einer Besprechung in der Residenz im Osten zitiert wurden.

Pippi und Cross flogen gemeinsam an die Ostküste. Cross fragte sich, ob die Clericuzios schon etwas von seinem jüngsten *Messalina*-Filmgeschäft gehört hatten, und fürchtete, der Vater sei ihm vielleicht böse, weil er ihn nicht zu Rate gezogen hatte. Denn Pippi war mit seinen siebenundfünfzig Jahren zwar im Ruhestand, aber noch immer *consigliere* seines Sohnes, des *bruglione.*

Also berichtete Cross dem Vater im Flugzeug von dem Film und versicherte ihm, daß er seinen Rat zwar noch immer sehr schätze, ihn aber bei den Clericuzios nicht in ein schlechtes Licht bringen wolle. Außerdem verlieh er seiner Befürchtung Ausdruck, sie könnten an die Ostküste bestellt worden sein, weil der Don von seinen Hollywood-Plänen Wind bekommen habe.

Pippi lauschte schweigend; dann seufzte er mißbilligend. »Du bist noch zu jung«, sagte er. »Es geht bestimmt nicht um das Filmgeschäft. So schnell würde der Don seine Karten niemals auf den Tisch legen. Er würde abwarten und sehen, was passiert. Es hat den Anschein, daß Giorgio die Geschäfte führt, jedenfalls glauben das Vincent, Petie und Dante. Aber sie irren sich. Der Alte ist gerissener als wir alle. Und mach dir seinetwegen keine Sorgen, in solchen Dingen ist er immer fair. Giorgio und Dante sind es, vor denen du auf der Hut sein mußt.« Er hielt einen Moment inne, als wage er nicht einmal mit Cross über die Familie zu sprechen.

»Ist dir aufgefallen, daß Giorgios, Vincents und Peties Kinder keine Ahnung von den Familiengeschäften haben? Der Don und Giorgio haben bestimmt, daß die Kinder alle streng gesetzestreu bleiben sollen. Für Dante hatte das der Don ebenfalls geplant, aber Dante war zu schlau; er hat alles durchschaut und wollte unbedingt mitmachen. Der Don konnte ihn nicht davon abbringen. Du mußt dir uns – Giorgio, Vincent und Petie, dich selbst, mich und Dante – sozusagen als Nachhut vorstellen, die dafür kämpft, daß sich der Clericuzio-Clan unbehelligt zurückziehen kann. So hat es der Don vorgesehen. Die Planung ist seine Stärke, sie macht ihn groß. Darum freut er sich vielleicht sogar darüber, daß du dir einen Fluchtweg geschaffen hast; das hatte er sich für Dante ebenfalls erhofft. Und ein Fluchtweg ist es doch, nicht wahr?«

»Ich glaube schon«, antwortete Cross. Nicht einmal dem Vater mochte er seine schreckliche Schwäche eingestehen: daß er dies alles aus Liebe zu einer Frau tun wollte.

»Immer auf Zeit spielen, genau wie Gronevelt«, sagte Pippi. »Und wenn der richtige Zeitpunkt kommt, dann sagst du es dem Don direkt und sorgst dafür, daß die Familie sich bei dem Geschäft den Schnabel netzen kann. Aber hüte dich vor Giorgio und Dante. Vincent und Petie ist das gleichgültig.«

»Warum vor Giorgio und Dante?« wollte Cross wissen.

»Weil Giorgio ein raffgieriger Mistkerl ist«, antwortete Pippi. »Und vor Dante, weil er schon immer eifersüchtig auf dich war und weil du mein Sohn bist. Außerdem ist er ein verdammter Irrer.«

Cross war verblüfft. Zum ersten Mal hörte er, daß der Vater einen der Clericuzios. kritisierte. »Und warum ist es Vincent und Petie gleichgültig?« fragte er.

»Weil Vincent seine Restaurants hat und Petie seine Baufirmen und die Enklave in der Bronx. Vincent möchte sein Alter genießen, während Petie immer gern aktiv ist. Und beide mögen dich und haben Respekt vor mir. Als wir jung waren, haben wir viele Aufträge gemeinsam ausgeführt.«

»Du bist also nicht böse, daß ich dich nicht eingeweiht habe, Pop?« fragte Cross.

Pippi warf ihm einen ironischen Blick zu. »Mach mir doch nichts vor«, antwortete er. »Du wußtest genau, daß ich nichts davon halte und daß der Don solche Geschäfte mißbilligt. Also, wann willst du diesen Skannet umbringen?«

»Ich weiß es noch nicht«, sagte Cross. »Es ist ziemlich schwierig, es muß eine Konfirmation werden, damit Athena erfährt, daß sie seinetwegen keine Angst mehr zu haben braucht. Dann kann sie ihre Arbeit an dem Film wiederaufnehmen.«

»Ich werde die Planung für dich erledigen«, sagte Pippi. »Aber was ist, wenn diese Braut, diese Athena, doch nicht an ihre Arbeit zurückkehren will? Dann verlierst du fünfzig Millionen.«

»Sie wird es tun«, behauptete Cross. »Sie ist sehr eng mit Claudia befreundet, und Claudia sagt, daß sie zurückkehren wird.«

»Ach ja, meine liebe Tochter«, sagte Pippi. »Will sie immer noch nicht mit mir reden?«

»Ich glaube nicht«, gab Cross zurück. »Aber du kannst jederzeit vorbeikommen, wenn sie im Hotel abgestiegen ist.«

»Nein«, wehrte Pippi ab. »Wenn diese Athena ihre Arbeit nicht wiederaufnimmt, nachdem du den Job erledigt hast, werde ich für sie eine Kommunion arrangieren, und wenn sie ein noch so großer Filmstar ist.«

»Nein, nein!« protestierte Cross. »Du solltest Claudia sehen. Sie ist jetzt viel hübscher als früher.«

»Das ist gut«, sagte Pippi. »Als Kind war sie wirklich ein häßliches Ding. Genau wie ich.«

»Warum schließt du nicht mit ihr Frieden?« fragte Cross.

»Sie wollte nicht, daß ich an der Beerdigung meiner Ex-Ehefrau teilnahm, und sie mag mich nicht. Also wozu? Ich wünsche sogar, daß du sie von meiner eigenen Beerdigung fernhältst, wenn ich mal sterbe. Ich scheiß' auf sie.« Einen Augenblick hielt er inne. »Sie war ein tapferes Kerlchen, damals.«

»Du solltest sie jetzt sehen«, entgegnete Cross.

»Vergiß nicht«, sagte Pippi, »kein Wort davon dem Don gegenüber. Bei der Besprechung geht es um ein anderes Thema.«

»Woher weißt du das?« fragte ihn Cross.

»Weil er zunächst mich zu sich bestellt hätte, um zu sehen, ob ich dich verrate«, antwortete Pippi.

Wie sich herausstellen sollte, hatte er recht.

In der Residenz wurden sie im Garten unter den Feigenbäumen von Giorgio, Don Domenico, Vincent, Petie und Dante erwartet. Wie üblich nahmen sie alle zusammen den Lunch ein, bevor sie mit ihrer Besprechung begannen.

Giorgio erklärte ihnen die Lage. Eine Ermittlung hatte ergeben, daß Rustler Snedden im Mittelwesten bestimmte College-Spiele türkte. Daß er möglicherweise beim Profifootball und Profibasketball Punkte manipulierte. Das tat er, indem er die Offiziellen und bestimmte Spieler schmierte – eine überaus knifflige und gefährliche Methode. Wenn das herauskam, würde es einen ungeheuren Skandal auslösen und einen Aufruhr, der den Bemühungen der Clericuzios, die Sportwetten in den Vereinigten Staaten legalisieren zu lassen, einen fast tödlichen Schlag versetzen mußte.

»Die Cops stellen mehr Männer für Betrügereien beim Sport ab als für einen Serienmord«, erklärte Giorgio. »Warum, weiß ich auch nicht. Wen kümmert's denn schon, wer gewinnt oder verliert? Das ist eine Straftat, die keinem weh tut, außer den Buchmachern, und die werden von den Cops ohnehin gehaßt. Wenn der Rustler sämtliche Spiele von Notre Dame so manipulieren würde, daß die immer gewinnen, wäre unser ganzes Land glücklich.«

»Warum reden wir überhaupt darüber?« fragte Pippi. »Wir müssen ihn einfach ermahnen.«

»Das haben wir schon versucht«, erklärte Vincent. »Dieser Kerl ist was ganz Besonderes. Er kennt keine Angst. Er wurde ermahnt, aber er macht immer weiter.«

»Er wird Big Tim genannt, und er wird Rustler genannt, und er genießt das sogar noch«, sagte Petie. »Er bezahlt nie seine Rechnungen, er bescheißt das Finanzamt, er kämpft gegen die staatlichen Behörden von Kalifornien, weil er die

Verkaufssteuer seiner Geschäfte in den Einkaufszentren nicht abführen will. Verdammt, er bescheißt sogar seine Ex-Ehefrau und seine Kinder bei den Unterhaltszahlungen. Er ist ein in der Wolle gefärbter Dieb. Man kann einfach nicht vernünftig mit ihm reden.«

»Cross«, sagte Giorgio, »du kennst ihn von seinen Casino-Wetten in Vegas doch persönlich. Was meinst du dazu?«

Cross überlegte. »Er löst seine Marker immer sehr spät ein. Aber letztlich tut er es. Er ist ein kontrollierter Glücksspieler, keineswegs hemmungslos. Er gehört zu den Menschen, die zu mögen ziemlich schwer fällt, aber weil er stinkreich ist, hat er viele Freunde, die er nach Vegas mitbringt. Tatsächlich ist er ein riesiges Plus für uns, auch wenn er die Spiele manipuliert und uns einiges Geld abknöpft.« Während er das sagte, fiel ihm auf, daß Dante lächelte, als wisse er etwas, das er selbst nicht wußte.

»Wir können es nicht durchgehen lassen«, widersprach Giorgio. »Weil dieser Big Tim, dieser Rustler, ein Wahnsinniger ist. Er hat sich einen verrückten Plan ausgedacht, wie er den Super Bowl manipulieren kann.«

Jetzt meldete sich zum ersten Mal Don Domenico zu Wort; er wandte sich direkt an Cross: »Ist so etwas möglich, Neffe?«

Diese Frage war ein Kompliment. Damit erkannte der Don an, daß Cross der Experte auf diesem Gebiet war.

»Nein«, antwortete Cross seinem Onkel. »Die Offiziellen des Super Bowl kann man nicht bestechen, weil niemand weiß, wer sie sein werden. Die Spieler kann man nicht bestechen, weil die wirklich Wichtigen viel zuviel Geld verdienen. Außerdem kann man beim Sport kein Spiel mit hundertprozentiger Sicherheit manipulieren. Wenn man manipulieren will, muß man in der Lage sein, fünfzig oder hundert Spiele zu manipulieren. Auf die Art tut es einem nicht weh, wenn man drei oder vier verliert. Wenn man also nicht jede Menge manipulieren kann, lohnt sich das Risiko einfach nicht.«

»Bravo«, lobte der Don. »Warum aber ist dieser Mann, der doch so reich ist, so versessen darauf, eine solche Dummheit zu machen?«

»Weil er berühmt werden will«, erklärte Cross. »Wenn man den Super Bowl manipulieren will, muß man etwas besonders Riskantes wagen, so riskant, daß es mit Sicherheit herauskommt. Man muß einen so verrückten Trick wagen, daß ich mir nicht vorstellen kann, was das wohl sein könnte. Aber der Rustler wird es für clever halten. Und außerdem glaubt er fest daran, daß er ein Mann ist, der sich aus jeder Klemme retten kann, in die er sich selbst hineinmanövriert.«

»So einen Mann hab' ich noch nie kennengelernt«, sagte der Don.

»Die gibt es auch nur in Amerika«, entgegnete Giorgio.

»Aber dann ist er doch sehr gefährlich für das, was wir vorhaben«, sagte der Don. »Nach allem, was ihr mir erzählt, ist er ein Mann, der Vernunftgründen nicht zugänglich ist. Also bleibt uns keine Wahl.«

»Es ist eine Frage des Prinzips«, sagte Vincent. »Die Buchmacher bezahlen uns dafür, daß wir sie schützen.«

»Laßt mich mit ihm reden«, bat Cross. »Vielleicht hört er ja auf mich. Das sind doch alles kleine Fische. Er kann den Super Bowl nicht manipulieren. Es lohnt sich nicht, da einzugreifen.« Daraufhin fing er sich von seinem Vater jedoch einen Blick ein, der ihm zu verstehen gab, daß es ihm nicht zustand, so zu argumentieren.

Mit einer jeden Widerspruch erstickenden Entschlossenheit sagte der Don: »Der Mann ist gefährlich. Du wirst nicht mit ihm reden, Neffe. Er weiß nicht, wer du wirklich bist. Warum ihm diesen Vorteil gewähren? Der Mann ist gefährlich, weil er dumm ist, er ist dumm wie ein Tier, er will sich von allem einen Anteil sichern. Und wenn er dann erwischt wird, macht er ein großes Getöse, um noch möglichst viel Schaden anzurichten. Er wird jeden mit hineinziehen, ob gerechtfertigt oder nicht.« Er schwieg einen Moment; dann sah er Dante an. »Enkel«, sagte er, »ich glaube, du solltest diesen Auftrag übernehmen. Aber überlaß Pippi die Planung; er kennt sich auf dem Territorium aus.«

Dante nickte.

Pippi wußte, daß er auf gefährlichem Boden stand. Falls Dante etwas zustoßen sollte, würde man ihn dafür verantwortlich machen. Und noch etwas war ihm bewußt: Der Don und Giorgio waren entschlossen, Dante eines Tages zum Oberhaupt der Familie zu machen. Vorerst jedoch trauten sie seinem Urteilsvermögen noch nicht so recht.

In Las Vegas bezog Dante eine Suite im Xanadu. Snedden, der Rustler, sollte erst in einer Woche in Las Vegas eintreffen. Während dieser Zeitspanne wiesen Cross und Pippi Dante ausführlich in die Verhältnisse ein.

»Rustler gehört zu den High Rollern«, erklärte Cross. »Aber er spielt nicht hoch genug, um eine Villa zu verdienen. Nicht wie die Araber und Asiaten. Sein Verbrauch ist enorm, er will alles gratis haben, was er kriegen kann. Er bewirtet Freunde auf Kosten der Restaurants, bestellt die besten Weine, versucht sogar die Geschenkboutique in sein Bonuskonto einzubeziehen. Das gewähren wir nicht mal den Villagästen. Er ist ein begnadeter Schwindler, deswegen müssen die Croupiers ihn im Auge behalten. Er behauptet, unmittelbar vor dem Fall der Würfel am Craptisch gewettet zu haben. Beim Baccarat versucht er, seine Wette zu plazieren, nachdem die erste Karte gezeigt wurde. Beim Blackjack behauptet er, achtzehn gehabt zu haben, wenn die folgende Karte eine Drei ist.

Es dauert immer sehr lange, bis er seine Marker einlöst. Aber er bringt uns eine halbe Million pro Jahr, selbst wenn wir abziehen, was er bei den Sport-Buchmachern gewinnt. Er ist gewitzt. Er läßt sogar seinen Freunden Chips aushändigen und auf seinen Marker setzen, damit wir glauben, daß er höher spielt, als er es wirklich tut. All der Mist, den früher die Leute aus dem Bekleidungsviertel verzapften. Aber wenn er verliert, wird er zum Berserker. Im letzten Jahr hat er zwei Millionen verloren, dafür haben wir ihm eine Party gegeben und ihm einen Cadillac geschenkt. Er hat sich beschwert, weil es kein Mercedes war.«

Dante war außer sich. »Er holt sich Chips und Geld von der Kasse und spielt nicht damit?«

»Genau«, sagte Cross. »Das tun viele. Wir haben nichts dagegen. Wir lassen uns gern als die Dummen hinstellen. Dadurch werden sie an den Spieltischen selbstsicherer. Und glauben, uns wieder übers Ohr hauen zu können.«

»Warum wird er Rustler genannt?« wollte Dante wissen.

»Weil er sich Dinge geben läßt, ohne dafür zu bezahlen«, antwortete Cross. »Wenn er Mädchen hat, beißt er sie, als wollte er sich ein Stück von ihrem Fleisch holen. Und er kommt damit durch. Er ist ein wahrer Meister in der Kunst des Schwindelns.«

»Ich kann's kaum erwarten, ihn kennenzulernen«, sagte Dante verträumt.

»Er hat es nie geschafft, Gronevelt zu überreden, ihm eine der Villen zu geben«, sagte Cross. »Also tu' ich's ebenfalls nicht.«

Dante musterte ihn forschend. »Wieso hab' ich keine Villa gekriegt?«

»Weil es das Hotel hunderttausend bis eine Million Dollar pro Nacht kosten würde«, antwortete Cross.

»Aber Giorgio kriegt 'ne Villa«, maulte Dante.

»Okay«, sagte Cross, »ich werde das mit Giorgio klären.« Sie wußten beide, daß Giorgio über Dantes Forderung empört sein würde.

»Sinnlos«, wehrte Dante ab.

»Wenn du heiratest«, tröstete ihn Cross, »kriegst du 'ne Villa für deine Flitterwochen.«

»Ich habe einen Operationsplan, der sich auf Big Tims Charakter gründet«, sagte Pippi. »Cross, du wirst nur hier in Vegas mithelfen, dem Kerl eine Falle zu stellen. Du mußt Dante unbegrenzten Kredit an der Kasse verschaffen und seine Marker anschließend verschwinden lassen. Zeitgleich wird in L. A. alles arrangiert. Du mußt dafür sorgen, daß der Mann herkommt und seine Reservierung nicht rückgängig macht. Also gibst du eine Party für ihn und schenkst ihm dabei einen Rolls-Royce. Wenn er dann hier ist, mußt du ihn mit Dante und mir bekannt machen. Damit hast du deine Schuldigkeit getan.«

Pippi brauchte über eine Stunde, um den Plan in allen Einzelheiten zu erklären. »Giorgio hat schon immer gesagt, daß du der Beste bist«, sagte Dante bewundernd. »Eigentlich war ich sauer, als der Don dich mir bei diesem Auftrag vor die Nase setzte. Aber ich sehe ein, daß er recht hatte.«

Pippi hörte sich diese Schmeichelei mit steinerner Miene an. »Vergiß nicht, daß es hier um eine Kommunion geht, nicht um eine Konfirmation«, sagte er zu Dante. »Es muß so aussehen, als wäre er verduftet. Bei seinem Ruf und all den Prozessen gegen ihn wirkt das plausibel. Dante, du trägst keine von deinen beschissenen Mützen bei diesem Unternehmen, verstanden? Die Menschen haben für so was oft ein gutes Gedächtnis. Und vergiß nicht, daß der Don gesagt hat, es wäre ihm zwar lieb, wenn der Mann Informationen über die Sportmanipulationen ausspuckt, aber unbedingt nötig ist es nicht. Er ist der Anführer; ist er erst einmal weg vom Fenster, wird sich das Ganze in Wohlgefallen auflösen. Halt dich also zurück, und tu nichts Unvernünftiges.«

»Die Mütze ist mein Glücksbringer«, sagte Dante eisig.

Pippi zuckte die Achseln. »Noch etwas. Versuch ja nicht, bei deinem unbegrenzten Kredit zu betrügen. Das kommt vom Don höchstpersönlich; er will nicht, daß das Hotel bei diesem Auftrag ein Vermögen verliert. Die müssen schon für den Rolls aufkommen.«

»Keine Bange«, sagte Dante. »Mein Vergnügen ist meine Arbeit.« Er machte eine kleine Pause; dann ergänzte er grinsend: »Ich hoffe, du wirst diesmal einen positiven Bericht über mich abliefern.«

Das überraschte Cross. Daß zwischen den beiden eine gewisse Feindseligkeit herrschte, war nicht zu übersehen. Außerdem wunderte es ihn, daß Dante versuchte, seinen Vater einzuschüchtern. Das könnte sich katastrophal auswirken, obwohl er der Enkel des großen Don war.

Aber Pippi schien nichts gemerkt zu haben. »Du bist ein Clericuzio«, sagte er. »Wie sollte ich Berichte über dich abliefern?« Damit schlug er Dante auf die Schulter. »Wir müssen gemeinsam einen Auftrag ausführen. Sorgen wir dafür, daß wir uns dabei wenigstens amüsieren.«

Als Rustler Snedden eintraf, beobachtete ihn Dante sehr genau. Er war groß und fett, aber das Fett war fest und wabbelte nicht. Er trug ein blaues Jeanshemd mit großen Taschen auf der Brust und einem weißen Knopf in der Mitte. In die eine Tasche stopfte er die schwarzen Einhundert-Dollar-Chips, in die andere die weißgoldenen Fünfhunderter. Die roten Fünfer und die grünen Fünfundzwanziger stopfte er sich in die Tasche der weißen Leinenhose. An den Füßen trug er latschige braune Sandalen.

Der Rustler spielte fast ausschließlich Craps, das Spiel mit dem höchsten Gewinnprozentsatz. Wie Cross und Dante wußten, hatte er bereits zehntausend auf zwei College-Basketballspiele gesetzt und eine Wette über fünftausend bei den illegalen Buchmachern der Stadt auf ein Pferderennen in Santa Anita abgeschlossen. Der Rustler dachte nicht daran, Steuern zu zahlen. Und um seine Wetten schien er nicht besorgt zu sein. Er amüsierte sich königlich beim Würfeln.

Er fühlte sich als Herr des Craptischs, ermunterte die anderen Spieler, auf seine Würfel zu setzen, und forderte sie gutgelaunt auf, doch keine Feiglinge zu sein. Er spielte mit den Schwarzen, setzte ganze Stapel von ihnen auf alle Zahlen und wettete dabei völlig logisch. Wenn die Würfel zu ihm kamen, warf er sie so heftig, daß sie von der hinteren Wand des Tisches abprallten und so weit zurückgerollt kamen, daß er sie mühelos erreichen konnte. Dann versuchte er, nach ihnen zu greifen, aber der Croupier war auf dem Quivive, erwischte sie jedesmal mit seiner Harke und hielt sie fest, damit die übrigen Spieler ihre Einsätze tätigen konnten.

Dante nahm seinen Platz am Craptisch ein und setzte mit Big Tim auf Gewinn. Dann machte er sämtliche ruinösen Nebenwetten, die ihn, falls er nicht ein fast unglaubliches Glück hatte, zum sicheren Verlierer machen würden. Er wettete auf die harte Vier und die harte Zehn. Er wettete auf die Boxcars in einem Wurf und die Asse und Elfer in einem Wurf – bei Chancen von dreißig und fünfzehn zu eins. Er rief nach einem Marker über zwanzigtausend Dollar und verteilte die schwarzen Chips, nachdem er quittiert hatte, auf dem ganzen Tisch. Dann verlangte er einen weiteren Marker. Inzwischen hatte er Big Tims Aufmerksamkeit erregt.

»He, du da, mit dem Hut. Lern doch erst mal, wie man das Spiel richtig spielt«, rief Big Tim ihm zu.

Dante winkte ihm fröhlich zu und fuhr fort, wie ein Wilder zu wetten. Als Big Tim aufhörte, griff Dante sich die Würfel und rief nach einem Marker für fünfzigtausend Dollar. In der Hoffnung, kein Glück zu haben, verteilte er die schwarzen Chips über den ganzen Tisch. Er hatte kein Glück. Jetzt beobachtete ihn Big Tim mit ungewöhnlicher Aufmerksamkeit.

Big Tim aß im Coffee Shop, einem Restaurant, das auch einfache amerikanische Gerichte anbot. In dem eleganten französischen Restaurant des Xanadu speiste Big Tim ebenso selten wie im norditalienischen oder im echt englischen Royal Pub. Fünf Freunde leisteten ihm beim Dinner Gesellschaft, und Big Tim, der Rustler, ließ an alle Keno-, also Lottoscheine, verteilen, damit sie beim Essen die Nummerntafel beobachten konnten. Cross und Dante saßen in einer Ecknische.

Mit seinem kurzgeschorenen blonden Haar ähnelte der Rustler einem gutmütig-gemütlichen Holländer auf einem Brueghel-Gemälde. Er bestellte sich eine riesige Auswahl verschiedener Speisen, etwa das Äquivalent von drei Menüs, und aß tatsächlich fast alles auf, während er überdies von den Tellern seiner Begleiter naschte.

»Es ist wirklich jammerschade«, sagte Dante. »Ich hab' noch nie einen Menschen gesehen, der das Leben so von Herzen genießt.«

»Auch eine Möglichkeit, sich Feinde zu machen«, gab Cross zurück. »Vor allem, wenn man es auf Kosten anderer tut.«

Sie sahen zu, wie Big Tim die Rechnung unterschrieb, die er nicht bezahlen mußte, und einem seiner Begleiter befahl, das Trinkgeld in bar dazuzulegen. Nachdem sie fort waren, konnten sich Cross und Dante beim Kaffee entspannen. Cross liebte diesen riesigen Raum mit den Glaswänden, durch die man die von rosa Lampen beleuchtete Nacht betrachten konnte, während das Grün der Rasenflächen und Bäume draußen in den Raum hineingespiegelt wurde und das Licht der Kronleuchter dämpfte.

»Mir fällt da eine Nacht vor etwa drei Jahren ein«, erzählte Cross. »Der Rustler hatte gerade eine Glückssträhne am Craptisch. Über hundert Riesen hat er, glaube ich, gewonnen. Es war etwa drei Uhr morgens. Und während der Chefcroupier seine Chips zur Kasse trug, sprang der Rustler auf den Craptisch und bepinkelte die Platte von oben bis unten.«

»Und was hast du gemacht?« fragte ihn Dante.

»Ich hab' ihn von den Sicherheitsleuten auf sein Zimmer bringen lassen und ihm fünftausend für das Bepinkeln des Tisches berechnet. Die er natürlich niemals bezahlt hat.«

»Ich hätte ihm das verdammte Herz aus dem Leib gerissen«, sagte Dante.

»Wenn dir jemand eine halbe Million pro Jahr gibt, würdest du ihn wohl auch auf einen Tisch pinkeln lassen, oder?« sagte Cross. »Aber ehrlich gesagt, ich habe ihm das immer übelgenommen. Und wenn er das im Casino der Villen getan hätte – wer weiß?«

Am Tag darauf leistete Cross Big Tim beim Lunch Gesellschaft, um ihm alles Nötige über seine Party und die Übergabe des Rolls-Royce mitzuteilen. Pippi gesellte sich zu ihnen und wurde ihm vorgestellt.

Wie immer verlangte Big Tim nach mehr. »Ich bin euch dankbar für den Rolls, aber wann kriege ich eine von den Villen?«

»O ja, die haben Sie verdient«, sagte Cross. »Wenn Sie das nächste Mal in Las Vegas sind, bekommen Sie eine Villa. Ehrenwort. Und wenn ich einen anderen rauswerfen müßte.«

»Ihr Sohn ist viel netter als dieser alte Griesgram Gronevelt«, sagte Big Tim, der Rustler, zu Pippi.

»Er ist ein bißchen sonderbar in den letzten Jahren«, gab Pippi zu. »Ich war bestimmt sein bester Freund, aber selbst mir hat er niemals eine Villa gegeben.«

»Zum Teufel mit ihm«, sagte Big Tim. »Nachdem jetzt Ihr Sohn das Hotel leitet, können Sie 'ne Villa kriegen, wann immer Sie wollen.«

»Niemals!« warf Cross ein. »Er ist kein Glücksspieler.« Alle lachten.

Big Tim war schon bei einem anderen Thema. »Es gibt da so einen unheimlichen kleinen Kerl, der eine komische Mütze trägt und der schlechteste Crapspieler ist, den ich je gesehen habe«, sagte er. »Dieser Kerl hat in weniger als einer Stunde Marker für fast zweihunderttausend abgezeichnet. Was können Sie mir über den erzählen? Sie wissen doch, daß ich immer auf der Suche nach Investoren bin.«

»Über meine Spieler kann ich Ihnen gar nichts erzählen«, sagte Cross. »Wie fänden Sie's denn, wenn ich denen Informationen über Sie gäbe? Ich kann Ihnen nur sagen, daß er jederzeit eine Villa haben könnte, aber er hat noch nie darum gebeten. Er bleibt lieber unauffällig.«

»Nur eine kurze Einführung«, bat Big Tim. »Und wenn ich ein Geschäft mit ihm mache, kriegen Sie was davon ab.«

»Nein«, sagte Cross. »Aber mein Vater kennt ihn.«

»Ich könnte 'n bißchen Knete gebrauchen«, gab Pippi zu.

»Gut«, sagte Big Tim. »Geben Sie mir einen Einblick.«

Pippi ließ seinen Charme spielen. »Ihr beide würdet ein großartiges Team abgeben. Der Mann hat viel Geld, aber er hat nicht Ihr Gefühl fürs große Geschäft. Ich weiß, daß Sie ein fairer Mensch sind, Tim. Also geben Sie mir einfach, was ich Ihrer Meinung nach verdiene.«

Big Tim strahlte. Pippi würde zum Club seiner Genasführten gehören. »Großartig«, sagte er. »Ich werde heute abend am Craptisch spielen. Also bringen Sie ihn mit.«

Nachdem sich die Herren am Craptisch miteinander bekannt gemacht hatten, verblüffte der Rustler sowohl Dante als auch Pippi, als er Dante die Renaissance-Kappe vom Kopf riß und durch die Baseball-Kappe der Dodgers ersetzte, die er selber trug. Das Ergebnis war erheiternd. Mit der Renaissance-Kappe, die sich Big Tim selbst auf den Kopf gesetzt hatte, wirkte er wie einer von Schneewittchens Zwergen.

»Damit sich Ihr Glück wendet«, erklärte Big Tim. Alle lachten, aber Pippi gefiel der bösartige Ausdruck in Dantes Augen nicht. Außerdem war er wütend, weil Dante seine Anweisungen nicht befolgt hatte und auch jetzt die Kappe trug. Er hatte Dante als Steve Sharpe vorgestellt und Big Tim mit zahlreichen Storys gefüttert: daß Steve der Herrscher über ein Drogenimperium an der Ostküste sei und viele Millionen »waschen« müsse; daß Steve ein haltloser Spieler sei, der eine Million auf den Super Bowl gesetzt und verloren habe, ohne mit der Wimper zu zucken; und daß seine Marker an der Casino-Kasse so gut wie Gold seien, weil er sie immer sofort einlöse.

Also legte Big Tim jetzt leutselig den Arm um Dantes Schultern und sagte: »Wir müssen uns unbedingt unterhalten, Stevie. Kommen Sie, wir gehen auf einen Happen in den Coffee Shop.«

Dort wählte Big Tim eine abgelegene Nische. Dante bestellte sich Kaffee, Big Tim jedoch verlangte eine ganze Palette von Süßspeisen: Erdbeereis, Napoleons, Bananen-Sahnetorte und eine Schale mit den verschiedensten Keksen.

Dann stürzte er sich in einen stundenlangen Verkaufsvortrag. Er besitze ein kleines Einkaufszentrum, das er loswerden wolle, eine langfristige Geldquelle, und er könne es arrangieren, daß die Bezahlung zum größten Teil in bar und unter dem Tisch erfolge. Es gebe da eine Fleischkonservenfabrik und ganze Warenladungen mit frischen Produkten, die gegen schwarzes Bares verkauft und dann mit Gewinn gegen »weißes« Geld weiterverkauft werden könnten. Er habe einen Insider im Filmgeschäft, daher könne er bei der Finanzierung von Filmen helfen, die direkt an Videofirmen und Pornokinos gingen. »Ein großartiges Geschäft«, sagte Big Tim. »Sie lernen die Stars kennen, bumsen die Starlets und waschen Ihr Geld blütenrein weiß.«

Dante genoß die Farce. Alles, was Big Tim sagte, wurde mit einer so ungeheuren Selbstsicherheit und so großer Begeisterung geäußert, daß das Opfer gar nicht anders konnte, als an seinen zukünftigen Reichtum zu glauben. Er stellte Fragen, die sein Interesse verrieten, gab sich aber eher zurückhaltend.

»Geben Sie mir Ihre Karte«, sagte er. »Ich werde Sie anrufen oder Pippi bitten, Sie anzurufen; dann können wir ein Geschäftsdinner verabreden und uns ausführlich darüber unterhalten, damit ich eine verbindliche Aussage machen kann.«

Big Tim überreichte ihm seine Karte. »Nur sollten wir das wirklich schnell über die Bühne bringen«, verlangte er. »Ich habe da nämlich ein ganz bestimmtes todsicheres Geschäft, an dem ich Sie beteiligen möchte. Aber wir müssen schnell handeln.« Er hielt einen Moment inne. »Es geht um Sport.«

Jetzt zeigte Dante die Begeisterung, die er bisher hatte vermissen lassen. »Großer Gott, das ist schon immer mein Traum gewesen. Ich liebe den Sport. Soll das heißen, daß Sie versuchen wollen, ein Baseballteam der Major League zu kaufen?«

»Ganz so groß nicht«, entgegnete Big Tim hastig. »Aber trotzdem ganz schön groß.«

»Also wann setzen wir uns zusammen?« erkundigte sich Dante.

»Morgen gibt mir das Hotel eine Party und schenkt mir einen Rolls«, antwortete Big Tim voll Stolz. »Weil ich einer von denen bin, die sie am leichtesten ausnehmen können. Am Tag darauf fliege ich nach L. A. zurück. Wie wär's mit dem folgenden Abend?«

Dante tat, als müsse er sich den Vorschlag überlegen. »Okay«, sagte er dann. »Pippi begleitet mich nach L. A., also werde ich ihn anrufen und ihm Bescheid geben.«

»Großartig«, sagte Big Tim. Er wunderte sich ein wenig, weil der Mann so übervorsichtig war, wollte sich das Geschäft aber nicht durch überflüssige Fragen vermasseln. »Und heute abend werde ich Ihnen beibringen, wie man richtig würfelt, damit sie wenigstens 'ne kleine Chance beim Crap haben.«

Dante war um eine verlegene Miene bemüht. »Ich kenne meine Chancen, aber ich spiel' eben gern den Verrückten, das spricht sich rum, und ich krieg' 'ne Chance bei den Chorus-Girls.«

»Dann ist bei Ihnen Hopfen und Malz verloren«, sagte Big Tim. »Aber trotzdem werden wir beide, Sie und ich, zusammen noch ganz großes Geld machen.«

Am folgenden Tag fand die Party für Big Tim, den Rustler, im großen Ballsaal des Xanadu statt, der häufig für besondere Gelegenheiten genutzt wurde: für die Silvesterparty, für Weihnachtsbüffets, Hochzeiten von High Rollern, die Überreichung besonderer Preise und Geschenke, Super-Bowl-Partys, die World Series und sogar politische Parteikongresse.

Der Saal war riesig und besonders hoch; überall trieben bunte Ballons in der Luft, und zwei riesige Tische, auf denen das kalte Büffet wartete, teilten den Raum in zwei Hälften. Das Dessert-Büffet war in Form riesiger Eisgletscher gestaltet, in das Eis waren exotische Früchte aller Art eingebettet:

Crenshaw-Melonen, dicke purpurrote Trauben, so saftig, daß sie zu platzen drohten, stachelige Ananas, Kiwis und Kumquats, Nektarinen und Litschis sowie eine gigantische Wassermelone. Eimer mit zwölf verschiedenen Eiscremesorten waren tief wie U-Boote vergraben. Dann kam eine Abteilung mit warmen Speisen: eine Ochsenlende, so groß wie ein Büffel, ein riesiger Truthahn, ein schneeweißer, fettummantelter Schinken. Dazu kam ein Tablett mit verschiedenen Pastasorten mit grünem Pesto und roter Tomatensauce. Und schließlich ein dicker roter Suppentopf, groß wie ein Mülleimer, mit Silbergriffen und gefüllt mit einem dampfenden Wildschwein-Stew, das in Wirklichkeit aus einer Mischung von Schweine-, Rind- und Kalbfleisch bestand. Daran schlossen sich alle möglichen Sorten Brot und Brötchen an. Dann wieder ein Eisbett mit Desserts, Windbeuteln, sahnegefüllten Doughnuts, dreistöckigen, mit Nachbildungen des Xanadu verzierten Torten. Kaffee und Spirituosen wurden den Gästen von den hübschesten Kellnerinnen des Hotels serviert.

Big Tim, der Rustler, begann mit seinem Zerstörungswerk an dem Büffet schon, ehe die ersten Gäste eintrafen.

In der Mitte des Saals stand auf einem Podest, das durch Kordeln vor den Neugierigen geschützt wurde, der Rolls-Royce. Er war elfenbeinweiß, luxuriös, von wahrhaft elegantem und genialem Design und bildete einen krassen Gegensatz zu den Ansprüchen der Welt von Las Vegas. Damit er hinein- und hinausgefahren werden konnte, war eine Saalwand durch schwere goldene Vorhänge ersetzt worden. Weiter hinten, in einer Ecke des Saals, wartete ein purpurroter Cadillac, der unter den Leuten verlost werden sollte, die numerierte Einladungskarten besaßen: die High Roller und die Casino-Manager der größten Hotels. Das war eine von Gronevelts besten Ideen gewesen, denn solche Partys vermehrten den Drop des Hotels um ein Vielfaches.

Auch diese Party war ein Riesenerfolg – einzig weil Big Tim so überschwenglich war. Begleitet von seinen beiden Kellnerinnen, vernichtete er das kalte Büffet so gut wie im Alleingang. Er lud sich drei Teller voll und demonstrierte damit eine Völlerei, die Dantes Auftrag fast überflüssig machte.

Cross hielt die Begrüßungsansprache des Hotels. Anschließend hielt Big Tim seine Dankesrede.

»Ich möchte dem Xanadu für dieses wundervolle Geschenk danken«, begann er. »Dieses Auto für zweihunderttausend Dollar gehört nun mir und hat mich keinen Cent gekostet. Es ist die Belohnung dafür, daß ich seit nunmehr zehn Jahren ins Xanadu komme, damit sie mich hier wie einen Fürsten behandeln und mir gründlich die Taschen leeren. Wenn ich nachrechne, hätten sie mir so ungefähr fünfzig Rolls-Royces schenken müssen, um meine Verluste hier auszugleichen, aber was soll's, schließlich kann ich immer nur einen Rolls auf einmal fahren.«

Seine Rede wurde von Beifall und Jubel unterbrochen. Cross zog eine Grimasse. Diese Rituale, die aufzeigten, wie verlogen die sogenannten Belohnungen durch das Hotel waren, brachten ihn immer wieder in Verlegenheit.

Big Tim hatte den beiden Kellnerinnen links und rechts neben ihm die Arme um die Schultern gelegt und drückte ganz nebenbei liebevoll auf ihre Brüste. Wie ein ausgefuchster Komiker wartete er ab, bis sich der Applaus gelegt hatte.

»Ehrlich, ich bin aufrichtig dankbar«, fuhr er dann fort. »Heute ist einer der glücklichsten Tage meines Lebens. Kommt gleich nach dem Tag meiner Scheidung. Aber ich hätte da noch eine Frage: Wer wird mir das Benzin bezahlen, das ich für die Rückfahrt nach L. A. brauche? Das Xanadu hat mich nämlich wieder mal restlos ausgenommen.«

Big Tim wußte, wann er aufhören mußte. Während der

Beifall und der Jubel von neuem ausbrachen, verließ er das Podium und stieg in den Wagen. Die goldenen Vorhänge teilten sich, und Big Tim fuhr hinaus.

Als auch der Cadillac von einem der großen Spieler gewonnen worden war, kam die Party bald zum Ende. Nach vier Stunden Feiern wollten alle möglichst schnell an die Spieltische zurückkehren.

An jenem Abend hätte sich Gronevelts Geist vor lauter Freude über die Folgen dieser Party überschlagen. Der Drop war nahezu doppelt so hoch wie sonst. Auch hatten sich die hübschen Callgirls, die zu Big Tims Party eingeladen worden waren, schnell an die weniger fanatischen Spieler herangemacht, die ihnen schwarze Chips zum Setzen schenkten.

Gronevelt hatte Cross immer wieder darauf hingewiesen, daß männliche und weibliche Glücksspieler unterschiedliche Sexualgepflogenheiten hatten. Und daß es ein Muß für Casino-Besitzer war, darüber Bescheid zu wissen.

Vor allem predigte Gronevelt die absolute Übermacht der »Pussy«, des weiblichen Sex. Pussy war wichtiger als alles andere. Pussy konnte sogar bewirken, daß ein irrationaler Spieler logisch spielte. In seinem Hotel hatte er viele der wichtigsten Männer der Welt bewirtet. Naturwissenschaftler, die den Nobelpreis gewonnen hatten, Milliardäre, große Erweckungsprediger, berühmte Literaturpäpste. Ein Nobelpreisträger für Physik, vermutlich der klügste Kopf der ganzen Welt, hatte sich bei seinem sechstägigen Aufenthalt mit einer ganzen Chorus-Line von Mädchen verlustiert. Beim Glücksspiel ließ er sich nicht häufig sehen, aber seine Anwesenheit war eine Ehre für das Hotel. Gronevelt hatte den Mädchen persönlich ein paar Geschenke machen müssen, weil der Nobelpreisträger an so etwas nicht gedacht hatte. Wie die Mädchen berichteten, war er der beste Beischläfer der Welt, fleißig, begeistert und geschickt, ohne hinterhältige Tricks, mit einem der schönsten Schwänze gesegnet, die man jemals gesehen hatte. Und was am allerbesten war: Er war amüsant und hatte sie nie mit ernsthaften Gesprächen belästigt. Aus irgendeinem Grund hatte es Gronevelt gefallen, daß ein so großer Wissenschaftler das andere Geschlecht zufriedenstellen konnte. Im Gegensatz zu Ernest Vail, der zwar ein großer Autor, aber zugleich ein kleiner Junge im mittleren Alter mit einem ewigen Ständer war, ohne das Ganze mit Small talk zu würzen. Dann gab es da noch den Senator Wavven, einen potentiellen zukünftigen Präsidenten der Vereinigten Staaten, für den der Sex so etwas wie ein Golfspiel zu sein schien. Ganz zu schweigen vom Dekan von Yale, dem Kardinal von Chicago, dem Vorsitzenden des nationalen Ausschusses für Bürgerrechte und all den verkrusteten Großmogulen der Republikaner. Sie alle ließen sich von Pussy zu Kindern herabwürdigen. Die einzigen Ausnahmen bildeten möglicherweise die Schwulen oder Drogensüchtigen, aber die waren schließlich keine typischen Glücksspieler.

Wie Gronevelt feststellte, verlangten die männlichen Glücksspieler nach Freudenmädchen, bevor sie an die Spieltische gingen. Während die Frauen den Sex lieber nach dem Spiel hatten. Da das Hotel aber den sexuellen Vorlieben aller Gäste entsprechen wollte und es keine Freudenknaben gab, sondern nur Gigolos, setzte die Hotelleitung Barkeeper, Croupiers und Laufjungen auf die Frauen an – als Dienstleistung. Aus all dem zog Gronevelt den logischen Schluß, daß Männer den Sex brauchten, um voller Zuversicht in den Kampf ziehen zu können, Frauen dagegen den Sex benutzten, um sich über einen Verlust hinwegtrösten zu lassen oder sich für ihren Gewinn zu belohnen.

Big Tim bestellte sich eine Stunde vor der Party tatsächlich ein Mädchen aufs Zimmer und begab sich in den frühen

Morgenstunden, nachdem er sehr viel Geld verloren hatte, dann noch mit seinen beiden Kellnerinnen ins Bett. Die beiden zögerten; schließlich waren sie anständige Mädchen. Big Tim löste das Problem auf seine Art: Er drückte ihnen schwarze Chips im Wert von zehntausend Dollar in die Hand und erklärte ihnen, daß sie die behalten könnten, wenn sie die Nacht mit ihm verbrachten. Dazu versprach er ihnen, wie gewohnt, noch mehr, wenn sie diese Nacht für ihn besonders angenehm gestalteten. Voller Behagen sah er zu, wie sie die Chips nachdenklich musterten, bevor sie zusagten. Der Witz daran war, daß sie ihn so betrunken machten, daß er, bis obenhin vollgegessen und -getrunken, einfach einschlief, bevor sie über die Streichelphase hinaus waren. In der Mitte zwischen den beiden schlummerte er glücklich ein und drängte die Mädchen mit seiner überdimensionalen Körperfülle immer weiter an die Bettkante, bis sie schließlich hinauspurzelten und auf dem Fußboden einschliefen.

Spät am selben Abend erhielt Cross einen Anruf von Claudia. »Athena ist verschwunden«, sagte sie. »Die Leute im Studio sind verzweifelt, und ich mache mir große Sorgen. Es trifft zwar zu, daß Athena, seit ich sie kenne, an mindestens einem Wochenende pro Monat verschwunden ist. Diesmal jedoch habe ich das Gefühl, daß ich dich informieren muß. Du solltest was unternehmen, bevor sie endgültig verschwindet.«

»Ist schon okay«, antwortete Cross. Daß er Skannet durch seine eigenen Leute beobachten ließ, verschwieg er ihr.

Aber der Anruf lenkte seine Aufmerksamkeit wieder auf Athena. Auf ihr bezauberndes Gesicht, das all ihre Empfindungen zu spiegeln schien; auf ihre wunderschönen, langen Beine. Und auf die Intelligenz, die aus ihren Augen sprach, auf das Echo eines unsichtbaren Instruments ihrer Seele.

Er griff zum Telefon und rief eines der Chorus-Girls namens Tiffany an, mit der er gelegentlich zusammen war.

Tiffany war Captain der Chorus-Line in der großen Cabaret-Show des Xanadu. Dieser Posten brachte ihr eine zusätzliche Bezahlung sowie ein paar Privilegien ein, vor allem dafür, daß sie für Disziplin sorgte und die üblichen Zankereien und Kämpfe unterband, zu denen es bei den Mädchen immer wieder kam. Sie war eine große, kräftige Blondine, die ihre Probeaufnahmen für den Film nicht geschafft hatte, weil sie für die Leinwand zu groß war. Während ihre Schönheit auf der Bühne Eindruck machte, wirkte sie auf Zelluloid einfach erschlagend.

Als sie eintraf, war sie überrascht, wie eilig es Cross mit der Liebe hatte. Er zog sie an sich, riß ihr die Kleider herunter und schien ihren Körper mit seinen Küssen verschlingen zu wollen. Viel zu schnell drang er in sie ein und kam sofort zum Höhepunkt. Dies alles wich so sehr von seinem gewohnten Stil ab, daß sie ihn fast wehmütig fragte: »Diesmal scheint es die wahre Liebe zu sein – oder?«

»Stimmt«, antwortete Cross und begann schon wieder von neuem.

»Nicht ich, du Dummkopf«, entgegnete Tiffany. »Wer ist die Glückliche?«

Cross ärgerte sich darüber, daß er so leicht zu durchschauen war. Und dennoch konnte er diese Hingabe an den Körper neben ihm nicht bremsen. Er konnte nicht genug kriegen von ihren Brüsten, ihrer Zunge, dem samtigen Hügel zwischen den Schenkeln, die alle eine unwiderstehliche Hitze ausstrahlten. Als das lustvolle Fieber Stunden später endlich nachließ, dachte er immer noch an Athena.

Tiffany griff zum Telefon und rief den Zimmerservice. »Für den Fall, daß du sie kriegen solltest, tut mir das arme Mädchen jetzt schon leid«, sagte Tiffany.

Als sie gegangen war, fühlte sich Cross frei. Es war eine Schwäche, so heftig verliebt zu sein, die befriedigte Lust jedoch verlieh ihm Selbstsicherheit. Um drei Uhr morgens machte er seine letzte Runde durch das Casino.

Im Coffee Shop sah er Dante mit drei hübschen, lebensfrohen Frauen. Obwohl eine davon Loretta Lang war, die Sängerin, der er geholfen hatte, ihren Vertrag aufzulösen, erkannte er sie nicht wieder. Dante winkte ihn herbei, aber Cross lehnte mit einem Kopfschütteln ab. Oben in seiner Penthouse-Suite nahm er zwei Schlaftabletten, bevor er zu Bett ging. Aber er träumte trotzdem von Athena.

Die drei Frauen an Dantes Tisch waren berühmte Damen aus Hollywood und Ehefrauen sehr erfolgreicher Filmstars. Auch sie waren Gäste bei Big Tims Party gewesen – nicht auf Einladung, sondern indem sie sich den Zutritt kraft ihres Charmes erschlichen hatten.

Die älteste war Julia Deleree, die mit dem berühmtesten der drei verheiratet war. Sie hatte zwei Kinder, und die Familie erschien immer wieder als vorbildliches Paar in den Zeitschriften, das keinerlei Probleme hatte und begeistert von der eigenen Ehe berichtete.

Die zweite war Joan Ward. Sie war, obwohl fast fünfzig, immer noch sehr attraktiv. Sie spielte inzwischen zweite Hauptrollen, gewöhnlich als die intelligente Frau, die leidende Mutter eines zum Tode verurteilten Kindes, eine verlassene Frau, deren Tragödie zu einer zweiten glücklichen Ehe führt, oder eine energische Kämpferin für feministische Ziele. Sie war mit dem Chef eines Studios verheiratet, der ihre Kreditkartenkonten klaglos ausglich, ganz gleich, wie hoch die Beträge waren, und der von ihr dafür nur verlangte, daß sie sich als Gastgeberin für seine zahlreichen Partys zur Verfügung stellte. Sie hatte keine Kinder.

Der dritte Star war Loretta, die inzwischen als erste Wahl für die Comedy-Hauptrolle in verrückten Komödien galt. Auch sie hatte sich gut verheiratet – mit einem hochdotierten Star, der in hirnlosen Actionfilmen mitspielte, die ihn für den größten Teil des Jahres zu Drehorten in andere Länder führten.

Die drei hatten sich angefreundet, weil sie oft in denselben Filmen spielten, am Rodeo Drive einkauften und in der Polo Lounge des Beverly Hills den Lunch einnahmen, wo sie ihre Erfahrungen mit Ehemännern und Kreditkarten austauschten. Was die Karten betraf, so konnten sie sich nicht beschweren. Das war, als besäße man eine Schaufel, mit der man in einer Goldmine graben darf, und über die Rechnungen hörten sie niemals Klagen von ihren Ehemännern.

Julia beschwerte sich dagegen darüber, daß ihr Mann nicht genügend Zeit mit ihren Kindern verbringe. Joan, deren Mann als Entdecker neuer Stars berühmt war, beschwerte sich über ihre Kinderlosigkeit. Loretta meinte, ihr Mann müsse mehr ernste Rollen bekommen. Aber es kam der Tag, da sagte Loretta mit ihrer gewohnten Lebhaftigkeit: »Hören wir endlich auf, uns was vorzumachen. Wir sind alle glücklich und mit einflußreichen Männern verheiratet. Im Grunde hassen wir nur die Tatsache, daß unsere Ehemänner uns auf den Rodeo Drive schicken, damit sie keine so großen Gewissensbisse haben müssen, wenn sie andere Weiber bumsen.« Alle drei lachten. Sie hatte den Nagel auf den Kopf getroffen.

Julia sagte: »Ich liebe meinen Mann, aber er ist schon seit einem Monat in Tahiti bei Dreharbeiten. Und ich weiß, daß er da nicht am Strand rumsitzt. Da ich aber keinen ganzen Monat in Tahiti verbringen mochte, bumst er entweder seine weibliche Hauptrolle oder eine einheimische Schauspielerin.«

»Und würde das auch tun, wenn du mitgefahren wärst«, warf Loretta ein.

»Mein Mann verfügt zwar über nicht mehr Sperma als eine Ameise«, sagte Joan wehmütig, »aber sein Schwanz ist wie eine Wünschelrute. Wie kommt es nur, daß die meisten Stars, die er entdeckt, weiblich sind? Seine Probeaufnahmen für sie bestehen darin, daß er feststellt, wieviel von seinem Schwanz sie schlucken können.«

Inzwischen waren sie alle drei angetrunken. Sie waren überzeugt, daß Wein keine Kalorien hatte.

»Wir können das unseren Männern nicht übelnehmen«, erklärte Loretta energisch. »Die schönsten Frauen der Welt bieten sich ihnen an. Sie haben gar keine andere Wahl. Aber warum sollen wir darunter leiden? Pfeifen wir doch auf die dämlichen Kreditkarten und gehen wir uns lieber amüsieren!«

Die Folge war ihre geheiligte, einmal im Monat zelebrierte Freinacht für Mädchen. Sobald ihre Ehemänner nicht zu Hause waren, und das geschah relativ häufig, starteten sie zu nächtelangen Abenteuern.

Da sie von den meisten Amerikanern erkannt werden konnten, mußten sie sich gut tarnen. Das erwies sich für sie jedoch als außerordentlich einfach. Mit Perücken veränderten sie Frisur und Haarfarbe. Mit Make-up machten sie ihre Lippen voller oder schmaler. Und sie kleideten sich wie einfache Mittelklassefrauen. Sie spielten ihre Schönheit herunter, aber das machte ihnen nichts aus, denn wie die meisten Schauspielerinnen verstanden sie sich darauf, einen enormen Charme zu entwickeln. Und sie liebten es, in andere Rollen zu schlüpfen. Sie fanden es wunderbar, zu hören, wie ihnen die unterschiedlichsten Männer in der Hoffnung, mit ihnen ins Bett gehen zu können, ihr Herz ausschütteten, und zwar gar nicht so selten mit Erfolg. Das war der Atem des wahren

Lebens, die Charaktere waren noch geheimnisvoll und nicht einem Drehbuch unterworfen. Außerdem gab es erfreuliche Überraschungen: aufrichtige Heirats- und Liebesanträge. Männer beichteten ihnen ihren Kummer, weil sie glaubten, sie nie wiederzusehen. Die Bewunderung, die ihnen entgegengebracht wurde, galt nicht ihrem verborgenen Status, sondern ihrem angeborenen Charme. Und es machte ihnen Freude, neue Persönlichkeiten für sich zu erfinden. Zuweilen waren sie Computer-Operators auf Urlaub, zuweilen Krankenschwestern, Zahnarzthelferinnen oder Sozialarbeiterinnen. Auf ihre verschiedenen Rollen bereiteten sie sich vor, indem sie Bücher über ihre neuen Berufe lasen. Manchmal gaben sie sich als Anwaltssekretärinnen aus dem Büro eines großen Showbiz-Anwalts in L. A. aus und verbreiteten skandalöse Klatschgeschichten über ihre eigenen Männer und andere aus dem Kreis ihrer Schauspielerfreunde. Sie amüsierten sich köstlich dabei, verließen dazu aber grundsätzlich die Stadt: Los Angeles war zu gefährlich, weil sie unverhofft auf Freunde treffen konnten, die sie trotz ihrer Maskierung mühelos erkannten. Wie sie entdeckten, war auch San Francisco riskant. Ihre Lieblingsspielwiese war Las Vegas.

Dante hatte sie in der Club Lounge des Xanadu aufgegabelt, in der sich erschöpfte Glücksspieler ausruhten und einer Band, einem Komiker und einer Sängerin lauschten. Auch Loretta war zu Beginn ihrer Karriere einmal dort aufgetreten. Tanz gab es dort nicht, denn das Hotel wünschte, daß die Gäste, sobald sie wieder ausgeruht waren, an die Spieltische zurückkehrten.

Dante fühlte sich zu den drei Damen hingezogen. Und sie mochten ihn, weil sie beobachtet hatten, wie er mit seinem unbegrenzten Kredit gespielt und enorme Geldsummen verloren hatte. Nach den Drinks führte er sie an den Roulettetisch und versorgte jede von ihnen mit einem Stapel Chips im

Wert von eintausend Dollar. Sie fanden nicht nur seine Kappe entzückend, sondern auch die ausgesuchte Höflichkeit, die ihm von den Croupiers und selbst vom Chefcroupier entgegengebracht wurde. Und seinen verschlagenen Charme, der von einem bösartigen Humor gewürzt war. Dante war auf eine vulgäre und zuweilen erschreckende Art witzig. Außerdem wirkte sein exzessives Spiel erregend auf sie. Natürlich waren sie selbst auch reich, doch dies hier war hartes Geld bar auf die Hand, das seinen ganz eigenen Zauber ausübte. Gewiß, sie hatten am Rodeo Drive an einem Tag schon Zehntausende von Dollar ausgegeben, dafür hatten sie aber auch Luxusgüter erhalten. Als Dante seinen Marker für einhunderttausend Dollar unterschrieb, waren sie beeindruckt, obwohl ihre Ehemänner ihnen Autos geschenkt hatten, die weit mehr kosteten. Aber Dante warf dieses Geld einfach zum Fenster hinaus.

Sie schliefen nicht immer mit den Männern, die sie aufgabelten, doch als sie jetzt die Damentoilette aufsuchten, diskutierten sie über die Frage, welche von ihnen Dante bekommen sollte. Julia bat darum, weil sie, wie sie behauptete, richtig begierig danach war, in Dantes komische Kappe zu pinkeln. Daraufhin gaben die anderen beiden auf.

Joan hatte gehofft, fünf- bis zehntausend zu gewinnen. Nicht weil sie es wirklich brauchte, aber es war Bares, es war richtiges, echtes Geld. Loretta war von Dante weniger begeistert als die anderen. Ihr Leben beim Cabaret in Las Vegas hatte sie gegen solche Männer immun gemacht. Die steckten voller Überraschungen, und zumeist nicht eben angenehmer.

Die Damen hatten eine Suite mit drei Schlafzimmern im Xanadu. Sie blieben bei diesen Ausflügen möglichst zusammen – aus Sicherheitsgründen, und weil sie so besser über ihre Abenteuer klatschen konnten. Sie hatten es sich zur

Regel gemacht, mit dem jeweils Erwählten niemals die ganze Nacht zu verbringen.

Also landete Julia bei Dante, der in diesem Fall nichts zu sagen hatte, obwohl er selbst Loretta bevorzugt hätte. Er bestand jedoch darauf, daß Julia in seine Suite mitkam, die unmittelbar unter der ihren lag. »Ich bring' dich später zu deiner Suite rauf«, erklärte er eiskalt. »Wir brauchen nur eine Stunde. Ich muß morgen früh aufstehen.« In diesem Moment wurde Julia klar, daß er sie für getarnte Prostituierte hielt.

»Komm lieber mit in meine Suite«, entgegnete Julia. »Ich werde dich dann später runterbringen.«

»He, da oben warten doch deine beiden geilen Freundinnen«, wandte Dante ein. »Woher soll ich wissen, daß die sich nicht auf mich stürzen und mich vergewaltigen. Ich bin doch nur ein kleines Kerlchen.«

Das belustigte Julia so sehr, daß sie ihm in seine Suite folgte. Die Verschlagenheit, die in seinem Lächeln lag, war ihr entgangen. Unterwegs sagte sie scherzend: »Ich möchte so gern in deine Kappe pinkeln.«

Dante verzog keine Miene. »Wenn's dir Spaß macht, macht's mir auch Spaß«, antwortete er lakonisch.

In seiner Suite angekommen, gab es nur sehr wenige Worte. Julia warf ihre Handtasche aufs Sofa und zog das Oberteil ihres Kleides so weit herunter, daß ihr Busen zu sehen war: Er war bei weitem das Beste an ihr. Dante aber schien die große Ausnahme zu sein: ein Mann, der sich für Busen nicht interessierte.

Er führte sie ins Schlafzimmer, wo er ihr das Kleid und anschließend die Wäsche auszog. Als sie nackt war, legte er seine eigenen Kleider ab. Wie sie sah, war sein Penis kurz, dick und beschnitten. »Du mußt aber ein Kondom benutzen«, sagte sie.

Dante warf sie aufs Bett. Julia war eine kräftige Frau, er aber hob sie einfach auf und warf sie ohne sichtbare Anstrengung aufs Bett. Dann setzte er sich rittlings auf sie.

»Ich bestehe darauf, daß du ein Kondom benutzt«, protestierte sie. »Ich meine es ernst.«

Im nächsten Moment explodierte Licht in ihrem Kopf. Er hatte sie so hart geohrfeigt, daß sie fast das Bewußtsein verloren hätte. Sie versuchte sich unter ihm hervorzuwinden, aber für einen so kleinen Mann war er unglaublich stark. Sie spürte zwei weitere Ohrfeigen, die ihr Gesicht mit heißer Glut übergossen und sogar bewirkten, daß ihre Zähne schmerzten. Dann fühlte sie, wie er in sie eindrang. Nur wenige Sekunden lang dauerten seine harten Stöße, bis er über ihr zusammensank.

Eng umschlungen lagen sie da, bis er versuchte, sie umzudrehen. Als sie sah, daß er noch immer eine Erektion hatte, wußte sie, daß er von hinten in sie eindringen wollte. Leise flüsterte sie ihm zu: »Ich mag das, aber ich muß Vaseline aus meiner Handtasche holen.«

Er duldete, daß sie sich unter ihm hervorschob und ins Wohnzimmer hinüberging. Dante folgte ihr zur Tür des Schlafzimmers. Sie waren beide immer noch nackt.

Julia wühlte in ihrer Handtasche; dann zog sie mit einer schnellen Handbewegung eine winzige, silbrige Pistole heraus. Es war ein Requisit aus einem Film, an dem sie mitgearbeitet hatte, und sie hatte sich immer vorgestellt, wie es wohl wäre, wenn sie es in einer realen Situation benutzen würde. Sie nahm die halb geduckte Stellung ein, die man sie beim Film gelehrt hatte, richtete den Revolver auf Dante und sagte: »Ich werde mich jetzt anziehen und gehen. Wenn du versuchst, mich daran zu hindern, schieße ich.«

Zu ihrer Überraschung reagierte der nackte Dante mit einem gutmütigen Gelächter. Immerhin stellte Julia voller

Genugtuung fest, daß seine Erektion sofort in sich zusammenfiel.

Julia genoß die Situation. Sie stellte sich vor, sie wäre wieder oben bei Joan und Loretta und würde ihnen davon erzählen. Wie die sich darüber amüsieren würden! Sie versuchte, all ihren Mut zusammenzunehmen und ihm die Kappe abzufordern, damit sie hineinpinkeln konnte.

Doch wieder bereitete ihr Dante eine Überraschung. Ganz langsam kam er auf sie zu. Lächelnd sagte er leise zu ihr: »Das ist ein sehr kleines Kaliber, es würde mich nicht aufhalten, es sei denn, du hast Glück und triffst meinen Kopf. Du solltest nie eine kleine Waffe benutzen. Selbst wenn du mir drei Kugeln in den Körper jagst, werde ich dich noch erwürgen. Außerdem hältst du die Waffe falsch, diese Stellung ist überflüssig, sie bringt nichts. Hinzu kommt, daß du mich vermutlich gar nicht treffen wirst, denn diese kleinen Dinger sind nicht zielsicher. Also wirf das Spielzeug weg, dann können wir uns in Ruhe unterhalten. Und dann kannst du gehen.«

Da er immer näher auf sie zukam, warf sie die Pistole aufs Sofa. Dante nahm sie, musterte sie und schüttelte den Kopf. »Eine Attrappe?« sagte er. »Auf die Art wird man mit Sicherheit umgebracht.« Beinah liebevoll mißbilligend schüttelte er den Kopf. »Na ja, wenn du eine echte Prostituierte wärst, dann wäre das hier eine echte Waffe. Wer also bist du?«

Er stieß Julia aufs Sofa und hielt sie dort mit einem Bein gefangen; seine Zehen berührten ihre Schamhaare. Dann öffnete er ihre Handtasche und leerte den Inhalt auf den Couchtisch. Er suchte in den Seitentaschen der Tasche, bis er ihr Etui mit den Kreditkarten und ihren Führerschein fand. Nachdem er beides sorgfältig studiert hatte, grinste er vor Begeisterung. »Nimm die Perücke ab!« befahl er ihr. Dann nahm er ein Schonerdeckchen vom Sofa und wischte ihr das Make-up vom Gesicht.

»Donnerwetter, Julia Deleree!« sagte Dante. »Ich bumse einen echten Filmstar!« Wieder lachte er triumphierend auf. »Du kannst jederzeit in meine Kappe pinkeln.«

Mit den Zehen wühlte er zwischen ihren Beinen. Dann riß er sie plötzlich auf die Füße. »Nur keine Angst«, sagte er beruhigend. Er küßte sie; dann drehte er sie um und stieß sie so hinunter, daß sie über die Rücklehne des Sofas fiel und ihre Brüste baumelten, während sie ihm ihr Hinterteil präsentierte.

Unter Tränen sagte Julia: »Du hast versprochen, daß du mich gehenläßt.«

Während er mit den Fingern tastete, küßte Dante ihre Hinterbacken. Dann drang er so rücksichtslos in sie ein, daß sie einen Schmerzensschrei ausstieß. Nachdem er fertig war, tätschelte er ihr zärtlich den Hintern.

»Jetzt kannst du dich anziehen«, sagte er. »Tut mir leid, daß ich nicht Wort gehalten habe. Ich konnte einfach die Gelegenheit nicht vorübergehen lassen, meinen Freunden erzählen zu können, daß ich Julia Deleree in ihren wundervollen Hintern gefickt habe.«

Am folgenden Morgen ließ Cross sich vom Weckruf zeitig aus dem Bett holen. Es würde ein arbeitsreicher Tag für ihn werden. Er mußte Dantes Marker aus der Casino-Kasse holen und die notwendigen Schreibarbeiten erledigen, um die Schuldscheine verschwinden zu lassen. Er mußte die Markerbücher der Chefcroupiers an sich bringen und sie umschreiben lassen. Dann mußte er dafür sorgen, daß die Papiere des Rolls-Royce für Big Tim storniert wurden. Giorgio hatte die eigentlichen Papiere so präpariert, daß der offizielle Besitzwechsel erst nach einem Monat gültig wurde. Das war echt Giorgio.

Bei all diesen Geschäftigkeiten wurde er durch einen Anruf

von Loretta Lang unterbrochen. Sie war unten im Hotel und verlangte ihn dringend zu sprechen. Weil er dachte, es handele sich möglicherweise um Claudia, ließ er sie von den Sicherheitsbeamten in seine Penthouse-Suite heraufbringen.

Loretta küßte ihn auf beide Wangen; dann erzählte sie ihm die ganze Geschichte von Julia und Dante. Der Mann habe sich ihnen als Steve Sharpe vorgestellt, berichtete sie, und hunderttausend Dollar am Craptisch verloren. Sie seien tief von ihm beeindruckt gewesen, und Julia habe beschlossen, mit ihm zu schlafen. Sie alle drei seien gekommen, um sich hier zu entspannen und in Ruhe eine Nacht lang zu spielen. Jetzt seien sie total verängstigt und fürchteten, daß Steve einen Skandal anzetteln werde.

Cross nickte mitfühlend. Wie idiotisch von Dante, dachte er, so etwas kurz vor einem großen Auftrag zu tun! Das Arschloch verschenkt schwarze Chips, damit seine Nutten spielen können. Zu Loretta sagte er beschwichtigend: »Ich kenne den Mann natürlich. Wer sind Ihre beiden Freundinnen?«

Loretta wußte, daß man Cross nicht mit Ausflüchten abspeisen konnte. Also nannte sie ihm zwei Namen. Cross lächelte. »Macht ihr drei so etwas öfter?«

»Wir brauchen auch hin und wieder ein bißchen Spaß«, antwortete Loretta. Cross schenkte ihr ein mitfühlendes Lächeln.

»Okay«, sagte er. »Ihre Freundin ist mit ihm aufs Zimmer gegangen. Sie hat sich ausgezogen. Und nun will sie Vergewaltigung schreien? Oder was?«

»Nein, nein«, versicherte Loretta hastig. »Wir wollen nur, daß er den Mund hält. Wenn er redet, könnte sich das katastrophal auf unsere Karriere auswirken.«

»Er wird nicht reden«, versprach Cross. »Er ist ein komischer Kerl. Bleibt am liebsten unauffällig. Aber darf ich euch vielleicht einen Rat geben? Laßt euch nie wieder mit ihm ein! Mädchen wie ihr solltet wirklich vorsichtiger sein.«

Seine letzte Bemerkung verärgerte Loretta, denn die drei Damen hatten beschlossen, ihre Ausflüge fortzusetzen. Sie dachten gar nicht daran, sich von einem unglücklichen Zufall entmutigen zu lassen. Außerdem war wirklich nichts Schlimmes passiert. »Woher wissen Sie, daß er nicht reden wird?« fragte sie Cross.

Cross sah sie mit ernstem Blick an. »Weil ich ihn um eine Gefälligkeit bitten werde«, antwortete er.

Als Loretta gegangen war, forderte Cross den Film einer Geheimkamera an, die alle Gäste am Empfang zeigte. Er studierte ihn aufmerksam. Jetzt, nachdem er alles wußte, war es leicht, die Tarnung der beiden Frauen zu durchschauen, die bei Loretta standen. Wie dumm von Dante, sich diese Information nicht vorher zu besorgen!

Pippi kam ins Penthouse-Büro, um dort den Lunch einzunehmen, bevor er nach Los Angeles flog, um die Logistik für das Unternehmen Big Tim zu überprüfen. Cross erzählte ihm, was ihm Loretta gebeichtet hatte.

Pippi schüttelte den Kopf. »Der kleine Scheißkerl hätte unseren ganzen Zeitplan und damit unseren ganzen Auftrag über den Haufen werfen können. Und er hört immer noch nicht auf, diese verdammte Kappe zu tragen, obwohl ich es ihm immer wieder verboten habe.«

»Du solltest bei diesem Auftrag vorsichtig sein«, warnte ihn Cross. »Und Dante lieber ständig im Auge behalten.«

»Ich habe diesen Auftrag geplant, also kann er ihn nicht durchkreuzen«, entgegnete Pippi. »Und wenn ich heute abend in L. A. mit ihm spreche, werde ich ihm neue Anweisungen geben.«

Cross erklärte ihm, wie Giorgio die Papiere für den Rolls manipuliert hatte, damit der Wagen Big Tim erst nach einem

Monat gehören und das Hotel das Auto somit nach seinem Tod zurückerhalten konnte.

»Typisch Giorgio«, sagte Pippi. »Der Don hätte ihm den Rolls gelassen, damit ihn seine Kinder erben.«

Als Big Tim Snedden, der Rustler, zwei Tage später Las Vegas verließ, schuldete er dem Xanadu sechzigtausend Dollar in Schuldscheinen. Er nahm die Spätnachmittagsmaschine nach Los Angeles, ging in sein Büro und arbeitete dort einige Stunden; dann fuhr er nach Santa Monica zum Dinner mit seiner Ex-Frau und seinen beiden Kindern. Seine Taschen quollen über von Fünf-Dollar-Noten, die er seinen Kindern mitsamt einem Pappkarton voll Silberdollars schenkte. Seiner Frau überreichte er den fälligen Scheck für Unterhalt und Kindergeld, weil er ihnen sonst keinen Besuch hätte abstatten dürfen. Nachdem die Kinder zu Bett gegangen waren, versuchte er seine Frau mit Süßholzraspelei einzuwickeln, aber sie wollte nicht mit ihm schlafen, und nach Las Vegas war ihm das auch wirklich nicht wichtig. Immerhin mußte er es versuchen, denn dann hätte er etwas umsonst erhalten.

Am Tag darauf war Big Tim, der Rustler, wirklich sehr beschäftigt, weil zwei Steuerfahnder ihn durch Drohungen dazu bringen wollten, irgendwelche Steuern zu bezahlen. Er erklärte ihnen, er werde vors Finanzgericht gehen und sie rauswerfen lassen. Dann mußte er ein Lagerhaus für Konserven und ein weiteres für zugelassene Drogen aufsuchen, die er zu Dumpingpreisen eingekauft hatte, weil die Verfallsdaten erreicht waren. Zum Lunch traf er sich mit dem Vizepräsidenten einer Supermarktkette, der eine Lieferung dieser Waren kaufen wollte. Bei Tisch schob er dem Manager unauffällig ein Kuvert mit zehntausend Dollar in die Hand.

Nach dem Lunch erhielt er einen unerwarteten Anruf von zwei FBI-Agenten, die ihn nach seiner Verbindung zu einem

Kongreßabgeordneten fragen wollten, der kurz vor der Anklage stand. Big Tim sagte ihnen, sie sollten verschwinden.

Big Tim, der Rustler, kannte keine Angst. Möglicherweise wegen seines riesigen Körpers, möglicherweise, weil ihm ein Teil seines Hirns fehlte. Denn er kannte nicht nur keine körperliche, er kannte auch keine seelische Angst. Er hatte nicht nur gegen die Menschheit die Offensive ergriffen, sondern gegen die Natur überhaupt. Als die Ärzte ihm erklärten, er fresse sich zu Tode und müsse ernsthaft Diät halten, hatte er sich für eine Magen-Bypass-Operation entschieden, die lebensbedrohlich war. Aber sie war perfekt verlaufen. Er aß, was er wollte, ohne schädliche Auswirkungen befürchten zu müssen.

Auf die gleiche brutale Art hatte er sein Imperium aufgebaut. Er hatte Verträge geschlossen, die einzuhalten er sich weigerte, sobald sie für ihn unprofitabel wurden; er betrog Partner und Freunde. Alle hatten zwar gegen ihn geklagt, sich aber immer mit weniger zufriedengeben müssen als dem, was sie zu den ursprünglichen Bedingungen bekommen hätten. Es war ein äußerst erfolgreiches Leben für einen Mann, der keine Vorsorge für die Zukunft traf. Er war fest davon überzeugt, letzten Endes gewinnen zu müssen. Er konnte jederzeit Konzerne zusammenbrechen lassen oder persönliche Feindseligkeiten durch Schmeicheleien beilegen. Bei Frauen war er sogar noch gnadenloser. Er versprach ihnen ganze Einkaufszentren, Apartments, Boutiquen. Worauf sie sich mit kleineren Schmuckstücken zu Weihnachten oder einem geringen Scheck zu ihrem Geburtstag zufriedengaben – beträchtlichen Summen, die aber bei weitem nicht an die ursprünglichen Versprechungen heranreichten. Big Tim wollte keine Liebesbeziehung. Er wollte nur sicherstellen, daß er einen liebevollen Fick abrufen konnte, wann immer er ihn brauchte.

Big Tim liebte diese Betriebsamkeit, sie machte das Leben interessant. In L. A. hatte es einen selbständigen Buchmacher gegeben, den er bei Footballwetten um siebzig Riesen betrogen hatte. Der Buchmacher hielt ihm eine Waffe an den Kopf, und Big Tim sagte: »Ach was, verfick dich doch!« Dann hatte er ihm zum Ausgleich für seine Schulden zehn Riesen geboten. Und der Buchmacher hatte das Geld genommen.

Seine Fortune, seine robuste Gesundheit, sein einschüchternd massiger Körper, sein fehlendes Schuldbewußtsein – dies alles bewirkte, daß Big Tim bei allem erfolgreich war, was auch immer er anfaßte. Seine Überzeugung, daß die gesamte Menschheit korrumpierbar sei, verlieh ihm eine gewisse Aura der Naivität, die nicht nur bei den Frauen im Bett nützlich war, sondern ebenso vor Gericht. Und seine Lust am Leihen verlieh ihm einen gewissen Charme. Er war ein Gauner, der sich in die Karten sehen ließ.

Deswegen wunderte sich Big Tim nicht weiter über die geheimnisvolle Verabredung, die Pippi De Lena für jenen Abend mit ihm getroffen hatte. Da der Mann genauso ein Geschäftemacher war wie er selbst, konnte man mit ihm fertig werden. Große Versprechungen, kleine Löhnung.

Was dagegen Steve Sharpe betraf, so witterte Big Tim eine großartige Chance, einen doppelten, ja, dreifachen Coup. Der kleine Kerl hatte an den Tischen, die er beobachtete, an einem Tag mindestens eine halbe Million gesetzt. Das hieß, daß er im Casino einen hohen Kredit genoß und in der Lage sein mußte, eine riesige Menge schwarzes Geld zu machen. Er würde ein perfekter Partner für den Super-Bowl-Trick sein. Denn er vermochte nicht nur das Geld für die Wetten zu beschaffen, sondern besaß auch das Vertrauen der Buchmacher. Schließlich nahmen diese Leute nicht von Hinz und Kunz Mammutwetten an.

Dann stellte Big Tim sich seinen nächsten Besuch in Las Vegas vor. Endlich würde er eine Villa bekommen! Er überlegte, wen er als Gäste mitbringen sollte. Geschäft oder Vergnügen? Zukünftige Opfer oder vielleicht nur Frauen? Schließlich wurde es Zeit für das Dinner mit Pippi und Steve Sharpe. Er rief seine Ex-Frau und seine beiden Kinder an, um ein wenig mit ihnen zu plaudern; dann machte er sich auf den Weg.

Das Dinner fand in einem kleinen Fischrestaurant unten im Hafen von L. A. statt. Da es keinen Parkservice gab, stellte Big Tim seinen Wagen auf dem Parkplatz ab.

Im Restaurant wurde er von einem winzigen Oberkellner empfangen, der ihm einen kurzen Blick zuwarf und ihn sofort an einen Tisch führte, an dem ihn Pippi De Lena erwartete.

Big Tim, ein Experte im *abbraccio,* begrüßte Pippi mit einer freundschaftlichen Umarmung. »Wo ist Steve? Will der mich verarschen? Ich hab' keine Zeit für solche Spielchen.«

Pippi setzte seinen ganzen Charme ein. Leutselig schlug er Big Tim auf die Schulter. »Bin ich gar nichts?« fragte er. »Setzen Sie sich. Sie werden das beste Fischessen bekommen, das Sie jemals erlebt haben. Mit Steve werden wir uns anschließend treffen.«

Als der Oberkellner kam, um die Bestellung entgegenzunehmen, erklärte ihm Pippi: »Wir wollen das Beste von allem, und die größte Menge von allem. Mein Freund hier ist der Champion aller Esser, und wenn er hungrig von diesem Tisch aufsteht, werde ich ein Wörtchen mit Vincent reden.«

Der Oberkellner lächelte zuversichtlich; er kannte die Qualität seiner Küche. Sein Restaurant gehörte zu Vincent Clericuzios Imperium. Wenn die Polizei Big Tims Spuren zurückverfolgte, würde sie hier gegen eine Wand rennen.

Sie aßen eine endlose Folge von Mies- und anderen Muscheln, Shrimps und schließlich Hummer: drei für Big Tim, einen für Pippi. Pippi war lange vor Big Tim fertig. »Dieser Mann ist ein Freund von mir, und jetzt kann ich's Ihnen ja ruhig verraten, daß er ganz große Klasse in Drogen ist. Wenn Sie das abschreckt, sagen Sie's mir lieber sofort.«

»Das schreckt mich etwa so sehr ab wie dieser Hummer«, antwortete Big Tim und schwenkte die beiden riesigen Scheren vor Pippis Nase. »Was noch?«

»Er muß ständig schwarzes Geld waschen«, sagte Pippi. »Das müssen Sie bei Ihrem Geschäft berücksichtigen.«

Big Tim ließ sich das Essen schmecken, die verschiedenen Gewürze des Meeres stiegen ihm in die Nase. »Wunderbar, das weiß ich längst«, sagte er. »Aber wo zum Teufel steckt der Kerl?«

»Auf seiner Jacht«, erklärte Pippi. »Er will nicht mit Ihnen gesehen werden. Das ist auch in Ihrem Interesse. Er ist ein äußerst vorsichtiger Mensch.«

»Einen Scheißdreck kümmert es mich, ob man mich mit ihm sieht«, sagte Big Tim. »*Ich selbst* möchte mich endlich mit ihm sehen.«

Schließlich hatte Big Tim genug. Zum Nachtisch aß er Obst und trank einen Espresso dazu. Geschickt schälte ihm Pippi eine Birne. Tim bestellte sich einen weiteren Espresso. »Damit ich wach bleibe«, erklärte er. »Der dritte Hummer hätte mich fast erledigt.«

Eine Rechnung wurde nicht präsentiert. Pippi ließ einen Zwanzig-Dollar-Schein auf dem Tisch zurück, und die beiden verließen das Restaurant, wobei der Oberkellner Tims phänomenaler Leistung bei Tisch stillschweigend Tribut zollte.

Pippi führte Big Tim zu einem kleinen Mietwagen, in den sich Tim nur mit Mühe hineinzuzwängen vermochte. »Großer Gott, können Sie sich keinen besseren Wagen leisten?« fragte er Pippi.

»Es ist nicht weit«, antwortete Pippi beschwichtigend. Und tatsächlich dauerte die Fahrt knapp fünf Minuten. Inzwischen war es bis auf die Lichter einer kleinen Jacht, die an der Pier festgemacht hatte, gänzlich dunkel geworden.

Die Laufplanke lag draußen, bewacht von einem Mann, der fast ebenso schwergewichtig war wie Tim. Ein zweiter Mann stand weiter hinten auf dem Deck. Pippi und Big Tim stiegen die Laufplanke empor und betraten das Deck der Jacht. Gleich darauf erschien auch Dante an Deck und kam ihnen entgegen, um ihnen die Hand zu schütteln. Er trug seine Renaissance-Kappe, die er mit gutmütigem Grinsen vor Big Tims Zugriff schützte.

Dante führte sie unter Deck in eine als Speisezimmer eingerichtete Kabine. In bequemen, am Boden festgeschraubten Sesseln nahmen sie an einem der Tische Platz.

Auf dem Tisch standen eine Auswahl von Spirituosen, ein Eimer mit Eis und ein Tablett mit Gläsern. Pippi schenkte allen Brandy ein.

In diesem Moment liefen die Maschinen an, und die Jacht setzte sich in Bewegung. »Wohin zum Teufel fahren wir?« wollte Big Tim wissen.

»Nur ein kleiner Törn, um ein bißchen frische Luft zu schnappen. Sobald wir draußen auf freier See sind, können wir an Deck gehen und die Meeresluft genießen.«

Big Tims Mißtrauen war noch immer nicht ganz beseitigt, aber er war fest davon überzeugt, daß er mit allem fertig wurde, was die Zukunft bringen mochte. Also akzeptierte er die Erklärung.

»Wenn ich richtig verstanden habe, Tim«, sagte Dante, »dann wollen Sie mit mir ins Geschäft kommen.«

»Nein, ich will, daß Sie mit *mir* ins Geschäft kommen«, berichtigte Big Tim betont gutgelaunt. »Ich gebe hier den Ton an. Ich wasche das Geld für Sie, ohne Ihnen ein Aufgeld abzuverlangen. Und Sie verdienen außerdem noch ein schönes Sümmchen extra. Ich habe ein Einkaufszentrum, das ich außerhalb von Fresno baue, daran können Sie sich mit fünf bis zehn Millionen beteiligen. Ich habe ständig alle möglichen Geschäfte an der Hand.«

»Klingt hervorragend«, warf Pippi De Lena ein.

Big Tim musterte ihn mit eiskaltem Blick. »Wie kommen Sie da eigentlich mit rein? Hab' ich schon lange fragen wollen.«

»Er ist mein Juniorpartner«, erklärte Dante. »Mein Berater. Ich habe das Geld, aber er hat den Grips.« Er hielt inne; dann fuhr er ernsthaft fort: »Er hat mir viel Gutes von Ihnen erzählt, Tim. Deswegen reden wir hier miteinander.«

Die Jacht hatte inzwischen ein so hohes Tempo vorgelegt, daß die Gläser auf dem Tablett klirrten. Big Tim überlegte, ob er diesen Mann auch in das Super-Bowl-Geschäft hineinnehmen sollte. Dann hatte er einen seiner intuitiven Einfälle, und damit hatte er noch nie schiefgelegen. Er lehnte sich im Sessel zurück, trank einen Schluck Brandy und warf beiden Männern einen ernsten, fragenden Blick zu. Das tat er oft, er hatte ihn sorgsam einstudiert: den Blick eines Mannes, der drauf und dran ist, einem anderen Vertrauen zu schenken. Einem guten Freund. »Ich werde Ihnen beiden ein Geheimnis verraten«, erklärte er. »Aber erst mal zum Geschäft! Sie wollen einen Anteil an meinem Einkaufszentrum?«

»Ich bin dabei«, antwortete Dante. »Unsere Anwälte werden sich morgen zusammensetzen, und ich werde einiges Bonafide-Geld lockermachen.«

Big Tim leerte sein Brandyglas; dann beugte er sich vor. »Ich kann den Super Bowl manipulieren«, sagte er. Mit einer dramatischen Geste winkte er Pippi, ihm noch einmal das Glas zu füllen. Voller Genugtuung sah er die verwunderten Mienen der beiden. »Sie glauben wohl, ich rede Scheiße, wie?« fragte er.

Dante nahm seine Renaissance-Kappe vom Kopf und betrachtete sie nachdenklich. »Ich glaube, Sie pinkeln in meine Mütze«, sagte er mit erinnerungsseligem Lächeln. »Das versuchen eine Menge Leute. Auf diesem Gebiet ist aber Pippi der Experte. Pippi?«

»Unmöglich«, behauptete Pippi. »Bis zum Super Bowl sind es noch acht Monate, und Sie wissen ja noch nicht mal, wer dabei mitmacht.«

»Dann verpißt euch«, sagte Big Tim. »Wenn ihr nicht bei 'nem todsicheren Ding mitmachen wollt – von mir aus, bitte. Aber ich schwöre euch, daß ich sie manipulieren kann. Wenn ihr nicht wollt, okay, bleiben wir beim Einkaufszentrum. Dann laßt dieses Boot jetzt wenden und hört auf, meine Zeit zu verschwenden.«

»He, nicht so empfindlich!« sagte Pippi. »Lassen Sie erst mal hören, wie Sie das anstellen wollen.«

Big Tim kippte seinen Brandy und sagte bedauernd: »Das kann ich nicht. Aber ich biete Ihnen eine Garantie. Sie wetten zehn Millionen, und wir teilen den Gewinn. Wenn etwas schiefgeht, gebe ich Ihnen die zehn Millionen zurück. Das ist fair, oder?«

Dante und Pippi tauschten einen belustigten Blick. Dante, der den Kopf einzog, wirkte mit seiner Renaissance-Kappe wie ein listiges Eichhörnchen. »Sie geben mir das Geld in bar zurück?« fragte er.

»Nicht direkt«, antwortete Big Tim. »Ich mach's mit einem anderen Geschäft wieder gut. Mit einem Preisnachlaß von zehn Millionen.«

»Manipulieren Sie die Spieler? – erkundigte sich Dante.

»Das kann er nicht«, warf Pippi ein. »Die verdienen viel zuviel Geld. Es müssen die Offiziellen sein.«

Big Tim geriet in Begeisterung. »Ich kann's Ihnen nicht verraten, aber es ist narrensicher. Und mal ganz abgesehen vom Geld: Denken Sie an den Ruhm! Das wird die größte Manipulation in der gesamten Geschichte des Sports!«

»Na klar, die werden alle auf uns anstoßen – wenn wir im Kittchen sitzen«, sagte Dante.

»Das ist es ja, warum ich Ihnen nichts verrate«, sagte Big Tim. »Ich allein gehe in den Knast. Sie nicht. Denn ich habe die besten Anwälte, und ich habe die besten Verbindungen.«

Zum ersten Mal wich Dante von Pippis Drehbuch ab. »Sind wir weit genug draußen?« fragte er.

»Ja«, antwortete Pippi, »aber ich glaube, wenn wir noch ein bißchen weiterplaudern, wird uns Big Tim alles erklären.«

»Scheiß auf Tim«, gab Dante vergnüglich zurück. »Hast du gehört, Big Tim? Ich will jetzt wissen, wie diese Manipulation funktioniert, und versuch uns keine Scheiße zu servieren!« Sein Ton war so verächtlich, daß Big Tim puterrot anlief.

»Du kleiner Scheißer«, sagte er. »Glaubst du wirklich, du kannst mich einschüchtern? Glaubst du wirklich, du bist besser als das FBI, das Finanzamt und die härtesten Gauner der ganzen Westküste? *Scheißen* werd' ich in deine Mütze!«

Dante lehnte sich im Sessel zurück und hämmerte an die Kabinenwand. Sekunden später öffneten zwei riesige, brutal aussehende Männer die Tür und nahmen dort als Wachen Aufstellung. Big Tim sprang auf und wischte mit einer ausholenden Bewegung seines mächtigen Armes alles vom Tisch. Schnapsflaschen, Eiseimer und das Tablett mit den Gläsern krachten zu Boden.

»Nicht, Tim! Hören Sie auf mich«, rief Pippi. Er wollte dem Mann unnötiges Leiden ersparen. Außerdem wollte er nicht der Schütze sein, das war nicht im Plan vorgesehen. Big Tim aber warf sich kampfbereit gegen die Tür.

Urplötzlich schob sich Dante zwischen Big Tims ausgestreckte Arme und schien sich an den riesigen Torso zu schmiegen. Als die beiden sich voneinander lösten, sackte Big Tim hilflos in die Knie. Es war ein grauenhafter Anblick: die Hälfte seines Hemdes war weggeschnitten, und dort, wo seine dicht behaarte rechte Brustseite gewesen war, klaffte nur noch ein riesiger roter Fleck, aus dem eine Unmenge Blut hervorschoß und den halben Tisch rot färbte.

Dante hielt das Messer in der Hand, das er benutzt hatte; die breite Klinge war bis zum Heft mit Blut bedeckt.

»Setzt ihn in einen Sessel«, befahl Dante den beiden Wachen; dann zog er das Tafeltuch vom Tisch, um Big Tims Blutung damit zu stoppen. Big Tim war nahezu bewußtlos vor Schock.

»Du hättest lieber noch warten sollen«, sagte Pippi.

»Nein«, antwortete Dante. »Er ist ein zäher Bursche. Aber wie zäh, werden wir ja jetzt gleich sehen.«

»Ich werde inzwischen an Deck gehen und dort alles andere vorbereiten«, erklärte Pippi. Er wollte nicht zusehen. Er hatte niemals gefoltert. Kein Geheimnis war für ihn wichtig genug, um ein derartiges Vorgehen zu rechtfertigen. Wenn man einen Mann tötete, dann schaffte man ihn nur aus dieser Welt, damit er einem nicht noch mehr Schaden zufügen konnte.

Oben an Deck sah er, daß zwei seiner Männer schon alles vorbereitet hatten. Der Stahlkäfig stand an seinem Haken bereit, die Gitter aus flachen Eisenlamellen waren geschlossen. Das Deck war mit einer Plastikplane geschützt.

Er spürte die laue Luft, die würzig nach Salz duftete; das

nächtliche Meer lag purpurn und still. Die Jacht wurde langsamer, dann stoppte sie.

Ganze fünfzehn Minuten lang starrte Pippi aufs Wasser hinab, bis die beiden Männer erschienen, die an der Tür Wache gestanden hatten. Zwischen sich schleppten sie Big Tims Leichnam heraus. Der Anblick war so gräßlich, daß Pippi vor Abscheu den Blick abwandte.

Die vier Männer steckten Big Tims Leichnam in den Käfig und senkten ihn bis übers Wasser. Dann wurden die Eisenlamellen so weit geöffnet, daß die Bewohner der Meerestiefe zwischen ihnen hindurchschwimmen und sich an der Leiche gütlich tun konnten. Schließlich öffnete sich der Haken, und der Käfig sank auf den Meeresboden hinab.

Bevor die Sonne aufging, würde Big Tims Skelett auf ewig in seinem Käfig auf dem Grunde des Ozeans liegen.

Dante kam an Deck. Er hatte offensichtlich geduscht und sich umgezogen. Seine Haare unter der Renaissance-Kappe lagen glatt und feucht am Kopf. Es war keine Spur von Blut an ihm zu sehen.

»Dann hat er seine Kommunion also schon bekommen«, sagte Dante. »Ihr hättet auf mich warten können.«

»Hat er gesprochen?« fragte ihn Pippi. »O ja«, antwortete Dante. »Es war eine äußerst simple Manipulation. Es sei denn, er hat bis zuletzt Scheiße geredet.«

Am Tag darauf flog Pippi an die Ostküste, um dem Don und Giorgio ausführlich Bericht zu erstatten. »Big Tim war wahnsinnig«, erzählte er ihnen. »Er hat den Zulieferer bestochen, der den Teams des Super Bowl Speisen und Getränke liefert. Die wollten sie mit Drogen versetzen, damit das Team, gegen das sie wetteten, im Verlauf des Spiels schwächer wurde. Wenn auch die Fans vielleicht nichts merken würden, Trainer und Spieler würden es mit Sicherheit merken, und das FBI ebenfalls. Du hast recht, Onkel, der Skandal hätte unseren Plan möglicherweise für immer zunichte gemacht.«

»War er ein Idiot?« fragte Giorgio.

»Ich glaube, er wollte berühmt werden«, antwortete Pippi. »Reich sein genügte ihm einfach nicht.«

»Was ist mit den anderen, die mit der Manipulation zu tun hatten?« fragte der Don.

»Wenn die vom Rustler nichts mehr hören, werden Sie's mit der Angst zu tun kriegen und einfach aufhören«, sagte Pippi.

»Ganz meine Meinung«, bestätigte Giorgio.

»Sehr gut«, sagte der Don. »Und mein Enkel, hat er seine Sache gut gemacht?«

Es schien eine beiläufige Bemerkung zu sein, aber Pippi kannte den Don gut genug, um zu begreifen, daß es eine sehr wichtige Frage war. Er beantwortete sie so vorsichtig, wie er nur konnte, aber mit einer bestimmten Absicht.

»Ich hab' ihm gesagt, er soll bei diesem Auftrag in Vegas und L. A. nicht seine Kappe tragen. Er hat es doch getan. Und dann hat er das Drehbuch des Auftrags nicht befolgt. Wir hätten die Information auch mit längeren Gesprächen aus ihm herausholen können, aber er wollte unbedingt Blut sehen. Er hat den Kerl zu Hackfleisch verarbeitet. Er hat ihm den Schwanz abgeschnitten, die Eier und die Brüste. Das war nicht nötig. Es hat ihm aber Spaß gemacht, und das ist äußerst gefährlich für die Familie. Irgend jemand muß ein ernstes Wort mit ihm reden.«

»Das mußt du tun«, Giorgio wandte sich an den Don. »Auf mich hört er nicht.«

Don Domenico dachte lange nach. »Er ist jung. Er wird aus dieser Phase herauswachsen.«

Pippi erkannte, daß der Don nichts unternehmen wollte.

Also berichtete er den beiden von Dantes indiskretem Verhalten mit dem Filmstar am Abend vor der Ausführung des Auftrags. Er sah, wie der Don zusammenzuckte und Giorgio angewidert das Gesicht verzog. Dann blieb sehr lange alles still. Pippi fragte sich, ob er zu weit gegangen war.

Schließlich schüttelte der Don den Kopf. »Pippi«, sagte er, »deine Planung war, wie immer, hervorragend, und du kannst ganz ruhig sein. Du wirst nie wieder mit Dante zusammenarbeiten müssen. Eines mußt du allerdings verstehen. Dante ist das einzige Kind meiner Tochter. Giorgio und ich, wir müssen alles für ihn tun, was wir können. Später wird er klüger werden.«

Cross De Lena saß auf dem Balkon seiner Bürosuite im Xanadu und erwog die Gefahren des Plans, den er sich zurechtgelegt hatte. Da, wo er saß, konnte er den Strip in ganzer Länge sehen, die Reihen der Luxus-Casino-Hotels zu beiden Seiten, die Menschenmenge auf der Straße. Er sah die Glücksspieler auf dem Golfplatz des Xanadu, wie sie abergläubisch mit einem einzigen Schlag einzulochen versuchten, um sich dadurch das Glück für spätere Gewinne an den Spieltischen zu sichern.

Erste Gefahr: Bei diesem Boz-Unternehmen handelte es sich um einen entscheidenden Schritt, den er tat, ohne die Clericuzios vorher zu fragen. Gewiß, er war der von ihnen eingesetzte Baron des West-Distrikts, zu dem Nevada und der südliche Teil Kaliforniens gehörten. Gewiß, die Barone operierten in vielen Gegenden selbständig und unterstanden den Clericuzios nicht mehr direkt, solange sie den Clericuzio-Schnabel mit einem Prozentsatz ihrer Einnahmen netzten. Aber es gab strenge Regeln. Kein Baron oder *bruglione* durfte einen Plan von dieser Größenordnung ohne die Genehmigung der Clericuzios ausführen. Und zwar aus einem einfachen Grund: Wenn ein Baron das tat und in Schwierigkeiten geriet, würde er keine Nachsicht durch den Staatsanwalt zu erwarten haben, keine Intervention bei den Richtern. Hinzu kam, daß er keine Unterstützung gegen eventuell aufstrebende Bosse auf seinem eigenen Territorium erhalten würde, und sein Geld würde weder gewaschen noch für sein Alter beiseite gelegt werden. Cross wußte genau, daß er sich eigentlich das Placet von Giorgio und dem Don holen mußte.

Dieses Unternehmen konnte sich als überaus schwierig erweisen. Außerdem benutzte er einen Teil seiner 51 prozentigen Beteiligung am Xanadu, die ihm Gronevelt hinterlassen hatte, um das Filmgeschäft zu finanzieren. Gewiß, es war sein eigenes Geld, aber immerhin Geld, das mit der heimlichen Beteiligung der Clericuzios an dem Hotel innig verbunden war. Und es war Geld, das zu verdienen ihm die Clericuzios geholfen hatten. Es war eine seltsame und dennoch menschliche Marotte der Clericuzios, daß sie auf besitzergreifende Weise Anteil am Schicksal ihrer Untergebenen nahmen. Sie würden es ihm übelnehmen, wenn er sein Geld investierte, ohne ihren Rat einzuholen. Diese Marotte, die rechtlich nicht fundiert war, erinnerte an einen mittelalterlichen Zwang: Kein Baron durfte sein Schloß ohne Zustimmung des Königs verkaufen.

Und auch die enorme Menge des Geldes, um die es ging, war ein Faktor. Cross hatte Gronevelts einundfünfzig Prozent geerbt, der Wert des Xanadu belief sich auf eine Milliarde Dollar. Aber er setzte fünfzig Millionen aufs Spiel, und da er weitere fünfzig Millionen investierte, ging es um hundert Millionen. Das finanzielle Risiko war ungeheuer. Und die Clericuzios waren bekanntermaßen vorsichtig und zurückhaltend, wie sie es ja auch sein mußten, um in der Welt überleben zu können, in der sie sich bewegten.

Aber Cross erinnerte sich noch an etwas anderes. Vor langer Zeit, als die Familien Santadio und Clericuzio noch miteinander befreundet gewesen waren, hatten sie im Filmgeschäft Fuß fassen wollen. Leider war es nicht gutgegangen. Als das Imperium der Santadios vernichtet war, hatte Don Clericuzio befohlen, alle Versuche, ins Filmgeschäft vorzudringen, einzustellen. »Diese Leute sind zu clever«, sagte der Don. »Und sie haben keine Angst, weil der Gewinn so hoch ist. Wir hätten sie alle umbringen müssen, aber dann hätten wir nicht gewußt, wie man dieses Geschäft betreibt. Es ist weit komplizierter als bei den Drogen.«

Nein, entschied Cross. Würde er um Erlaubnis bitten, würde man sie ihm verweigern. Und dann konnte er auf gar keinen Fall weitermachen. Wenn er es geschafft hatte, konnte er dafür Buße tun, konnte den Clericuzios gestatten, ihren Schnabel so tief einzutauchen, daß sie in ihren Profiten ertranken, der Erfolg rechtfertigte nicht selten die unverschämtesten Sünden. Und wenn er versagte, wäre er vermutlich ohnehin erledigt, ob mit Erlaubnis oder ohne. Was wiederum einen letzten Zweifel wachrief.

Warum tat er das alles? Er dachte an Gronevelt. »Hüte dich vor Mädchen in Bedrängnis.« Nun ja, er hatte oft genug Mädchen in Bedrängnis gefunden und sie ihren Drachen überlassen. Las Vegas war voll von Mädchen in Bedrängnis.

Aber er wußte es. Er sehnte sich nach Athena Aquitanes Schönheit. Nicht nur nach ihrem lieblichen Gesicht, ihren Augen, ihren Haaren, ihren Beinen, ihren Brüsten. Er sehnte sich nach der Intelligenz und Wärme in ihren Augen, im sanften Schwung ihrer Lippen. Wenn er sie näher kennenlernte, ihr nahe sein durfte, würde die Welt ihm in einem anderen Licht erscheinen, die Sonne eine andere Wärme ausstrahlen, das spürte er deutlich. Er sah das Meer hinter ihr, das mit seinen grünen, weißgefederten Wellen einen Heiligenschein um ihren Kopf zeichnete. Und ein Gedanke kam ihm in den Sinn: Athena war die Frau, die seine Mutter gern geworden wäre.

Verwundert spürte er, wie eine Woge des Verlangens nach ihrem Anblick in ihm emporstieg, des Verlangens nach ihrer Nähe, ihrer Stimme, ihren Bewegungen. Und dann dachte er: Verdammt, mach' ich das alles nur deswegen?

Er beantwortete die eigene Frage mit Ja und war froh, endlich den eigentlichen Grund für sein Handeln zu kennen. Das verlieh ihm Energie und Zielbewußtsein. Zu diesem Zeitpunkt lag das Hauptproblem in der Ausführung eines Jobs. Vergiß Athena. Vergiß die Clericuzios. Vor ihm lag das schwierige Problem Boz Skannet, ein Problem, das möglichst schnell gelöst werden mußte.

Cross wußte, daß er sich zu sehr exponiert hatte: eine weitere Komplikation. Öffentlich von etwas zu profitieren, das Skannet zustieß, war gefährlich.

Cross entschied sich für drei Personen, die er für den geplanten Job brauchte. Die erste war Andrew Pollard, dem die Pacific Ocean Security gehörte und der bereits in das Problem verwickelt war. Die zweite war Lia Vazzi, der Verwalter der Hunting Lodge der Clericuzios in den Bergen von Nevada. Lia leitete eine Truppe von Männern, die ebenfalls als Verwalter arbeiteten, aber ständig für Spezialaufträge abrufbereit waren. Der dritte Mann war Leonard Sossa, ein Fälscher im Ruhestand, der noch immer gelegentlich von der Familie eingesetzt wurde. Alle drei standen unter Cross De Lenas Befehl als *bruglione* des Westens.

Zwei Tage später erhielt Andrew Pollard den Anruf von Cross De Lena. »Ich weiß. Sie arbeiten viel zuviel«, sagte Cross. »Wie wär's, wenn Sie auf einen kleinen Urlaub nach Las Vegas kämen? Ich gebe Ihnen freie Unterkunft, Verpflegung, Getränke. Und bringen Sie Ihre Frau doch mit. Wenn Sie dann Lust haben, können Sie ja auf einen kleinen Schwatz zu mir ins Büro raufkommen.«

»Vielen Dank«, sagte Pollard. »Ich bin zwar augenblicklich sehr beschäftigt, aber wie wär's mit nächster Woche?«

»Gern«, antwortete Cross. »Aber dann bin ich leider verreist und verpasse Sie womöglich.«

»Dann komme ich morgen«, entschied Pollard.

»Ausgezeichnet.« Damit legte Cross den Hörer auf.

Pollard lehnte sich im Sessel zurück und überlegte. Diese Einladung war ein Befehl. Er würde auf einem sehr schmalen Grat wandern müssen.

Leonard Sossa genoß das Leben, wie nur ein Mann es kann, der einem furchtbaren Todesurteil entronnen ist. Er genoß den Sonnenaufgang, er genoß den Sonnenuntergang. Er genoß das Gras, das wuchs, und die Kühe, die das Gras fraßen. Er genoß den Anblick schöner Frauen, junger Männer und fröhlicher Kinder. Er genoß einen Kanten Brot, ein Glas Wein, ein Stück Käse.

Zwanzig Jahre zuvor hatte das FBI ihn verhaftet, weil er für die inzwischen ausgestorbenen Santadios Hundert-Dollar-Scheine gefälscht hatte. Seine Mitschuldigen hatten eine Anklage vermieden und ihn verraten, und er war fest davon überzeugt gewesen, daß nun die Blüte seiner Mannesjahre im Gefängnis dahinwelken werde. Das Herstellen von Falschgeld war ein weitaus gefährlicheres Verbrechen als Vergewaltigung, Mord oder Brandstiftung. Wenn man Geld fälschte, war das ein Angriff auf die Regierung selbst. Beging man andere Verbrechen, war man lediglich so etwas wie ein Aasfresser, der sich einen Bissen aus dem Kadaver jenes riesigen Tieres riß, das die entbehrliche Kette der Menschen darstellte. Leonard Sossa erwartete keine Gnade, und ihm wurde keine Gnade zuteil. Leonard Sossa wurde zu zwanzig Jahren verurteilt.

Sossa saß nur ein einziges Jahr ab. Ein Mitgefangener, hingerissen von Bewunderung für Sossas Kunst, seinen genialen Umgang mit Tinte, Bleistift und Feder, warb ihn für die Clericuzios an. Plötzlich gab es einen neuen Anwalt. Plötzlich hatte er in der Außenwelt einen Arzt, den er nie zuvor gesehen hatte. Plötzlich fand eine Anhörung vor dem Gnadenausschuß statt, mit der Begründung, seine geistigen Fähigkeiten seien auf das Niveau eines Kindes gesunken, so daß er keine Gefahr für die Gesellschaft mehr darstelle. Plötzlich war Leonard Sossa ein freier Mann im Dienste der Clericuzios.

Die Familie brauchte einen erstklassigen Fälscher. Nicht zum Fälschen von Geld, denn die Herstellung von Falschgeld war für die Behörden ein unverzeihliches Verbrechen, das wußten sie. Nein, sie brauchten diesen Fälscher für weit wichtigere Aufgaben. Bei den Bergen von Papieren, mit denen es Giorgio ständig zu tun hatte, weil er mit verschiedenen nationalen und internationalen Konzernen jonglieren, juristische Dokumente von nichtexistierenden Körperschaftsvertretern unterzeichnen, riesige Geldsummen einzahlen und abheben mußte, waren die verschiedensten Unterschriften und Imitationen von Unterschriften erforderlich. Und im Laufe der Zeit fanden sich noch einige andere Einsatzmöglichkeiten für Leonard.

Das Hotel Xanadu nutzte seine Kunst überaus profitbringend. Wenn ein sehr reicher High Roller starb und an der Kasse noch seine Marker lagen, wurde Sossa herbeigeholt, um für eine weitere Million Dollar zu unterzeichnen. Der Nachlaßverwalter des Toten würde diese Marker natürlich nicht einlösen. Aber man konnte den gesamten Betrag bei der Steuererklärung des Xanadu als Verlust angeben. Das geschah weit häufiger, als zu erwarten war. Auf dem Vergnügungssektor schien die Sterblichkeitsrate außergewöhnlich hoch zu sein. Das gleiche wurde mit High Rollern gemacht, die ihre Schulden nicht beglichen oder je nach Absprache eine bestimmte Menge Dimes pro Dollar bezahlten.

Für all dies erhielt Leonard Sossa einhunderttausend Dollar pro Jahr, durfte aber keine anderen Arbeiten ausführen und vor allem kein Falschgeld herstellen. Das entsprach der Politik der Familie im allgemeinen. Die Clericuzios hatten eine Verordnung herausgesehen, nach der kein Mitglied der Familie an Falschgeldherstellung oder Entführungen teilnehmen durfte. Denn das waren Verbrechen, die von den Bundesbehörden mit aller ihnen zur Verfügung stehenden Härte verfolgt wurden. Das Ergebnis war einfach das Risiko nicht wert.

Also genoß Leonard Sossa zwanzig Jahre lang das Leben als Künstler in seinem Häuschen, das nicht weit von Malibu entfernt im Canon von Topanga lag. Er hatte einen kleinen Garten, eine Ziege, eine Katze und einen Hund. Er malte tagsüber und trank am Abend. Es gab einen endlosen Vorrat an jungen Mädchen, die im Canon lebten, freizügig eingestellt waren und sich ebenfalls mit Malerei beschäftigten.

Sossa verließ den Canon nur, wenn er in Santa Monica einkaufen mußte oder von den Clericuzios in die Pflicht genommen wurde, was gewöhnlich zweimal im Monat geschah, und zwar jeweils für höchstens ein paar Tage. Er führte alle Arbeiten aus, die sie ihm auftrugen, und stellte keine Fragen. Er war ein geschätzter Soldat der großen Familie.

Als eines Tages ein Wagen kam, um ihn abzuholen, und der Fahrer ihn anwies, sein Werkzeug sowie Kleidung für ein paar Tage einzupacken, ließ Sossa daher Ziege, Hund und Katze im Canon laufen und verschloß sein Haus. Die Tiere konnten für sich selbst sorgen; schließlich waren sie keine Kinder. Nicht etwa, daß er sie nicht liebte, aber Tiere hatten eine kurze Lebensspanne, vor allem im Canon, und er hatte sich daran gewöhnt, sie zu verlieren. Das Jahr im Gefängnis hatte Leonard Sossa zum Realisten gemacht und seine unerwartete Entlassung zum Optimisten.

Lia Vazzi, Verwalter der Hunting Lodge der Clericuzios in den Bergen der Sierra Nevada, war in die Vereinigten Staaten gekommen, als er erst dreißig Jahre alt und doch schon der meistgesuchte Verbrecher Italiens war. In den seither vergangenen zehn Jahren hatte er gelernt, Englisch mit nur ganz leichtem Akzent zu sprechen und es mehr oder weniger gut zu lesen und zu schreiben. In Sizilien war er als Sproß einer der gelehrtesten und mächtigsten Familien der Insel geboren worden.

Fünfzehn Jahre zuvor war Lia Vazzi Führer der Mafia von Palermo gewesen, ein Qualifizierter der ersten Garnitur. Aber er hatte zu hoch hinausgewollt.

Die Regierung in Rom hatte einen Untersuchungsrichter eingesetzt und ihm außergewöhnlich viel Macht verliehen, um Siziliens Mafia zu vernichten. Dieser Untersuchungsrichter war, von Armee-Einheiten und einem ganzen Heer von Polizisten beschützt, mit Frau und Kindern in Palermo eingetroffen. Er hielt eine leidenschaftliche Rede und versprach, keine Gnade gegenüber den Verbrechern walten zu lassen, von denen die so wunderschöne Insel Sizilien seit Jahrhunderten geknechtet werde. Die Zeit sei gekommen, da das Recht regieren müsse, da die gewählten Volksvertreter Italiens über das Schicksal Siziliens entscheiden müßten und nicht diese ungebildeten Totschläger mit ihrer schändlichen geheimen Gesellschaft. Vazzi nahm diese Rede als persönliche Beleidigung.

Während der Untersuchungsrichter sich die Aussagen von Zeugen anhörte und Haftbefehle ausstellte, wurde er Tag und Nacht schwer bewacht. Sein Gericht war eine Festung, sein Wohnhaus von Armee-Einheiten umringt. Er schien unverwundbar zu sein. Nach drei Monaten erhielt Vazzi jedoch Informationen über den Terminplan des Richters, der zur Verhinderung von Überfällen strengstens geheimgehalten wurde.

Um Beweise zu sammeln und Haftbefehle auszustellen, reiste der Richter in alle größeren Städte Siziliens. Dann sollte er nach Palermo zurückkehren, wo er für seine heldenhaften Bemühungen, die Insel von der Geißel Mafia zu befreien, mit einer Medaille ausgezeichnet werden sollte. Lia Vazzi verminte mit seinen Männern eine kleine Brücke, die der Richter überqueren mußte. Der Richter und seine Wachen wurden in so kleine Stücke gerissen, daß ihre Leichen mit Sieben aus dem Wasser geholt werden mußten. Wutschäumend reagierte die Regierung in Rom mit einer massiven Suche nach den Verantwortlichen, und Vazzi mußte untertauchen. Obwohl die Regierung keine Beweise hatte, wußte Vazzi genau: Wenn er ihr in die Hände fiel, wäre es besser, tot zu sein.

Nun schickten die Clericuzios jedes Jahr Pippi De Lena nach Sizilien, um neue Männer für die Bronx-Enklave und als Soldaten für die Familie anzuwerben. Der Fels, auf den sich der Glaube des Dons gründete, war die Überzeugung, daß man sich nur bei den Sizilianern mit ihrer jahrhundertelangen Tradition der *omertà* darauf verlassen konnte, daß sie nicht zu Verrätern wurden. Die jungen Männer in Amerika, die viel zu weich, zu hohlköpfig und zu eitel waren, konnten von den grimmigeren unter den Staatsanwälten, die so viele *bruglioni* ins Gefängnis schickten, nur allzu leicht zu Verrätern gemacht werden.

Im Grunde steckte hinter der *omertà* eine recht einfache Philosophie. Es war eine Todsünde, wenn jemand der Polizei etwas mitteilte, das der Mafia schadete. Wenn ein rivalisierender Mafia-Clan einen Vater vor den Augen des Sohnes ermordete, war es dem Sohn verboten, der Polizei davon Mitteilung zu machen. Wurde jemand angeschossen und lag im Sterben, durfte er die Polizei nicht informieren. Wurde jemandem das Muli, die Ziege, der Schmuck gestohlen, durfte er nicht zur Polizei gehen. Die Polizeibehörden waren der Große Satan, an den sich kein echter Sizilianer jemals wenden durfte. Rächer waren die Familie und die Mafia.

Zehn Jahre zuvor hatte Pippi De Lena seinen Sohn Cross im Zuge seiner Ausbildung auf seine Reise nach Sizilien mitgenommen. Diesmal war seine Aufgabe weniger das Rekrutieren wie das Sichten, denn es gab Hunderte von willfährigen Männern, deren größter Traum es war, für Amerika ausgewählt zu werden.

Sie fuhren in eine Kleinstadt, fünfzig Meilen von Palermo entfernt, in eine Landschaft von Dörfern, errichtet aus den Steinen und geschmückt mit den leuchtend bunten Blumen Siziliens. Der Bürgermeister persönlich begrüßte sie in seinem Haus.

Der Bürgermeister war ein kleiner Mann mit dickem Bauch – einem Bauch, der gleichermaßen symbolisch war, denn »ein Mann mit Bauch« war in Sizilien die Bezeichnung für einen Mafia-Boß.

Das Haus verfügte über einen hübschen Garten mit Feigen-, Oliven- und Zitronenbäumen, und hier ließ sich Pippi die Kandidaten vorstellen. Der Garten ähnelte auf seltsame Weise dem Garten der Clericuzios in Quogue, nur daß es hier noch die leuchtend bunten Blumen und die Zitronenbäume gab. Der Bürgermeister war offensichtlich ein Mann, der Schönheit liebte, denn zu allem Überfluß hatte er eine gutaussehende Frau und drei üppige, hübsche Töchter, die alle, obwohl noch in den ersten Jahren des Teenageralters, bereits voll entwickelte Frauen waren.

Wie Cross entdeckte, war sein Vater Pippi in Sizilien ein völlig anderer Mensch. Hier merkte man nichts von seiner lässigen Ritterlichkeit, hier verhielt er sich den Frauen gegenüber ernst und respektvoll, ohne seinen Charme spielen zu lassen. Später, am selben Abend, in dem Zimmer, das sie zusammen bewohnten, erteilte er Cross eine Lektion. »Bei den Sizilianern muß man äußerst vorsichtig sein. Sie mißtrauen Männern, die sich ihr Interesse für Frauen anmerken lassen. Wenn man mit einer ihrer Töchter schläft, kommt man hier nicht lebend raus.«

Im Laufe der folgenden Tage kamen viele Männer, um sich von Pippi befragen und begutachten zu lassen. Er traf seine Wahl nach bestimmten Kriterien. Die Männer durften nicht älter als fünfunddreißig und nicht jünger als zwanzig sein. Waren sie verheiratet, durften sie nicht mehr als ein Kind haben. Und schließlich mußte der Bürgermeister für sie bürgen. Das erklärte er seinem Sohn folgendermaßen: Wenn die Männer zu jung waren, konnte es sein, daß sie sich von der amerikanischen Kultur beeinflussen ließen. Waren sie zu alt, konnten sie sich nicht mehr an das Leben in Amerika anpassen. Hatten sie mehr als ein Kind, waren sie vermutlich zu vorsichtig, um all jene Risiken einzugehen, die ihnen die Pflicht abverlangte.

Einige der Männer, die kamen, waren in den Augen des Gesetzes so schwer belastet, daß sie Sizilien verlassen mußten. Andere sehnten sich einfach nach einem besseren Leben in Amerika, was immer es sie kosten mochte. Manche waren zu clever, sich auf das Schicksal zu verlassen, und wollten unbedingt Soldaten der Clericuzios werden. Das waren die Besten.

Am Ende der Woche hatte Pippi seine Quote von zwanzig Mann zusammen und überreichte dem Bürgermeister die Liste, damit dieser sie billigte und die nötigen Maßnahmen für die Auswanderung einleitete. Aber der Bürgermeister strich einen Namen von der Liste.

»Ich dachte, gerade der wäre perfekt für uns«, protestierte Pippi. »Habe ich einen Fehler gemacht?«

»Nein, nein«, antwortete der Bürgermeister. »Sie haben genauso klug gehandelt wie immer.«

Pippi war verwirrt. All seine Rekruten würden erstklassig behandelt werden. Die unverheirateten Männer würden Apartments bekommen, die verheirateten mit Kind ein kleines Haus. Sie alle würden sichere Jobs bekommen. Sie alle würden in der Bronx-Enklave leben. Und einige würden zu Soldaten der Clericuzios werden, mit einer glänzenden Zukunft und bester Bezahlung. Der Mann, dessen Namen der Bürgermeister ausgestrichen hatte, mußte einen sehr schlechten Ruf haben. Aber warum war er dann zu ihm vorgelassen worden? Pippi witterte eine sizilianische Intrige.

Der Bürgermeister beobachtete ihn aufmerksam; er schien seine Gedanken zu lesen und von dem Ergebnis erfreut zu sein.

»Sie haben zuviel von einem Sizilianer; ich kann Sie nicht irreführen«, sagte der Bürgermeister schließlich. »Der Name, den ich durchgestrichen habe, gehört einem Mann, den meine Tochter heiraten will. Meiner Tochter zuliebe möchte ich ihn noch ein Jahr länger hierbehalten; dann können Sie ihn gerne haben. Das Gespräch mit Ihnen konnte ich ihm nicht abschlagen. Der zweite Grund ist, daß ich einen Mann habe, von dem ich denke, daß Sie ihn an seiner Stelle mitnehmen sollten. Würden Sie mir den Gefallen tun und sich ihn ansehen?«

»Selbstverständlich«, sagte Pippi.

»Ich möchte Ihnen nichts vorenthalten«, sagte der Bürgermeister, »aber es ist ein Sonderfall, und er muß Sizilien sofort verlassen.«

»Sie wissen, daß ich sehr vorsichtig sein muß«, gab Pippi zurück. »Die Clericuzios sind wählerisch.«

»Es wird in Ihrem eigenen Interesse sein«, versicherte der Bürgermeister. »Aber es ist ein bißchen gefährlich.« Dann erklärte er ihm Lia Vazzis Situation. Da die Ermordung des Richters in der ganzen Welt Schlagzeilen gemacht hatte, waren Pippi und Cross mit dem Fall vertraut.

»Wenn die Polizei keine Beweise hat, warum ist Vazzis Lage dann so verzweifelt?« fragte Cross.

»Junger Mann«, antwortete der Bürgermeister, »wir sind hier in Sizilien. Die Polizisten sind ebenfalls Sizilianer. Der Richter war Sizilianer. Alle wissen, daß es Lia war. Vergessen Sie Ihre Beweise. Wenn er denen in die Hände fällt, ist er ein toter Mann.«

»Können Sie ihn außer Landes und nach Amerika schaffen?« erkundigte sich Pippi.

»Ja«, sagte der Bürgermeister. »Das Problem ist nur, ihn in Amerika zu verstecken.«

»Das klingt, als verursache er mehr Mühe, als er möglicherweise wert ist«, wandte Pippi ein.

Der Bürgermeister zuckte die Achseln. »Ich muß zugeben, er ist ein Freund von mir. Aber lassen wir das mal beiseite.« Er hielt inne, um besonders wohlwollend zu lächeln, damit das nur ja nicht beiseite gelassen wurde. »Er ist nämlich außerdem ein hochqualifizierter Sprengstoffexperte, und das ist immer ein riskantes Territorium. Er ist mit dem Strick vertraut, eine sehr alte und überaus nützliche Kunst. Mit Messer und Schußwaffen natürlich auch. Vor allem aber ist er intelligent, ein Mann für alle Fälle. Und standfest wie ein Fels. Er redet nie. Er hört zu und besitzt die Gabe, Zungen zu lösen. Und nun sagen Sie mir, daß Sie für einen solchen Mann keine Verwendung haben.«

»Er ist die Antwort auf meine Gebete«, behauptete Pippi

gewandt. »Aber dennoch: Warum läuft ein solcher Mann davon?«

»Weil er zu allen anderen Tugenden auch noch die der Vorsicht besitzt«, antwortete der Bürgermeister. »Er fordert das Schicksal niemals heraus. Hier sind seine Tage gezählt.«

»Und kann ein Mann, der so qualifiziert ist«, fragte Pippi, »damit zufrieden sein, als einfacher Soldat in Amerika zu leben?«

Mitleidig und bedauernd senkte der Bürgermeister den Kopf. »Er ist ein wahrer Christ«, beteuerte er. »Er besitzt jene Demut, die Christus uns immer gepredigt hat.«

»Diesen Mann muß ich unbedingt kennenlernen«, erklärte Pippi. »Und sei es nur, um eine neue Erfahrung zu machen. Aber garantieren kann ich nichts.«

Der Bürgermeister machte eine weit ausholende Geste. »Selbstverständlich muß er Ihnen gefallen«, sagte er. »Aber da ist noch etwas, das ich Ihnen mitteilen muß. Er hat mir verboten, Sie zu täuschen.« Zum ersten Mal wirkte der Bürgermeister weniger selbstsicher. »Er hat eine Frau und drei Kinder, und die müssen mit.«

In diesem Moment wußte Pippi, daß seine Antwort nein lauten mußte. »Aha«, sagte er, »das macht die Sache ziemlich schwierig. Wann werde ich ihn kennenlernen?«

»Sobald es dunkel ist, wird er im Garten sein«, sagte der Bürgermeister. »Es besteht nicht die geringste Gefahr. Dafür habe ich gesorgt.«

Lia Vazzi war ein kleiner Mann, aber sein Körper war drahtig und zäh, eine Eigenschaft, die viele Sizilianer von ihren arabischen Vorfahren geerbt haben. Er sah gut aus, mit Adlernase und einem dunkelbraunen, würdevollen Gesicht, und sprach relativ gut Englisch.

Sie saßen am Gartentisch des Bürgermeisters bei einer Flasche selbstgekelterten Rotweins, einer Schale Oliven von den umstehenden Bäumen, einem Laib frischgebackenen Brots, rund, kroß und noch warm, sowie einem großen Schinken, mit Pfefferkörnern wie mit schwarzen Diamanten besetzt. Lia Vazzi aß, trank und schwieg.

»Ich habe die besten Empfehlungen über Sie erhalten«, begann Pippi voller Respekt. »Aber ich mache mir Sorgen. Kann ein Mann mit Ihrer Bildung und Qualifikation in Amerika im Dienst eines anderen Mannes glücklich werden?«

Lia musterte Cross; dann sagte er zu Pippi: »Sie haben einen Sohn. Was würden Sie tun, um ihn zu retten? Ich will, daß meine Frau und meine Kinder in Sicherheit leben können, und dafür werde ich meine Pflicht erfüllen.«

»Die Sache könnte für uns gefährlich werden«, erklärte Pippi. »Sie müssen verstehen, daß ich über den Nutzen nachdenke, der dieses Risiko lohnt.«

Lia zuckte die Achseln. »Das zu beurteilen ist mir unmöglich.« Er schien sich damit abgefunden zu haben, daß seine Bewerbung abgelehnt wurde.

»Wenn Sie allein kämen, wäre es leichter«, sagte Pippi.

»Nein«, antwortete Vazzi. »Meine Familie wird zusammen leben oder zusammen sterben.« Er machte eine kurze Pause. »Wenn ich sie hier zurücklasse, wird Rom ihnen das Leben schwermachen. Lieber würde ich mich stellen.«

»Die Frage ist, wie wir Sie und Ihre Familie verstecken können«, gab Pippi zu bedenken.

Wieder zuckte Vazzi die Achseln. »Amerika ist groß«, sagte er. Dann bot er Cross einen Teller mit Oliven an und fragte fast spöttisch: »Würde Ihr Vater Sie jemals im Stich lassen?«

»Nein«, antwortete Cross. »Er ist altmodisch, genau wie Sie.« Er sagte es ernst, doch mit der Spur eines Lächelns. Dann fuhr er fort: »Wie ich hörte, sind Sie auch Bauer.«

»Oliven«, sagte Vazzi. »Ich habe meine eigene Presse.«

Cross wandte sich an seinen Vater. »Wie wär's denn mit der Hunting Lodge der Familie in den Sierras? Er könnte sie mit seiner Familie zusammen verwalten und damit seinen Lebensunterhalt verdienen. Sie liegt einsam. Seine Familie kann ihm helfen.« Dann wandte er sich an Lia. »Hätten Sie was dagegen, im Wald zu leben?« Wald diente ihm als Synonym für alles, was nicht Stadt war. Lia zuckte die Achseln.

Es war die große Kraft, die von Lia Vazzi ausging, von der sich Pippi De Lena überzeugen ließ. Vazzi war kein großer Mann, doch seiner Erscheinung wohnte eine elektrisierende Würde inne. Er wirkte einschüchternd, ein Mann, der keine Angst kannte, der weder Tod noch Teufel fürchtete.

»Eine gute Idee«, sagte Pippi. »Die perfekte Tarnung. Und dann können wir Sie für spezielle Jobs einsetzen, damit Sie sich zusätzlich Geld verdienen. Jobs, die allerdings riskant für Sie sein werden.«

Alle sahen, wie sich die Muskeln in Lias Gesicht entspannten, als er begriff, daß er akzeptiert worden war. Als er dann sprach, war seine Stimme ein wenig unsicher. »Ich möchte Ihnen danken, daß Sie meine Frau und meine Kinder gerettet haben«, sagte er und sah Cross De Lena offen in die Augen.

Seit damals hatte sich Lia Vazzi die Gefälligkeit, die ihm erwiesen worden war, mehr als verdient. Er war vom einfachen Soldaten zum Leiter aller Einsatzgruppen aufgestiegen, über die Cross verfügte. Er beaufsichtigte die sechs Mann, die ihm bei der Verwaltung der Lodge mitsamt dem Grundstück halfen, auf dem auch das Haus lag, das ihm gehörte. Er war zu Wohlstand gelangt und war Bürger der Vereinigten Staaten geworden; seine Kinder gingen längst auf die Universität. All das verdankte er seinem eigenen Mut und Verstand, vor allem aber seiner Loyalität. Darum packte er, als er jetzt die Aufforderung erhielt, zu Cross De Lena nach Las Vegas zu kommen, guten Mutes den Koffer in seinen neuen Buick und machte sich auf die lange Autofahrt nach Las Vegas ins Hotel Xanadu.

Der erste, der in Las Vegas eintraf, war Andrew Pollard. Er kam mit der Mittagsmaschine aus L. A., entspannte sich an einem der riesigen Pools des Hotels Xanadu, spielte ein paarmal für geringe Summen am Craptisch und wurde dann unauffällig zu Cross De Lenas Bürosuite im Penthouse hinaufgerührt.

Cross schüttelte ihm die Hand. »Ich werde Sie nicht lange aufhalten«, versicherte er. »Morgen abend können Sie zurückfliegen. Was ich von Ihnen brauche, sind sämtliche Informationen über diesen Skannet.«

Pollard unterrichtete ihn über alles, was geschehen war, und sagte ihm, daß Skannet sich augenblicklich im Hotel Beverly Hills aufhalte. Dann informierte er ihn über sein Gespräch mit Bantz.

»Die kümmern sich einen Dreck um sie«, erklärte er Cross, »sie wollen nur, daß der Film fertig wird. Außerdem nimmt das Studio Leute wie den nicht so ernst. Ich habe eine zwanzig Mann starke Abteilung in meiner Firma, die sich nur mit sexueller Belästigung befaßt. Filmstars haben wirklich ein Problem mit Leuten wie dem.«

»Was ist mit den Cops?« fragte Cross. »Können die nicht was tun?«

»Nein«, antwortete Pollard. »Erst nachdem der Schaden angerichtet ist.«

»Und was ist mit Ihnen?« fragte Cross. »Sie haben doch genügend gutes Personal in Ihrem Dienst.«

»Ich muß vorsichtig sein«, entgegnete Pollard. »Wenn ich

zu hart rangehe, könnte das meinem Geschäft schaden. Sie wissen doch, wie die Gerichte sind. Warum sollte ich meinen Kopf hinhalten?«

»Dieser Boz Skannet – was für ein Mensch ist das?« wollte Cross wissen.

»Der läßt sich nicht einschüchtern«, sagte Pollard. »Im Gegenteil, der schafft es sogar, mich einzuschüchtern. Er gehört zu den von Natur aus harten Männern, die sich einen Dreck um die Folgen kümmern. Seine Familie besitzt nicht nur Geld, sondern auch politische Macht, also ist er überzeugt, daß er mit allem davonkommen kann. Und es macht ihm wirklich Spaß, Scheiße zu bauen, wissen Sie; manche Leute sind eben so. Wenn Sie in diesen Fall einsteigen wollen, müssen Sie ihn wirklich ernst nehmen.«

»Ich nehme alles ernst«, entgegnete Cross. »Lassen Sie Skannet im Moment überwachen?«

»Selbstverständlich«, antwortete Pollard. »Dem Kerl ist zuzutrauen, daß er den allergrößten Mist anrichtet.«

»Ziehen Sie Ihre Überwachung ab«, verlangte Cross. »Ich will nicht, daß er beobachtet wird. Verstanden?«

»Na schön, wenn Sie meinen«, gab Pollard zurück. Er zögerte einen Moment, dann sagte er: »Hüten Sie sich vor Jim Losey; der hat Skannet im Visier. Kennen Sie Losey?«

»Ich bin ihm begegnet«, sagte Cross. »Aber ich habe noch etwas vor. Leihen Sie mir für ein paar Stunden Ihren Ausweis der Pacific Ocean Security. Sie werden ihn rechtzeitig für Ihre Mitternachtsmaschine nach L. A. zurückerhalten.«

Pollard war mißtrauisch. »Sie wissen, ich würde alles für Sie tun, Cross, aber bitte, seien Sie vorsichtig. Es handelt sich um einen sehr kritischen Fall. Ich habe mir hier draußen ein schönes Leben aufgebaut und möchte nicht, daß es mir kaputtgemacht wird. Natürlich weiß ich, daß ich das alles den Clericuzios zu verdanken habe, und dafür bin ich ihnen auch immer dankbar und hab' mich ja auch erkenntlich gezeigt. Doch das hier ist ein äußerst komplizierter Fall.«

Cross schenkte ihm ein beruhigendes Lächeln. »Sie sind viel zu wertvoll für uns. Aber eines noch: Falls Skannet Sie anruft, um sich nach Männern aus Ihrem Büro zu erkundigen, die sich angeblich mit ihm unterhalten haben – bitte, bestätigen Sie das.«

Pollard sank der Mut. Dies würde also doch problematisch werden.

»Und jetzt erzählen Sie mir alles, was es über ihn zu erzählen gibt«, verlangte Cross. Als Pollard zögerte, fuhr er fort: »Ich werde etwas für Sie tun. Später.«

Pollard überlegte einen Moment. »Skannet behauptet, daß es ein großes Geheimnis gibt, das Athena vor allen verbergen will. Deswegen hat sie die Anklage gegen ihn zurückgezogen. Ein schreckliches Geheimnis, Skannet liebt dieses Geheimnis. Ich habe keine Ahnung, Cross, wie und warum Sie daran interessiert sind, aber vielleicht könnte dieses Geheimnis, falls Sie es erfahren Ihr Problem lösen.«

Zum ersten Mal sah Cross ihn ohne jede Spur Freundlichkeit an, und plötzlich wußte er, wie Cross zu seinem Ruf gekommen war. Es war ein eiskalt abwägender Blick, ein Blick, der zu plötzlichem Tod führen konnte.

»Sie wissen, warum ich daran interessiert bin. Bantz muß Ihnen die ganze Geschichte erzählt haben. Er hat Sie engagiert, um alles über mich in Erfahrung zu bringen. Also: Wissen Sie irgend etwas von diesem großen Geheimnis? Sie oder vielleicht das Studio?«

»Nein«, gab Pollard zurück. »Niemand weiß etwas davon. Ich gebe mir wirklich die größte Mühe für Sie, Cross, das wissen Sie.«

»Das weiß ich«, antwortete Cross, auf einmal sehr sanft. »Deswegen will ich's Ihnen ein bißchen leichter machen. Das

Studio ist scharf darauf zu erfahren, wie ich es schaffen will, Athena Aquitane an ihre Arbeit zurückzuholen. Ich werde es Ihnen sagen. Ich werde ihr die Hälfte des Profits aus dem Film versprechen. Das können Sie denen ruhig weitergeben. Damit werden Sie Punkte machen, vielleicht geben die Ihnen sogar einen Bonus.« Er griff in seine Schreibtischschublade, zog einen Lederbeutel hervor und drückte ihn Pollard in die Hand. »Schwarze Chips für fünfzigtausend«, erklärte er. »Jedesmal, wenn ich Sie geschäftlich hier zu mir heraufbitte, fürchte ich, daß Sie im Casino Geld verlieren.«

Er hätte sich keine Sorgen machen müssen. Andrew Pollard tauschte die Chips jedesmal an der Casino-Kasse in Bargeld um.

Während sich Leonard Sossa noch in einer überwachten Geschäftssuite im Xanadu einrichtete, wurde ihm Pollards Ausweis überbracht. Mit Hilfe seiner persönlichen Werkzeuge fälschte er vier Ausweise der Pacific Ocean Security mitsamt den speziellen aufklappbaren Etuis. An Pollards prüfendem Blick wären sie nie vorbeigelangt, aber das war auch nicht nötig, denn Pollard würde diese Ausweise nie zu Gesicht bekommen. Als Sossa seinen Job mehrere Stunden später beendet hatte, wurde er von zwei Mann zur Hunting Lodge in der Sierra Nevada gefahren, wo er in einem tief im Wald gelegenen Bungalow untergebracht wurde.

An jenem Nachmittag beobachtete er von der Veranda des Bungalows aus einen Hirsch und einen Bären, die ruhig vorbeizogen. In der Nacht reinigte er seine Werkzeuge und wartete. Er wußte weder, wo er war, noch, was man von ihm verlangte, und wollte es auch gar nicht wissen. Er bekam seine Hunderttausend pro Jahr und führte das Leben eines freien Mannes in freier Luft. Er schlug die Zeit damit tot, den Bären und den Hirsch, die er gesehen hatte, auf hundert Blatt

Papier zu zeichnen und hintereinanderzulegen, so daß beim schnellen Durchblättern der Eindruck entstand, als jage der Hirsch den Bären.

Lia Vazzi wurde auf eine ganz und gar andere Art begrüßt. Cross umarmte ihn und lud ihn zum Dinner in seiner Suite ein. Während der Jahre, die Vazzi in Amerika lebte, war Cross viele Male sein Einsatzchef gewesen. Trotz seiner eigenen Charakterstärke hatte Vazzi niemals versucht, die Autorität an sich zu reißen, und Cross wiederum hatte ihn mit jenem Respekt behandelt, den ein Mann einem gleichwertigen Partner zuteil werden läßt.

Im Lauf der Jahre war Cross immer wieder einmal zum Wochenende zur Hunting Lodge gefahren und mit Vazzi auf die Jagd gegangen. Vazzi erzählte Cross von den Problemen in Sizilien und wie anders das Leben in Amerika war. Cross hatte Vazzi dafür mit seiner Familie nach Las Vegas eingeladen, ihn auf volle Werbekosten im Xanadu bewirtet und ihm im Casino einen Kredit über fünftausend Dollar eingeräumt, zu dessen Rückzahlung Lia niemals aufgefordert wurde.

Beim Dinner sprachen sie von allgemeinen Dingen. Vazzi staunte noch immer über sein Leben in Amerika. Sein ältester Sohn machte einen Abschluß an der University of California und ahnte nichts vom geheimen Leben seines Vaters. Deswegen war Vazzi ein wenig verunsichert. »Manchmal denke ich, er hat nichts von meinem Blut«, sagte er zu Cross. »Er glaubt alles, was seine Professoren ihm erzählen. Er glaubt, daß Frauen und Männer gleichberechtigt sind, er glaubt, die Bauern sollten kostenlos Land erhalten. Er gehört zum Schwimmteam seines Colleges. In meinem ganzen Leben in Sizilien – und Sizilien ist eine Insel – hab' ich nie einen Sizilianer schwimmen sehen.«

»Nur wenn ein Fischer aus seinem Boot geworfen wird«, entgegnete Cross lachend.

»Nicht einmal dann«, widersprach Vazzi. »Die sind allesamt ertrunken.«

Nach dem Essen besprachen sie geschäftliche Dinge. Die Küche von Las Vegas hatte Vazzi noch nie so recht geschmeckt, aber er liebte Brandy und Havannas. Cross schickte ihm jedes Jahr zu Weihnachten eine Kiste guten Brandy und eine Kiste dünne Havannazigarren.

»Ich habe einen schwierigen Auftrag für Sie«, sagte Cross. »Einen, der viel Intelligenz verlangt.«

»So etwas ist immer schwierig«, gab Vazzi zurück.

»Es muß in der Lodge geschehen«, sagte Cross. »Wir werden eine bestimmte Person dorthinbringen. Ich wünsche, daß er ein paar Briefe schreibt, ich wünsche, daß er uns eine Information liefert.« Er hielt inne und lächelte über Vazzis wegwerfende Handbewegung. Vazzi hatte häufig seinen Kommentar über amerikanische Filme abgegeben, in denen der Held oder der Bösewicht sich weigert, Informationen zu liefern. »Ich könnte sie dazu bringen, daß sie Chinesisch sprechen«, pflegte Vazzi zu sagen.

»Die Schwierigkeit«, fuhr Cross jetzt fort, »besteht darin, daß es keine Spuren an seinem Körper geben darf und keine Drogen in seinem Körper. Außerdem ist die erwähnte Person überaus starrköpfig.«

»Nur Frauen können Männer mit Küssen zum Reden bringen«, sagte Vazzi gutmütig, während er seine Zigarre sichtlich genoß. »Täusche ich mich, oder sind Sie an dieser Story persönlich interessiert?«

»Es gibt keine andere Möglichkeit«, sagte Cross. »Die Männer, die daran mitarbeiten, werden von Ihrer Truppe sein, aber zuvor müssen Frauen und Kinder die Lodge verlassen.«

Vazzi schwenkte seine Zigarre. »Die schicken wir nach Disneyland, diesem Gottesgeschenk bei Freud und Leid. Das tun wir immer.«

»Disneyland?« Cross lachte laut auf.

»Ich war noch nie da«, erklärte Vazzi. »Vielleicht komme ich hin, wenn ich mal sterbe. Soll es eine Kommunion oder eine Konfirmation werden?«

»Konfirmation«, antwortete Cross.

Dann kamen sie zur Sache. Cross erklärte Vazzi den geplanten Einsatz und auch, warum und wie er ausgeführt werden mußte. »Was meinen Sie dazu?« fragte er dann.

»Sie sind weit mehr ein Sizilianer als mein Sohn, dabei sind Sie in Amerika geboren«, sagte Vazzi. »Aber was machen wir, wenn er stur bleibt und Ihnen nicht liefert, was Sie von ihm verlangen?«

»Dann ist es meine Schuld«, sagte Cross. »Und die seine. Dann müssen wir dafür bezahlen. Das ist in Amerika so und in Sizilien nicht anders.«

»Stimmt«, sagte Vazzi. »Genauso wie in China, Rußland und Afrika. Wie der Don zu sagen pflegt: Dann können wir alle auf dem Boden des Meeres schwimmen gehen.«

9. Kapitel

Eli Marrion, Bobby Bantz, Skippy Deere und Melo Stuart kamen zu einer Notstandssitzung in Marrions Villa zusammen. Andrew Pollard hatte Bantz von Cross De Lenas Geheimplan erzählt, Athena an die Arbeit zurückzuholen. Diese Information war von Detective Jim Losey bestätigt worden, der sich weigerte, seine Quelle zu nennen.

»Das ist Erpressung«, beschwerte sich Bantz. »Melo, Sie sind ihr Agent, Sie sind für Athena und alle Ihre Klienten verantwortlich. Soll das heißen, Ihr Star weigert sich mitten in einem großen Film weiterzuarbeiten, bis er die Hälfte der Einnahmen bekommt?«

»Nur wenn wir so verrückt sind und sie ihr geben«, sagte Stuart. »Soll das doch dieser De Lena tun. Der wird nicht lange im Geschäft bleiben.«

»Melo«, sagte Marrion, »Sie reden von Strategie, wir sprechen von jetzt und hier, von dieser Minute. Wenn Athena an die Arbeit zurückkehrt, werden Sie und Ihre Klientin uns ausrauben wie die Bankräuber. Wollen Sie das zulassen?«

Sie waren allesamt verwundert. Es geschah selten, daß Marrion so schnell zur Sache kam, wenigstens seit er nicht mehr so jung war. Stuart war beunruhigt.

»Athena weiß nichts davon«, erklärte er. »Sonst hätte sie's mir gesagt.«

»Würde sie den Handel eingehen, wenn sie Bescheid wüßte?« fragte Deere.

»Ich würde ihr raten, ihn zu akzeptieren und das Geld dann durch ein Zusatzschreiben mit dem Studio zu teilen«, antwortete Stuart.

»Dann müßte ihre ganze Angst gespielt sein«, warf Bantz in scharfem Ton ein. »Mit einem Wort, es ist Unsinn. Und Melo, Sie reden ebenfalls Unsinn. Glauben Sie wirklich, dieses Studio würde sich mit der Hälfte dessen zufriedengeben, was Athena von De Lena erhält? Das ganze Geld gehört von Rechts wegen uns. Und sie mag zusammen mit De Lena reich werden, aber das wäre das Ende ihrer Filmkarriere. Kein Studio würde sie je wieder beschäftigen.«

»Ausland«, sagte Skippy. »Das Ausland würde das Risiko eingehen.«

Marrion griff zum Telefon und reichte es Stuart. »Dies ist alles völlig sinnlos. Rufen Sie Athena an. Teilen Sie ihr mit, was Cross De Lena ihr anbieten wird, und fragen Sie, ob sie gewillt ist, das Angebot zu akzeptieren.«

Deere sagte: »Sie ist am Wochenende verschwunden.«

»Sie ist wieder da«, behauptete Stuart. »Sie verschwindet am Wochenende häufig.« Er tippte eine Nummer ins Telefon.

Das Gespräch war nur sehr kurz. Stuart legte lächelnd auf. »Sie hat bisher noch kein solches Angebot erhalten, sagt sie. Und selbst das würde sie nicht dazu bringen, an die Arbeit zurückzukehren. Ihre Karriere kümmert sie einen Dreck.« Er legte eine kleine Pause ein; dann fuhr er bewundernd fort: »Diesen Skannet würde ich gern kennenlernen. Ein Mann, der eine Schauspielerin so einzuschüchtern versteht, daß ihr ihre Karriere gleichgültig ist, muß irgend etwas Gutes haben.«

»Dann sind wir uns einig«, sagte Marrion. »Wir haben unseren Verlust in einer hoffnungslosen Situation wieder wettgemacht. Aber es ist ein Jammer. Athena war ein so großer Star.«

Andrew Pollard hatte seine Anweisungen. Erstens sollte er Bantz von Cross De Lenas Absichten hinsichtlich Athena informieren. Zweitens sollte er das Überwachungsteam von Skannet abziehen. Und drittens sollte er Boz Skannet aufsuchen und ihm einen Vorschlag unterbreiten.

Skannet war im Unterhemd, als er Pollard die Tür seiner Suite im Hotel Beverly Hills öffnete. Und er roch nach Eau de Cologne. »Ich hab' mich gerade rasiert«, erklärte er. »In diesem Hotel gibt es mehr Badezimmerparfüms als in einem Freudenhaus.«

»Sie dürften gar nicht hier in der Stadt sein«, sagte Pollard vorwurfsvoll.

Skannet klopfte ihm den Rücken. »Ich weiß, aber ich reise morgen ab. Ich muß nur noch ein paar Dinge erledigen.« Sein boshaftes Grinsen, während er das sagte, und sein kraftstrotzender Körper hätten Pollard früher in Angst versetzt; nun aber, da Cross hinter ihm stand, erweckte er nur Mitleid bei ihm. Aber er würde vorsichtig sein müssen.

»Athena ist nicht überrascht darüber, daß Sie nicht abgereist sind«, sagte er. »Sie glaubt, das Studio begreift nicht, was los ist, meint aber, daß sie Sie durchaus versteht. Sie würde gern persönlich mit Ihnen sprechen. Weil sie denkt, wenn Sie beide allein miteinander reden, könnten Sie zu einer Verständigung kommen.«

Als er sah, wie plötzlich Freude in Skannets Gesicht aufstieg, wußte er, daß Cross recht hatte. Der Kerl liebte Athena immer noch; er würde ihm die Story abkaufen.

Auf einmal wurde Boz Skannet jedoch mißtrauisch. »Das klingt eigentlich gar nicht nach Athena. Die kann nicht mal meinen Anblick ertragen, aber das kann ich ihr nicht übelnehmen.« Er lachte. »Sie braucht eben ihr hübsches Frätzchen.«

»Sie möchte Ihnen ein ernstgemeintes Angebot machen«, sagte Pollard. »Eine lebenslange Leibrente. Einen Anteil an ihren Einnahmen bis an ihr Lebensende, falls Sie das wollen. Aber sie möchte persönlich und im geheimen mit Ihnen sprechen. Und dann ist da noch etwas, das sie will.«

»Ich weiß, was sie will«, behauptete Skannet mit einem merkwürdigen Ausdruck im Gesicht. Diesen Ausdruck hatte Pollard gelegentlich auf dem Gesicht wehmütig-reuiger Vergewaltiger gesehen.

»Um sieben«, sagte Pollard. »Zwei meiner Männer werden Sie abholen und zu dem vorgesehenen Treffpunkt bringen. Beide werden als Leibwachen bei ihr bleiben. Zwei meiner besten Männer, beide bewaffnet. Nur für den Fall, daß Sie auf dumme Gedanken kommen.«

Skannet lächelte. »Um mich brauchen Sie sich keine Sorgen zu machen«, sagte er.

»Gut«, entgegnete Pollard und ging.

Als sich die Tür hinter ihm schloß, stieß Skannet die rechte Faust in die Luft. Er würde Athena wiedersehen, und nur zwei von diesen albernen Privatdetektiven würden sie beschützen. Und er würde beweisen können, daß sie es war, die dieses Treffen arrangiert, daß er nicht gegen den richterlichen Befehl, sich von ihr fernzuhalten, verstoßen hatte.

Den ganzen Tag lang träumte Boz Skannet von seinem Wiedersehen mit Athena. Der Vorschlag war wirklich eine Überraschung für ihn gewesen, und wenn er darüber nachdachte, kam er zu dem Ergebnis, daß Athena ihren Körper benutzen würde, um ihn zu diesem Handel zu überreden. Er lag auf dem Bett und stellte sich vor, wie es wäre, wieder mit ihr zusammenzusein. Das Bild ihres Körpers stand klar vor ihm. Die weiße Haut, das Rund ihres Bauches, ihre Brüste mit den rosa Spitzen, ihre Augen, so grün, daß sie ein eigenes Licht zu besitzen schienen, ihr warmer, zarter Mund, ihr Atem, ihr flammendes Haar, das der Sonne glich, wenn diese sich unter dem Abendhimmel zu einem rauchigen Kupferton verfärbte. Flüchtig ergriff die alte Liebe Besitz von ihm, seine Liebe zu ihrer Intelligenz und ihrem Mut, den er gebrochen und in Angst verwandelt hatte. Und dann spielte er, seit er sechzehn gewesen war, zum ersten Mal mit sich selbst. In Gedanken sah er Athenas Gestalt vor sich, die ihn antrieb, bis er zum Höhepunkt kam. In diesem einen Moment war er glücklich und liebte sie.

Dann jedoch kehrte sich alles um. Ein Gefühl der Scham ergriff Besitz von ihm, ein Gefühl der Demütigung. Und plötzlich haßte er sie wieder. Auf einmal war er überzeugt davon, daß es sich um eine Falle handelte. Was wußte er schon von diesem Pollard. Hastig kleidete sich Skannet an und betrachtete die Karte, die ihm Pollard gegeben hatte. Das Büro lag nur zwanzig Autominuten von seinem Hotel entfernt. Schnell lief er zum Hoteleingang hinunter und ließ von einem Parkwärter seinen Wagen vorfahren.

Als er das Gebäude der Pacific Ocean Security betrat, staunte er über den Umfang und die üppige Ausstattung des Unternehmens. Er trat an den Empfangstisch und erklärte sein Anliegen. Ein bewaffneter Sicherheitswachmann führte ihn zu Pollards Büro. Wie Skannet feststellte, waren die Wände mit Preisen der Polizei von L. A., der Gesellschaft zur Hilfe für die Obdachlosen und anderer Organisationen geschmückt, darunter auch die Boy Scouts of America. Sogar so etwas wie einen Filmpreis gab es.

Andrew Pollard musterte ihn erstaunt und ein wenig besorgt. Skannet beruhigte ihn sofort.

»Ich wollte Ihnen nur sagen«, erklärte er, »daß ich mit meinem eigenen Wagen zu der Besprechung fahre. Ihre Männer können mich begleiten und mir den Weg zeigen.«

Pollard zuckte die Achseln. Das war nicht seine Sache. Er hatte getan, was man ihm aufgetragen hatte. »Wunderbar«, sagte er. »Aber Sie hätten mich auch anrufen können.«

Skannet grinste. »Na klar, aber ich wollte mir mal Ihre Firma ansehn. Außerdem möchte ich Athena anrufen, um mich zu vergewissern, daß alles mit rechten Dingen zugeht. Ich dachte, daß Sie sie für mich ans Telefon holen könnten. Meinen Anruf würde sie vielleicht nicht entgegennehmen.«

»Aber sicher«, stimmte Pollard freundlich zu. Er griff nach dem Telefon. Er wußte nicht, was hier gespielt wurde, und hoffte im stillen, daß Skannet das Treffen absagen und er nichts mehr mit der Sache zu tun haben würde, was immer Cross im Sinn hatte. Außerdem wußte er, daß Athena nicht mit ihm direkt sprechen würde.

Er wählte die Nummer und verlangte Athena. Dann schaltete er den Lautsprecher ein, damit Skannet das Gespräch mithören konnte. Athenas Sekretärin informierte ihn, daß Miss Aquitane nicht zu Hause sei und erst am folgenden Tag zurückerwartet werde. Er legte den Hörer auf und sah Skannet mit einer hochgezogenen Braue an. Skannet schien glücklich zu sein.

Und das war er. Er hatte recht gehabt. Athena wollte ihren Körper benutzen, um ihm das Einverständnis zu diesem Plan abzuringen. Sie hatte vor, die Nacht mit ihm zu verbringen. Seine rötliche Gesichtshaut nahm fast einen Bronzeschimmer an; ihm schoß das Blut in den Kopf, weil er an sie denken mußte, als sie noch jung war, als sie ihn noch liebte, als er sie liebte.

Als Lia Vazzi am selben Abend um sieben mit einem seiner Soldaten im Hotel eintraf, wurde er von Skannet schon erwartet, der bereit war, sofort aufzubrechen. Skannet hatte sich in jugendlichem Stil adrett gekleidet. Er trug Blue jeans, ein verblaßtes Jeanshemd und ein weißes Sportjackett. Er hatte sich sorgfältig rasiert, sein blondes Haar war glatt zurückgebürstet. Seine rote Haut wirkte bleicher als sonst, was sein Gesicht weicher machte. Lia Vazzi und sein Soldat zeigten Skannet ihre gefälschten Ausweise der Pacific Ocean Security.

Skannet war alles andere als beeindruckt von diesen Männern. Zwei kleine Rabauken, der eine mit einem leichten Akzent, der mexikanisch sein konnte. Mit denen würde er keine Mühe haben. Diese privaten Detekteien waren bis obenhin voll Scheiße, was für einen Schutz konnten die Athena schon bieten?

»Wie ich hörte, wollen Sie mit Ihrem eigenen Wagen fahren«, sagte Vazzi zu Skannet. »Ich werde Sie begleiten, und mein Freund wird uns in unserem Wagen folgen. Wäre Ihnen das recht?«

»Okay«, antwortete Skannet.

Als sie den Lift verließen und in die Halle hinaustraten, wurden sie von Jim Losey aufgehalten. Der Kriminalbeamte hatte auf einem Sofa vor dem Kamin gewartet und stellte sich ihnen auf gut Glück in den Weg. Er war gekommen, um Skannet für alle Fälle im Auge zu behalten. Jetzt zeigte er den drei Männern seine Dienstmarke.

Skannet sah sich die Marke an. »Was zum Teufel wollen Sie von uns?« fragte er aufgebracht.

»Wer sind die beiden Männer in Ihrer Begleitung?« fragte Losey.

»Das geht Sie einen Scheißdreck an«, entgegnete Skannet. Vazzi und sein Helfer verhielten sich still, während Losey ihre Gesichter musterte.

»Ich hätte gern ein paar Worte mit Ihnen gesprochen«, sagte Losey. »Unter vier Augen.«

Skannet wollte ihn beiseite schieben, aber Losey packte seinen Arm. Sie waren beide große, kräftige Männer. Skannet hatte es eilig wegzukommen. Wütend und mit lauter Stimme sagte er zu Losey: »Die Anklage wurde fallengelassen, ich brauche nicht mit Ihnen zu reden. Und wenn Sie mich nicht sofort loslassen, trete ich Ihnen die Scheiße aus dem Arsch.«

Losey ließ ihn los. Er war keineswegs eingeschüchtert, aber seine Gedanken arbeiteten. Die beiden Männer bei Skannet kamen ihm seltsam vor; irgend etwas war hier im Busch. Er trat beiseite, folgte ihnen aber bis zu dem Torbogen, zu dem die Autos der Hotelgäste gebracht wurden. Er beobachtete, wie Skannet mit Lia Vazzi in seinen eigenen Wagen stieg. Der andere Mann war irgendwo verschwunden. Losey, dem das aufgefallen war, wartete ab, ob ein weiterer Wagen vom Parkplatz fuhr, aber es kam keiner.

Ihnen zu folgen hatte keinen Sinn; ebenso sinnlos war es, eine Suchmeldung für Skannets Wagen durchzugeben. Er überlegte, ob er Skippy Deere von diesem Zwischenfall berichten sollte, entschied sich aber dagegen. Denn eins stand fest: Wenn Skannet wieder einmal über die Stränge schlug, würde er seine heutigen Beleidigungen zutiefst bereuen.

Es war eine lange Fahrt. Immer wieder beschwerte sich Skannet und stellte Fragen, ja, drohte sogar umzukehren. Doch Lia Vazzi beruhigte ihn. Man hatte Skannet mitgeteilt, daß das Treffen in einer Hunting Lodge in der Sierra Nevada stattfinden würde, die Athena besaß, und die Instruktionen lauteten, daß sie dort die Nacht verbringen sollten. Athena hatte darauf bestanden, daß dieses Treffen vor allen anderen geheimgehalten wurde, daß sie das ganze Problem zu jedermanns Zufriedenheit lösen werde. Skannet hatte keine Ahnung, was das bedeutete. Was konnte sie tun, um den Haß zu beschwichtigen, der im Laufe der letzten zehn Jahre in ihm gewachsen war? War sie dumm genug, zu glauben, eine Nacht der Liebe und ein Bündel Bares könnten ihn weich machen? Glaubte sie wirklich, daß er so einfältig war? Er hatte ihre Intelligenz immer bewundert, aber vielleicht war sie inzwischen ja zu einer von diesen arroganten Hollywood-Schauspielerinnen geworden, die alles mit ihrem Körper und ihrem Geld kaufen zu können glaubten. Und doch verfolgte ihn der Gedanke an ihre Schönheit. Endlich, nach all diesen Jahren, würde sie ihn wieder anlächeln, ihn bezaubern, sich ihm unterwerfen. Egal, was daraus wurde, die Nacht, die vor ihnen lag, gehörte ihm!

Wegen Skannets Drohung, umzukehren, machte sich Lia Vazzi keine Gedanken. Er wußte, daß ihm als Eskorte drei weitere Wagen auf der Straße folgten, und hatte seine Anweisungen. Im schlimmsten Fall konnte er Skannet ganz einfach umbringen lassen. Aber die Anweisungen ließen auch keinen Zweifel daran, daß Skannet vor seinem Tod keinerlei Verletzungen zugefügt werden durften.

Als sie durch das offene Tor fuhren, staunte Skannet über die Größe der Lodge. Sie sah aus wie ein kleines Hotel. Er stieg aus und reckte genüßlich Arme und Beine. Vor dem Haus waren fünf oder sechs Wagen geparkt, was ihn einen Augenblick nachdenklich machte.

Vazzi begleitete ihn zur Tür und öffnete sie. Im selben Moment hörte Skannet, daß weitere Wagen die Einfahrt heraufkamen. In der Annahme, Athena sei eingetroffen, drehte er sich um. Doch was er sah, waren drei geparkte Wagen, aus denen je zwei Männer stiegen. Dann führte ihn Lia durch den Haupteingang ins Haus und in einen Wohnraum mit einem riesigen Kamin. Und dort, auf dem Sofa, saß ein Mann, den er noch niemals gesehen hatte, der ihn aber offensichtlich erwartete. Dieser Mann war Cross De Lena.

Was nun geschah, kam völlig unerwartet. Als Skannet zornig fragte: »Wo ist Athena?«, packten zwei Mann seine Arme, weitere zwei Mann setzten ihm Pistolen an den Kopf, und der scheinbar harmlose Lia Vazzi zog ihm die Beine unter dem Körper weg, so daß er schwer zu Boden schlug.

»Wenn Sie nicht haargenau tun, was Ihnen gesagt wird, können Sie auf der Stelle sterben«, warnte ihn Vazzi. »Also hören Sie auf, sich zu wehren. Bleiben Sie still liegen.«

Ein sechster Mann fesselte Skannets Beine aneinander; dann zerrten sie ihn so auf die Füße, daß er Cross gegenüberstand. Skannet war verblüfft, wie hilflos er sich fühlte, als die Männer seine Arme freigaben. Die gefesselten Füße schienen seine gesamte Körperkraft zu neutralisieren. Er streckte den Arm aus, um dem kleinen Scheißkerl wenigstens einen Boxhieb zu verpassen, aber Vazzi wich zurück, und Skannet konnte, obwohl er einen kleinen Hüpfer machte, keine Kraft in seine Faust legen.

Vazzi musterte ihn mit schweigender Verachtung. »Wir wissen, daß Sie ein gewalttätiger Mensch sind«, sagte er dann, »aber jetzt wird's Zeit, daß Sie allmählich Ihren Grips anstrengen. Hirnlose Kraft ist hier absolut wirkungslos.«

Skannet schien seinen Rat zu beherzigen. Er dachte krampfhaft nach. Wenn sie ihn töten wollten, hätten sie das längst getan. Nein, hier ging es um Einschüchterung, damit er irgendeiner Sache zustimmte. Schön und gut, er würde zustimmen. Und dann würde er für die Zukunft Vorsichtsmaßnahmen treffen. Eines wußte er jedoch mit Sicherheit: Athena hatte nichts mit dieser Sache zu tun. Er achtete nicht weiter auf Vazzi, sondern wandte sich dem Mann auf dem Sofa zu.

»Wer zum Teufel sind Sie?« wollte er wissen.

»Es gibt da einige Dinge, die Sie für mich erledigen müssen«, sagte Cross. »Anschließend können Sie wieder nach Hause fahren.«

»Und wenn ich es nicht tue, werden Sie mich foltern, stimmt's?« Skannet lachte. Er hatte allmählich das Gefühl, sich in einer billigen Hollywood-Szene zu befinden, in einem schlechten Film, den das Studio drehte.

»Nein«, antwortete Cross gelassen. »Keine Folter. Niemand wird Sie anrühren. Ich möchte nur, daß Sie sich da drüben an den Tisch setzen und vier Briefe für mich schreiben. Einen an die LoddStone Studios, in dem Sie versprechen, sich nie wieder ihrem Gelände zu nähern. Einen an Athena Aquitane, in dem Sie sich für Ihr bisheriges Verhalten entschuldigen und schwören, daß Sie sich ihr nie wieder nähern werden. Einen weiteren an die Polizeibehörden, in dem Sie zugeben, Säure für einen erneuten Angriff auf Ihre Ehefrau gekauft zu haben, und einen letzten an mich, in dem Sie erklären, mit welchem Geheimnis Sie Ihrer Frau drohen. Das ist alles.«

Skannet wagte einen humpelnden Sprung in Cross' Richtung, wurde aber von einem der Männer so gestoßen, daß er der Länge nach auf dem gegenüberstehenden Sofa landete.

»Nicht anfassen!« befahl Cross scharf.

Mit Hilfe seiner Arme stemmte sich Skannet auf die Füße.

Cross zeigte auf den Schreibtisch, auf dem ein Stoß Schreibpapier wartete.

»Wo ist Athena?« fragte Skannet.

»Sie ist nicht hier«, antwortete Cross. »Alle verlassen den Raum, bis auf Lia«, sagte er. Die anderen Männer gingen zur Tür hinaus.

»Setzen Sie sich an den Schreibtisch«, befahl Cross. Skannet gehorchte.

»Ich muß sehr ernsthaft mit Ihnen reden. Hören Sie auf mit den Versuchen, den harten Mann zu spielen. Ich wünsche, daß Sie mir zuhören. Hüten Sie sich, etwas Törichtes zu tun. Sie haben Ihre Hände frei, daher glauben Sie vielleicht, die

Situation zu beherrschen. Sie brauchen nur diese vier Briefe für mich zu schreiben, dann sind Sie frei.«

»Du kannst mich am Arsch lecken«, sagte Skannet verächtlich.

Cross wandte sich an Vazzi. »Sinnlos, noch weiter Zeit zu verschwenden. Bringt ihn um.«

Cross sagte es sehr ruhig, aber es lag etwas Furchteinflößendes in seinem Ton. In diesem Moment empfand Skannet eine Angst, wie er sie seit seiner Kindheit nicht mehr gekannt hatte. Zum ersten Mal wurde ihm die wahre Bedeutung all dieser Männer in der Lodge klar, dieser Streitmacht, die gegen ihn aufmarschiert war. »Okay, ich mach's«, sagte Skannet. Er griff nach einem Blatt Papier und begann zu schreiben.

Listig schrieb er die Briefe mit der Linken, denn wie viele gute Sportler war er mit beiden Händen annähernd gleich geschickt. Cross trat hinter ihn und sah ihm zu. Tief beschämt über seine unvermittelte Feigheit, stemmte Skannet beide Füße fest auf den Boden. Von seiner körperlichen Koordination überzeugt, wechselte er den Schreiber in die Rechte und sprang auf, um diesem Schwein einen Stich ins Gesicht zu versetzen, wenn möglich sogar mitten ins Auge. Er explodierte förmlich in diese Bewegung hinein, sein Arm fuhr empor, sein ganzer Körper wirbelte herum. Verblüfft mußte er jedoch feststellen, daß Cross ihm mühelos ausweichen konnte. Dennoch versuchte Skannet, sich trotz seiner Beinfesseln zu bewegen.

Cross beobachtete ihn gelassen. »Jeder hat das Recht auf einen Versuch«, sagte er. »Und jetzt legen Sie den Schreiber hin und geben mir die Blätter.«

Skannet gehorchte. Cross studierte das Geschriebene und sagte: »Sie haben mir das Geheimnis nicht verraten.«

»Das schreibe ich nicht auf. Schicken Sie den Kerl da raus« – er zeigte auf Vazzi –, »dann verrate ich's Ihnen.«

Cross gab Lia die Papierseiten und sagte: »Kümmern Sie sich darum.«

Vazzi verließ den Raum.

»Okay«, sagte Cross zu Skannet, »lassen Sie das große Geheimnis hören.«

Nachdem Vazzi die Lodge verlassen hatte, legte er die hundert Meter zu dem Bungalow, in dem Leonard Sossa untergebracht war, im Laufschritt zurück. Sossa wartete bereits. Er sah sich die beiden beschriebenen Seiten an und sagte angewidert: »Das ist ja linkshändig! Linkshändige Schrift kann ich nicht kopieren. Das weiß Cross.«

»Sehen Sie sich's noch mal an«, verlangte Vazzi. »Er hat versucht, Cross mit seiner rechten Hand einen Stich beizubringen.«

Abermals studierte Sossa die Seiten. »Ja«, sagte er, »der Kerl ist kein echter Linkshänder. Der spielt nur rum.«

Vazzi nahm die Blätter, kehrte in die Lodge zurück und betrat die Bibliothek. An Cross' Miene erkannte er, daß etwas schiefgelaufen war. Cross wirkte bestürzt, während Skannet, die gefesselten Beine über eine Armlehne gehängt, lang ausgestreckt auf dem Sofa lag und selig zur Decke emporlächelte.

»Diese Briefe taugen nichts«, berichtete Vazzi. »Er hat sie mit der linken Hand geschrieben, aber der Analytiker sagt, daß er Rechtshänder ist.«

Cross wandte sich an Skannet. »Ich glaube, mit Ihnen werde ich nicht fertig; Sie sind zu zäh. Ich kann Sie nicht einschüchtern, ich kann Sie nicht dazu bringen, zu tun, was ich sage. Ich gebe auf.«

Skannet erhob sich vom Sofa und sagte boshaft zu Cross: »Aber was ich Ihnen gesagt habe, ist wahr. Alle Leute verlieben sich in Athena, aber keiner kennt sie so gut wie ich.«

»Sie kennen sie nicht«, widersprach Cross ruhig. »Und Sie kennen mich nicht.« Er ging zur Tür und winkte. Vier Männer kamen herein. Dann wandte sich Cross an Lia. »Sie wissen, was ich will. Wenn er es mir nicht gibt, sehen Sie zu, daß Sie ihn loswerden.« Damit ging er hinaus.

Lia Vazzi seufzte hörbar erleichtert auf. Er bewunderte Cross, war ihm in all den Jahren ein bereitwilliger Untergebener gewesen, aber Cross war viel zu geduldig. Gewiß, die großen Dons in Sizilien waren alle stets von beispielhafter Geduld, aber sie wußten, wann sie damit aufhören mußten. Vazzi argwöhnte, daß Cross De Lena eine gewisse amerikanische Schwäche besaß, die ihn hinderte, zu wahrer Größe aufzusteigen.

Vazzi wandte sich an Skannet. »So«, sagte er mit öliger Stimme, »jetzt wollen wir beide mal anfangen, du und ich.« Dann wandte er sich an die vier Männer. »Sichert seine Arme, aber ganz vorsichtig. Er darf nicht verletzt werden.«

Die vier stürzten sich auf Skannet. Nachdem einer von ihnen Handschellen hervorzog, war Skannet sehr schnell völlig hilflos. Vazzi stieß ihn auf die Knie, die anderen Männer zwangen ihn, in dieser Stellung zu verharren.

»Jetzt ist Schluß mit der Komödie«, sagte Vazzi zu Skannet. Sein drahtiger Körper wirkte entspannt, sein Ton war beiläufig. »Du wirst diese Briefe jetzt mit der rechten Hand schreiben. Aber du kannst dich natürlich auch weigern.« Einer der Männer reichte Lia einen schweren Revolver sowie eine Schachtel Munition. Lia lud den Revolver, indem er Skannet jede einzelne Patrone zeigte. Dann trat er ans Fenster und schoß in den Wald, bis die Waffe völlig leer war. Anschließend kehrte er zu Skannet zurück und legte eine einzige Patrone ein. Er ließ den Zylinder rotieren und hielt Skannet die Waffe unter die Nase.

»Ich weiß nicht, wo die Patrone steckt«, erklärte Lia. »Du weißt auch nicht, wo sie steckt. Wenn du dich immer noch weigerst, diese Briefe zu schreiben, werde ich abdrücken. Also was ist – ja oder nein?«

Skannet blickte Lia in die Augen und schwieg. Lia drückte ab. Es gab nur ein Klicken in der leeren Kammer. Lia nickte anerkennend. »Ich hatte auf Sie gesetzt«, sagte er zu Skannet.

Er warf einen Blick in den Zylinder und schob die Patrone in die erste Kammer. Er ging zum Fenster und drückte ab. Die Explosion schien das ganze Zimmer zu erschüttern. Lia kehrte an den Tisch zurück, nahm eine weitere Patrone aus der Schachtel, lud die Waffe damit und ließ den Zylinder abermals rotieren.

»Versuchen wir's noch einmal«, sagte Lia. Er hielt Skannet den Revolver unters Kinn. Und diesmal zuckte Skannet zusammen.

»Rufen Sie Ihren Boß zurück«, sagte Skannet. »Es gibt da ein paar Dinge, die ich ihm sagen muß.«

»Nein«, antwortete Lia. »Diese Dummheiten sind vorbei. Antworte entweder ja oder nein.«

Als Skannet Lia in die Augen blickte, sah er dort keine Drohung, sondern leises Bedauern. »Okay«, sagte Skannet. »Ich schreibe.«

Sofort wurde er auf die Füße gerissen und wieder an den Schreibtisch gesetzt. Während Skannet mit dem Schreiben der Briefe beschäftigt war, setzte Vazzi sich aufs Sofa. Dann nahm er Skannet die Seiten ab und ging zu Sossas Bungalow hinüber. »Ist das okay?« fragte er ihn.

»Das ist in Ordnung«, antwortete Sossa.

Vazzi kehrte ins Jagdhaus zurück und erstattete Cross Bericht. Dann ging er in die Bibliothek und sagte zu Skannet: »Jetzt hast du's überstanden. Sobald ich fertig bin, werde ich dich nach L. A. zurückbringen.« Dann begleitete Lia Cross zu seinem Wagen.

»Sie wissen, was Sie zu tun haben«, sagte Cross. »Warten Sie bis zum Morgen. Bis dahin müßte ich wieder in Vegas sein.«

»Keine Sorge«, gab Vazzi zurück. »Ich dachte schon, er würde niemals schreiben. Ein sturer Bock!« Dann merkte er, daß Cross nachdenklich war. »Was hat er Ihnen erzählt, als ich draußen war?« fragte Vazzi. »Irgend etwas, das ich wissen sollte?«

Mit einer Bitterkeit und Wut, die Vazzi noch nie zuvor an ihm erlebt hatte, sagte Cross: »Ich hätte ihn auf der Stelle umbringen sollen. Das Risiko hätte ich eingehen müssen. Ich hasse es, so beschissen clever zu sein.«

»Na ja«, sagte Vazzi, »jetzt ist es vorbei.«

Er sah zu, wie Cross zum Tor hinausfuhr. Dies war einer der wenigen Momente der letzten zehn Jahre, da er Heimweh nach Sizilien hatte. In Sizilien ließ sich kein Mann von dem Geheimnis einer Frau so sehr aus der Fassung bringen. Und in Sizilien wären all diese Umstände nicht gemacht worden. In Sizilien würde Skannet jetzt schon längst auf dem Grund des Ozeans schwimmen.

Als der Morgen anbrach, hielt ein geschlossener Lieferwagen vor der Lodge.

Lia Vazzi holte die gefälschten Abschiedsbriefe bei Leonard Sossa ab und brachte ihn zu dem Wagen, der ihn zum Topanga Canyon zurückbringen sollte. Vazzi reinigte den Bungalow, verbrannte die Briefe, die Skannet geschrieben hatte, und entfernte alle Spuren, die auf eine Benutzung schließen ließen. Leonard Sossa hatte während seines Aufenthalts weder Skannet noch Cross zu sehen bekommen.

Dann bereitete Lia Vazzi Boz Skannets Hinrichtung vor.

Zu diesem Job brauchte er sechs Mann. Sie hatten Skannet gefesselt, ihm die Augen verbunden, ihn geknebelt und ihn in den Lieferwagen gesetzt. Zwei Mann stiegen zu ihm in den Wagen. An Händen und Füßen gebunden, war Skannet völlig hilflos. Ein weiterer Mann fuhr den Wagen, der vierte saß auf dem Beifahrersitz. Der fünfte fuhr Skannets Wagen. Lia Vazzi und der sechste Mann saßen in einem Wagen, der vor ihnen herfuhr.

Lia Vazzi sah zu, wie die Sonne langsam aus dem Schatten der Berge emporstieg. Der Caravan legte nahezu sechzig Meilen zurück, dann bog er auf eine Straße ein, die tief in den Wald hineinführte.

Schließlich hielt der Caravan. Vazzi wies seine Leute genauestens an, wie Skannets Wagen geparkt werden sollte. Dann ließ er Skannet aus dem Lieferwagen holen. Skannet leistete keinen Widerstand; er schien sich in sein Schicksal ergeben zu haben. Na, wenigstens hat er's endlich kapiert, dachte Vazzi.

Vazzi holte den Strick aus dem Wagen. Sorgfältig maß er die Länge ab und warf ein Ende über den dicken Ast eines nahestehenden Baumes. Zwei Mann hielten Skannet senkrecht, so daß er dem Mann die Schlinge um den Hals legen konnte. Vazzi holte die beiden Abschiedsbriefe, die Leonard Sossa gefälscht hatte, und steckte sie in Skannets Jackentasche.

Vier Mann waren erforderlich, um Skannet auf das Dach des Lieferwagens zu schaffen; dann gab Lia Vazzi dem Fahrer mit nach vorn gestoßener Faust das Zeichen. Der Wagen schoß vorwärts. Skannet flog vom Dach und baumelte in der Luft. Sein Genick brach mit einem lauten Knacken. Vazzi untersuchte den Leichnam und entfernte die Fesseln. Die anderen Männer nahmen ihm Augenbinde und Knebel ab.

Rings um den Mund waren winzige Schrammen zu sehen, wenn er jedoch ein paar Tage im Wald gehangen hatte, würden sie nicht mehr auffallen. Er kontrollierte Arme und Beine auf Spuren der Fesseln. Auch hier war kaum etwas zu sehen. Er war zufrieden. Er wußte zwar nicht, ob es funktionieren würde, aber alles war so ausgeführt worden, wie Cross es angeordnet hatte.

Zwei Tage später fand der Sheriff des County, von einem anonymen Anrufer alarmiert, Skannets Leichnam. Er mußte einen Braunbären verscheuchen, der gegen den Strick stieß und den Leichnam zum Baumeln brachte. Als dann der Coroner mit seinen Helfern eintraf, stellten sie fest, daß die verwesende Haut des Leichnams von Insekten zerfressen war.

Sechstes Buch

Ein Hollywood-Tod

10. Kapitel

Zehn nackte Frauenärsche hoben sich im Einklang vor dem blinkenden Auge der Kamera. Trotz der nach wie vor Ungewissen Zukunft des Films sah sich Dita Tommey im Atelier von *Messalina* Schauspielerinnen wegen eines Doubles für Athena Aquitanes Hintern an.

Athena hatte sich geweigert, Nacktszenen zu drehen, das heißt, Titten und Hintern sollten nicht völlig zu sehen sein; ein erstaunliches Maß an Schamgefühl bei einem Star, aber nicht weiter von Belang. Würde Dita Titten und Arsch eben von einigen der Schauspielerinnen nehmen, die sie gerade vorsprechen ließ.

Selbstverständlich hatte sie den Schauspielerinnen komplette Szenen mit Dialog gegeben, sie wollte sie nicht demütigen, indem sie sie wie für einen Porno posieren ließ. Aber ausschlaggebend und Höhepunkt war und blieb die Sexszene, in der jede beim Rekeln auf dem Bett ihre nackten Hinterbacken in die Kamera hielt. Ihr Choreograph für die Sexszenen ging die Drehungen und Verwindungen mit Steve Stallings, dem Schauspieler, durch.

Zusammen mit Dita Tommey sahen Bobby Bantz und Skippy Deere sich die Probeaufnahmen an. Ansonsten waren auf dem Set nur die Leute vom Team. Tommey störte es nicht, daß Deere zusah, aber was zum Teufel hatte Bobby Bantz hier verloren? Sie hatte kurz daran gedacht, ihn des Sets zu verweisen, aber wenn *Messalina* nicht zu Ende gedreht würde, befände sie sich in einer sehr schwachen Machtposition. Sie konnte sein Wohlwollen gebrauchen.

Bantz fragte gereizt: »Wonach genau suchen wir denn hier eigentlich?«

Der Choreograph für die Sexszenen, ein junger Mann namens Willis, der überdies Chef der Los Angeles Ballet Company war, sagte munter: »Nach dem schönsten Arsch der Welt. Aber mit Muskeln. Nichts Ordinäres, keinen mit einem klaffenden Spalt.«

»Genau«, sagte Bantz, »nichts Ordinäres.«

»Was ist mit den Titten?« fragte Deere.

»Sie dürfen auf keinen Fall wippen«, sagte der Choreograph.

»Titten sehen wir uns morgen an«, sagte Tommey. »Keine Frau hat vollkommene Titten und einen vollkommenen Arsch, außer Athena vielleicht, aber die will sie ja nicht herzeigen.«

Bantz sagte verschmitzt: »Du solltest es ja wissen, Dita.«

Tommey vergaß ihre schwache Machtposition. »Du bist das vollkommene Arschloch, Bobby, falls wir mal eines suchen. Nur weil sie nicht mit dir ins Bett geht, muß sie gleich eine Lesbe sein.«

»Schon gut, schon gut«, sagte Bantz. »Ich muß noch hundert Leute anrufen.«

»Ich auch«, sagte Deere.

»Ist doch nicht zu fassen mit euch«, stöhnte Tommey.

Deere sagte: »Hab ein bißchen Mitgefühl mit uns, Dit. Was haben wir denn schon an Entspannung, Bobby und ich? Zum Golfen sind wir zu beschäftigt. Filme angucken ist Arbeit. Für Theater oder Oper haben wir keine Zeit. Nachdem wir uns um die Familie gekümmert haben, bleibt uns vielleicht noch eine Stunde fürs Vergnügen pro Tag. Was läßt sich mit bloß einer Stunde am Tag schon groß machen? Bumsen. Es ist die am wenigsten arbeitsintensive Form der Entspannung.«

»Mensch, Skippy, sieh dir das an«, sagte Bantz. »Das ist der schönste Arsch, den ich je gesehen habe.«

Deere schüttelte staunend den Kopf. »Bobby hat recht, Dita, der ist es. Nimm sie unter Vertrag.«

Fassungslos schüttelte Tommey den Kopf. »Herrgott, ihr seid vielleicht Trottel«, sagte sie. »Der Arsch ist schwarz.«

»Nimm sie trotzdem unter Vertrag«, sagte Deere überschwenglich.

»Ja«, sagte Bantz. »Als äthiopische Sklavin für Messalina. Aber wieso zum Teufel spricht sie denn überhaupt vor?«

Dita Tommey musterte die beiden Männer neugierig. Sie hatte es hier mit zwei der härtesten Brocken der Filmbranche zu tun, und sie führten sich auf wie zwei Teenager auf der Jagd nach dem ersten Orgasmus. »Wenn wir ein Casting annoncieren, dürfen wir nicht sagen, daß wir nur weiße Ärsche wollen.«

Bantz sagte: »Ich will das Mädchen kennenlernen.«

»Ich auch«, meinte Deere.

Plötzlich erschien Melo Stuart auf dem Set. Er lächelte triumphierend. »Wir können alle wieder an die Arbeit gehen«, sagte er. »Athena will weiterdrehen. Ihr Mann, Boz Skannet, hat sich aufgehängt. Boz Skannet hat abgedreht.« Während er das sagte, klatschte er, wie das Team immer dann klatscht, wenn ein Schauspieler seine Rolle abgedreht hat. Skippy und Bobby klatschten mit ihm. Dita Tommey starrte die drei angewidert an.

»Eli will euch beide auf der Stelle sehen«, sagte Melo. »Nicht dich, Dita.« Er lächelte kleinlaut. »Es handelt sich nur um eine geschäftliche Besprechung, keine kreativen Entscheidungen.« Die Männer verließen das Atelier.

Als sie weg waren, ließ Dita Tommey das Mädchen mit dem schönen Hintern zu sich in den Trailer kommen. Sie war ausgesprochen hübsch, richtig schwarz, nicht nur braun, und verfügte über eine unverschämte Lebhaftigkeit, in der Dita Natürlichkeit und nicht den Manierismus einer Schauspielerin sah.

»Ich gebe Ihnen die Rolle einer äthiopischen Sklavin für die Kaiserin Messalina«, sagte Dita. »Sie kriegen eine Zeile, aber in der Hauptsache zeigen Sie Ihren Arsch. Unglücklicherweise brauchen wir einen weißen Arsch als Double für Miss Aquitane, und Ihrer ist zu schwarz, sonst würden Sie womöglich allen die Schau stehlen.« Sie bedachte das Mädchen mit einem freundlichen Lächeln. »Falene Fant, hört sich an wie ein Filmname.«

»Wenn Sie meinen«, sagte das Mädchen. »Danke. Sowohl für das Kompliment als auch für den Job.«

»Noch was«, sagte Dita. »Unser Produzent, Skippy Deere, meint, Sie hätten den schönsten Arsch der Welt. Dasselbe gilt für Mr. Bantz, den Präsidenten und Chef der Produktionsabteilung des Studios. Sie werden von ihnen hören.«

Falene Fant bedachte sie mit einem boshaften Lächeln. »Und was meinen Sie?« fragte sie.

Dita Tommey zuckte die Achseln. »Ich stehe nicht so auf Ärsche wie Männer. Aber ich halte Sie für charmant und für eine sehr gute Schauspielerin. Meiner Ansicht nach gut genug für mehr als nur eine Zeile Text in unserem Film. Und wenn Sie heute abend bei mir vorbeikommen, können wir über Ihre Karriere reden. Ich lade Sie zum Abendessen ein.«

Am selben Abend, Dita Tommey und Falene Fant hatten zwei Stunden im Bett verbracht, kochte Dita, und sie diskutierten Falenes Karriere.

»Hat Spaß gemacht«, sagte Dita, »aber ich denke, von jetzt an sollten wir einfach Freunde sein und diesen Abend für uns behalten.«

»Sicher«, sagte Falene. »Aber es weiß doch jeder, daß du vom anderen Ufer bist. Liegt es an meinem schwarzen Arsch?« Sie grinste.

Dita ignorierte das »andere Ufer«. Es war eine bewußte Unverschämtheit, um ihr die scheinbare Abfuhr zurückzuzahlen. »Es ist ein großartiger Arsch, schwarz, weiß, grün oder gelb«, sagte Dita. »Aber du hast wirklich Talent. Wenn ich dich weiter in meinen Filmen mitspielen lasse, bekommst du keine Anerkennung für dieses Talent. Und dann mache ich gerade mal alle zwei Jahre einen Film. Du brauchst mehr Arbeit als das. Die meisten Regisseure sind Männer, und wenn sie jemanden wie dich in ihren Film nehmen, dann immer in der Hoffnung auf eine kleine Nummer mit dir. Wenn sie denken, du seist vom anderen Ufer, passen sie vielleicht.«

»Wer braucht schon Regisseure, wenn er einen Produzenten und einen Studiochef hat«, sagte Falene vergnügt.

»Du brauchst sie«, sagte Dita. »Die anderen Kerle können dafür sorgen, daß du einen Fuß in die Tür kriegst, aber der Regisseur kann dich aus einem Film rausschneiden. Oder er filmt dich so, daß du total beschissen aussiehst und klingst.«

Falene schüttelte kummervoll den Kopf. »Ich muß also mit Bobby Bantz und Skippy Deere ins Bett, und mit dir war ich schon. Ist das unbedingt nötig?« Sie öffnete die Augen zu einem unschuldigen Blick.

Dita verspürte in diesem Augenblick eine Menge Sympathie für sie. Das Mädchen da versuchte erst gar nicht, ihr empört zu kommen. »Ich habe mich heute abend gut amüsiert«, sagte sie. »Du hast genau den richtigen Ton getroffen.«

»Tja, ich habe sowieso nie verstanden, wieso die Leute um Sex ein solches Theater machen«, sagte Falene. »Für mich ist das keine Tragödie. Ich nehme keine Drogen, ich trinke nicht viel. Ein bißchen Spaß muß ich doch haben.«

»Schön«, sagte Dita. »Also, noch mal zu Deere und Bantz. Deere ist der bessere Tip, und ich sage dir auch, warum. Deere ist in sich selbst verliebt, und er mag Frauen. Er wird wirklich was für dich tun. Er findet eine gute Rolle für dich, er ist clever genug, um dein Talent zu sehen. Bantz mag niemanden außer Eli Marrion. Außerdem hat er keinen Geschmack und keinen Blick für Talent. Bantz gibt dir einen Vertrag mit dem Studio und läßt dich dann verschimmeln. So macht er's auch mit seiner Frau, damit sie Ruhe gibt. Sie bekommt eine Menge Arbeit zu Höchstgagen, aber nie eine anständige Rolle. Skippy Deere dagegen, wenn der dich wirklich mag, dann tut er auch was für deine Karriere.«

»Hört sich etwas kaltblütig an«, sagte Falene.

Dita tätschelte ihr den Arm. »Mach mir nichts vor. Ich bin lesbisch, aber ich bin auch eine Frau. Und mit Schauspielern kenne ich mich aus. Die tun alles, Männchen wie Weibchen, um nach oben zu kommen. Wir spielen alle um hohe Einsätze. Willst du einen Bürojob in Oklahoma, oder willst du Filmstar werden und in Malibu wohnen? Aus deinem Personalbogen weiß ich, daß du dreiundzwanzig bist. Mit wie vielen warst du schon im Bett?«

»Dich mitgezählt?« sagte Falene. »Vielleicht mit fünfzig. Aber alle zum Spaß«, sagte sie, wie zur Entschuldigung.

»Dann werden ein paar mehr dir auch nicht zum Trauma«, sagte Dita. »Und wer weiß, vielleicht macht's ja auch mal wieder Spaß.«

»Weißt du«, sagte Falene, »wenn ich mir nicht so sicher wäre, ein Star zu werden, ich würd's nicht tun.«

»Natürlich nicht«, erwiderte Dita. »Das würde keiner von uns.«

Falene lachte. »Was ist mit dir?« fragte sie.

»Ich hatte die Möglichkeit nicht«, sagte Dita. »Ich habe es allein durch überwältigendes Talent geschafft.«

»Du Ärmste«, meinte Falene.

Bei den LoddStone Studios trafen sich Bobby Bantz, Skippy Deere, Melo Stuart und Eli Marrion in dessen Büro. Bantz war wütend. »Dieses dumme Arschloch, erst erschreckt er alle zu Tode, und dann bringt er sich um.«

Marrion wandte sich an Stuart: »Melo, Ihre Klientin geht doch wieder an die Arbeit, nehme ich an.«

»Selbstverständlich«, sagte Melo.

»Sie hat keine weiteren Forderungen mehr, sie braucht keinen weiteren Anreiz?« fragte Marrion mit leiser, eisiger Stimme. Melo Stuart wurde klar, daß Marrion vor Wut schäumte.

»Nein«, sagte Melo. »Sie kann morgen wieder anfangen.«

»Großartig«, sagte Deere. »Dann bleiben wir ja vielleicht noch unter dem Budget.«

»Jetzt haltet mal alle den Mund und hört zu«, sagte Marrion. Und diese Grobheit, die man von ihm gar nicht kannte, ließ sie verstummen.

Marrion fuhr in seinem üblichen leisen und freundlichen Ton fort, aber sein Zorn war nicht zu verkennen.

»Skippy, wieso sollte es uns einen Dreck scheren, ob der Film im Budget bleibt? Der Film gehört uns nicht mehr. Wir sind in Panik geraten und haben einen dummen Fehler gemacht. Wir sind alle mit schuld. Der Film gehört nicht uns, sondern einem Außenseiter.«

Skippy Deere versuchte ihn zu unterbrechen. »LoddStone macht ein Vermögen am Verleih. Und wir sind am Gewinn beteiligt. Es ist immer noch ein gutes Geschäft.«

»Aber De Lena verdient daran mehr als wir«, sagte Bantz. »Das ist nicht richtig.«

»Die Sache ist die, daß De Lena nichts zur Problemlösung beigetragen hat«, sagte Marrion. »Unser Studio hat doch wohl irgendeine gesetzliche Handhabe, den Film zurückzubekommen.«

»Genau«, sagte Bantz. »Zum Teufel mit ihm. Gehen wir vor Gericht.«

Marrion meinte: »Wir drohen ihm mit einem Prozeß und einigen uns dann. Wir geben ihm sein Geld zurück und zehn Prozent vom korrigierten Bruttoeinspielergebnis.«

Deere lachte. »Eli, Molly Flanders wird ihn dazu bringen, Ihren Vorschlag nicht anzunehmen.«

»Wir verhandeln direkt mit De Lena«, sagte Marrion. »Ich glaube, ich kann ihn überreden.« Er schwieg einen Augenblick. »Ich habe ihn angerufen, gleich als ich es erfahren habe. Er kommt jeden Augenblick her. Und ihr wißt, daß er einen gewissen Hintergrund hat und dieser Selbstmord einfach zu günstig für ihn ist. Ich glaube nicht, daß er viel Interesse an der Publicity hat, die so ein Prozeß bringt.«

Cross De Lena las in seiner Suite im Penthouse des Xanadu die Zeitungsberichte über Skannets Tod. Alles war wie am Schnürchen gelaufen. Es war ein klarer Fall von Selbstmord, die beiden bei der Leiche gefundenen Abschiedsbriefe bestätigten es. Es bestand keine Möglichkeit, daß Handschriftenexperten die Fälschung entdeckten. Zum einen hinterließ Boz Skannet keine große Korrespondenz, zum anderen war Leonard Sossa zu gut. Die Fesseln an Skannets Armen und Beinen waren absichtlich locker gewesen und hatten keinerlei Spuren hinterlassen. Lia Vazzi war ein Experte.

Den ersten Anruf, den Cross erhielt, hatte er erwartet. Giorgio Clericuzio zitierte ihn auf den Familiensitz in Quogue. Cross hatte sich nie eingebildet, daß ihm die Clericuzios nicht auf die Schliche kämen.

Der zweite Anruf kam von Eli Marrion, der ihn bat, nach Los Angeles zu kommen, und zwar ohne Anwalt. Cross sagte zu. Aber vor seiner Abreise aus Las Vegas rief er noch Molly Flanders an und informierte sie über Marrions Anruf. Sie war wütend. »Dieses miese Gesocks«, sagte sie. »Ich hole Sie am Flughafen ab, und wir gehen zusammen. Einem Studiochef dürfen Sie noch nicht mal guten Morgen sagen, ohne daß Ihr Anwalt dabei ist.«

In dem Augenblick, in dem die beiden die LoddStone Studios und Marrions Büro betraten, wußten sie, daß es Ärger geben würde. Die vier Männer, die sie dort erwarteten, wirkten wie Leute, die einen Überfall planten.

»Ich habe beschlossen, meine Anwältin mitzubringen«, sagte Cross zu Marrion. »Ich hoffe, es macht Ihnen nichts aus.«

»Das liegt an Ihnen«, sagte Marrion. »Ich wollte Ihnen nur eventuelle Peinlichkeiten ersparen.«

Molly Flanders sagte mit strenger Miene und zornig: »Das wird ja immer besser. Sie wollen den Film zurück, aber unser Vertrag ist bombenfest.«

»Da haben Sie recht«, sagte Marrion. »Aber wir appelieren an Cross' Sinn für Fair play. Er hat nichts zur Lösung des Problems beigetragen, wogegen LoddStone eine beträchtliche Menge an Zeit, Geld und kreativen Leuten investiert hat, ohne die der Film gar nicht möglich gewesen wäre. Cross bekommt sein Geld zurück. Er bekommt zehn Prozent der korrigierten Bruttoeinnahmen, und wir werden bei der Berichtigung nicht kleinlich sein. Er geht keinerlei Risiko ein.«

»Das Risiko hat er bereits überlebt«, sagte Molly. »Ihr Angebot ist beleidigend.«

»Dann werden wir vor Gericht gehen müssen«, sagte Marrion. »Ich bin sicher, Cross, Ihnen ist das nicht weniger unangenehm als mir.« Er lächelte Cross an. Es war ein freundliches Lächeln, das seinem Gorillagesicht etwas Engelhaftes gab.

Molly brauste auf. »Eli, Sie tragen Ihre eidlichen Aussagen jedes Jahr zwanzigmal vor Gericht, weil Sie den Leuten ständig mit solchem Mist kommen.« Sie wandte sich an Cross. »Wir gehen.«

Aber Cross wußte, daß er sich keinen langen Prozeß leisten konnte. So prompt, wie Skannets Tod seinem Kauf des Films folgte, würde man diesen genau unter die Lupe nehmen. Man würde alles über seine Vergangenheit ausgraben, man würde ihn zu sehr in den Blickpunkt der Öffentlichkeit rükken, und das war etwas, was der alte Don noch nie toleriert hatte. Es gab keinen Zweifel daran, daß Marrion das alles wußte.

»Bleiben wir doch«, sagte Cross zu Molly. Dann wandte er sich an Marrion, Bantz, Skippy Deere und Melo Stuart. »Wenn ein Spieler in mein Hotel kommt und bei einer riskanten Wette gewinnt, dann zahle ich ihm seinen Gewinn voll aus. Ich sage nicht, daß ich ihm seinen Einsatz zurückgebe. Genau das machen Sie, meine Herren. Also warum überlegen Sie es sich nicht noch mal.«

Bantz sagte voller Verachtung: »Es geht in unserer Branche nicht um Glücksspiel.«

Melo Stuart wandte sich beschwichtigend an Cross: »Sie verdienen an Ihrer Investition, konservativ geschätzt, zehn Millionen. Das ist doch wohl fair.«

»Und Sie haben noch nicht mal was dafür getan«, sagte Bantz.

Nur Skippy Deere schien auf seiner Seite zu sein. »Sie hätten mehr verdient, Cross. Aber was die Leute bieten, ist besser als eine Schlacht vor Gericht und das Risiko, zu verlieren. Lassen Sie es diesmal gut sein, und ich mache wieder Geschäfte mit Ihnen ohne das Studio. Und ich verspreche Ihnen einen fairen Deal.«

Cross wußte, es war wichtig, nicht bedrohlich zu erscheinen. Er lächelte resigniert. »Vielleicht haben Sie alle recht«, sagte er. »Ich möchte es mir im Filmgeschäft mit niemandem verderben, und zehn Millionen Profit ist kein schlechter Anfang. Molly, kümmern Sie sich um den Papierkram. Jetzt muß ich zum Flughafen, wenn Sie mich bitte entschuldigen.« Er ging hinaus, und Molly folgte ihm.

»Wir können vor Gericht gewinnen«, sagte Molly.

»Ich will nicht vor Gericht gehen«, sagte Cross. »Machen Sie den Deal.«

Molly musterte ihn aufmerksam, dann sagte sie: »Okay, aber ich kriege mehr als zehn Prozent.«

Als Cross am nächsten Tag auf dem Anwesen in Quogue eintraf, erwarteten ihn Don Domenico Clericuzio, seine Söhne Giorgio, Vincent und Petie sowie sein Enkel Dante. Sie aßen zu Mittag im Garten, es gab Schinken, Käse, eine riesige Holzschüssel mit Salat und langes knuspriges Brot. Dazu eine Schüssel geriebenen Käse, den der Don mit dem Löffel zu essen pflegte. Während sie aßen, sagte der Don im Plauderton: »Croccifixio, wir haben gehört, daß du dich mit der Filmbranche eingelassen hast.« Er legte eine Pause ein, um an seinem Rotwein zu nippen. Dann aß er einen Löffel Parmesan.

»Ja«, antwortete Cross.

Giorgio sagte: »Ist es wahr, daß du einige deiner Anteile am Xanadu beliehen hast, um einen Film zu finanzieren?«

»Das ist mein gutes Recht«, sagte Cross. »Immerhin bin ich euer *bruglione* im Westen.« Er lachte.

»*Bruglione* stimmt«, sagte Dante.

Der Don warf seinem Enkel einen mißbilligenden Blick zu. Zu Cross sagte er: »Du läßt dich da auf eine ernste Sache ein, ohne den Rat der Familie einzuholen. Du hast dich nicht unserer Erfahrung bedient. Aber vor allem hast du eine Gewalttat veranlaßt, die schlimme Folgen hätte haben können. Der Brauch ist in dieser Beziehung eindeutig: Man hat die Einwilligung der Familie einzuholen, oder man geht seinen eigenen Weg und trägt die Folgen allein.«

»Und du hast dich der Mittel der Familie bedient«, sagte Giorgio scharf. »Die Jagdhütte in der Sierra. Du hast Lia Vazzi, Leonard Sossa und Pollard mit seiner Sicherheitsfirma benutzt. Natürlich sind das deine Leute im Westen, aber sie sind auch Mittel der Familie. Glücklicherweise ist alles gutgegangen, aber was, wenn nicht? Es wäre für uns alle riskant gewesen.«

Don Clericuzio sagte ungeduldig: »Das weiß er doch alles. Die Frage ist, warum. Neffe, du hast mich vor Jahren darum gebeten, nicht bei der Arbeit mitmachen zu müssen, die einige Männer tun müssen. Ich habe dir deinen Wunsch gewährt, und das, obwohl du so wertvoll für uns warst. Jetzt tust du es zu deinem eigenen Profit. Das ist nicht der geliebte Neffe, den ich kenne.«

Cross wußte in diesem Augenblick, daß ihm der Don gewogen war. Er wußte, er könnte nicht die Wahrheit sagen – daß ihn Athenas Schönheit verführt hatte; das wäre keine vernünftige Erklärung, ja sie wäre sogar eine Beleidigung. Und womöglich tödlich. Was könnte unentschuldbarer sein, als daß die Anziehungskraft einer fremden Frau seine Loyalität gegenüber der Familie überwog. Er wählte seine Worte sorgfältig: »Ich habe eine Gelegenheit gesehen, viel Geld zu verdienen«, sagte er. »Ich sah eine Chance, in einer neuen Branche Fuß zu fassen. Für mich und die Familie. Eine Branche, die man nutzen kann, schwarzes Geld weißzuwaschen. Aber ich mußte schnell reagieren. Ganz gewiß wollte ich es nicht geheimhalten, und der Beweis dafür ist, daß ich Mittel der Familie benutzt habe, von denen du erfahren mußtest. Ich wollte mit vollendeten Tatsachen zu dir kommen.«

Der Don lächelte ihn an, als er ihn freundlich fragte: »Und sind sie es?«

Cross spürte sofort, daß der Don alles wußte. »Es gibt noch ein Problem«, sagte Cross und erklärte den neuen Deal mit Marrion. Er war überrascht, als der Don laut auflachte.

»Du hast genau das Richtige gemacht«, sagte der Don. »Ein Prozeß könnte eine Katastrophe sein. Sollen sie ihren Sieg haben. Aber Lumpen sind sie. Es ist wirklich gut, daß wir uns aus dieser Branche immer herausgehalten haben.« Er schwieg einen Augenblick. »Immerhin hast du deine zehn Millionen gemacht. Das ist eine anständige Summe.«

»Nicht doch«, sagte Cross, »fünf für mich und fünf für die Familie, das versteht sich von selbst. Ich bin nicht der Meinung, daß wir uns so leicht ins Bockshorn jagen lassen sollten. Ich habe da einige Pläne, aber dazu brauche ich die Hilfe der Familie.«

»Dann müssen wir über bessere Anteile reden«, sagte Giorgio. Er ist wie Bantz, dachte Cross, er kann den Hals nicht vollkriegen.

Der Don unterbrach ihn ungeduldig. »Erst müssen wir das Kaninchen fangen, dann können wir es aufteilen. Du hast den Segen der Familie. Aber eines noch: ausführliche Diskussion aller drastischen Maßnahmen. Haben wir uns verstanden, Neffe?«

»Ja«, sagte Cross.

Er verließ Quogue erleichtert. Der Don hatte ihm seine Zuneigung gezeigt.

Obwohl über achtzig, herrschte Don Domenico Clericuzio noch immer über sein Reich. Eine Welt, die er unter so großen Anstrengungen und Kosten geschaffen hatte, daß er sie sich verdient zu haben glaubte.

In einem ehrwürdigen Alter, in dem die meisten Menschen von den Sünden besessen sind, die sich nicht haben vermeiden lassen, alten Träumen, ja selbst Zweifeln an der eigenen Rechtschaffenheit, war der Don sich seiner Tugenden noch so gewiß wie mit vierzehn.

Don Clericuzio war streng in seinem Glauben und streng in seinem Urteil. Gott hatte eine gefahrvolle Welt geschaffen, und die Menschheit hatte sie noch gefährlicher gemacht. Gottes Welt war ein Gefängnis, in dem der Mensch sein täglich Brot zu verdienen hatte; der Mitmensch war ein Tier wie er, gefräßig und gnadenlos. Don Clericuzio war stolz darauf, seine Lieben heil durch ihre Lebensreise geführt zu haben.

Trotz seines fortgeschrittenen Alters war er zu seiner großen Zufriedenheit noch immer bereit, die Todesstrafe über seine Feinde zu verhängen. Gewiß, er vergab ihnen – war er nicht Christ und unterhielt eine Kapelle in seinem Haus? Aber er vergab seinen Feinden, wie Gott den Menschen vergibt und sie dabei doch dem unumgänglichen Untergang weiht.

Die Welt, die Don Clericuzio geschaffen hatte, verehrte ihn. Seine Familie, die Tausende in der Bronx-Enklave, die *bruglioni,* die über die Gebiete regierten und ihm ihr Geld anvertrauten, gingen ihn um seine Fürsprache an, wenn sie Schwierigkeiten mit der Gesellschaft hatten. Sie wußten, der Don war gerecht. Und daß sie in Zeiten der Not, der Krankheit und mit jeder Art von Schwierigkeiten zu ihm kommen konnten und er sich um ihr Mißgeschick kümmern würde. Und dafür liebte man ihn.

Der Don wußte, Liebe war kein verläßliches Gefühl, ganz gleich, wie tief sie war. Liebe garantierte einem weder Dankbarkeit noch Gehorsam, noch sorgte sie in einer so schwierigen Zeit für Harmonie. Keiner verstand das besser als Don Clericuzio. Um für wirkliche Liebe zu sorgen, mußte man gefürchtet werden. Liebe allein war verachtenswert, sie war nichts, wenn sie nicht auch Vertrauen und Gehorsam einschloß. Was hatte er von Liebe, wenn sie seine Herrschaft nicht anerkannte?

Immerhin war er verantwortlich für das Leben seiner Leute, er war die Wurzel ihres Glücks, er durfte also in seiner Pflicht nicht wankend werden. Er mußte streng sein in seinem Urteil. Wenn jemand ihn verriet, wenn ein Mann die Integrität seiner Welt antastete, dann mußte dieser Mann bestraft, mußte an die Kandare genommen werden, selbst wenn es ein Todesurteil bedeutete. Es durfte keine Ausreden geben, keine mildernden Umstände, keinen Appell an sein Mitgefühl. Man mußte tun, was zu tun war. Giorgio hatte ihn einmal archaisch genannt. Er hatte aber akzeptiert, daß es nicht anders ging.

Jetzt hatte der Don über vieles nachzudenken. Er hatte während der vergangenen fünfundzwanzig Jahre, seit dem Santadio-Krieg, gut geplant. Er war weitsichtig gewesen, gerissen, brutal, wenn nötig, und barmherzig, solange es nicht gefährlich war. Und jetzt stand die Familie Clericuzio auf dem Höhepunkt ihrer Macht, vor Angriffen scheinbar sicher. Nicht mehr lange, und sie würde in der legalen Gesellschaft aufgehen und damit unantastbar werden.

Aber es war nicht optimistische Kurzsichtigkeit, die Don Domenico so lange hatte überleben lassen. Er besaß die Fähigkeit, Unkraut zu erkennen, noch bevor es den Kopf aus der Erde steckte. Die große Gefahr kam jetzt von innen, der Aufstieg Dantes, die für den Don nicht eben zufriedenstellende Art, wie er zum Mann herangewachsen war.

Dann war da noch Cross, der, durch Gronevelts Erbe reich

geworden, einen entscheidenden Schritt ohne die Aufsicht der Familie getan hatte. Der junge Mann hatte so brillant begonnen, wäre fast ein Qualifizierter geworden wie sein Vater Pippi. Dann war er durch die Geschichte mit Virginio Ballazzo zimperlich geworden. Und nachdem man ihn seiner Sensibilität wegen von seinen aktiven Pflichten der Familie gegenüber entbunden hatte, war er wieder ins Feld gezogen und hatte diesen Mann, diesen Skannet, exekutiert, um sich persönlich zu bereichern. Ohne die Erlaubnis des Don. Don Clericuzio sah es sich nach, ihm das als einen seiner seltenen Anfälle von Sentimentalität durchgehen zu lassen. Cross versuchte, aus seiner Welt in eine andere zu entfliehen. Obwohl dies die Saat zum Verrat barg, verstand Don Clericuzio ihn. Trotzdem, Pippi und Cross zusammen wären eine Bedrohung für die Familie. Außerdem war der Don sich Dantes Haß für die De Lenas durchaus bewußt. Pippi war zu klug, das nicht selbst zu wissen, und Pippi war ein gefährlicher Mann. Man mußte ihn bei aller bewiesenen Loyalität im Auge behalten.

Die Nachsicht des Don entsprang einer Zuneigung für Cross und der Liebe zu Pippi, seinem alten und treuen Soldaten, dem Sohn seiner Schwester. Immerhin floß in ihren Adern das Blut der Clericuzios. Was ihm wirklich Sorgen machte, weit mehr als diese beiden, war die Gefahr, die Dante für die Familie bedeutete.

Don Clericuzio war Dante immer ein zärtlich helfender Großvater gewesen. Die beiden hatten sich bis etwa zum zehnten Lebensjahr des Jungen sehr nahegestanden, dann hatte eine gewisse Ernüchterung eingesetzt. Der Don hatte an dem Jungen Charakterzüge entdeckt, die ihm zu schaffen machten.

Dante war im Alter von zehn ein ausgelassenes Kind mit einem verschlagenen Humor. Er war ein tüchtiger Sportler mit großartigen körperlichen Gaben. Er redete gern, vor allem mit seinem Großvater, und führte lange geheime Gespräche mit seiner Mutter Rose Marie. Aber dann, nach seinem zehnten Lebensjahr, wurde er tückisch und roh. Er raufte sich mit den Jungen seines Alters mit unangebrachter Heftigkeit. Mädchen triezte er gnadenlos und mit einer unschuldigen Lüsternheit, die schockierend und zugleich komisch war. Er quälte kleine Tiere – was bei kleinen Jungs nicht notwendigerweise von Bedeutung war, wie der Don sehr wohl wußte –, aber einmal hatte er im Schwimmbad der Schule versucht, einen kleineren Jungen zu ertränken. Und schließlich verweigerte er selbst seinem Großvater gegenüber den Gehorsam.

Nicht daß der Don derlei Dinge überbewertet hätte. Schließlich waren Kinder nur Tiere, denen die Zivilisation erst noch eingetrichtert und eingebleut werden mußte. Es hatte Kinder wie Dante gegeben, die zu Heiligen heranwuchsen. Was den Don beunruhigte, war seine Geschwätzigkeit, die langen Gespräche mit seiner Mutter und vor allem die Ungehorsamkeit gegenüber ihm.

Was den Don bei seiner Ehrfurcht vor den Launen der Natur nicht weniger beunruhigte, war, daß Dante mit fünfzehn zu wachsen aufhörte. Er blieb bei einer Größe von einem Meter sechzig stehen. Die zu Rate gezogenen Ärzte waren sich darin einig, daß er im Höchstfall noch neun Zentimeter wachsen und damit unter der bei den Clericuzios üblichen Höhe von einem Meter zweiundachtzig bleiben würde. Der Don sah in Dantes kleiner Statur ein Warnsignal, wie übrigens auch in Zwillingen: Während eine Geburt an sich, so behauptete er, ein Segen sei, seien Zwillinge entschieden zuviel des Guten. Einer seiner Soldaten in der Bronx-Enklave hatte einmal Drillinge gezeugt, worauf der Don ihm in seinem Entsetzen einen Lebensmittelladen in Portland,

Oregon, gekauft hatte – ein gutes Auskommen, aber ein einsames Leben. Auch Linkshändern gegenüber war der Don abergläubisch, Linkshändern und Stotterern. Was immer man ihm sagte, es konnte kein gutes Zeichen sein. Und Dante war Linkshänder.

Aber selbst all das hätte nicht genügt, seinem Enkelkind mit Argwohn zu begegnen oder gar seine Zuneigung zu schmälern; davon war jeder, in dessen Adern sein Blut floß, von vornherein ausgenommen. Doch je älter Dante wurde, desto weiter entfernte er sich von den Träumen, die der Don bezüglich seiner Zukunft hatte.

Dante ging in seinem sechzehnten Lebensjahr von der Schule ab und steckte seine Nase augenblicklich in die Angelegenheiten der Familie. Er arbeitete in Vincents Restaurant. Er war ein beliebter Kellner, Flinkheit und Witz brachten ihm enorme Trinkgelder ein. Als er das überhatte, arbeitete er zwei Monate bei Giorgio an der Wall Street, haßte die Arbeit jedoch und zeigte trotz Giorgios aufrichtigem Bemühen, ihm die Feinheiten papierenen Reichtums beizubringen, keinerlei Begabung dafür. Schließlich richtete er sich in Peties Baufirma ein und arbeitete gern mit den Soldaten aus der Enklave. Er war stolz auf seinen Körper, der immer muskulöser wurde. Und bei alledem nahm er bestimmte Eigenschaften seiner drei Onkel an, wie der Don mit Stolz bemerkte. Er hatte Vincents Unverblümtheit, Giorgios Kaltblütigkeit und Peties Biß. Irgendwann war seine eigene Persönlichkeit ausgeprägt, sein wahres Ich gerissen, klug und verschlagen, aber mit einem Sinn für Spaß, der durchaus seinen Charme hatte. Damals begann er auch seine Renaissance-Kappen zu tragen.

Diese Kappen – kein Mensch wußte, woher er sie hatte – waren aus bunt schillerndem Gewebe; einige waren rund, manche rechteckig, und sie saßen auf seinem Kopf, als ritten sie auf einem Wellenkamm. Sie schienen ihn größer zu machen, hübscher und sympathischer. Teils weil sie etwas entwaffnend Clownhaftes hatten, teils weil sie einen Ausgleich zwischen seinen beiden Profilen schufen. Die Kappen standen ihm. Sie verbargen sein Haar, das wie das aller Clericuzios rabenschwarz und dünn war.

Eines Tages im Arbeitszimmer des Don, Silvios Foto hatte noch seinen Ehrenplatz, fragte Dante seinen Großvater: »Wie ist er gestorben?«

Der Don sagte kurz: »Bei einem Unfall.«

»Er ist dein Lieblingssohn, nicht wahr?« fragte Dante.

Was den Don erschreckte. Dante war erst fünfzehn.

»Warum sollte er?« fragte der Don.

»Weil er tot ist«, sagte Dante mit einem verschmitzten Grinsen, und der Don brauchte einige Augenblicke, bis ihm klar wurde, was für einen Scherz sich dieser grüne Junge da erlaubt hatte.

Außerdem wußte der Don, daß Dante in den Büros im Haus herumschnüffelte, wenn der Don unten beim Abendessen saß. Nicht daß ihn das störte, Kinder waren nun einmal neugierig, und der Don hatte nie etwas auf Papier, was Informationen irgendwelcher Art hätte preisgeben können. Don Clericuzio hatte eine riesige Schiefertafel in einem Winkel seines Gehirns, auf der mit Kreide sämtliche Informationen standen, einschließlich der Summe aller Sünden und Tugenden derer, die ihm lieb und teuer waren.

Aber je argwöhnischer der Don Dante gegenüber wurde, desto mehr Zuneigung zeigte er dem Jungen und versicherte ihm, daß er einer der Erben des Familienimperiums sei. Rügen und Ermahnungen gab es für den Jungen seitens seiner Onkel, in der Hauptsache von Giorgio.

Schließlich gab der Don die Hoffnung, Dante würde sich in die legale Gesellschaft zurückziehen, auf und gab seine Einwilligung zu seiner Ausbildung zum Hammer.

Der Don hörte seine Tochter Rose Marie, die ihn aus der Küche – wo sie aßen, wenn sie nur zu zweit waren – zum Abendessen rief. Er ging hinein und setzte sich vor die große bunte Schüssel Pasta mit Tomatensoße und frischem Basilikum aus dem eigenen Garten. Sie setzte ihm die Silberschüssel mit geriebenem Käse vor, der Käse ganz gelb, was auf eine pikante Süße verwies. Rose Marie setzte sich ihm gegenüber. Sie war lustig und fröhlich, und er war von ihrer guten Laune entzückt. Es würde also an diesem Abend keinen ihrer schrecklichen Anfälle geben. Sie war, wie sie vor dem Santadio-Krieg gewesen war.

Was für eine Tragödie war das doch gewesen, einer der wenigen Fehler, die ihm unterlaufen waren; nicht jeder Sieg war letztlich ein Sieg. Aber wer hätte gedacht, daß Rose Marie für immer Witwe bleiben würde? Wer einmal geliebt hat, so hatte er geglaubt, liebt immer wieder. In diesem Augenblick verspürte der Don eine überwältigende Zuneigung für seine Tochter. Sie machte Dantes kleine Sünden wieder wett. Rose Marie beugte sich vor und bedachte den ergrauten Kopf des Don mit einer zärtlichen Liebkosung.

Er aß einen gehäuften Löffel geriebenen Käse und spürte eine pikante Wärme am Gaumen. Er nippte am Wein und sah Rose Marie zu, wie sie die Lammkeule aufschnitt. Sie servierte ihm drei krustige braune Kartoffeln, die vor Fett glänzten. Seine Sorgen verflüchtigten sich. Wer war schon besser als er?

Er war so guter Laune, daß er sich von Rose Marie überreden ließ, mit ihr das zweite Mal in einer Woche im Wohnzimmer fernzusehen.

Nachdem sie sich vier Stunden die schrecklichsten Dinge angesehen hatten, sagte er zu Rose Marie: »Ist es möglich, in einer Welt zu leben, in der jeder tut, was er will? Wo niemand bestraft wird, weder von Gott noch vom Menschen, und niemand sich seinen Lebensunterhalt verdienen muß? Gibt es Frauen, die jeder kleinen Laune nachgeben, jedem kleinen Traum vom Glück? Wo sind die ehrlichen Ehemänner, die sich ihr Brot verdienen, die sich überlegen, wie sie ihre Kinder am besten vor dem Schicksal und der grausamen Welt schützen? Wo sind die Leute, die verstehen, daß ein Stück Käse, ein Glas Wein, ein warmes Heim am Ende des Tages Belohnung genug sind? Wer sind diese Leute, die sich nach irgendeinem geheimnisvollen Glück sehnen? Was für einen Zirkus machen sie um das Leben, welche Tragödien machen sie aus nichts und wieder nichts.« Der Don tätschelte seiner Tochter den Kopf und machte eine wegwerfende Geste zum Bildschirm hin. Er sagte: »Sollen sie alle auf dem Grund des Ozeans schwimmen.« Dann bedachte er sie mit einer letzten Perle der Weisheit. »Jeder ist für alles verantwortlich, was er tut.«

An jenem Abend trat der Don, als er allein in seinem Schlafzimmer war, hinaus auf den Balkon. Die Häuser des Anwesens waren alle hell erleuchtet, er hörte das Knallen der Tennisbälle auf dem Tennisplatz und sah die Spieler unter der Reihe der Lichter. So spät spielten keine Kinder mehr im Freien. Er sah die Wachen am Tor und rund um das Haus.

Er überlegte, welche Schritte er unternehmen könnte, um künftigen Tragödien vorzubeugen. Seine Liebe zu Tochter und Enkelsohn überwältigten ihn; sie machten sein Alter lebenswert. Er würde sie einfach so gut wie möglich beschützen müssen. Dann wurde er wütend auf sich. Warum sah er ständig Tragödien voraus? Er hatte alle Probleme in seinem Leben gelöst und würde auch dieses lösen.

Trotzdem war ihm ganz schwindlig vor Plänen. Er dachte an Senator Wavven. Jahrelang hatte er dem Mann Millionen gegeben, damit er Gesetze durchsetzte, die das Glücksspiel legalisierten. Aber der Senator war aalglatt. Es war zu schade, daß Gronevelt nicht mehr am Leben war; Cross und Giorgio hatten nicht das nötige Geschick, ihn anzustacheln. Vielleicht würde das Glücksspielimperium nie zustande kommen.

Dann dachte er an seinen alten Freund David Redfellow, der jetzt ein so bequemes Leben in Rom führte. Vielleicht war es an der Zeit, ihn in die Familie zurückzuholen. Es war ja schön und gut, daß Cross seinen Partnern in Hollywood vergab. Er war noch jung. Er konnte nicht wissen, daß bereits ein einziges Zeichen von Schwäche tödlich sein konnte. Der Don entschloß sich, David Redfellow aus Rom zu sich zu rufen, um etwas wegen der Filmbranche zu unternehmen.

11. Kapitel

Eine Woche nach Boz Skannets Tod erhielt Cross durch Claudia eine Einladung zum Abendessen in Athena Aquitanes Haus in Malibu.

Cross flog von Vegas nach L. A., mietete einen Wagen und erreichte das bewachte Tor der Kolonie von Malibu, als die Sonne gerade ins Meer zu sinken begann. Es herrschten keine besonderen Sicherheitsvorkehrungen mehr, obwohl der Sekretär noch im Gästehaus wohnte und ihn prüfend ansah, bevor er ihm öffnete. Cross ging durch den Garten zu dem Haus am Strand. Das südamerikanische Dienstmädchen war noch da und führte ihn in ein meergrünes Wohnzimmer, das dicht an den Wellen des Pazifik zu liegen schien.

Athena erwartete ihn, sie war schöner, als er sie in Erinnerung hatte. Sie trug eine grüne Bluse und eine Hose und schien mit dem Dunst über dem Meer hinter ihr eins zu werden. Er mußte sie immerzu ansehen. Sie schüttelte ihm zum Gruß die Hand; nichts von dem sonst in Hollywood üblichen Kuß auf beide Wangen. Sie hatte bereits Getränke bereit und reichte ihm eines der Gläser. Es war Evian mit Limone. Sie setzten sich in die großen minzgrünen Polstersessel mit Blick auf das Meer. Die untergehende Sonne schüttete goldene Lichtmünzen in den Raum.

Cross war sich ihrer Schönheit so bewußt, daß er den Kopf senken mußte, um sie nicht ständig anzusehen. Der Goldhelm ihres Haars, die zarte Haut, die Art, wie sie sich mit ihrem langen Körper im Sessel niederließ. Einige der Goldmünzen fielen in ihre grünen Augen. Er verspürte das dringende Verlangen, sie zu berühren, ihr näher zu sein, sie zu besitzen.

Athena schien sich der Gefühle, die sie auslöste, nicht bewußt. Sie nippte an ihrem Glas und sagte leise: »Ich wollte mich bei Ihnen dafür bedanken, daß ich im Filmgeschäft bleiben kann.«

Beim Klang ihrer Stimme fiel Cross noch tiefer in Trance. Sie hatte einen so samtigen Ton, ein so königliches Selbstvertrauen und war dennoch so warm, daß er sie einfach reden lassen wollte. Herrgott, dachte er, was zum Teufel ist los? Er schämte sich ihrer Macht über ihn. Den Kopf noch immer gesenkt, murmelte er: »Ich dachte, ich könnte Sie wieder an die Arbeit bekommen, indem ich an Ihre Besitzgier appelliere.«

»Sie ist keine meiner vielen Schwächen«, sagte Athena. Jetzt wandte sie den Kopf vom Meer ab und sah ihm direkt in die Augen. »Claudia sagte mir, das Studio hat sich nicht an den Vertrag gehalten, nachdem mein Mann sich das Leben genommen hat. Daß Sie ihnen den Film zurückgeben und sich mit einem prozentualen Anteil begnügen mußten.«

Cross behielt seine ausdruckslose Miene bei. Er hoffte, alle Gefühle für sie daraus verbannt zu haben. »Ich nehme an, ich bin kein guter Geschäftsmann«, sagte er.

»Molly Flanders hat Ihren Vertrag aufgesetzt«, sagte Athena. »Sie ist die Beste. Sie hätten ihn nicht aufzulösen brauchen.«

Cross zuckte die Achseln. »Eine politische Entscheidung. Ich will auf Dauer ins Filmgeschäft und keinen so mächtigen wie LoddStone Studios zum Feind haben.«

»Ich könnte Ihnen helfen«, sagte Athena. »Ich könnte mich weigern weiterzudrehen.«

Cross überlief ein Schauer, weil sie das für ihn tun wollte. Er ließ sich das Angebot durch den Kopf gehen. Das Studio könnte ihn trotzdem vor Gericht ziehen. Außerdem konnte er den Gedanken, in Athenas Schuld zu stehen, nicht ertragen. Und dann kam ihm der Gedanke, daß Athena, nur weil sie schön war, nicht auch dumm sein mußte.

»Warum sollten Sie das tun?« fragte er.

Athena erhob sich aus ihrem Sessel und trat direkt vor das Panoramafenster. Der Strand war ein grauer Schatten, die Sonne verschwunden, und im Ozean schienen sich die Bergketten hinter ihrem Haus und dem Pacific Coast Highway zu spiegeln. Sie starrte auf das mittlerweile blauschwarze Wasser hinaus, die kleinen Wellen, die sich auf den Strand stahlen. Sie wandte sich nicht um, als sie sagte: »Warum ich das tun sollte? Weil ich Boz Skannet ganz einfach besser kannte als jeder andere. Und es ist mir egal, ob er hundert Abschiedsbriefe hinterlassen hat. Er hätte sich nie umgebracht.«

Cross zuckte die Achseln. »Tot ist tot«, sagte er.

»Das ist wahr«, sagte Athena. Sie wandte sich ihm zu und sah ihm in die Augen. »Sie kaufen den Film, und plötzlich begeht Boz bequemerweise Selbstmord. Für mich sind Sie der Mörder.« Selbst streng fand Cross ihr Gesicht noch so schön, daß seine Stimme nicht ganz so fest war, wie er es sich gewünscht hätte.

»Was ist mit dem Studio?« fragte Cross. »Marrion ist einer der mächtigsten Männer im Land. Was ist mit Bantz und Skippy Deere?«

Athena schüttelte den Kopf. »Die haben verstanden, worum ich sie bat. Genauso wie Sie. Aber sie hatten es nicht getan, sondern den Film an Sie verkauft. Denen war es egal, ob ich nach Abschluß der Dreharbeiten umkommen würde, aber Ihnen nicht. Und ich wußte, Sie würden mir helfen, selbst als Sie sagten, Sie könnten es nicht. Als ich hörte, daß Sie den Film gekauft haben, wußte ich, was Sie tun würden, obwohl ich zugeben muß, daß ich Sie nicht für derart clever gehalten habe.«

Plötzlich kam sie auf ihn zu, und er stand auf. Sie nahm seine Hände in die ihren. Er roch ihren Körper, ihren Atem.

Athena sagte: »Das war das einzig Schlechte, was ich je in meinem Leben getan habe. Jemand einen Mord für mich begehen zu lassen. Es war schrecklich. Ich wäre ein weit besserer Mensch, hätte ich es selbst getan. Aber ich konnte nicht.«

Cross sagte: »Warum waren Sie so sicher, daß ich so etwas tun würde?«

Athena meinte: »Claudia hat mir soviel von Ihnen erzählt. Ich habe verstanden, wer Sie sind, aber sie ist so naiv, sie hat es immer noch nicht kapiert. Sie hält Sie nur für einen harten Kerl mit einer Menge Macht.«

Cross war sogleich auf der Hut. Sie versuchte ihn dazu zu bekommen, seine Schuld einzugestehen. Etwas, was er selbst einem Priester gegenüber nie getan hätte, noch nicht einmal Gott selbst.

Athena sagte: »Und die Art, wie Sie mich angesehen haben. Viele Männer haben mich so angesehen. Ich bin nicht unbescheiden. Ich weiß, ich bin schön, die Leute sagen es mir seit meiner Kindheit. Ich habe immer gewußt, daß ich Macht habe, aber ich habe nie wirklich verstanden, warum. Ich bin nicht eben glücklich damit, aber ich nutze sie. Die Leute nennen es Liebe.«

Cross ließ ihre Hände los. »Warum hatten Sie solche Angst vor Ihrem Mann? Weil er drohte, Ihre Karriere zu ruinieren?«

Einen Moment lang blitzte es in ihren Augen zornig auf. »Es war nicht meine Karriere«, sagte sie, »und auch nicht Angst, obwohl ich wußte, er würde mich umbringen. Ich hatte einen besseren Grund.« Sie zögerte, dann sagte sie: »Ich kann sie dazu zwingen, Ihnen den Film zurückzugeben. Ich kann mich weigern weiterzuarbeiten.«

»Nein«, sagte Cross.

Athena lächelte und sagte mit strahlender Munterkeit: »Dann gehen wir doch einfach miteinander ins Bett. Ich finde dich sehr attraktiv, und ich bin sicher, wir amüsieren uns gut.«

Zuerst stieg Zorn in ihm auf, weil sie ihn einfach so kaufen zu können glaubte. Daß sie eine Rolle spielte und sich ihrer weiblichen Fertigkeiten bediente, wie ein Mann sich seiner Körperkraft bedient. Aber was ihm wirklich zu schaffen machte, war der höhnische Unterton in ihrer Stimme. Hohn für seine Ritterlichkeit. Und daß sie seine wahre Liebe zu einer schlichten Nummer degradierte. Als wolle sie ihm sagen, seine Liebe zu ihr sei ebenso falsch wie ihre Liebe zu ihm.

Er sagte kühl: »Ich hatte eine lange Unterhaltung mit Boz und habe versucht, ihn zu einer Übereinkunft zu bewegen. Er sagte, daß er es fünfmal am Tag mit Ihnen trieb, als Sie verheiratet waren.«

Es freute ihn, sie so bestürzt zu sehen. Sie sagte: »Ich habe nicht mitgezählt, aber es war oft. Ich war achtzehn und habe ihn wirklich geliebt. Ist das nicht komisch, daß ich ihn jetzt tot sehen wollte?« Sie zog einen Augenblick die Stirn kraus und sagte dann beiläufig: »Worüber habt ihr euch sonst noch unterhalten?«

Cross sah sie grimmig an. »Boz erzählte mir von dem schrecklichen Geheimnis von Ihnen beiden. Er behauptet, Sie hätten ihm gebeichtet, Ihr Baby in der Wüste begraben zu haben, nachdem Sie weggelaufen waren.«

Athenas Gesicht erstarrte zur Maske, ihre grünen Augen

verloren den Glanz. Zum ersten Mal an diesem Abend hatte Cross das Gefühl, daß sie das unmöglich spielen konnte. Ihr Gesicht war von einer Blässe, wie sie keine Schauspielerin der Welt erreichte. Flüsternd wandte sie sich an ihn: »Glauben Sie wirklich, ich könnte mein Baby ermorden?«

»Boz sagte, Sie hätten es ihm gesagt«, erwiderte Cross.

»Ich habe es ihm gesagt«, sagte Athena. »Und jetzt noch mal: Glauben Sie, daß ich mein Baby ermordet habe?«

Es gibt nichts Schrecklicheres, als eine schöne Frau zu verurteilen. Cross wußte, wenn er ihr wahrheitsgemäß antwortete, würde er sie für immer verlieren. Mit einemmal legte er sachte die Arme um sie. »Du bist zu schön. Jemand, der so schön ist wie du, könnte das nicht.« Der ewige Kniefall des Mannes vor der Schönheit, auch wenn alles gegen sie sprach. »Nein«, sagte er. »Ich glaube nicht, daß du das getan hast.«

Sie trat von ihm weg. »Obwohl ich für Boz' Tod verantwortlich bin?«

»Du bist nicht verantwortlich«, sagte Cross. »Er hat sich das Leben genommen.« Athena starrte ihn eindringlich an. Er nahm sie bei den Händen. »Glaubst du, ich habe Boz umgebracht?« fragte er.

Und dann lächelte Athena, eine Schauspielerin, die endlich erkannte, wie sie eine Szene zu spielen hatte. »Nicht mehr, als du glaubst, daß ich mein Baby getötet habe.«

Sie lächelten; sie hatten einander für unschuldig erklärt. Sie nahm seine Hand und sagte: »Also, ich mache uns jetzt Abendessen, und dann gehen wir ins Bett.« Sie führte ihn in die Küche.

Wie oft hat sie diese Szene schon gespielt, dachte Cross eifersüchtig. Die schöne Königin, die ihren häuslichen Pflichten nachkommt wie eine ganz gewöhnliche Frau. Er sah ihr beim Kochen zu. Sie trug keine Schürze, und sie war außerordentlich professionell. Sie unterhielt sich mit ihm, während sie Gemüse hackte, zur Pfanne griff, den Tisch deckte. Sie stellte ihm eine Flasche Wein zum Öffnen hin, hielt seine Hand, streifte seinen Körper. Sie sah seinen bewundernden Blick, als auf dem Tisch nach einer knappen halben Stunde lauter köstliche Speisen standen.

Sie sagte: »Ich habe in einer meiner ersten Rollen eine Köchin gespielt und habe einen Kochkurs besucht, um auch alles richtig zu machen. Und ein Kritiker schrieb: ›Wenn Athena Aquitane spielt, wie sie kocht, wird sie ein Star.‹«

Sie aßen in der Fensternische der Küche, um einen Blick auf die heranrollenden Wellen zu haben. Das Essen war köstlich, es gab Rindfleisch mit Gemüse, dazu bitteren Blattsalat, eine Platte mit Käse und warmen kleinen Wecken, die aufgeplustert waren wie Tauben. Schließlich gab es Espresso mit kleinem, leichtem Zitronengebäck.

»Du hättest Köchin werden sollen«, sagte Cross. »Mein Vetter Vincent würde dich auf der Stelle in einem seiner Restaurants einstellen.«

»Oh, ich hätte alles werden können«, sagte Athena mit gespielter Großspurigkeit.

Das ganze Essen hindurch hatte sie ihn beiläufig berührt, in durchaus sexueller Absicht. Und auch Cross sehnte sich bei jeder Berührung danach, ihren Körper auf dem seinen zu spüren. Gegen Ende der Mahlzeit schmeckte er nicht mehr, was er aß. Schließlich waren sie fertig, und Athena nahm ihn bei der Hand und führte ihn aus der Küche und die beiden Treppen hinauf in ihr Schlafzimmer. Sie tat dies anmutig, fast schüchtern, als könne sie jeden Augenblick erröten wie eine jungfräuliche Braut, die es kaum noch erwarten kann. Cross bestaunte wieder einmal ihre schauspielerischen Fähigkeiten.

Das Schlafzimmer lag ganz oben im Haus und hatte einen kleinen Balkon, von dem aus man ebenfalls aufs Meer hinaussah. Das Schlafzimmer selbst war groß, und die Wände schmückten verrückte, knallige Gemälde, die den Raum aufhellten.

Sie standen auf dem Balkon und sahen sich den gespenstischen gelben Schein an, den das Licht im Zimmer auf den Sand des Strands warf; die Fenster der anderen Häuser, die am Strand von Malibu kauerten, waren helle kleine Vierekke. Winzige Vögel liefen in die auflaufenden Wellen und wieder heraus, als wäre es ein Spiel, bei dem sie nicht naß werden wollten.

Athena legte Cross eine Hand auf die Schulter, dann schlang sie den Arm um seinen Körper und versuchte mit der anderen Hand seinen Mund dem ihren näher zu bringen. Sie küßten sich lange, während die warme Meeresluft über sie strich. Dann führte Athena ihn in das Schlafzimmer.

Sie zog sich rasch aus, indem sie die grüne Bluse und die Hose abstreifte. Ihr weißer Körper blitzte in der mondbeschienenen Dunkelheit. Sie war so schön, wie er sie sich vorgestellt hatte. Die vollen Brüste mit den Himbeeren obenauf schienen aus Zucker. Die langen Beine, die Wölbung ihrer Hüften, das blonde Haar im Schritt, ihre absolute Reglosigkeit, wie gemalt in der dunstigen Meeresluft.

Cross griff nach ihrem Körper, und ihre Haut war samten, ihre Lippen voll Blumenduft. Die schiere Freude, sie zu berühren, war so groß, daß er zu nichts anderem imstande war. Athena begann ihn auszuziehen. Das tat sie sachte, strich dabei mit den Händen über seinen Körper, wie er es bei ihr gemacht hatte. Dann zog sie ihn mit einem zärtlichen Kuß auf das Bett.

Cross liebte sie mit einer Leidenschaft, wie er sie nie gekannt, wie er sie sich nicht einmal erträumt hatte. Er wurde dabei so heftig, daß sie ihm das Gesicht streicheln mußte, um ihn zu beruhigen. Selbst als sie ihren Höhepunkt hinter sich hatten, war er unfähig, ihren Körper loszulassen. Sie lagen ineinander verschlungen, bis sie von neuem begannen. Sie war dabei noch feuriger als zuvor, als lägen sie in einer Art Wettstreit, sich dem anderen zu offenbaren. Schließlich schliefen sie beide ein.

Cross wachte auf, als sich am Horizont die Sonne zu zeigen begann. Zum ersten Mal in seinem Leben hatte er Kopfschmerzen. Nackt trat er auf den Balkon hinaus und setzte sich in einen der geflochtenen Sessel. Er beobachtete die Sonne, die sich langsam aus dem Meer hob und ihren Aufstieg an den Himmel begann.

Sie war eine gefährliche Frau. Mörderin ihres eigenen Kindes, dessen Knochen jetzt mit Wüstensand gefüllt waren. Und sie war im Bett zu versiert. Sie könnte sein Ende sein. In diesem Augenblick entschloß er sich, sie nie wiederzusehen.

Dann spürte er ihre Arme um seinen Hals, und sein Gesicht wandte sich ihr zu, um sie zu küssen. Sie trug einen flauschigen weißen Bademantel, und ihr Haar wurde von Nadeln gehalten, die wie Juwelen in einer Krone schimmerten. »Dusch dich, und ich mach' dir Frühstück, bevor du gehst«, sagte sie.

Sie führte ihn in das Badezimmer, in dem alles doppelt war: zwei Waschbecken, zwei Marmorkonsolen, zwei Wannen und zwei Duschen. Er fand Toilettenartikel für Männer: Rasierer, Schaum, Hautbalsam, Kämme und Bürsten.

Als er fertig und wieder draußen auf dem Balkon war, brachte Athena ein Tablett mit Croissants, Kaffee und Orangensaft. »Ich kann dir Eier mit Speck machen«, sagte sie.

»Das genügt schon«, sagte Cross.

»Wann werde ich dich wiedersehen?« fragte Athena.

»Ich habe in Las Vegas eine Menge zu tun«, sagte Cross. »Ich rufe dich nächste Woche an.«

Athena sah ihn abschätzend an. »Das heißt, ich sehe dich nicht wieder, ja?« fragte sie. »Und ich hatte wirklich Spaß heute nacht.«

Cross zuckte die Achseln. »Du hast deine Schulden bezahlt«, sagte er.

Sie bedachte ihn mit einem gutgelaunten Grinsen und sagte: »Und mit erstaunlicher Bereitwilligkeit, findest du nicht? Nicht eben ungern.«

Cross lachte. »Nein«, sagte er.

Sie schien seine Gedanken zu lesen. Am Abend zuvor hatten sie einander belogen, diesen Morgen hatten die Lügen keine Macht mehr. Sie schien zu wissen, daß sie zu schön war, als daß er ihr trauen könnte. Daß er sich bei ihr und ihren eingestandenen Sünden in Gefahr fühlte. Sie schien in Gedanken versunken, während sie schweigend aß. Dann sagte sie zu ihm: »Ich weiß, du bist sehr beschäftigt, aber ich möchte dir etwas zeigen. Kannst du dir den Vormittag freimachen und eine Nachmittagsmaschine nehmen? Es ist wichtig. Ich möchte mit dir an einen bestimmten Ort.«

Cross, der der Aussicht auf ein paar letzte Stunden mit ihr nicht widerstehen konnte, sagte ja.

Sie fuhren in Athenas Wagen, einem Mercedes 300 SL, und nahmen im Süden den Highway nach San Diego. Kurz bevor sie die Stadt erreichten, bog sie auf eine schmale Straße ab, die landeinwärts durch die Berge führte.

Eine Viertelstunde später erreichten sie ein Anwesen, das von Stacheldraht umgeben war. Hier standen inmitten grüner Rasenflächen sechs Backsteinbauten. Auf einem der grünen Rechtecke spielte eine Gruppe von zwanzig Kindern mit einem Fußball. Auf einem anderen ließen zehn Kinder Drachen steigen. Eine Gruppe von drei, vier Erwachsenen stand dabei und beobachtete sie, aber irgend etwas an diesem Bild schien merkwürdig. Wenn der Fußball durch die Luft flog, schienen die meisten der Kinder davonzulaufen; auf dem anderen Rasen stiegen die Drachen immer höher und kamen nicht mehr zurück.

»Was ist das denn?« fragte Cross.

Athena sah ihn flehentlich an. »Komm einfach erst mal mit, bitte. Später kannst du dann deine Fragen stellen.«

Athena fuhr vors Tor und wies sich vor dem Wachmann mit einer goldenen Marke aus. Sie passierte das Tor, hielt auf das größte Gebäude zu und parkte davor.

Als sie im Haus waren, fragte Athena die Frau am Empfang leise etwas. Cross hielt sich zurück, hörte aber dennoch die Antwort: »Sie war depressiv, da haben wir sie auf dem Zimmer in die Box getan.«

»Was zum Teufel hat das zu bedeuten?« fragte Cross.

Athena antwortete nicht. Sie nahm ihn bei der Hand und führte ihn über einen langen glänzenden Kachelkorridor in eines der Gebäude nebenan, das sich wie eine Art Wohnheim ausnahm.

Eine Krankenschwester saß am Eingang und bat sie um ihre Namen. Als sie nickte, führte Athena Cross einen weiteren langen Flur entlang. Schließlich öffnete sie eine der Türen.

Sie standen in einem hübschen Schlafzimmer, groß und hell. Hier fanden sich die gleichen merkwürdigen dunklen Malereien wie an der Wand in Athenas Haus, nur waren sie hier über den Boden verstreut. An der Wand hing ein kleines Regal mit einer Reihe hübscher Puppen in gestärkten Kostümen, wie die Amischen sie tragen. Auf dem Boden lagen außerdem noch kleinere Zeichnungen und Gemälde herum.

In dem Raum stand ein kleines Bett mit einer wuscheligen rosa Decke; die weißen Kissen waren mit roten Rosen bestickt. Aber in dem Bett lag kein Kind.

Athena trat an eine große Kiste, die oben offen und deren Boden und Wände mit einem dicken, weichen hellblauen

Polster ausgelegt waren, und als Cross hineinblickte, sah er das Kind, das darin lag. Das Mädchen bemerkte sie nicht. Es spielte mit einem Knopf am Kopfende der Kiste, und Cross sah zu, wie sich die Polster bewegten und das Kind fast zu erdrücken schienen.

Sie war zehn Jahre alt, eine winzige Kopie Athenas, aber offenbar ohne Gefühl, ohne den geringsten Ausdruck, und ihre grünen Augen schienen nicht mehr zu sehen als die einer Porzellanpuppe. Doch jedesmal, wenn sie an dem Schalter drehte, um sich von den Polstern drücken zu lassen, strahlte ihr Gesicht eine heitere Ruhe aus. Sie nahm die beiden nicht im geringsten zur Kenntnis.

Athena trat ans Kopfende der Holzkiste. Sie drehte an dem Schalter, um das Mädchen herausnehmen zu können. Das Kind wog offenbar kaum etwas.

Athena hielt es wie ein Baby im Arm und beugte den Kopf, um es auf die Wange zu küssen, aber das Mädchen wich zukkend zurück.

»Deine Mami ist da«, sagte Athena. »Willst du mir keinen Kuß geben?« Der Ton ihrer Stimme brach Cross das Herz. Es war ein jämmerliches Flehen, aber mittlerweile bewegte sich das Kind in ihren Armen wie wild. Schließlich setzte Athena es auf dem Boden ab. Das Kind rappelte sich in eine kniende Haltung und griff sofort nach einem Malkasten und einem großen Blatt kartonstarken Papiers. Völlig in sich versunken, begann es zu malen.

Cross stand etwas abseits und sah zu, wie Athena all ihre schauspielerischen Fähigkeiten aufbot, um Kontakt mit dem Kind aufzunehmen. Erst kniete sie neben dem kleinen Mädchen nieder und war die liebende Spielkameradin, als sie ihrer Tochter beim Malen half, aber das Kind nahm sie nicht zur Kenntnis.

Athena setzte sich auf und versuchte, eine gewisse Vertrautheit herzustellen, indem sie ihrem Kind erzählte, was draußen in der Welt vor sich ging, aber das Kind bekam es nicht mit. Dann wurde Athena zur schmeichelnden Erwachsenen, die die Gemälde des Kindes lobte. Während der ganzen Zeit über rückte das Mädchen immer wieder von ihr ab. Athena nahm einen der Pinsel und versuchte zu helfen, aber als das Kind das sah, nahm es ihr den Pinsel ab. Es sagte die ganze Zeit nicht ein Wort.

Schließlich gab Athena auf.

»Ich komme morgen wieder, Mäuschen«, sagte sie. »Dann machen wir einen Ausflug, und ich bringe dir einen neuen Malkasten mit. Siehst du«, sagte sie, und dabei traten ihr Tränen in die Augen, »das Rot ist schon fast alle.« Sie versuchte dem Kind einen Abschiedskuß zu geben, aber seine schönen kleinen Hände wehrten sie ab.

Schließlich stand Athena auf und führte Cross aus dem Raum.

Athena gab ihm die Wagenschlüssel, damit er sie zurück nach Malibu fahren konnte, und hielt während der ganzen Fahrt den Kopf in den Händen und weinte. Cross war so verblüfft, daß er kein Wort herausbrachte.

Als sie aus dem Wagen stiegen, schien Athena sich wieder unter Kontrolle zu haben. Sie zog Cross ins Haus und wandte sich ihm dann zu. »Das war das Baby, von dem ich Boz sagte, ich hätte es in der Wüste begraben. Also, glaubst du mir jetzt?« Und zum ersten Mal glaubte Cross, daß sie ihn womöglich tatsächlich liebte.

Athena führte ihn in die Küche und machte Kaffee. Sie saßen in der Fensternische und beobachteten das Meer. Während sie Kaffee tranken, begann Athena zu reden. Sie sprach ganz beiläufig; weder in ihrer Stimme noch auf ihrem Gesicht zeigten sich Emotionen.

»Als ich von Boz weglief, ließ ich mein Baby bei entfernten

Verwandten, einem Ehepaar in San Diego. Bethany schien ein ganz normales Kind zu sein. Ich wußte damals nicht, daß sie autistisch war, vielleicht war sie es auch nicht. Ich habe sie dort gelassen, weil ich eine erfolgreiche Schauspielerin werden wollte. Ich mußte Geld verdienen, für uns beide. Ich war mir sicher, Talent zu haben, und Gott weiß, jeder sagte mir, wie schön ich doch sei. Ich dachte immer, wenn ich Erfolg hätte, könnte ich mein Baby wieder zu mir nehmen.

Also arbeitete ich in Los Angeles und besuchte sie in San Diego, wann immer ich konnte. Dann hatte ich die ersten Erfolge und konnte sie nicht mehr so oft sehen, vielleicht einmal im Monat. Als ich schließlich soweit war, sie zu mir zu nehmen, ging ich mit allen möglichen Geschenken zur Feier ihres dritten Geburtstags, aber Bethany schien in eine andere Welt gerutscht zu sein. Sie war nicht mehr da. Ich kam nicht zu ihr durch. Ich war außer mir. Ich dachte, sie hätte einen Gehirntumor, mir fiel ein, daß sie Boz mal auf den Boden gefallen war, und ich dachte, daß vielleicht ihr Gehirn verletzt sei und sich das erst jetzt zu zeigen begann. Monatelang lief ich mit ihr von einem Arzt zum anderen, man nahm alle möglichen Untersuchungen an ihr vor, ich brachte sie zu Spezialisten, die sie gründlich untersuchten. Dann sagte mir jemand, ich weiß nicht mehr, ob es der Arzt in Boston oder der Psychiater in dem texanischen Kinderkrankenhaus war, sie sei autistisch. Ich wußte nicht einmal, was das bedeutete, außer daß ich dachte, sie sei irgendwie zurückgeblieben. Nein, sagte der Arzt, es bedeute, daß sie in ihrer eigenen Welt lebe und sich der Existenz anderer Menschen nicht bewußt sei, keinerlei Interesse an ihnen und kein Gefühl für nichts und niemanden habe. Als ich sie in die Klinik gab, um sie in der Nähe zu haben, stellten wir fest, daß sie auf die Kuschelbox reagierte, die du gesehen hast. Das schien zu helfen, also mußte ich sie dort lassen.«

Cross saß wortlos da, während Athena fortfuhr: »Autistisch bedeutet, sie würde mich niemals lieben können. Aber die Ärzte sagten, einige Autistiker seien sehr talentiert, ja sogar Genies. Und ich glaube, Bethany ist ein Genie. Nicht nur, was ihre Malerei angeht. Es ist da noch etwas. Von den Ärzten weiß ich, daß man manchen Autistikern durch jahrelanges hartes Üben beibringen kann, erst etwas für einige Dinge und dann für einige Menschen zu empfinden. Manche können sogar ein fast normales Leben führen. Im Augenblick verträgt Bethany keine Musik, ja überhaupt keine Geräusche. Aber zuerst konnte sie es noch nicht einmal haben, daß ich sie berührte, und jetzt hat sie gelernt, mich zu tolerieren, es geht aufwärts mit ihr.

Sie weist mich immer noch zurück, aber nicht mehr so heftig. Wir haben Fortschritte gemacht. Ich dachte früher, sie bestrafe mich dafür, sie vernachlässigt zu haben, weil ich unbedingt Erfolg haben wollte. Aber die Spezialisten sagten, daß die Krankheit zuweilen, obwohl sie angeboren zu sein scheint, auch erworben werden kann, nur wissen sie noch nicht, was sie wirklich auslöst. Die Ärzte haben mir gesagt, es hätte weder damit zu tun, daß Boz sie auf den Kopf fallen ließ, noch daß ich sie verlassen habe, aber ich weiß nicht, ob ich das glauben soll. Sie versuchen mir zu versichern, wir seien nicht verantwortlich, es sei eines der großen Rätsel des Lebens, daß es vielleicht vorherbestimmt war, daß nichts auf der Welt es hätte verhindern können und nichts daran etwas ändern wird. Aber irgendwas in mir weigert sich, das zu glauben.

Als ich davon erfuhr, hatte ich einige schwere Entscheidungen zu treffen. Ich wußte, ich könnte sie nicht retten, bevor ich nicht eine Menge Geld verdient hätte. Da habe ich sie in die Klinik gegeben und sie wenigstens ein Wochenende im Monat und an einigen Wochentagen besucht. Schließlich wurde ich reich, ich war berühmt, und nichts, was vorher wichtig war, spielte noch eine Rolle. Ich wollte nur noch bei Bethany sein. Selbst wenn das nicht passiert wäre, ich hätte nach *Messalina* sowieso aufgehört.«

»Warum?« krächzte Cross. »Was willst du denn machen?«

»Es gibt da eine Spezialklinik in Frankreich mit einem tollen Arzt«, erklärte Athena. »Und da will ich nach dem Film hin. Dann tauchte Boz auf, und ich wußte, er würde mich umbringen, und dann wäre Bethany ganz allein. Deshalb habe ich sozusagen einen Killer auf ihn angesetzt. Sie hat niemanden außer mir. Tja, ich werde mit dieser Sünde leben.« Athena hielt inne und lächelte Cross an. »Ist schlimmer als eine Seifenoper, nicht wahr?« sagte sie mit einem Lächeln.

Cross blickte hinaus aufs Meer. Im Sonnenlicht erstrahlte es in einem öligen Blau. Er dachte an das kleine Mädchen und ihr leeres, maskenhaftes Gesicht, das sich dieser Welt niemals öffnen würde.

»Was war das für ein Kiste, in der sie da lag?« fragte er.

Athena lachte. »Sie ist meine große Hoffnung«, sagte sie. »Traurig, nicht wahr? Es ist eine Kuschelbox. Viele autistische Kinder benutzen sie, wenn sie deprimiert sind. Es fühlt sich an wie die Umarmung einer Person, nur daß sie sich nicht auf einen Menschen einzustellen, keine Beziehung herzustellen brauchen.« Athena atmete tief ein und sagte: »Cross, eines Tages werde ich die Stelle dieser Kiste einnehmen. Das ist jetzt der einzige Sinn meines Daseins. Mein Leben hat nur diese eine Bedeutung. Ist das nicht komisch? Das Studio sagt mir, ich bekomme Tausende von Briefen von Leuten, die mich lieben. In der Öffentlichkeit wollen mich Leute berühren. Männer sagen mir immer wieder, daß sie mich lieben. Alle außer Bethany, und sie ist die einzige, die ich will.«

Cross sagte: »Ich werde dir helfen, wo ich nur kann.«

»Dann ruf mich nächste Woche an«, sagte Athena. »Laß

uns soviel wie möglich zusammensein, bis *Messalina* abgedreht ist.«

»Ich werde anrufen«, sagte Cross. »Ich kann meine Unschuld nicht beweisen, aber ich liebe dich mehr als alles andere in meinem Leben.«

»Und du bist wirklich unschuldig?« fragte Athena. »Ja«, sagte Cross. Jetzt, wo sie ihre Unschuld bewiesen hatte, konnte er es nicht ertragen, daß sie es wußte.

Cross dachte an Bethany, ihr leeres Gesicht, schön wie ein Kunstwerk; sie war einer der wenigen Menschen, die völlig frei von Sünde waren.

Was Athena anbelangte, so hatte sie sich ein Urteil über Cross zu bilden versucht. Er war der einzige ihrer Bekannten, der ihre Tochter gesehen hatte, seit man bei ihr Autismus diagnostiziert hatte. Die Begegnung war als Prüfung gedacht.

Es hatte ihr einen der größten Schocks ihres Lebens versetzt, feststellen zu müssen, daß ihre engsten Freunde, Männer, die sie liebten, Verwandte, die sie anbeteten, ihr Mißgeschick genossen, und das trotz ihrer Schönheit, ihres Talents (und, wie sie voll Selbstironie dachte, trotz ihrer netten, sanften und großmütigen Art).

Sie hatte es gemerkt, als Boz ihr ein blaues Auge verpaßt hatte: Obwohl sie ihn alle einen »nichtsnutzigen Mistkerl« hießen, hatte sie doch den flüchtigen Ausdruck der Befriedigung bei allen gesehen. Zuerst glaubte sie, es sich nur eingebildet zu haben und zu empfindlich zu sein. Aber als ihr Boz das zweite blaue Auge verpaßte, hatte sie den gleichen Ausdruck wieder gesehen. Und es hatte sie schrecklich verletzt.

Natürlich liebten sie sie alle, daran zweifelte sie nicht. Aber wie es schien, konnte keiner einem kleinen Hauch Boshaftigkeit widerstehen. Größe in jeder Form erzeugt Neid.

Einer der Gründe, weshalb sie Claudia so gern hatte, war, daß Claudia sie nie mit diesem Ausdruck verraten hatte.

Aus ebendiesem Grund hielt sie Bethany vor ihrem Alltagsdasein so streng geheim. Sie konnte den Gedanken nicht ertragen, an Menschen, die sie gern hatte, diesen flüchtigen Ausdruck der Befriedigung zu sehen.

Obwohl sie also die Macht ihrer Schönheit kannte und diese auch nutzte, verachtete sie sie. Sie sehnte sich nach dem Tag, an dem sich die Falten tief in ihr vollkommenes Gesicht schneiden würden, jede für einen Weg, den sie genommen, eine Reise, die sie überlebt hatte; sie sehnte sich nach dem Tag, an dem ihr Körper fülliger würde, weicher und breiter, um denen Trost zu spenden, um die sie sich kümmern würde; sie sehnte sich nach dem Tag, an dem das Erbarmen ihre Augen feuchter werden ließ nach all dem Leid, das sie gesehen, all den Tränen, die sie nie vergossen hatte. Sie würde Lachfalten um den Mund bekommen vom Gelächter über sich selbst und das Leben überhaupt. Wie frei würde sie sein, brauchte sie nicht länger die Konsequenzen ihrer Schönheit zu fürchten und könnte statt dessen in ihrem Verlust schwelgen, wenn sie einer dauerhafteren Heiterkeit wich.

Und so hatte sie Cross De Lena sorgfältig im Auge behalten, als er Bethany kennenlernte, sah ihn erst leicht zurückschrecken, dann jedoch nichts mehr. Sie wußte, er war hilflos in sie verliebt, und sie sah, daß ihm jener Ausdruck der Befriedigung abging, als er von ihrem Unglück mit Bethany erfuhr.

12. Kapitel

Claudia war fest entschlossen, ihren sexuellen Schuldschein bei Eli Marrion einzufordern; sie würde ihn unter moralischen Druck setzen, Ernest Vail die Prozentpunkte zu geben, die er für seinen Roman wollte. Sie rechnete sich kaum Chancen aus, war aber bereit, ihre Prinzipien aufs Spiel zu setzen. Bobby Bantz war unnachgiebig, wenn es um Anteile am Einspielergebnis ging, aber Eli Marrion war unberechenbar und hatte eine Schwäche für sie. Außerdem war es ein altehrwürdiger Brauch in der Filmbranche, daß eine geschlechtliche Beziehung, wie kurz auch immer, eine gewisse materielle Gefälligkeit nach sich zog.

Anlaß für das Treffen war Vails Selbstmorddrohung. Wenn er sie wahr machte, gingen die Rechte an seinem Roman an seine Exfrau und deren Kinder, und Molly Flanders würde hart verhandeln. Keiner glaubte an die Drohung, noch nicht einmal Claudia, aber Bobby Bantz und Eli Marrion, die von dem ausgingen, was sie selbst alles für Geld tun würden, machten sich Sorgen.

Als Claudia, Ernest und Molly bei LoddStone ankamen, fanden sie in der Chefetage nur Bobby Bantz. Er sah aus, als sei ihm nicht wohl in seiner Haut, obwohl er das mit einer überschwenglichen Begrüßung, vor allem Vails, zu kaschieren versuchte.

»Unser nationaler Kulturschatz«, sagte er und umarmte Ernest mit respektvoller Zuneigung.

Molly war sogleich auf der Hut. Argwöhnisch fragte sie: »Wo ist denn Eli? Er ist der einzige, der in dieser Angelegenheit das letzte Wort sprechen kann.«

Bantz' Ton war beruhigend. »Eli ist im Krankenhaus, im Cedars Sinai, nichts Ernstes, nur eine Routineuntersuchung. Das ist aber vertraulich. LoddStones Aktien steigen und fallen mit seiner Gesundheit.«

Claudia meinte: »Er ist über Achtzig, da ist alles ernst.«

»Nein, nein«, sagte Bantz. »Wir erledigen unsere Geschäfte jeden Tag im Krankenhaus. Er ist sogar noch mehr auf Draht als sonst. Also tragen Sie mir Ihren Fall vor, und ich sage ihm alles beim nächsten Besuch.«

»Nein«, sagte Molly kurz.

Aber Ernest Vail sagte: »Reden wir doch mit Bobby.«

Sie trugen ihren Fall vor. Bantz war belustigt, lachte ihnen jedoch nicht ins Gesicht. Er sagte: »Ich habe ja schon alles gehört in dieser Stadt, aber das ist die Krönung. Ich war damit bei meinen Anwälten, und die sagen, Vails Ableben hat keinerlei Einfluß auf unsere Rechte. Ist eine komplizierte Rechtsfrage.«

»Gehen Sie damit mal zu Ihren PR-Leuten«, sagte Claudia. »Wenn Ernest es tatsächlich tut und die ganze Geschichte rauskommt, sieht LoddStone ziemlich alt aus. Eli wird das nicht gefallen. Er hat mehr Moral.«

»Als ich?« sagte Bobby Bantz höflich. Aber er war wütend. Warum wollten die Leute nicht verstehen, daß Marrion alles für gut hielt, was er tat? Er wandte sich an Ernest und fragte: »Wie würden Sie sich denn umbringen? Kugel, Messer, Sprung aus dem Fenster?«

Vail grinste ihn an. »Harakiri auf Ihrem Schreibtisch, Bobby.« Sie lachten alle.

»So kommen wir nicht weiter«, sagte Molly. »Warum gehen wir nicht alle ins Krankenhaus und sprechen mit Eli?«

Vail sagte: »Ich gehe nicht ans Krankenbett eines Mannes und streite um Geld.«

Sie alle sahen ihn mitfühlend an. Natürlich nahm sich das im konventionellen Sinne gefühllos aus. Aber andererseits planten Männer auf dem Krankenbett Morde, Revolutionen, Betrug und Verrat am Studio. Ein Krankenbett war keine wirkliche Freistatt. Und sie wußten, daß es sich bei Vails Protest im Grunde um eine romantische Konvention handelte.

Molly sagte kalt: »Halt den Mund, Ernest, wenn du mein Mandant bleiben willst. Eli hat von seinem Krankenbett aus Hunderten von Leuten das Fell über die Ohren gezogen. Bobby, einigen wir uns auf einen vernünftigen Deal. Lodd-Stone hat mit den Fortsetzungen eine Goldmine an der Hand. Sie können es sich leisten, Ernest ein paar Prozent vom Bruttoeinspielergebnis zu geben.«

Bantz war entsetzt, ein heißer Stich fuhr ihm durch den Magen. »Gewinnanteile?« rief er ungläubig. »Nie.«

»Okay«, sagte Molly. »Wie wäre es mit strukturierten fünf Prozent an den Nettoeinnahmen? Vor Abzug der Werbekosten, Zinsen und der Anteile für die Stars.«

Bantz sagte verächtlich: »Das ist fast dasselbe wie Brutto. Und wir wissen alle, daß Ernest sich nicht umbringt. Das ist zu dumm, und er ist zu intelligent.« Was er eigentlich sagen wollte, war, daß der Kerl nicht den Schneid dazu hatte.

»Wieso das Risiko eingehen?« sagte Molly. »Ich bin die Zahlen durchgegangen. Sie planen mindestens drei Fortsetzungen. Das bringt allein an Verleiheinnahmen eine halbe Milliarde inklusive Ausland, aber ohne Video und TV. Und Gott allein weiß, wieviel ihr verdammten Diebe an den Videorechten verdient. Also warum nicht Ernest Anteile geben, mickrige zwanzig Millionen. Das würde doch jeder drittklassige Star bekommen.«

Bantz ließ es sich durch den Kopf gehen. Dann versuchte er es mit Charme: »Ernest«, sagte er, »als Romancier gehören Sie zum nationalen Kulturerbe. Keiner respektiert Sie mehr als ich. Und Eli hat jedes Ihrer Bücher gelesen. Er betet Sie an. Wir wollen uns also einigen.«

Claudia war peinlich berührt, weil Ernest diesen Unsinn hinnahm, obwohl man zu seiner Verteidigung sagen mußte, daß ihn beim »nationalen Kulturerbe« ein leichter Schauder überlief.

Dann aber fragte er: »Was meinen Sie damit?« Und jetzt war Claudia stolz auf ihn.

Bantz wandte sich an Molly. »Wie wäre es mit einem Fünfjahresvertrag bei zehntausend pro Woche für eigene Drehbücher und einige Überarbeitungen, und natürlich kriegen wir die Originale als erste zu sehen. Und für jede Überarbeitung bekommt er zusätzliche fünfzig pro Woche. Da könnte er in fünf Jahren an die zehn Millionen verdienen.«

»Verdoppeln Sie das Honorar«, sagte Molly. »Dann können wir drüber reden.«

An dieser Stelle schien Vail seine fast engelhafte Geduld zu verlieren. »Keiner von Ihnen scheint mich ernst zu nehmen«, sagte er. »Ich kann rechnen. Bobby, Ihr Angebot ist nur zweieinhalb wert. Sie werden mir kein Originalscript abkaufen, und ich werde nie eines schreiben. Sie werden mir keine Überarbeitungen geben. Und was, wenn Sie sechs Fortsetzungen machen? Dann verdienen Sie eine Milliarde.« Vail begann vor aufrichtigem Vergnügen zu lachen. »Zweieinhalb Millionen helfen mir nicht.«

»Was zum Teufel gibt's da zu lachen?« sagte Bobby.

Vail war fast hysterisch. »Nie im Leben hätte ich davon

geträumt, auch nur eine Million zu verdienen, und jetzt hilft mir noch nicht mal das.«

Claudia kannte Vails Humor. Sie sagte: »Warum hilft dir das nicht?«

»Weil ich immer noch am Leben bin«, sagte Vail. »Meine Familie braucht die Anteile. Sie haben mir vertraut, und ich habe sie verraten.«

Sie wären gerührt gewesen, selbst Bantz, hätte Vail nicht gar so falsch, so selbstzufrieden geklungen.

Molly Flanders sagte: »Gehen wir und sprechen mit Eli.«

Vail geriet in Wut und stürmte schreiend zur Tür hinaus: »Ich kann mit euch Leuten einfach nicht reden. Ich werde niemanden am Krankenbett anbetteln.«

Als er weg war, sagte Bobby Bantz: »Und für den Knaben macht ihr beide euch stark?«

»Warum nicht?« sagte Molly. »Ich habe einen Kerl vertreten, der seine Mutter und seine drei Kinder erstochen hatte. Ernest ist nicht schlimmer als der.«

»Und wie sieht Ihre Entschuldigung aus?« fragte Bantz Claudia.

»Wir Autoren müssen zusammenhalten«, sagte sie trokken. Sie lachten alle.

»Ich schätze, das war's dann wohl«, sagte Bobby. »Ich habe mein Bestes getan, oder?«

Claudia sagte: »Bobby, warum können Sie ihm nicht ein, zwei Prozent geben, es wäre nur fair.«

»Weil er im Lauf der Jahre tausend Autoren, Stars und Regisseuren das Fell über die Ohren gezogen hat. Es ist eine Frage des Prinzips«, sagte Molly.

»Ganz genau«, sagte Bantz. »Und wenn ihr Arm lang genug ist, ziehen die uns das Fell über die Ohren. Geschäft ist Geschäft.«

Molly wandte sich mit falscher Besorgnis an Bantz: »Eli hat doch nichts Ernstes?«

»Dem geht's gut«, sagte Bantz. »Behalten Sie Ihre Aktien noch.«

Molly sprang auf. »Dann kann er uns ja empfangen.«

Claudia sagte: »Ich wollte ihn sowieso treffen. Ich mag Eli wirklich. Er hat mir meine erste Chance gegeben.«

Bantz tat sie mit einem Achselzucken ab. Molly sagte: »Sie werden sich in den Hintern beißen, wenn Ernest sich den Hahn abdreht. Diese Fortsetzungen sind noch mehr wert, als ich gesagt habe. Ich habe ihn Ihnen weichgeklopft.«

Bantz sagte verächtlich: »Dieser Schmock bringt sich nicht um. Dazu fehlt ihm der Schneid.«

»Vom nationalen Kulturerbe zum Schmock«, sagte Claudia nachdenklich.

Molly sagte: »Der Kerl ist tatsächlich ein bißchen verrückt. Der geht aus purer Unvorsichtigkeit drauf.«

»Nimmt er Drogen?« fragte Bantz, nun doch leicht besorgt.

»Nein«, sagte Claudia, »aber Ernest steckt voller Überraschungen. Er ist ein Exzentriker, der nicht weiß, daß er einer ist.«

Bantz ließ sich das einen Moment lang durch den Kopf gehen. Ihr Argument war nicht ganz ohne. Und außerdem fand er es nicht gut, sich unnötig Feinde zu machen. Er wollte nicht, daß Molly Flanders Groll gegen ihn hegte. Diese Frau war ein Alptraum.

»Lassen Sie mich Eli anrufen«, sagte er. »Wenn er einverstanden ist, fahre ich Sie ins Krankenhaus.« Er war sich sicher, daß Marrion ablehnen würde.

Aber zu seiner Überraschung sagte Marrion: »Aber unbedingt, sie können alle kommen.«

Sie fuhren in Bantz' Limousine, einem riesigen Wagen ohne besonderen Luxus. Es hatte lediglich Fax, Computer und Handy. Ein Bodyguard der Pacific Ocean Security saß neben dem Fahrer. Ein Wagen mit zwei weiteren Sicherheitsleuten fuhr hinter ihnen her.

Die braungetönten Fenster der Limousine präsentierten die Stadt im monochromen Sepia alter Cowboyfilme. Je weiter sie stadteinwärts kamen, desto höher wurden die Gebäude, als führen sie in einen tiefen steinernen Wald. Claudia staunte immer wieder aufs neue, daß man in zehn Minuten vom idyllischen Kleinstadtgrün in eine Metropole aus Beton und Glas gelangte.

Im Cedars Sinai schienen die Korridore weit wie die Hallen eines Flughafens, die Decke dagegen erdrückend wie in einer der bizarren Szenerien des expressionistischen deutschen Films. Eine Empfangsdame des Krankenhauses begrüßte sie, eine hübsche Frau in einem strengen Haute-Couture-Kostüm; sie erinnerte Claudia an die Hostessen in den Hotels von Las Vegas.

Sie führte sie zu einem speziellen Aufzug, der sie ohne Zwischenstopp in die Penthouse-Suiten brachte.

Diese Suiten hatten mächtige, mit Schnitzereien und glänzenden Messingknäufen versehene schwarze Eichentüren, die vom Boden bis zur Decke reichten. Dahinter befand sich ein riesiger Raum mit einem Krankenbett, einem Eßtisch, Stühlen, Sofa und Klubsesseln sowie einer Arbeitsnische mit Computer und Fax. Außerdem gab es eine Kochnische und neben dem Badezimmer des Patienten noch eine Gästetoilette. Die Decke war sehr hoch, die Wände waren aus Glas, und da Kochnische, Wohnzimmer und Arbeitsbereich nicht durch Trennwände abgeteilt waren, hatte das Ganze etwas von einem Filmset.

In einem frischen weißen Krankenhausbett lag, von mächtigen weißen Kissen gestützt, Eli Marrion. Er las ein Script mit orangefarbenem Einband. Auf dem Tisch neben ihm lagen Aktendeckel mit den Budgets der Filme, die im Augenblick in Produktion waren. Eine hübsche junge Sekretärin auf der anderen Seite des Bettes nahm ein Diktat auf. Marrion hatte schon immer gern schöne Frauen um sich gehabt.

Bobby Bantz küßte Marrion auf die Wange und sagte: »Eli, Sie sehen großartig aus, einfach großartig.« Auch Molly und Claudia küßten ihn. Claudia hatte darauf bestanden, Blumen mitzubringen, die sie jetzt auf das Bett legte.

Claudia nahm die Einzelheiten auf, als recherchiere sie für ein Script. Krankenhausdramen waren in finanzieller Hinsicht so gut wie idiotensicher.

In Wirklichkeit sah Eli Marrion gar nicht so »großartig, einfach großartig« aus. Seine Lippen waren bläulich, und beim Sprechen schnappte er nach Luft. Aus seinen Nasenlöchern wuchs ein grüner Plastikzweig, von dem aus ein dünner Schlauch zu einer sprudelnden Wasserflasche führte, die ihrerseits über einen Stecker mit einer Sauerstoffflasche hinter der Wand verbunden war.

Marrion bemerkte Claudias Blick. »Sauerstoff«, sagte er.

»Ist aber nur vorübergehend«, fügte Bobby Bantz rasch hinzu. »Es erleichtert ihm das Atmen.«

Molly Flanders ignorierte sie. »Eli«, sagte sie, »ich habe Bobby die Situation erklärt, und er braucht Ihr Einverständnis.«

Marrion schien guter Laune. »Molly«, sagte er, »Sie waren schon immer die härteste Anwältin in der Stadt. Wollen Sie mich jetzt auch noch auf dem Totenbett schikanieren?«

Claudia war erschüttert. »Eli, Bobby hat uns gesagt, es ginge dir recht gut. Und wir wollten dich wirklich besuchen.« Sie schämte sich so offensichtlich, daß Marrion anerkennend die Hand hob, als gebe er seinen Segen.

»Ich verstehe den Streit«, sagte Marrion. Er schickte die Sekretärin mit einer Geste hinaus. Die Privatschwester, eine hübsche Frau, mit der anscheinend nicht gut Kirschen essen war, las am Eßzimmertisch in einem Buch. Marrion machte auch ihr Zeichen zu gehen. Sie sah ihn an und schüttelte den Kopf. Dann las sie weiter.

Marrion lachte, ein leises keuchendes Lachen. Zu den anderen sagte er: »Das ist Priscilla, die beste Krankenschwester Kaliforniens. Sie kommt von der Intensivstation, deshalb ist sie so ein harter Knochen. Mein Arzt hat sie extra für meinen Fall rekrutiert. Sie ist hier der Boß.«

Priscilla nahm es mit einem Nicken zur Kenntnis und widmete sich wieder ihrer Lektüre.

Molly sagte: »Ich bin einverstanden, wenn seine Anteile auf zwanzig Millionen begrenzt werden. Es ist eine Art Versicherung. Warum das Risiko eingehen? Und warum so unfair sein?«

Bantz sagte ärgerlich: »Es ist nicht unfair. Er hat einen Vertrag unterschrieben.«

»Sie können mich mal, Bobby«, sagte Molly.

Marrion ignorierte die beiden. »Claudia, was denkst du?«

Claudia dachte so einiges. Offensichtlich ging es Marrion schlechter, als man zugeben wollte. Und es war schrecklich grausam, diesem alten Mann zuzusetzen, dem schon das Reden schwerfiel. Sie war versucht zu sagen, daß sie gehen wolle, mußte dann jedoch daran denken, daß Eli sie nie hätte kommen lassen, hätte er nicht seine Gründe gehabt.

»Ernest ist ein Mensch, der immer für eine Überraschung gut ist«, sagte Claudia. »Er ist fest entschlossen, seine Familie zu versorgen. Aber Eli, er ist ein Autor, und du hast Autoren immer gemocht. Betrachte es als Beitrag für die Kunst. Verdammt, du hast dem Metropolitan Museum zwanzig Millionen gegeben. Warum tust du's nicht für Ernest?«

»Damit uns sämtliche Agenten auf die Pelle rücken?« sagte Bantz.

Eli Marrion tat einen tiefen Atemzug, wobei der grüne Zweig noch weiter in seinem Gesicht zu verschwinden schien. »Molly, Claudia, wir werden das als unser kleines Geheimnis behandeln. Ich gebe Vail zwei Prozent vom Bruttogewinn mit einem oberen Limit von zwanzig Millionen. Eine Million bekommt er vorab. Seid ihr damit zufrieden?«

Molly ließ es sich durch den Kopf gehen. Zwei Prozent vom Einspielergebnis dürften mindestens fünfzehn Millionen, vielleicht auch mehr bringen. Es war das Beste, was sie tun konnte, und sie war überrascht, daß Marrion überhaupt so weit ging. Wenn sie jetzt feilschte, war er durchaus imstande, das Angebot zurückzuziehen.

»Es ist wunderbar, Eli, ich danke Ihnen.« Sie beugte sich vor, um ihm einen Kuß auf die Wange zu drücken. »Bobby, ich schicke Ihrem Büro morgen ein Memo. Und, Eli, ich hoffe, Sie sind bald wieder gesund.«

Claudia konnte ihre Gefühle nicht zurückhalten. Sie nahm Elis Hand in die ihre. Sie bemerkte die braunen Flecken auf der gesprenkelten Haut; die Hand war kalt vom nahenden Tod. »Du hast Ernest das Leben gerettet.«

In diesem Augenblick kam Eli Marrions Tochter mit ihren beiden kleinen Kindern herein. Schwester Priscilla sprang von ihrem Stuhl wie eine Katze, die Mäuse wittert, trat auf die Kinder zu und baute sich zwischen ihnen und dem Bett auf. Die Tochter war zweimal geschieden und kam mit ihrem Vater nicht aus, hatte jedoch eine Produktionsfirma auf dem LoddStone-Gelände, weil Eli seine Enkel so gern hatte.

Claudia und Molly verabschiedeten sich. Sie fuhren in Mollys Büro und riefen Ernest an, um ihm die frohe Botschaft mitzuteilen. Er bestand darauf, sie zur Feier des Tages zum Abendessen einzuladen.

Marrions Tochter und die beiden Enkelkinder blieben nur kurz. Aber lange genug, um dem Vater das Versprechen abzuringen, ihr für ihren nächsten Film die Rechte an einem Roman zu kaufen, die viel Geld kosteten.

Bobby Bantz und Eli Marrion waren allein. »Sie trennen sich heute aber leicht von Ihrem Geld«, sagte Bantz.

Marrion spürte die Müdigkeit in seinem Körper, die Luft, die er in sich hineinsog. Mit Bobby konnte er sich entspannen, ihm brauchte er nichts vorzuspielen. Sie hatten einiges zusammen durchgemacht. Macht benutzt, Kriege gewonnen und auf ihren Reisen rund um die Welt so manche Intrige ausgeheckt. Jeder konnte die Gedanken des anderen lesen.

»Der Roman, den ich meiner Tochter kaufe, taugt der auch für einen Film?« fragte Marrion.

»Ein Low-Budget-Film«, sagte Bantz. »Ihre Tochter macht – in Anführungszeichen – ernste Filme.«

Marrion machte eine müde Geste. »Warum müssen wir nur immer für die guten Absichten anderer zahlen? Geben Sie ihr einen ordentlichen Autor, aber keine Stars. Dann ist sie zufrieden, und wir verlieren nicht zuviel Geld.«

»Wollen Sie Vail wirklich Prozente geben?« fragte Bantz. »Unser Anwalt sagt, wir können vor Gericht gewinnen, falls er stirbt.«

Marrion sagte lächelnd: »Wenn ich wieder werde. Wenn nicht, liegt es an Ihnen. Dann leiten Sie den Laden.«

Bantz erstaunte diese Sentimentalität. »Eli, Sie werden schon wieder, natürlich werden Sie wieder.« Und er meinte es aufrichtig. Er verspürte kein Verlangen, Elis Nachfolger zu werden, ja er fürchtete sich sogar vor dem Tag, an dem das Unvermeidliche kommen mußte. Er konnte alles tun, solange Marrion seine Zustimmung gab.

»Es liegt so oder so an Ihnen, Bobby«, sagte Marrion. »Ich werde es nicht schaffen. Die Ärzte sagen, ich brauchte eine

Herztransplantation, und ich habe mich dagegen entschieden. Ich mache es vielleicht noch sechs Monate, vielleicht ein Jahr, vielleicht weniger mit meinem lausigen Herzen. Und außerdem bin ich zu alt, um für eine Transplantation in Frage zu kommen.«

Bantz war wie vor den Kopf geschlagen. »Können sie Ihnen keinen Bypass einsetzen?« fragte er. Als Marrion den Kopf schüttelte, fuhr Bantz fort. »Machen Sie sich nicht lächerlich, natürlich kriegen Sie eine Transplantation. Sie haben das halbe Krankenhaus gebaut, sie müssen Ihnen ein Herz geben. Sie haben noch gut und gern zehn Jahre.« Er schwieg einen Augenblick. »Sie sind müde, Eli, wir reden darüber morgen.« Aber Marrion war bereits eingenickt. Bantz ging, um sich mit den Ärzten zu besprechen und ihnen zu sagen, sie sollten alles in die Wege leiten, für Eli Marrion ein neues Herz zu finden.

Ernest Vail, Molly Flanders und Claudia De Lena feierten mit einem Abendessen im La Dolce Vita am Santa Monica Boulevard. Es war Claudias Lieblingsrestaurant. Sie konnte sich noch erinnern, wie ihr Vater sie als kleines Mädchen hierher mitgenommen und man sie wie Fürsten behandelt hatte. Sie erinnerte sich an die Reihen der Rot- und Weißweinflaschen in den Fensternischen, auf den Rückenlehnen der Polsterbänke, überall, wo nur etwas Platz war. Die Kundschaft brauchte nur danach zu greifen und sie wie Trauben zu pflücken.

Ernest Vail war bester Laune, und Claudia fragte sich einmal mehr, wie nur irgend jemand glauben konnte, er könne Selbstmord begehen. Er sprudelte über vor Ausgelassenheit, weil seine Drohung gewirkt hatte. Und der ausgezeichnete Rotwein versetzte sie alle in eine heitere, leicht prahlerische Stimmung. Sie waren mit sich zufrieden. Das Essen, italienisch kräftig, nährte ihre Energie.

»Also, woran wir jetzt denken müssen«, sagte Vail, »ist folgendes: Sind zwei Prozent genug, oder sollten wir auf drei hinarbeiten?«

»Werd nicht gierig«, sagte Molly. »Der Handel gilt.«

Vail küßte ihr die Hand wie ein Filmstar und sagte: »Molly, du bist ein Genie. Wenn auch ein Genie ohne Skrupel. Wie konntet ihr beide nur einen Mann am Krankenbett unter Druck setzen?«

Molly tunkte ihr Brot in Tomatensoße. »Ernest«, sagte sie, »du wirst diese Stadt nie verstehen. Es gibt hier keine Gnade. Da kannst du betrunken sein, auf Koks, verliebt oder pleite. Warum sollte krank da eine Ausnahme sein?«

Claudia sagte: »Skippy Deere hat mir mal gesagt, wenn man was kauft, führt man die Leute in ein chinesisches Restaurant aus, wenn man verkauft, jedoch in ein italienisches. Werdet ihr daraus schlau?«

»Er ist Produzent«, sagte Molly. »Er hat es irgendwo gelesen. Ohne Kontext hat es keinerlei Bedeutung.«

Vail aß mit der Begeisterung eines begnadigten Verbrechers. Er bestellte drei verschiedene Arten Pasta nur für sich selbst, gab Claudia und Molly jedoch Häppchen ab, um sie nach ihrer Meinung zu fragen. »Das beste italienische Essen außerhalb Roms«, sagte er. »Was Skippy angeht, in der Filmbranche hat das durchaus Hand und Fuß. Chinesisch ist billig, es senkt die Kosten. Italienisches Essen kann einen schläfrig machen, so daß man weniger auf Draht ist. Ich mag beide. Ist es nicht nett zu wissen, daß Skippy ständig irgendwelche Ränke schmiedet?«

Vail bestellte immer dreierlei Nachtisch. Nicht daß er alle gegessen hätte, nein, er wollte bei einer Mahlzeit nur so viele verschiedene Dinge wie möglich kosten. Bei ihm mutete das nicht exzentrisch an. Nicht mal die Art, wie er sich kleidete, als wäre Kleidung dazu da, die Haut vor Wind oder Sonne zu schützen, oder die nachlässige Art, sich zu rasieren, so daß eine seiner Koteletten länger als die andere war. Noch nicht einmal die Drohung, sich umzubringen, schien unlogisch oder merkwürdig. Noch seine absolute kindliche Offenheit, mit der er Leute so oft verletzte. Claudia war an Exzentrik gewöhnt. In Hollywood wimmelte es von Exzentrikern.

»Weißt du, Ernest, du gehörst nach Hollywood. Du bist exzentrisch genug«, sagte sie.

»Ich bin kein Exzentriker«, sagte Vail. »Dazu habe ich nicht genug Pfiff.«

»Findest du es nicht exzentrisch, dich wegen eines Disputs um Geld umbringen zu wollen?« fragte Claudia.

»Es war nur eine überlegte Reaktion auf unsere Kultur«, sagte Vail. »Ich war es einfach leid, ein Niemand zu sein.«

Claudia sagte ungeduldig: »Wie kannst du das denken? Du hast zehn Bücher geschrieben, du hast den Pulitzerpreis bekommen. Du bist auf der ganzen Welt berühmt.«

Vail hatte seine drei Nudelgerichte verdrückt und musterte nun den Hauptgang, drei perlfarbene Scheiben Kalbfleisch mit Zitronen. Er nahm Messer und Gabel zur Hand. »Das alles bedeutet einen Dreck«, sagte er. »Ich habe kein Geld. Ich habe fünfundfünfzig Jahre gebraucht, um zu kapieren, daß man ohne Geld ein Nichts ist.«

Molly sagte: »Du bist nicht exzentrisch, du bist verrückt. Und hör auf zu jammern, daß du nicht reich bist. Arm bist du auch nicht. Sonst wärst du nicht hier. Du leidest nicht gerade übermäßig für deine Kunst.«

Vail legte Messer und Gabel beiseite. Er tätschelte Mollys Arm. »Du hast recht«, sagte er. »Alles, was du sagst, stimmt. Ich genieße das Leben von einem Augenblick zum anderen. Es ist der Lebensbogen an sich, der mich fertigmacht.« Er leerte sein Weinglas und sagte dann nüchtern: »Ich werde nie wieder schreiben. Romane zu schreiben ist eine Sackgasse, veraltet wie der Hufschmied. Heute gibt es nur noch Kino und Fernsehen.«

»Das ist doch Unsinn«, sagte Claudia. »Die Leute werden immer lesen.«

»Du bist nur faul«, sagte Molly. »Jede Entschuldigung, nicht zu schreiben, ist dir recht. Das ist der wahre Grund, weshalb du dir das Leben nehmen wolltest.« Sie lachten alle. Ernest gab ihnen von dem Kalbfleisch auf seinem Teller und dann von den Extradesserts. Er war nur während des Essens so zuvorkommend; er schien seine Freude daran zu haben, Leute zu verköstigen.

»Das ist alles wahr«, sagte er. »Aber ein Romancier kann nur dann anständig leben, wenn er einfache Romane schreibt. Und selbst das ist eine Sackgasse. Ein Roman kann nie so einfach sein wie ein Film.«

Claudia sagte ärgerlich: »Wieso machst du den Film schlecht? Ich habe dich in guten Filmen heulen sehen. Und sie sind Kunst.«

Vail amüsierte sich königlich. Immerhin hatte er seinen Kampf gegen das Studio gewonnen; er bekam seine Anteile. »Claudia, ich bin völlig deiner Meinung«, sagte er. »Filme sind Kunst. Ich beschwere mich aus Neid. Filme machen Romane unwichtig. Was hat es für einen Sinn, in einer poetischen Passage die Natur zu schildern, eine glühende Welt, einen schönen Sonnenuntergang, eine schneebedeckte Bergkette, die ehrfurchtgebietenden Wellen großer Meere.« Er hielt eine Rede und fuchtelte dabei mit den Armen.

»Was läßt sich über Leidenschaft und die Schönheit der Frauen schon schreiben? Was hat es für einen Sinn, wenn man es auf der Leinwand in Technicolor sehen kann? Ach, diese geheimnisvollen Frauen mit ihren vollen roten Lippen, ihren magischen Augen, wenn man sie splitterfasernackt sehen kann, mit Titten, die wie köstliches Beef Wellington aussehen. Viel besser als im richtigen Leben, von Prosa ganz zu schweigen. Und wie können wir über die erstaunlichen Taten von Helden schreiben, die ihre Feinde zu Hunderten niedermachen, Chancenlosigkeit und große Versuchungen überwinden, wenn man das alles mitsamt Blutspritzern mit eigenen Augen sehen kann. Schmerzverzerrte Gesichter auf einer Leinwand. Schauspieler und Kameras erledigen die Arbeit, ohne daß wir den Verstand bemühen müssen. Sly Stallone als Achilles in der Ilias. Das einzige, was die Leinwand nicht vermag, sie erreicht nicht den Verstand der Charaktere, sie kann den Denkprozeß, die Komplexität des Lebens nicht nachahmen.« Er hielt einen Augenblick inne, dann sagte er wehmütig: »Aber wißt ihr, was das schlimmste ist? Ich bin elitär. Ich wollte Künstler werden, um etwas Besonderes zu sein. Was ich so hasse, ist, daß Kino eine so demokratische Kunst ist. Jeder kann einen Film machen. Du hast recht, Claudia, ich habe Filme gesehen, die mich zu Tränen rührten, und ich weiß aus eigener Erfahrung, die Leute, die sie gemacht haben, sind unsensible, ungebildete Schwachköpfe ohne jeden Funken Moral. Der Drehbuchautor ist ein Analphabet, der Regisseur ein Egomane, der Produzent ein Vergewaltiger der Moral, und die Schauspieler hauen mit der Faust gegen die Wand oder in einen Spiegel, um dem Publikum zu zeigen, daß sie aufgebracht sind. Aber der Film funktioniert. Wie ist das möglich? Weil der Film Bildhauerei, Malerei, Musik, menschliche Körper und Technik benutzt, um sich zu gestalten, während der Romancier nur eine Reihe von Wörtern hat, Druckerschwärze auf weißem Papier. Das ist, ehrlich gesagt, gar nicht so schrecklich. Es bedeutet Fortschritt. Und die neue große Kunst. Eine Kunst, für die niemand zu leiden braucht. Man braucht nur die richtigen Kameras zu kaufen und sich mit seinen Freunden zu treffen.«

Vail strahlte die beiden Frauen an. »Ist es nicht wunderbar? Eine Kunst, bei der es keinerlei wirklichen Talents bedarf? Was für eine Demokratie, was für eine Therapie, seinen eigenen Film zu machen. Es wird den Sex ersetzen. Ich seh' mir deinen Film an, du meinen. Es ist eine Kunst, die die Welt verändern wird, und zum Besseren. Claudia, sei froh, daß du bei einer Kunstform bist, der die Zukunft gehört.«

»Du bist vielleicht ein herablassender Mistkerl«, sagte Molly. »Claudia hat für dich gekämpft, dich verteidigt. Und ich war mit dir geduldiger als mit jedem Mörder, den ich je verteidigt habe. Und du lädst uns zum Abendessen ein, um uns zu beleidigen.«

Vail schien aufrichtig erstaunt. »Ich beleidige doch niemanden, ich definiere nur. Ich bin dankbar, und ich liebe euch beide.« Er schwieg einen Augenblick und sagte dann bescheiden: »Ich sage nicht, daß ich besser bin als ihr.«

Claudia lachte laut los. »Ernest, du redest solchen Scheiß«, sagte sie.

»Nur im richtigen Leben«, sagte Vail liebenswürdig. »Können wir kurz übers Geschäft reden? Molly, wenn ich tot wäre und meine Familie alle Rechte wiederhätte, würde LoddStone mir dann fünf Prozent geben?«

»Mindestens fünf«, sagte Molly. »Willst du dich jetzt für ein paar Prozent mehr umbringen? Also, da komme ich nicht mehr mit.«

Claudia sah ihn sorgenvoll an. Sie mißtraute seiner gehobenen Stimmung. »Ernest, bist du immer noch nicht zufrieden? Wir haben dir einen wunderbaren Deal verschafft. Ich war so was von aufgeregt.«

Vail sagte liebevoll: »Claudia, du hast keine Ahnung, wie's in der richtigen Welt zugeht. Deshalb eignest du dich ja so fürs Drehbuchschreiben. Was zum Teufel spielt es für eine Rolle, ob ich zufrieden bin? Der glücklichste Mensch aller

Zeiten macht schreckliche Phasen durch. Schreckliche Tragödien. Sieh mich jetzt an. Ich habe einen großen Sieg hinter mir, ich brauche mich nicht umzubringen. Ich genieße das Essen hier, ich genieße die Gesellschaft von euch beiden schönen, intelligenten und mitfühlenden Frauen. Und ich freue mich besonders darüber, daß meine Frau und die Kinder wirtschaftlich versorgt sind.«

»Was zum Teufel jammerst du dann?« fragte ihn Molly. »Warum verdirbst du uns die schöne Zeit?«

»Weil ich nicht schreiben kann«, sagte Vail. »Nicht daß das eine große Tragödie wäre. Es ist nicht einmal wirklich wichtig, aber es ist das einzige, was ich kann.« Während er das sagte, verputzte er mit so offensichtlichem Genuß die drei Desserts, daß die beiden Frauen in Gelächter ausbrachen. Vail grinste sie an. »Da haben wir den alten Eli aber wirklich geblufft«, sagte er.

»Du nimmst deine Schreibhemmung zu ernst«, sagte Claudia. »Nimm einfach etwas Speed.«

»Drehbuchautoren haben keine Schreibhemmungen, weil sie nicht schreiben«, sagte Vail. »Ich kann nicht schreiben, weil ich nichts zu sagen habe. Aber sprechen wir mal über was Interessanteres. Molly, ich habe nie verstanden, wie ich zehn Prozent von den Einnahmen eines Films haben kann, der hundert Millionen Dollar einspielt und nur fünfzehn Millionen gekostet hat, und dann sehe ich doch nie einen Cent. Das ist eines der Geheimnisse, das ich noch gern lösen würde, bevor ich sterbe.«

Diese Frage stellte Mollys gute Laune wieder her; sie hielt für ihr Leben gern juristische Vorträge. Sie holte ein Notizbuch aus der Handtasche und kritzelte einige Zahlen darauf.

»Das ist absolut legal«, sagte sie. »Sie halten sich an den Vertrag, den du von vornherein nicht hättest unterschreiben dürfen. Schau her, nimm ein Bruttoergebnis von einhundert

Millionen. Die Kinos, die den Film zeigen, nehmen die Hälfte, so bekommt das Studio nur fünfzig Millionen, was man als Verleiheinnahmen bezeichnet.

Okay. Das Studio nimmt die fünfzehn Millionen heraus, die der Film gekostet hat. Bleiben noch fünfunddreißig. Den Bedingungen deines Vertrags und den der meisten Studioverträge nach behält das Studio dreißig Prozent des Ertrags für Verleihkosten zurück. Das sind weitere fünfzehn Millionen in ihren Taschen. Womit wir bei zwanzig Millionen wären. Davon wiederum ziehen sie die Kosten für die Kopien ab sowie die Kosten für die Werbung, die sich leicht auf weitere fünf Millionen belaufen. Bleiben nur noch fünfzehn. Jetzt kommt der Clou. Laut Vertrag bekommt das Studio fünfundzwanzig Prozent vom Budget für Studiofixkosten, Telefonrechnungen, Strom, die Benutzung der Ateliers und so weiter. Womit wir bei zwölf wären. Gut, wirst du sagen. Nimmst auch deinen Anteil von zwölf Millionen. Aber die Zugnummer des Films bekommt wenigstens fünf Prozent des Ertrags, weitere fünf Prozent Regisseur und Produzent. Was noch mal fünf Millionen ausmacht. Haben wir nur noch sechs. Endlich bist du dran. Aber nicht so schnell. Sie berechnen dir nämlich jetzt alle Verteilungskosten, sie berechnen dir fünfzigtausend für die Lieferung der Kopien für den englischen Markt, weitere fünfzig für Frankreich und Deutschland. Und schließlich verlangen sie noch Zinsen für die fünfzehn Millionen, die sie aufgenommen halben, um den Film zu machen. Und da komme ich dann auch nicht mehr mit. Jedenfalls versickern die letzten sechs Millionen. Das passiert dir, wenn du mich nicht als Anwalt hast. Ich schreibe dir einen Vertrag, der dir wirklich einen Anteil an der Goldmine sichert. Keinen Bruttoanteil für den Autor, sondern eine sehr gute Definition von Netto. Verstehst du's jetzt?«

Vail lachte. »Eigentlich nicht«, sagte er. »Wie sieht es mit Geld aus TV- und Videorechten aus?«

»TV, davon wirst du ein bißchen sehen«, sagte Molly. »Kein Mensch weiß, wieviel die mit Video verdienen.«

»Und mein Deal mit Marrion bezieht sich jetzt auf die unberechtigten Bruttoergebnisse?« fragte Vail. »Sie können mir nicht noch mal das Fell über die Ohren ziehen?«

»Nicht bei meinem Vertrag«, sagte Molly. »Wir bekommen Brutto auf der ganzen Linie.«

Vail sagte traurig: »Dann habe ich keinen Grund mehr zum Jammern. Ich habe keine Ausrede mehr, nicht zu schreiben.«

»Du bist wirklich exzentrisch«, sagte Claudia.

»Nein, nein«, sagte Vail. »Ich bin nur ein Versager. Exzentriker tun merkwürdige Dinge, um die Leute von dem abzulenken, was sie machen oder sind. Sie genieren sich. Deshalb sind Filmleute so exzentrisch.«

Wer hätte sich träumen lassen, daß Sterben so angenehm, daß man dabei so ruhig, so völlig frei von Angst sein könnte. Und das Beste daran: Man hatte das eine gemeinsame große Rätsel aller Menschen gelöst.

Während der für einen Kranken immer besonders langen Stunden der Nacht sog Eli Marrion Sauerstoff durch den Schlauch in der Wand und blickte auf sein Leben zurück. Seine private Krankenschwester Priscilla, die eine Doppelschicht eingelegt hatte, las unter der schummrigen Lampe auf der anderen Seite des Raums in einem Buch. Er sah ihren Blick hochschnellen und sich dann wieder senken, als sehe sie von Zeile zu Zeile nach ihm.

Marrion dachte, wie sehr sich das hier doch von einer Filmszene unterschied. In einem Film würde große Spannung herrschen, schließlich schwebte er zwischen Leben und Tod.

Die Schwester stünde über sein Bett gebeugt, ständig kämen Ärzte zu ihm. Es herrschte ein ungeheurer Lärm, unerträgliche Spannung. Doch er lag hier in aller Stille in einem Zimmer, während die Schwester las, und atmete gemächlich durch seinen Plastikschlauch.

Er wußte, diese Penthouse-Etage bestand nur aus großen Suiten für wichtige Leute. Mächtige Politiker, Immobilienmilliardäre, Stars, verblassende Mythen der Unterhaltungswelt. Jeder für sich ein König, lagen sie in dieser Nacht hier im Krankenhaus, Vasallen des Todes. Hilflos lagen sie da, allein, ihre Macht in alle Winde zerstreut. Mit Schläuchen im Körper und Zangen in der Nase warteten sie darauf, daß ihnen das Messer des Chirurgen den Schutt aus dem schwachen Herzen schabte, oder, wie in seinem Fall, auf ein neues Herz. Er fragte sich, ob sie sich alle so in ihr Schicksal ergeben hatten wie er.

Warum diese Ergebenheit? Warum hatte er den Ärzten gesagt, er wolle keine Transplantation und ziehe es vor, noch die kurze Spanne zu leben, die ihm sein schwaches Herz gab? Er dachte, daß er – Gott sei Dank – noch in der Lage war, intelligente, vom Gefühl unbeeinflußte Entscheidungen zu treffen.

Er sah alles klar wie einen Filmdeal vor sich: die Kostenrechnung, den Gewinn in Prozenten, den Wert der Nebenrechte, die möglichen Fallstricke mit Stars, Regisseuren und Mehrkosten.

Erstens: Er war achtzig Jahre alt und keineswegs gesund. Eine Herztransplantation würde ihn im besten Fall für ein Jahr außer Gefecht setzen. Mit Sicherheit würde er nie wieder die LoddStone Studios leiten. Mit Sicherheit wäre er den größten Teil seiner Macht los.

Zweitens: Ein Leben ohne Macht war unerträglich. Was sollte denn ein alter Mann wie er tun, selbst mit einem frischen neuen Herzen? Er konnte keinen Sport mehr treiben, nicht mehr den Frauen nachlaufen, fand keinen Genuß in Speis und Trank. Nein, Macht war das einzige Vergnügen des alten Mannes, und wieso sollte das so schlimm sein? Macht konnte auch zum Guten eingesetzt werden. Hatte er nicht bei Ernest Vail Gnade walten lassen, gegen alle Vernunft, gegen all seine lebenslangen Vorurteile? Hatte er nicht den Ärzten gesagt, er wolle nicht ein Kind oder einen jungen Menschen der Chance auf ein neues Leben berauben, indem er ein Herz annahm? War das nicht ein Beispiel für den selbstlosen Einsatz von Macht?

Er hatte ein Leben lang mit Heuchelei zu tun gehabt und erkannte sie jetzt an sich selbst. Er hatte ein neues Herz abgelehnt, weil es kein guter Deal war – eine kalkulierte Entscheidung. Er hatte Ernest Vail seine Anteile gegeben, weil ihm die Zuneigung von Claudia und der Respekt von Molly Flanders wichtig waren – eine Sentimentalität. War es so schrecklich, daß er mit dem Image eines guten Menschen abtreten wollte?

Er war zufrieden mit dem Leben, das er gelebt hatte. Er hatte sich hochgekämpft aus der Armut zum Reichtum, er hatte sich gegenüber seinen Mitmenschen durchgesetzt. Er hatte alle Freuden menschlichen Lebens ausgekostet, schöne Frauen geliebt, in luxuriösen Häusern gewohnt, feinste Seide getragen. Und er hatte seinen Teil zur Kunst beigetragen. Er hatte enorme Macht und ein großes Vermögen angehäuft. Und er hatte versucht, seinen Nächsten Gutes zu tun. Er hatte zig Millionen für den Bau dieses Krankenhauses beigesteuert. Aber vor allem hatte er das Ringen mit seinen Mitmenschen genossen. Und was war so schrecklich daran? Wie sonst käme man zu der Macht, Gutes zu tun? Selbst jetzt bedauerte er den letzten Gnadenakt Ernest Vail gegenüber. Man verschenkte den Profit seiner Bemühungen nicht einfach, vor allem nicht mit der Pistole auf der Brust. Aber Bobby würde sich schon darum kümmern. Bobby würde sich um alles kümmern.

Bobby würde PR-Storys verbreiten, daß er zugunsten eines Jüngeren auf ein neues Herz verzichtet hatte. Bobby würde sich alle Anteile zurückholen, die es nur gab. Bobby würde sich der Produktionsfirma seiner Tochter entledigen, die für LoddStone ein Verlustgeschäft war. Man würde Bobby die Schuld für alles geben.

In weiter Ferne hörte er eine winzige Glocke, dann das klapperschlangenartige Rasseln des Faxgeräts, das aus New York die neuesten Einspielergebnisse übermittelte.

Er hatte das Leben von seiner besten Seite kennengelernt, und das nicht zu knapp. Es war letztlich nicht sein Körper, der ihn verraten hatte, sondern sein Geist.

Er war vom Menschen enttäuscht. Er hatte zuviel Verrat gesehen, zuviel jämmerliche Schwäche, zuviel Gier nach Geld und Ruhm. Die Falschheit zwischen Liebenden, Eheleuten, Vätern und Söhnen, Müttern und Töchtern. Gott sei Dank, daß er Filme hatte machen können, die den Leuten Hoffnung gaben; Gott sei Dank für seine Enkelkinder, und Gott sei Dank dafür, daß er nicht zusehen mußte, wie auch sie das Schicksal aller Menschen ereilte.

Das Stottern des Faxgeräts verstummte, und Marrion spürte das Flattern seines versagenden Herzens. Das Licht des frühen Morgens erfüllte den Raum. Er sah, wie die Schwester ihre Lampe löschte und das Buch schloß. Es war ein einsamer Tod mit dieser Fremden, wo ihn doch so viele Mächtige liebten. Dann schob ihm die Schwester die Lider auf, legte ihm ein Stethoskop an die Brust. Die mächtigen Türen seiner Krankenhaus-Suite öffneten sich wie die Pforten eines alten

Tempels, und er hörte das Klappern des Geschirrs auf den Frühstückstabletts ...

Dann füllte sich der Raum mit strahlendem Licht. Er spürte Fäuste auf seinen Brustkorb einhämmern und fragte sich, warum man ihm das antat. Eine Wolke bildete sich in seinem Gehirn und füllte es mit Dunst. Durch diesen Dunst hörte er Leute schreien. Ein Satz aus einem Film drang durch sein nach Sauerstoff lechzendes Hirn: Ob wohl so die Götter sterben?

Er spürte die Stromstöße, das Hämmern der Fäuste.

Ganz Hollywood würde trauern, aber keiner mehr als die Nachtschwester Priscilla. Sie hatte die Doppelschicht gemacht, weil sie zwei kleine Kinder zu versorgen hatte, und es gefiel ihr nicht, daß Marrion in ihrer Schicht starb. Sie war stolz auf ihren Ruf als eine der tüchtigsten Krankenschwestern Kaliforniens. Sie haßte den Tod. Aber das Buch, das sie gelesen hatte, war so aufregend gewesen, und sie hatte sich überlegt, wie sie Marrion darauf ansprechen sollte, ob er sie nicht in einem Film unterbringen könnte. Sie wollte nicht ewig Krankenschwester bleiben, sie schrieb nebenbei Drehbücher. Aber sie gab die Hoffnung nicht auf. In diese oberste Etage des Krankenhauses mit seinen riesigen Suiten kamen Hollywoods Größte, und sie würde sich zeitlebens zwischen sie und den Tod stellen.

Aber all das war nur in Marrions Phantasie passiert, bevor er starb, inspiriert durch viele hundert Filme, die er gesehen hatte.

In Wirklichkeit war die Schwester erst ungefähr eine Viertelstunde nach seinem Tod an sein Bett gekommen, so leise war er gestorben. Sie überlegte vielleicht eine halbe Minute, ob sie Alarm schlagen sollte, um ihn wieder zum Leben zu erwecken. Aber sie hatte lange Erfahrung mit dem Tod. Warum versuchen, ihn wiederzubeleben, ihn der Tortur aussetzen, die ein Zurückfordern des Lebens mit sich brachte? Sie trat ans Fenster und beobachtete den Sonnenaufgang und die Tauben, die über die steinernen Simse stolzierten. Priscilla war die letzte Instanz, die über Marrions Schicksal entschied ... und sein barmherzigster Richter.

13. Kapitel

Senator Wavven hatte eine großartige Neuigkeit, welche die Clericuzios fünf Millionen Dollar kosten würde. Das sagte zumindest Giorgios Bote. Das Ganze brachte einen ungeheuren Papierkrieg mit sich. Cross würde fünf Millionen aus der Casino-Kasse nehmen und lange Erklärungen für deren Verschwinden abgeben müssen.

Cross hatte außerdem Nachricht von Claudia und Vail. Sie hatten sich eine Suite im Hotel genommen. Sie wollten ihn so schnell wie möglich sehen. Es sei dringend.

Außerdem hatte Lia Vazzi aus der Jagdhütte angerufen. Er verlangte Cross so rasch wie möglich persönlich zu sehen. Er brauchte nicht zu sagen, daß es dringend war, jede Bitte, die von ihm kam, war dringend, sonst meldete er sich erst gar nicht, und er war bereits unterwegs.

Cross bereitete die Überweisung der fünf Millionen Dollar an Senator Wavven vor. Die Summe in bar ging in einen Koffer oder eine große Reisetasche nicht hinein. Er rief im Geschenkeshop des Hotels an, weil es dort eine antike chinesische Truhe gab; sie wäre groß genug für das Geld. Sie war dunkelgrün, mit roten Drachen und falschen grünen Steinen geschmückt; und sie hatte ein kräftiges Schloß.

Gronevelt hatte ihm beigebracht, wie man Geldentnahmen aus dem Hotelcasino legitimierte. Es war eine lange und mühselige Arbeit, bei der Geld auf verschiedene Konten zu überweisen war, als Bezahlung verschiedener Lieferanten für Spirituosen und Lebensmittel, für spezielle Ausbildungsprogramme und Werbemaßnahmen sowie einer ganzen Reihe von Spielern, denen das Casino gar nichts schuldig war.

Cross verwandte eine ganze Stunde darauf. Senator Wavven wurde nicht vor dem nächsten Tag, einem Samstag, erwartet, und noch bevor er am Montag morgen wieder abreiste, mußte er fünf Millionen in Händen haben. Schließlich begann seine Konzentration nachzulassen, und er mußte eine Pause einlegen.

Er rief unten in Claudias und Vails Suite an. Claudia ging ran. Sie sagte: »Ich habe furchtbare Schwierigkeiten mit Ernest. Wir müssen mit dir reden.«

»Okay«, sagte Cross. »Geht doch runter und spielt etwas, und ich treffe euch in einer Stunde im Würfelsalon.« Er schwieg einen Augenblick. »Dann können wir etwas essen, und du kannst mir von deinen Sorgen erzählen.«

»Wir können nicht spielen«, sagte Claudia. »Ernest hat seinen Kredit überzogen, und mir gibst du ja nicht mehr als mickrige zehntausend.«

Cross seufzte. Das bedeutete, daß Ernest Vail dem Casino Hunderttausend schuldete, die man so gut wie abschreiben konnte. »Gebt mir eine Stunde und kommt dann rauf in meine Suite. Wir essen dann hier.«

Cross hatte noch einen weiteren Anruf zu tätigen, um Giorgio über die Zahlung an den Senator zu informieren. Nicht daß man den Kurier verdächtigte, aber es war eine der eingebauten Vorsichtsmaßnahmen. Sie erledigten dies mit einem Code. Der Name bestand aus willkürlichen, vorher abgesprochenen Ziffern, der Geldbetrag aus willkürlichen, vorher abgesprochenen Buchstaben des Alphabets.

Cross versuchte mit seiner Arbeit fortzufahren. Aber wieder begannen seine Gedanken zu wandern. Für fünf Millionen mußte Senator Wavven etwas sehr Wichtiges zu sagen haben. Und wenn Lia die lange Fahrt nach Vegas unternahm, mußte er in ernsthaften Schwierigkeiten sein.

Es klingelte an der Tür, und der Wachmann ließ Claudia und Ernest ins Penthouse. Cross bedachte Claudia mit einer herzlichen Umarmung, weil sie nicht denken sollte, er sei ihr böse, daß sie im Casino verloren hatte.

Im Wohnzimmer seiner Suite reichte er ihnen die Speisekarte für den Zimmerservice und bestellte dann für sie. Claudia saß steif auf dem Sofa, Vail lehnte sich lustlos zurück.

Claudia sagte: »Cross, Vail ist in schrecklicher Verfassung. Wir müssen etwas für ihn tun.«

Vail schien Cross in recht gutem Zustand zu sein. Er war entspannt, hatte die Augen halb geschlossen, ein zufriedenes Lächeln umspielte den Mund. Cross war irritiert.

»Sicher, als erstes lasse ich ihm in der ganzen Stadt den Kredit sperren. Da spart er Geld, er ist der inkompetenteste Spieler, den ich je gesehen habe.«

»Es geht nicht ums Spielen«, sagte Claudia. Und dann erzählte sie ihm die ganze Geschichte von Marrion, der Vail eine Beteiligung an den Bruttoeinkünften sämtlicher Fortsetzungen seines Buches versprochen hatte und dann gestorben war.

»Und?« fragte Cross.

»Jetzt will Bobby Bantz sich nicht an das Versprechen halten«, sagte Claudia. »Seit Bobby Chef der LoddStone Studios ist, ist ihm die Macht zu Kopf gestiegen. Er tut sein Bestes, wie Marrion zu sein, hat aber weder seine Intelligenz noch sein Charisma. Jetzt geht Ernest wieder leer aus.«

»Was zum Teufel glaubst du, kann ich da tun?« fragte Cross.

»Du bist doch bei *Messalina* Partner von LoddStone«, sagte Claudia. »Ich möchte, daß du Bobby Bantz bittest, Marrions Versprechen zu halten.«

In Augenblicken wie diesem verzweifelte Cross an Claudia. Bantz würde nie nachgeben, das war sein Job und entsprach seinem Charakter.

»Nein«, sagte Cross. »Ich habe dir das schon mal erklärt. Ich kann keine Position beziehen, es sei denn, ich weiß bereits im vorhinein, daß die Antwort ja ist. Und hier ist das einfach nicht drin.«

Claudia zog die Stirn kraus. »Das habe ich nie verstanden«, sagte sie. Sie schwieg einen Augenblick. »Ernest meint es ernst, er wird sich umbringen, damit seine Familie die Rechte zurückbekommt.«

Diesmal zeigte Vail Interesse. Er sagte: »Claudia, Dummerchen, verstehst du nicht, wie das bei deinem Bruder ist? Wenn er jemanden um einen Gefallen bittet, und der sagt nein, dann muß er ihn umbringen.« Er bedachte Cross mit einem breiten Grinsen.

Cross war außer sich, daß Vail vor Claudia so zu sprechen wagte. Glücklicherweise kam in diesem Augenblick der Zimmerservice und trug im Wohnzimmer das Abendessen auf. Cross beherrschte sich, als sie sich zu Tisch setzten, konnte aber nicht anders, als mit einem kalten Lächeln zu sagen: »Ernest, so wie ich das sehe, kannst du alle Probleme lösen, indem du dir den Hahn abdrehst. Vielleicht kann ich helfen. Ich verlege deine Suite in den zehnten Stock, dann brauchst du nur aus dem Fenster zu springen.«

Jetzt war es an Claudia, wütend zu sein. »Das ist kein Witz«, sagte sie. »Ernest ist einer meiner besten Freunde. Und du bist mein Bruder, der immer behauptet, daß er mich liebt und alles für mich tun würde.« Sie hatte Tränen in den Augen.

Cross stand auf und ging hinüber, um sie in den Arm zu nehmen. »Claudia, ich kann da nichts machen. Ich bin kein Zauberer.«

Ernest Vail ließ sich sein Abendessen schmecken. Einen unglaubwürdigeren Selbstmordkandidaten hätte man sich kaum vorstellen können. »Du bist zu bescheiden, Cross«, sagte er. »Schau, ich habe nicht den Mut, aus dem Fenster zu springen. Ich habe zuviel Phantasie, ich würde auf dem Weg nach unten tausend Tode sterben bei dem Gedanken, wie ich wohl aussehen würde, in der ganzen Gegend verspritzt. Und womöglich lande ich auf irgendeinem harmlosen Kerl. Mir die Pulsadern aufzuschneiden, dazu bin ich zu feige, ich kann kein Blut sehen, und vor Schußwaffen, Messern und Autoverkehr habe ich eine Todesangst. Ich möchte nicht den Rest meines Lebens in einem Bett dahinvegetieren, ohne etwas erreicht zu haben. Ich will nicht, daß Bantz und Deere, die beiden Scheißkerle, sich ins Fäustchen lachen mit meinem Geld. Es gibt etwas, was du tun könntest: Heuere jemanden an, mich umzubringen. Aber sag mir nicht, wann. Mach es einfach.«

Cross mußte lachen. Er tätschelte Claudia beruhigend den Kopf und setzte sich wieder in seinen Sessel. »Glaubst du, das ist ein Film, verdammt noch mal?« sagte er zu Ernest. »Meinst du, jemanden umzubringen ist ein Witz?«

Cross verließ den Tisch und ging zum Schreibtisch in seinem Büro. Er schloß die Schublade auf und nahm eine Geldtasche voll schwarzer Chips heraus. Er warf Ernest die Tasche hin und sagte: »Hier sind zehntausend. Versuch's noch ein letztes Mal an den Tischen, vielleicht hast du Glück. Nur hör auf, mich vor meiner Schwester zu beleidigen.«

Vail war jetzt richtig vergnügt. »Komm, Claudia«, sagte er. »Dein Bruder hilft mir nicht.« Er steckte die Tasche mit den schwarzen Chips ein. Er schien nur noch darauf aus zu sein, schnell an die Spieltische zu kommen.

Claudia wirkte geistesabwesend. Sie dachte über alles nach, konnte jedoch zu keinem Ergebnis kommen. Sie musterte das gelassene hübsche Gesicht ihres Bruders. Es konnte unmöglich stimmen, was Vail da über ihren Bruder behauptete. Sie küßte Cross auf die Wange und sagte: »Tut mir leid, aber ich mache mir Sorgen um Ernest.«

»Der wird schon wieder«, sagte Cross. »Er spielt viel zu gern, um zu sterben. Und er ist ein Genie, oder nicht?«

Claudia lachte. »Jedenfalls behauptet er das immer, und ich bin ganz seiner Meinung«, sagte sie. »Und er ist ein so schrecklicher Feigling.« Aber sie streckte die Hand nach Vail aus, um ihn liebevoll zu berühren.

»Warum hältst du zu ihm?« fragte Cross. »Warum teilst du die Suite mit ihm?«

»Weil ich seine beste und letzte Freundin bin«, sagte Claudia zornig. »Und ich mag seine Bücher.«

Nachdem die beiden gegangen waren, verbrachte Cross den Rest des Abends mit der Vorbereitung der Geldübergabe an Senator Wavven. Als er fertig war, rief er den Casino-Manager, ein hochrangiges Mitglied der Clericuzio-Familie, und trug ihm auf, das Geld in seine Penthouse-Suite zu bringen.

Der Geschäftsführer brachte das Geld in zwei riesigen Säkken mit zwei Leuten vom Sicherheitsdienst, die ebenfalls zu den Clericuzios gehörten. Sie halfen Cross, das Geld in die chinesische Truhe zu schichten. Der Casino-Manager bedachte Cross mit einem kleinen Lächeln und sagte: »Netter Koffer.«

Nachdem die Männer gegangen waren, nahm Cross die riesige Quiltdecke vom Bett und wickelte sie um die Truhe. Dann bestellte er beim Zimmerservice zweimal Frühstück. Einige Minuten später rief der Sicherheitsdienst an, um ihm zu sagen, Lia Vazzi sei da. Er sagte, es sei in Ordnung, man solle ihn raufbringen.

Cross umarmte Lia. Er freute sich immer riesig, ihn zu sehen.

»Gute Nachrichten oder schlechte?« fragte Cross ihn, nachdem der Zimmerservice das Frühstück gebracht hatte.

»Schlechte«, sagte Lia. »Dieser Detective, der mich in der Lobby des Hotels in Beverly Hills aufgehalten hat, als ich bei Skannet war. Jim Losey. Er ist in der Jagdhütte aufgetaucht und hat mir Fragen über meine Beziehung zu Skannet gestellt. Ich habe ihn abgewimmelt. Das schlimme daran ist, daß er wußte, wer ich bin und wo er mich finden kann. Ich stehe in keiner Polizeiakte, ich habe nie Ärger gehabt. Das bedeutet, daß es einen Informanten geben muß.«

Cross erschrak. Verräter waren bei den Clericuzios selten und wurden immer gnadenlos ausgemerzt.

»Ich erstatte dem Don selbst Bericht«, sagte Cross. »Was ist mit dir? Möchtest du Urlaub in Brasilien machen, bis wir herausfinden, worum es geht?«

Lia hatte kaum etwas gegessen. Er bediente sich mit Brandy und nahm eine Havanna.

»Ich bin nicht nervös, noch nicht«, sagte Lia. »Ich hätte nur gern deine Erlaubnis, mich vor diesem Mann zu schützen.«

Cross war bestürzt. »Lia, das kannst du nicht tun«, sagte er. »Es ist in diesem Land sehr gefährlich, einen Polizisten zu töten. Wir sind hier nicht in Sizilien. Ich muß dir wohl etwas sagen, was du nicht wissen solltest. Jim Losey trassiert Schmiergelder bei den Clericuzios. Eine Menge Geld. Ich vermute, er spürt dir nur nach, um etwas dafür zu kriegen, daß er dich in Ruhe läßt.«

»Gut«, sagte Vazzi. »Aber es ist und bleibt eine Tatsache: Es muß einen Informanten geben.«

»Ich kümmere mich darum«, sagte Cross. »Mach dir keine Sorgen wegen Losey.«

Lia sog an seiner Zigarre. »Er ist ein gefährlicher Mann. Sei vorsichtig.«

»Bin ich«, sagte Cross. »Aber keine Präventivschläge deinerseits, okay?«

»Natürlich«, sagte Lia. Er schien sich zu entspannen. Dann sagte er beiläufig: »Was ist denn unter der Decke?«

»Kleines Geschenk für einen sehr wichtigen Mann«, sagte Cross. »Möchtest du die Nacht im Hotel bleiben?«

»Nein«, sagte Lia. »Ich fahre zurück zur Hütte, und du kannst mir dann bei Gelegenheit sagen, was du erfahren hast. Aber mein Rat wäre, Losey sofort loszuwerden.«

»Ich spreche mit dem Don«, sagte Cross.

Man brachte Senator Walter Wavven und sein Gefolge aus drei Beratern um drei Uhr nachmittags in ihrer Villa im Xanadu unter. Wie gewöhnlich war er in einer unauffälligen Limousine und ohne Eskorte gekommen. Um fünf rief er Cross zu sich in die Villa.

Cross ließ zwei der Leute vom Sicherheitsdienst die in die Decke gewickelte Truhe auf einen motorisierten Golfwagen laden. Einer der Wachleute fuhr, und Cross saß auf dem Beifahrersitz und behielt die Truhe im Auge, die auf der Ladefläche ruhte, auf der sonst Golfschläger und Eiswasser standen. Es war nur eine Fahrt von fünf Minuten über das Gelände des Xanadu zu dem besonders gesicherten Anwesen, das die sieben Villen umfaßte.

Cross hatte ihren Anblick schon immer gemocht. Versailler Schlösser in klein, jedes mit einem diamantförmigen Swimmingpool, der wie ein Smaragd glitzerte, und in der Mitte ein perlenförmiges Privat-Casino für die Bewohner der Villen.

Cross trug die Truhe selbst in die Villa. Einer der Berater des Senators führte ihn ins Eßzimmer, wo der Senator und seine Berater sich an einem luxuriösen kalten Büffet und eisgekühlter Limonade gütlich taten. Alkohol trank er nicht mehr.

Senator Wavven war gutaussehend und freundlich wie eh und je. Er war in den politischen Gremien der Nation aufgestiegen, Vorsitzender mehrerer wichtiger Ausschüsse und als Kandidat für die nächste Präsidentschaftswahl im Gespräch. Er sprang auf, um Cross zu begrüßen.

Mit Schwung zog Cross die Decke von der Truhe und stellte sie ab.

»Kleines Geschenk des Hauses, Senator«, sagte er. »Wir wünschen angenehmen Aufenthalt.«

Der Senator umfaßte Cross' Hand mit beiden Händen. Seine Hände waren glatt. »Welch entzückendes Geschenk«, sagte er. »Ich danke Ihnen, Cross. Also dann, könnten wir uns einen Augenblick unter vier Augen unterhalten?«

»Natürlich«, sagte Cross und gab ihm den Schlüssel zur Truhe. Wavven schob ihn in die Hosentasche. Dann wandte er sich an seine Berater und sagte: »Bringen Sie sie bitte in mein Schlafzimmer, und einer von Ihnen bleibt bei ihr. Und nun lassen Sie mich einige Augenblicke mit meinem Freund Cross allein.«

Die Männer gingen hinaus, und der Senator begann im Raum auf und ab zu gehen. Er zog die Stirn in Falten. »Ich habe eine gute Nachricht, natürlich, aber auch eine schlechte.«

Cross nickte und sagte liebenswürdig: »So ist das nun mal.« Er dachte, für fünf Millionen mußte die gute Nachricht verdammt noch mal um einiges besser sein als die schlechte.

Wavven lachte. »Ist es nicht so? Zuerst die gute Nachricht. Und sie ist sehr gut. Ich habe in den letzten Jahren viel Zeit darauf verwendet, eine Gesetzesvorlage durchzubringen, das Glücksspiel in den gesamten Vereinigten Staaten zu legalisieren. Nebst Rahmenrichtlinien zur Legalisierung von Sportwetten. Ich denke, ich habe endlich die Stimmen beisammen, sowohl im Senat als auch im Kongreß. Mit dem Geld der Truhe werde ich noch einige wichtige Stimmen zusammenkriegen. Es sind doch fünf, oder?«

»Es sind fünf«, sagte Cross. »Und gut angelegt. Also, wie lautet die schlechte Nachricht?«

Der Senator schüttelte traurig den Kopf. »Das wird Ihren Freunden gar nicht gefallen«, sagte er. »Vor allem Giorgio, so ungeduldig, wie er ist. Wenn er auch ein fabelhafter Bursche ist, wirklich fabelhaft.«

»Mein Lieblingscousin«, sagte Cross trocken. Von allen Clericuzios mochte er Giorgio am wenigsten, und es war offensichtlich, daß es dem Senator ebenso ging.

Dann ließ Wavven die Bombe platzen. »Der Präsident sagte mir, er werde sein Veto gegen die Vorlage einlegen.«

Cross hatte eben noch vor Freude über den lang ersehnten Erfolg von Don Clericuzios großem Plan gestrahlt: dem Aufbau eines rechtmäßigen Imperiums auf der Grundlage legalen Glücksspiels. Jetzt war er verwirrt. Was zum Teufel plapperte Wavven da?

»Und wir haben nicht genügend Stimmen, um ein Veto zu überstimmen«, sagte Wavven.

Nur um Zeit zu haben, seine Fassung wiederzugewinnen, sagte Cross: »Dann sind die fünf Millionen also für den Präsidenten?«

Der Senator war entsetzt. »O nein, nicht doch«, sagte er. »Wir sind noch nicht mal in derselben Partei. Und außerdem wird der Präsident ein sehr reicher Mann sein, wenn er sich ins Privatleben zurückzieht. Die Aufsichtsräte sämtlicher großen Firmen werden sich um ihn reißen. Kleingeld hat der nicht nötig.« Wavven bedachte Cross mit einem zufriedenen Lächeln. »Ist man erst mal Präsident der Vereinigten Staaten, läuft alles ganz anders.«

»Wir haben also nichts erreicht, es sei denn, der Präsident fällt tot um«, sagte Cross.

»Genau«, sagte Wavven. »Er ist ein ausgesprochen populärer Präsident, muß ich dazu sagen, auch wenn wir in verschiedenen Parteien sind. Er wird mit Sicherheit wiedergewählt. Wir müssen Geduld haben.«

»Wir müssen also noch fünf Jahre warten und dann auf einen Präsidenten hoffen, der kein Veto einlegt?«

»Ganz so ist es auch wieder nicht«, sagte der Senator, und hier geriet er etwas ins Stocken. »Ich muß ehrlich mit Ihnen sein. In fünf Jahren kann sich die Zusammensetzung des Kongresses ändern, ich habe vielleicht nicht mehr die Stimmen, die ich jetzt habe.« Er legte wieder eine Pause ein. »Es gibt da viele Faktoren.«

Jetzt war Cross völlig verwirrt. Was meinte Wavven nun wirklich? Dann berührte der Senator kurz seine Hand. »Wenn natürlich dem Präsidenten etwas zustoßen würde ... Der Vizepräsident würde die Vorlage unterzeichnen. So bösartig sich das jetzt anhören mag. Sie müssen darauf hoffen, daß der Präsident einen Herzanfall hat oder seine Maschine abstürzt. Oder einen Schlaganfall, der ihn arbeitsunfähig macht. Möglich ist alles. Wir sind alle sterblich.« Der Senator strahlte ihn an, und schlagartig wurde Cross alles klar.

Jähe Wut ergriff ihn. Der Dreckskerl gab ihm eine Nachricht für die Clericuzios: Der Senator hatte seinen Teil getan, jetzt müßten sie den Präsidenten der Vereinigten Staaten umbringen, um die Vorlage durchzubekommen. Und er war dabei raffiniert und hinterhältig genug, sich da nicht hineinziehen zu lassen. Cross war sicher, der Don würde darauf nicht eingehen, und wenn doch, so wollte Cross nie wieder etwas mit der Familie zu tun haben.

Mit einem nach wie vor freundlichen Lächeln fuhr Wavven fort: »Es sieht ziemlich hoffnungslos aus, aber man kann nie wissen. Das Schicksal kann zuschlagen, und der Vizepräsident ist ein enger Freund von mir, obwohl wir in verschiedenen Parteien sind. Ich weiß ganz sicher, daß er meine Vorlage billigt. Wir werden eben abwarten müssen.«

Cross konnte kaum glauben, was der Senator da sagte. Senator Wavven war der Inbegriff des tugendhaften amerikanischen Politikers, trotz seiner eingestandenen Schwäche für Frauen und eine harmlose Partie Golf. Er sah gut und würdevoll aus und hatte die Stimme eines Patriziers. Er gab sich als der liebenswerteste Mensch der Welt. Und dennoch deutete er an, die Clericuzios sollten seinen eigenen Präsidenten ermorden. Was für eine Kreatur, dachte Cross.

Der Senator nahm sich von den Speisen auf dem Tisch. »Ich bleibe nur eine Nacht«, sagte er. »Ich hoffe. Sie haben einige Mädchen in Ihrer Show, die gern mit einem alten Knaben wie mir zu Abend essen.«

Wieder in seiner Penthouse-Suite, rief Cross Giorgio an und sagte ihm, er werde am nächsten Tag nach Quogue kommen. Giorgio erwiderte, der Familienchauffeur erwarte ihn am Flughafen. Er stellte keine Fragen. Die Clericuzios sprachen am Telefon nie übers Geschäft.

Als Cross in Quogue ankam, fand er dort zu seiner Überraschung eine Vollversammlung. In dem fensterlosen Arbeitsraum befanden sich nicht nur der Don, sondern auch Pippi. Dazu die drei Söhne des Don, Giorgio, Vincent und Petie, und selbst Dante, der eine blaue Renaissance-Kappe trug.

Es gab auch nichts zu essen, das Abendmahl stand später an. Wie gewöhnlich ließ der Don jeden von ihnen die Fotos von Silvio, Dantes und Cross' Taufe auf dem Kaminsims ansehen. »Was für ein glücklicher Tag«, sagte der Don dabei jedesmal. Sie hatten sich alle auf Sesseln und Sofas niedergelassen, Giorgio reichte Getränke herum, und der Don steckte sich eine seiner schwarzen italienischen Cheroots an.

Cross erstattete einen detaillierten Bericht, wie er Senator Wavven die fünf Millionen übergeben hatte, und gab dann, Wort für Wort, seine Unterhaltung mit ihm wieder.

Es folgte langes Schweigen. Cross brauchte niemandem etwas zu erklären. Vincent und Petie sahen am besorgtesten aus. Jetzt, wo Vincent seine Restaurantkette hatte, war er nicht mehr so risikofreudig. Petie war zwar Chef der Soldaten in der Bronx-Enklave, seine hauptsächliche Sorge jedoch galt seiner riesigen Baufirma. Beide fanden sie in diesem Stadium ihres Lebens keinerlei Freude an so einer schrecklichen Mission.

»Der verdammte Senator ist verrückt«, sagte Vincent.

Der Don sagte zu Cross: »Bist du sicher, daß das die Nachricht ist, die uns der Senator schickt? Daß wir tatsächlich den ersten Mann unseres Landes ermorden sollen, seinen Kollegen?«

Giorgio sagte trocken: »Sie sind nicht in derselben Partei, wie der Senator sagt.«

Cross antwortete dem Don. »Der Senator würde sich nie selbst belasten. Er hat einfach die Fakten dargelegt. Ich denke, er nimmt an, daß wir uns danach richten.«

Dante meldete sich zu Wort. Er war begeistert von dem Gedanken, vom Ruhm, vom Profit. »Wir können das gesamte Glücksspiel kriegen, und das legal. Das wäre es wert. Es ist der Hauptgewinn.«

Der Don wandte sich an Pippi. »Und was meinst du, mein *martello?*« fragte er liebevoll.

Pippi war offensichtlich wütend. »Es ist nicht zu machen, und man sollte es auch nicht machen.«

Dante sagte mit höhnischem Ton: »Vetter Pippi, wenn du's nicht kannst, ich kann es.«

Pippi sah ihn verächtlich an. »Du bist ein Schlächter, kein Planer. Du wärst nie im Leben imstande, so etwas zu planen. Das Risiko ist zu groß. Viel zuviel Druck. Und die Ausführung ist zu schwierig. Damit kommst du unmöglich durch.«

Dante sagte arrogant: »Großvater, gib mir den Auftrag. Ich erledige ihn.«

Der Don zeigte seinem Enkelsohn gegenüber Respekt. »Da bin ich sicher«, sagte er. »Und der Lohn wäre großartig. Aber Pippi hat recht. Die Folgen wären zu riskant für die Familie. Man kann immer Fehler machen, aber nie einen tödlichen. Selbst wenn wir Erfolg hätten und unser Ziel erreichten, die Tat würde uns für immer anhängen. Es ist ein zu großes Verbrechen. Und das hier ist schließlich keine Situation, in der unsere Existenz gefährdet wäre, es geht nur darum, ein Ziel zu erreichen. Ein Ziel, das auch mit Geduld zu erreichen ist. Inzwischen geht es uns doch gut. Giorgio, du hast deinen Sitz an der Wall Street, Vincent, du hast deine Restaurants, Petie, du hast deine Baufirma. Cross, du hast das Hotel, und Pippi, du und ich, wir beide sind alt, wir können uns zurückziehen und unsere letzten Jahre in Frieden verbringen. Und Dante, mein Enkelsohn, du mußt Geduld haben, eines Tages wirst du dein Glücksspielimperium haben, es wird dein Erbe sein. Und wenn du es bekommst, dann ohne den Schatten einer schrecklichen Tat. Also, soll der Senator doch auf den Grund des Ozeans schwimmen.«

Alle im Raum atmeten auf, nachdem die Spannung weg war; außer Dante waren alle mit der Entscheidung zufrieden. Und alle schlossen sich dem Fluch des Don an, der Senator möge ertrinken. Wie hatte er es wagen können, sie in dieses gefährliche Dilemma zu bringen?

Nur Dante schien anderer Meinung zu sein. Er wandte sich an Pippi: »Du hast ja mächtig Nerven, mich einen Schlächter zu nennen. Was bist du denn, verdammt noch mal, Florence Nightingale?«

Vincent und Petie lachten. Der Don schüttelte mißbilligend den Kopf. »Noch etwas«, sagte Don Clericuzio. »Ich denke, wir sollten fürs erste unsere Beziehung zum Senator weiter pflegen. Ich mißgönne ihm die zusätzlichen fünf Millionen nicht, aber ich betrachte es als Beleidigung, daß er denkt, wir würden für eine geschäftliche Unternehmung den Präsidenten der Vereinigten Staaten ermorden. Außerdem, was hat er sonst noch im Sinn? Was hätte er davon? Er versucht uns zu manipulieren. Cross, wenn er wieder in dein Hotel kommt, laß ihn ruhig anschreiben. Sieh zu, daß er sich amüsiert. Er ist zu gefährlich, um ihn sich zum Feind zu machen.«

Womit alles erledigt war. Cross zögerte, ein weiteres heikles Problem anzusprechen. Aber dann erzählte er die Geschichte von Lia Vazzi und Jim Losey. »Könnte sein, daß wir einen Informanten in der Familie haben«, sagte Cross.

Dante sagte kühl: »Das war deine Operation, also ist es dein Problem.«

Der Don schüttelte nachdrücklich den Kopf. »Ein Informant, das kann nicht sein«, sagte er. »Der Detective hat durch Zufall etwas herausgefunden und will einen Bonus, damit er aufhört. Giorgio, kümmere du dich darum.«

Giorgio sagte mißmutig: »Noch mal fünfzig Riesen. Cross, das ist dein Deal. Das wirst du aus deinem Hotel bezahlen müssen.«

Der Don zündete sich seine Zigarre wieder an. »Da wir schon alle hier beisammen sind – gibt es sonst noch Probleme? Vincent, wie machen sich deine Restaurants?«

Vincents harte Gesichtszüge wurden weicher. »Ich eröffne drei weitere«, sagte er. »Eines in Philadelphia, eines in Denver und eines in New York. Alle vom Feinsten. Dad, glaubst du mir, daß ich sechzehn Dollar für einen Teller Spaghetti verlange? Wenn ich die zu Hause mache, kosten sie mich schätzungsweise fünfzig Cent pro Teller. Ich kann probieren, was ich will, teurer wird er nicht. Ich rechne sogar den Knoblauch mit rein. Und Fleischklöße, ich bin das einzige italienische Restaurant mit Klasse, in dem es Fleischklöße gibt, ich weiß auch nicht, warum, aber ich kriege acht Dollar pro Stück. Und noch nicht mal große. Mich kosten sie zwanzig Cent.«

Er hätte noch weitergeredet, aber der Don schnitt ihm das Wort ab. Er wandte sich an Giorgio und sagte: »Giorgio, was macht deine Wall Street?«

Giorgio sagte vorsichtig: »Es geht mal rauf, mal runter. Aber die Provisionen, die wir mit Wertpapieren kassieren, sind so gut wie die der Kredithaie auf der Straße, solange wir nur für genügend Bewegung auf den Konten sorgen. Und kein Risiko, daß einer nicht zahlt oder man im Knast landet. Wir sollten alle anderen Geschäfte aufgeben, außer dem Glücksspiel vielleicht.«

Der Don genoß diese Erzählungen, Erfolg in der legalen Welt war ihm lieb und teuer. Er sagte: »Und Petie, deine Baufirma? Wie ich gehört habe, hattest du neulich etwas Ärger.«

Petie zuckte die Achseln. »Ich habe mehr Aufträge, als ich erledigen kann. Jeder baut irgendwas, und wir haben die Highway-Aufträge in der Tasche. Alle meine Soldaten stehen auf der Lohnliste und verdienen anständig. Aber vor einer Woche taucht ein Querulant auf meiner größten Baustelle auf. Er hat hundert Schwarze mit allen möglichen Bürgerrechtstransparenten dabei. Also nehme ich ihn mit in mein Büro, und plötzlich wird er ganz zahm. Ich brauchte bloß zehn Prozent Schwarze einzustellen und ihm zwanzig Riesen zuzustecken.«

Das amüsierte Dante. »Man zockt uns ab?« sagte er kichernd. »Die Clericuzios?«

Petie fuhr fort: »Ich habe versucht, wie Dad zu denken. Warum sollten die sich nicht ihre Brötchen verdienen? Also habe ich dem Typ seine zwanzig Riesen gegeben und ihm gesagt, ich stelle auf der Baustelle fünf Prozent Schwarze ein.«

»Das war ganz richtig«, sagte der Don. »Du hast dafür gesorgt, daß aus einem kleinen Problem kein großes wird. Und seit wann leisten wir Clericuzios nicht unseren Beitrag zum Vorwärtskommen anderer und der Zivilisation an sich?«

»Ich hätte den schwarzen Mistkerl umgebracht«, sagte Dante. »Jetzt kommt er wieder und will mehr.«

»Und wir werden ihm mehr geben«, sagte der Don. »Solange es in einem vernünftigen Rahmen bleibt.« Er wandte sich an Pippi und sagte: »Und welche Sorgen hast du?«

»Keine«, sagte Pippi. »Außer daß die Familie so gut wie nicht mehr tätig ist und ich arbeitslos bin.«

»Das ist dein großes Glück«, sagte der Don. »Du hast hart genug gearbeitet. Du bist vielen Gefahren entkommen, jetzt genieße deine alten Tage.«

Dante wartete erst gar nicht, bis man ihn fragte. »Mir geht es genauso«, sagte er zum Don. »Und ich bin zu jung, um in den Ruhestand zu gehen.«

»Spiel Golf wie die *brunglioni«*, sagte Don Clericuzio trocken. »Und mach dir keine Sorgen, das Leben bietet immer Arbeit und Probleme. Übe dich inzwischen in Geduld. Ich fürchte, deine Zeit wird noch kommen. Wie die meine.«

14. Kapitel

Am Morgen von Eli Marrions Beerdigung schrie Bobby Bantz auf Skippy Deere ein.

»Das ist doch verrückt, verflucht noch mal! Genau das ist es, woran die Filmbranche krankt. Wie zum Teufel kannst du so was zulassen?« Er hielt Deere ein geheftetes Bündel Papiere unter die Nase.

Deere sah es sich an. Es war der Transportplan für Dreharbeiten in Rom. »Ja, und?« fragte Deere.

Bantz schäumte vor Wut. »Sie sind alle mit einem Erste-Klasse-Flug nach Rom geflogen... Team, Kleindarsteller, Produktionsassistenten, Praktikanten. Mit nur einer Ausnahme. Und weißt du, wer? Der Kostenrechner, den wir mitgeschickt haben, um auf die Ausgaben zu achten. Der ist Economy geflogen.«

»Und?«

Bantz machte seinem Ärger Luft. »Zum Budget des Films gehört eine Schule für die Kinder aller Beteiligten, die Miete für eine Jacht für vierzehn Tage. Ich habe eben sorgfältig das Buch gelesen. Es gibt darin ein Dutzend Schauspieler und Schauspielerinnen, die im Film vielleicht gerade mal zwei, drei Minuten zu sehen sind. Die Jacht wird laut Plan für zwei Drehtage gebraucht. Jetzt erklär mir mal, wie du so was zulassen kannst.«

Skippy Deere grinste ihn an. »Sicher«, sagte er. »Unser Regisseur ist Lorenzo Tallufo. Er besteht darauf, daß seine Leute erster Klasse reisen. Kleindarsteller wurden ins Script geschrieben, weil sie mit den großen Stars bumsen. Die Jacht ist für zwei Wochen gebucht, weil Lorenzo die Filmfestspiele in Cannes besuchen will.«

»Du bist der Produzent, red mit Lorenzo«, sagte Bantz.

»*Ich* doch nicht«, erklärte Deere. »Lorenzo hat vier Filme gemacht, die über hundert Millionen Dollar eingespielt haben, er hat zwei Oscars. Ich krieche dem Mann in den Arsch, während ich ihm auf die Jacht helfe. Red selber mit ihm.«

Worauf es nichts zu erwidern gab. Technisch gesehen war der Studiochef der erste Mann in der Studiohierarchie. Der Produzent war derjenige, der alle Elemente zusammentrug, auf das Budget und die Entwicklung des Drehbuchs achtete. Aber in Wirklichkeit war der Regisseur, waren die Dreharbeiten erst einmal im Gange, die höchste Instanz. Vor allem, wenn er einige erfolgreiche Filme vorzuweisen hatte.

Bantz schüttelte den Kopf. »Ich kann mit Lorenzo nicht reden, jetzt, wo Eli mir nicht mehr den Rücken stärken kann. Lorenzo würde mir sagen, ich soll mich zum Teufel scheren, und der Film wäre für uns verloren.«

»Und er hätte recht«, sagte Deere. »Aber was soll's, Lorenzo reißt sich bei jedem Film fünf Millionen unter den Nagel. Wie alle anderen. Jetzt beruhige dich wieder, damit wir uns auf der Beerdigung sehen lassen können.«

Aber Bantz sah sich mittlerweile schon ein weiteres Kostenblatt an. »Es gibt da in deinem Film«, sagte er zu Deere, »einen Posten über fünfhunderttausend Dollar für chinesisches Essen – zum Mitnehmen! Niemand, kein Mensch auf der Welt, noch nicht mal meine Frau, kann eine halbe Million für chinesisches Essen ausgeben. Französisches vielleicht. Aber chinesisches? Zum Mitnehmen?«

Skippy Deere mußte rasch überlegen; hier hatte ihn Bobby ertappt. »Japanisch, es geht um Sushi. Das ist das teuerste Nahrungsmittel der Welt.«

Bantz war mit einemmal ruhig. Ständig beschwerten sich die Leute über Sushi. Der Chef eines Konkurrenzstudios hatte ihm erzählt, wie er mal einen japanischen Anleger zum Essen in ein Restaurant ausgeführt hatte, das auf Sushi spezialisiert war. »Tausend Mücken für zwei Leute, und das für zwanzig Fischköpfe, verflucht noch mal«, hatte er ihm erzählt. Bantz war beeindruckt gewesen.

»Okay«, sagte Bantz zu Skippy Deere, »aber du mußt kürzen. Versuch für deinen nächsten Film mehr Praktikanten vom College zu kriegen.« Praktikanten arbeiteten umsonst.

Eli Marrions Beerdigung in Hollywood stieß bei den Medien auf größeres Interesse als die eines großen Stars. Ihn hatten Studiochefs, Produzenten und Agenten gleichermaßen verehrt, selbst die großen Stars und Regisseure, ja selbst Drehbuchautoren hatten ihn respektiert, zuweilen sogar gern gehabt. Grund dafür waren seine Höflichkeit und eine übermächtige Intelligenz, die so manches Problem im Filmgeschäft gelöst hatte. Außerdem hatte er den Ruf gehabt, fair zu sein innerhalb eines vernünftigen Rahmens.

In seinen späteren Jahren war er zum Asketen geworden: Er hatte nicht in seiner Macht geschwelgt und von Starlets keine sexuellen Gefälligkeiten verlangt. Außerdem hatte LoddStone mehr bedeutende Filme produziert als jedes andere Studio, und für Leute, die selbst Filme machten, galt nichts mehr als das.

Der Präsident der Vereinigten Staaten schickte seinen Stabschef für eine kurze Grabrede. Frankreich schickte seinen Kulturminister, obwohl der Mann ein Feind des Hollywoodfilms war. Aus dem Vatikan erschien ein päpstlicher

Gesandter, ein junger Kardinal, der so gut aussah, daß man ihm sogleich ein paar kleine Rollen anbot. Eine Gruppe japanischer Manager tauchte wie durch Zauberhand auf. Die höchsten Vertreter von Filmfirmen aus den Niederlanden, Deutschland, Italien und Schweden erwiesen Eli Marrion die letzte Ehre.

Die Lobreden begannen. Zuerst ein großer männlicher Star, dann ein weiblicher, dann ein Regisseur der ersten Garnitur; selbst ein Autor, Benny Sly, bezeigte Marrion seine Hochachtung. Dann der Stabschef des Präsidenten. Damit die Show nicht zu prätentiös wurde, rissen zwei der ganz großen Filmkomiker einige Witzchen über Eli Marrions Macht und Geschäftstüchtigkeit. Schließlich kamen noch Bobby Bantz, Elis Sohn Kevin und seine Tochter Dora.

Kevin Marrion rühmte Eli Marrion als fürsorglichen Vater, nicht nur seinen eigenen Kindern gegenüber, sondern für jeden, der bei LoddStone beschäftigt war. Er sei ein Mann gewesen, der immer eine Lanze für die Kunst im Film gebrochen hätte. Und dies gedenke auch er zu tun, versicherte Kevin.

Eli Marrions Tochter Dora hielt die poetischste Ansprache, verfaßt von Benny Sly. Sie war eloquent, inspiriert und gedachte Eli Marrions Tugenden und Verdienste mit humorvollem Respekt. »Ich habe meinen Vater mehr geliebt als jeden anderen Mann, den ich gekannt habe«, sagte sie, »aber ich bin froh, daß ich nie mit ihm zu verhandeln hatte. Ich hatte nur mit Bobby Bantz zu tun, und dem war ich über.«

Sie bekam ihren Lacher, dann war Bobby Bantz an der Reihe. Insgeheim nahm er Dora den Scherz übel. »Ich habe mit Eli Marrion dreißig Jahre darauf verwandt, LoddStone aufzubauen«, sagte er. »Er war der intelligenteste, der gutmütigste Mensch, den ich je gekannt habe. Die dreißig Jahre Arbeit mit ihm waren die glücklichsten meines Lebens. Und ich werde seinem Traum weiter dienen. Er hat seinen Glauben an mich bewiesen, indem er mir für die nächsten fünf Jahre die Leitung der Studios übertrug, und ich werde sein Vertrauen nicht enttäuschen. Ich kann nicht hoffen, Elis Leistungen zu erreichen. Er hat Milliarden von Menschen auf der ganzen Welt Träume geschenkt. Er hat Reichtum und Liebe mit seiner Familie und ganz Amerika geteilt. Er war wirklich der Magnet, nach dem er sein Studio benannt hat.«

Die versammelten Trauergäste wußten, daß Bobby Bantz die Ansprache selbst geschrieben hatte, weil er der ganzen Filmindustrie damit eine wichtige Mitteilung zukommen ließ. Daß er die nächsten fünf Jahre LoddStone regieren würde und von jedermann denselben Respekt erwartete, den man Eli Marrion entgegengebracht hatte. Bobby Bantz war nicht länger die Nummer zwei, er war die Nummer eins.

Zwei Tage nach der Beerdigung ließ Bantz Skippy Deere ins Studio kommen und bot ihm seine alte Stelle als Chef von LoddStones Produktionsabteilung an. Er selbst stieg jetzt auf, um Marrions Posten als Präsident zu übernehmen. Was er Deere bot, war einfach nicht abzuschlagen. Deere sollte eine Gewinnbeteiligung an sämtlichen Filmen bekommen, die das Studio machte. Er sollte selbständig grünes Licht für jeden Film mit einem Budget unter dreißig Millionen geben dürfen. Er sollte seine eigene Produktionsgesellschaft als unabhängige Firma bei LoddStone unterbringen und den Chef selbst ernennen.

Skippy Deere war verblüfft über das glänzende Angebot. Er analysierte es als Zeichen von Bantz' Unsicherheit. Bantz wußte, daß Kreativität seine schwache Seite war, und rechnete damit, daß Deere ihm den Rücken stärkte.

Deere nahm das Angebot an und ernannte Claudia De Lena zur Chefin seiner Produktionsfirma. Nicht nur, weil sie kreativ war, nicht nur weil sie wirklich etwas vom Filmemachen verstand, sondern weil er wußte, daß sie zu ehrlich war, um gegen ihn zu intrigieren. Bei ihr brauchte er sich nicht ständig über die Schulter zu sehen. Außerdem, und das war keine Kleinigkeit im Filmgeschäft, genoß er ihre Gesellschaft und ihre ständige gute Laune. Und ihre Liebesbeziehung lag lange genug zurück.

Skippy Deere wurde ganz heiß bei dem Gedanken daran, wie reich sie alle werden könnten. Deere war lange genug im Geschäft, um zu wissen, daß selbst große Stars ihre alten Tage so gut wie in Armut verbringen. Deere war bereits sehr wohlhabend, aber seiner Ansicht nach gab es zehn Stufen des Reichtums, und er war erst auf der untersten. Gewiß, er könnte für den Rest seiner Tage im Luxus leben, aber er könnte sich keinen Privatjet leisten, keine fünf Häuser. Er könnte sich keinen Harem halten. Er könnte es sich nicht leisten, ein dekadenter Spieler zu werden. Er könnte sich nicht noch mal fünf Scheidungen leisten. Keine hundert Bedienstete. Er könnte noch nicht einmal seine eigenen Filme finanzieren, jedenfalls nicht über längere Zeit. Und er könnte sich keine teure Kunstsammlung leisten, keinen bedeutenden Monet oder Picasso wie Eli. Jetzt jedoch konnte er es von der ersten Ebene bis vielleicht sogar zur fünften bringen. Es galt jetzt hart zu arbeiten und gerissen zu sein; vor allem aber galt es Bantz zu studieren.

Bantz umriß seine Pläne, und Deere war überrascht, wie gewagt sie waren. Offensichtlich war Bantz entschlossen, seinen Platz in der Welt der Mächtigen einzunehmen.

Zunächst wollte er ein Abkommen mit Melo Stuart treffen, um LoddStone einen privilegierten Zugang zu den Künstlern von Melos Agentur zu sichern.

»Darum kann ich mich kümmern«, sagte Deere. »Ich mache ihm klar, daß ich ihm dafür grünes Licht für sein Lieblingsprojekt geben kann.«

»Ich bin besonders daran interessiert, Athena Aquitane für unseren nächsten Film zu bekommen«, sagte Bobby Bantz.

Aha, dachte Deere. Jetzt, wo Bantz bei LoddStone das Sagen hatte, hoffte er, Athena ins Bett zu bekommen. Deere sagte sich, daß er als Chef der Produktionsabteilung sogar selbst eine Chance hätte.

»Ich sage Claudia, sie soll sich sofort an ein Projekt für sie setzen«, erklärte Deere.

»Großartig«, sagte Bantz. »Also, du weißt ja, daß ich immer gewußt habe, was Eli wirklich wollte, aber nicht tun konnte, weil er nicht hart genug war. Wir sehen zu, daß wir Doras und Kevins Produktionsgesellschaften loswerden. Sie fahren nur Verluste ein, und außerdem will ich sie hier nicht mehr sehen.«

»Bei den beiden mußt du vorsichtig sein«, sagte Deere. »Sie haben eine Menge Anteile an der Firma.«

Bantz grinste. »Ja, aber Eli hat mir für fünf Jahre volle Kontrolle gegeben. Und du wirst mein Sündenbock. Du weigerst dich einfach, grünes Licht für ihre Projekte zu geben. Ich schätze, so in ein, zwei Jahren ziehen sie empört ab und geben dir die Schuld. Das war Elis Methode. Ich habe immer den Kopf hingehalten.«

»Meiner Ansicht nach wirst du die nicht so schnell los«, sagte Deere. »Es ist wie ein zweites Zuhause für sie, sie sind praktisch im Studio aufgewachsen.«

»Ich werd's versuchen«, sagte Bantz. »Und noch was. Am Abend, bevor Eli starb, hat er sich einverstanden erklärt, Ernest Vail am Umsatz sämtlicher Filme zu beteiligen, die wir nach seinem miesen Roman drehen, und dazu eine gewisse Summe vorab. Eli hat es versprochen, weil Molly Flanders und Claudia ihm auf dem Totenbett zugesetzt haben, was wirklich unter aller Würde war. Ich habe Molly schriftlich Bescheid gegeben, daß ich weder legal noch moralisch an dieses Versprechen gebunden bin.«

Deere überdachte das Problem. »Umbringen tut sich der nie und nimmer, aber er könnte doch während der nächsten fünf Jahre auch so sterben. Wir sollten uns dagegen absichern.«

»Ach was«, sagte Bantz. »Eli und ich, wir haben uns mit unseren Anwälten beraten, und die sagen, Mollys Argumente hätten vor Gericht keinen Bestand. Ich handle etwas Bargeld aus, aber keine Beteiligung. Das ist doch Blutsaugerei.«

»Und, hat Molly geantwortet?« fragte Deere.

»Ja, ein Schrieb mit üblichem Anwaltsgehabe«, sagte Bantz. »Ich habe ihr gesagt, sie soll sich zum Teufel scheren.«

Bantz nahm den Hörer ab und rief seinen Psychoanalytiker an. Seine Frau bestand seit Jahren darauf, daß er sich therapieren ließ, um sympathischer zu werden. Bantz sprach ins Telefon. »Ich wollte nur unseren Termin um vier bestätigen. Ja, über unser Script unterhalten wir uns nächste Woche.« Er legte auf und zeigte Deere ein durchtriebenes Lächeln.

Deere wußte, daß Bantz ein Rendezvous mit Falene Fant hatte, in dem Bungalow, den sich das Studio im Beverly Hotel hielt. Mit anderen Worten, Bobbys Therapeut gab ihm ein Alibi, weil das Studio eine Option auf sein Drehbuch über einen Therapeuten als Serienmörder gekauft hatte. Der Witz dabei war, daß Deere das Script gelesen hatte und der Ansicht war, daß daraus ein netter Low-Budget-Film zu machen sei, während Bantz es für miserabel hielt. Deere würde den Film machen, Bantz jedoch in dem Glauben lassen, ihm damit nur einen Gefallen zu tun.

Dann plauschten Bantz und Deere darüber, warum die Zeit, die sie mit Falene verbrachten, soviel Spaß machte. Sie waren sich einig, daß das für Männer ihres Rangs kindisch war. Außerdem waren sie sich einig, daß Sex mit Falene so vergnüglich war, weil sie ein drolliges Ding war und keinerlei Forderungen stellte. Natürlich verstanden sich diese von selbst, aber sie war talentiert, und wenn die Zeit reif war, würde sie ihre Chance bekommen.

Bantz sagte: »Was mir Sorgen macht, ist, daß es womöglich aus ist mit unserem Spaß, wenn aus ihr irgend so ein blöder Star wird.«

»Ja«, sagte Deere. »So ist das nun mal bei Künstlern. Aber was soll's, dann bringt sie uns immer noch einen Haufen Geld ein.«

Die beiden wandten sich Produktions- und Uraufführungsterminen zu. *Messalina* sollte in zwei Monaten fertig sein und galt als Zugpferd für das Weihnachtsgeschäft. Eine Fortsetzung von Vails Geschichte war im Kasten und sollte in den nächsten beiden Wochen anlaufen. Diese beiden Lodd-Stone-Filme zusammen könnten weltweit eine Milliarde Dollar einspielen, Video inklusive. Bantz würde einen Bonus über zwanzig Millionen sehen. Deere wahrscheinlich fünf. Man würde Bobby bereits in seinem ersten Jahr als Marrions Nachfolger als Genie rühmen. Man würde ihn als Studiochef anerkennen.

Deere sagte nachdenklich: »Es ist eine Schande, daß wir Cross bei *Messalina* fünfzehn Prozent vom berichtigten Bruttoergebnis zahlen müssen. Warum geben wir ihm nicht einfach sein Geld zurück, mit Zinsen, und wenn's ihm nicht paßt, soll er doch vor Gericht gehen. Offensichtlich scheut er sich ja davor.«

»Soll er nicht von der Mafia sein?« fragte Bantz. Deere dachte: Der Kerl ist wirklich ein Feigling.

»Ich kenne Cross«, sagte Deere. »Ein harter Typ ist der nicht. Seine Schwester Claudia hätte es mir gesagt, wenn er wirklich gefährlich wäre. Wer mir dagegen Sorgen macht, das ist Molly Flanders. Wir ziehen da gleich zwei ihrer Mandanten das Fell über die Ohren.«

»Okay«, sagte Bobby. »Herrgott, das ist ein gutes Stück Arbeit für einen Tag: Wir haben zwanzig Millionen bei Ernest gespart und vielleicht zehn bei De Lena. Damit wäre schon mal unser Bonus bezahlt. Wir werden als Helden dastehen.«

»Ja«, sagte Deere. Er warf einen Blick auf seine Uhr. »Es geht schon auf vier. Solltest du nicht auf dem Weg zu Falene sein?«

In diesem Augenblick sprang die Tür zu Bobby Bantz' Büro auf, und vor ihnen stand Molly Flanders. Sie trug Kampfkleidung: Hose, Jackett und weiße Seidenbluse. Ihr schöner Teint glühte vor Zorn. Sie hatte Tränen in den Augen, und dennoch war sie schöner als je zuvor. Aus ihrem Ton sprach hämische Bosheit.

»Okay, ihr beiden Arschlöcher«, sagte sie. »Ernest Vail ist tot. Ich habe eine einstweilige Verfügung, die euch daran hindert, die Fortsetzung zu seinem Buch auf den Markt zu bringen. Also, seid ihr beiden Schwachköpfe bereit für einen Deal?«

Ernest Vail wußte, sein größtes Problem mit dem Selbstmord bestand darin, jede Gewalt zu vermeiden. Für die populärsten Methoden war er viel zu feige: Schußwaffen machten ihm eine Heidenangst, Messer und Gift waren zu direkt und obendrein nicht sicher genug. Den Kopf in den Gasherd zu stecken, sich in seinem Wagen mit Kohlenmonoxid zu vergiften – beides zu ungewiß. Sich die Pulsadern aufzuschneiden war zu blutig. Nein, er wollte einen angenehmen Tod sterben, rasch, sicher, mit Würde, die Leiche intakt.

Ernest war stolz auf seine rationale Entscheidung, von der jeder etwas hatte außer den LoddStone Studios. Es ging einzig und allein um den persönlichen materiellen Gewinn und die Wiederherstellung seines Egos. Er bekäme die Kontrolle über sein Leben zurück; dabei mußte er lachen. Ein weiterer Beweis, daß er im Vollbesitz seiner geistigen Kräfte war: Er hatte seinen Humor nicht verloren.

Aufs Meer hinauszuschwimmen sah ihm zu sehr nach Film aus, sich vor einen Bus zu werfen ebenfalls, außerdem war es zu schmerzvoll und irgendwie entwürdigend – der Tod eines Penners. Eine Idee sprach ihn einen Augenblick an. Es gab da ein Schlafmittel, das nicht mehr populär war, ein Zäpfchen, das man sich einfach in den Hintern steckte. Aber andererseits war dies zu unwürdig und außerdem nicht hundertprozentig.

Ernest verwarf all diese Methoden und suchte nach etwas, was ihm einen glücklichen und sicheren Tod bescherte. Diese Suche stimmte ihn so froh, daß er seine Absicht beinahe aufgegeben hätte. Dasselbe galt für die Entwürfe der Abschiedsbriefe. Er wollte all sein Talent aufbieten, um weder selbstmitleidig noch vorwurfsvoll zu klingen. Vor allem aber wollte er, daß man seinen Selbstmord als absolut rationalen Akt und nicht als Feigheit ansah.

Er begann mit dem Abschiedsbrief an seine erste Frau, die er als seine einzig wahre Liebe betrachtete. Den ersten Satz versuchte er objektiv und praktisch zu halten.

»Setz Dich mit Molly Flanders, meiner Anwältin, in Verbindung, sobald Du diesen Brief bekommst. Sie hat wichtige Nachrichten für Dich. Ich danke Dir und den Kindern für die vielen glücklichen Jahre, die Ihr mir geschenkt habt. Ich möchte nicht, daß Du denkst, das, was ich getan habe, sei als Tadel zu verstehen. Wir konnten uns nicht mehr riechen vor unserer Trennung. Bitte denke nicht, daß meine Tat einem kranken Gehirn entspringt oder daß ich unglücklich bin. Es ist völlig rational, wie meine Anwältin Dir erklären wird. Sag meinen Kindern, daß ich sie liebe.«

Ernest schob den Brief beiseite. Es bedurfte noch einer Menge Arbeit. Er schrieb Briefe an seine zweite und dritte Frau, die selbst ihm recht kaltherzig erschienen, und informierte sie darüber, daß er ihnen kleine Teile an seinem Besitz vermache, und dankte ihnen für das Glück, das sie ihm geschenkt hatten; auch ihnen versicherte er, daß sie in keiner Weise für seine Tat verantwortlich seien. Wie es schien, war er nicht gerade in zärtlicher Stimmung. Und so schrieb er eine kurze Mitteilung an Bobby Bantz: »Geh zum Teufel.«

Dann folgte eine Notiz an Molly Flanders, die folgendermaßen lautete: »Knöpf Dir die Mistkerle vor.« Das hob seine Stimmung.

Cross De Lena schrieb er: »Ich habe endlich das Richtige getan.« Er hatte De Lenas Verachtung für sein Gerede gespürt.

Schließlich ging ihm das Herz auf, als er Claudia schrieb. »Dir verdanke ich die schönsten Stunden meines Lebens, dabei waren wir nicht mal verliebt. Kapierst Du das? Und wie kommt es nur, daß Du im Leben alles richtig gemacht hast und ich alles falsch? Bis jetzt. Bitte vergiß alles, was ich über Deine Schreiberei gesagt habe, daß ich Deine Arbeit herabgewürdigt habe, es war nur der Neid eines alten Romanciers, dessen Beruf nicht weniger überholt ist als der des Hufschmieds. Und danke, daß Du für meine Beteiligung gekämpft hast, auch wenn es letztlich nichts genützt hat. Ich liebe Dich um des Versuchs willen.«

Er stapelte die Briefe, die er auf gelbes Durchschlagpapier geschrieben hatte. Sie waren schrecklich, aber er würde sie überarbeiten, erst dadurch wurden sie, was sie sein sollten.

Das Schreiben der Briefe hatte sein Unterbewußtsein angeregt. Schließlich kam er auf die perfekte Art, sich das Leben zu nehmen.

Kenneth Kaldone war der tollste Zahnarzt Hollywoods, in diesem kleinen Kosmos nicht weniger berühmt als einer der ganz großen Stars. Er war über die Maßen geschickt in seinem Beruf und führte ein aufsehenerregendes und waghalsiges Privatleben. Er fand die Darstellung von Zahnärzten in Literatur und Film extrem bürgerlich und tat alles, um sie zu widerlegen.

Er war charmant in Kleidung und Verhalten, seine Praxis war luxuriös; in einem Regal dort befanden sich hundert der besten Magazine Amerikas und Englands. Außerdem gab es ein kleineres für Magazine in fremden Sprachen wie Deutsch, Italienisch, Französisch und selbst Russisch.

Erstklassige moderne Kunst hing an den Wänden des Wartezimmers, und betrat man das Labyrinth von Behandlungsräumen, sah man, daß die Flure Fotos mit einigen der größten Namen Hollywoods schmückten. Seine Patienten.

Stets sprudelte er nur so über vor guter Laune, und das auf eine etwas feminine Art, die merkwürdig irreführend war. Er liebte Frauen, verstand nur nicht, was es mit Beziehungen auf sich hatte. Für ihn war Sex nicht wichtiger als ein schönes Abendessen, ein guter Wein oder wunderbare Musik.

Das einzige, woran Kenneth glaubte, war die Zahnheilkunde. Auf diesem Gebiet war er ein Künstler und hielt sich über alle technischen und kosmetischen Neuerungen auf dem laufenden. Er weigerte sich, seinen Patienten entnehmbare Brücken einzusetzen, er bestand auf Stahlimplantaten, an denen sich dauerhaft eine Reihe künstlicher Zähne anbringen ließ. Er hielt Vorträge auf Zahnarztkongressen, ja er war eine solche Autorität auf seinem Gebiet, daß ihn sogar einmal jemand aus der monegassischen Fürstenfamilie zur Zahnbehandlung gerufen hatte.

Keiner von Kenneth Kaldones Patienten war je gezwungen, seine Zähne abends in ein Glas Wasser zu legen. Kein

Patient spürte je auch nur den geringsten Schmerz in seinem aufwendig ausgestatteten Stuhl. Er war großzügig bei der Verabreichung von Medikamenten und vor allem von »süßer Luft«, der Mischung aus Lachgas und Sauerstoff, die seine Patienten durch eine Gummimaske einatmeten; sie beseitigte bemerkenswert effektiv jeden Nervenschmerz und versenkte seine Patienten in eine Halbbewußtlosigkeit, die fast so angenehm wie ein Opiumrausch war.

Ernest und Kenneth hatten sich bei Ernests erstem Besuch in Hollywood vor fast zwanzig Jahren angefreundet. Während des Abendessens bei einem Produzenten, der ihn wegen der Rechte an einem seiner Bücher hofierte, hatte Ernest an unerträglichen Zahnschmerzen gelitten. Der Produzent hatte Kenneth um Mitternacht angerufen, und dieser war sofort auf die Party geeilt und hatte Ernest zur Behandlung des schmerzenden Zahns in seine Praxis gefahren. Dann hatte er Ernest ins Hotel gebracht mit der Anweisung, am Vormittag noch mal in die Praxis zu kommen.

Ernest bemerkte später dem Produzenten gegenüber, daß er wohl eine Menge zu sagen haben mußte, wenn ein Zahnarzt um Mitternacht auf einen Hausbesuch kam. Der Produzent sagte nein, so sei Kenneth Kaldone eben. Ein Mensch mit Zahnschmerzen sei für ihn wie ein Ertrinkender, den es zu retten gelte. Aber Kaldone hatte auch eines von Ernests Büchern gelesen und mochte seine Arbeit.

Als Ernest tags darauf in Kenneths Praxis kam, bedankte er sich überschwenglich. Kenneth gebot ihm mit erhobener Hand Einhalt und sagte: »Ich stehe noch immer in Ihrer Schuld für die Freude, die mir Ihre Bücher gemacht haben. Und jetzt will ich Ihnen mal etwas über Stahlimplantate erzählen.« Er hielt ihm einen langen Vortrag des Inhalts, es sei nie zu früh, sich um seinen Mund zu kümmern. Daß Ernest bald weitere Zähne verlieren würde und Stahlimplantate ihn davor bewahrten, seine Zähne über Nacht in ein Glas Wasser legen zu müssen.

Ernest sagte: »Ich werde es mir überlegen.«

»Nein«, sagte Kenneth, »ich kann keinen Patienten behandeln, der nicht einer Meinung mit mir ist.«

Ernest lachte. »Da haben Sie ja Glück, daß Sie kein Romancier sind«, sagte er. »Schön, in Ordnung.«

Sie wurden Freunde. Wann immer er in Hollywood war, rief Vail an, damit sie sich zum Abendessen trafen, und manchmal reiste er eigens zu einer Behandlung mit »süßer Luft« nach L. A. Kenneth sprach intelligent über Ernests Bücher, er kannte sich in der Literatur fast ebensogut aus wie mit Zähnen.

Ernest hatte es die »süße Luft« angetan. Er hatte nie Schmerzen, und einige seiner besten Einfälle hatte er in dem angenehmen Dämmerzustand gehabt. Während der nächsten Jahre befreundeten er und Kenneth sich so eng, daß Ernest schließlich ein komplettes neues Gebiß mit Stahlwurzeln bekam, das ihn bis ins Grab begleiten würde.

Ernests Hauptinteresse an Kenneth war und blieb, ihn zum Charakter eines seiner Romane zu machen. Ernest war immer schon der Meinung gewesen, daß in jedem Menschen eine erschreckende Perversion stecke. Kenneth hatte ihm seine enthüllt, und sie war sexueller Natur, wenn auch nicht auf die übliche pornographische Art.

Sie plauderten immer ein wenig vor einer Behandlung, bevor Ernest seine »süße Luft« bekam. Kenneth erwähnte einmal, daß seine wichtigste Freundin außer mit ihm noch Sex mit ihrem riesigen deutschen Schäferhund habe.

Ernest, der eben der »süßen Luft« zu erliegen begann, nahm sich die Gummimaske vom Kopf und sagte, ohne zu überlegen: »Du bumst eine Frau, die ihren Hund bumst? Hast du da keine Bedenken?« Er sprach von den medizinischen und psychologischen Komplikationen.

Kenneth kapierte nicht, wie die Frage gemeint war. »Wieso sollte ich Bedenken haben?« sagte er. »Ein Hund ist schließlich keine Konkurrenz.«

Zuerst dachte Ernest, er scherze. Dann wurde ihm klar, daß es Kenneth ernst damit war. Ernest setzte seine Maske wieder auf, sank in die Traumwelt von Lachgas und Sauerstoff, und seine Gedanken, stimuliert wie gewöhnlich, machten sich an eine grundlegende Analyse des Zahnarztes.

Kenneth war ein Mensch, für den Liebe keine spirituelle Übung war. Für ihn stand die Lust an erster Stelle, ebenso wie die Schmerzbekämpfung bei seiner Arbeit.

Sie aßen an jenem Abend zusammen, und Kenneth bestätigte seine Analyse mehr oder weniger. »Sex ist besser als Lachgas«, sagte Kenneth. »Aber wie beim Lachgas mußt du mindestens dreißig Prozent Sauerstoff zugeben.« Er bedachte Ernest mit einem verschmitzten Blick. »Ernest, du stehst wirklich auf das Lachgas, das sehe ich dir an. Ich gebe dir die maximale Dosis – siebzig Prozent –, und du verträgst es gut.«

Ernest fragte: »Ist es gefährlich?«

»Eigentlich nicht«, sagte Kenneth. »Es sei denn, du behältst die Maske tagelang auf, aber vielleicht noch nicht mal dann. Natürlich wärst du bei reinem Lachgas in fünfzehn, maximal dreißig Minuten tot. Ich habe sogar einmal im Monat eine kleine Mitternachtsparty in meiner Praxis, sorgfältig ausgewählte Leute aus der Schickeria. Alles Patienten von mir, so daß ich ihre Bluttests habe. Alle gesund. Das Lachgas macht sie scharf. Wurdest du nicht schon mal scharf durch das Gas?«

Ernest lachte. »Wenn eine deiner MTAs vorbeikommt, habe ich Lust, sie in den Arsch zu kneifen.«

Kenneth sagte mit trockenem Humor: »Ich bin sicher, sie würde dir verzeihen. Komm doch morgen gegen Mitternacht in der Praxis vorbei. Ist wirklich ein Riesenspaß.« Er sah, daß Ernest schockiert war, und sagte: »Lachgas ist nicht Kokain. Kokain macht Frauen irgendwie hilflos. Lachgas taut sie nur auf. Komm einfach wie auf eine Cocktailparty. Du bist nicht verpflichtet, etwas zu tun.«

Ernest dachte boshaft: Sind auch Hunde zugelassen? Dann sagte er, daß er vorbeischauen würde. Er entschuldigte sich vor sich selbst mit dem Gedanken, es handele sich lediglich um Recherchen für einen Roman.

Er amüsierte sich auf der Party nicht und verhielt sich zurückhaltend. Um die Wahrheit zu sagen, das Lachgas machte ihn weniger scharf, als daß es ihn in eine spirituelle Stimmung versetzte, als wäre es eine heilige Droge, die nur zur Anbetung eines barmherzigen Gottes benutzt werden sollte. Das Kopulieren der Gäste hatte etwas so Animalisches, daß er Kenneths Lässigkeit gegenüber dem Verhältnis seiner Freundin zu ihrem Schäferhund zu verstehen begann. Kenneth selbst nahm nicht an den Aktivitäten teil, er war zu sehr mit den Armaturen der Lachgasflasche beschäftigt.

Jetzt jedoch, Jahre später, fiel Ernest die richtige Methode ein, sich das Leben zu nehmen. Es wäre wie eine schmerzlose Zahnbehandlung. Er würde nicht leiden, er wäre hinterher nicht entstellt, er brauchte keine Angst zu haben. Er würde auf einer Wolke milder Gedanken von dieser Welt in die andere schweben. Wie sagt man so schön? Er würde selig entschlafen.

Das Problem war nur, wie er nachts in Kenneths Praxis gelangen und herausbekommen sollte, wie das Gerät funktionierte.

Er machte einen Termin mit Kenneth für eine Routineuntersuchung. Während Kenneth seine Röntgenbilder studierte, erzählte Ernest ihm, daß in seinem nächsten Roman ein

Zahnarzt vorkommen sollte, und bat Kenneth, ihm zu zeigen, wie das mit der »süßen Luft« funktionierte.

Kenneth war der geborene Pädagoge und zeigte ihm, wie man die Armaturen von Lachgas- und Sauerstoffflasche bediente, welches das richtige Mischungsverhältnis war.

»Aber könnte das nicht gefährlich sein?« fragte Ernest. »Was, wenn du dir einen ansäufst und Mist baust? Du könntest mich umbringen.«

»Nein, es wird automatisch so reguliert, daß du immer wenigstens dreißig Prozent Sauerstoff bekommst«, erklärte Kenneth.

Ernest zögerte einen Augenblick und versuchte eine verlegene Miene zu machen. »Weißt du, daß mir die Party vor einigen Jahren gefallen hat? Ich habe da eine hübsche Freundin, die sich ein wenig ziert. Ich könnte etwas Hilfe gebrauchen. Meinst du, du könntest mir die Schlüssel zur Praxis überlassen, damit ich sie eines Abends mal herbringe? Lachgas würde sie etwas lockerer machen.«

Kenneth studierte sorgfältig die Röntgenbilder. »Dein Mund ist in bestem Zustand«, sagte er. »Ich bin wirklich ein großartiger Zahnarzt.«

»Wegen des Schlüssels?« sagte Ernest.

»Ein wirklich hübsches Mädchen?« fragte Kenneth. »Sag mir, an welchem Abend, und ich komme her und bediene das Gerät.«

»Nein, nein«, sagte Ernest. »Sie ist konventionell. Sie würde noch nicht mal das Lachgas nehmen, wenn du da wärst.« Er schwieg einen Augenblick. »Sie ist recht altmodisch.«

»Was du nicht sagst«, meinte Kenneth und sah Ernest in die Augen. Dann sagte er: »Augenblick, ja?« und verließ den Behandlungsraum.

Als er wiederkam, hatte er einen Schlüssel in der Hand. »Nimm den hier mit zum Schlosser und laß dir ein Duplikat machen«, sagte Kenneth. »Und hinterlaß ihnen deinen Namen. Dann kommst du wieder und gibst mir diesen zurück.«

Ernest war überrascht. »Es sollte nicht sofort sein.«

Kenneth steckte die Röntgenbilder wieder weg und wandte sich Ernest zu. Es war einer der wenigen Augenblicke, seit er ihn kannte, in denen der muntere Ausdruck auf seinem Gesicht verschwand.

»Wenn die Polizei dich tot in meinem Stuhl findet«, sagte Kenneth, »will ich damit nicht in Verbindung gebracht werden. Ich möchte weder meinen Beruf aufs Spiel setzen, noch daß mir meine Patienten davonlaufen. Die Polizei wird das Duplikat finden und den Schlosser ausfindig machen. Sie werden irgendeinen Trick vermuten. Ich nehme an, du hinterläßt einen Abschiedsbrief?«

Ernest war verblüfft und schämte sich. Er hatte nicht daran gedacht, daß er Kenneth damit schaden könnte. Kenneth sah ihn mit einem vorwurfsvollen und zugleich traurigen Lächeln an. Ernest nahm den Schlüssel an sich und umarmte Kenneth dann zögernd. »Du verstehst es also«, sagte er. »Ich handle völlig rational.«

»Sicher«, sagte Kenneth. »Ich habe selbst oft daran gedacht – für den Fall, daß es mir mal nicht mehr so gutgehen sollte.« Er lächelte munter und sagte: »Der Tod ist keine Konkurrenz.« Sie lachten beide.

»Du weißt wirklich, warum?« fragte Ernest.

»Jeder in Hollywood weiß Bescheid«, sagte Kenneth. »Auf einer Party hat jemand Skippy Deere gefragt, ob er den Film wirklich machen wolle. Er sagte: jedenfalls werd' ich's versuchen, bis es nicht mehr geht. Oder bis Ernest Vail Selbstmord begeht.«

»Und du denkst nicht, daß ich verrückt bin?« fragte Ernest. »Es für Geld zu tun, das ich noch nicht mal ausgeben kann...«

»Warum nicht?« sagte Kenneth. »Ist in jedem Fall gescheiter, als sich aus Liebe umzubringen. Aber mechanisch gesehen ist das nicht so einfach. Du mußt nämlich den Schlauch für den Sauerstoff aus der Wand nehmen, damit setzt du den Regulator außer Gefecht und kommst über die siebzig Prozent hinaus. Mach es an einem Freitag abend, nachdem die Putzkolonne weg ist, damit man dich nicht vor Montag entdeckt. Es besteht sonst immer noch eine Möglichkeit, dich wiederzubeleben. Aber wenn du reines Lachgas benutzt, dann bist du in einer halben Stunde nicht mehr unter uns.« Wieder lächelte er etwas traurig. »Meine ganze Arbeit an deinen Zähnen für die Katz. Eine Schande ist das.«

Zwei Tage darauf, an einem Samstag morgen, erwachte Ernest schon sehr früh in seinem Zimmer im Hotel Beverly Hills. Die Sonne ging eben auf. Er duschte und zog sich ein T-Shirt und bequeme Jeans an. Darüber ein braunes Leinensakko. Sein Zimmer war mit Kleidungsstücken und Zeitungen übersät, aber es war sinnlos, jetzt noch aufzuräumen.

Kenneths Praxis war zu Fuß eine halbe Stunde vom Hotel entfernt; mit einem Gefühl der Freiheit verließ Ernest das Hotel. Kein Mensch ging in Los Angeles zu Fuß. Er war hungrig, scheute sich aber, etwas zu essen, weil er sich dann womöglich unter Lachgas erbrach.

Die Praxis befand sich im vierzehnten Stock eines fünfzehnstöckigen Gebäudes. In der Halle stand nur ein einziger Wachmann in Zivil, und niemand war im Aufzug. Ernest drehte den Schlüssel im Schloß der Zahnarztpraxis und trat ein. Er schloß hinter sich ab und steckte den Schlüssel in die Sakkotasche. Die Suite lag in geisterhafter Stille, das Fenster der Empfangsloge blitzte in der frühen Morgensonne, der Computer dort war auf unheilvolle Art dunkel und still.

Ernest öffnete die Tür zum Arbeitsbereich. Als er den Flur entlangging, begrüßten ihn die Fotos der großen Stars. Es gab sechs Behandlungsräume, drei auf jeder Seite des Flurs. Am hinteren Ende lagen Kenneths Büro und der Konferenzraum, wo sie so oft geplaudert hatten. Kenneths eigener Behandlungsraum lag gleich nebenan, mit seinem speziellen Hydraulikstuhl, in dem er sich um seine hochrangigen Patienten kümmerte.

Dieser Stuhl war besonders bequem, die Polsterung dicker und das Leder weicher als üblich. Auf dem Rolltisch daneben lag die Maske für die »süße Luft«. Die beiden Knöpfe auf der Konsole mit ihren Schläuchen zu den versteckten Lachgas- und Sauerstoffflaschen standen auf Null.

Ernest stellte die Drehschalter so, daß er halb Lachgas, halb Sauerstoff bekam. Dann setzte er sich in den Stuhl und legte sich die Maske auf das Gesicht. Er entspannte sich. Immerhin würde Kenneth ihm diesmal keine Messer ins Zahnfleisch rammen. Schmerzen und Kummer verließen seinen Körper, seine Gedanken wanderten über die ganze Welt. Er fühlte sich wunderbar; es war lächerlich, an den Tod zu denken.

Ideen für künftige Romane schwebten ihm durch den Kopf, Einsichten über viele Leute, die er kannte, nicht eine davon boshaft, etwas, was ihm am Lachgas gefiel. Da fiel ihm ein, er hatte ganz vergessen, die Abschiedsbriefe zu überarbeiten, und wie ihm in diesem Augenblick klarwurde, waren sie trotz seiner guten Absichten und der gewählten Sprache im Grunde beleidigend.

Ernest schwebte jetzt in einem riesigen bunten Ballon. Er trieb über die Welt dahin, die er gekannt hatte. Er dachte an Eli Marrion, der seinem Schicksal gefolgt und ein mächtiger Mann geworden war, und daß man ihn verehrte, weil er diese Macht mit skrupelloser Intelligenz eingesetzt hatte. Und dennoch, als Ernests bestes Buch – das, das ihm den Pulitzerpreis eingebracht hatte – herausgekommen und von Hollywood gekauft worden war, war Eli auf der Cocktailparty gewesen, die ihm sein Verleger gegeben hatte.

Eli hatte ihm die Hand gereicht und gesagt: »Sie sind ein ausgezeichneter Schriftsteller.« Daß er zu der Party gekommen war, hatte in Hollywood zu sensationellem Klatsch gerührt. Und als Zeichen letzten und höchsten Respekts hatte der große Eli Marrion ihm die Beteiligung gegolten. Daß Bantz sie ihm nach Marrions Tod wieder weggenommen hatte, spielte dabei keine Rolle.

Auch Bantz war kein Schurke. Seine gnadenlose Jagd nach Profit war das Ergebnis seiner Erfahrungen in einer ganz besonderen Welt. Wenn er ehrlich war, so war Skippy Deere schlimmer, weil er mit seiner Intelligenz, seinem Charme, seiner Energie und seinem instinktiven Hang zum persönlichen Verrat tödlicher war.

Ernest kam eine weitere Einsicht. Warum hackte er immer so spöttisch auf Hollywood und seinen Filmen herum? Aus Neid. Der Film war jetzt die Kunstform, der man die größte Verehrung entgegenbrachte, und er hatte Filme ja selber gern, vorausgesetzt, sie waren gut. Aber worauf er eigentlich neidisch war, das waren die Beziehungen beim Film. Die Besetzung, das Team, der Regisseur, die großen Stars, ja selbst die Leute in den Anzügen, diese krassen Managertypen, schienen sich zu einer engen, wenn schon nicht immer liebenden Familie zusammenzufinden, wenigstens bis der Film abgedreht war. Sie beschenkten, küßten, umarmten einander und schworen sich ewige Zuneigung. Was für ein wunderbares Gefühl mußte das sein, so etwas zu haben. Er erinnerte sich noch daran, während der Arbeit mit Claudia an seinem ersten Script gedacht zu haben, man werde ihn vielleicht in diese Familie aufnehmen.

Aber wie sollten sie dies tun, bei seiner Persönlichkeit, seinem boshaften Witz, seinem ständigen Hohn? Unter der süßen Wirkung des Lachgases konnte er nicht einmal mit sich selbst zu streng ins Gericht gehen. Er hatte ein Recht darauf, er hatte großartige Bücher geschrieben (Ernest war ein Sonderling unter den Romanciers, da ihm seine Bücher wirklich gefielen), er hätte eine respektvollere Behandlung verdient.

Durch das versöhnliche Lachgas milde gestimmt, kam Ernest zu dem Schluß, daß er eigentlich gar nicht sterben wollte. Geld war nicht so wichtig, Bantz würde schon nachgeben. Oder Claudia und Molly fanden einen Ausweg.

Dann fielen ihm all die Demütigungen ein. Keine seiner Frauen hatte ihn je wirklich geliebt. Er war immer der Bettler gewesen, nie hatte eine seine Liebe erwidert. Man respektierte seine Bücher, aber man hatte ihnen nie die Bewunderung entgegengebracht, die einen Autor reich machte. Einige Kritiker hatten ihn geschmäht, und er hatte so getan, als trage er es mit Humor. Immerhin war es ein Fehler, sich über Kritiker aufzuregen; sie machten nur ihre Arbeit. Aber ihre Bemerkungen hatten weh getan. Und keiner seiner Freunde war ihm, sosehr sie hin und wieder seine Gesellschaft, seinen Witz und seine Ehrlichkeit schätzten, je wirklich nahegekommen, noch nicht einmal Kenneth. Während Claudia ihn wirklich mochte, wußte er, daß er Molly Flanders und Kenneth bloß leid tat.

Ernest griff zu dem Schalter und drehte die »süße Luft« ab. Es dauerte nur wenige Minuten, bis er wieder einen klaren Kopf hatte. Er ging hinüber und setzte sich in Kenneths Büro.

Seine Depression stellte sich wieder ein. Er kippte Kenneths Sessel zurück und sah zu, wie die Sonne über Beverly Hills aufging. Er war so wütend über die Art, wie ihn das Studio um sein Geld betrogen hatte, daß er an nichts mehr Freude hatte. Er haßte die Dämmerung eines neuen Tages, er nahm abends Schlaftabletten und versuchte so lange wie möglich zu schlafen... Daß ihn solche Leute demütigen konnten, Leute, die er verachtete! Und jetzt konnte er noch nicht einmal mehr lesen, ein Vergnügen, das ihn früher nie verlassen hatte. Und natürlich konnte er nicht mehr schreiben. Die elegante Prosa, oft gelobt, war jetzt falsch, aufgeblasen, prätentiös. Er hatte keine Freude mehr beim Schreiben.

Seit langem wachte er nun schon jeden Morgen mit einer entsetzlichen Angst vor dem neuen Tag auf, zu müde selbst zum Rasieren und Duschen. Und er war pleite. Er hatte Millionen verdient und verpraßt mit Glücksspiel, Frauen und Sprit. Oder verschenkt. Geld hatte ihm bisher nie etwas bedeutet.

Die letzten beiden Monate über hatte er weder seinen Kindern noch seinen Frauen den Unterhalt zahlen können. Im Gegensatz zu den meisten anderen Männern hatten Ernest diese Schecks immer glücklich gemacht. Er hatte seit fünf Jahren kein Buch mehr veröffentlicht, und seine Persönlichkeit begann ihm selbst unangenehm zu werden. Ständig jammerte er über sein Schicksal. Er war wie ein eitriger Zahn im Gesicht der Gesellschaft. Und allein dieses Bild bedrückte ihn. Was für eine kitschige Metapher für einen Autor seines Talents! Eine Welle der Melancholie überkam ihn; er war völlig machtlos.

Er sprang auf und ging in den Behandlungsraum. Kenneth hatte ihm gesagt, was er tun mußte. Er zog den Schlauch heraus, an dem zwei Anschlüsse waren, der eine für den Sauerstoff, der andere für das Lachgas. Dann steckte er nur einen wieder ein. Das Lachgas. Er setzte sich in den Zahnarztstuhl und griff nach dem Drehknopf. In diesem Augenblick dachte er, daß es doch irgendwie gehen müßte, wenigstens zehn Prozent Sauerstoff zu bekommen, damit der Tod nicht gar so sicher wäre. Er nahm die Maske wieder zur Hand und legte sie sich übers Gesicht.

Das reine Lachgas traf seinen Körper wie ein Schlag, und er verspürte einen Augenblick der Ekstase, eine verträumte Zufriedenheit ersetzte den Schmerz. Das Lachgas flutete ins Gehirn. Er verspürte noch einen letzten Augenblick reiner Lust, bevor er zu existieren aufhörte, und in diesem Moment glaubte er, daß es einen Gott und einen Himmel gab.

Molly Flanders zerriß Bobby Bantz und Skippy Deere in der Luft. Hätte Eli Marrion noch gelebt, wäre sie vorsichtiger gewesen.

»Bei euch steht die Erstaufführung einer Fortsetzung zu Ernests Buch an. Meine einstweilige Verfügung wird sie verhindern. Die Rechte gehören jetzt Ernests Erben. Sicher, vielleicht könnt ihr die einstweilige Verfügung aufheben und den Film herausbringen, aber dann verklage ich euch. Und wenn ich gewinne, dann gehören der Film und der größte Teil dessen, was er einspielt, zu Ernests Nachlaß. Und mit Sicherheit können wir euch davon abhalten, weitere Folgen zu machen, die auf den Personen seines Buchs basieren. Also, wir können uns das alles und jahrelanges Prozessieren sparen. Ihr bezahlt fünf Millionen vorab und zehn Prozent brutto von jedem Film. Und ich will eine ehrliche und beglaubigte Abrechnung der Videoeinnahmen.«

Deere war entsetzt und Bantz aufgebracht. Ernest Vail, ein Autor, sollte einen größeren Anteil am Gewinn der Filme haben, als jeder andere außer den großen Stars je bekommen hatte, und das war ein verdammter Skandal.

Bantz rief sofort Melo Stuart und den Chefanwalt von LoddStone Pictures an. Es dauerte keine halbe Stunde, und sie waren im Konferenzraum. Melo mußte bei dem Treffen dabeisein, weil er Produzent der Folgen war und eine Provision für den großen Star, den Regisseur und Benny Sly bekam, der die Bücher überarbeitete. Es war eine Situation, in der er womöglich einige Anteile abtreten müßte.

Der Chefanwalt sagte: »Wir haben die Situation bei Mr. Vails erster Drohung gegen das Studio analysiert.«

Molly Flanders fiel ihm zornig ins Wort. »Sie nennen einen Selbstmord eine Drohung gegen das Studio?«

»Und Erpressung«, sagte der Chefanwalt aalglatt. »Also, wir haben die Gesetzeslage dieser Situation gründlich recherchiert, und sie ist sehr heikel, aber trotzdem habe ich dem Studio Bescheid gegeben, daß wir mit unserem Anspruch vor Gericht gehen und gewinnen könnten. In diesem speziellen Fall gehen die Rechte am Buch nicht zurück an die Erben.«

»Was können Sie garantieren?« fragte Molly den Anwalt. »Mit fünfundneunzigprozentiger Sicherheit?«

»Nicht doch«, sagte der Anwalt, »nichts in der Juristerei ist derart sicher.« Molly war entzückt. Sie konnte sich mit den Gebühren, die sie nach ihrem Sieg in diesem Fall kassierte, zur Ruhe setzen. Sie stand auf und sagte: »Geht zum Teufel, alle miteinander, ich sehe euch vor Gericht.«

Bantz und Deere waren so entsetzt, daß sie keinen Ton hervorbrachten. Bantz wünschte sich von ganzem Herzen, daß Eli Marrion noch am Leben wäre.

Es war Melo Stuart, der aufstand und Molly mit einer ebenso herzlichen wie flehentlichen Umarmung zurückhielt. »He«, sagte er, »wir verhandeln doch nur. Seien Sie manierlich.«

Er führte Molly zurück zu ihrem Stuhl und bemerkte dabei, daß sie Tränen in den Augen hatte. »Wir können uns einigen, ich trete Ihnen einige Anteile von meinem Paket ab.«

Ruhig wandte sich Molly an Bantz: »Wollen Sie riskieren, alles zu verlieren? Kann Ihnen Ihr Anwalt garantieren, daß Sie gewinnen? Natürlich nicht. Sind Sie Geschäftsmann, verflucht noch mal, oder ein dekadenter Spieler? Nur um zwischen zwanzig und vierzig Millionen zu sparen, wollen Sie eine Milliarde aufs Spiel setzen?«

Man wurde sich einig. Ernests Erben bekamen vier Millionen vorab und acht Prozent am Bruttogewinn des vor der Uraufführung stehenden Films. Zwei Millionen und zehn Prozent vom berichtigten Bruttogewinn auf jede weitere Fortsetzung. Ernests drei Ex-Frauen und seine Kinder würden reiche Leute.

Im Gehen sagte Molly noch: »Wenn Sie denken, ich war hart, dann warten Sie, bis Cross De Lena erfährt, daß Sie ihn beschissen haben.«

Molly genoß ihren Sieg. Sie erinnerte sich daran, wie sie Ernest eines Abends, es war schon Jahre her, von einer Party mit nach Hause genommen hatte. Sie war ziemlich betrunken und extrem einsam gewesen, und geistreich und intelligent, wie Ernest war, hatte sie gedacht, eine Nacht mit ihm könnte vielleicht ganz lustig sein. Dann, als sie bei ihr zu Hause angekommen waren, ernüchtert durch die Fahrt, und sie ihn in ihr Schlafzimmer brachte, hatte sie sich verzweifelt umgesehen. Ernest war ein derartiges Würstchen, so offensichtlich schüchtern in sexueller Hinsicht und obendrein noch ein wirklich reizloser Mann. In jenem Augenblick hatte er kein Wort hervorgebracht.

Aber Molly war zu fair, um ihn in einem so kritischen Augenblick im Stich zu lassen. Also betrank sie sich noch mal, und sie gingen miteinander ins Bett. Und im Dunkeln war es noch nicht mal so schlecht. Ernest hatte ein solches Vergnügen daran gehabt, daß sie sich geschmeichelt fühlte und ihm Frühstück ans Bett brachte.

Er bedachte sie mit einem verschmitzten Lächeln. »Danke dir«, sagte er. »Und gleich noch mal.« Und ihr wurde klar, daß er sehr genau verstanden hatte, was sie am Abend zuvor gefühlt hatte. Er bedankte sich nicht nur für das Frühstück, sondern auch bei seiner sexuellen Wohltäterin. Sie hatte immer bedauert, keine bessere Schauspielerin zu sein, aber was sollte es, sie war Anwältin. Und jetzt hatte sie Ernest Vail einen letzten Liebesdienst erwiesen.

Don Clericuzios Ruf erreichte Dottore David Redfellow während einer wichtigen Konferenz in Rom. Er beriet den italienischen Premier über eine neue Gesetzesvorlage, nach der korrupten Bankmanagern strenge Strafen drohten, und natürlich riet er ihm davon ab. Er brachte seine Ausführungen auf der Stelle zu Ende und flog nach Amerika.

In den fünfundzwanzig Jahren seines Exils in Italien war David Redfellow nicht nur reich geworden, er hatte sich auch verändert, und beides über seine kühnsten Träume hinaus. Zu Anfang hatte Don Clericuzio ihm geholfen, eine kleine Bank in Rom zu kaufen, und mit dem Vermögen, das er mit Drogen verdient und in Schweizer Banken deponiert hatte, kaufte er weitere Banken und Fernsehsender. Aber es waren Don Clericuzios Freunde in Italien gewesen, die ihm mit Rat und Tat zur Seite standen und ihm beim Aufbau seines Imperiums und über seine Bankenkette hinaus beim Erwerb der Zeitschriften, Zeitungen und Fernsehstationen halfen.

Aber David Redfellow war auch mit dem zufrieden, was er ganz allein geschafft hatte: die vollständige Umwandlung seines Charakters. Er hatte sich die italienische Staatsbürgerschaft zugelegt, eine italienische Frau, italienische Kinder und die Geliebte, die in Italien üblich war; dazu die Ehrendoktorwürde (Kosten: zwei Millionen Dollar) einer italienischen Universität. Er trug Anzüge von Armani, verbrachte eine Stunde pro Woche bei seinem Friseur, legte sich einen Zirkel von Freunden in seiner Café-Bar zu (die er gekauft hatte) und ging als Berater des Kabinetts und des Premiers in die Politik. Trotzdem, einmal im Jahr machte er seine Pilgerfahrt nach Quogue, um die Wünsche seines Mentors Don Clericuzio zu erfüllen. Ein Anruf wie dieser, ganz außerhalb der üblichen Zeit, erschreckte ihn.

Auf dem Anwesen in Quogue erwartete ihn ein Abendessen, als er ankam, und Rose Marie hatte sich selbst übertroffen, weil Redfellow jedesmal so von den römischen Restaurants schwärmte. Ihm zu Ehren war der ganze Clan der Clericuzios versammelt: der Don, seine Söhne Giorgio, Petie und Vincent, sein Enkelsohn Dante sowie Pippi und Cross De Lena.

Es war ein Empfang für einen Helden. David Redfellow, Collegeabgänger und Drogenkönig, der Mann mit dem fragwürdigen Geschmack in Sachen Kleidung und dem Ring im Ohr, die Hyäne, die ihre Sexbeute ritt, war zur Säule der Gesellschaft geworden. Man war stolz auf ihn. Mehr noch, Don Clericuzio hatte das Gefühl, in Redfellows Schuld zu stehen. Denn er verdankte ihm eine großartige moralische Lektion.

In seinen frühen Tagen hatte Don Clericuzio an einer merkwürdigen Sentimentalität gelitten. Er hatte geglaubt, daß die Streitmacht des Gesetzes in Sachen Drogen nicht zu korrumpieren war.

David Redfellow war zwanzig und am College, als er 1960 zu dealen begann, nicht um des Profits willen, sondern nur um sich und seine Freunde mit billigem Stoff zu versorgen. Ein Amateurunternehmen, nur Kokain und Marihuana. Innerhalb eines Jahres war es so groß, daß er und seine Partner, lauter Klassenkameraden, ein kleines Flugzeug besaßen, das die Ware in Mexiko und Südamerika über die Grenzen flog. Natürlich gerieten sie bald in Konflikt mit dem Gesetz, und genau hierin zeigte sich zum ersten Mal Davids Genie. Die sechs Partner verdienten Unsummen, und David warf mit Bestechungsgeldern derart um sich, daß er bald eine ganze Reihe von Sheriffs, Staatsanwälten, Richtern und Hunderte von Polizisten an der ganzen Ostküste auf der Lohnliste hatte.

Er behauptete immer, es sei ganz einfach. Man brachte das Jahresgehalt des Beamten in Erfahrung und bot ihm das fünffache.

Dann tauchte jedoch das kolumbianische Kartell auf der Bildfläche auf, wilder als die wildesten Filmindianer alter Western; sie nahmen nicht nur den Skalp, sie nahmen den ganzen Kopf. Vier von Redfellows Partnern wurden getötet, und Redfellow nahm Kontakt zum Clericuzio-Clan auf und bat um Schutz. Er bot ihnen fünfzig Prozent seines Gewinns.

Petie Clericuzio und ein Team von Soldaten aus der Bronx-Enklave wurden seine Leibgarde, und dieses Arrangement hielt an, bis der Don Redfellow 1965 ins italienische Exil schickte. Das Drogengeschäft war zu gefährlich geworden.

Jetzt, als sie beim Essen saßen, gratulierten sie dem Don zu der weisen Entscheidung fünfundzwanzig Jahre zuvor. Dante und Cross hörten Redfellows Geschichte zum ersten Mal. Redfellow war ein guter Geschichtenerzähler, und er lobte Petie über den grünen Klee. »Was für ein Kämpfer«, sagte er. »Wäre er nicht gewesen, ich hätte gar nicht lange genug gelebt, um nach Sizilien zu gehen.« Er wandte sich Dante und Cross zu und sagte: »Es war am Tag, an dem ihr beide getauft wurdet. Ich erinnere mich noch, keiner von euch beiden zuckte auch nur mit der Wimper, als man euch fast im Taufwasser ertränkte. Ich hätte mir niemals träumen lassen, daß wir eines Tages als erwachsene Männer zusammen Geschäfte machen würden.«

Don Clericuzio sagte trocken: »Du wirst mit ihnen keine Geschäfte machen, du wirst nur mit mir und Giorgio Geschäfte machen. Wenn du Hilfe brauchst, kannst du Pippi De Lena anrufen. Ich habe mich entschlossen, das Geschäft auszubauen, von dem ich dir erzählt habe. Giorgio wird dir sagen, warum.«

Giorgio berichtete David von den jüngsten Entwicklungen, daß Eli Marrion gestorben sei und Bobby Bantz das Studio übernommen und Cross sämtliche Anteile an *Messalina* weggenommen und ihm sein Geld mit Zinsen zurückgezahlt habe.

Redfellow gefiel die Geschichte. »Er ist ein sehr gescheiter Mann. Er weiß, daß du nicht vor Gericht gehen wirst, also stiehlt er dir dein Geld. Das nenne ich Geschäftssinn.«

Dante trank eine Tasse Kaffee und beäugte Redfellow voll Abscheu. Rose Marie, die neben ihm saß, legte ihm eine Hand auf den Arm.

»Du findest das komisch?« sagte Dante zu Redfellow.

Redfellow musterte Dante einen Augenblick. Er setzte eine sehr ernste Miene auf.

»Nur weil ich weiß, daß es in diesem Fall ein Fehler war, so gerissen zu sein.«

Der Don beobachtete den Wortwechsel und schien amüsiert. Jedenfalls gab er sich unbeschwert, was sehr selten vorkam, und seine Söhne, die das erkannten, freute es.

»Na dann, Enkelsohn«, sagte er zu Dante, »wie würdest du das Problem lösen?«

»Ich würde ihn auf den Grund des Meeres schwimmen lassen«, sagte Dante, und der Don lächelte ihn an.

»Und du, Croccifixio? Wie würdest du die Situation klären?«

»Ich würde sie einfach akzeptieren«, sagte Cross. »Ich habe daraus gelernt. Man hat mich überlistet, weil ich nicht dachte, daß sie den Mumm dazu hätten.«

»Petie und Vincent?« fragte der Don.

Aber die beiden weigerten sich zu antworten. Sie wußten, was für ein Spiel er da spielte.

»Du kannst es nicht einfach ignorieren«, sagte Don zu Cross. »Du stehst als Trottel da, und Männer auf der ganzen Welt werden dir den Respekt verweigern.«

Cross nahm den Don ernst. »In Eli Marrions Haus befinden sich noch immer seine Gemälde, und die sind zwanzig oder dreißig Millionen wert. Wir könnten sie klauen und Lösegeld dafür fordern.«

»Nein«, sagte der Don. »Das würde dich bloßstellen, deine Macht zeigen, und ganz gleich, wie vorsichtig man es angeht, es könnte gefährlich sein. Es ist zu kompliziert. David, was würdest du tun?«

David, in Gedanken, zog an seiner Zigarre. Er sagte: »Kauft das Studio. Macht es höflich und wie Geschäftsleute, über unsere Banken und Medienfirmen, kauft LoddStone.«

Cross konnte es nicht glauben. »LoddStone ist das älteste und reichste Filmstudio der Welt. Selbst wenn du die zehn Milliarden aufbringen könntest, sie würden es dir nicht verkaufen. Das ist einfach nicht möglich.«

Petie sagte mit seiner Witzboldstimme: »David, alter Knabe, du kannst wirklich zehn Milliarden auftreiben? Der Mann, dem ich das Leben gerettet habe? Der Mann, der gesagt hat, er könnte mir das nie vergelten?«

Redfellow winkte ab. »Du verstehst nicht, wie das mit dem wirklich großen Geld funktioniert. Es ist wie mit Schlagsahne: Du besorgst dir ein kleines bißchen und rührst es auf mit Anleihen, Darlehen, Aktien. Geld ist nicht das Problem.«

Cross sagte: »Das Problem ist, Bantz aus dem Weg zu bekommen. Er kontrolliert das Studio, und welche Fehler er auch immer haben mag, er ist loyal gegenüber Marrions Wünschen. Er wäre nie damit einverstanden, das Studio zu verkaufen.«

»Ich gehe hin und gebe ihm einen Kuß«, sagte Petie.

Jetzt traf der Don seine Entscheidung. Er sagte zu Redfellow: »Führ deinen Plan aus. Aber so vorsichtig wie möglich. Pippi und Croccifixio werden dich unterstützen.«

»Noch was«, sagte Giorgio zu Redfellow. »Bobby Bantz wird, laut Eli Marrions Testament, die nächsten fünf Jahre das Studio leiten. Aber Marrions Sohn und Tochter haben mehr Anteile an der Firma als Bantz. Man kann Bantz nicht feuern, aber wenn das Studio verkauft wird, werden die neuen Besitzer ihn auszahlen müssen. Das ist das Problem, das ihr zu lösen habt.«

David Redfellow zog lächelnd an seiner Zigarre. »Genau wie in den alten Tagen. Don Clericuzio, die einzige Hilfe, die ich brauche, ist die deine. Einige der italienischen Banken zögern vielleicht, ein solches Unternehmen zu riskieren. Denk dran, wir werden über den eigentlichen Wert des Studios hinaus eine große Prämie zahlen müssen.«

»Keine Sorge«, sagte der Don. »Ich habe eine Menge Geld auf diesen Banken.«

Pippi De Lena verfolgte all das mit einem wachsamen Auge. Was ihn störte, war die Öffentlichkeit dieser Konferenz. Laut Protokoll hätten nur der Don, Giorgio und David Redfellow hier anwesend sein sollen. Pippi und Cross hätte man auch separat anweisen können, Redfellow zur Seite zu stehen. Warum hatte man sie in diese Geheimnisse eingeweiht? Und was noch wichtiger war: Warum bezog man Dante, Petie und Vincent mit ein? Das alles sah dem Don Clericuzio, den er kannte, gar nicht ähnlich; der hatte seine Pläne immer so geheim wie nur möglich gehalten.

Vincent und Rose Marie halfen dem Don die Treppe hinauf, damit er zu Bett gehen konnte. Er hatte sich eigensinnig geweigert, am Geländer entlang einen Lift einzubauen.

Kaum waren sie verschwunden, wandte Dante sich an Giorgio und sagte wütend: »Und wer bekommt das Studio, wenn es uns gehört? Cross?«

David Redfellow unterbrach ihn kühl. »Ich bekomme das Studio. Ich werde es leiten. Dein Großvater bekommt eine finanzielle Beteiligung. Das wird alles dokumentiert.«

Giorgio pflichtete ihm bei.

Cross sagte lachend: »Dante, keiner von uns hat das Zeug, ein Filmstudio zu leiten. Dazu sind wir nicht skrupellos genug.«

Pippi musterte sie reihum. Er hatte ein gutes Gespür für Gefahr. Deshalb war er auch so alt geworden. Aber das hier konnte er nicht verstehen. Vielleicht wurde der Don einfach alt.

Petie fuhr Redfellow zum Kennedy Airport, wo sein Privatjet wartete. Cross und Pippi waren in einem Charterjet aus Vegas gekommen. Don Clericuzio hatte dem Xanadu und jedem seiner Tochterunternehmen den Besitz eines Jets strengstens verboten.

Cross fuhr ihren Mietwagen zum Flughafen. Während der Fahrt sagte Pippi zu Cross: »Ich werde einige Zeit in New York bleiben. Ich behalte den Wagen einfach, wenn wir am Flughafen sind.«

Cross sah, daß sein Vater sich Sorgen machte. »Ich habe mich nicht gerade mit Ruhm bekleckert«, sagte er.

»Du warst schon in Ordnung«, sagte Pippi. »Aber der Don hat recht. Man darf sich von niemandem zweimal das Fell über die Ohren ziehen lassen.«

Als sie am Flughafen ankamen, stieg Cross aus, und Pippi rutschte über den Sitz, um hinter das Steuer zu gelangen. Durch das offene Fenster schüttelten sie einander die Hand. In diesem Augenblick blickte Pippi zu dem hübschen Gesicht seines Sohnes auf und verspürte eine große Zuneigung zu ihm. Er versuchte zu lächeln, als er Cross leicht auf die Wange klopfte, und sagte: »Nimm dich in acht.«

»Wovor?« fragte Cross und blickte seinen Vater forschend an.

»Vor allem«, sagte Pippi. Dann sagte er etwas, was Cross verblüffte: »Vielleicht hätte ich dich mit deiner Mutter gehenlassen sollen, aber ich war egoistisch. Ich mußte dich um mich haben.«

Cross sah seinem Vater nach, als er wegfuhr, und zum ersten Mal in seinem Leben wurde ihm klar, welche Sorgen sich sein Vater um ihn machte, wie sehr sein Vater ihn liebte.

15. Kapitel

Zu seinem eigenen Entsetzen beschloß Pippi De Lena, noch einmal zu heiraten, nicht aus Liebe, sondern um nicht allein zu sein. Sicher, er hatte Cross, er hatte seine Kumpane im Xanadu, er hatte die Clericuzios und eine weitgefächerte Verwandtschaft. Sicher, er hatte drei Geliebte und aß mit gutem Appetit; er genoß das Golfspiel und hatte bereits ein Handikap von zehn erreicht; und er tanzte noch immer gern. Aber, wie der Don gesagt hätte, er könnte in seinen Sarg tanzen.

So sehnte er sich Ende Fünfzig – bei bester Gesundheit, von hitzigem Temperament, reich und halb im Ruhestand – nach einem geregelten Zuhause und vielleicht sogar einem neuen Schwung Kinder. Warum nicht? Der Gedanke gefiel ihm von Tag zu Tag mehr. Zu seiner Überraschung sehnte er sich danach, wieder Vater zu werden. Es wäre ein Vergnügen, noch mal eine Tochter aufzuziehen; er hatte Claudia als Kind so geliebt, auch wenn sie jetzt nicht mehr miteinander sprachen. Sie war so gewitzt gewesen und gleichzeitig so offen, und sie hatte es als Drehbuchautorin zu etwas gebracht. Und vielleicht würden sie sich ja eines Tages wieder versöhnen. In gewisser Hinsicht war sie so eigensinnig wie er, er verstand sie also und bewunderte die Art, wie sie für das eintrat, woran sie glaubte.

Cross hatte sein Spiel im Filmgeschäft verloren, aber seine Zukunft war so oder so gesichert. Er hatte immer noch das Xanadu, und der Don würde ihm helfen, sich von dem Schlag zu erholen, den er bei seiner jüngsten Unternehmung hatte einstecken müssen. Er war ein guter Junge, aber er war jung, und die Jungen mußten Risiken eingehen. So war das nun einmal im Leben.

Nachdem er Cross am Flughafen abgesetzt hatte, fuhr er in die Stadt zurück und verbrachte einige Tage mit der Geliebten, die er sich an der Ostküste hielt. Sie war eine hübsche Brünette, eine Anwaltsgehilfin aus New York, geistreich und eine großartige Tänzerin dazu. Sicher, sie hatte eine böse Zunge, sie warf das Geld zum Fenster hinaus, sie würde eine teure Ehefrau abgeben. Aber sie war zu alt, über fünfundvierzig. Und sie war zu eigenständig, eine großartige Qualität für eine Geliebte, aber nicht für die Art von Ehe, die Pippi sich vorstellte.

Das Wochenende mit ihr war angenehm, obwohl sie den halben Sonntag über der *Times* zubrachte. Sie aßen in den besten Restaurants, gingen zum Tanzen in Nachtclubs und hatten in ihrer Wohnung großartigen Sex. Aber Pippi brauchte etwas Ruhigeres.

Pippi flog nach Chicago. Seine Geliebte dort war das sexuelle Pendant zu dieser tosenden Stadt. Sie trank etwas zuviel, sie feierte zu ausgelassen, sie war sorglos und amüsierte sich gern. Aber sie war etwas faul, etwas zu schlampig, und Pippi hatte es zu Hause gern sauber. Und auch sie war zu alt, um eine Familie zu gründen, mindestens vierzig. Aber was sollte es. War er denn einem jungen Ding überhaupt noch gewachsen? Nach zwei Tagen in Chicago strich Pippi sie von der Liste.

Mit beiden hätte er ein Problem, sich in Las Vegas niederzulassen. Sie waren Großstadtfrauen, und Vegas, das wußte

Pippi im Grunde seines Herzens, war ein Kaff mit Casinos statt Rindern. Und für Pippi kam keine andere Stadt als Vegas in Frage, da es in Vegas keine Nacht gab. Die Neonlichter verbannten alle Geister, die Stadt leuchtete nachts wie ein rosa Diamant in der Wüste, und nach der Morgendämmerung brannte die Sonne die Gespenster weg, die dem Neon entkommen waren.

Am aussichtsreichsten war seine Geliebte in Los Angeles, und es freute Pippi, daß er das geographisch so sauber hingekriegt hatte. So käme es weder zu zufälligen Begegnungen, noch mußte er eine Wahl zwischen ihnen treffen. Sie erfüllten einen bestimmten Zweck, konnten ihm bei keiner seiner kurzen Affären in die Quere kommen. Ja, wenn er so zurückblickte, war er durchaus zufrieden damit, wie er sein Leben geführt hatte. Wagemutig, aber klug, tapfer, dabei nicht tollkühn, loyal gegenüber der Familie, die ihn dafür belohnt hatte. Sein einziger Fehler war die Ehe mit einer Frau wie Nalene gewesen, und selbst das – welche Frau hätte ihn elf Jahre lang glücklicher machen können? Und welcher Mann konnte schon von sich sagen, in seinem Leben nur einen Fehler gemacht zu haben? Wie sagte der Don immer? Es war tragbar, daß man im Leben Fehler machte, solange es kein tödlicher war.

Er beschloß, direkt nach Los Angeles zu fliegen, ohne Zwischenstopp in Las Vegas. Er rief Michelle an, um ihr Bescheid zu sagen, daß er unterwegs sei, und lehnte ihren Vorschlag, ihn am Flughafen abzuholen, ab. »Sei einfach bereit, wenn ich komme«, sagte er ihr. »Du hast mir gefehlt. Und ich muß dir etwas Wichtiges sagen.«

Michelle war jung genug, zweiunddreißig, und sie war zärtlicher, hingebungsvoller und nicht so anstrengend, vielleicht weil sie aus Kalifornien stammte. Außerdem war sie gut im Bett, nicht daß die anderen das nicht gewesen wären, denn schließlich war das für Pippi das wichtigste Kriterium. Aber sie hatte keine Ecken und Kanten, sie würde keinen Ärger machen. Sie war etwas exzentrisch, sie glaubte an New-Age-Mist wie »Channeling« und daß man mit Geistern reden könnte, sprach von ihren früheren Leben, konnte auch recht unterhaltsam sein. Wie viele kalifornische Schönheiten hatte sie davon geträumt, Schauspielerin zu werden, aber den Zahn hatte man ihr gezogen. Yoga und Channeling beschäftigten sie jetzt vollauf; sie hielt sich fit, joggte und ging in den Fitneßclub. Und außerdem beglückwünschte sie Pippi ständig zu seinem Karma. Denn selbstverständlich kannte keiner dieser Frauen seinen wahren Beruf. Er war einfach ein Angestellter des Hotelverbandes von Las Vegas.

Ja, mit Michelle könnte er in Las Vegas bleiben, sie könnten sich eine Wohnung in Los Angeles halten, und wenn sie sich langweilten, könnten sie sich eine Dreiviertelstunde in den Flieger setzen für vierzehn Tage L. A. Und vielleicht könnte er ihr, damit sie beschäftigt war, einen Geschenkeshop im Xanadu kaufen. Es könnte wirklich gehen. Aber was, wenn sie nein sagte?

Ihm fiel etwas ein: Nalene, die den Kindern, als sie noch klein waren, aus *Goldilocks und die drei Bären* vorlas. Bei ihm war es wie mit Goldilocks. Die Frau aus New York war zu hart, die aus Chicago zu weich, die aus Los Angeles genau richtig. Der Gedanke machte ihm Freude. Natürlich gab es im richtigen Leben nichts, was »genau richtig« war.

Als er in Los Angeles aus der Maschine stieg, atmete er die milde Luft Kaliforniens ein; den Smog bemerkte er gar nicht. Er mietete sich einen Wagen und fuhr zuerst zum Rodeo Drive. Er brachte seinen Frauen für sein Leben gern kleine Überraschungsgeschenke mit und schlenderte gern die Straße mit den Luxusgeschäften entlang, in denen es alle Pracht der Welt zu kaufen gab. Er kaufte eine protzige Armbanduhr bei

Gucci, eine Handtasche bei Fendi's, obwohl er sie häßlich fand, einen Schal von Hermes und ein Parfüm in einer Flasche, die wie eine teure Skulptur aussah. Als er einen Karton voll teurer Dessous kaufte, war er so guter Laune, daß er der Verkäuferin, einer jungen Blondine, scherzend sagte, sie seien für ihn. Das Mädchen sah ihn nur kurz an und sagte: »Von wegen ...«

Wieder im Wagen, machte er sich, um dreitausend Dollar ärmer, auf den Weg nach Santa Monica, die Geschenke in einer farbenfrohen Gucci-Tüte auf dem Beifahrersitz. In Brentwood hielt er am Brentwood Mart, einem seiner Lieblingsorte. Er mochte die Lebensmittelläden rund um den offenen Platz mit Picknicktischen, wo man etwas Kaltes trinken und essen konnte. Das Essen im Flugzeug war schrecklich gewesen, und er hatte Hunger. Michelle hatte nie was zu essen im Kühlschrank, weil sie ständig irgendeine Diät machte.

In einem der Läden kaufte er zwei Grillhähnchen, ein Dutzend Spareribs und vier Hot dogs mit allem Drum und Dran. In einem anderen Laden kaufte er sich frischgebackenes Weiß- und Roggenbrot. An einem offenen Stand kaufte er ein Riesenglas Cola und setzte sich dann auf einen letzten Augenblick Einsamkeit an einen der Picknicktische. Er aß zwei der Hot dogs, ein halbes Grillhähnchen und einige Fritten. Nie hatte ihm etwas derart geschmeckt. Er saß im goldenen Licht der kalifornischen Nachmittagssonne, und die herrlich milde Luft wusch ihm das Gesicht. Er ging nur ungern, aber Michelle erwartete ihn. Sie wäre bereits gebadet, in Düfte gehüllt und etwas beschwipst und würde ihn auf der Stelle ins Bett ziehen, bevor er sich auch nur die Zähne putzen konnte. Er wollte ihr den Antrag machen, bevor sie loslegten.

Die Einkaufstüte mit dem Essen war mit irgendeiner Geschichte über Nahrungsmittel bedruckt, eine Einkaufstüte für Intellektuelle, wie es sich für die intellektuelle Kundschaft des Einkaufszentrums gehörte. Während er sie in den Wagen stellte, las er nur die erste Zeile: »Obst ist das älteste Nahrungsmittel. Im Garten Eden...« Großer Gott, dachte Pippi.

Er fuhr nach Santa Monica und hielt vor Michelles Eigentumswohnung in einer Reihe zweigeschossiger Bungalows im spanischen Stil. Als er aus dem Wagen stieg, nahm er die beiden Tüten automatisch mit der Linken, um die Rechte frei zu haben. Aus reiner Gewohnheit warf er einen Blick die Straße hinauf und hinab. Es war hübsch hier, keine Autos, der spanische Stil sorgte für geräumige Auffahrten und eine fast religiös milde Atmosphäre. Die Metalleisten am Straßenrand waren von Blumen und Gras verdeckt, und die Bäume mit ihren schweren Ästen boten einen Schirm gegen die untergehende Sonne.

Pippi brauchte jetzt nur noch einen langen Gartenweg hinaufzugehen, dessen grüne Holzzäune mit Rosen überwuchert waren. Michelles Wohnung lag nach hinten, ein Relikt des alten Santa Monica, das so idyllisch gewesen war. Die Gebäude selbst waren aus scheinbar altem Holz, und jeder der Swimmingpools war mit weißen Bänken geschmückt.

Vom Ende der Gasse her hörte Pippi das Motorengegrummel eines stehenden Wagens. Wie immer war er sofort auf der Hut. Im selben Augenblick erblickte er einen Mann, der sich von einer der Bänke erhob. Er war so überrascht, daß er sagte: »Was zum Teufel machst du denn hier?«

Die Hand des Mannes kam ihm nicht entgegen, um ihn zu begrüßen, und in diesem Augenblick war Pippi alles klar. Er wußte, was geschehen würde. Sein Gehirn verarbeitete so viele Informationen zugleich, daß er nicht reagieren konnte. Er sah die Waffe auftauchen, so klein, so harmlos, sah die Spannung auf dem Gesicht des Mörders. Verstand zum ersten Mal den Blick auf den Gesichtern der Männer, die er selbst ins Jenseits befördert hatte, ihr maßloses Erstaunen, daß das Leben zu Ende sein sollte. Und er verstand, daß er endlich für seine Art Leben bezahlen mußte. Er dachte sogar kurz, daß der Killer schlecht geplant hatte, daß er selbst es ganz anders angefangen hätte.

Da er wußte, daß es keine Gnade geben konnte, tat er sein Bestes. Er ließ die Einkaufstüten fallen, stürzte nach vorn und griff im selben Augenblick nach seiner Waffe. Der Mann kam ihm entgegen, und Pippi griff schon jubelnd nach ihm. Sechs Kugeln zerrissen seinen Körper und warfen ihn in ein Kissen aus Blumen am Fuße des grünen Zauns. Er roch ihren Duft. Er blickte zu dem Mann auf, der über ihm stand, und sagte: »Du verdammter Santadio.« Dann fuhr ihm die letzte Kugel des Mörders in den Schädel. Pippi De Lena war nicht mehr.

16. Kapitel

Früh am Morgen des Tages, an dem Pippi De Lena sterben sollte, holte Cross Athena an ihrem Haus in Malibu ab, und sie fuhren nach San Diego, um Athenas Tochter Bethany zu besuchen.

Die Schwestern hatten Bethany bereits zurechtgemacht, sie war zum Ausgehen angezogen. Cross sah, daß sie ein etwas unklares Spiegelbild ihrer Mutter und recht groß für ihr Alter war. Gesicht und Augen waren so ausdruckslos wie zuvor, und ihr Körper war zu schlaff. Sie trug noch die rote Plastikschürze, die dazu diente, ihre Kleider beim Malen zu schützen. Seit dem frühen Morgen hatte sie die Wand bemalt. Sie nahm die beiden nicht zur Kenntnis, und als ihre Mutter sie umarmte und küßte, wandte sie Körper und Gesicht ab.

Athena achtete nicht darauf und umarmte sie nur noch fester.

Sie wollten den Tag bei einem Picknick an einem waldgesäumten See in der Nähe verbringen. Athena hatte einen Eßkorb gepackt.

Auf der kurzen Fahrt saß Bethany zwischen ihnen; Athena fuhr. Immer wieder strich Athena Bethanys Haar zurück und streichelte ihr die Wange, während Bethany nur vor sich hinstarrte.

Cross dachte daran, daß er mit Athena ins Bett gehen würde, wenn sie am Abend wieder zu Hause in Malibu wären. Er stellte sich ihren nackten Körper auf dem Bett vor und sich, wie er über ihr stand.

Plötzlich sagte Bethany etwas, und zwar zu ihm. Sie hatte ihn zuvor nicht zur Kenntnis genommen. Sie starrte ihn mit ihren ausdruckslosen grauen Augen an und sagte: »Wer bist du?«

Athena antwortete, und ihre Stimme klang so, als wäre Bethanys Frage die natürlichste Sache der Welt. Sie sagte: »Er heißt Cross, und er ist mein bester Freund.« Bethany schien sie nicht zu hören und zog sich wieder in ihre Welt zurück.

Athena parkte den Wagen einige Meter von einem schimmernden See entfernt, direkt am Wald gelegen, ein winziges blaues Juwel in einem weiten grünen Gewand. Cross nahm den Picknickkorb, und Athena packte ihn auf einem roten Tuch aus, das sie über das Gras breitete. Sie legte außerdem frische grüne Servietten und Gabeln und Löffel aus. Das Tuch war mit Musikinstrumenten bestickt, die Bethanys Aufmerksamkeit erregten. Dann breitete Athena einen Stapel verschiedener Sandwiches in Frischhaltefolie aus. Es gab Glasschüsseln mit Kartoffel- und Obstsalat. Dann einen Teller mit Sahnetörtchen, aus denen die Sahne quoll. Dazu einen Teller mit fritierten Hühnchenteilen. Sie hatte alles sorgfältig zubereitet, weil Bethany für ihr Leben gern aß.

Cross ging zurück zum Wagen und holte Limonade aus dem Kofferraum. Im Korb waren Gläser, und er schenkte für alle ein. Athena bot Bethany ein Glas an, aber Bethany schlug ihre Hand beiseite. Sie beobachtete Cross.

Cross sah ihr in die Augen. Ihr Gesicht war so starr, daß man es für eine Maske hätte halten können, aber ihre Augen waren jetzt wach. Es war, als sei sie in einer geheimen Höhle gefangen, als ersticke sie, außerstande, um Hilfe zu rufen, als sei sie mit Brandblasen bedeckt und könne keinerlei Berührung vertragen.

Sie aßen, und Athena schlüpfte in die Rolle eines unsensiblen Plappermauls, weil sie Bethany zum Lachen zu bringen versuchte. Cross konnte über ihre Fertigkeit nur staunen, langweiliges Zeug zu reden, als sei das autistische Verhalten ihres Kindes völlig normal; sie behandelte Bethany wie eine Gesprächspartnerin, obwohl das Mädchen nicht reagierte. Es war ein inspirierter Monolog, den sie da ersann, um ihren eigenen Schmerz zu lindern.

Schließlich war es Zeit fürs Dessert. Athena wickelte eines der Sahnetörtchen aus und bot es Bethany an, die es ablehnte. Auch Cross schüttelte den Kopf. Er wurde nervös, weil es offensichtlich war, daß Bethany trotz der enormen Menge, die sie gegessen hatte, böse auf ihre Mutter war. Er wußte, daß auch Athena es spürte.

Athena aß das Gebäck selbst und rief begeistert aus, wie köstlich es sei. Sie wickelte zwei weitere Sahnetörtchen aus und setzte sie Bethany vor. Gewöhnlich liebte das Mädchen Süßigkeiten über alles. Bethany nahm sie vom Tischtuch und legte sie ins Gras. Nach wenigen Minuten waren sie voller Ameisen. Erst dann nahm Bethany eines der beiden Sahnetörtchen und steckte es in den Mund. Sie reichte das andere Cross. Ohne zu zögern, steckte sich Cross das Gebäck in den Mund. Es kitzelte an Zahnfleisch und Gaumen. Rasch nahm er einen Schluck Limonade, um es hinunterzuspülen. Bethany sah Athena an.

Athena setzte das einstudierte Stirnrunzeln einer Schauspielerin auf, die sich auf eine schwierige Szene vorbereitete. Dann lachte sie, ein wunderbares, ansteckendes Lachen, und klatschte in die Hände. »Ich habe dir doch gesagt, daß es köstlich ist«, sagte sie. Sie wickelte ein weiteres Törtchen aus, aber Bethany lehnte es ebenso ab wie Cross. Athena warf das Gebäck ins Gras, nahm dann ihre Serviette und wischte Bethany den Mund ab. Dann den von Cross. Sie amüsierte sich gut, wie es schien.

Auf der Fahrt zurück ins Krankenhaus sprach sie mit Cross fast in demselben Tonfall, den sie gegenüber Bethany benutzte. Als wäre auch er autistisch. Bethany beobachtete sie sorgfältig und wandte sich dann wieder Cross zu.

Als sie das Kind am Krankenhaus absetzte, nahm Bethany Cross einen Augenblick bei der Hand. »Du bist schön«, sagte sie, aber als Cross sie zum Abschied zu küssen versuchte, wandte sie den Kopf ab und lief davon.

Auf der Fahrt zurück nach Malibu sagte Athena aufgeregt: »Sie hat auf dich reagiert, das ist ein sehr gutes Zeichen.«

»Weil ich schön bin«, sagte Cross trocken.

»Nein«, sagte Athena, »weil du Käfer essen kannst. Ich bin wenigstens so schön wie du, und mich haßt sie.« Sie lächelte freudig, und wie immer wurde Cross nicht nur schwindelig von ihrer Schönheit, sie beunruhigte ihn auch.

»Sie denkt, du bist wie sie«, sagte Athena. »Sie hält dich für autistisch.«

Cross lachte, der Gedanke gefiel ihm. »Vielleicht hat sie ja recht«, sagte er. »Vielleicht solltest du mich zu ihr in das Krankenhaus stecken.«

»Nein«, sagte Athena lächelnd. »Dann könnte ich ja deinen Körper nicht haben, wann immer ich will. Außerdem nehme ich sie ja raus, wenn ich mit *Messalina* fertig bin.«

Als sie an ihrem Haus in Malibu ankamen, ging Cross mit ihr hinein. Sie hatten geplant, daß er die Nacht bei ihr verbrachte. Inzwischen hatte er Athena jedoch zu lesen gelernt: Je lebhafter sie agierte, desto beunruhigter war sie.

»Wenn du zu aufgewühlt bist – ich kann nach Vegas zurück«, sagte er.

Jetzt sah sie traurig aus. Cross fragte sich, wie er sie am liebsten hatte: wenn sie natürlich und überschwenglich, wenn sie streng und ernst oder wenn sie melancholisch war. Ihre Schönheit ließ so viele magische Facetten zu, daß er das Gefühl hatte, seine Stimmungen entsprächen immer den ihren.

Sie sagte liebevoll: »Du hattest einen schrecklichen Tag, und du sollst deine Belohnung haben.« Ihre Stimme hatte einen spöttischen Unterton, aber er verstand, daß der Spott ihrer eigenen Schönheit galt; sie wußte, ihr Zauber war falsch.

»Ich hatte keinen schrecklichen Tag«, sagte Cross. Und das stimmte. Die Freude, die er an diesem Tag verspürt hatte, sie drei allein am See in dem großen Wald, erinnerte ihn an seine Kindheit.

»Du hast gern Ameisen auf dem Gebäck«, sagte Athena traurig.

»Sie waren nicht schlecht«, erklärte Cross. »Kann sich Bethanys Zustand bessern?«

»Ich weiß es nicht, aber ich werde weiterforschen, bis ich es herausfinde«, sagte Athena. »Ich habe ein langes drehfreies Wochenende vor mir. Es gibt da einen tollen Arzt in Paris, zu dem ich sie bringen werde.«

»Was, wenn er sagt, daß es hoffnungslos ist?« fragte Cross.

»Vielleicht glaube ich ihm nicht. Spielt auch keine Rolle«, sagte Athena. »Ich liebe sie. Ich werde mich um sie kümmern.«

»Für immer und ewig?« fragte Cross.

»Ja«, sagte Athena. Dann klatschte sie in die Hände, ihre grünen Augen leuchteten. »In der Zwischenzeit wollen wir uns amüsieren. Kümmern wir uns um uns selbst. Wir gehen nach oben, duschen und springen ins Bett. Wir treiben es ein paar Stunden wie toll. Dann mache ich uns ein Mitternachtsmahl.«

Cross fühlte sich in seine Kindheit zurückversetzt; vor ihm lag ein herrlicher Tag: das Frühstück, das seine Mutter bereitete, das Spiel mit den Freunden, die Jagdausflüge mit dem Vater, dann das Abendessen mit der Familie, Claudia, Nalene und Pippi, hinterher Kartenspiele. Auch jetzt hatte er dieses Gefühl der Unschuld: Vor ihm lag das Liebesspiel mit Athena, während die Sonne über dem Pazifik verschwand und der Himmel voller herrlicher Rot- und Rosatöne war und er ihren warmen Körper und ihre seidige Haut berührte, ihr schönes Gesicht und ihre Lippen küßte. Lächelnd führte er sie die Treppe hinauf.

Im Schlafzimmer klingelte das Telefon, und Athena lief voraus, um das Gespräch entgegenzunehmen. Sie deckte die Sprechmuschel ab und sagte erschrocken: »Es ist für dich. Ein Mann namens Giorgio.« Er war nie zuvor in ihrem Haus angerufen worden.

Das kann nur Ärger bedeuten, dachte Cross, und so tat er etwas, wozu er sich nie fähig geglaubt hätte: Er schüttelte den Kopf.

Athena informierte den Anrufer: »Er ist nicht hier... Ja, ich werde ihm sagen, er soll anrufen, wenn er kommt.« Sie legte auf und fragte: »Wer ist Giorgio?«

»Nur ein Verwandter«, sagte Cross. Er war fassungslos über das, was er getan hatte. Nur weil er auf eine Nacht mit Athena nicht verzichten wollte. Das war ein schweres Verbrechen. Und dann fragte er sich, woher Giorgio gewußt hatte, daß er hier war, und was er wohl wollte. Es muß etwas Wichtiges sein, dachte er, aber es hat trotzdem Zeit bis morgen. Nach nichts auf dieser Welt sehnte er sich so sehr wie nach den Stunden im Bett mit Athena.

Es war der Augenblick, auf den sie die ganze Woche gewartet hatten. Sie zogen sich aus, um gemeinsam zu duschen, aber er konnte nicht an sich halten, mußte sie schon jetzt umarmen, während ihre Körper vom Picknick noch ganz verschwitzt waren. Dann nahm sie ihn bei der Hand und führte ihn unter das prasselnde Naß.

Sie frottierten einander mit den großen orangefarbenen Tüchern ab, wickelten sich hinein und stellten sich auf den Balkon, um die Sonne allmählich hinter den Horizont gleiten zu sehen. Dann gingen sie hinein und legten sich auf das Bett.

Als Cross sie liebte, hatte er das Gefühl, sich aufzulösen, übrig blieb ein fiebriger Traum: Er war ein Geist, von Ekstase erfüllt, ein Geist, der in ihr Fleisch eindrang. Er ließ alle Vorsicht außer acht, all seine Vernunft, beobachtete nicht einmal mehr ihr Gesicht, um zu sehen, ob sie ihm etwas vorspielte oder ob sie ihn wirklich liebte. Es schien eine Ewigkeit, bis sie beide eng umschlungen einschliefen.

Als sie aufwachten, hielten sie einander noch immer fest, beleuchtet vom Mond, dessen Licht heller zu sein schien als das der Sonne. Athena küßte ihn und sagte: »Hast du Bethany wirklich gern?«

»Ja«, sagte Cross. »Sie gehört zu dir.«

»Meinst du, es kann besser werden mit ihr?« fragte Athena. »Glaubst du, ich kann ihr dabei helfen?«

In diesem Augenblick hatte Cross das Gefühl, er würde sein Leben dafür geben, das Mädchen wieder gesund zu machen. Er verspürte den Drang, sich für die Frau, die er liebte, zu opfern; das tun viele Männer, er aber hatte das Gefühl bis zu diesem Augenblick nicht gekannt.

»Wir können beide versuchen zu helfen«, sagte Cross.

»Nein«, sagte Athena, »das muß ich allein machen.«

Sie schliefen wieder ein, und als das Telefon klingelte, war die Luft dunstig vom neugeborenen Tag. Athena nahm den Hörer ab, lauschte und sagte dann zu Cross: »Es ist der Wachmann am Tor. Er sagt, vier Männer in einem Wagen wollen dich sehen.«

Panik überfiel Cross. Er nahm den Hörer und sagte zu dem Wachmann: »Geben Sie mir einen von ihnen.«

Die Stimme gehörte Vincent: »Cross, Petie ist bei mir. Wir haben eine schlechte Nachricht.«

»Okay, gib mir den Wachmann«, sagte Cross, und dann zum Wachmann: »Lassen Sie sie durch.«

Giorgios Anruf hatte er vollkommen vergessen. Das kommt von der Liebe, dachte er voller Verachtung. Ich werde kein Jahr überleben, wenn ich so weitermache.

Er kleidete sich rasch an und lief nach unten. Der Wagen fuhr eben vors Haus, die Sonne, die noch halb versteckt war, warf ihr Licht über den Horizont.

Vincent und Petie stiegen aus dem Fond einer großen Limousine. Cross konnte den Fahrer und einen weiteren Mann auf dem Sitz neben ihm erkennen. Petie und Vincent kamen den langen Weg durch den Garten herauf, und Cross öffnete ihnen die Tür.

Plötzlich stand Athena neben ihm, nur in Hose und Pullover, mit nichts darunter. Petie und Vincent starrten sie an. Sie war nie schöner gewesen.

Athena führte sie in die Küche, um Kaffee zu kochen, und Cross stellte ihr die beiden als seine Vettern vor.

»Wie kommt ihr denn her?« fragte Cross. »Ihr wart doch gestern abend noch in New York.«

»Giorgio hat eine Maschine gechartert«, sagte Petie.

Athena musterte sie, während sie Kaffee machte. Sie zeigten keine Emotionen. Sie sahen wie Brüder aus, beide groß gewachsen, aber Vincent war von granitener Blässe, während Peties schmaleres Gesicht von Wetter oder Alkohol rot gefärbt war.

»Was ist denn nun mit der schlechten Nachricht?« fragte Cross. Er war darauf gefaßt zu hören, daß der Don gestorben, daß Rose Marie wirklich verrückt geworden oder Dante etwas so Schreckliches angestellt hatte, daß die Familie in eine Krise geraten war.

Vincent sagte auf die ihm eigene schroffe Art: »Wir müssen allein mit dir reden.«

Athena schenkte den Kaffee ein. »Ich habe dir meine schlechten Nachrichten erzählt«, sagte sie zu Cross. »Ich sollte auch deine hören.«

»Ich fahre einfach mit ihnen«, sagte Cross.

»Sei nicht so verdammt herablassend«, sagte Athena. »Wag es ja nicht zu gehen.«

Darauf reagierten Vincent und Petie. Vincents Granitgesicht lief vor Verlegenheit ganz rot an; Petie bedachte Athena mit einem abwägenden Grinsen, als wäre sie jemand, auf den man ein Auge haben müßte. Cross, der das sah, lachte und sagte: »Okay, laßt hören.«

Petie versuchte den Schlag zu lindern. »Deinem Vater ist was passiert«, sagte er.

Vincent mischte sich brutal ein: »Pippi wurde von einem jungen schwarzen Räuber niedergeschossen. Er ist tot. Wie auch der Räuber. Ein Polizist namens Losey hat ihn erschossen, als er davonzulaufen versuchte. Wir brauchen dich in L. A., um die Leiche zu identifizieren und den Papierkram zu erledigen. Der Alte will ihn in Quogue beerdigt haben.«

Cross hatte es den Atem verschlagen. Er schwankte einen Augenblick, zitterte, spürte dann Athena, die mit beiden Händen seinen Arm hielt.

»Wann?« fragte Cross.

»Gegen acht gestern abend«, sagte Petie. »Giorgio hat dich angerufen.«

Cross dachte: Während ich Sex hatte, lag mein Vater in der Leichenhalle. Er verspürte eine merkwürdige Verachtung für diesen Augenblick der Schwäche, eine übermächtige Scham. »Ich muß gehen«, sagte er zu Athena. Sie sah in sein von Kummer gezeichnetes Gesicht. Sie hatte ihn nie so gesehen.

»Es tut mir leid für dich«, sagte sie. »Ruf mich an.«

Im Fond der Limousine nahm Cross die Beileidsbezeigungen der beiden anderen Männer entgegen. Er erkannte in ihnen Soldaten aus der Bronx-Enklave. Als sie das Tor der Kolonie von Malibu passierten und dann auf den Pacific Coast Highway hinausfuhren, spürte Cross die Trägheit des Wagens. Er war gepanzert.

Fünf Tage später fand in Quogue die Beerdigung von Pippi De Lena statt. Das Anwesen des Don hatte seinen eigenen Friedhof, so wie das Haus seine eigene Kapelle hatte, und man begrub Pippi in dem Grab neben Silvio, womit der Don ihm seinen Respekt bezeigte.

Nur der Clericuzio-Clan und die geschätztesten Soldaten der Bronx-Enklave waren dabei. Lia Vazzi kam auf Cross' Bitte von der Jagdhütte in den Sierras herunter. Rose Marie war nicht zugegen. Als sie von Pippis Tod hörte, hatte sie einen ihrer Anfälle gehabt, und man hatte sie in die psychiatrische Klinik gebracht.

Aber Claudia De Lena war dabei. Sie kam mit dem Flugzeug, um Cross zu trösten und sich von ihrem Vater zu verabschieden. Sie hatte das Gefühl, nach seinem Tod tun zu müssen, wozu sie zu Pippis Lebzeiten nicht imstande gewesen war. Sie wollte ihn wenigstens zum Teil für sich beanspruchen, um den Clericuzios zu zeigen, daß er ebenso ihr Vater wie ein Teil ihrer Familie gewesen war.

Der Rasen vor dem Haus der Clericuzios war mit einem riesigen Blumenarrangement von der Größe einer Reklamewand geschmückt, rund herum standen Büffettische und Kellner, um die Gäste zu bedienen. Der Tag war ausschließlich der Trauer vorbehalten, die Geschäfte der Familie wurden nicht diskutiert.

Claudia weinte bittere Tränen wegen all der Jahre, in denen sie ohne ihren Vater hatte leben müssen, Cross dagegen nahm die Beileidsbezeigungen in stiller Würde entgegen und zeigte keine Zeichen von Schmerz.

Am Abend darauf stand er auf dem Balkon seiner Suite im Xanadu und beobachtete das Chaos der Farben auf dem neonbeleuchteten Strip. Selbst von hier oben hörte man noch den Lärm der Musik, das Summen der Spielenden, die den übervölkerten Strip nach ihrem Glückscasino absuchten. Aber es war still genug, um zu analysieren, was während des letzten Monats passiert war. Und um über den Tod seines Vaters nachzudenken. Cross glaubte nicht einen Augenblick, daß Pippi De Lena von einem jungen Straßenräuber erschossen worden war. So etwas passierte einem Qualifizierten nie und nimmer.

Er ging sämtliche Fakten durch, die man ihm genannt hatte. Sein Vater sei von einem schwarzen Straßenräuber namens Hugh Marlowe erschossen worden. Der Räuber sei dreiundzwanzig Jahre alt und habe eine Latte von Vorstrafen als Dealer. Marlowe sei auf der Flucht vom Tatort von einem Detective Jim Losey erschossen worden, der Marlowe in einer Drogensache auf den Fersen gewesen sei. Marlowe habe eine Waffe in der Hand gehalten und damit auf Losey gezielt, der ihn daraufhin erschossen habe, mit einem sauberen Schuß durch den Nasenrücken. Als Losey der Sache nachgegangen sei, habe er Pippi De Lena entdeckt und auf der Stelle Dante Clericuzio angerufen. Sogar noch bevor er die Polizei informierte. Warum sollte er das tun, selbst wenn er auf der Lohnliste der Familie stand? Was für eine Ironie: Pippi De Lena, der beste aller qualifizierten Männer, über dreißig Jahre lang Hammer Nummer eins der Clericuzios, ermordet von einem stümperhaften, dealenden Straßenräuber.

Aber warum hatte ihn dann der Don von Vincent und Petie in einem gepanzerten Wagen abholen lassen und bis zum Begräbnis bewacht? Wozu diese sorgfältigen Vorsichtsmaßnahmen des Don? Wahrend der Beerdigung hatte er den Don gefragt. Aber der hatte nur gesagt, es sei klug, auf alles gefaßt zu sein, bis die Fakten bekannt wären. Er hätte die Angelegenheit unter die Lupe genommen, und wie es schien, entspräche alles der Wahrheit. Ein kleiner Dieb hätte einen Fehler gemacht und eine dumme Tragödie heraufbeschworen. Aber schließlich, so fügte der Don hinzu, seien ja die meisten Tragödien dumm.

Es bestand kein Zweifel am Kummer des Don. Er hatte Pippi immer wie einen seiner Söhne behandelt, ihn sogar in gewisser Hinsicht bevorzugt. Und zu Cross hatte er gesagt: »Der Platz deines Vaters in der Familie gehört dir.«

Aber jetzt, als er von seinem Balkon aus über Las Vegas blickte, dachte Cross über das eigentliche Problem nach. Der Don hatte noch nie an Zufälle geglaubt, und hier hatten sie einen Fall, der vor Zufällen schier platzte. Detective Jim Losey stand auf der Lohnliste der Familie, und von den Tausenden von Kriminalbeamten und Schutzpolizisten, die es in Los Angeles gab, war ausgerechnet er es, der über den Mord gestolpert war. Wie groß waren wohl die Chancen dafür? Wichtiger noch, Don Domenico Clericuzio wußte sehr wohl, daß ein Straßenräuber unmöglich an Pippi De Lena herangekommen sein konnte. Und welcher Straßenräuber gab schon sieben Schüsse ab, bevor er floh? Nie und nimmer würde der Don so etwas glauben.

Die Frage stellte sich also von selbst: Waren die Clericuzios zu dem Schluß gekommen, daß ihr größter Soldat eine

Gefahr für sie darstellte? Aus welchem Grund? Konnten sie seine Loyalität und Hingabe ebenso außer acht lassen wie ihre Liebe zu ihm? Nein, sie waren unschuldig. Und der beste Beweis dafür war, daß Cross noch am Leben war. Der Don hätte nie gestattet, ihn am Leben zu lassen, wenn sie Pippi umgebracht hätten. Aber Cross wußte auch, daß er selbst in Gefahr sein mußte.

Cross dachte über seinen Vater nach. Er hatte ihn aufrichtig geliebt, und es hatte Pippi verletzt, daß Claudia sich geweigert hatte, mit ihm zu sprechen, solange er noch am Leben war; es hätte ihm solche Freude gemacht. Aber sie entschied sich, zur Beerdigung zu gehen. Warum? Weil sie Cross' Schwester war und bei ihm sein wollte? Das konnte nicht alles sein. Sie hatte die Fehde ihrer Mutter zu lange weitergeführt. Sie wollte keinen Kontakt zu den Clericuzios. Könnte es sein, daß ihr endlich eingefallen war, wie gut er vor dem Auseinanderfallen der Familie zu ihnen gewesen war?

Er dachte an den schrecklichen Tag zurück, an dem er sich entschlossen hatte, mit seinem Vater zu gehen, weil ihm klar wurde, wer sein Vater wirklich war und daß er Nalene tatsächlich umbringen könnte, wenn sie ihm beide Kinder nahm. Aber er war auf ihn zugegangen und hatte die Hand seines Vaters genommen, nicht aus Liebe zu ihm, sondern wegen der Angst in Claudias Augen.

Cross hatte immer gedacht, sein Vater sei ihr Schutz gegen die Welt, in der sie lebten, und unverwundbar. Jetzt würde er sich selbst gegen seine Feinde schützen müssen, womöglich sogar vor den Clericuzios. Immerhin war er reich, er hatte für eine halbe Milliarde Anteile am Xanadu; es würde sich jetzt lohnen, ihn zu beseitigen.

Dies brachte ihn dazu, über das Leben nachzudenken, das er jetzt führte. Welchen Sinn hatte es? Um alt zu werden wie sein Vater, all die Risiken einzuteilen und schließlich doch umgebracht zu werden? Es stimmte, Pippi hatte sein Leben genossen, die Macht, das Geld, aber jetzt schien es Cross ein leeres Leben gewesen zu sein. Sein Vater hatte nie das Glück gekannt, eine Frau wie Athena zu lieben.

Er war erst achtundzwanzig Jahre alt, er könnte noch ein neues Leben beginnen. Er dachte an Athena und daß er sie morgen zum ersten Mal bei der Arbeit, sozusagen ihr Scheinleben sehen würde, all die Masken, die sie aufsetzen konnte. Wie sehr hatte sie Pippi gefallen; er hatte für sein Leben gern schöne Frauen um sich gesehen. Aber dann dachte er an die Frau von Virpinio Ballazzo. Pippi hatte sie gern gehabt, an ihrem Tisch gegessen, sie umarmt, mit ihr getanzt, mit ihrem Mann Boccia gespielt und dann den Mord an beiden geplant.

Er seufzte und stand auf, um in seine Suite zurückzugehen. Es dämmerte, und das Licht ließ den Neonschein, der wie ein großer Theater Vorhang über dem Strip lag, dunstig werden. Er konnte hinabschauen und die Flaggen all der großen Casino-Hotels sehen: Sands, Caesars, das Flamingo, Desert Inn und den ausbrechenden Vulkan dcs Mirage. Das Xanadu war größer als alle. Er sah die Fahnen über den Villen des Xanadu wehen. In welchem Traum er doch gelebt hatte, und jetzt löste er sich auf; Gronevelt war tot und sein Vater ermordet.

Wieder in seinem Zimmer, nahm er den Hörer vom Telefon und bat Lia Vazzi, zum Frühstück heraufzukommen. Sie waren vom Begräbnis in Quogue aus zusammen nach Vegas gereist. Dann bestellte er Frühstück für sie beide. Ihm fiel ein, wie gern Lia Pfannkuchen hatte, trotz all der Jahre in Amerika noch immer ein exotisches Gericht für ihn. Der Mann vom Sicherheitsdienst kam mit Vazzi im selben Augenblick wie das Frühstück. Sie aßen in der Küche der Suite.

»Also, was denkst du?« fragte Cross Lia.

»Ich denke, wir sollten diesen Detective Losey beseitigen«, sagte Lia. »Ich habe dir das schon vor langer Zeit gesagt.«

»Du glaubst ihm also seine Geschichte nicht?« fragte Cross.

Lia schnitt seinen Pfannkuchen in Streifen. »Die Geschichte ist eine Schande«, sagte er. »Völlig ausgeschlossen, daß ein Qualifizierter wie dein Vater einen Schurken so nahe an sich herankommen ließ.«

»Der Don hält sie für wahr«, sagte Cross. »Er hat sie unter die Lupe genommen.«

Lia griff nach einer der Havannas und dem Glas Branntwein, das Cross ihm vorgesetzt hatte. »Ich würde Don Clericuzio nie widersprechen«, sagte er, »aber laß mich Losey umbringen, nur um sicherzugehen.«

»Und was, wenn die Clericuzios hinter ihm standen?« fragte Cross.

»Der Don ist ein Mann von Ehre«, sagte Lia. »Einer aus der alten Zeit. Wenn er Pippi umgebracht hätte, dann auch dich. Er kennt dich. Ihm ist klar, daß du deinen Vater rächen wirst, und er ist ein umsichtiger Mann.«

»Trotzdem«, sagte Cross, »für wen würdest du dich entscheiden? Für mich oder die Clericuzios?«

»Ich habe keine Wahl«, sagte Lia. »Ich stand deinem Vater zu nahe, und ich stehe dir zu nahe. Sie würden mich nicht am Leben lassen, wenn du sterben mußt.«

Es war das erste Mal, daß Cross und Lia Branntwein zum Frühstück tranken. »Vielleicht ist es nur eine dieser verrückten Geschichten.«

»Nein«, sagte Lia. »Es ist Losey.«

»Aber er hat doch keinen Grund«, sagte Cross. »Trotzdem, wir müssen es herausfinden. Also, ich möchte, daß du dir sechs Leute zusammensuchst, die loyalsten, die du kennst, und keinen aus der Bronx-Enklave. Sie sollen sich bereithalten und auf meine Befehle warten.«

Lia war ungewöhnlich nüchtern. »Verzeih mir«, sagte er. »Ich habe deine Befehle nie in Frage gestellt. Aber in diesem Fall würde ich dich doch bitten, den ganzen Plan mit mir durchzugehen.«

»Gut«, sagte Cross. »Ich habe nächstes Wochenende vor, für zwei Tage nach Frankreich zu fliegen. Finde inzwischen soviel über Losey heraus, wie du kannst.«

Lia lächelte Cross an. »Fliegst du mit deiner Verlobten?«

Cross amüsierte seine Höflichkeit. »Ja, und mit ihrer Tochter.«

»Die, der ein Viertel vom Gehirn fehlt?« fragte Lia. Er wollte keineswegs despektierlich sein. Es war eine italienische Wendung, mit der man auch brillante Leute bezeichnete, die nur vergeßlich waren.

»Ja«, sagte Cross. »Es gibt da einen Arzt, der ihr vielleicht helfen kann.«

»Bravo«, sagte Lia. »Ich wünsche euch alles Gute. Diese Frau, weiß sie über Angelegenheiten der Familie Bescheid?«

»Da sei Gott vor«, sagte Cross, und sie lachten beide. Und Cross hätte gern erfahren, woher Lia soviel über sein Privatleben wußte.

17. Kapitel

Zum ersten Mal hatte Cross Gelegenheit, Athena bei den Dreharbeiten zuzuschauen, konnte sehen, wie sie falsche Emotionen vorspielte, wie sie jemand anders war als sie selbst.

Er holte Claudia in ihrem Büro auf dem LoddStone-Filmgelände ab, sie wollten sich Athena zusammen ansehen. Im Büro waren noch zwei andere Frauen, und Claudia machte sie miteinander bekannt. »Das ist mein Bruder Cross, und das ist die Regisseurin Dita Tommey. Und Falene Fant, die heute in einer Szene mitspielt.«

Tommey warf ihm einen prüfenden Blick zu; sie fand, er sah gut genug aus, um in der Branche zu arbeiten, nur daß er keine Leidenschaft, keinen Schwung besaß und auf der Leinwand stocksteif wirken würde. Sie verlor das Interesse. »Ich wollte gerade los«, sagte sie, als sie ihm die Hand gab. »Das mit Ihrem Vater tut mir sehr leid. Übrigens, Sie sind sehr willkommen bei den Dreharbeiten, Claudia und Athena garantieren für Sie, auch wenn Sie einer der Produzenten sind.«

Cross bemerkte die andere Frau. Sie war schokoladenbraun, hatte ein unglaublich freches Gesicht und eine tolle Figur, die sie mit ihrer Kleidung stark betonte. Falene war weitaus weniger förmlich als Tommey.

»Ich wußte gar nicht, daß Claudia einen so schicken Bruder hat – und auch noch reich, nach dem, was ich gehört habe.

Wenn Sie mal jemanden brauchen, der Ihnen beim Dinner Gesellschaft leistet, rufen Sie mich an«, sagte Falene.

»Das werde ich«, sagte Cross. Das Angebot überraschte ihn nicht. Viele der Revuegirls und Tänzerinnen im Xanadu hatten dieselbe direkte Art. Dieses Mädchen flirtete einfach gern, wußte, wie gut sie aussah, und ließ sich einen Mann, der ihr äußerlich gefiel, nicht durch die Lappen gehen, nur weil es so etwas wie gesellschaftliche Regeln gab.

»Wir wollten Falene in dem Film ein bißchen mehr zu tun geben. Dita meint, sie hat Talent, und das finde ich auch.«

Falene schenkte Cross ein breites Grinsen. »Ja, jetzt wakkel' ich zehnmal mit dem Arsch statt sechsmal. Und ich darf zu Messalina sagen: ›Alle Frauen Roms lieben dich und hoffen auf deinen Sieg.‹« Sie schwieg einen Augenblick und sagte dann: »Ich hab' gehört, Sie sind einer der Produzenten. Vielleicht können Sie die ja dazu bringen, daß ich zwanzigmal mit dem Arsch wackeln darf.«

Cross spürte, daß es etwas gab, was sie verbergen wollte, trotz ihrer lebhaften Art.

»Ich bin nur einer von den Leuten, die das Geld haben«, sagte Cross. »Und jeder muß ab und zu mal mit dem Arsch wackeln.« Er lächelte und sagte auf eine charmant schlichte Art: »Jedenfalls wünsche ich Ihnen viel Glück.«

Falene beugte sich zu ihm vor und gab ihm einen Kuß auf die Wange. Er konnte ihr Parfüm riechen, das einen schweren, erotischen Duft hatte, und dann spürte er, wie er für seine wohlwollenden Worte dankbar umarmt wurde. Dann lehnte sie sich zurück. »Ich muß Ihnen und Claudia etwas sagen, aber es ist geheim. Ich will keinen Ärger bekommen, vor allem nicht jetzt.«

Claudia, die an ihrem Computer saß, runzelte die Stirn und sagte nichts. Cross trat einen Schritt von Falene zurück. Er mochte keine Überraschungen.

Falene bemerkte es. Ihre Stimme stockte ein wenig. »Das mit Ihrem Vater tut mir leid«, sagte sie. »Aber es gibt etwas, was Sie wissen sollten. Ich bin mit Marlowe, dem Typen, der ihn überfallen haben soll, als Kind zusammen aufgewachsen und hab' ihn wirklich gut gekannt. Angeblich hat dieser Detective Jim Losey Marlowe erschossen, der angeblich ihren Vater erschossen hat. Aber ich weiß, daß Marlowe niemals eine Schußwaffe besessen hat. Schußwaffen waren der absolute Horror für ihn. Marlowe hat ein bißchen was mit Drogen gemacht und Klarinette gespielt. Und er war so ein süßer Feigling. Jim Losey und sein Partner, Phil Sharkey, haben ihn manchmal abgeholt und sind mit ihm durch die Gegend gefahren, damit er nach Dealern für sie Ausschau hielt. Marlowe hatte solche Angst vor dem Knast, daß er als Informant für die Polizei arbeitete. Und auf einmal ist er ein Raubmörder.«

Claudia schwieg. Falene winkte ihr zu und ging zur Tür, dann kam sie noch einmal zurück. »Und denken Sie daran«, sagte sie, »das ist ein Geheimnis zwischen mir und Ihnen.«

»Ist schon vergessen«, versicherte Cross ihr lächelnd, so gut er konnte. »Und Ihre Geschichte wird auch nichts ändern.«

»Ich mußte es mir einfach von der Seele reden«, sagte Falene. »Marlowe war so ein lieber Junge.« Sie ging.

»Was meinst du?« sagte Claudia zu Cross. »Was sollte das nun?«

Cross zuckte die Schultern. »Drogenabhängige sind immer für eine Überraschung gut. Er hat Geld für seinen Stoff gebraucht, macht einen Überfall und hat eben Pech gehabt.«

»Wahrscheinlich«, sagte Claudia. »Und Falene ist so gutmütig, die würde alles glauben. Aber es ist schon eine Ironie des Schicksals, daß unser Vater so ums Leben kam.«

Cross sah sie mit steinernem Gesicht an. »Jeder hat irgendwann mal Pech.«

Den Rest des Nachmittags verbrachte er damit, bei den Dreharbeiten zuzusehen. In einer Szene besiegte der unbewaffnete Held drei bewaffnete Männer. Das gefiel ihm nicht, er fand es lächerlich. Einen Helden sollte man niemals in einer so hoffnungslosen Situation zeigen. Das bewies nur, daß er zu dämlich war, ein Held zu sein. Dann sah er Athena zu, wie sie eine Liebesszene und eine Streitszene spielte. Er war ein bißchen enttäuscht, sie spielte so verhalten, daß die anderen Schauspieler sie in den Schatten zu stellen schienen. Cross besaß zuwenig Erfahrung, um zu wiesen, daß das, was Athena tat, im Film viel stärker zur Geltung kommen würde, daß die Kamera bei ihr Wunder wirkte.

Die richtige Athena entdeckte er nicht. Sie spielte immer nur in ein paar kurzen Schnipseln, und dann folgten wieder lange Pausen. Von den Beleuchtungsanlagen, die die Lichteffekte auf der Leinwand bewirken sollten, war nichts zu sehen. Athena schien sogar weniger schön, wenn sie vor der Kamera spielte.

Davon sagte er nichts, als er die Nacht mit ihr in Malibu verbrachte. Als sie zusammen geschlafen hatten und sie ein mitternächtliches Mahl zubereitete, sagte sie: »Ich war heute nicht sehr gut, stimmt's?« Sie lächelte ihn mit ihrem katzenähnlichen Zug um den Mund an, der bei ihm jedesmal ein Kribbeln im Bauch auslöste. »Ich wollte dir nicht meine besten Szenen zeigen«, sagte sie. »Ich wußte, du würdest dort stehen und versuchen, mich einzuschätzen.«

Er lachte. Er freute sich immer über ihre Art, seinen Charakter wahrzunehmen. »Nein, du warst ganz gut«, sagte er. »Möchtest du, daß ich am Freitag mit dir nach Paris fliege?«

Athena war überrascht. Er sah es an ihren Augen. Ihr Gesicht veränderte sich nie, sie hatte sich unter Kontrolle. Sie dachte darüber nach. »Das könnte eine große Hilfe sein«, sagte sie. »Und wir könnten uns zusammen Paris ansehen.«

»Und wir würden am Montag zurückkommen«, mutmaßte Cross.

»Ja«, sagte Athena. »Am Dienstag morgen muß ich drehen. Wir haben nur ein paar Wochen Zeit für den Film.«

»Und dann?« fragte Cross.

»Dann werde ich mich zurückziehen und mich um meine Tochter kümmern«, sagte Athena. »Außerdem will ich sie nicht länger geheimhalten.«

»Der Arzt in Paris hat das letzte Wort?« fragte Cross.

»Niemand hat das letzte Wort«, sagte Athena. »Nicht zu diesem Thema. Aber er ist wichtig.«

Am Freitag abend flogen sie mit einem gecharterten Flugzeug nach Paris. Athena hatte sich mit einer Perücke verkleidet, und ihr Make-up verschleierte ihre Schönheit so, daß sie ziemlich betulich wirkte. Sie trug locker sitzende Kleidung, die ihre Figur völlig verbarg und ihr ein etwas matronenhaftes Aussehen gab. Cross war erstaunt. Sie hatte sogar einen anderen Gang.

Im Flugzeug fand Bethany es faszinierend, auf die Erde hinabzublicken. Sie lief im Flugzeug umher und sah aus allen möglichen Fenstern. Sie wirkte ein wenig verdutzt, ihr sonst meist leerer Gesichtsausdruck erschien nun fast normal.

Vom Flugplatz fuhren sie zu einem kleinen Hotel in einer Seitenstraße der Avenue Georges Mandel. Sie hatten eine Suite mit zwei Schlafzimmern, einem für Cross und einem für Athena und Bethany, und einem gemeinsamen Wohnzimmer. Es war zehn Uhr morgens, Athena nahm ihre Perücke ab, entfernte ihr Make-up und zog sich um. In Paris konnte sie einfach nicht so bieder aussehen.

Am Mittag saßen die drei in dem Büro des Arztes in einem

kleinen Château auf einem Anwesen, das von einem Eisengitter umgeben war. Am Tor stand ein Wachtposten, der ihre Namen überprüfte und sie dann einließ.

Am Eingang wurden sie von einem Dienstmädchen empfangen, das sie in ein riesiges, dicht möbliertes Wohnzimmer führte. Dort erwartete sie der Arzt.

Dr. Ocell Gerard war ein großer, etwas schwerfälliger Mann, gepflegt gekleidet, mit einem gutgeschnittenen braunen Nadelstreifenanzug, einem weißen Hemd und einer dazu passenden dunkelbraunen Seidenkrawatte. Er hatte ein rundliches Gesicht und hätte einen Bart tragen sollen, um seine speckigen Wangen zu verbergen. Seine dicken Lippen waren von dunkelroter Farbe. Er stellte sich Athena und Cross vor, doch das Kind ignorierte er. Sowohl Athena als auch Cross empfanden sofort eine Abneigung gegen den Mann. Er sah nicht aus wie jemand, der für den sensiblen Beruf, den er ausübte, geeignet war.

Auf einem Tisch standen Tee und Gebäck. Ein Dienstmädchen bewirtete sie. Zwei Krankenschwestern kamen dazu, junge Frauen in strenger Berufskleidung, mit weißen Häubchen und elfenbeinfarbenen Blusen und Röcken. Die beiden Schwestern beobachteten Bethany die ganze Teepause über intensiv.

Dr. Gerard wandte sich an Athena. »Madame, ich möchte Ihnen für Ihre äußerst großzügige Spende an unser Medizinisches Institut für autistische Kinder danken. Ich habe Ihre Bitte um strenge Vertraulichkeit befolgt, was auch der Grund ist, weshalb ich diese Untersuchung hier in meinem eigenen, privaten Zentrum durchführe. Sagen Sie mir jetzt bitte genau, was Sie von mir erwarten.« Seine Stimme war ein weicher Baß und wirkte magnetisch. Sie erregte Bethanys Aufmerksamkeit, und sie starrte ihn an, aber er schien sie zu ignorieren.

Athena war nervös, sie mochte den Mann einfach nicht. »Ich will, daß Sie Bethany begutachten. Ich will, daß sie ein halbwegs normales Leben führen kann, falls das möglich ist, und ich werde alles dafür aufgeben, um das zu erreichen. Ich will, daß Sie sie in Ihre Einrichtung aufnehmen, ich bin bereit, in Frankreich zu leben und ihr mit der Schule zu helfen.«

Sie sprach diese Worte mit einer bezaubernden Traurigkeit und Hoffnung, mit einer solchen Selbstverleugnung, daß die beiden Schwestern sie fast bewundernd anblickten. Cross hatte bemerkt, daß sie ihre sämtlichen Schauspielkünste eingesetzt hatte, um den Arzt davon zu überzeugen, Bethany aufzunehmen. Er sah, wie sie ihren Arm ausstreckte, um mit einer liebevollen Geste Bethanys Hand zu ergreifen.

Nur Dr. Gerard schien unbeeindruckt. Er sah Bethany nicht an. Er wandte sich direkt an Athena. »Machen Sie sich nichts vor«, sagte er. »Ihre ganze Liebe wird diesem Kind nichts helfen. Ich habe die Berichte über sie gelesen, und es steht zweifellos fest, daß sie autistisch ist. Sie kann Ihre Liebe nicht erwidern. Sie lebt nicht in unserer Welt. Sie lebt nicht einmal in der Welt der Tiere. Sie lebt auf einem anderen Stern, absolut allein.«

»Es trifft Sie keine Schuld«, fuhr er fort. »Und den Vater, wie ich glaube, auch nicht. Es handelt sich um eine jener rätselhaften, komplizierten Fragen der Menschheit. Ich will Ihnen sagen, was ich tun kann. Ich werde sie gründlicher untersuchen und testen. Dann werde ich Ihnen sagen, was wir in unserem Institut tun können und was nicht. Wenn ich Ihnen nicht helfen kann, müssen Sie sie mit nach Hause nehmen. Wenn ich Ihnen helfen kann, dann müßten Sie sie für fünf Jahre hier bei mir in Frankreich lassen.«

Er sagte etwas auf französisch zu einer der Krankenschwestern, und die Frau verließ das Zimmer und kam mit einem riesigen Bildband berühmter Gemälde zurück. Sie gab das Buch Bethany, aber es war zu groß für ihren Schoß. Zum ersten Mal wandte sich Dr. Gerard an sie. Er sprach auf französisch mit ihr. Sofort legte sie das Buch auf den Tisch und begann, die Seiten umzublättern. Bald hatte sie sich in die Bilder vertieft.

Der Doktor schien verlegen. »Ich will Sie nicht beleidigen«, sagte er. »Es geschieht alles nur im Interesse Ihres Kindes. Ich weiß, daß Mr. De Lena nicht Ihr Ehemann ist, aber ist es möglich, daß er auch der Vater des Kindes ist? Wenn ja, dann würde ich ihn gern testen.«

»Ich kannte ihn noch gar nicht, als meine Tochter geboren wurde«, sagte Athena.

»Bon«, sagte der Arzt. »Es hätte ja sein können.«

Cross lachte. »Vielleicht sieht der Doktor ja ein paar Symptome bei mir.«

Der Arzt verzog seine dicken Lippen zu einem freundlichen Lächeln und nickte. »Natürlich haben Sie gewisse Symptome. Das haben wir alle. Wer weiß? Einen Zentimeter in die eine oder andere Richtung, und wir könnten alle autistisch sein. Jetzt muß ich das Kind gründlich untersuchen und eine Reihe von Tests durchführen. Dafür werde ich mindestens vier Stunden benötigen. Warum machen Sie beide nicht einen Bummel durch unser hübsches Paris? Mr. De Lena, sind Sie zum ersten Mal hier?«

»Ja«, erwiderte Cross.

»Ich möchte bei meiner Tochter bleiben«, sagte Athena.

»Wie Sie wünschen, Madame«, sagte der Arzt und wandte sich dann an Cross. »Viel Spaß bei Ihrem Spaziergang. Ich selbst hasse Paris. Wenn eine Stadt autistisch sein könnte, dann wäre es Paris.«

Ein Taxi wurde gerufen, und Cross fuhr zum Hotel zurück. Er hatte nicht das Bedürfnis, sich Paris ohne Athena anzusehen, und er mußte sich ausruhen. Außerdem war er nach Paris gefahren, um einen klaren Kopf zu bekommen, um Dinge zu überdenken.

Er dachte über das nach, was Falene zu ihm gesagt hatte. Er erinnerte sich, daß Losey allein nach Malibu gekommen war, Polizisten arbeiteten im allgemeinen paarweise. Bevor er nach Paris geflogen war, hatte er Vazzi gebeten, sich die Sache anzusehen.

Um vier war Cross wieder im Wohnzimmer des Arztes. Sie warteten auf ihn. Bethany war in den Bildband mit den Gemälden vertieft. Athena war bleich, das einzige körperliche Anzeichen, das, wie Cross wußte, nicht gespielt sein konnte. Bethany war außerdem dabei, einen Teller Gebäck zu verschlingen, doch der Arzt nahm ihn ihr weg und sagte auf französisch etwas zu ihr. Bethany protestierte nicht. Dann kam eine Schwester und brachte sie ins Spielzimmer.

»Verzeihen Sie«, sagte der Arzt zu Cross, »aber ich muß Ihnen eine Frage stellen.«

»Aber bitte«, sagte Cross.

Der Arzt erhob sich von seinem Platz und ging im Zimmer auf und ab. »Ich werde Ihnen sagen, was ich Madame bereits gesagt habe«, sagte der Arzt. »Es gibt in diesen Fällen keine Wunder, überhaupt keine. Ein langes Training führt manchmal zu enormen Fortschritten, in manchen Fällen, nicht in vielen. Und bei Mademoiselle bestehen gewisse Einschränkungen. Sie muß mindestens fünf Jahre in meinem Institut in Nizza bleiben. Wir haben dort Lehrer, die alle Möglichkeiten ausschöpfen können. In dieser Zeit werden wir feststellen, ob sie ein fast normales Leben wird führen können. Oder ob sie für immer in einer Anstalt leben muß.«

An dieser Stelle begann Athena zu weinen. Sie hielt sich ein kleines blaues Seidentaschentuch an die Augen, und Cross konnte seinen Duft riechen.

Der Arzt sah sie gleichgültig an. »Madame hat zugestimmt. Sie wird als Lehrerin im Institut tätig sein ... So.«

Er nahm direkt gegenüber von Cross Platz. »Es gibt einige sehr gute Anzeichen. Sie besitzt ein natürliches Talent zum Malen. Bestimmte Sinne sind sehr wach, sie ist nicht verschlossen. Sie war interessiert, als ich französisch mit ihr sprach, eine Sprache, die sie nicht verstehen kann, aber intuitiv begreift. Das ist ein sehr gutes Zeichen. Noch ein gutes Zeichen: Das Kind schien Sie heute nachmittag zu vermissen, sie hat ein gewisses Gefühl für andere Menschen, und das könnte man vielleicht erweitern. Das ist sehr ungewöhnlich, läßt sich aber relativ leicht erklären. Als ich das Mädchen daraufhin untersuchte, sagte sie mir, Sie seien schön. Bitte verstehen Sie mich nicht falsch, Mr. De Lena. Ich stelle Ihnen diese Frage nur aus medizinischen Gründen, um dem Kind zu helfen, und nicht, um Sie zu beschuldigen. Haben Sie das Mädchen in irgendeiner Form sexuell stimuliert, vielleicht auch unbeabsichtigt?«

Cross war so verblüfft, daß er laut loslachte. »Ich wußte gar nicht, daß sie auf mich anspricht. Und ich habe ihr nie irgend etwas gegeben, worauf sie hätte ansprechen können.«

Athenas Wangen röteten sich vor Zorn. »Das ist doch lächerlich«, sagte sie. »Er war nie mit ihr allein.«

Der Arzt blieb hartnäckig. »Haben Sie ihr je körperliche Zuneigung geschenkt? Ich meine nicht, ihr die Hand gehalten, übers Haar gestrichen oder einen Kuß auf die Wange gegeben. Das Mädchen ist gut entwickelt, sie würde einfach körperlich reagieren. Sie wären nicht der erste Mann, den eine solche Unschuld reizt.«

»Vielleicht weiß sie von meiner Beziehung zu ihrer Mutter«, sagte Cross.

»Ihre Mutter ist ihr egal«, sagte der Arzt. »Verzeihen Sie mir, Madame, das ist eines der Dinge, die Sie akzeptieren müssen – und die Schönheit oder der Ruhm ihrer Mutter auch. Das existiert für sie einfach nicht. Aber nach Ihnen streckt sie die Hand aus. Denken Sie mal nach. Vielleicht eine unschuldige Zärtlichkeit, irgend etwas Ungewolltes.«

Cross sah ihn ruhig an. »Wenn ich etwas getan hätte, würde ich es Ihnen sagen. Wenn ich ihr damit helfen könnte.«

»Empfinden Sie Zärtlichkeit für dieses Mädchen?« fragte der Arzt.

Cross überlegte einen Augenblick. »Ja«, sagte er.

Dr. Gerard lehnte sich zurück und faltete die Hände. »Ich glaube Ihnen«, sagte er. »Und damit verbinde ich große Hoffnungen. Wenn sie auf Sie anspricht, dann kann man ihr vielleicht helfen, auch auf andere Leute anzusprechen. Sie könnte eines Tages ihre Mutter tolerieren, und das wäre für Sie schon genug, nicht wahr, Madame?«

»O Cross«, sagte Athena. »Ich hoffe, du bist nicht böse.«

»Es ist schon okay, wirklich«, sagte Cross.

Dr. Gerard sah ihn prüfend an. »Sie fühlen sich nicht beleidigt?« sagte er. »Die meisten Männer regen sich fürchterlich auf. Einmal hat mich der Vater einer Patientin sogar geschlagen. Aber Sie sind nicht wütend. Sagen Sie mir, warum.«

Er konnte dem Mann und auch Athena nicht erklären, wie ihn der Anblick von Bethany in ihrer Streichelmaschine berührt hatte. Wie es ihn an Tiffany und an die ganzen Revuegirls erinnert hatte, mit denen er geschlafen hatte und die bei ihm ein Gefühl von Leere hinterlassen hatten. Wie seine Beziehungen zu den ganzen Clericuzios und selbst das Verhältnis zu seinem Vater bei ihm ein Gefühl von Isolation und Verzweiflung hinterlassen hatten. Und wie schließlich alle Opfer, die er zurückgelassen hatte, die Opfer irgendeiner Geisterwelt zu sein schienen, die nur in seinen Träumen wahr wurde.

Cross sah dem Arzt direkt in die Augen. »Vielleicht, weil

ich auch autistisch bin«, sagte er. »Oder vielleicht, weil ich schlimmere Verbrechen zu verbergen habe.«

Der Arzt lehnte sich zurück und meinte zufrieden: »Aha.« Er schwieg einen Augenblick und lächelte zum ersten Mal. »Würden Sie gern für ein paar Tests wiederkommen?« Sie lachten beide.

»So, Madame«, sagte Dr. Gerard. »Soviel ich weiß, fliegen Sie morgen früh zurück nach Amerika. Warum lassen Sie Ihre Tochter nicht jetzt schon bei mir? Meine Schwestern sind sehr gut, und ich kann Ihnen versichern, daß das Mädchen Sie nicht vermissen wird.«

»Aber ich werde sie vermissen«, sagte Athena. »Könnte ich sie heute nacht noch bei mir behalten und sie Ihnen morgen früh bringen? Wir haben ein Flugzeug gechartert, ich kann also abfliegen, wann ich möchte.«

»Sicher«, sagte der Arzt. »Bringen Sie sie morgen früh hierher. Meine Krankenschwestern werden sie dann nach Nizza begleiten. Sie haben die Telefonnummer des Instituts und können mich anrufen, sooft Sie wollen.«

Sie erhoben sich, um zu gehen. Athena küßte den Arzt stürmisch auf die Wange. Der Arzt errötete, er war nicht unempfänglich für ihre Schönheit und ihren Ruhm, auch wenn er wie ein Unmensch wirkte.

Athena, Bethany und Cross verbrachten den Rest des Tages mit einem Bummel durch die Straßen von Paris. Athena kaufte ein paar neue Kleider für Bethany, einen ganzen Schrank voll. Sie kaufte Malsachen und einen großen Koffer, um alles einpacken zu können. Sie schickten das Gepäck ins Hotel.

In einem Restaurant auf den Champs-Elysees aßen sie zu Abend. Bethany aß gierig, vor allem das Gebäck. Sie hatte den ganzen Tag über weder ein Wort gesprochen noch auf eine von Athenas liebevollen Gesten reagiert.

Cross hatte noch nie erlebt, daß einem Menschen soviel Liebe entgegengebracht wurde wie Bethany von Athena. Nur als er noch ein Kind war und seine Mutter Nalene Claudias Haar gekämmt hatte.

Während des Abendessens hielt Athena Bethanys Hand, wischte ihr die Krümel vom Gesicht und erklärte ihr, daß sie in einem Monat nach Frankreich zurückkehren würde, um die nächsten fünf Jahre bei ihr an der Schule zu bleiben.

Bethany schenkte ihr keine Beachtung.

Begeistert erzählte Athena Bethany, wie sie gemeinsam Französisch lernen und in den Museen all die berühmten Gemälde besichtigen könnten und wie Bethany jederzeit soviel, wie sie nur wollte, selbst malen könnte. Sie beschrieb ihr, wie sie zusammen quer durch Europa reisen würden, nach Spanien, Italien, Deutschland.

Dann sprach Bethany die ersten Worte dieses Tages. »Ich will meine Maschine.«

Wie immer ergriff Cross heilige Ehrfurcht. Dieses schöne Mädchen war wie ein großartiges Porträtgemälde, aber ohne die Seele des Künstlers, als hätte man in ihrem Körper Platz für Gott gelassen.

Es war schon dunkel, als sie zu ihrem Hotel zurückkehrten. Bethany hatten sie in ihre Mitte genommen, hielten sie an den Händen und schwangen sie in die Luft. Ausnahmsweise ließ sie es zu, und es schien ihr sogar solchen Spaß zu machen, daß sie an ihrem Hotel vorbei noch ein Stück weiterliefen.

In diesem Augenblick empfand Cross dasselbe Glücksgefühl, das er schon bei dem Picknick gehabt hatte. Und es bestand aus nichts weiter, als daß sie zu dritt beisammen waren und sich an den Händen hielten. Seine Sentimentalität verwunderte und erschreckte ihn zugleich.

Schließlich kehrten sie in das Hotel zurück. Nachdem Athena Bethany zu Bett gebracht hatte, kam sie ins Wohnzimmer ihrer Suite, wo Cross auf sie wartete. Sie saßen nebeneinander auf dem lavendelfarbenen Sofa und hielten sich bei den Händen.

»Liebende in Paris«, sagte Athena und lächelte ihn an. »Und wir haben es nicht mal geschafft, zusammen in einem französischen Bett zu schlafen.«

»Macht es dir Sorgen, Betty hierzulassen?« fragte Cross.

»Nein«, sagte Athena. »Sie wird uns nicht vermissen.«

»Fünf Jahre sind eine lange Zeit«, sagte Cross. »Bist du wirklich bereit, fünf Jahre und deinen Beruf aufzugeben?«

Athena stand vom Sofa auf und ging im Zimmer auf und ab. Sie sprach leidenschaftlich. »Ich werde es genießen, ohne die Schauspielerei leben zu können. Als ich klein war, träumte ich immer davon, eine große Heldin zu werden, Marie Antoinette auf dem Weg zur Guillotine, Jeanne d'Arc auf dem Scheiterhaufen, Marie Curie, die die Menschheit von irgendeiner schweren Krankheit erlöst. Und natürlich davon, alles für die Liebe eines großen Mannes aufzugeben, das war am allerlächerlichsten. Ich träumte davon, als Heldin zu leben, und wußte, ich würde mit Sicherheit in den Himmel kommen. Ich würde rein an Körper und Seele sein. Ich verabscheute die Vorstellung, irgend etwas zu tun, womit ich mich kompromittieren würde, vor allem für Geld. Ich war fest entschlossen, unter gar keinen Umständen einem anderen Menschen Leid zuzufügen. Jeder würde mich lieben, und ich mich auch. Ich wußte, daß ich intelligent war, jeder sagte mir, daß ich schön war, und ich bewies nicht nur mein Können, sondern auch mein Talent. Und was habe ich getan? Ich habe mich in Boz Skannet verliebt. Ich habe mit Männern geschlafen, nicht weil ich sie begehrte, sondern weil es meine Karriere förderte. Ich habe ein Lebewesen in die Welt gesetzt, das mich oder einen anderen Menschen vielleicht niemals lieben können wird. Dann, besonders clever, arrangiere ich oder bitte darum, daß mein Mann ermordet wird. Ohne so genau danach zu fragen, wer meinen Mann ermorden wird, der mich so bedroht.« Sie drückte seine Hand. »Ich danke dir dafür.«

»Du hast nichts von all dem getan«, beschwichtigte Cross sie. »Es war eben dein Schicksal, wie man in meiner Familie sagt. Und was Skannet betrifft, so war er dir ein Klotz am Bein, auch so ein Spruch aus meiner Familie, warum solltest du also nicht dafür sorgen, daß du ihn loswirst?«

Athena küßte ihn leicht auf die Lippen. –«Das habe ich ja jetzt«, sagte sie. »Mein fahrender Ritter. Das Problem ist nur, daß du nicht einmal davor zurückschreckst, Drachen zu töten.«

»Wenn der Arzt nach fünf Jahren sagt, daß sie keine Fortschritte machen wird, was dann?« fragte Cross.

»Es ist mir egal, was irgend jemand sagt«, antwortete Athena. »Die Hoffnung darf man nie aufgeben. Ich würde für den Rest meines Lebens bei ihr bleiben.«

»Wirst du deine Arbeit nicht vermissen?« fragte er.

»Natürlich werde ich sie vermissen, und dich auch«, sagte Athena. »Aber endlich werde ich einmal tun, was ich für richtig halte, und nicht nur die Heldin in einem Film sein.« Ihre Stimme klang amüsiert. Dann sagte sie in einem emotionslosen Tonfall: »Ich will, daß sie mich liebt; das ist alles, was ich will.«

Sie gaben sich einen Gutenachtkuß und gingen in ihre Schlafzimmer.

Am nächsten Morgen brachten sie Bethany in das Büro des Arztes. Athena fiel es sehr schwer, sich von ihrer Tochter zu verabschieden. Sie umarmte das Mädchen und weinte, aber

Bethany stieß ihre Mutter von sich und machte sich bereit, auch Cross abzuwehren, aber er versuchte gar nicht erst, sie zu umarmen.

Cross ärgerte sich einen Augenblick über Athena, die so ungeschickt mit ihrer Tochter umging. Als der Arzt das bemerkte, sagte er zu Athena: »Wenn Sie wiederkommen, werden Sie sehr viel üben müssen, um mit diesem Kind umgehen zu können.«

»Ich werde so rasch wie möglich zurückkommen«, sagte Athena.

»Es besteht kein Grund zur Eile«, sagte der Arzt. »Sie lebt in einer Welt, in der es keine Zeit gibt.«

Auf dem Flug zurück nach L. A. einigten sich Cross und Athena darauf, daß er nach Vegas weiterflog und sie nicht nach Malibu begleitete. Auf der ganzen Reise hatte es nur einen einzigen schrecklichen Augenblick gegeben. Eine geschlagene halbe Stunde lang war Athena vor Kummer fast vergangen und hatte wortlos geweint. Doch dann hatte sie sich beruhigt.

Als sie sich trennten, sagte Athena zu Cross: »Es tut mir leid, daß wir in Paris nie zusammen geschlafen haben.« Aber er wußte, daß sie es lieb meinte. Daß sie zu dieser Zeit der Gedanke, mit ihm zu schlafen, einfach abstieß. Daß sie, genau wie ihre Tochter, nun getrennt war von dieser Welt.

Cross wurde am Flughafen von einer dicken Limousine abgeholt, an deren Steuer ein Soldat von der Hunting Lodge saß. Auf der Rückbank saß Lia Vazzi. Lia schloß die Glastrennwand, so daß der Fahrer ihr Gespräch nicht mithören konnte.

»Ich hatte schon wieder Besuch von Detective Losey«, sagte er. »Wenn er noch einmal kommt, wird es das letzte Mal sein.«

»Du mußt etwas Geduld haben«, sagte Cross.

»Ich kenne die Anzeichen, das kannst du mir glauben«, sagte Lia. »Etwas anderes. Ein Trupp von der Bronx-Enklave ist in Los Angeles aufmarschiert, ich weiß nicht, auf wessen Befehl. Ich würde sagen, du brauchst Bodyguards.«

»Noch nicht«, sagte Cross. »Hast du deine sechs Leute beisammen?«

»Ja«, sagte Lia. »Aber die werden nicht direkt gegen die Clericuzios vorgehen.«

Als sie zum Xanadu kamen, fand Cross ein Memo von Andrew Pollard vor, eine komplette Akte zu Jim Losey, die eine interessante Lektüre versprach. Und eine Information, auf die hin man sofort etwas unternehmen konnte.

Cross zog einhundert Riesen aus der Casino-Kasse, alles C-Noten. Er erklärte Lia, daß sie nach L. A. müßten. Lia sollte sein Fahrer sein, ansonsten wollte er niemanden dabeihaben. Er zeigte ihm Pollard's Memo. Am nächsten Tag flogen sie nach L. A. und nahmen sich einen Mietwagen, um nach Santa Monica zu fahren.

Phil Sharkey mähte vor seinem Haus den Rasen. Cross stieg mit Lia aus dem Wagen und stellte sich als Freund von Pollard vor, der Informationen benötigte. Lia studierte eingehend Sharkeys Gesicht. Dann ging er zurück zum Wagen.

Phil Sharkey wirkte nicht so eindrucksvoll wie Jim Losey, aber doch hart genug. Und er sah aus, als hätte die jahrelange Arbeit bei der Polizei sein Vertrauen in seine Mitmenschen erschüttert. Er besaß mißtrauische Wachsamkeit, jene ernste Art, die den besten Cops eigen ist. Aber er war ganz offensichtlich kein glücklicher Mann.

Sharkey führte Cross in sein Haus, eigentlich einen Bungalow, der von innen einen schäbigen und trostlosen Eindruck machte. Er sah verlassen aus, wie ein frauen- und kinderloser Haushalt eben. Das erste, was Sharkey tat, war, Pollard anzurufen, um sich die Identität seines Besuchers bestätigen zu lassen. Dann, ohne daß er Cross einen Platz oder einen Drink anbot, sagte er: »Also los, fragen Sie.«

Cross öffnete seine Aktentasche und holte ein Päckchen Hunderter hervor. »Hier sind zehn Riesen«, sagte er. »Das ist nur dafür, daß Sie mich reden lassen. Aber das wird ein bißchen dauern. Wie wär's mit einem Bier und einem Sitzplatz?«

Sharkey grinste übers ganze Gesicht. Irgendwie nett, der gute Cop in der Partnerschaft, dachte Cross.

Sharkey steckte das Geld beiläufig in die Hosentasche. »Sie gefallen mir«, sagte Sharkey. »Sie sind clever. Sie wissen, daß man mit Geld die Leute zum Reden bringt, nicht mit irgendwelchem Scheiß.«

Sie nahmen an einem kleinen, runden Tisch auf der Veranda hinter dem Bungalow Platz, von dem man über die Ocean Avenue bis zum Sandstrand und das Wasser dahinter blicken konnte, und tranken Bier aus der Flasche. Sharkey klopfte sich auf die Hosentasche, um sich zu vergewissern, daß das Geld noch da war.

»Wenn ich die richtigen Antworten zu hören bekomme«, sagte Cross, »dann bekommen Sie gleich noch zwanzig Riesen dazu. Und wenn Sie dann auch noch den Mund halten und niemandem sagen, daß ich hier war, dann komme ich in zwei Monaten noch mal vorbei und bringe Ihnen fünfzig Riesen.«

Sharkey grinste wieder, aber diesmal schelmisch. »Das heißt, in zwei Monaten ist es Ihnen egal, wem ich etwas erzähle, stimmt's?«

»Ja«, sagte Cross.

Sharkey wurde ernst. »Ich werde Ihnen nichts sagen, was irgend jemandem zur Last gelegt werden kann.«

»Hey, dann wissen Sie wohl nicht, wer ich wirklich bin«, sagte Cross. »Vielleicht sollten Sie noch mal bei Pollard anrufen.«

»Ich weiß, wer Sie sind«, sagte Sharkey knapp. »Jim Losey hat mir gesagt, ich soll Sie immer korrekt behandeln. Die ganze Zeit.« Und dann übernahm er wieder die Rolle des teilnahmsvollen Zuhörers, die auch zu seinem Job gehörte.

»Sie und Jim waren die letzten zehn Jahre Partner«, sagte Cross, »und Sie haben beide eine ganze Menge Geld nebenher verdient. Und dann haben Sie den Dienst quittiert. Ich würde gern wissen, warum.«

»Sie sind also hinter Jim her«, sagte Sharkey. »Das ist sehr gefährlich. Er war der mutigste und cleverste Cop, dem ich je begegnet bin.«

»Wie steht es um seine Ehrlichkeit?« fragte Cross.

»Wir waren Cops, und das in Los Angeles«, sagte Sharkey. »Wissen Sie eigentlich, was zum Teufel das bedeutet? Wenn wir unseren Job richtig machen und die Hispanos und Schwarzen in den Hintern treten, können wir was angehängt kriegen und verlieren vielleicht auch noch unseren Job. Die einzigen, die wir festnehmen konnten, ohne uns Ärger einzuhandeln, waren die verrückten Weißen, die Geld hatten. Wissen Sie, ich hab' keine Vorurteile, aber warum sollte ich weiße Jungs in den Knast bringen, wenn ich das mit den anderen nicht machen kann? Das ist nicht richtig.«

»Aber soweit ich weiß, hat Jim eine ganze Schublade voller Medaillen«, sagte Cross. »Und Sie haben auch ein paar.«

Sharkey zuckte gleichgültig mit den Schultern. »In dieser Stadt wird man als Cop einfach ein Held, wenn man nur ein bißchen Mumm hat. Viele von den Jungs wußten nicht, daß sie gut ins Geschäft kommen konnten, wenn sie hübsch reden. Und manche waren Killer durch und durch. Wir mußten uns eben durchschlagen, und wir haben ein paar Medaillen gekriegt. Glauben Sie mir, wir haben es nie auf einen Konflikt angelegt.«

Cross glaubte Sharkey kein Wort. Jim Losey war der geborene Schlägertyp, trotz seiner schicken Klamotten.

»Waren Sie in allem Partner?« fragte Cross. »Wußten Sie alles, was da so lief?«

Sharkey lachte. »Jim Losey? Der war immer der Boß. Manchmal wußte ich nicht mal genau, was wir eigentlich taten. Ich wußte nicht mal, wieviel wir bezahlt bekamen. Das hat alles Jim geregelt, und er hat mir immer meinen gerechten Anteil gegeben, wie er es nannte.« Er schwieg einen Augenblick. »Er hatte seine eigenen Regeln.«

»Und wie sind Sie nun zu Geld gekommen?« fragte Cross.

»Wir standen bei einigen der großen Casino-Syndikate auf der Gehaltsliste«, sagte Sharkey. »Manchmal auch Bestechungsgeld für die Drogenjungs. Es gab eine Zeit, da wollte Jim Losey kein Drogengeld nehmen, aber irgendwann hat einfach jeder Cop auf der Welt damit angefangen, und dann haben wir's eben auch getan.«

»Haben Sie und Losey je einen schwarzen Jungen namens Marlowe benutzt, um an große Drogendealer ranzukommen?« fragte Cross.

»Klar«, sagte Sharkey. »Marlowe. Netter Bursche, hat sich vor Angst fast in die Hosen gemacht. Den haben wir die ganze Zeit benutzt.«

»Und als Sie hörten, daß Losey ihn erschossen hat, als er nach einem Raubmord flüchten wollte, hat Sie das überrascht?« fragte Cross.

»Ach Gott, nein«, sagte Sharkey. »Drogenabhängige lernen schließlich auch dazu. Aber die sind schon so fertig, daß sie es sich immer vermasseln. Und Jim gibt in so einer Situation nie die vorgeschriebene Warnung. Er schießt einfach.«

»Aber war das nicht ein seltsamer Zufall«, fragte Cross, »daß sich ihre Wege so kreuzten?«

Zum ersten Mal schien die Härte aus Sharkeys Gesicht zu weichen, und er blickte traurig drein. »Es riecht faul«, sagte er. »Die ganze Sache riecht irgendwie faul. Aber ich denke, jetzt muß ich Ihnen etwas sagen. Jim Losey war tapfer, die Frauen liebten ihn, und die Männer hatten großen Respekt vor ihm. Ich war sein Partner, ich hab's genauso gesehen. Aber in Wirklichkeit war er immer irgendwie undurchsichtig.«

»Also könnte die Geschichte inszeniert gewesen sein«, sagte Cross.

»Nein, nein«, sagte Sharkey. »Verstehen Sie doch. Dieser Job macht einen vielleicht korrupt, aber er macht einen nicht zum Killer. So etwas würde Jim Losey niemals tun.«

»Warum haben Sie dann danach den Dienst quittiert?« fragte Cross.

»Jim hat mich einfach nervös gemacht«, sagte Sharkey.

»Ich hab' Losey vor ein paar Monaten draußen in Malibu getroffen«, sagte Cross. »Er war allein. Ist er oft ohne Sie in Aktion?«

Sharkey grinste wieder. »Manchmal«, sagte er. »Dieses eine Mal ist er losgezogen, um sein Glück bei der Schauspielerin zu versuchen. Sie glauben gar nicht, wie oft er auf große Stars aus der Branche richtig Eindruck gemacht hat. Manchmal hat er mit den Leuten zu Mittag gegessen, und dann wollte er mich nicht dabeihaben.«

»Etwas anderes noch«, sagte Cross. »War Jim Losey Rassist? Hat er die Schwarzen gehaßt?«

Sharkey sah ihn ebenso verwundert wie amüsiert an. »Natürlich hat er das. Sie sind einer von diesen Scheißliberalen, was? Sie finden das schlimm? Machen Sie mal ein Jahr diesen Job auf der Straße. Dann werden Sie auch dafür sein, daß man die alle in den Zoo steckt.«

»Noch eine Frage«, sagte Cross. »Haben Sie ihn je mit einem ziemlich kleinen Mann gesehen, der eine komische Kappe trug?«

»Einem Italiener«, sagte Sharkey. »Wir waren mal mittags zusammen essen, und dann sagte mir Jim, ich solle verschwinden. Seltsamer Kerl.«

Cross griff in seine Aktentasche und holte noch einmal zwei Geldbündel hervor. »Hier sind die zwanzig Riesen«, sagte er. »Und denken Sie dran. Sie halten den Mund, dann kriegen Sie noch mal fünfzig. Alles klar?«

»Ich weiß, wer Sie sind«, erklärte Sharkey.

»Natürlich wissen Sie das«, erwiderte Cross. »Ich hab' Pollard ja gesagt, er soll es Ihnen sagen.«

»Ich weiß, wer Sie wirklich sind«, stellte Sharkey mit seinem ansteckenden Grinsen fest. »Deswegen nehme ich mir nicht gleich Ihre ganze Tasche. Und deswegen werde ich auch zwei Monate den Mund halten. Ich weiß nicht, wer mich schneller umbringen wird. Sie oder Losey.«

Cross De Lena war klar, daß er vor enormen Problemen stand. Er wußte, daß Jim Losey auf der »Gehaltsliste« der Familie Clericuzio stand. Daß er ein Jahresgehalt von fünfzigtausend bezog und Extraprämien für bestimmte Aufträge erhielt, aber Mord hatte nicht dazugehört. Das war genug für Cross, um zu einem abschließenden Urteil zu kommen. Dante und Losey hatten seinen Vater ermordet. Dieses Urteil war ihm nicht schwergefallen, er war nicht an die gesetzliche Beweispflicht gebunden. Und seine ganze Ausbildung bei den Clericuzios half ihm, den Schuldspruch zu fällen. Er kannte Kompetenz und Charakter seines Vaters. Kein Raubmörder konnte sich ihm nähern. Und er kannte Dantes Charakter und Kompetenz, und Dantes Abneigung gegen seinen Vater.

Die große Frage war: Hatte Dante eigenmächtig gehandelt, oder hatte der Don den Mord in Auftrag gegeben? Aber dazu hatten die Clericuzios keinen Grund, sein Vater hatte sich über vierzig Jahre lang loyal verhalten und bei dem Aufstieg der Familie eine wichtige Rolle gespielt. Er war der große General im Krieg gegen die Santadios gewesen. Und Cross fragte sich, und das nicht zum ersten Mal, warum ihm nie jemand etwas Genaues von diesem Krieg erzählt hatte, weder sein Vater noch Gronevelt, noch Giorgio oder Petie oder Vincent.

Je länger er darüber nachdachte, desto überzeugter war Cross von einer Sache: Der Don hatte bei der Ermordung seines Vaters seine Hand nicht im Spiel gehabt. Don Domenico war ein konservativer Geschäftsmann. Er belohnte treue Dienste, er bestrafte sie nicht. Er besaß einen extrem ausgeprägten Sinn für Gerechtigkeit, bis an die Grenze der Grausamkeit. Aber das ausschlaggebende Argument war: Er hätte niemals Cross am Leben gelassen, wenn er Pippi ermordet hätte. Das war der Beweis für die Unschuld des Dons.

Don Domenico glaubte an Gott, er glaubte manchmal an das Schicksal, aber er glaubte nicht an den Zufall. Daß Jim Losey zufällig der Cop war, der den Raubmörder erschoß, der Pippi erschoß, das hätte der Don auf keinen Fall akzeptiert. Er hatte mit Sicherheit selbst Nachforschungen angestellt und Dantes Verbindung zu Losey entdeckt. Und er würde nicht nur von Dantes Schuld wissen, sondern auch seine Motive kennen.

Und was war mit Rose Marie, Dantes Mutter? Was wußte sie? Als sie von Pippis Tod erfuhr, hatte sie ihren bisher schwersten Anfall bekommen, hatte unverständliches Zeug geschrien und unaufhörlich geweint, so daß der Don sie nach East Hampton in die psychiatrische Klinik geschickt hatte, die er vor vielen Jahren gegründet hatte. Dort würde sie mindestens einen Monat bleiben.

Der Don hatte immer verboten, daß Rose Marie in der Klinik Besuch erhielt, mit Ausnahme von Dante, Giorgio, Vincent und Petie. Aber Cross hatte ihr oft Blumen und Obstkörbe geschickt. Weswegen war Rose Marie nur so aufgelöst? Wußte sie von Dantes Schuld, verstand sie sein Motiv? In dem Augenblick dachte Cross daran, daß der Don gesagt hatte, Dante würde sein Erbe sein. Das ließ nichts Gutes ahnen. Cross entschied sich, Rose Marie in der Klinik zu besuchen, gegen das Verbot des Dons. Er würde in aufrichtiger Zuneigung mit Blumen und Obst und Käse und Schokolade zu ihr kommen, aber auch mit dem Ziel, sie so weit zu bringen, daß sie ihren Sohn verriet.

Zwei Tage später betrat Cross die Eingangshalle der psychiatrischen Klinik in East Hampton. An der Tür standen zwei Wachtposten, und einer von ihnen begleitete ihn an den Empfang.

Die Frau am Empfang war mittleren Alters und gut angezogen. Als er seine Sache vorgetragen hatte, lächelte sie ihn charmant an und erklärte ihm, er müsse eine halbe Stunde warten, weil sich Rose Marie im Moment einer kleineren ärztlichen Behandlung unterziehe. Sie gebe ihm Bescheid, sobald man damit fertig sei.

Cross nahm in dem Warteraum im Empfangsbereich Platz, etwas abseits der Eingangshalle, wo einige Tische und Sessel standen. Er nahm sich ein Hollywood-Magazin. Während er darin blätterte, stieß er auf einen Artikel über Jim Losey, den heldenhaften Detective von Los Angeles. Der Artikel schilderte seine heroischen Leistungen, insbesondere wie er den

Raubmörder Marlowe umgelegt hatte. Zwei Dinge amüsierten Cross. Daß sein Vater als Besitzer einer Finanzberatungsagentur und als typisches, hilfloses Opfer eines brutalen Verbrechers bezeichnet wurde. Und daß es im Schlußkommentar hieß, wenn es mehr Cops wie Jim Losey gäbe, hätte man die Straßenkriminalität unter Kontrolle.

Eine Krankenschwester klopfte ihm auf die Schulter. Sie wirkte eindrucksvoll stark, aber sie lächelte freundlich, als sie zu ihm sagte: »Ich bringe Sie nach oben.«

Cross nahm die Schokolade und die Blumen, die er gekauft hatte, und folgte ihr eine kleine Treppe hinauf und dann einen langen, von Türen gesäumten Gang entlang. Die letzte Tür öffnete die Schwester mit ihrem Hauptschlüssel. Sie ließ Cross eintreten und schloß die Tür hinter ihm.

Rose Marie trug einen grauen Morgenrock, und ihr Haar war hübsch zusammengebunden. Sie saß vor einem kleinen Fernseher. Als sie Cross sah, sprang sie von der Couch auf und warf sich ihm in die Arme. Sie weinte. Cross küßte sie auf die Wange und gab ihr die Schokolade und die Blumen.

»Oh, du kommst mich besuchen«, sagte sie. »Ich dachte, du haßt mich für das, was ich deinem Vater angetan habe.«

»Du hast meinem Vater nichts angetan«, sagte Cross und brachte sie zurück zu der Couch. Dann schaltete er den Fernseher aus. Er kniete sich neben die Couch. »Ich hab' mir Sorgen um dich gemacht.«

Sie streckte die Hand aus und strich ihm übers Haar. »Du warst immer so schön«, sagte sie. »Ich hab' es immer gehaßt, daß du der Sohn deines Vaters warst. Ich war so froh, als er tot war. Aber ich hab' auch immer gewußt, daß schreckliche Dinge passieren würden. Ich habe die Luft und die Erde mit Gift für ihn erfüllt. Glaubst du, daß mein Vater mir das durchgehen lassen wird?«

»Der Don ist ein gerechter Mann«, sagte Cross. »Er wird dir niemals Vorhaltungen machen.«

»Er hat dich getäuscht, so wie jeden anderen auch«, sagte Rose Marie. »Du darfst ihm nie trauen. Er hat seine eigene Tochter verraten, seinen Enkel verraten, und er hat seinen Neffen Pippi verraten ... Und jetzt wird er dich verraten.«

Ihre Stimme war laut geworden, und Cross befürchtete, daß sie wieder einen ihrer Anfälle bekam.

»So beruhig dich doch, Tante Roe«, sagte Cross. »Erzähl mir einfach, was dich so aus der Fassung gebracht hat, daß du wieder hierherkommen mußtest.« Er starrte ihr in die Augen und dachte daran, wie hübsch sie als junges Mädchen gewesen sein mußte, als die Unschuld noch in ihren Augen lag.

»Laß dir von ihnen vom Santadio-Krieg erzählen«, flüsterte Rose Marie, »dann wirst du alles verstehen.« Sie sah an Cross vorbei und vergrub dann den Kopf in ihren Händen. Cross wandte sich um. Die Tür wurde geöffnet. Vincent und Petie standen schweigend da. Rose Marie sprang von der Couch auf, rannte in ihr Schlafzimmer und schlug die Tür zu.

Auf Vincents versteinertem Gesicht zeigten sich Mitleid und Verzweiflung. »O mein Gott«, sagte er. Er ging auf die Schlafzimmertür zu, klopfte an und sagte durch die Tür: »Rose, mach auf. Wir sind deine Brüder. Wir werden dir nichts tun ...«

»Was für ein Zufall, daß ich euch hier treffe«, sagte Cross. »Ich hab' Rose Marie auch gerade besucht.«

Vincent war nie zu irgendwelchem Blödsinn aufgelegt. »Wir sind nicht hier, um sie zu besuchen. Der Don will dich in Quogue sehen.«

Cross schätzte die Lage ab. Offensichtlich hatte die Frau am Empfang jemanden in Quogue angerufen. Offensichtlich war es ein abgekartetes Spiel. Und ebenso offensichtlich wollte der Don nicht, daß er mit Rose Marie sprach. Daß man Petie und Vincent geschickt hatte, hieß, daß ihm kein Mord drohte, sonst hätten die beiden sich nicht so offen gezeigt.

Diese Annahme bestätigte sich, als Vincent sagte: »Cross, ich werde mit dir in deinem Wagen fahren. Petie kann seinen nehmen.« Ein Mord wurde bei den Clericuzios niemals unter vier Augen begangen.

»Wir können Rose Marie nicht einfach so hierlassen«, sagte Cross.

»Natürlich können wir das«, sagte Petie. »Die Schwester wird ihr gleich eine Spritze geben.«

Cross bemühte sich um Konversation, während er fuhr. »Vincent, ihr zwei seid ganz schön schnell hiergewesen.«

»Petie ist gefahren«, sagte Vincent. »Der fährt wie ein Verrückter.« Er schwieg einen Augenblick, bevor er in besorgtem Ton sagte: »Cross, du kennst doch die Regeln, wie kommst du dazu, Rose Marie zu besuchen?«

»Hey«, sagte Cross. »Rose Marie war eine meiner Lieblingstanten, als ich ein Kind war.«

»Dem Don gefällt das nicht«, sagte Vincent. »Er ist stinksauer. Er sagt, das ist nicht Cross' Art. Er weiß es.«

»Ich werd's ausbügeln«, sagte Cross. »Aber ich hab' mir wirklich Sorgen um eure Schwester gemacht. Wie geht es ihr?«

Vincent seufzte. »Dieses Mal ist sie vielleicht für immer drin. Du weißt doch, daß sie in deinen Alten vernarrt war, als sie klein war. Wer konnte ahnen, daß sie der Mord an Pippi so aus der Fassung bringen würde?«

Cross hörte einen falschen Unterton in Vincents Stimme. Er wußte etwas. Aber Cross sagte nur: »Mein Vater hat Rose Marie immer sehr gemocht.«

»In den letzten Jahren hat sie ihn aber nicht mehr so besonders gemocht«, sagte Vincent. »Vor allem wenn sie einen ihrer Anfälle bekam. Du hättest mal hören sollen, was sie dann über ihn sagte.«

»Du warst im Santadio-Krieg«, sagte Cross beiläufig. »Wieso habt ihr eigentlich nie mit mir darüber geredet?«

»Weil wir nie über unsere Operationen sprechen«, sagte Vincent. »Mein Vater hat uns beigebracht, daß das nichts bringt. Man macht einfach weiter. Es gibt heute genug Ärger, um den man sich kümmern muß.«

»Aber mein Vater war ein großer Held, stimmt's?« sagte Cross.

Vincent lächelte einen kurzen Augenblick, was seinem steinharten Gesicht einen weichen Zug verlieh. »Dein Vater war ein Genie«, sagte Vincent. »Er konnte eine Operation planen wie Napoleon. Nichts ging je schief, wenn er sie plante. Vielleicht ein- oder zweimal, und dann war es Pech.«

»Also hat er den Krieg gegen die Santadios geplant«, sagte Cross.

»Stell diese Fragen dem Don«, sagte Vincent. »Und jetzt laß uns das Thema wechseln.«

»Okay«, sagte Cross. »Werde ich so aus dem Weg geräumt wie mein Vater?«

Der sonst eiskalte Vincent mit der versteinerten Miene reagierte heftig. Er packte das Lenkrad und zwang Cross, auf dem Seitenstreifen der Autobahn zu halten. Mit bewegter, fast erstickter Stimme sagte er: »Bist du übergeschnappt? Glaubst du, daß die Clericuzios so etwas tun würden? Dein Vater hatte Clericuzio-Blut. Er war unser bester Soldat, er hat uns gerettet. Der Don hat ihn geliebt wie seinen eigenen Sohn. Mein Gott, warum fragst du so etwas?«

»Ich hatte einfach Angst, als ihr plötzlich aufgetaucht seid«, sagte Cross kleinlaut.

»Fahr wieder auf die Autobahn«, sagte Vincent empört. »Dein Vater und ich und Giorgio und Petie, wir haben in wirklich harten Zeiten zusammen gekämpft. Niemals würden wir uns gegenseitig etwas antun. Pippi hatte einfach Pech, ein verrückter Junkie, der ihn überfallen und umgebracht hat.«

Den Rest der Strecke fuhren sie schweigend.

Vor der Villa in Quogue standen wie immer zwei Wachtposten am Tor, und ein Mann saß auf der Veranda. Nichts deutete auf eine außergewöhnliche Aktion hin.

Don Clericuzio, Giorgio und Petie erwarteten ihn im Hinterzimmer der Villa. Auf dem Bartresen standen eine Kiste Havannazigarren und ein Krug mit gedrehten schwarzen italienischen Cheroots.

Don Clericuzio saß in einem der riesigen braunen Ledersessel. Cross ging auf ihn zu, um ihn zu begrüßen, und war überrascht, als sich der Don mit einer Beweglichkeit, die nicht seinem Alter entsprach, aus seinem Sessel erhob und ihn umarmte. Danach führte er Cross an den riesigen Kaffeetisch, auf dem Platten mit verschiedenen Sorten Käse und Schinken standen.

Cross spürte, daß der Don noch nicht bereit war zu sprechen. Er machte sich ein Sandwich mit Mozzarella und Schinken. Dieser war in dünne Scheiben geschnitten, das dunkelrote Fleisch hatte einen dünnen, weißen Fettrand. Die Mozzarella war frisch und mit einem dicken Knoten abgebunden, der wie ein Seilknoten aussah. Das einzige, womit der Don je geprahlt hatte, wenn man es überhaupt so nennen konnte, war, niemals Mozzarella gegessen zu haben, die älter als eine halbe Stunde war.

Auch Vincent und Petie bedienten sich an der Tafel, während Giorgio die Bar übernahm und dem Don Wein und den anderen nichtalkoholische Getränke brachte. Der Don aß nur Mozzarella und ließ sie auf der Zunge zerschmelzen. Petie gab ihm eine der gedrehten Cherootzigarren und zündete sie ihm an. Was für einen wundervollen Magen der Alte hat, dachte Cross.

»Croccifixio«, sagte Don Clericuzio unvermittelt, »alles, was du von Rose Marie wissen willst, werde ich dir sagen. Und du hast den Verdacht, daß am Tod deines Vaters etwas nicht stimmt. Du irrst dich. Ich habe Nachforschungen anstellen lassen, die Geschichte stimmt so, wie wir sie kennen. Pippi hatte Pech. Er war der klügste Mann in seiner Branche, aber solche absurden Unfälle passieren eben. Laß dich von mir beruhigen. Dein Vater war mein Neffe und ein Clericuzio, und einer meiner teuersten Freunde.«

»Erzähl mir vom Santadio-Krieg«, sagte Cross.

Siebtes Buch

Der Santadio-Krieg

18. Kapitel

»Es ist gefährlich, mit Dummköpfen vernünftig zu reden«, sagte Don Clericuzio und nahm einen Schluck von seinem Wein. Er legte die Cheroot beiseite. »Hör gut zu. Es ist eine lange Geschichte, und alles war ganz anders, als es aussah. Es war vor dreißig Jahren ...« Er wandte sich an seine drei Söhne und sagte: »Wenn ich irgend etwas Wichtiges vergesse, müßt ihr mir helfen.« Seine drei Söhne lächelten bei der Vorstellung, daß er irgend etwas Wichtiges vergessen könnte.

Im Hinterzimmer herrschte ein dunstiges goldenes Licht, von einer Spur Zigarrenrauch durchsetzt, und selbst der Essensgeruch verbreitete ein so starkes Aroma, daß das Licht davon beeinflußt schien.

»Zu der Einsicht kam ich, nachdem die Santadios ...« Er hielt einen Augenblick inne, um an seinem Wein zu nippen. »Es gab eine Zeit, da waren die Santadios genauso mächtig wie wir. Aber sie machten sich zu viele Feinde, sie zogen die Aufmerksamkeit der Behörden auf sich, und sie hatten keinen Sinn für Gerechtigkeit. Sie schufen eine Welt ohne irgendwelche Werte, und eine Welt ohne Sinn für Gerechtigkeit kann langfristig nicht bestehen. Ich habe den Santadios viele Abmachungen vorgeschlagen, ich habe Zugeständnisse gemacht, ich wollte in Frieden leben. Aber weil sie stark waren, hatten sie auch das Machtverständnis gewalttätiger

Leute. Sie glaubten, daß Macht alles ist. Und so kam es zum Krieg zwischen uns.«

»Warum muß Cross diese Geschichte kennen?« unterbrach ihn Giorgio. »Was kann ihm das schon nützen, oder uns?«

Vincent wandte den Blick von Cross ab, Petie neigte den Kopf und starrte ihn prüfend an. Keiner der drei Söhne wollte, daß der Don die Geschichte erzählte.

»Weil wir es Pippi und Croccifixio schuldig sind«, sagte der Don. Und dann wandte er sich direkt an Cross. »Du kannst von der Sache halten, was du willst, aber ich und meine Söhne, wir sind unschuldig an dem Verbrechen, das du vermutest. Pippi war wie ein Sohn für mich, und du bist wie ein Enkel für mich. Alles Clericuzio-Blut.«

»Das kann uns allen nichts nützen«, wiederholte Giorgio.

Don Clericuzio machte eine ungeduldige Handbewegung, dann sagte er zu seinen Söhnen: »Ist es wahr, was ich bis jetzt gesagt habe?«

Sie nickten, und Petie sagte: »Wir hätten sie gleich zu Anfang auslöschen sollen.«

Der Don zuckte die Schultern und sagte zu Cross: »Meine Söhne waren jung, dein Vater war jung, keiner war älter als dreißig. Ich wollte nicht, daß sie ihr Leben in einem großen Krieg ließen. Don Santadio, Gott hab' ihn selig, hatte sechs Söhne, aber er sah in ihnen eher Soldaten als Söhne. Jimmy Santadio war der älteste, und er arbeitete bei unserem alten Freund Gronevelt, Gott hab' ihn ebenfalls selig. Die Santadios besaßen damals das halbe Hotel. Jimmy war der Beste von ihnen, der einzige, der erkannte, daß Frieden die beste Lösung für uns alle war. Aber der alte Mann und seine anderen Söhne wollten Blut sehen.

Aber ein blutiger Krieg lag nicht in meinem Interesse. Ich wollte Zeit, um Vernunft walten zu lassen, um sie zu überzeugen, daß meine Vorschläge gut und sinnvoll waren. Ich wollte ihnen alle Drogen geben und sie mir alle Spielcasinos. Ich wollte die Hälfte von ihrem Xanadu, und im Gegenzug sollten sie alle Drogen in Amerika kontrollieren, ein dreckiges Geschäft, das man nur mit Gewalt und einer starken Hand betreiben kann. Ein sehr vernünftiger Vorschlag. Mit Drogen ließ sich viel mehr Geld machen, und man benötigte dazu keine langfristigen Strategien. Ein schmutziges Geschäft mit viel operativer Arbeit. All das machte die Santadios noch stärker. Ich wollte, daß die Clericuzios die Spielcasinos kontrollierten, das war nicht so riskant wie Drogen, nicht so rentabel, aber langfristig wertvoller, wenn man es richtig anstellt. Ich hatte immer das Ziel vor Augen, schließlich ein Mitglied der Gesellschaft zu sein, und Spielcasinos konnten vielleicht eine legale Goldmine werden, ohne das tagtägliche Risiko und die Drecksarbeit. In dieser Hinsicht hat mir die Zeit recht gegeben.

Leider wollten die Santadios alles. Einfach alles. Versuch dir vorzustellen, wie es damals war, Neffe, damals waren die Zeiten für uns alle sehr gefährlich. Das FBI wußte, daß es Familien wie uns gab und wir zusammenarbeiteten. Die Regierung hat viele Familien zu Fall gebracht, mit ihren finanziellen und technischen Möglichkeiten. Die Mauer der *omertà* begann zu bröckeln.

Junge Männer, die in Amerika geboren waren, arbeiteten mit den Behörden zusammen, um ihre eigene Haut zu retten. Zum Glück richtete ich die Bronx-Enklave ein und holte neue Leute aus Sizilien hierher, die meine Soldaten wurden.

Das einzige, was ich nie verstanden habe, ist, wie Frauen soviel Ärger machen können. Meine Tochter Rose Marie war damals achtzehn Jahre alt. Warum hat sie sich in diesen Jimmy Santadio vernarrt? Sie sagte, sie wären wie Romeo und Julia. Wer waren denn Romeo und Julia? Wer zum Teufel waren diese Leute? Mit Sicherheit keine Italiener. Als ich davon erfuhr, fand ich mich damit ab. Ich bin wieder mit den Santadios in Verhandlungen getreten, ich habe meine Ansprüche zurückgeschraubt, damit beide Familien nebeneinander existieren konnten. Dumm, wie sie waren, haben sie mir das als Schwäche ausgelegt. Und so begann die ganze Tragödie der letzten dreißig Jahre.«

An dieser Stelle brach der Don ab. Giorgio nahm sich ein Glas Wein, eine Scheibe Brot und ein Stück von dem milchigen Käse. Dann stellte er sich hinter den Don.

»Warum heute?« fragte Giorgio.

»Weil mein Großneffe hier darüber nachgrübelt, wie sein Vater ums Leben kam, und weil wir jeden Verdacht zerstreuen müssen, den er vielleicht gegen uns hegt«, sagte der Don.

»Ich hege keinen Verdacht gegen dich, Don Domenico«, sagte Cross.

»Jeder hegt Verdacht gegen jeden«, sagte der Don. »Das liegt in der Natur des Menschen. Aber laß mich weitererzählen. Rose Marie war jung, sie hatte keine Ahnung von den großen Dingen dieser Welt. Sie war untröstlich, als sich beide Familien zunächst gegen die Heirat aussprachen. Aber sie wußte eigentlich nicht, was der Grund dafür war. Und so beschloß sie, alle zusammenzubringen; sie glaubte, die Liebe würde alle Herzen erobern, wie sie mir später erzählte. Sie hatte eine herzensgute Art. Und sie war der Sonnenschein meines Lebens. Meine Frau starb früh, und ich habe nicht wieder geheiratet, weil ich es nicht ertragen konnte, sie mit einer Fremden zu teilen. Ich habe ihr nichts abgeschlagen, und ich setzte große Hoffnungen in ihre Zukunft. Aber eine Heirat mit einem Santadio, das konnte ich nicht ertragen. Ich habe es ihr verboten. Ich war damals auch noch jung. Ich dachte, meine Kinder würden meinen Anordnungen Folge leisten. Ich wollte, daß sie aufs College geht und vielleicht jemanden aus einer anderen Welt heiratet. Giorgio, Vincent und Petie mußten mich in diesem Leben unterstützen, ich brauchte ihre Hilfe. Und ich hatte die Hoffnung, daß ihre Kinder auch in eine bessere Welt entkommen könnten. Und auch mein jüngster Sohn Silvio.« Der Don zeigte auf das Foto auf dem Kaminsims.

Cross hatte das Foto nie genau betrachtet, er hatte seine Geschichte nicht gekannt. Es war das Bild eines jungen Mannes von zwanzig Jahren, der Rose Marie sehr ähnlich sah, nur sanfter, mit graueren, intelligenteren Augen. Es war ein Gesicht, das eine so gute Seele offenbarte, daß Cross sich fragte, ob es retuschiert war.

Die Luft in dem fensterlosen Raum erfüllte sich immer mehr mit beißendem Zigarrenrauch. Giorgio hatte sich eine dicke Havanna angezündet.

»Ich liebte Silvio abgöttisch«, fuhr Don Clericuzio fort, »noch mehr als Rose Marie. Er hatte ein besseres Herz als die meisten Menschen. Er hatte ein Stipendium für die Universität erhalten. Für ihn gab es jede Hoffnung. Aber er war zu unschuldig.«

»Er war nicht clever genug für dieses Milieu«, sagte Vincent. »Niemand von uns wäre hingegangen. Nicht so wie er, ohne jeden Schutz.«

Giorgio erzählte die Geschichte weiter. »Rose Marie und Jimmy Santadio waren zusammen in ein Motel gezogen. Und Rose Marie kam plötzlich auf die Idee, daß sie, wenn Jimmy und Silvio miteinander redeten, die beiden Familien zusammenbringen könnte. Sie rief Silvio an, und er ging in das Motel, ohne irgend jemand etwas davon zu sagen. Die drei diskutierten mögliche Strategien. Silvio nannte Rose Marie immer ›Roe‹. Seine letzten Worte zu ihr waren: ›Alles wird gut, Roe. Dad wird auf mich hören.‹«

Aber Silvio sollte nie wieder mit seinem Vater sprechen. Unglücklicherweise wachten zwei der Santadio-Brüder, Fonsa und Italo, mit Argusaugen über ihren Bruder Jimmy.

Wie Besessene hegten die Santadios den Verdacht, daß Rose Marie ihren Bruder Jimmy in eine Falle locken wollte. Oder zumindest in eine Ehe, die ihre Macht innerhalb ihrer eigenen Familie schwächen würde. Und Rose Marie war ein rotes Tuch für sie mit ihrem unbezwingbaren Mut und ihrer festen Entschlossenheit, ihren Bruder zu heiraten. Sie hatte sogar ihrem eigenen Vater getrotzt, dem großen Don Clericuzio. Sie würde vor nichts zurückschrecken.

Sie erkannten Silvio, als er aus dem Motel kam, lockten ihn auf dem Robert-Moses-Causeway in einen Hinterhalt und erschossen ihn. Dann nahmen sie ihm seine Brieftasche und seine Armbanduhr weg, damit es aussah wie ein Raubmord. Das war typisch Santadio, ein brutaler Akt der Grausamkeit.

Don Clericuzio ließ sich keinen Augenblick lang täuschen. Doch dann kam Jimmy Santadio zur Totenwache, unbeschützt und unbewaffnet. Er bat um eine Privataudienz beim Don.

»Don Clericuzio«, sagte er, »mein Schmerz ist beinahe so groß wie Ihrer. Ich lege mein Leben in Ihre Hände, wenn Sie glauben, daß die Santadios verantwortlich sind. Ich habe mit meinem Vater gesprochen, er hat keinen solchen Befehl gegeben. Er hat mich bevollmächtigt, Ihnen zu sagen, daß er alle Ihre Vorschläge neu überdenken wird. Und er hat mir die Erlaubnis gegeben, Ihre Tochter zu heiraten.«

Rose Marie war mitgekommen und reichte Jimmy den Arm. In ihrem Gesicht lag ein so mitleiderregender Ausdruck, daß es dem Don einen Augenblick lang das Herz erweichte. Ihre Augen wirkten sonderbar, so dunkel und doch glänzend vor Tränen. Und sie hatte einen so benommenen, verständnislosen Blick.

Sie wandte sich von dem Don ab und sah Jimmy Santadio so liebevoll an, daß Don Clericuzio an Gnade dachte, was er in seinem Leben nur wenige Male getan hatte. Wie konnte er einer so wunderschönen Tochter Kummer bereiten?

Rose Marie sagte zu ihrem Vater: »Jimmy hatte solche Angst, du könntest glauben, daß seine Familie etwas damit zu tun hat. Ich weiß, daß es nicht so ist. Jimmy hat mir versprochen, daß seine Familie sich auf eine Abmachung einigen wird.«

Doch Don Clericuzio hatte die Santadios bereits des Mordes überführt. Er brauchte keine Beweise. Aber Gnade war eine andere Sache.

»Ich glaube dir, und ich akzeptiere dich«, sagte der Don, und er glaubte tatsächlich an Jimmys Unschuld, auch wenn das keinen Unterschied machen würde. »Rose Marie, du hast meine Erlaubnis, zu heiraten, aber nicht in diesem Haus, und von meiner Familie wird niemand anwesend sein. Und du, Jimmy, sagst deinem Vater, daß wir uns nach der Hochzeit zusammensetzen und übers Geschäft reden werden.«

»Danke«, sagte Jimmy Santadio. »Ich habe verstanden. Die Hochzeit wird in unserem Haus in Palm Springs stattfinden. In einem Monat wird meine ganze Familie dort sein, und Ihre ganze Familie wird eingeladen sein. Wenn Sie sich entscheiden, nicht zu kommen, dann ist das Ihre Angelegenheit.«

Der Don war gekränkt. »So kurz danach?« Er deutete auf den Sarg.

Und dann warf sich Rose Marie dem Don in die Arme. Er spürte ihre panische Angst. »Ich bin schwanger«, flüsterte sie ihm zu.

»Ah«, sagte der Don. Er lächelte Jimmy Santadio zu.

»Ich werde ihn nach Silvio nennen«, flüsterte Rose Marie. »Er wird genau wie Silvio sein.«

Der Don strich ihr über das dunkle Haar und küßte sie auf die Wange. »Gut«, sagte er. »Gut. Aber trotzdem will ich nicht bei der Hochzeit dabeisein.«

Inzwischen hatte Rose Marie ihren Mut wiedergefunden. Sie näherte ihr Gesicht dem seinen und küßte ihn auf die Wange. »Daddy«, sagte sie dann, »irgend jemand muß kommen. Irgend jemand muß mich zum Altar führen.«

Der Don wandte sich an Pippi, der neben ihm stand. »Pippi wird die Familie auf der Hochzeit vertreten. Er ist ein Neffe, und er tanzt gern. Pippi, du wirst deine Cousine zum Altar führen, und dann könnt ihr alle tanzen, was das Zeug hält.«

Pippi beugte sich zu Rose Marie hinab und küßte sie auf die Wange. »Ich werde dort sein«, sagte er, »und wenn Jimmy nicht auftaucht, brennen wir beide zusammen durch.«

Dankbar hob Rose Marie den Blick zu ihm auf und fiel ihm in die Arme.

Einen Monat später saß Pippi De Lena in einer Maschine von Vegas nach Palm Springs, um bei der Hochzeit dabeizusein. Diesen Monat hatte er mit Don Clericuzio in der Villa in Quogue verbracht und Gespräche mit Giorgio, Vincent und Petie geführt.

Der Don erteilte die strikte Anweisung, daß Pippi die Operation leiten sollte. Daß seinen Befehlen ebenso Folge zu leisten sei wie den Befehlen des Dons selbst, egal, welchen Inhalts sie waren.

Nur Vincent wagte den Don zu fragen: »Und was ist, wenn die Santadios Silvio nicht ermordet haben?«

Der Don erwiderte: »Das ist egal, aber es riecht nach ihrer Dummheit, was eine künftige Gefahr für uns bedeutet. Dann müssen wir nur zu einem anderen Zeitpunkt gegen sie kämpfen. Natürlich sind sie schuldig. Böser Wille ist schon Mord. Wenn die Santadios nicht schuldig sind, dann müssen wir uns wohl darauf einigen, daß das Schicksal selbst gegen uns ist. Und was würdest du eher glauben?«

Zum ersten Mal in seinem Leben bemerkte Pippi, daß der Don tief beunruhigt war. Er verbrachte viele Stunden in der Kapelle im Keller seines Hauses. Er aß sehr wenig und trank mehr Wein, was bei ihm sehr selten vorkam. Und er stellte das gerahmte Foto von Silvio für ein paar Tage in sein Schlafzimmer. An einem Sonntag bat er den Priester, der die Messe las, ihm die Beichte abzunehmen.

Am Tag vor der Hochzeit besprach sich der Don mit Pippi allein.

»Pippi«, sagte der Don, »diese Operation ist äußerst schwierig. Es könnte zu einer Situation kommen, in der sich die Frage stellt, ob Jimmy Santadio verschont werden soll. Tu es nicht. Aber niemand darf erfahren, daß das mein Befehl ist. Das muß auf deine Kappe gehen. Nicht auf meine und auch nicht auf Giorgios oder Vincents oder Peties. Bist du bereit, die Verantwortung dafür zu übernehmen?«

»Ja«, sagte Pippi. »Du willst schließlich nicht, daß deine Tochter dich haßt oder dir Vorwürfe macht. Oder ihren Brüdern.«

»Es könnte auch eine Situation entstehen, in der Rose Marie in Gefahr schwebt«, sagte der Don.

»Ja«, sagte Pippi.

Der Don seufzte. »Du mußt alles tun, um das Leben meiner Kinder zu schützen«, sagte er. »Du mußt letztlich die Entscheidungen treffen. Aber ich habe dir nie den Befehl gegeben, Jimmy Santadio zu töten.«

»Und wenn nun Rose Marie herausbekommt, daß es . . .«, fragte Pippi.

Der Don blickte Pippi direkt ins Gesicht. »Sie ist mein Kind und Silvios Schwester. Sie wird uns niemals verraten.«

Die Villa der Santadios in Palm Springs hatte vierzig Zimmer auf nur drei Etagen. Sie war im spanischen Stil errichtet, um mit der Wüste, die sie umgab, zu harmonieren. Von diesem riesigen Sandfeld trennte sie ringsum eine Mauer aus rotem Backstein. Zu der Anlage dahinter gehörte nicht nur das Haus, sondern auch ein riesiger Swimmingpool, ein Tennisplatz und eine Bocciabahn.

Für den Tag der Hochzeit hatte man auf dem Rasen einen gewaltigen Barbecuestein, ein Podest für das Orchester und einen hölzernen Tanzboden errichtet. Um den Boden herum hatte man lange Bankettische aufgestellt. Vor den riesigen Bronzetoren, die auf das Gelände führten, parkten die drei Lastwagen eines Partyservice.

Pippi De Lena kam am frühen Samstag morgen mit einem Koffer voller Hochzeitskleidung an. Man gab ihm ein Zimmer im ersten Stock, in das das helle goldene Licht der Wüstensonne flutete. Er begann auszupacken.

Die kirchliche Feier sollte bereits in einer halben Stunde in Palm Springs stattfinden. Die religiösen Riten würden etwa gegen Mittag beginnen. Danach sollten die Gäste für die Hochzeitsfeier zum Haus zurückkehren.

Es klopfte an seiner Tür, und Jimmy Santadio trat ein. Er strahlte vor Glück und umarmte Pippi stürmisch. Er war noch nicht in seinem Hochzeitsanzug, sondern trug eine weiße Hose und ein silbergraues Seidenhemd, worin er sehr elegant aussah. Er hielt Pippi bei den Händen, um seine Verbundenheit mit ihm zum Ausdruck zu bringen.

»Es ist großartig, daß du gekommen bist«, sagte Jimmy, »und Roe freut sich so, daß du sie zum Altar führst. Bevor alles losgeht, will dich der Alte gern kennenlernen.«

Er hielt Pippi noch immer bei der Hand, als er ihn hinunter ins Erdgeschoß und durch einen langen Gang zu Don Santadios Zimmer brachte. Don Santadio lag im Bett, mit einem blauen Baumwollschlafanzug bekleidet. Er wirkte viel gebrechlicher als Don Clericuzio, aber er hatte dieselben scharfen Augen und dieselbe wache Art zuzuhören; sein Kopf war rund wie ein Ball und kahl. Er gab Pippi ein Zeichen, näher zu treten, und streckte ihm beide Hände entgegen, so daß Pippi ihn umarmen konnte.

»Wie gut, daß Sie gekommen sind«, sagte der Alte mit heiserer Stimme. »Ich zähle auf Sie, daß Sie mithelfen, daß sich unsere beiden Familien so umarmen, wie wir es eben getan haben. Sie sind die Friedenstaube, die wir brauchen. Gott segne Sie.« Er sank zurück in sein Bett und schloß die Augen. »Wie glücklich bin ich doch an diesem Tag.«

In dem Zimmer war auch eine Krankenschwester, eine kräftige Frau mittleren Alters. Jimmy stellte sie ihm als eine Cousine vor. Die Schwester flüsterte ihm zu, sie sollten jetzt gehen, der alte Don müsse seine Kräfte schonen, um später an den Feierlichkeiten teilnehmen zu können. Einen Augenblick lang dachte Pippi nach. Es war offensichtlich, daß Don Santadio nicht mehr lange zu leben hatte. Dann würde Jimmy das Oberhaupt der Familie sein. Vielleicht ließ sich immer noch eine Lösung finden. Aber Don Clericuzio würde den Mord an seinem Sohn Silvio niemals hinnehmen können, niemals würde wirklich Frieden zwischen den beiden Familien herrschen. Und auf jeden Fall hatte der Don ihm strikte Anweisungen gegeben.

In der Zwischenzeit durchsuchten zwei der Santadio-Brüder, Fonsa und Italo, Pippis Zimmer nach Waffen und Funkausrüstung. Auch Pippis Mietwagen hatten sie gründlich durchleuchtet.

Die Santadios hatten die Hochzeit ihres Prinzen prunkvoll vorbereitet. Riesige Flechtkörbe mit exotischen Blumen zierten die gesamte Wohnanlage. In bunten Pavillons standen

Barkeeper und schenkten Champagner aus. Ein Narr in einem mittelalterlichen Kostüm zog die Kinder mit Zaubertricks in seinen Bann, und überall auf dem Gelände kam aus den Lautsprechern Musik. Jeder Gast erhielt ein Los für eine Lotterie, bei der später der Gewinn in Höhe von zwanzigtausend Dollar gezogen werden sollte. Was konnte es Herrlicheres geben?

Riesige, fröhlich-bunte Zelte hatte man ringsum auf dem gepflegten Rasen aufgebaut, um die Gäste vor der Wüstenhitze zu schützen. Grüne Zelte über dem Tanzboden, rote über dem Orchester. Blaue Zelte über dem Tennisplatz, auf dem die Hochzeitsgeschenke warteten. Dazu gehörte ein silberner Mercedes für die Braut und ein kleines Privatflugzeug für den Bräutigam, Geschenke von Don Santadio selbst.

Die kirchliche Zeremonie war schlicht und kurz, und als die Gäste zum Haus zurückkehrten, spielte bereits das Orchester. Büffettische und drei verschiedene Bars hatten jeweils ein eigenes Zelt, eines war mit Jagdszenen dekoriert, in denen Jäger wilde Eber verfolgten, in einem anderen standen Gläser mit fruchtigen Tropendrinks.

Das Hochzeitspaar tanzte den ersten Tanz in einsamer Pracht. Sie tanzten im Schatten des Zelts, die rote Wüstensonne blinzelte in die Ecken und strahlte auf ihr Glück, wenn sie den Kopf dem Licht entgegenreckten. Die beiden waren so offensichtlich verliebt, daß die Menge um sie herum ihnen zujubelte und klatschte. Rose Marie hatte noch nie so schön ausgesehen und Jimmy Santadio noch nie so jung.

Als die Band zu spielen aufhörte, holte Jimmy Pippi aus der Menge und stellte ihn den über zweihundert Gästen vor.

»Das ist Pippi De Lena«, sagte er, »der die Braut zum Altar geführt hat, und er vertritt die Familie Clericuzio. Er ist mein teuerster Freund. Seine Freunde sind meine Freunde. Seine Feinde sind meine Feinde.« Er erhob sein Glas und sagte:

»Wir stoßen auf ihn an. Und er bekommt den ersten Tanz mit der Braut.«

Als Pippi und Rose Marie tanzten, flüsterte sie ihm zu: »Du wirst die Familien zusammenbringen, nicht wahr, Pippi?«

»Na sicher«, sagte Pippi und wirbelte sie durch die Luft.

Pippi war die Attraktion der Hochzeitsfeier, nie hatte es einen geselligeren Hochzeitsgast gegeben. Er tanzte jeden Tanz und bewegte sich leichtfüßiger als alle anderen jungen Männer. Er tanzte mit Jimmy und dann mit den anderen Brüdern, mit Fonsa, Italo, Benedict, Gino und Louis. Er tanzte mit den Kindern und den Matronen. Er tanzte mit dem Orchesterleiter und sang mit der Band laute Lieder in sizilianischem Dialekt. Er aß und trank mit solcher Lust, daß sein Smoking mit Tomatensoße und dem Fruchtsaft der Cocktails und dem Wein ganz bekleckert war. Er schleuderte die Bocciakugeln mit einem solchen Elan, daß der Spielplatz eine Stunde lang den Mittelpunkt der Hochzeitsfeier bildete.

Nach dem Bocciaspiel nahm Jimmy Santadio ihn beiseite. »Ich verlasse mich auf dich, daß du alles gut in die Wege leitest«, sagte er. »Unsere beiden Familien zusammen, dann steht uns nichts mehr im Weg. Mir und dir.« Jimmy Santadio, charmant wie noch nie.

Pippi antwortete so ehrlich, wie er nur konnte. »Ja, ja, schon gut.« Und er fragte sich, ob Jimmy Santadio es so ehrlich meinte, wie es schien. Inzwischen mußte er wissen, daß jemand aus seiner Familie den Mord begangen hatte.

Das schien Jimmy zu spüren. »Ich schwöre dir, Pippi, ich hatte nichts damit zu tun.« Er nahm Pippis Hand. »Wir hatten nichts mit Silvios Tod zu tun. Nichts. Ich schwöre es beim Haupt meines Vaters.«

»Ich glaube dir«, sagte Pippi und drückte Jimmys Hände. Einen Augenblick lang zweifelte er noch, aber es war egal. Es war zu spät.

Die rote Wüstensonne wich vor der Dämmerung, und überall auf dem Gelände gingen die Lichter an. Das war das Signal für den Beginn des feierlichen Dinners. Und alle Brüder, Fonsa, Italo, Gino, Benedict und Louis, brachten einen Toast auf Braut und Bräutigam aus. Auf das Glück dieser Ehe, auf die besonderen Tugenden von Jimmy, auf Pippi De Lena, ihren großen neuen Freund.

Der alte Don Santadio war zu krank, um sein Bett verlassen zu können, aber er ließ seine herzlichsten Glückwünsche übermitteln, in denen er auch das Flugzeug erwähnte, das er seinem Sohn geschenkt hatte, woraufhin alle in Jubel ausbrachen. Dann schnitt die Braut ein großes Stück aus der Hochzeitstorte und brachte es dem alten Mann in sein Zimmer. Doch er schlief, und so gab sie es seiner Krankenschwester, die versprach, ihn damit zu füttern, wenn er aufwachte.

Gegen Mitternacht schließlich löste sich die Feier auf. Jimmy und Rose zogen sich in ihr Hochzeitszimmer zurück; sie verkündeten, sie würden am nächsten Morgen nach Europa in die Flitterwochen fliegen und brauchten ihren Schlaf. Woraufhin die Gäste spöttisch johlten und vulgäre Bemerkungen fallenließen. Alle waren beschwingt und in bester Laune.

Hunderte von Wagen verließen das Gelände und brausten in die Wüste davon. Die Lastwagen des Partyservice wurden bepackt, das Personal baute die Zelte ab und räumte die Tische und Stühle zusammen, legte das Podest zusammen und suchte sogar noch rasch das Gelände ab, damit keine Abfälle zurückblieben. Schließlich waren sie auch damit fertig und beschlossen, den letzten Rest am nächsten Tag zu erledigen.

Auf Pippis Wunsch hatte man eine kleine Feier mit den fünf Santadio-Brüdern angesetzt, die nach der Verabschiedung der Gäste stattfinden sollte. Sie wollten sich gegenseitig

Geschenke überreichen, um die neue Freundschaft der beiden Familien zu begehen.

Um Mitternacht trafen sie sich in dem großen Eßzimmer der Santadio-Villa. Pippi bekam einen Koffer voller Rolex-Uhren. Außerdem gab es einen großen japanischen Kimono, der mit handgemalten orientalischen Liebesszenen verziert war.

»Den müssen wir gleich Jimmy bringen«, rief Fonsa.

»Zu spät«, sagte Italo fröhlich. »Jimmy und Rose Marie sind jetzt gerade bei der dritten Runde.«

Und alle lachten.

Draußen hüllte der Wüstenmond das Gelände in ein fahles weißes Licht. Die chinesischen Lampions an den Hauswänden zeichneten rote Kreise in die weißen Strahlen des Mondes.

Ein großer Lastwagen, auf dem seitlich in Goldbuchstaben das Wort PARTYSERVICE geschrieben stand, rumpelte auf das Tor des Santadio-Besitzes zu.

Einer der beiden Wachtposten näherte sich dem Wagen, und der Fahrer erklärte ihm, sie müßten noch einen Generator abholen, den sie vergessen hätten.

»So spät noch?« fragte der Wachtposten.

Während er sprach, stieg der Helfer des Fahrers aus dem Wagen und ging auf den anderen Posten zu. Beide Wachleute waren träge von dem vielen Essen und Trinken auf der Hochzeit.

In exakter zeitlicher Übereinstimmung passierten zwei Dinge: Der Fahrer bückte sich, holte zwischen seinen Beinen eine Pistole mit Schalldämpfer hervor und feuerte dreimal in das Gesicht des ersten Wachtpostens. Der Helfer des Fahrers packte den anderen Posten im Würgegriff und schnitt ihm mit einem großen, scharfen Messer mit einer einzigen blitzschnellen Bewegung die Kehle durch.

Sie waren sofort tot. Das leise Brummen eines Motors war zu hören, als sich die große Metallplattform am hinteren Ende des Lastwagens rasch senkte und zwanzig von Clericuzios Soldaten heraussprangen. Sie trugen Strumpfmasken und schwarze Kleidung und hatten jeder eine Pistole mit Schalldämpfer. Unter dem Kommando von Giorgio, Petie und Vincent verteilten sie sich über das ganze Gelände. Ein Sonderteam schnitt die Telefonleitungen durch. Zehn der maskierten Männer drangen mit Giorgio, Petie und Vincent in das Eßzimmer ein.

Die Santadio-Brüder hielten ihre Weingläser hoch, um auf Pippi anzustoßen, und er trat einen Schritt von ihnen zurück. Kein Wort wurde gesprochen. Die Eindringlinge eröffneten das Feuer, und die fünf Santadio-Brüder wurden von einem Kugelhagel in Stücke gerissen. Einer der Maskierten, Petie, stellte sich vor sie hin und gab allen fünfen den Gnadenschuß, eine Kugel unter das Kinn. Glasscherben glitzerten überall auf dem Boden.

Ein anderer maskierter Mann, Giorgio, reichte Pippi eine Maske, schwarze Hose und Pullover. Rasch zog sich Pippi um und warf seine abgelegte Kleidung in eine Tasche, die ihm ein anderer der maskierten Eindringlinge hinhielt.

Pippi, noch immer unbewaffnet, führte Giorgio, Petie und Vincent den Flur entlang zu Don Santadios Schlafzimmer. Er stieß die Tür auf.

Don Santadio war endlich aufgewacht und aß von der Hochzeitstorte. Er sah die vier Männer, machte das Kreuzzeichen und legte sich ein Kissen über den Kopf. Der Teller mit dem Stück Torte fiel zu Boden.

Die Krankenschwester saß in einer Ecke des Zimmers und las. Petie stürzte sich auf sie wie eine große Katze; er knebelte sie und fesselte sie mit einem Nylonstrick an den Stuhl.

Giorgio ging auf das Bett zu. Er streckte die Hand ein wenig aus und zog Don Santadio das Kissen vom Kopf. Er zögerte einen Augenblick, dann feuerte er zwei Schüsse ab, den ersten ins Auge, den zweiten vom Kinn her nach oben, wozu er den runden, kahlen Kopf ein wenig anhob.

Sie gruppierten sich um. Schließlich gab Vincent Pippi eine Waffe: einen langen silbrigen Strick.

Pippi führte sie von diesem Zimmer den langen Gang entlang und in den zweiten Stock hinauf, wo sich das Hochzeitszimmer befand. Der Flur war übersät mit Blumen und Körben voller Obst.

Pippi rüttelte an der Tür zum Hochzeitszimmer. Sie war verschlossen. Petie zog einen seiner Handschuhe aus und holte einen Pickel hervor. Mit Leichtigkeit öffnete er damit die Tür und stieß sie auf.

Rose Marie und Jimmy lagen ausgestreckt auf dem Bett. Sie hatten eben noch miteinander geschlafen. Rose Maries durchsichtiges Negligé bauschte sich über der Taille, und die Träger waren heruntergerutscht, so daß ihre Brust entblößt war.

Ihre rechte Hand lag auf Jimmys Haar, ihre linke auf seinem Bauch.

Jimmy war völlig nackt, aber er sprang auf, sobald er die Männer erblickte, und zog ein Bettuch herunter, um sich damit zu bedecken. Er begriff alles. »Nicht hier, draußen«, sagte er und ging auf sie zu.

Für den Bruchteil einer Sekunde begriff Rose Marie noch nicht, was geschah. Als Jimmy auf die Tür zuging, wollte sie sich an ihn klammern, aber er wich ihr aus. Umringt von Giorgio, Petie und Vincent ging er durch die Tür. Und dann sagte Rose Marie: »Pippi, Pippi, bitte nicht.« Erst als sich die drei Männer zu ihr umwandten, begriff sie, daß es ihre Brüder waren. »Giorgio, Petie, Vincent. Tut es nicht. Nein.«

Das war der schwierigste Moment für Pippi. Wenn Rose Marie den Mund nicht hielt, war die Familie Clericuzio verloren. Es war seine Pflicht, sie zu töten. Dazu hatte ihn der Don nicht ausdrücklich angewiesen, wie könnte er auch die Ermordung seiner Tochter geschehen lassen? Würden ihre Brüder ihm gehorchen? Und woher wußte sie, daß sie es waren? Er traf eine Entscheidung. Er schloß die Tür hinter sich und stand draußen im Flur mit Jimmy und Rose Maries drei Brüdern.

Hier hatte der Don sich deutlich ausgedrückt. Jimmy Santadio sollte erwürgt werden. Vielleicht war es ein Zeichen von Gnade, daß der Leichnam, den seine Liebsten betrauern würden, nicht durchbohrt sein sollte. Vielleicht führte es von irgendeiner Tradition her, daß man das Blut eines geliebten Menschen nicht vergoß, auch wenn man ihn dem Tod übergab.

Plötzlich ließ Jimmy das Bettuch fallen, er streckte die Hand aus und riß Pippi die Maske vom Gesicht. Giorgio packte ihn an einem Arm, Pippi am anderen. Vincent warf sich auf den Boden und hielt Jimmy an den Beinen fest. Inzwischen hatte Pippi den Strick um Jimmys Hals gelegt und drückte ihn zu Boden. Auf Jimmys Lippen lag ein entstelltes Lächeln; er schien Pippi seltsamerweise zu bedauern, während er ihn anstarrte: Als ob dieser Akt durch das Schicksal oder irgendeinen mysteriösen Gott gerächt werden würde.

Pippi zog den Strick fester zusammen, Petie half mit etwas Druck nach, und alle sanken auf den Boden des Flurs, wo das weiße Bettuch Jimmys Körper wie ein Leichentuch empfing. Im Hochzeitszimmer begann Rose Marie zu schreien ...

Der Don hatte seinen Bericht beendet. Er zündete sich eine neue Cheroot an und nahm einen Schluck Wein.

Giorgio sagte: »Pippi hat das alles geplant. Wir sind ungeschoren davongekommen, und die Santadios wurden ausgelöscht. Es war gigantisch.«

»Damit war alles geklärt«, sagte Vincent. »Seitdem hatten wir nie wieder irgendwelchen Ärger.«

Don Clericuzio seufzte. »Es war meine Entscheidung, und sie war falsch. Aber wie hätten wir denn wissen sollen, daß Rose Marie wahnsinnig werden würde? Wir befanden uns in einer Krise, und das war unsere einzige Chance, einen wirkungsvollen Schlag durchzuführen. Du mußt bedenken, damals war ich noch nicht sechzig, ich hielt zu große Stücke auf meine Macht und meine Intelligenz. Natürlich dachte ich damals, daß es eine Tragödie für meine Tochter bedeuten würde, aber Witwen trauern nicht ewig. Und sie hatten meinen Sohn Silvio ermordet. Wie konnte ich das vergeben, Tochter hin oder her? Aber ich habe dazugelernt. Mit Dummköpfen kann man zu keiner vernünftigen Lösung kommen. Ich hätte sie alle gleich zu Beginn auslöschen sollen. Bevor sich die Liebenden fanden. Ich hätte das Leben meines Sohnes und meiner Tochter gerettet.« Er schwieg einen Augenblick.

»Und daher ist Dante Jimmy Santadios Sohn. Und du, Cross, hast mit ihm in einem Kinderwagen gelegen, als ihr klein wart, in deinem ersten Sommer in diesem Haus. All die Jahre habe ich versucht, den Verlust von Dantes Vater wettzumachen. Ich habe versucht, meine Tochter über ihren Schmerz hinwegzutrösten. Dante wurde als ein Clericuzio aufgezogen, und er wird, zusammen mit meinen Söhnen, mein Erbe sein.«

Cross versuchte zu begreifen, was geschah. Sein ganzer Körper zitterte vor Abscheu gegen die Clericuzios und die Welt, in der sie lebten. Er dachte an seinen Vater Pippi, der die Rolle des Satans übernommen und die Santadios zu ihrem eigenen Tod verführt hatte. Wie konnte ein solcher Mann sein Vater sein? Dann dachte er an seine geliebte Tante Rose Marie, die all die Jahre mit gebrochenem Herzen gelebt hatte, die gewußt hatte, daß ihr Mann von ihrem Vater und ihren Brüdern ermordet worden war. Daß ihre eigene Familie sie verraten hatte. Er empfand sogar für Dante etwas Mitleid, jetzt, wo seine Schuld erwiesen war. Und dann dachte er über den Don nach. Sicher glaubte er nicht an die Geschichte von dem Raubmord an Pippi. Warum schien er sie dann zu akzeptieren, er, ein Mann, der nie an den Zufall geglaubt hatte? Welche Botschaft steckte dahinter?

Aus Giorgio wurde Cross niemals schlau. Glaubte er an den Raubmord? Vincent und Petie taten es offensichtlich. Jetzt begriff er das enge Band zwischen seinem Vater, dem Don und den drei Söhnen. Sie hatten zusammen als Soldaten in dem Massaker an den Santadios gekämpft. Und sein Vater hatte Rose Marie verschont.

»Und Rose Marie hat nie etwas gesagt?« fragte Cross.

»Nein«, erwiderte der Don süffisant. »Sie machte es noch besser. Sie wurde wahnsinnig.« In seiner Stimme lag eine Spur Stolz. »Ich habe sie nach Sizilien geschickt und so rechtzeitig zurückgeholt, daß Dante auf amerikanischem Boden zur Welt kam. Wer weiß, vielleicht wird er einmal Präsident der Vereinigten Staaten. Ich hatte Träume für den kleinen Jungen, aber die Mischung aus Clericuzio- und Santadio-Blut war zuviel für ihn.«

»Und weißt du, was das schlimmste war?« fragte der Don. »Dein Vater Pippi hat einen schrecklichen Fehler begangen. Er hätte Rose Marie nicht verschonen dürfen, auch wenn ich ihn dafür geliebt habe.« Er seufzte. Er nahm einen Schluck Wein, sah Cross in die Augen und sagte dann: »Paß gut auf. Die Welt ist so, wie sie ist. Und du bist, was du bist.«

Auf dem Flug zurück nach Vegas dachte Cross über ein Rätsel nach. Warum hatte der Don ihm schließlich doch die Geschichte des Santadio-Kriegs erzählt? Um zu verhindern, daß er Rose Marie besuchte und von ihr eine andere Version zu hören bekam? Oder wollte er ihn warnen, ihm sagen, daß er den Mord an seinem Vater nicht rächen sollte, weil Dante damit zu tun hatte? Der Don war ein Rätsel. Aber in einem war sich Cross sicher. Wenn es Dante war, der seinen Vater ermordet hatte, dann mußte Dante ihn auch ermorden. Und das wußte Don Domenico Clericuzio mit Sicherheit auch.

19. Kapitel

Dante Clericuzio mußte diese Geschichte nicht hören. Seine Mutter Rose Marie hatte sie ihm immer in sein kleines Ohr geflüstert, seit er zwei Jahre alt war: immer wenn sie einen ihrer Anfälle hatte, immer wenn sie die Trauer um die verlorene Liebe ihres Mannes und ihres Bruders Silvio überkam, immer wenn sie die panische Angst vor Pippi und ihren Brüdern packte.

Nur wenn Rose Marie ihre schlimmsten Anfälle hatte, beschuldigte sie ihren Vater, Don Clericuzio, für den Tod ihres Mannes verantwortlich zu sein. Der Don bestritt stets, den Befehl gegeben zu haben, so wie er auch bestritt, daß seine Söhne und Pippi das Massaker angerichtet hatten. Aber nachdem sie ihn das zweite Mal beschuldigt hatte, ließ er sie für einen Monat in die Klinik verfrachten. Danach tobte und schimpfte sie nur noch und beschuldigte ihn nie wieder direkt.

Aber Dante erinnerte sich immer an das, was sie ihm zugeflüstert hatte. Als Kind liebte er seinen Großvater und glaubte an seine Unschuld. Aber er intrigierte gegen seine drei Onkel, obwohl sie ihn immer liebevoll behandelten. Vor allem träumte er davon, sich an Pippi zu rächen, es waren zwar nur Phantasiegebilde, aber er entwickelte sie seiner Mutter zuliebe.

Wenn Rose Maries Zustand normal war, dann kümmerte sie sich äußerst liebevoll um den Witwer Don Clericuzio. Ihren drei Brüdern brachte sie schwesterliche Fürsorge entgegen. Zu Pippi hielt sie Abstand. Und weil sie zu jener Zeit ein so liebliches Gesicht hatte, fiel es ihr schwer, ihren Groll überzeugend zum Ausdruck zu bringen. Der Schnitt ihres Gesichts, der Zug um ihren Mund, die sanften, glänzend braunen Augen, all das schien ihrem Haß zu widersprechen. Ihrem Kind Dante schenkte sie die übergroße Liebe, die sie für keinen Mann mehr empfinden konnte. Sie überhäufte ihn mit Geschenken, die aus ihrer Zuneigung entsprangen, genau wie sein Großvater und seine Onkel es taten, wenn auch aus einer weniger reinen, mit Schuldgefühlen vermischten Liebe. Wenn Rose Maries Zustand normal war, erzählte sie Dante die Geschichte nie.

Aber wenn sie einen ihrer Anfälle hatte, dann wurde sie unflätig, dann fluchte sie, und selbst ihr Gesicht wurde zu einer häßlichen Maske des Zorns. Dante war jedesmal verwirrt. Als er sieben Jahre alt war, erwachte in ihm ein Zweifel. »Woher wußtest du, daß es Pippi und meine Onkel waren?« fragte er sie.

Rose Marie lachte schadenfroh auf. Sie kam Dante vor wie die Hexe aus einem seiner Märchenbücher. Sie sagte zu ihm: »Die halten sich für so clever, daß sie sich auf alles einstellen, mit ihren Masken und ihren schwarzen Sachen und ihren Hüten. Aber weißt du, was sie vergessen haben? Pippi trug noch immer seine Tanzschuhe. Lackschuhe mit schwarzen Schleifen. Und deine Onkel gruppierten sich immer auf eine ganz bestimmte Art. Giorgio war immer vorn, Vincent ein Stück hinter ihm und Petie immer rechts. Und wie sie Pippi fragend ansahen, ob er ihnen den Befehl geben würde, mich zu töten! Weil ich sie erkannt hatte. Wie sie zögerten, fast zurückschreckten. Aber sie hätten mich umgebracht, mit

Sicherheit. Meine eigenen Brüder.« Und dann brach sie immer so wild in Tränen aus, daß Dante erschrak.

Selbst als siebenjähriger Junge versuchte er schon, sie zu trösten. »Onkel Petie hätte dir niemals etwas angetan«, sagte er. »Und Grandpa hätte sie alle ermordet, wenn sie es getan hätten.« Bei seinem Onkel Giorgio und erst recht Onkel Vinnie war er sich nicht so sicher. Aber in seinem kindlichen Herzen war es Pippi, dem er niemals vergeben konnte.

Als Dante zehn Jahre alt war, hatte er gelernt, auf die Anfälle seiner Mutter zu achten, und immer wenn sie ihm ein Zeichen gab, daß sie ihm wieder einmal die Santadio-Geschichte erzählen wollte, brachte er sie rasch in ihr Schlafzimmer in Sicherheit, damit sein Großvater und seine Onkel es nicht mitbekamen.

Als Dante ins Mannesalter kam, war er zu schlau, als daß er sich von dem falschen Spiel der Clericuzios täuschen ließ. Er hatte eine so witzig-boshafte Art, daß er seinen Großvater und seine Onkel spüren ließ, daß er die Wahrheit wußte. Und er erkannte, daß seine Onkel ihn doch nicht so gern mochten. Dante hatte man dazu bestimmt, in der legalen Gesellschaft Fuß zu fassen, vielleicht Giorgios Platz einzunehmen und sich mit den komplexen finanziellen Angelegenheiten zu befassen, aber daran zeigte er kein Interesse. Er hatte sogar seine Onkel damit aufgezogen, daß er sich nicht für diese verweichlichte Seite der Familie interessierte. Giorgio hörte sich das mit einer Kaltschnäuzigkeit an, die dem sechzehnjährigen Dante einen Augenblick lang angst machte.

»Na schön, dann eben nicht«, sagte Onkel Giorgio. In seiner Stimme lag Traurigkeit und auch Wut.

Als Dante die High-School in seinem letzten Schuljahr abbrach, wurde er in die Bronx-Enklave geschickt, um dort für Peties Baufirma zu arbeiten. Dante arbeitete hart und entwickelte starke Muskeln von der schweren, anstrengenden

Arbeit auf den Baustellen. Petie steckte ihn in Soldatentrupps aus der Bronx-Enklave. Als Dante alt genug war, beschloß der Don, daß der Junge unter Petie Soldat werden sollte.

Der Don entschied dies erst, nachdem Giorgio ihm von Dantes Charakter und einigen Straftaten, die er begangen hatte, berichtet hatte. Der junge Mann wurde beschuldigt, eine hübsche Klassenkameradin vergewaltigt und einen gleichaltrigen Mitschüler mit einem kleinen Messer angegriffen zu haben. Dante hatte seine Onkel angefleht, seinem Großvater nichts zu erzählen, und sie hatten es ihm versprochen, aber natürlich hatten sie dem Don sofort davon berichtet. Die Beschuldigungen wurden mit Hilfe großer Geldsummen aus der Welt geschafft, bevor Dante strafrechtlich belangt werden konnte.

In seinen Jugendjahren wurde auch seine Eifersucht auf Cross De Lena immer stärker. Cross war inzwischen zu einem stattlichen, ungewöhnlich gutaussehenden jungen Mann mit einer reifen, höflichen Art herangewachsen. Alle Frauen des Clericuzio-Clans schwärmten für ihn und machten ein Riesengetue um ihn. Seine Cousinen flirteten mit ihm, was sie bei dem Enkel des Dons nie versuchten. Dante wirkte mit seinen Renaissance-Kappen, seinem versteckten Humor und seinem gedrungenen, extrem muskulösen Körper auf diese jungen Mädchen furchteinflößend. Er war zu schlau, um all das nicht zu bemerken.

Als man Dante mit auf die Hunting Lodge in den Sierras nahm, gefiel ihm das Fallenstellen besser als das Schießen. Als er sich in eine seiner Cousinen verliebte, was in dem engverbundenen Clericuzio-Clan ganz natürlich war, unternahm er etwas zu direkte Annäherungsversuche. Und er hatte einen zu vertraulichen Umgang mit den Töchtern der Clericuzio-Soldaten, die in der Bronx-Enklave lebten. Schließlich vertraute Giorgio, der die Rolle des strengen Lehrers und Erziehers übernommen hatte, ihn dem Besitzer eines erstklassigen Bordells in New York an, um ihn etwas zur Ruhe zu bringen.

Aber auf Grund seiner außerordentlichen Wißbegierde und seiner schlauen, gerissenen Art war Dante der einzige seiner Generation bei den Clericuzios, der wirklich wußte, was in der Familie vor sich ging. Und so beschloß man schließlich, ihn für Operationen auszubilden.

Im Laufe der Zeit empfand Dante eine zunehmende Entfremdung von seiner Familie. Der Don mochte ihn so gern wie immer und machte ihm klar, daß er ein Erbe des Reiches war, aber er teilte seine Gedanken nicht mehr mit seinem Enkel, er gab ihm keinen Einblick und keine kleinen Perlen seiner Weisheit mehr. Und der Don unterstützte Dantes strategische Vorschläge und Pläne nicht.

Seine Onkel, Giorgio, Vincent und Petie, begegneten ihm weniger herzlich als in seiner Kindheit. Petie war zwar noch eher wie ein Freund zu ihm, aber er hatte ihn schließlich ausgebildet.

Dante war schlau genug zu wissen, daß der Fehler vielleicht bei ihm lag, weil er verraten hatte, daß er von dem Massaker an den Santadios und dem Mord an seinem Vater wußte. Er stellte Petie sogar Fragen über Jimmy Santadio, und sein Onkel erzählte ihm, wie sehr sie seinen Vater geschätzt hatten und wie betrübt sie über seinen Tod gewesen seien. Es wurde nie offen gesagt, nie zugegeben, aber Don Clericuzio und seine Söhne wußten, daß Dante die wahre Geschichte kannte, daß Rose Marie während ihrer Anfälle das Geheimnis preisgegeben hatte. Sie wollten Wiedergutmachung, sie behandelten ihn wie ein Fürstenkind.

Aber was Dantes Charakter am meisten prägte, das war das Mitleid und die Liebe, die er für seine Mutter empfand. Wenn sie ihre Anfälle hatte, entflammte sie in ihm den Haß auf Pippi De Lena; sie entlastete ihren Vater und ihre Brüder.

All das half Don Clericuzio, seine endgültige Entscheidung zu treffen, denn er konnte in seinem Enkel lesen wie in seinem Gebetbuch. Nach dem Urteil des Dons konnte Dante niemals die Rückkehr in den Schoß der Gesellschaft antreten. Sein Santadio- und (der Don war ein gerechter Mann) Clericuzio-Blut waren eine zu wilde Mischung. Daher sollte Dante sich der Gesellschaft von Vincent und Petie, von Giorgio und Pippi De Lena anschließen. Sie sollten alle gemeinsam die letzte Schlacht schlagen.

Und Dante erwies sich als guter Soldat, wenn auch als unbezähmbar. Er besaß eine Ungebundenheit, mit der er sich häufig über die Familienregeln hinwegsetzte, und manchmal hielt er sich nicht einmal an ausdrückliche Befehle. Seine Wildheit war dann nützlich, wenn ein verwirrter *bruglione* oder ein undisziplinierter Soldat die Stellungen der Familie übertrat und in eine weniger komplexe Welt geschickt werden mußte. Dante unterstand keiner Kontrolle außer der des Dons selbst, und sonderbarerweise weigerte sich der Don, ihn persönlich zu züchtigen.

Dante bangte um die Zukunft seiner Mutter. Diese Zukunft lag in der Hand des Dons, und als ihre Anfälle sich häuften, bemerkte Dante, wie der Don immer unduldsamer wurde. Besonders wenn Rose Marie einen dramatischen Abgang machte, indem sie mit dem Fuß einen Kreis auf den Boden zeichnete, in die Mitte spuckte und dazu schrie, sie würde nie wieder in dieses Haus zurückkehren. Dann ließ der Don sie im allgemeinen wieder für ein paar Tage in die Klinik schaffen.

Also versuchte Dante mit gutem Zureden, seine Mutter von ihren Anfällen zu befreien und ihre natürliche liebenswerte und zärtliche Art wiederzubeleben. Aber immer war da die Befürchtung, daß er sie letztlich nicht würde beschützen können. Es sei denn, er wurde so mächtig wie der Don selbst.

Der einzige Mensch auf der Welt, vor dem sich Dante fürchtete, war der alte Don. Dieses Gefühl führte von den Erfahrungen her, die er als Kind mit seinem Großvater gemacht hatte. Und es entsprang auch seinem Eindruck, daß die Söhne Don Clericuzio ebensosehr fürchteten wie liebten. Was Dante wunderte. Der Don war in den Achtzigern, er hatte keine körperliche Kraft mehr, er verließ nur noch selten die Villa, und seine Größe war geschrumpft. Warum sollte man ihn fürchten?

Sicher, er aß gut, er hatte ein eindrucksvolles Auftreten, die einzige physische Verfallserscheinung bestand derzeit darin, daß seine Zähne weicher geworden waren, so daß seine Nahrung mal aus Pasta, geriebenem Käse, gekochtem Gemüse und Suppen bestand. Fleisch wurde für ihn in Tomatensoße zerkocht.

Irgendwann mußte der alte Don sterben, und dann würden sich die Machtverhältnisse verschieben. Was, wenn Pippi Giorgios rechte Hand wurde? Was, wenn Pippi durch bloße Gewalt die Macht an sich riß? Und wenn das geschah, dann würde Cross aufsteigen, besonders da er mit seinem Anteil am Xanadu soviel Reichtum angehäuft hatte.

Es gab also praktische Gründe, sagte sich Dante, die über seinen Haß auf Pippi hinausgingen, der es wagte, ihn vor seiner eigenen Familie zu kritisieren.

Dante hatte zu Jim Losey erstmals Kontakt aufgenommen, als Giorgio entschied, Dante gewisse Machtbefugnisse zu übertragen, und ihn dazu bestimmte, Losey das Gehalt zu überbringen, das er von der Familie bezog.

Natürlich hatte man entsprechende Vorsichtsmaßnahmen

für den Fall getroffen, daß Losey sich als Verräter erweisen sollte. Es wurde ein Vertrag unterzeichnet, demzufolge Losey als Berater für einen Wach- und Sicherheitsdienst, der in der Hand der Familie lag, tätig war. Der Vertrag sah Vertraulichkeit vor und daß Losey in bar bezahlt werden sollte. Aber in den Steuerakten des Sicherheitsdienstes erschien das Geld unter Ausgaben, und Losey benutzte eine Briefkastenfirma als Empfänger.

Dante hatte Losey über mehrere Jahre hinweg bestimmte Summen überbracht, bevor er eine etwas vertraulichere Beziehung zu ihm knüpfte. Er ließ sich von Loseys Ruf nicht einschüchtern, er sah in ihm einen Mann, der darauf aus war, sich einen hübschen Notgroschen fürs Alter zurückzulegen. Losey hatte überall seine Hand im Spiel. Er schützte Drogendealer, er nahm Clericuzio-Geld für den Schutz der Casinos, er versuchte sich sogar damit, von bestimmten erfolgreichen Einzelhändlern zusätzliche Schutzgelder zu pressen.

Dante bot seinen ganzen Charme auf, um einen guten Eindruck auf Losey zu machen; sowohl sein verschlagener, gehässiger Humor als auch seine Verachtung für allgemein anerkannte moralische Richtlinien waren ganz nach Loseys Geschmack. Dante reagierte besonders gut auf Loseys bittere Worte, wenn er ihm vom Krieg gegen die Schwarzen erzählte, die die westliche Zivilisation zerstörten. Dante selbst hatte keine Rassenvorurteile. Die Schwarzen nahmen keinen Einfluß auf sein Leben, und wenn sie es täten, würde er sie erbarmungslos beseitigen.

Dante und Losey hatten einen starken gemeinsamen Drang. Sie waren beide Dandys, die viel Wert auf ihr Äußeres legten, und sie hatten einen ähnlichen Sexualtrieb, mit dem sie die Frauen vor allem beherrschen wollten. Weniger in erotischer Hinsicht als zur Demonstration ihrer Macht. Sie verbrachten ihre Zeit immer öfter gemeinsam, wenn Dante im

Westen war. Sie aßen zusammen zu Abend und zogen durch die Nachtclubs. Dante hatte nie den Mut, ihn nach Vegas ins Xanadu mitzunehmen, aber das war ihm auch nicht wichtig.

Dante erzählte Losey mit Vorliebe, wie er die Frauen zunächst unterwürfig und überschwenglich hofierte und wie diese die Macht ihrer Schönheit ausspielten. Und welchen Spaß es ihm dann bereitete, sie mit dieser Macht in eine Position zu locken, in der sie sich dem unfreiwilligen Sex mit ihm nicht mehr entziehen konnten. Losey, der Dantes Trick ein wenig verachtete, erzählte dann immer, wie er den Willen der Frauen von Anfang an mit seiner extremen Macho-Ausstrahlung brach, um sie anschließend zu demütigen.

Beide erklärten, daß sie niemals eine Frau zum Sex zwängen, die auf ihr Werben nicht einging. Sie waren sich beide einig, daß Athena Aquitane eine tolle Nummer wäre, wenn sie sie je zum Zug kommen ließe. Wenn sie gemeinsam durch die Clubs von L. A. zogen und Frauen anbaggerten, tauschten sie ihre Erfahrungen aus und lachten über die eitlen Frauen, die sich einbildeten, sie könnten bis zum Äußersten gehen und ihnen dann den letzten Akt verweigern. Manchmal protestierten sie allerdings zu stark, dann zückte Losey seine Dienstmarke und erklärte den Frauen, er würde sie wegen Prostitution hinter Gitter bringen. Da viele von ihnen leichte Mädchen waren, verfehlte die Drohung ihre Wirkung nie.

Sie verbrachten viele kameradschaftliche Abende, die Dante arrangierte. Wenn Losey nicht gerade seine »Nigger«-Geschichten erzählte, versuchte er, die verschiedenen Arten von Nutten zu definieren.

Da gab es erstens die abgebrühten Nutten, die die eine Hand nach dem Geld ausstreckten und die andere nach dem Schwanz. Dann gab es die leichten Mädchen, die einen mochten und nett bumsen ließen, bevor sie am nächsten

Morgen fragten, ob man ihnen nicht mit einem Scheck helfen könnte, die nächste Miete zu bezahlen.

Dann gab es die Sorte leichtes Mädchen, die einen liebte, aber andere auch, und die eine langfristige Beziehung mit einem anknüpfte und sich an jedem Feiertag, sogar am Tag der Arbeit, mit Schmuck beschenken ließ. Dann gab es die Freiberuflerinnen, die Sekretärinnen mit einem Achtstundentag, Stewardessen, Verkäuferinnen in schicken Boutiquen, die einen nach einem teuren Dinner auf einen Kaffee in ihr Appartement einluden und dann wieder auf die Straße werfen wollten, damit man sich dort den Arsch abfror, ohne es einem auch nur mit der Hand zu besorgen. Die hatten sie am liebsten. Mit denen war Sex richtig aufregend, geladen mit Dramatik, Tränen und unterdrückten Schreien, die um Nachsicht und Milde flehten; das war ein Sex, der war besser als Liebe.

Eines Abends, nachdem sie in Le Chinois, einem Restaurant in Venice, zu Abend gegessen hatten, schlug Dante einen Bummel über die Uferpromenade vor. Sie setzten sich auf eine Bank und ließen den Strom der Passanten an sich vorbeiziehen, hübsche junge Mädchen auf Rollerskates, Strichjungen jeder Hautfarbe, die sie prüfend beäugten und ihnen Koseworte zuriefen, die leichten Mädchen, die mit Sprüchen bedruckte T-Shirts verkauften, die die beiden Männer nicht verstanden. Hare Krishnas mit Bettelnäpfen, bärtige Sänger mit ihren Gitarren, Familien mit Kameras, und dahinter der schwarze Pazifik, in dem sich die Gestalten spiegelten und an dessen einsamen Sandstränden vereinzelt Pärchen unter einer Decke lagen, unter der sie ihre Unzucht verbergen wollten.

»Ich könnte jeden einzelnen hier unter dringendem Tatverdacht festnehmen lassen«, lachte Losey. »Was für ein irrsinniger Zoo.«

»Sogar die hübschen Kids auf ihren Rollerskates?« fragte Dante.

»Ich würd' sie einfach dafür einlochen, daß sie ihre Muschis als gefährliche Waffe mit sich herumtragen«, sagte Losey.

»Viele Nigger gibt's hier nicht«, sagte Dante.

Losey streckte sich auf dem Strand aus, und als er zu reden begann, imitierte er gar nicht schlecht den Akzent der Südstaaten.

»Ich denke, ich bin etwas zu hart mit meinen schwarzen Brüdern ins Gericht gegangen«, sagte er. »Es ist eben doch so, wie die Liberalen immer sagen, es kommt alles daher, daß sie Sklaven waren.«

Dante wartete auf die Pointe.

Losey verschränkte die Hände hinter dem Kopf und machte seine Jacke so weit auf, daß man das Pistolenhalfter sah, um auf diese Weise irgendwelche unverfrorenen Ganoven abzuschrecken. Niemand achtete auf ihn, sie hatten ihn alle sofort als Cop erkannt, kaum daß er die Uferpromenade betreten hatte.

»Sklaverei«, sagte Losey. »Demoralisierend. Das Leben war zu leicht für sie, es hat sie zu abhängig gemacht. Die Freiheit war zu hart für sie. Auf den Plantagen waren sie versorgt, bekamen dreimal täglich zu essen, freies Logis, bekamen Kleidung und wurden medizinisch gut betreut, weil sie einen wertvollen Besitz darstellten. Sie waren nicht einmal für ihre Kinder verantwortlich. Stell dir das mal vor. Die Plantagenbesitzer haben ihre Töchter gebumst und deren Kindern für den Rest des Lebens Arbeit gegeben. Sicher, sie mußten arbeiten, aber sie haben immer gesungen, also können sie ja wohl nicht so hart gearbeitet haben. Ich wette, fünf Weiße könnten die Arbeit von hundert Niggern erledigen.«

Dante war amüsiert. Meinte Losey das im Ernst? Egal, es

war eine emotionale Ansicht, und er bezeichnete sie als seine Grundeinstellung.

Sie genossen den Abend, es war eine laue Nacht, die Welt, die sie beobachteten, gab ihnen ein angenehmes Gefühl von Sicherheit. Diese Leute stellten nie eine Gefahr für sie dar.

Dann sagte Dante: »Ich hab' ein wirklich wichtiges Geschäft, das ich dir vorschlagen wollte. Willst du erst den Lohn hören oder erst das Risiko?«

Losey lächelte ihn an. »Erst den Lohn, wie immer.«

»Zweihundert Riesen Vorschuß«, sagte Dante. »Ein Jahr später einen Job als Sicherheitschef im Hotel Xanadu. Mit dem fünffachen Gehalt von dem, was du jetzt kriegst. Spesenkonto. Dickes Auto, Zimmer, Verpflegung und alle Miezen, die du willst. Du mußt den Hintergrund der ganzen Revuegirls im Hotel überprüfen. Dazu Prämien, wie du sie jetzt auch schon machst. Und du hast nicht das Risiko, in vorderster Front den Pistolenhelden spielen zu müssen.«

»Klingt wirklich zu gut«, sagte Losey. »Aber irgend jemand muß dafür erschossen werden. Das ist das Risiko, stimmt's?«

»Für mich«, sagte Dante. »Ich werde schießen.«

»Warum nicht ich?« sagte Losey. »Ich hab' die Dienstmarke, um es legal zu erledigen.«

»Weil du danach keine sechs Monate mehr leben würdest«, sagte Dante.

»Und was soll ich tun?« fragte Losey. »Mir den Arsch mit einer Feder kitzeln?«

Dante erklärte ihm die ganze Operation. Losey pfiff bewundernd durch die Lippen angesichts der Raffinesse dieser waghalsigen Idee.

»Warum Pippi De Lena?« fragte Losey.

»Weil er dabei ist, zum Verräter zu werden«, sagte Dante.

Losey blickte noch immer skeptisch. Zum ersten Mal sollte

er einen kaltblütigen Mord begehen. Dante beschloß, noch eins draufzulegen.

»Erinnerst du dich noch an diesen Selbstmord von Boz Skannet?« sagte er. »Dafür hat Cross gesorgt, nicht er persönlich, aber zusammen mit einem Typen namens Lia Vazzi.«

»Wie sieht der aus?« fragte Losey. Nachdem Dante Vazzi beschrieben hatte, war ihm klar, daß er der Mann war, der Skannet begleitet hatte, als er ihn in der Hotelhalle angehalten hatte. »Wo kann ich diesen Vazzi finden?«

Dante dachte einen langen Augenblick nach. Er war gerade dabei, gegen das einzige wirklich heilige Gebot der Familie zu verstoßen. Das des Dons. Aber damit könnte er Cross aus dem Weg schaffen, und Cross würde er nach Pippis Tod fürchten müssen.

»Ich werde niemals irgend jemand sagen, woher die Information kam«, sagte Losey.

Dante dachte noch einmal einen Augenblick nach, dann sagte er: »Vazzi lebt in einer Jagdhütte meiner Familie oben in den Sierras. Aber unternimm nichts, bevor wir mit Pippi fertig sind.«

»Klar«, sagte Losey. Er würde tun, was er wollte. »Und ich bekomm' meine zweihundert Vorschuß gleich auf die Hand, richtig?«

»Richtig«, sagte Dante.

»Klingt gut«, sagte Losey. »Eins noch. Wenn die Clericuzios hinter mir her sind, laß ich dich hochgehen.«

»Keine Sorge«, sagte Dante liebenswürdig. »Wenn ich davon höre, bring' ich dich zuerst um. Jetzt müssen wir das Ganze nur noch im Detail besprechen.«

Es lief alles genau nach Plan ab.

Als Dante die sechs Kugeln in Pippi De Lenas Körper jagte und Pippi »gottverdammter Santadio« flüsterte, jubelte Dante innerlich wie noch nie.

20. Kapitel

Zum ersten Mal widersetzte sich Lia Vazzi absichtlich den Anweisungen seines Bosses Cross De Lena.

Es ließ sich nicht vermeiden. Detective Jim Losey hatte ihn schon wieder in der Hunting Lodge besucht und ihn erneut zu Skannets Tod befragt. Lia bestritt, Skannet zu kennen, und behauptete, lediglich zufällig zu diesem Zeitpunkt in der Hotelhalle gewesen zu sein. Losey klopfte ihm auf die Schulter und schlug ihm dann leicht mit der flachen Hand ins Gesicht. »Okay, du kleines Arschloch«, sagte er, »dich krieg' ich noch, und zwar bald.«

Im Geiste unterzeichnete Lia Loseys Todesurteil. Egal, was sonst noch passierte, wenn er wußte, daß seine Zukunft gefährdet war, würde er Loseys Schicksal besiegeln. Aber er mußte sehr vorsichtig sein. Bei den Clericuzios herrschten strenge Regeln. Einem Polizisten durfte man nichts antun.

Lia erinnerte sich, daß er Cross zu dem Treffen mit Phil Sharkey gefahren hatte, Loseys pensioniertem Partner. Er hatte nie geglaubt, daß Sharkey dafür, daß man ihm fünfzig Riesen versprach, den Mund halten würde. Inzwischen war er sich sicher, daß Sharkey Losey von dem Treffen erzählt und ihn, Vazzi, vermutlich im Wagen hatte sitzen sehen. Wenn das der Fall war, dann schwebten Cross und er selbst in großer Gefahr. Im Grunde mißtraute er Cross' Urteil; Polizisten hielten im allgemeinen zusammen wie Mafiosi. Sie hatten ihre eigene *omertà.*

Lia ließ sich von zweien seiner Soldaten von der Hunting Lodge nach Santa Monica fahren, wo Phil Sharkey wohnte. Er war sich sicher, daß er, wenn er mit Sharkey redete, rasch herausfinden würde, ob der Mann Losey von Cross' Besuch erzählt hatte oder nicht.

Von außen machte Sharkeys Haus einen verlassenen Eindruck, auf dem Rasen stand lediglich ein einsamer Rasenmäher. Aber die Garagentür stand offen, ein Wagen stand darin, und Lia ging über den Zementweg bis zur Tür und klingelte. Niemand antwortete. Er klingelte noch einmal. Er versuchte es mit dem Türknauf, die Tür war nicht verschlossen. Jetzt mußte er eine Entscheidung treffen. Sollte er eintreten oder wieder gehen? Mit dem Krawattenende wischte er seine Fingerabdrücke von dem Türknauf und der Klingel. Dann trat er durch die Tür in den kleinen Flur und rief Sharkey laut beim Namen. Niemand antwortete.

Lia durchstreifte das Haus; die beiden Schlafzimmer waren leer, er warf einen Blick in die Wandschränke und unter die Betten. Er durchsuchte das Wohnzimmer, sah unter das Sofa und die Kissen. Dann ging er in die Küche und trat an den Verandatisch, auf dem eine Packung Milch und ein Pappteller mit einem halbgegessenen Käsesandwich standen. In der Küche befand sich eine aus Latten zusammengenagelte Tür, und als Lia sie öffnete, stand er vor einem flachen Keller, nur zwei hölzerne Stufen tief, eine Art vertiefter, fensterloser Raum.

Lia ging die zwei Stufen hinunter und sah hinter einen Haufen alter Fahrräder. Er öffnete einen Schrank mit riesigen Türen. Darin hing eine einsame Polizeiuniform, auf dem Boden standen ein Paar klobige schwarze Schuhe, und auf den Schuhen lag die mit einer Borte besetzte Mütze eines Streifenpolizisten. Das war alles.

Lia trat an die große Truhe, die auf dem Boden stand, und stemmte den Deckel auf. Es ging erstaunlich leicht; innen war sie bis an den Rand mit ordentlich zusammengelegten grauen Decken gefüllt.

Lia stieg die beiden Stufen hoch, trat auf den Patio und starrte auf den Ozean hinaus. Eine Leiche im Sand zu vergraben grenzte an Wahnsinn, also verwarf er die Idee. Vielleicht war jemand vorbeigekommen und hatte Sharkey abgeholt. Aber dabei würde ein Mörder das Risiko eingehen, gesehen zu werden. Und es war ohnehin ein gefährliches Unterfangen, Sharkey zu ermorden. Wenn der Mann tot war, so Lias Schlußfolgerung, dann mußte er also in diesem Haus sein. Unverzüglich ging er zurück in den Keller und warf alle Wolldecken aus der Truhe. Natürlich, unten auf dem Boden erschien erst der große Kopf, dann der schmale Körper. In Sharkeys rechtem Auge klaffte ein Loch, und darüber klebte ein Klecks Blut wie eine rote Münze. Die Gesichtshaut war wachsartig und mit schwarzen Punkten wie Pockennarben übersät. Der Tod mußte also schon vor einer Weile eingetreten sein. Als qualifizierter Mann wußte Lia genau, was das bedeutete. Jemand, dem Sharkey vertraut hatte, hatte so nah an ihn herankommen können, daß er ihm direkt ins Auge schießen konnte; diese Punkte waren Pulverspuren.

Vorsichtig faltete Lia die Decken zusammen, legte sie wieder über die Leiche und verließ das Haus. Er hatte keine Fingerabdrücke hinterlassen, aber ihm war klar, daß kleine Teilchen von den Decken an seinen Kleidern hängengeblieben sein mußten. Er würde die Kleider vernichten müssen. Die Schuhe auch. Er ließ sich von seinen Soldaten zum Flughafen fahren, und während er auf eine Maschine wartete, die ihn nach Vegas bringen sollte, kaufte er sich in einem der Läden in der Einkaufsmeile des Flughafens neue Kleidung und ein

Paar Schuhe. Dann kaufte er eine Tragetasche und stopfte seine alten Sachen hinein.

In Vegas checkte er im Xanadu ein und hinterließ eine Nachricht für Cross. Danach duschte er gründlich und zog dann wieder seine neuen Sachen an. Er wartete darauf, daß Cross ihn anrief.

Als der Anruf kam, erklärte er Cross, er wolle ihn treffen. Er brachte die Tüte mit den alten Kleidern mit, und das erste, was er zu Cross sagte, war: »Du hast gerade fünfzig Riesen gespart.«

Cross sah ihn an und lächelte. Lia, der sonst meist schick angezogen war, hatte ein geblümtes Hemd, eine blaue Leinenhose und eine leichte Jacke, ebenfalls blau, gekauft. Er sah aus wie ein kleiner Casino-Gauner.

Lia berichtete ihm von Sharkey. Er versuchte sein Handeln zu rechtfertigen, aber Cross wollte davon nichts wissen. »Du steckst mit mir da drin, du mußt dich schützen. Aber was zum Teufel hat das zu bedeuten?«

»Ganz einfach«, sagte Lia. »Sharkey war der einzige, der Losey mit Dante in Verbindung bringen konnte. Ansonsten bleibt nur das, was du behauptest. Dante hat dafür gesorgt, daß Losey seinen Partner umbrachte.«

»Wie konnte Sharkey denn so dämlich sein?« fragte Cross.

Lia zuckte die Schultern. »Er dachte wohl, er könnte Geld von Losey bekommen, und dann die fünfzig von dir sowieso. Er wußte, daß für Losey eine Menge auf dem Spiel stand, als du ihm das Geld gegeben hast. Schließlich war er über zwanzig Jahre Polizist, er konnte sich so etwas ausrechnen. Und er hätte sich nie träumen lassen, daß Losey ihn umbringen würde, sein alter Partner. Er hat nicht mit Dante gerechnet.«

»Sie waren extrem«, sagte Cross.

»In einer solchen Situation kann man keinen zusätzlichen Spieler zulassen«, sagte Lia. »Ich muß sagen, ich bin überrascht, daß Dante genau diese Gefahr erkannt hat. Er muß Losey überredet haben; mit Sicherheit hätte der von sich aus seinen alten Partner nicht ermordet. Wir sind alle ein bißchen sentimental.«

»Und jetzt kontrolliert Dante also Losey«, sagte Cross. »Ich hätte gedacht, daß Losey ein etwas härterer Junge ist.«

»Du sprichst von zwei verschiedenen Tierarten«, sagte Lia. »Losey ist gefährlich, Dante ist verrückt.«

»Also weiß Dante, daß ich über ihn Bescheid weiß«, sagte Cross.

»Was bedeutet, daß ich sehr rasch handeln muß«, sagte Lia.

Cross nickte. »Es muß eine Kommunion sein«, sagte er. »Sie müssen verschwinden.«

Lia lachte. »Glaubst du, Don Clericuzio wird sich davon täuschen lassen?« fragte er.

»Wenn wir es richtig planen, kann niemand die Schuld auf uns schieben«, sagte Cross.

Die nächsten drei Tage verbrachte Lia damit, mit Cross Pläne zu schmieden. Während dieser Zeit verbrannte er seine alten Kleider eigenhändig in der Müllverbrennungsanlage des Hotels. Cross hielt sich fit, indem er im Alleingang achtzehn Löcher Golf spielte, wobei Lia mit dem Golfwagen neben ihm herfuhr. Lia konnte nicht verstehen, daß Golf in allen Familien ein so beliebter Sport war. Für ihn war es eine seltsame Verirrung.

Am Abend des dritten Tages saßen sie auf dem Balkon des Penthouse. Cross hatte für Brandy und Havannazigarren gesorgt. Sie sahen der Menschenmenge auf der Promenade zu.

»Egal, wie clever sie sind, mein Tod – so kurz nach dem meines Vaters – würde Dante beim Don in Mißkredit bringen«, sagte Cross. »Ich glaube, wir können noch warten.«

Lia paffte seine Zigarre. »Nicht zu lange. Inzwischen wissen sie, daß du mit Sharkey gesprochen hast.«

»Wir müssen sie beide gleichzeitig kriegen«, sagte Cross. »Denk dran, es muß eine Kommunion sein. Ihre Leichen darf man nicht finden.«

»Du zäumst das Pferd von hinten auf«, sagte Lia. »Erst müssen wir sicher sein, daß wir sie töten können.«

Cross seufzte. »Das wird alles andere als einfach sein. Losey ist ein gefährlicher Mann, und vorsichtig. Dante kann kämpfen. Wir müssen sie an einem Ort isolieren. Können wir es in Los Angeles erledigen?«

»Nein«, sagte Lia. »Das ist Loseys Einsatzgebiet. Da ist er zu gefährlich. Wir müssen es in Las Vegas tun.«

»Und gegen die Regeln verstoßen«, sagte Cross.

»Wenn es eine Kommunion ist, wird niemand wissen, wo sie ermordet wurden«, sagte Lia. »Und wir verstoßen ohnehin gegen die Regeln, wenn wir einen Polizisten ermorden.«

»Ich glaube, ich weiß, wie wir sie gleichzeitig nach Vegas kriegen können«, sagte Cross. Er erklärte Lia seinen Plan.

»Wir werden mehr Köder auslegen müssen«, sagte Lia zu Cross. »Wir müssen sicher sein, daß Losey und Dante dann kommen, wenn wir sie hierhaben wollen.«

Cross trank noch einen Brandy. »Okay, hier sind noch mehr Köder.« Er erklärte Lia seine Idee, und Lia nickte zustimmend. »Ihr Verschwinden wird unsere Rettung sein«, sagte Cross. »Und jeder wird sich davon täuschen lassen.«

»Nur nicht Don Clericuzio«, sagte Lia. »Er ist der einzige, den wir fürchten müssen.«

Achtes Buch

Die Kommunion

21. Kapitel

Es war ein Glück, daß Steve Stallings erst starb, nachdem seine letzte Nahaufnahme in *Messalina* abgedreht war. Es hätte Millionen von Dollar kosten können, die Szenen noch mal zu drehen.

Die letzte Szene, die gedreht werden sollte, war eine Kampfszene, die eigentlich in der Mitte des Films lag. Fünfzig Meilen von Las Vegas entfernt hatte man eine Wüstenstadt aufgebaut, die das Basislager der persischen Armee bildete, die von Kaiser Claudius (Steve Stallings), begleitet von seiner Frau Messalina (Athena), zerstört werden sollte.

Am Ende dieses Tages zog sich Steve Stallings in seine Hotelsuite in der kleinen Stadt zurück. Er hatte sein Kokain und seinen Alkohol und zwei Begleiterinnen für die Nacht, und jetzt konnte ihn jeder mal, er hatte die Schnauze voll. Erstens hatte man ihn in dem Film auf eine Charakterrolle reduziert, er war nicht der Star. Ihm wurde klar, daß er in eine zweitklassige Karriere abglitt, das unvermeidliche Schicksal eines alternden Stars. Und zweitens hatte sich Athena während der Dreharbeiten die ganze Zeit von ihm ferngehalten, er hatte sich mehr erhofft. Und außerdem – das war vielleicht, wie er selbst wußte, ein wenig kindisch – wurde er bei der Abschlußparty und Präsentation des Rohschnitts nicht wie ein Star behandelt, man hatte ihm nicht eine der berühmten Villen des Hotels Xanadu gegeben.

Aufgrund seiner langjährigen Erfahrung im Filmbusineß wußte Steve Stallings, wie die Machtstrukturen aussahen. Als er noch ein lukrativer Star war, der eine Menge Geld einbrachte, konnte er sich über jeden hinwegsetzen. Theoretisch war der Studioleiter der Boß, er gab grünes Licht für einen Film. Ein einflußreicher Produzent, der einen »Besitz« in das Studio mitbrachte, war ebenfalls der Boß, er brachte die Komponenten zusammen – die Stars, den Regisseur, das Drehbuch –, überwachte die Entwicklung des Scripts und trieb unabhängige Gelder bei Leuten auf, die als Co-Produzenten gewürdigt wurden, aber keinerlei Einfluß hatten. In dieser Zeit war er der Boß.

Aber sobald die Dreharbeiten begannen, war der Regisseur der Boß. Vorausgesetzt, er war ein erstklassiger Regisseur oder ein noch einflußreicherer lukrativer Regisseur, also einer, der dem Film in den ersten Wochen ein Publikum garantierte und der lukrative Stars dazu brachte, in dem Film mitzuspielen.

Der Regisseur hatte die volle Verantwortung für den Film. Alles mußte ihm vorgelegt werden. Die Kostüme, die Musik, der Szenenaufbau, wie die Schauspieler ihre Rollen spielen sollten. Außerdem war der Regisseursverband eine der einflußreichsten Organisationen im Filmgeschäft. Kein namhafter Regisseur würde je einen anderen Regisseur ersetzen.

Aber alle diese Leute, so einflußreich sie sein mochten, mußten sich dem lukrativen Star beugen. Für einen Regisseur, der zwei solche Stars in demselben Film hatte, war es, als müßte er zwei wilde Pferde gleichzeitig reiten. Da konnten seine Eier in alle Winde zerstreut werden.

Steve Stallings war ein solcher Star gewesen, und er wußte, daß er es nun nicht mehr war.

Der Tag bei den Dreharbeiten hatte Steve körperlich stark beansprucht, und nun brauchte er Entspannung. Er duschte, aß ein großes Steak, und als die beiden Mädchen hochkamen, Provinztalente, die gar nicht so übel aussahen, füllte er sie mit Kokain und Champagner ab. Ausnahmsweise achtete er einmal nicht auf das, was sein Verstand ihm sagte, schließlich machte seine Karriere nun allmählich einen Knick nach unten, und er mußte im Grunde nicht mehr aufpassen. Er bediente sich reichlich mit Kokain.

Die beiden Mädchen trugen T-Shirts mit der Aufschrift STEVE STALLINGS' ARSCHKÜSSER, um so seinem Hintern Respekt zu zollen, der auf der ganzen Welt von seinen Fans, männlichen und weiblichen, bewundert wurde. Sie waren voller Ehrfurcht, und erst nach dem Kokain schälten sie sich aus ihren T-Shirts und legten sich zu ihm aufs Bett. Das munterte ihn etwas auf. Er nahm noch eine Prise Kokain. Die Mädchen streichelten ihn und zogen ihm die Shorts und das Hemd aus. Stallings verfiel in eine Tagträumerei, während die Mädchen an ihm herumspielten und für sein Wohlergehen sorgten.

Morgen bei der Abschlußparty würde er seine sämtlichen Eroberungen sehen. Er hatte Athena Aquitane gebumst, er hatte Claudia gebumst, die den Film geschrieben hatte, er hatte vor langer Zeit sogar Dita Tommey gebumst, als sie sich über ihre wahren sexuellen Neigungen noch nicht im klaren war. Er hatte Bobby Bantz' Frau gebumst und, auch wenn sie nicht mehr zählte, weil sie tot war, Skippy Deeres Frau. Es erfüllte ihn immer mit männlichem Stolz, wenn er auf einer Dinnerparty in die Runde blickte und die ganzen Frauen zusammenzählte, die jetzt so brav neben ihren Ehemännern und Liebhabern saßen. Er hatte sie alle intim gekannt.

Auf einmal war er abgelenkt. Eines der Mädchen steckte ihm den Finger in den Arsch, und das konnte er nicht leiden.

Er hatte Hämorrhoiden. Er stand vom Bett auf, um noch etwas Kokain zu schnupfen und einen Schluck Champagner zu trinken, aber der Alkohol schlug ihm auf den Magen. Ihm wurde übel, und er verlor die Orientierung. Er wußte nicht genau, wo er war.

Auf einmal überkam ihn eine große Müdigkeit; seine Beine sackten zusammen, das Glas fiel ihm aus der Hand. Er war verwirrt. Weit entfernt hörte er eines der Mädchen schreien, er war wütend auf sie, weil sie so schrie, und das letzte, was er dann spürte, war ein Blitzstrahl, der seinen Kopf durchzuckte.

Was dann geschah, war nur durch eine Kombination aus Dummheit und Bosheit möglich. Eines der Mädchen hatte geschrien, weil Steve Stallings über sie aufs Bett gestolpert und dort mit aufgerissenem Mund und starren Augen liegengeblieben war; es war so offensichtlich, daß er tot war, daß die beiden Mädchen in Panik gerieten und einfach weiterschrien. Ihre Schreie trommelten das Hotelpersonal und einige Leute herbei, die in dem winzigen Hotelcasino spielten, in dem lediglich ein paar Spielautomaten, ein Würfeltisch und eine große runde Pokeranlage standen. Die Leute folgten allesamt den Schreien nach oben.

Vor Stallings' Hotelzimmer, dessen Tür inzwischen offenstand, befanden sich mehrere Leute und starrten auf den nackten Körper, der auf dem Bett ausgestreckt lag. Innerhalb weniger Minuten waren noch mehr Leute, Hunderte von Leuten, aus der Stadt herbeigeeilt. Sie drängten alle nacheinander in das Zimmer, um seinen Körper zu berühren.

Anfangs berührten sie nur ehrfürchtig den Mann, der alle Frauen dieser Welt dazu gebracht hatte, sich in ihn zu verlieben. Dann küßten ihn einige Frauen, andere berührten seine Hoden, seinen Penis, eine Frau nahm eine Schere aus ihrem

Portemonnaie und schnitt ihm ein großes Büschel seines glänzenden schwarzen Haars ab, um den grauen Flaum auf seinem Schädel bloßzulegen.

Zu diesen Bosheiten kam es, weil Skippy Deere, der als einer der ersten eingetroffen war, nicht sofort die Polizei gerufen hatte. Er sah zu, wie der erste Schub von Frauen sich Steve Stallings' Leiche näherte. Er hatte alles gut im Blick. Stallings' Mund stand offen, als hätte er eben noch gesungen, und auf seinem Gesicht lag ein Ausdruck der Verwunderung.

Die erste Frau, die zu ihm trat – Deere konnte sie genau erkennen –, drückte ihm sachte die Augen zu und schloß seinen Mund, bevor sie ihn sanft auf die Stirn küßte. Aber schon wurde sie von den Leuten hinter ihr beiseite geschoben, die sich weniger zurückhaltend verhielten. Und Deere spürte die Bosheit in sich aufsteigen, die Hörner, die seine Frau ihm vor Jahren mit Stallings aufgesetzt hatte, schienen ihn nun zu piken, und er ließ die Leute weiter in das Zimmer drängen. Stallings hatte oft damit geprahlt, daß ihm keine Frau widerstehen könne, und damit hatte er sicher ins Schwarze getroffen. Selbst nachdem er tot war, wollten die Frauen noch immer seinen Körper streicheln.

Erst als ein Stück von Stallings' Ohr verschwand und man seinen totenbleichen Körper auf die Seite gedreht hatte, damit man sein berühmtes Gesäß betrachten konnte, rief Deere schließlich doch die Polizei, meisterte die Situation und löste alle Probleme. Dazu waren Produzenten da. Das war ihre Stärke.

Skippy Deere traf alle notwendigen Vorkehrungen, damit die Leiche sofort obduziert und dann nach Los Angeles gebracht werden konnte, wo drei Tage später die Beisetzung stattfinden sollte.

Die Obduktion ergab, daß Stallings an einem zerebralen

Aneurysma gestorben war; als die Ader platzte, war ihm sämtliches Blut in den Kopf geschossen.

Deere stürzte sich auf die beiden Mädchen, die mit ihm zusammengewesen waren, und versprach ihnen, daß man sie nicht wegen Kokainmißbrauchs belangen würde und sie in einem neuen Film, den er produzieren würde, kleine Rollen übernehmen könnten. Er würde ihnen über zwei Jahre hinweg zweitausend pro Woche zahlen. Allerdings enthielt der Vertrag eine moralische Vorbehaltsklausel, wonach er beendet wäre, sobald sie mit irgend jemand über Stallings' Tod sprachen.

Dann nahm er sich etwas Zeit, um Bobby Bantz in L. A. anzurufen und ihm zu erklären, was er unternommen hatte. Danach rief er Dita Tommey an, um ihr die Nachricht mitzuteilen. Außerdem sollte sie der gesamten *Messalina*-Belegschaft sagen, daß auf jeden Fall alle ohne Ausnahme an der Vorführung in Vegas und der Abschlußparty teilnehmen sollten. Danach, als er merkte, daß er doch mehr zitterte, als er zugeben wollte, nahm er zwei Beruhigungstabletten und legte sich schlafen.

22. Kapitel

Die Präsentation und die Abschlußparty in Vegas wurden durch Steve Stallings' Tod nicht beeinträchtigt. Das lag an Skippy Deere und seinem Sachverstand. Und an der emotionalen Struktur des Filmemachens. Steve Stallings war zwar ein Star gewesen, aber kein lukrativer Star mehr. Er hatte zwar viele Frauen körperlich geliebt, und Millionen von Frauen in deren Phantasie, aber seine Liebe war nie mehr gewesen als ein wechselseitiges Vergnügen. Selbst die Frauen dieses Films, Athena, Claudia, Dita Tommey und die drei anderen weiblichen Stars, die darin mitspielten, trauerten weniger, als ein romantisch veranlagter Mensch vermutet hätte. Alle waren sich einig, daß Steve Stallings gewollt hätte, daß es trotz allem weiterging; nichts hätte ihn mehr bekümmert, als wenn man die Abschlußparty und die Vorführung wegen seines Todes abgesagt hätte.

In der Filmindustrie verabschiedete man sich von den meisten Liebhabern am Ende eines Films so höflich wie früher auf einem Ball von einem Tanzpartner.

Skippy Deere behauptete, es sei seine Idee gewesen, die Abschlußparty im Hotel Xanadu abzuhalten und am selben Abend einen ersten Rohschnitt des Films zu zeigen. Er wußte, daß Athena das Land in ein paar Tagen verlassen würde, und wollte sicher sein, daß sie nicht einige Szenen noch mal drehen mußte.

Aber in Wirklichkeit hatte Cross vorgeschlagen, im Xanadu eine Abschlußparty zu veranstalten und den Film zu zeigen. Er stellte es als einen Gefallen hin, um den er bat.

»Es wäre eine tolle Publicity fürs Xanadu«, meinte Cross zu Deere. »Folgendes kann ich dir anbieten. Ich lade jeden vom Film und jeden, den du mitbringen möchtest, für eine Nacht ein – Übernachtung, Speisen, Getränke. Ich gebe dir und Bantz eine Villa. Ich gebe Athena eine Villa. Ich sorge für entsprechende Sicherheit, damit niemand – Presse und solche Leute – den Rohschnitt zu sehen bekommt, von dem ihr es nicht wollt. Du schreist doch schon seit Jahren, daß du eine Villa willst.«

Deere dachte darüber nach. »Nur wegen der Publicity?«

Cross grinste ihn an. »Dann kommen auch Hunderte von Leuten mit dicken Brieftaschen zu uns. Da wird einiges für das Casino rausspringen.«

»Bantz spielt nicht«, sagte Deere. »Ich schon. Mein Geld bekommst du.«

»Ich geb' dir fünfzig Riesen Kredit«, sagte Cross. »Wenn du verlierst, werden wir auf die Rückzahlung nicht drängen.«

Damit hatte er Deere überzeugt. »Aber es muß meine Idee sein, sonst kann ich es dem Studio nicht verkaufen.«

»Sicher«, sagte Cross. »Aber Skippy, du und ich, wir haben schon eine ganze Menge zusammen gemacht. Und immer hab' ich dabei irgendwie den kürzeren gezogen. Diesmal wird es anders sein. Diesmal muß ich gewinnen.« Er lächelte Deere an. »Diesmal darfst du mich nicht enttäuschen.«

Deere überkam ein ängstliches Gefühl, wie er es bisher nur selten erlebt hatte, und er wußte nicht genau, warum. Cross bedrohte ihn nicht, er schien lediglich eine Tatsache festzustellen.

»Keine Sorge«, sagte Skippy Deere. »Wir sind in drei Wochen mit den Dreharbeiten fertig. Mach deine Pläne für die Zeit danach.«

Nun mußte Cross dafür sorgen, daß Athena sich bereit erklärte, zu der Abschlußparty und Präsentation des Rohschnitts zu kommen. »Ich brauche es wirklich, für das Hotel und um dich wiederzusehen«, sagte er zu ihr.

Sie war einverstanden. Jetzt mußte Cross noch sicherstellen, daß auch Dante und Losey zu der Party kamen.

Er lud Dante ein, nach Vegas zu kommen, um über Lodd-Stone und Loseys Plan zu sprechen, auf der Grundlage seiner Erlebnisse bei der Polizei einen Film zu drehen. Jeder wußte, daß Losey und Dante inzwischen gute Kumpel waren.

»Ich will, daß du bei Jim Losey ein Wort für mich einlegst«, sagte Cross zu Dante. »Ich will bei diesem Film als Co-Produzent dabeisein; ich bin bereit, die Hälfte des Budgets zu investieren.«

Dante reagierte amüsiert. »Du meinst das also ernst mit diesem Filmbusineß«, sagte er. »Warum nur?«

»Das große Geld«, sagte Cross. »Und Frauen.«

Dante lachte. »Frauen und das große Geld hast du doch schon«, sagte er.

»Klasse. Großes Geld und Klassefrauen«, sagte Cross.

»Warum bin ich eigentlich nicht zu dieser Party eingeladen?« fragte Dante. »Und warum krieg' ich eigentlich nie eine Villa?«

»Leg bei Losey ein Wort für mich ein«, sagte Cross, »dann bekommst du beides. Bring Losey mit. Und wenn du ein Date brauchst, kann ich dir Tiffany zuschieben. Du hast doch ihre Show gesehen.«

Für Dante war Tiffany der absolute Inbegriff purer Lust,

mit ihren prallen Brüsten, ihrem ebenmäßigen, länglichen Gesicht mit den dicken Lippen und dem großen Mund, ihrer Größe und ihren langen, hübsch geformten Beinen. Zum ersten Mal war Dante richtig begeistert. »Ohne Witz«, sagte er. »Sie ist doppelt so groß wie ich. Kannst du dir das vorstellen? Das ist ein Deal.«

Es war alles ein bißchen zu offensichtlich, aber Cross verließ sich darauf, daß das Gewaltverbot in Vegas, an das sich alle Familien hielten, bei Dante Vertrauen weckte.

»Sogar Athena kommt«, sagte Cross dann beiläufig. »Und sie ist eigentlich der Hauptgrund, weshalb ich im Filmbusineß bleiben will.«

Bobby Bantz, Melo Stuart und Claudia kamen aus Vegas mit dem Jet des Studios an. Athena und der Rest der Besetzung kamen, wie auch Dita Tommey, mit ihren eigenen Wohnwagen von den Dreharbeiten. Senator Wavven sollte den Bundesstaat Nevada repräsentieren, zusammen mit dem Gouverneur von Nevada, den Wavven für diesen Job selbst ausgewählt hatte.

Dante und Losey sollten zwei Apartments in einer der Villen bekommen. Lia Vazzi und seine Leute sollten die vier anderen Apartments beleben.

Auch Senator Wavven, der Gouverneur und ihr Gefolge sollten in einer Villa wohnen. Cross hatte für sie ein privates Dinner mit ausgesuchten Revuegirls arrangiert. Er hoffte, daß sich durch ihre Gegenwart die Ermittlungen in dem, was sich ereignen sollte, ein wenig entschärfen ließen. Daß sie ihren politischen Einfluß geltend machen würden, um jede Publicity und strafrechtliche Verfolgung im Keim zu ersticken.

Cross verstieß gegen alle Regeln. Athena hatte eine Villa, aber Claudia, Dita Tommey und Molly Flanders hatten ebenfalls Apartments in dieser Villa. In den beiden übrigen

Apartments war, zu Athenas Schutz, ein vier Mann starker Trupp von Lia Vazzis Leuten untergebracht.

Eine vierte Villa war für Bantz und Skippy Deere und ihr Gefolge bestimmt. Die übrigen drei Villen hatten zwanzig von Lias Leuten belegt, die die üblichen Sicherheitskräfte ersetzen sollten. Keiner von den Vazzi-Leuten sollte an der eigentlichen Aktion teilnehmen, sie kannten Cross' wahre Absicht nicht. Lia und Cross wollten die einzigen Vollstrekker sein.

Cross ließ das Pearl Casino der Villen für zwei Tage schließen. Das Hollywood-Personal, egal wie erfolgreich die Leute waren, konnte sich die Einsätze im Casino meist nicht leisten. Und den schwerreichen Gästen, die bereits gebucht hatten, wurde mitgeteilt, die Villen würden derzeit repariert und renoviert, so daß sie dort nicht absteigen könnten.

In ihrem Plan hatten Cross und Lia festgelegt, daß Cross Dante und Lia Losey töten sollte. Falls der Don ihre Schuld untersuchte und zu dem Schluß käme, daß Lia Dante erledigt hatte, dann würde er womöglich Lias ganze Familie auslöschen. Wenn der Don die Wahrheit erfuhr, würde er seine Rache nicht auf Claudia ausweiten. Sie hatte schließlich Clericuzio-Blut.

Außerdem hatte Lia eine persönliche Rechnung mit Jim Losey zu begleichen, er haßte alle Vertreter des Staates, und warum sollte man mit einem so gefährlichen Auftrag nicht auch ein kleines persönliches Vergnügen verbinden.

Das eigentliche Problem bestand darin, die beiden Männer zu isolieren und ihre Leichen verschwinden zu lassen. Alle Familien in ganz Amerika hatten sich immer an die Regel gehalten, in Vegas keine Hinrichtungen vorzunehmen, um die Attraktivität der Casino-Spiele in der Öffentlichkeit zu erhalten. Der Don achtete streng auf die Einhaltung dieser Regel.

Cross hoffte, daß Dante und Losey keine Falle vermuteten. Sie konnten nicht ahnen, daß Lia Sharkeys Leiche entdeckt hatte und daher von ihren Absichten wußte. Das andere Problem war, wie man sich gegen einen Schlag Dantes gegen Cross wappnen sollte. Und so schleuste Lia einen Spion in Dantes Lager.

Molly Flanders kam am Tag der Party mit einer frühen Maschine an; sie und Cross hatten Geschäftliches zu besprechen. Sie kam mit einem Richter am Obersten Gerichtshof von Kalifornien und einem Monsignore der katholischen Diözese von Los Angeles. Sie sollten als Zeugen fungieren, wenn Cross das Testament unterzeichnete, das sie vorbereitet und mitgebracht hatte. Cross wußte, daß seine Überlebenschancen nicht sehr groß waren, und er hatte sich genau überlegt, was mit seiner Hälfte des Hotels Xanadu geschehen sollte. Sein Anteil betrug fünfhundert Millionen Dollar, und das war nicht zu verachten.

Das Testament sah für Lias Frau und ihre Kinder eine ausreichende Pension auf Lebenszeit vor. Den Rest teilte er zwischen Claudia und Athena auf, wobei Athenas Anteil treuhänderisch für ihre Tochter Bethany verwaltet werden sollte. Auf einmal fiel ihm auf, daß ihm sonst niemand auf der Welt so wichtig war, daß er ihm sein Geld hinterlassen wollte.

Als Molly, der Richter und der Monsignore das Penthouse betraten, gratulierte ihm der Richter zu seiner weisen Entscheidung, in so jungen Jahren bereits ein Testament aufzusetzen. Der Monsignore musterte in aller Ruhe den Luxus der Suite, als wolle er daran der Sünde Lohn bemessen.

Sie waren beide gute Freunde von Molly, die ihnen gelegentlich einen Freundschaftsdienst erwiesen hatte. Sie hatte sie auf Cross' besonderen Wunsch hin als Beisitzer mitgebracht; er wollte Zeugen haben, die sich nicht von den Clericuzios bestechen oder einschüchtern ließen.

Cross reichte ihnen Drinks, und die Unterzeichnung des Testaments wurde vollzogen. Die beiden Männer gingen; sie waren zwar eingeladen worden, aber sie wollten ihren guten Ruf nicht besudeln, indem sie eine Filmparty in der Casino-Hölle von Las Vegas besuchten. Schließlich waren sie nicht gewählte Vertreter des Staates.

Cross und Molly blieben allein in der Suite zurück. Molly gab ihm das Original des Testaments. »Du hast eine Kopie davon, ja?« fragte Cross.

»Natürlich«, sagte Molly. »Ich muß sagen, ich war ziemlich erstaunt, als du mir deine Anweisungen gegeben hast. Ich hatte keine Ahnung, daß ihr beide, du und Athena, euch so nahesteht. Und außerdem ist sie ja selbst ganz schön reich.«

»Sie wird vielleicht mehr Geld brauchen, als sie hat«, sagte Cross.

»Ihre Tochter?« sagte Molly. »Ich weiß. Ich bin Athenas persönliche Anwältin. Du hast recht, Bethany wird das Geld vielleicht brauchen. Ich hatte dich anders eingeschätzt.«

»Tatsächlich?« sagte Cross. »Wieso das?«

»Ich hatte geglaubt, daß du dich um Boz Skannet gekümmert hast«, sagte Molly ruhig. »Ich hatte dich mir als den erbarmungslosen Mafiatypen vorgestellt. Ich erinnere mich noch an diesen armen Jungen, der unter Mordanklage stand und den ich rausgehauen hab'. Und daß du ihn erwähnt hast. Und daß er angeblich bei irgendeinem Drogendeal getötet wurde.«

»Und jetzt siehst du, wie sehr du dich geirrt hast«, sagte Cross lächelnd.

Molly blickte ihn kühl an. »Und ich hab' mich sehr gewundert, als du nichts dagegen unternommen hast, daß Bobby

Bantz dir deine Gewinnbeteiligung an *Messalina* abgeknöpft hat.«

»Das war Kleinkram«, sagte Cross. Er dachte an den Don und an David Redfellow.

»Athena fliegt übermorgen nach Frankreich«, sagte Molly. »Für eine ganze Weile. Wirst du sie begleiten?«

»Nein«, sagte Cross. »Ich hab' hier zuviel zu tun.«

»Okay«, sagte Molly. »Dann sehen wir uns bei der Filmvorführung und der Abschlußparty. Vielleicht wird dir der Rohschnitt des Films ja einen Eindruck davon vermitteln, was für ein Vermögen Bantz dir abgezogen hat.«

»Das ist egal«, sagte Cross.

»Weißt du, Dita hat am Beginn des Rohschnitts eine Karte einlegen lassen. Eine Widmung für Steve Stallings. Da wird Bantz ganz schön sauer sein.«

»Warum?«

»Weil Steve alle Frauen gevögelt hat, die Bantz nicht gekriegt hat«, sagte Molly. »Was sind die Männer doch für Scheißkerle«, fügte sie hinzu. Dann ging sie.

Cross setzte sich auf den Balkon. Die Straße war voll von Leuten, die in die Hotelcasinos auf beiden Seiten der Promenade strömten. Auf den neonfarbenen Vordächern leuchteten ihre Namen: Caesars, das Sands, das Mirage, das Aladdin, das Desert Inn, das Stardust – in violetten, roten und grünen Farben, ein bunter Regenbogen ohne Ende, bis man den Blick zu der Wüste und den Bergen dahinter schweifen ließ. Die sengende Nachmittagssonne konnte sie nicht verdrängen.

Die *Messalina*-Leute würden nicht vor drei eintrudeln, und dann würde er Athena, wenn die Sache schiefging, zum letzten Mal sehen. Er nahm das Telefon auf dem Balkon, rief in der Villa an, in der er Lia Vazzi untergebracht hatte, und bestellte ihn in sein Penthouse, damit sie ihren Plan noch einmal gemeinsam durchsprechen konnten.

Messalina war am Mittag fertig abgedreht. Dita Tommey wollte bei der letzten Aufnahme, daß die aufgehende Sonne ein schreckliches Gemetzel auf dem römischen Schlachtfeld beleuchtete. Athena und Steve Stallings, die darauf hinabblickten. Für Stallings hatte sie ein Double, über dessen Gesicht ein Schatten fiel und es so verdeckte. Es war fast drei Uhr nachmittags, bevor die ersten Lastwagen mit den Kameras, die riesigen Wohnwagen, die bei den Dreharbeiten als Unterkünfte dienten, die mobilen Küchen, die Wagen mit den Kostümen und die Fahrzeuge mit den Waffen aus der Zeit vor Christus in Vegas einrollten. Es kamen auch noch viele andere, weil Cross den Anlaß im alten Vegas-Stil zelebrieren wollte.

Er lud ausnahmslos jeden, der auf irgendeiner Ebene an *Messalina* mitgearbeitet hatte, zu Unterkunft, Speisen und Getränken ein. Die LoddStone Studios hatten eine Liste mit über dreihundert Namen vorgelegt. Es war sicherlich großzügig, es sorgte sicherlich für Goodwill. Aber diese dreihundert Leute würden einen beträchtlichen Teil ihres Lohns in der Casino-Kasse lassen. Das hatte er von Gronevelt gelernt. »Wenn die Leute sich beim Feiern wohl fühlen, dann spielen sie.«

Der Rohschnitt des Films *Messalina* sollte um zehn Uhr abends gezeigt werden, aber ohne Musik und Spezialeffekte. Nach der Vorführung sollte die Abschlußparty stattfinden. Den riesigen Ballsaal des Xanadu, in dem auch die Party für Big Tim ausgerichtet worden war, hatte man aufgeteilt. Eine Hälfte für die Filmvorführung, die andere, die größere, für das Buffet und das Orchester.

Um vier Uhr nachmittags waren alle im Hotel und in den

Villen eingetroffen. Niemand wollte etwas verpassen: alles umsonst bei einem Zusammentreffen der beiden Glitzerwelten Hollywood und Las Vegas.

Die Presse tobte angesichts der strengen Sicherheitsvorkehrungen. Der Zutritt zu den Villen und zum Ballsaal war verboten. Es war nicht einmal möglich, die Akteure dieses glanzvollen Events zu fotografieren. Weder die Stars des Films, die Regisseurin, den Senator und den Gouverneur noch den Produzenten oder den Studioleiter. Nicht einmal in die Vorführung des Rohschnitts ließ man sie. Sie schlichen um das Casino und boten den Spielern riesige Bestechungsgelder, um mit deren Ausweisen in den Ballsaal zu kommen. Einige hatten dabei Erfolg.

Vier Crewmitglieder der unteren Ebene, zwei zynische Stuntmen und zwei Frauen aus dem Cateringteam, verkauften ihre Ausweise für jeweils eintausend Dollar an Reporter.

Dante Clericuzio und Jim Losey genossen den Luxus ihrer Villa. Losey schüttelte verwundert den Kopf. »Ein Einbrecher könnte ein paar Jahre allein von dem Gold im Badezimmer leben«, sagte er laut.

»Nein, das könnte er nicht«, sagte Dante. »Er wäre in sechs Monaten tot.«

Sie saßen im Wohnzimmer von Dantes Apartment. Sie hatten den Zimmerservice nicht kommen lassen, weil der riesige Kühlschrank in der Küche randvoll mit Sandwiches, Kaviarkanapees, Importbier und den besten Weinen war.

»So, dann hätten wir also alles geregelt«, sagte Losey.

»Ja«, sagte Dante, »und wenn wir fertig sind, werde ich meinen Großvater um das Hotel bitten. Dann haben wir für den Rest des Lebens ausgesorgt.«

»Das wichtigste ist, daß wir Cross allein hierherkriegen«, sagte Losey.

»Das übernehm' ich, keine Sorge«, sagte Dante. »Wenn alle Stricke reißen, fahren wir mit ihm eben in die Wüste raus.«

»Wie willst du ihn denn in diese Villa kriegen?« sagte Losey. »Das ist das eigentlich Wichtige.«

»Ich werd' ihm sagen, daß Giorgio heimlich hergeflogen ist und ihn sehen will«, sagte Dante. »Dann erledige ich den Job, und du sorgst danach dafür, daß alles schön sauber aussieht. Du weißt doch, wonach sie bei einem Tatort immer suchen. Am besten werfen wir ihn in die Wüste«, meinte er nachdenklich. »Da finden sie ihn vielleicht nie.« Er schwieg einen Augenblick. »Du weißt, daß Cross in der Nacht, in der Pippi starb, Giorgio kurz getaucht hat. Das wird er nicht noch mal wagen.«

»Und wenn doch?« fragte Losey. »Dann werde ich hier die ganze Nacht warten und mir einen runterholen.«

»Athenas Villa ist gleich nebenan«, sagte Dante. »Du klopfst einfach an und versuchst dein Glück.«

»Zu gefährlich«, sagte Losey.

Dante grinste. »Wir können sie zusammen mit Cross in die Wüste bringen.«

»Du bist ja verrückt«, sagte Losey. Und in diesem Augenblick wurde ihm klar, daß es stimmte.

»Warum nicht?« sagte Dante. »Warum sollen wir nicht ein bißchen Spaß haben? Die Wüste ist groß genug, um zwei Leichen dort abzuwerfen.«

Losey dachte an Athenas Körper, ihr schönes Gesicht, ihre Stimme, ihre huldvolle Art. O ja, er und Dante, sie würden ihren Spaß haben. Er war sowieso schon ein Mörder, dann konnte er auch noch ein Vergewaltiger sein. Marlowe, Pippi De Lena und sein alter Partner Phil Sharkey. Er war ein dreifacher Mörder und zu feige für eine Vergewaltigung. Er wurde allmählich zu einem dieser Trottel, die er sein Leben lang eingelocht hatte. Und das für eine Frau, die ihren Körper der ganzen Welt verkauft hatte. Aber dieser kleine Idiot hier mit seiner komischen Kappe, der war wirklich durchgeknallt.

»Ich werd's mal versuchen«, sagte Losey. »Ich werd' sie auf einen Drink einladen, und wenn sie kommt, dann will sie es auch.«

Dante amüsierte sich über Loseys rationale Betrachtung. »Jeder will es«, sagte er. »Und wir wollen es.«

Sie besprachen die Details, und dann ging Dante zurück in sein Apartment. Er ließ ein Bad ein, er wollte die teuren Düfte in der Villa ausprobieren. Als er in dem heißen, parfümierten Badewasser lag und sein schwarzes, pferdeähnliches Clericuzio-Haar eingeseift hatte, so daß es aussah wie ein großer weißer Dutt, dachte er über sein Schicksal nach. Wenn er und Losey Cross' Leiche in die Wüste geworfen hatten, meilenweit entfernt von Vegas, dann begann der schwierigste Teil der Operation. Dann mußte er seinen Großvater von seiner Unschuld überzeugen. Schlimmstenfalls konnte er ihm auch den Mord an Pippi gestehen, und sein Großvater würde ihm vergeben. Der Don hatte für ihn immer eine ganz besondere Liebe empfunden.

Außerdem war Dante jetzt der Hammer der Familie. Er würde beantragen, daß man ihn zum *bruglione* des Westens ernannte und ihm die Oberherrschaft über das Hotel Xanadu übertrug. Giorgio würde sich ihm entgegenstellen, aber Vincent und Petie würden sich neutral verhalten. Sie begnügten sich damit, von ihren legalen Unternehmen zu leben. Und der Alte konnte nicht ewig leben, Giorgio war ein Schreibtischarbeiter. Eines Tages würde der Kriegstreiber wieder der Kaiser sein. Er würde die Familie zu ihrem alten Ruhm zurückführen. Er würde die Macht über Leben und Tod niemals abgeben.

Dante stieg aus dem Bad und duschte, um die ganze Seife

aus seinem drahtigen Haar zu waschen. Er rieb seinen Körper mit den Duftwässerchen aus den bunten Flaschen ein und brachte sein Haar mit parfümierten Gels aus Tuben in Form, wobei er die Gebrauchsanweisungen sorgfältig studierte. Dann ging er zu dem Koffer mit seinen Renaissance-Kappen und entschied sich für eine gold-violette, die mit wertvollen Juwelen besetzt und wie ein Pudding geformt war. Wie der Hut dort lag, sah er lächerlich aus, aber als Dante ihn aufsetzte, war er entzückt. Er sah aus wie ein Prinz. Vor allem mit der dichtbesetzten Reihe grüner Edelsteine, die man vorne quer aufgenäht hatte. So würde ihn Athena heute abend sehen, und wenn das nicht klappte, Tiffany. Aber die beiden konnten, wenn nötig, auch warten.

Während er sich fertig anzog, dachte Dante darüber nach, wie sein künftiges Leben aussehen würde. Er würde in einer Villa leben, mit allem Luxus, den man sich nur denken konnte. Er würde einen unerschöpflichen Vorrat an schönen Frauen besitzen, einen singenden und tanzenden Harem, der im Xanadu auftreten und sich selbst finanzieren würde. Er konnte in sechs verschiedenen Restaurants mit sechs verschiedenen nationalen Küchen speisen. Er konnte den Tod eines Feindes befehlen oder einen Freund belohnen. Er würde einem römischen Kaiser so ähnlich sein, wie das heutzutage noch möglich war. Nur Cross stand ihm dabei im Weg.

Jim Losey, endlich allein in seinem Apartment, dachte über sein bisheriges Leben nach. In der ersten Hälfte seiner Karriere war er ein wirklich guter Cop gewesen, ein wahrer Ritter, der seine Gesellschaft verteidigte. Blinder Haß gegen alle Kriminellen hatte ihn erfüllt, vor allem gegen Schwarze. Und dann hatte er sich allmählich verändert. Er ärgerte sich über die Beschuldigungen in den Medien, die behaupteten, die Cops wären brutal. Dieselbe Gesellschaft, die er vor dem

Abschaum schützte, griff ihn nun an. Seine Vorgesetzten in ihren goldbesetzten Uniformen standen auf einmal Seite an Seite neben den Politikern, die den Leuten ihren Scheiß erzählten. Den ganzen Scheiß, daß man die Schwarzen nicht hassen durfte und so. Was war daran denn so schlimm? Sie begingen schließlich die meisten Straftaten. Und war er vielleicht nicht ein freier Amerikaner, der hassen durfte, wen er hassen wollte? Sie waren die Kakerlaken, die eines Tages die gesamte Zivilisation zerfressen würden. Sie wollten nicht arbeiten, sie wollten nicht studieren, eine Nacht durchzuarbeiten war für sie höchstens ein Witz, es sei denn, es ging darum, bei Mondschein Basketball zu spielen. Sie überfielen wehrlose Bürger, sie machten ihre Frauen zu Huren, und sie besaßen eine unerträgliche Respektlosigkeit gegenüber dem Gesetz und seinen Hütern. Sein Job war es, die Reichen vor der Bösartigkeit der Armen zu schützen. Und sein eigener Wunsch war es, reich zu werden. Er wollte die Kleidung, die Autos, das Essen, die Drinks und vor allem die Frauen, die sich die Reichen leisten konnten. Und das war mit Sicherheit amerikanisch.

Es hatte mit Bestechungsgeldern zum Schutz der Casinos angefangen, dann kamen ein paar Komplotte mit Drogendealern dazu, damit sie Schutzgeld zahlten. Er war zwar stolz gewesen, daß er als Held unter den Cops galt, daß man ihm Respekt zollte für den Mut, den er bewiesen hatte, aber ausgezahlt hatte es sich für ihn nicht. Er kaufte noch immer billige Kleidung, und noch immer mußte er genau rechnen, um mit seinem Gehalt über die Runden zu kommen. Und er, der die Reichen vor den Armen schützte, erhielt dafür keine Belohnung, er war selbst einer der Armen. Aber der Tropfen, der das Faß zum Überlaufen brachte, war die Tatsache, daß er in der Öffentlichkeit noch weniger Status besaß als die Kriminellen selbst. Einige seiner Freunde, ebenfalls Polizisten, hatte man strafrechtlich verfolgt und ins Gefängnis gesteckt, weil sie ihre Pflicht getan hatten. Oder einfach gefeuert. Vergewaltiger, Einbrecher, bewaffnete Räuber und Raubmörder am hellichten Tag hatten mehr Rechte als Cops.

Im Laufe der Jahre erhitzte sich Losey immer mehr an dieser Geschichte. Presse und Fernsehen zogen die Polizei in den Schmutz. Diese verdammte liberale Rechtsprechung, diese verdammten Bürgerrechtler! Sollten diese verdammten Anwälte doch mal ein halbes Jahr auf Streife gehen, dann würden sie die alle lynchen lassen.

Schließlich wandte er seine Tricks, Schläge und Drohungen an, um so einen Dreckskerl zu einem Geständnis zu zwingen und ihn hinter Schloß und Riegel zu bringen. Aber Losey entflammte nicht völlig, dazu war er ein zu guter Cop. Er konnte sich nicht dafür begeistern, daß er zum Mörder geworden war.

Vergiß das alles; er würde reich sein. Er würde seine Dienstmarke und die Auszeichnungen für seine Tapferkeit der Regierung und der Öffentlichkeit vor die Füße schleudern. Er würde Sicherheitschef im Xanadu sein, zehnmal soviel verdienen, und von diesem Paradies in der Wüste würde er mit Vergnügen zusehen, wie Los Angeles unter dem Ansturm der Kriminellen zusammenbrach, die er dann nicht mehr bekämpfen mußte. Heute abend würde er den Film *Messalina* ansehen und danach zu der Abschlußparty gehen. Und es vielleicht mal bei Athena versuchen. Ihn schauderte, und ein Schmerz durchzuckte ihn bei dem Gedanken, sexuelle Gewalt auszuüben. Auf der Party würde er Skippy einen Spielfilm anbieten, für den seine Laufbahn als Vorlage dienen sollte, die des größten Helden bei der Polizei von Los Angeles. Dante hatte ihm erzählt, daß Cross investieren wollte, was wirklich witzig war. Warum sollte er einen Typen umbringen, der in seinen Film investieren wollte? Ganz einfach. Weil er wußte, daß Dante ihn töten würde, wenn er ausstieg. Und Losey, auch wenn er ein harter Typ war, wußte, daß er Dante nicht umbringen konnte. Er kannte die Clericuzios zu gut.

Einen Augenblick lang dachte er an Marlowe, guter Nigger, richtig süß, immer so fröhlich und kooperativ. Er hatte Marlowe immer gemocht, und seine Ermordung war eine Sache, die ihm leid tat.

Bis zum Beginn der Vorführung und der Party mußte Jim Losey noch mehrere Stunden warten. Er konnte ins Hauptcasino gehen und spielen, aber Glücksspiele waren etwas Idiotisches. Er entschied sich dagegen. Er hatte eine lange Nacht vor sich. Erst der Film und die Party, und um drei Uhr morgens würde er dann Dante helfen müssen, Cross De Lena zu ermorden und die Leiche in der Wüste zu vergraben.

Bobby Bantz lud die wichtigsten Personen, die an *Messalina* mitgewirkt hatten, an diesem Abend für fünf Uhr in seine Villa ein, um mit ein paar Drinks auf den Abschluß anzustoßen: Athena, Dita Tommey, Skippy Deere und, der Höflichkeit halber, Cross De Lena. Nur Cross lehnte ab und nannte als Grund Verpflichtungen im Hotel an diesem besonderen Abend.

Bantz hatte seine neueste »Eroberung« mitgebracht, ein junges, allem Anschein nach sehr junges Mädchen namens Johanna, die ein Talentsucher in einer Kleinstadt in Oregon entdeckt hatte. Sie hatte einen Zweijahresvertrag über fünfhundert Dollar pro Woche. Sie war schön, aber völlig unbegabt und hatte eine so jungfräuliche Ausstrahlung, daß ihre Unschuld einen ganz eigenen Reiz besaß. Und doch erwies sie sich als reichlich gerissen für ihr Alter, weil sie sich geweigert hatte, mit Bobby Bantz zu schlafen, bis er ihr versprach, sie zu der Präsentation von *Messalina* nach Vegas mitzunehmen.

Skippy Deere, der in Bantz' Villa ebenfalls ein Apartment belegt hatte, beschloß, sich bei Bantz einzunisten, so daß Bantz nicht dazu kam, Johanna schnell mal zu vögeln, und entsprechend gereizt war. Skippy präsentierte ihm eine Idee für einen Spielfilm, auf den er richtig versessen war.

Deere erzählte Bantz von Jim Losey, dem Polizisten und größten Helden bei der Polizei von L. A.: einem großen, gutaussehenden Teufelskerl, der vielleicht sogar selbst die Titelrolle übernehmen könnte, da es ja eine Story über sein Leben war. Eine dieser großartigen »wahren« Geschichten, bei denen man das Verrückteste dazuerfinden konnte.

Deere und Bantz wußten beide, daß die Idee, Losey selbst in dem Film mitspielen zu lassen, nur ein Hirngespinst war, ein Trick, damit er ihnen die Story billig verkaufte, und natürlich gut für die Publicity.

Hellauf begeistert umriß Skippy Deere in groben Zügen die Story. Niemand konnte einen Besitz, der noch gar nicht existierte, besser verkaufen als er. Im Überschwang des Augenblicks griff er zum Telefon und lud den Detective, noch bevor Bantz protestieren konnte, zu der Cocktailparty um fünf Uhr ein. Losey fragte, ob er noch jemand mitbringen könnte, und Deere bejahte, da er annahm, daß es sich um ein Mädchen handelte. Man konnte ja nie wissen, was für ein Wunder vielleicht auftauchte.

Cross De Lena und Lia Vazzi saßen in der Penthouse-Suite des Xanadu und gingen noch einmal im Detail durch, was sie in dieser Nacht tun würden.

»Meine Leute sind alle in Stellung«, sagte Lia. »Ich hab' die Villenanlage unter Kontrolle. Keiner von ihnen weiß, was wir beide vorhaben, und sie werden nicht beteiligt sein. Aber ich hab' gehört, daß Dante von einem Trupp aus der Enklave in der Wüste dein Grab ausschaufeln läßt. Wir müssen heute nacht sehr vorsichtig sein.«

»Ich mach' mir mehr Sorgen um das, was nach heute nacht sein wird«, sagte Cross. »Dann bekommen wir es mit Don Clericuzio zu tun. Glaubst du, er wird uns die Geschichte abnehmen?«

»Eigentlich nicht«, sagte Lia. »Aber es ist unsere einzige Hoffnung.«

Cross zuckte die Schultern. »Ich hab' keine andere Wahl. Dante hat meinen Vater ermordet, also muß er jetzt mich ermorden.« Er schwieg einen Augenblick, bevor er fortfuhr. »Ich hoffe, der Don stand nicht von Anfang an auf seiner Seite. Dann haben wir keine Chance.«

»Wir könnten immer noch alles abblasen und unser Problem dem Don vortragen«, meinte Lia vorsichtig. »Damit er entscheidet und handelt.«

»Nein«, sagte Cross. »Er kann sich nicht gegen seinen Enkel stellen.«

»Natürlich, du hast recht«, sagte Lia. »Aber trotzdem, der Don ist ein bißchen weicher geworden. Er hat nichts dagegen unternommen, daß dich diese Hollywood-Leute übers Ohr gehauen haben, so etwas hätte er in seinen jungen Jahren niemals zugelassen. Nicht wegen des Geldes, sondern wegen der Respektlosigkeit.«

Cross schenkte Lia Brandy nach und zündete sich eine Zigarre an. Er erzählte ihm nicht von David Redfellow. »Wie gefällt dir dein Zimmer?« fragte er scherzhaft.

Lia paffte an seiner Zigarre. »Was für 'n Unsinn. So schön. Und wozu? Wozu muß jemand so leben? Es ist einfach zuviel. Es erzeugt Neid. Es ist nicht klug, die Armen so zu beleidigen, warum sollten sie denn bei so etwas nicht den Wunsch verspüren, einen zu töten? Mein Vater war ein reicher Mann in Sizilien, aber im Luxus hat er niemals gelebt.«

»Du verstehst Amerika nicht, Lia«, sagte Cross. »Jeder arme Mann, der in diese Villa sieht, freut sich. Weil er im Grunde seines Herzens weiß, daß er eines Tages an einem ebensolchen Ort leben wird.«

In diesem Augenblick klingelte das private Telefon des Penthouse. Cross nahm den Hörer ab. Sein Herz schlug einen Moment lang höher. Es war Athena.

»Können wir uns noch sehen, bevor der Film gezeigt wird?« fragte sie.

»Nur wenn du in meine Suite kommst«, sagte Cross. »Ich kann hier wirklich nicht weg.«

»Wie galant«, sagte Athena kühl. »Dann können wir uns nach der Abschlußparty sehen, ich werde früh gehen, und du kannst in meine Villa kommen.«

»Ich kann wirklich nicht«, sagte Cross.

»Ich fliege morgen früh nach. L. A.«, sagte Athena. »Und am nächsten Tag nach Frankreich. Wir werden uns also nicht mehr allein sehen, bis du dorthin kommst... falls du kommst.«

Cross blickte Lia an, der den Kopf schüttelte und die Stirn runzelte. Also sagte Cross zu Athena: »Kannst du jetzt hierher zu mir kommen? Bitte?«

Er wartete eine ganze Weile, bevor sie sagte: »Ja, gib mir eine Stunde Zeit.«

»Ich schick' dir einen Wagen und Sicherheitsleute«, sagte Cross. »Sie werden vor deiner Villa warten.« Er legte auf und sagte zu Lia: »Wir werden gut auf sie aufpassen müssen. Dante ist verrückt, der ist zu allem fähig.«

Auf der Cocktailparty in Bantz' Villa gab sich die Schönheit die Ehre.

Melo Stuart brachte eine junge Schauspielerin mit, die

einen hervorragenden Ruf als Bühnendarstellerin besaß und mit der Skippy Deere die weibliche Hauptrolle in Jim Loseys Story besetzen wollte. Sie war eine ausgeprägte ägyptische Schönheit, mit stolzen Zügen und einer huldvollen Art. Bantz hatte seinen neuesten Fund dabei, Johanna, Nachname nicht geklärt, die unschuldige Jungfrau. Athena, die strahlte wie noch nie, war von ihren Freundinnen umgeben: Claudia, Dita Tommey und Molly Flanders. Athena war ungewöhnlich ruhig, aber trotzdem beobachteten Johanna und die Bühnenschauspielerin, Liza Wrongate, sie beinahe mit Neid und Ehrfurcht. Beide kamen auf Athena zu, die Königin, deren Platz sie einmal einzunehmen hofften.

»Hast du meinen Bruder nicht eingeladen?« fragte Claudia Bobby Bantz. »Natürlich«, sagte Bantz. »Aber er hatte zu tun.«

»Danke für das, was du für Ernests Familie getan hast«, sagte Claudia grinsend.

»Molly hat mich genötigt«, sagte Bantz. Er hatte Claudia immer gemocht, vielleicht weil Marrion sie gemocht hatte, so daß ihn ihre Neckerei nicht störte. »Sie hat mir die Pistole auf die Brust gesetzt.«

»Aber du hättest ganz schön hart sein können«, sagte Claudia. »Marrion wäre zufrieden.«

Bantz starrte sie ausdruckslos an. Auf einmal traten ihm die Tränen in die Augen. Niemals würde er ein Mann sein, wie Marrion es gewesen war. Und er vermißte ihn.

In der Zwischenzeit hatte Skippy Deere Johanna mit Beschlag belegt und erzählte ihr von seinem neuen Film, in dem es auch eine tolle Nebenrolle gab, in der ein unschuldiges junges Mädchen von einem Drogendealer brutal vergewaltigt und ermordet wurde. »Für die Rolle sehen Sie einfach ideal aus. Sie haben zwar nicht viel Erfahrung, aber wenn ich es bei Bobby durchsetzen kann, können Sie mal zu einer Probe kommen.« Er schwieg einen Augenblick, bevor er in einem warmen, vertrauensseligen Tonfall fortfuhr: »Ich finde, Sie sollten Ihren Namen ändern. Johanna ist zu verstaubt für Ihre Karriere.« Was so klingen sollte, als wäre sie fast schon ein Star.

Er bemerkte, wie sie errötete, es war wirklich rührend, wie junge Mädchen an ihre Schönheit glaubten, Stars sein wollten, so wie die Mädchen der Renaissancezeit alle Heilige sein wollten. Als Ernest Vails zynisches Grinsen vor ihm auftauchte, dachte Deere, lach, soviel du willst, es war noch immer ein geistiges Verlangen. In beiden Fällen führte es meist eher zu Märtyrertum als zu Ruhm, aber das war eben mit drin. Und irgendwann würde er einen wirklich herausragenden Film machen.

Wie vorauszusehen war, ging Johanna sofort zu Bantz, um mit ihm zu reden. Deere gesellte sich zu Melo Stuart und seiner neuen Freundin Liza. Sie war zwar eine talentierte Bühnenschauspielerin, aber Skippy hatte bei ihr gewisse Zweifel hinsichtlich einer Karriere auf der Leinwand. Die Kamera war zu grausam für ihre Art von Schönheit. Und mit ihrer Intelligenz wäre sie für viele Rollen ungeeignet. Aber Melo hatte darauf bestanden, daß sie die weibliche Hauptrolle in der Losey-Verfilmung bekam, und manchmal konnte man Melo eben einfach nichts abschlagen. Und die weibliche Hauptrolle war sowieso nur Quatsch, ein Hilfsarbeiter-Job.

Deere küßte Liza auf beide Wangen. »Ich hab' Sie in New York gesehen«, sagte er. »Wunderbare Vorstellung.« Er schwieg einen Augenblick, bevor er fortfuhr: »Ich hoffe. Sie werden die Rolle in meinem neuen Film übernehmen. Melo glaubt, das wäre Ihr Durchbruch beim Film.«

Liza lächelte ihn kühl an. »Ich muß erst das Drehbuch sehen«, sagte sie. Deere spürte den Anflug von Ärger, der ihn wie immer in solchen Situationen überkam. Sie bekam die Chance ihres Lebens, und da wollte sie erst das verdammte Drehbuch sehen. Er sah, wie Melo amüsiert lächelte.

»Natürlich«, sagte Deere. »Aber Sie können mir glauben, ich würde Ihnen niemals ein Drehbuch schicken, das Ihr Talent nicht verdient.«

Melo, der als Geschäftsmann weitaus feuriger war denn als Liebhaber, sagte: »Liza, wir können dir die weibliche Hauptrolle in einem erstklassigen Film garantieren. Und das Drehbuch ist kein geheiligter Text wie im Theater. Es kann ganz nach deinem Belieben geändert werden.«

Liza lächelte ihn etwas freundlicher an. »Du glaubst also auch an diesen Quatsch?« sagte sie. »Bühnenstücke werden umgeschrieben. Was glaubst du, was wir machen, wenn wir sie auswärts ausprobieren?«

Bevor sie antworten konnten, betraten Jim Losey und Dante Clericuzio das Apartment. Deere eilte auf sie zu, um sie zu begrüßen und den anderen auf der Party vorzustellen.

Losey und Dante waren ein beinahe komisches Gespann. Losey groß, gutaussehend, tadellos gekleidet – langes Hemd und Krawatte, trotz der brütenden Julihitze von Vegas. Und neben ihm Dante, dessen gewaltiger, muskulöser Körper sich unter seinem T-Shirt wölbte, mit seiner glitzernden juwelenbesetzten Renaissance-Kappe, die sein filziges schwarzes Haar krönte, und dann so klein. Alle übrigen Anwesenden, Fachleute ihrer Scheinwelt, wußten, daß diese beiden nicht aus dieser Scheinwelt stammten, trotz ihrer eigentümlichen Art. Ihre Gesichter waren zu leer und kalt. Das ließ sich nicht mit Schminke nachzeichnen.

Losey sprach sofort Athena an und erklärte ihr, wie sehr er sich schon darauf freue, sie in *Messalina* zu sehen. Er legte seine einschüchternde Art ab und gab sich statt dessen fast schmeichlerisch. Die Frauen hatten ihn immer alle charmant gefunden, konnte Athena da eine Ausnahme sein?

Dante nahm sich einen Drink und nahm auf dem Sofa Platz. Niemand kam auf ihn zu außer Claudia. Die beiden hatten sich im Laufe der Jahre nicht öfter als dreimal gesehen, und das einzige, was sie gemeinsam hatten, waren Kindheitserinnerungen. Claudia küßte ihn auf die Wange. Als sie Kinder waren, hatte er sie oft gequält, aber trotzdem hatte sie ihn irgendwie in liebevoller Erinnerung behalten.

Dante streckte die Hände nach oben, um sie zu umarmen. »*Cugina,* du siehst hinreißend aus. Wenn du so ausgesehen hättest, als wir Kinder waren, hätte ich dich mit Sicherheit nicht so oft verprügelt.«

Claudia nahm ihm die Renaissance-Kappe vom Kopf. »Cross hat mir das mit deinen Hüten erzählt. Siehst niedlich aus damit.« Sie setzte sich die Kappe auf. »Nicht mal der Papst hat so ein niedliches Ding.«

»Und der hat eine Menge Hüte«, sagte Dante. »Also, wer hätte das gedacht, daß du mal eine so wichtige Nummer im Filmbusineß werden würdest.«

»Was machst du denn so heutzutage?« fragte Claudia.

»Ich hab' eine Fleischfirma«, sagte Dante. »Wir beliefern die Hotels.« Er lächelte und fragte dann: »Sag mal, könntest du mich nicht deinem wunderschönen Star vorstellen?«

Claudia nahm ihn mit zu Athena, die Jim Losey noch immer mit seinem ganzen Charme zu gewinnen suchte. Athena lächelte über Dantes Renaissance-Kappe. Dante gab sich wirklich ein entwaffnend komisches Aussehen.

Losey machte weiter mit seinen Schmeicheleien. »Ich weiß, daß Ihr Film großartig sein wird«, sagte er zu ihr. »Nach der Abschlußparty darf ich vielleicht der Bodyguard sein, der Sie zur Villa zurückbringt, und dann können wir einen Drink zusammen nehmen.« Er spielte den guten Cop.

Athena verstand es so gut wie nie, einen Annäherungsversuch zurückzuweisen. Sie lächelte ihn liebenswürdig an. »Das würde ich sehr gern«, sagte sie. »Aber ich werde nur eine halbe Stunde auf der Party bleiben, und ich möchte nicht, daß Sie sie verpassen. Ich muß morgen eine frühe Maschine erreichen, und dann fliege ich nach Frankreich. Ich habe einfach zuviel zu tun.«

Dante bewunderte sie. Er konnte sehen, daß Losey ihr zuwider war und daß sie Angst vor ihm hatte. Aber sie hatte Losey dazu gebracht, daß er glaubte, er könnte es irgendwie mal bei ihr versuchen.

»Ich kann mit Ihnen nach L. A. fliegen«, sagte Losey. »Um wieviel Uhr geht Ihr Flug?«

»Sie sind sehr liebenswürdig«, sagte Athena. »Aber es ist eine kleine Chartermaschine, und da sind schon alle Plätze besetzt.«

Als sie wieder sicher in ihrer Villa war, rief sie Cross an, um ihm zu sagen, daß sie auf dem Weg zu ihm sei.

Das erste, was Athena auffiel, waren die Sicherheitsvorkehrungen. Im Aufzug zur Penthouse-Suite des Xanadu fuhren Wachleute mit. Es gab einen extra Schlüssel, mit dem man den Aufzug aufsperren mußte. Innen an der Decke waren Überwachungskameras installiert, und wenn man den Aufzug verließ, trat man in einen Vorraum, in dem sich fünf Männer aufhielten. Einer wartete an der Fahrstuhltür, um sie zu begrüßen. Ein anderer saß an einem einsamen Schreibtisch vor einer Reihe von Bildschirmen, und in einer Ecke des Zimmers waren noch zwei und spielten Karten. Ein fünfter Mann saß auf dem Sofa und las die *Sports Illustrated.*

Sie sahen sie alle mit einem prüfenden, leicht erstaunten Blick an, den sie schon so oft erlebt hatte und der ihr bestätigte, daß sie eine Schönheit ganz besonderer Art besaß. Aber damit schmeichelte man schon seit langem nicht mehr ihrer Eitelkeit; viel eher wurde ihr bewußt, daß ihr Gefahr drohte.

Der Mann am Schreibtisch drückte auf einen Knopf, mit dem sich die Tür zu Cross' Suite öffnen ließ; sie trat ein, und die Tür fiel hinter ihr ins Schloß.

Sie befand sich im Büro der Suite. Dort wartete Cross auf sie und brachte sie in die Wohnräume. Er küßte sie flüchtig auf die Lippen und führte sie ins Schlafzimmer. Ohne ein Wort zu sprechen, zogen sie sich beide aus und hielten sich nackt in den Armen. Cross fühlte sich so erleichtert, als er endlich ihren Körper berührte, ihr strahlendes Gesicht erblickte, daß er aufseufzte. »Dich einfach nur ansehen, das ist mir lieber als alles andere auf der Welt.«

Als Antwort streichelte sie ihn, ließ sich von ihm küssen und zog ihn aufs Bett. Sie spürte, daß er ein Mann war, der sie wirklich liebte, der alles tat, was sie von ihm verlangte, und dem sie im Gegenzug jeden Wunsch erfüllen würde. Zum ersten Mal seit langer Zeit sprach sie sowohl körperlich als auch seelisch auf einen Menschen an. Sie liebte ihn wirklich, und sie liebte es, mit ihm zu schlafen. Und doch wußte sie immer, daß er auf irgendeine Art gefährlich war, sogar für sie.

Nach einer Stunde zogen sie sich an und gingen auf den Balkon.

Las Vegas erstrahlte im Neonlicht, die Abendsonne tauchte die Straßen und die grellbunten Hotels in ein goldenes Licht. Dahinter erstreckten sich die Wüste und die Berge. Hier, in diesem Augenblick, waren sie allein; die grünen Flaggen der Villen hingen reglos in der Luft.

Athena hielt seine Hand fest in ihrer. »Werde ich dich bei der Filmvorführung und der Abschlußparty sehen?« fragte sie.

»Es tut mir leid, ich kann nicht«, sagte Cross. »Aber ich werde dich in Frankreich treffen.«

»Ich hab' bemerkt, daß es nicht leicht ist, dich zu Gesicht zu bekommen«, sagte Athena. »Der abschließbare Aufzug und die ganzen Wachleute.«

»Das ist nur für die nächsten paar Tage«, sagte Cross. »Es sind zu viele komische Leute in der Stadt.«

»Ich hab' deinen Cousin kennengelernt, Dante«, sagte Athena. »Und dieser Detective scheint ein Kumpel von ihm zu sein. Die sind vielleicht ein Gespann. Losey war sehr an meinem Wohlbefinden interessiert und an meinem Flugplan. Dante hat ebenfalls seine Hilfe angeboten. Sie waren so besorgt, daß ich auch ja sicher nach L. A. komme.«

Cross drückte ihre Hand. »Das wirst du auch«, sagte er.

»Claudia hat mir erzählt, daß ihr beide, du und Dante, Cousins seid«, sagte Athena. »Warum trägt er diese komischen Hüte?«

»Dante ist ein netter Kerl«, sagte Cross.

»Aber Claudia hat mir gesagt, daß ihr seit eurer Kindheit verfeindet seid«, sagte Athena.

»Schon«, sagte Cross auf eine liebenswürdige Art, »aber deswegen muß er ja noch lange kein schlechter Mensch sein.«

Sie verfielen in Schweigen, auf den Straßen unter ihnen drängten sich die Fahrzeuge und die Fußgänger, die zu den verschiedenen Hotels zum Abendessen und zum Spielen strömten. Und alle träumten von einem mit dem Reiz des Risikos gepaarten Vergnügen.

»Dann sehen wir uns jetzt also zum letzten Mal«, sagte Athena und drückte seine Hand, als wolle sie für null und nichtig erklären, was sie soeben gesagt hatte.

»Ich hab' doch gesagt, ich werde dich in Frankreich treffen«, sagte Cross.

»Wann?« fragte Athena.

»Ich weiß nicht«, sagte Cross. »Aber wenn ich nicht komme, dann weißt du, daß ich tot bin.«

»Ist es so ernst?« fragte Athena.

»Ja«, sagte Cross.

»Und du kannst mir überhaupt nichts darüber erzählen?« fragte Athena.

Cross schwieg einen Augenblick. »Du wirst in Sicherheit sein«, sagte er. »Und ich nehme an, ich werde auch in Sicherheit sein. Mehr kann ich dir nicht sagen.«

»Ich werde warten«, sagte Athena. Sie küßte ihn und verließ das Schlafzimmer und die Suite. Cross sah ihr nach und trat dann auf den Balkon, um zu beobachten, wie sie aus dem Hotel und auf die Kolonnade zuging. Dann griff er zum Telefon und rief Lia Vazzi an. Er befahl Vazzi, die Sicherheitsvorkehrungen für Athena zu verstärken.

Um zehn Uhr abends war der Vorführraum im Ballsaal des Xanadu voll besetzt. Das Publikum, das sich versammelt hatte, wartete auf die Vorführung des ersten Rohschnitts von *Messalina.*

In den Premierenreihen standen Polstersessel mit einer Telefonkonsole in der Mitte. Auf einem leeren Platz lag ein Kranz mit Steve Stallings' Namen. Die anderen Plätze hatten Claudia, Dita Tommey, Bobby Bantz und seine Begleiterin Johanna, Melo Stuart und Liza eingenommen. Skippy Deere nahm sogleich das Telefon in Beschlag.

Athena kam als letzte und wurde von der Crew und den Stuntmen der unteren Ebene fröhlich bejubelt. Die höhergestellten Leute, die Nebendarsteller und alle, die auf den Polstersesseln saßen, applaudierten und küßten sie auf die Wange, während sie sich ihren Weg zu dem mittleren Sessel bahnte. Dann griff Skippy Deere zum Telefon und bat den Filmvorführer anzufangen.

Vor dem schwarzen Hintergrund erschien der Schriftzug »Steve Stallings gewidmet«, und das Publikum applaudierte leise und achtungsvoll. Bobby Bantz und Skippy Deere hatten sich gegen diese Einfügung ausgesprochen, aber Dita Tommey hatte von ihrem Veto Gebrauch gemacht, weiß Gott, warum, wie Bantz sagte. Aber was sollte es ihn kümmern, es war schließlich nur ein Rohschnitt, und außerdem war diese Sentimentalität gut für die Presse.

Dann erschien der Film auf der Leinwand ...

Athena war faszinierend, sie besaß auf der Leinwand eine noch stärkere sexuelle Ausstrahlung als in Wirklichkeit und einen Witz, der niemanden, der sie gut kannte, überraschte. Claudia hatte diese Textpassagen geschrieben, um diese Qualität Athenas zur Geltung zu bringen. Man hatte keine Kosten gescheut, und die entscheidenden Sexszenen waren stilvoll gemacht.

Es stand außer Frage, daß *Messalina,* nach all den Problemen, die man damit gehabt hatte, ein großer Erfolg werden würde. Und das auch ohne die Musik und die Spezialeffekte. Dita Tommey war entzückt, endlich war sie eine lukrative Regisseurin. Melo Stuart überschlug, wieviel er für Athenas nächsten Film verlangen könnte; Bantz, der nicht allzu glücklich aussah, grübelte über dasselbe nach. Skippy zählte das Geld, das er machen würde, endlich konnte er sich seinen eigenen Jet leisten.

Claudia jedoch war begeisterter als sie alle. Ihr Werk war auf der Leinwand. Es war allein ihr Verdienst, und es war ein gutes Drehbuch. Molly Flanders hatte sie ein paar derbe Sprüche zu verdanken. Und natürlich hatte Ben Sly den Text ein bißchen umgeschrieben, aber nicht genug, um die Meriten eines Autors in Anspruch nehmen zu können.

Alle drängten sich um Athena und Dita Tommey und gratulierten ihnen. Molly jedoch hatte ein Auge auf einen der Stuntmen geworfen. Die Stuntmen waren verrückte Kerle, aber sie hatten harte Körper und waren klasse im Bett.

Der Kranz für Steve Stallings war inzwischen auf dem Boden gelandet, und die Leute trampelten darauf herum. Molly sah, daß sich Athena von den anderen losgemacht hatte, um ihn aufzuheben und auf den Stuhl zurückzulegen. Athenas und Mollys Blicke trafen sich, und sie zuckten beide die Schultern. Athena lächelte schüchtern, als wolle sie sagen, so ist das eben beim Film.

Die Menge strömte in den anderen Teil des Ballsaals. Eine kleine Band spielte, aber jeder stürzte sich zunächst auf das Buffet. Danach begann man zu tanzen. Molly ging auf den Stuntman zu, der ein finsteres Gesicht machte; auf diesen Partys waren sie meistens besonders verletzlich. Sie hatten das Gefühl, daß ihre Arbeit nicht gewürdigt wurde, und sie waren einfach stinksauer, wenn der schwabbelige männliche Hauptdarsteller sie auf der Leinwand zusammenschlagen durfte, wo sie den schwulen Schwachkopf in Wirklichkeit doch mit Leichtigkeit umbringen konnten. Ein richtiger Stuntman, sein Schwanz ist schon hart, dachte Molly, als sie ihn auf die Tanzfläche führte.

Athena blieb nur eine Stunde auf der Party. Sie nahm von allen Glückwünsche entgegen, sie gab sich huldvoll und merkte dabei, wie sehr sie es haßte, huldvoll zu sein. Sie tanzte mit dem »besten Boy« und anderen Mitgliedern der Crew und dann noch mit einem Stuntman, der so aggressiv war, daß sie sich entschloß zu gehen.

Der Rolls-Royce des Xanadu wartete mit einem bewaffneten Fahrer und zwei Sicherheitsleuten auf sie. Als sie bei ihrer Villa aus dem Rolls stieg, wunderte sie sich, Jim Losey aus der benachbarten Villa kommen zu sehen. Er trat auf sie zu. »Sie waren großartig in dem Film heute abend«, sagte er. »Ich hab' noch nie einen besseren Körper an einer Frau gesehen. Vor allem dieser Arsch.«

Athena hätte sich sehr in acht genommen, wenn der Fahrer

und die beiden Sicherheitsleute nicht bereits den Wagen verlassen und sich postiert hätten. Das gehörte zu ihrer Schauspielausbildung, die Ausblendung des Teils der Bühne, in dem sich die Schauspieler aufstellten. Ihr fiel auf, daß sie sich so anordneten, daß niemand von ihnen in eine der Schußlinien geraten konnte. Ihr fiel auch auf, daß Losey die Leute leicht verächtlich beäugte.

»Das war nicht mein Arsch«, sagte Athena, »aber trotzdem danke.« Sie lächelte ihn an.

Auf einmal hielt Losey ihre Hand. »Sie sind die reizendste Schauspielerin, die ich je kennengelernt habe«, sagte er. »Warum versuchen Sie 's nicht mal mit einem richtigen Kerl anstatt mit so einem schwulen Abziehbild von einem Schauspieler.«

Athena zog ihre Hand zurück. »Ich bin auch Schauspielerin, und wir sind keine Abziehbilder. Gute Nacht.«

»Kann ich auf einen Drink mit reinkommen?« fragte Losey.

»Tut mir leid«, sagte Athena und drückte die Klingel ihrer Villa. Die Tür wurde von einem Butler geöffnet, den Athena noch nie gesehen hatte.

Losey trat einen Schritt vor, um ihr ins Haus zu folgen, und dann trat zu ihrer Überraschung der Butler plötzlich aus der Tür und schob sie schnell in die Villa. Die drei Sicherheitsleute bildeten eine Barriere zwischen Losey und der Tür.

Losey blickte sie voller Verachtung an. »Was zum Teufel bedeutet das hier?« fragte er.

Der Butler blieb vor der Tür. »Miss Aquitanes Sicherheitskräfte«, sagte er. »Sie werden sich wohl entfernen müssen.«

Losey zückte seinen Dienstausweis. »Sie sehen, wer ich bin«, sagte er. »Ich sorg' dafür, daß ihr euch vor Angst in die Hosen macht, und dann laß ich euch einsperren.«

Der Butler sah sich den Ausweis an. »Sie sind Los Angeles«, sagte er. »Sie sind hier nicht zuständig.« Er zückte seinen eigenen Ausweis. »Ich bin vom Bezirk Las Vegas.«

Athena Aquitane war innen an der Tür stehengeblieben. Sie war überrascht, daß der Butler ein Polizist war, aber jetzt begann sie zu verstehen. »Bauschen Sie die Sache nicht zu sehr auf«, sagte sie und schloß vor ihnen allen die Tür.

Die beiden Männer steckten ihre Ausweise wieder ein.

Losey warf allen einen kalten Blick zu. »Euch werd' ich mir merken«, sagte er. Keiner der Männer reagierte.

Losey wandte sich ab. Er hatte Wichtigeres zu tun. Innerhalb der nächsten zwei Stunden würde Dante Clericuzio Cross De Lena in ihre Villa bringen.

Dante Clericuzio amüsierte sich bestens auf der Abschlußparty. Der Spaß, den er hatte, half ihm, sich auf die ernstere Aktion vorzubereiten. Ein Mädchen aus dem Cateringteam hatte seine Aufmerksamkeit erregt, aber sie ermunterte ihn nicht, da sie selbst ein Auge auf einen der Stuntmen geworfen hatte. Der Stuntman hatte Dante mit Blicken gedroht. Sein Glück, dachte Dante, daß ich heute abend etwas zu erledigen habe. Er warf einen Blick auf die Uhr, vielleicht hatte es der gute alte Jim ja geschafft, Athena in die Falle zu locken. Tiffany hatte sich den ganzen Abend nicht blicken lassen, obwohl sie es versprochen hatte. Dante beschloß, eine halbe Stunde früher anzufangen. Er rief Cross an, wobei er der Vermittlung die private Nummer nannte.

Cross nahm ab.

»Ich muß dich sofort sehen«, sagte Dante. »Ich bin im Ballsaal. Tolle Party.«

»Dann komm rauf«, sagte Cross.

»Nein«, sagte Dante. »Ich hab' Befehle. Nicht am Telefon und nicht in deiner Suite. Komm nach unten.«

Es entstand eine lange Pause. Dann sagte Cross: »Ich komm' runter.«

Dante stellte sich so hin, daß er beobachten konnte, wie Cross sich seinen Weg durch den Ballsaal bahnte. Offensichtlich war er nicht in Begleitung seiner Sicherheitskräfte. Dante zog seine Kappe fest und dachte an ihre gemeinsame Kindheit zurück. Cross war der einzige Junge gewesen, vor dem er sich gefürchtet hatte, und deshalb hatte er oft mit ihm gekämpft. Aber ihm gefiel, wie Cross aussah, er hatte ihn oft darum beneidet. Und er beneidete seinen Cousin um seine Selbstsicherheit. Es war nur leider zu dumm...

Nachdem er Pippi ermordet hatte, wußte Dante, daß er Cross nicht am Leben lassen konnte. Und nun, nach dieser Sache hier, würde er dem Don gegenübertreten müssen. Aber Dante hatte nie daran gezweifelt, daß sein Großvater ihn liebte, er hatte ihm immer seine Liebe gezeigt. Dem Don würde das hier vielleicht nicht gefallen, aber er würde niemals seine schreckliche Macht dazu gebrauchen, seinen geliebten Enkel zu bestrafen.

Cross stand inzwischen vor ihm. Jetzt mußte er Cross in die Villa bekommen, in der Losey wartete. Es würde ganz einfach sein. Er würde Cross erschießen, und dann würden sie mit seiner Leiche in die Wüste fahren und ihn dort vergraben. Nichts Ausgefallenes, wie Pippi De Lena immer gepredigt hatte. Der Wagen, mit dem sie fahren wollten, parkte bereits hinter der Villa.

»Also, was gibt's?« fragte Cross unvermittelt. Er machte keinen mißtrauischen oder gar argwöhnischen Eindruck. »Hübscher neuer Hut«, sagte er und lächelte. Um dieses Lächeln hatte Dante ihn immer beneidet, ein Lächeln, mit dem der Kerl aussah, als wüßte er alles, was in Dantes Kopf vor sich ging.

Dante ging die Sache sehr langsam und mit leiser Stimme

an. Er nahm Cross beim Arm und führte ihn nach draußen, vor das riesige bunte Vordach, das das Xanadu zehn Millionen Dollar gekostet hatte. Die leuchtenden blauen, roten und violetten Farben badeten im fahlen Licht des Wüstenmondes. Dante flüsterte Cross ins Ohr: »Giorgio ist hergeflogen, er ist in meiner Villa. Top-secret. Und er will dich sofort sehen. Deswegen konnte ich am Telefon nichts sagen.«

Dante freute sich, daß Cross besorgt dreinblickte. »Er hat mir gesagt, ich soll dir nichts verraten, aber er ist stinksauer. Ich glaube, er hat irgend etwas über deinen Alten herausgefunden.«

Bei dieser Bemerkung warf Cross Dante einen finsteren, beinahe mißfälligen Blick zu. Dann sagte er: »Okay, gehen wir.« Und er führte Dante über das Hotelgelände zu den Villen.

Die vier Wachleute am Tor der Villenanlage erkannten Cross und winkten sie durch.

Mit einem Schwung öffnete Dante die Tür und nahm seine Renaissance-Kappe ab. »Nach dir«, sagte er und lächelte verschlagen, was seinem Gesicht einen koboldhaften Zug verlieh.

Cross trat ein.

Kalte Wut hatte Jim Losey gepackt, als er vor Athenas Wachleuten kehrtmachen und zurück in seine Villa gehen mußte. Und doch hatte ein Teil seines Gehirns die Situation erfaßt, ein Warnsignal ausgegeben. Was hatten die ganzen Wachleute hier zu suchen? Ach, zum Teufel, sie war eben ein Filmstar, und das Erlebnis mit Boz Skannet hatte ihr mit Sicherheit eine Heidenangst eingejagt.

Er sperrte die Villa auf und trat ein, sie schien verlassen, alle waren auf der Party. Er hatte noch über eine Stunde Zeit, bis er Cross in Empfang nehmen würde. Er ging zu seinem

Koffer und schloß ihn auf. Darin lag seine Glock, glänzend, alle Ölflecken sauber abgewischt. Er öffnete seinen anderen Koffer, der ein Geheimfach hatte. Darin befand sich das mit Kugeln geladene Magazin. Er setzte die beiden Teile zusammen, nahm ein Schulterhalfter und steckte die Waffe hinein. Alles war bereit. Er merkte, daß er nicht nervös war, er war nie nervös in solchen Situationen. Das machte ihn zu einem guten Cop.

Losey verließ das Schlafzimmer und ging in die Küche. In dieser Villa gab es wirklich eine Menge Korridore. Er nahm sich eine Flasche Importbier und eine Platte mit Kanapees aus dem Kühlschrank und biß gleich in das erste hinein. Kaviar. Er stieß einen leichten Seufzer der Zufriedenheit aus, noch nie hatte er etwas so Herrliches gekostet. Das war die richtige Art zu leben. Das würde er für den Rest seines Lebens auch haben, Kaviar, Revuegirls, irgendwann vielleicht auch Athena. Er mußte nur noch diesen Job heute nacht erledigen.

Er trug die Platte und das Bier in das riesige Wohnzimmer.

Das erste, was ihm auffiel, waren die Plastikplanen, mit denen man den Boden und die Möbel überzogen hatte und die das ganze Zimmer in ein gespenstisches weißliches Licht hüllten. Und dann saß da, auf einem der in Plastik verpackten Sessel, ein Mann, der eine dünne Zigarre rauchte und ein Glas Pfirsichbrandy in der Hand hielt. Es war Lia Vazzi.

Was zum Teufel ist hier los, dachte Losey. Er stellte die Platte und die Flasche auf den Couchtisch und sagte zu Lia: »Dich hab' ich schon gesucht.«

Lia paffte an seiner Zigarre und nahm einen Schluck Brandy. »Und nun hast du mich gefunden«, sagte er. Er stand auf. »Nun kannst du mich noch einmal ohrfeigen.«

Losey besaß zuviel Erfahrung, um jetzt nicht auf der Hut

zu sein. Er zählte zwei und zwei zusammen. Er hatte sich schon gefragt, warum die anderen Apartments in der Villa leer waren, es war ihm seltsam vorgekommen. Beiläufig knöpfte er sich das Jackett auf und grinste Lia an. Diesmal gibt's mehr als eine Ohrfeige, dachte er. Es würde noch eine Stunde dauern, bis Dante mit Cross kam, in der Zwischenzeit konnte er sich einen Plan zurechtlegen. Jetzt, wo er bewaffnet war, hatte er keine Angst mehr davor, mit Lia unter vier Augen allein zu sein.

Plötzlich füllte sich das Zimmer mit Männern. Sie kamen von überall her, aus der Küche, aus der angrenzenden Diele, aus dem Fernseh- und Videoraum. Sie waren alle größer als Jim Losey. Nur zwei von ihnen hatten Pistolen gezückt.

»Wißt ihr auch, daß ich ein Cop bin?« fragte sie Losey.

»Das wissen wir alle«, versicherte ihm Lia. Er trat näher an Losey heran. Gleichzeitig drückten die beiden Männer Losey ihre Pistolen in den Rücken.

Lia faßte mit der Hand in Loseys Jackettasche und holte die Glock heraus. Er gab sie einem der Männer und klopfte Losey rasch ab.

»So«, sagte Lia, »du hattest doch immer so viele Fragen zu stellen. Hier bin ich. Frag mich.«

Losey hatte noch immer keine wirkliche Angst. Er machte sich nur Sorgen, daß Dante mit Cross kommen könnte. Er konnte nicht glauben, daß er, ein Mann, der das wirklich große Glück gehabt hatte, in so vielen gefährlichen Situationen mit dem Leben davonzukommen, besiegt werden sollte.

»Ich weiß, daß du dich um diesen Skannet gekümmert hast«, sagte Losey. »Und dafür werde ich dich früher oder später auch rankriegen.«

»Dann muß es aber früher sein«, sagte Lia. »Es gibt kein später. Ja, du hast recht, und jetzt kannst du zufrieden sterben.«

Losey konnte noch immer nicht glauben, daß es irgend jemand wagen würde, einen Polizisten kaltblütig zu ermorden. Sicher, Drogendealer teilten Kugeln aus, und ein paar verrückte Nigger bliesen einen weg, wenn man ihnen eine Dienstmarke unter die Nase hielt, und flüchtende Bankräuber natürlich, aber niemand von diesem Mob hätte den Mumm, einen Polizisten regelrecht hinzurichten. Das würde einfach zuviel Ärger geben.

Er streckte die Hand aus, um Lia beiseite zu schieben, um die Situation unter Kontrolle zu bringen. Aber plötzlich verspürte er einen entsetzlichen Schmerz, einen Schuß, der ihm den Magen zerfetzte, und seine Beine zitterten. Er geriet ins Wanken. Irgend etwas Dickes schlug ihm gegen den Kopf, sein Ohr brannte, und er konnte nichts mehr hören. Er sank auf die Knie, und der Teppich fühlte sich an wie ein gewaltiges Kissen. Er blickte auf. Über ihm stand Lia Vazzi, und in den Händen hielt er eine feine Seidenschnur.

Lia Vazzi hatte zwei ganze Tage gebraucht, um die beiden Leichensäcke zusammenzunähen, die er benutzen mußte. Sie waren aus dunkelbraunem Leinen, mit einer Kordel zum Zuziehen am oberen Ende. In jeden Sack paßte eine große Leiche. Es konnte kein Blut auslaufen, und wenn man an der Kordel zog, konnte man den Sack über der Schulter tragen wie einen Matchbeutel. Losey hatte die beiden Säcke auf dem Sofa nicht bemerkt. Jetzt stopften die Männer seine Leiche in einen der Säcke, und Lia zog die Kordel zu. Er lehnte den Sack aufrecht gegen das Sofa. Er befahl den Männern, die Villa zu umstellen, aber nicht zu erscheinen, bis er sie ausdrücklich zu sich rief. Sie wußten, was sie danach zu tun hatten.

Cross und Dante schlenderten auf Dantes Villa zu. In der Nachtluft lag noch immer die drückende Hitze, die die

Wüstensonne tagsüber mit ihren gleißenden Strahlen ausgesandt hatte. Sie schwitzten beide. Dante bemerkte, daß Cross zu seiner Hose ein offenes Hemd und ein zugeknöpftes Jakkett trug, daß er bewaffnet sein konnte ...

Die sieben Villen, deren grüne Flaggen schwach im Wind wehten, boten unter dem Wüstenmond einen atemberaubenden Anblick. Mit ihren Balkonen, den grünen Rüschenmarkisen über den Fenstern und den gewaltigen weißen und mit Gold verzierten Türen sahen sie aus wie Bauten aus einem vergangenen Jahrhundert. Dante nahm Cross am Arm. »Sieh dir das an«, sagte er. »Ist das nicht wunderschön? Ich hab' gehört, du vögelst diese blendende Schönheit aus dem Film. Gratuliere. Wenn du genug von ihr hast, sag mir Bescheid.«

»Klar«, sagte Cross freundlich. »Sie mag dich irgendwie, dich und deine Kappe.«

Dante nahm die Kappe ab und sagte eifrig: »Jeder mag meine Hüte. Hat sie wirklich gesagt, daß sie mich mag?«

»Sie ist entzückt von dir«, sagte Cross trocken.

»Entzückt«, meinte Dante grüblerisch. »Das ist ja richtig Klasse.« Er überlegte einen Augenblick, ob Losey es wohl geschafft hatte, Athena auf einen Drink in ihre gemeinsame Villa zu holen. Das wäre wirklich die Krönung des Ganzen. Er freute sich, daß er Cross abgelenkt hatte, er hatte die leichte Irritation in der Stimme seines Cousins bemerkt.

Sie standen vor der Tür der Villa. Es schienen keine Wachleute in der Nähe zu sein. Dante drückte auf die Klingel, wartete und klingelte dann noch einmal. Als niemand antwortete, nahm er seinen Schlüssel und sperrte die Tür auf. Sie gingen in Loseys Suite.

Vielleicht liegt Losey ja mit Athena im Bett, dachte Dante. Was natürlich absoluter Wahnsinn war, wenn man eine Operation durchzuführen hatte, aber er hätte dasselbe getan.

Dante führte Cross ins Wohnzimmer und war überrascht, die Wände und Möbel mit Plastikplanen überzogen vorzufinden. Gegen das Sofa lehnte ein riesiger brauner Seesack. Auf dem Sofa lag ein leerer Sack derselben Art. Alles unter Plastik. »Mein Gott, was zum Teufel soll das hier?« sagte Dante.

Er wandte sich zu Cross um. Cross hielt eine sehr kleine Pistole in der Hand. »Damit kein Blut auf die Möbel kommt«, sagte Cross. »Ich muß dir sagen, ich hab' deine Hüte niemals niedlich gefunden, und ich habe auch nie geglaubt, daß mein Vater Opfer eines Raubmords wurde.«

Wo zum Teufel steckt Losey, dachte Dante. Er rief laut nach ihm, inzwischen sagte er sich, daß ihn eine solch kleinkalibrige Waffe niemals aufhalten würde.

»Du warst dein Leben lang ein Santadio«, sagte Cross.

Dante drehte sich blitzschnell zur Seite, um ihm weniger Zielfläche zu bieten, und stürzte sich auf Cross. Seine Taktik hatte Erfolg, die Kugel traf ihn in der Schulter. Für den Bruchteil einer Sekunde freute er sich, daß er gewinnen würde, und dann explodierte die Kugel und riß ihm den halben Arm weg. Und er begriff, daß es keine Hoffnung mehr gab. Dann überraschte er Cross noch einmal so richtig, denn mit dem heilen Arm riß er die Plastikplane vom Boden hoch. Das Blut rann aus seinem Körper, in den Armen hielt er die Plastikplane, er versuchte, von Cross wegzutaumeln, und dann hielt er die Plane wie einen silbernen Schild vor seinen Körper.

Cross trat einen Schritt nach vorn. Er zielte sehr bedächtig und feuerte durch das Plastik, und dann noch einmal. Die Kugeln explodierten, und Dantes Gesicht war fast bedeckt mit winzigen, rotgefärbten Plastikteilchen. Dantes linker Oberschenkel schien sich von seinem Körper zu lösen, als Cross noch einmal feuerte. Dante stürzte, und auf dem weißen Teppich entstanden konzentrische, scharlachrote Kreise.

Cross kniete sich neben Dante, umwickelte seinen Kopf mit Plastik und feuerte noch einmal. Die Renaissance-Kappe, die noch immer auf seinem Kopf saß, machte einen Satz in die Luft, blieb aber befestigt. Cross sah, daß sie mit einer Art Klammer am Kopf festgesteckt war, aber jetzt ruhte sie auf einem offenen Schädel.

Cross stand auf und steckte die Pistole zurück in das Halfter, das er im Kreuz trug. In diesem Augenblick betrat Lia das Zimmer. Sie sahen sich an.

»Alles erledigt«, sagte Lia. »Wasch dich im Bad ab, und geh zurück ins Hotel. Und sieh zu, daß du deine Kleider loswirst. Ich nehme die Pistole und mach' hier sauber.«

»Und die Teppiche und Möbel?« fragte Cross.

»Ich kümmer' mich um alles«, sagte Lia. »Wasch du dich, und geh wieder auf die Party.«

Als Cross gegangen war, nahm sich Lia eine Zigarre von der Marmorplatte eines Tischs, den er dabei gleich nach möglichen Blutflecken absuchte. Es waren keine zu sehen. Aber das Sofa und der Boden waren blutdurchtränkt. Nun, das war's dann wohl.

Er wickelte Dantes Leiche in die Plastikplanen ein und stopfte sie mit Hilfe zweier seiner Leute in den leeren Leinensack. Als er fertig war, zog er die Kordel zu. Als erstes trugen sie den Sack mit Loseys Leiche in die Garage der Villa und warfen sie in den Kleinlaster. Dann gingen sie noch einmal zurück und holten den Sack mit Dante.

Lia Vazzi hatte in den Laster einen doppelten Boden eingebaut. Lia und seine Leute stopften die beiden Säcke in den hohlen Zwischenraum und fügten die Böden wieder zusammen.

Als qualifizierter Mann hatte sich Lia auf alles eingestellt. Im Wagen befanden sich zwei Kanister Benzin. Er trug sie selbst zurück in die Villa und goß sie über den Möbeln und auf dem Boden aus. Er legte eine Zündschnur, die ihm fünf Minuten Zeit gab zu verschwinden. Dann stieg er in den Wagen und trat die lange Fahrt nach L. A. an.

Vor und hinter ihm fuhren die Leute seines Trupps.

Am frühen Morgen rollten die Wagen schließlich auf den Platz vor der Jacht, die auf sie wartete. Er lud die beiden Säkke aus und brachte sie an Bord. Die Jacht legte von der Küste ab.

Es war fast Mittag, als Lia zusah, wie der Eisenkäfig mit den beiden Leichen langsam im Ozean versank. Sie hatten ihre letzte Kommunion empfangen.

Molly Flanders verzog sich mit ihrem Stuntman, aber nicht in die Villa, sondern in sein Hotelzimmer, weil Molly, trotz ihrer Sympathien für die weniger Mächtigen, doch eine Spur von Hollywood-Snobismus in sich hatte und nicht wollte, daß bekannt wurde, daß sie auf der unteren Ebene vögelte.

Die Abschlußparty neigte sich ihrem Ende zu, als der Morgen bereits graute, und der aufgehenden Sonne, die in ein unheilverkündendes Rot gehüllt war, stieg eine dünne, blaue Rauchfahne entgegen.

Cross hatte sich umgezogen und geduscht und war dann zurück auf die Party gegangen. Er saß neben Claudia, Bobby Bantz, Skippy Deere und Dita Tommey und feierte mit ihnen den Erfolg, den *Messalina* mit Sicherheit haben würde. Plötzlich waren von draußen aufgeregte Schreie zu hören. Die Hollywood-Leute rannten hinaus, und Cross folgte ihnen.

Eine feine Rauchsäule stieg triumphierend vor den Neonlichtern der Promenade von Vegas nach oben. Sie breitete sich pilzförmig in der Luft aus und bildete vor den sandfarbenen Bergen ein gewaltiges Kissen aus pflaumenblauen und rosaroten Wolken.

»O mein Gott«, sagte Claudia und hielt Cross fest am Arm. »Es ist eine von deinen Villen.«

Cross schwieg. Er sah zu, wie die grüne Flagge über der Villa von Feuer und Rauch verzehrt wurde, und er hörte die Feuerwehrautos kreischend über die Promenade jagen. Zwölf Millionen Dollar, die in Flammen aufgingen, um das Blut verschwinden zu lassen, das er vergossen hatte. Lia Vazzi war ein qualifizierter Mann, der keine Kosten scheute, der kein Risiko einging.

23. Kapitel

Weil er offiziell beurlaubt war, bemerkte man Detective Jim Loseys Fehlen erst fünf Tage nach dem Brand im Xanadu. Und Dante Clericuzios Verschwinden wurde den Behörden natürlich nie berichtet.

Im Verlauf der Ermittlungen stieß die Polizei auf Phil Sharkeys Leiche. Der Verdacht fiel auf Losey, und man nahm an, daß er geflüchtet war, um sich einem Verhör zu entziehen.

Polizeibeamte aus L. A. kamen, um Cross zu vernehmen, da Losey zuletzt im Hotel Xanadu gesehen worden war. Aber nichts deutete auf eine Verbindung zwischen den beiden Männern hin. Cross erklärte, er habe ihn an jenem Abend auf der Party nur kurz gesehen.

Aber Cross machte sich keine Sorgen wegen der Polizei. Er wartete darauf, von Don Clericuzio zu hören.

Don Clericuzio wußte mit Sicherheit, daß Dante verschwunden war, und mit Sicherheit wußten alle, daß er zuletzt im Xanadu gesehen worden war. Warum hatten sie dann nicht Kontakt zu ihm aufgenommen, um etwas zu erfahren? Konnte die Sache so schnell schon erledigt sein? Das glaubte Cross keine Sekunde lang.

Er kümmerte sich weiterhin täglich um die Geschäfte des Hotels und machte eifrig Pläne für einen Wiederaufbau der ausgebrannten Villa.

Claudia kam und besuchte ihn. Sie sprudelte über vor Aufregung. Cross ließ für sie beide ein Abendessen in seine Suite bringen, damit sie sich ungestört unterhalten konnten.

»Du wirst mir nicht glauben«, sagte sie zu Cross. »Deine Schwester wird die Leitung der LoddStone Studios übernehmen.«

»Gratuliere«, sagte Cross und umarmte sie brüderlich. »Ich hab' ja immer gesagt, du bist die zäheste von den Clericuzios.«

»Ich habe dir zuliebe an der Beerdigung unseres Vaters teilgenommen. Das hab' ich allen deutlich gesagt«, meinte Claudia stirnrunzelnd.

Cross lachte. »Das hast du mit Sicherheit, und jeder hat sich von dir provoziert gefühlt, bis auf den Don selbst, der sagte: ›Laßt sie ihre Filme machen, und Gott segne sie.‹«

Claudia zuckte die Schultern. »Sie sind mir egal. Aber eines muß ich dir noch erzählen, weil es so seltsam ist. Als wir alle in Bobbys Jet Vegas verließen, schien alles in bester Ordnung zu sein. Aber als wir in L. A. landeten, war der Teufel los. Die Polizei hat Bobby festgenommen. Und rat mal, weshalb.«

»Weil er so miserable Filme dreht«, neckte sie Cross.

»Nein, hör mal zu, es ist wirklich seltsam«, sagte Claudia. »Erinnerst du dich noch an das Mädchen, das Bantz mit auf die Abschlußparty gebracht hatte? Weißt du noch, wie sie aussah? Na ja, jedenfalls war sie erst fünfzehn. Sie wollten sich Bobby wegen Vergewaltigung einer Minderjährigen schnappen und wegen Mädchenhandels, weil er mit ihr über die bundesstaatliche Grenze ist.« Claudias Augen weiteten sich vor Erregung. »Aber es war alles inszeniert. Johannas Eltern waren da und haben Zeter und Mordio geschrien, ihre arme Tochter sei von einem Mann vergewaltigt worden, der vierzig Jahre älter sei als sie.«

»Sie sah mit Sicherheit nicht aus wie fünfzehn«, sagte Cross. »Schon eher wie ein ganz ordentliches Strichmädchen.«

»Das hätte einen Riesenskandal gegeben«, sagte Claudia. »Aber der gute alte Skippy Deere hat sich der Sache angenommen. Er hat ihn erst mal rausgehauen. Er hat verhindert, daß er verhaftet wurde und das ganze Ding in die Medien ging. Scheint also alles geregelt zu sein.«

Cross lächelte. Offenbar hatte der gute alte David Redfellow nichts von seinem Können eingebüßt.

»Das ist nicht komisch«, sagte Claudia vorwurfsvoll. »Dem armen Bobby wurde etwas angehängt. Das Mädchen hat geschworen, Bobby hätte sie in Vegas zum Sex gezwungen. Der Vater und die Mutter haben geschworen, das Geld sei ihnen völlig egal, sie wollten allen künftigen Vergewaltigern von jungen, unschuldigen Mädchen einen Riegel vorschieben. Das ganze Studio war in Aufruhr. Dora und Kevin Marrion waren so außer sich, daß sie sogar davon sprachen, das Studio zu verkaufen. Dann hat Skippy sich der Sache wieder angenommen. Er hat dem Mädchen einen Vertrag für eine Rolle in einem Low-Budget-Film gegeben, zu dem ihr Vater das Drehbuch schreiben soll. Für eine ganze Menge Geld. Dann hat er Benny Sly verpflichtet, das Drehbuch an einem Tag umzuschreiben, ebenfalls für eine ganze Menge Geld. Übrigens nicht schlecht, dieser Benny ist eine Art Genie. Damit ist also alles geklärt. Und dann besteht dieser Bezirksstaatsanwalt von Los Angeles darauf, gerichtlich gegen ihn vorzugehen. Der Staatsanwalt, der mit Hilfe von LoddStone gewählt wurde, der Staatsanwalt, der von Eli Marrion wie ein König behandelt wurde. Skippy hat ihm sogar einen Job in der Busineßabteilung des Studios angeboten, über fünf Jahre bei einem Jahresgehalt von einer Million, und er hat abgelehnt. Er bestand darauf, daß Bobby Bantz als Studioleiter gefeuert wird. Dann würde er einen Deal machen. Keiner weiß, warum er sich so stur gestellt hat.«

»Ein unbestechlicher Beamter«, sagte Cross mit einem Schulterzucken. »So was kommt vor.«

Wieder dachte er an David Redfellow. Redfellow würde entschieden bestreiten, daß es so etwas überhaupt gab. Und Cross stellte sich vor, wie Redfellow alles gemanagt hatte. Wahrscheinlich hatte Redfellow zu dem Staatsanwalt gesagt: »Besteche ich dich etwa dazu, deine Pflicht zu tun?« Und was das Geld betraf, so war Redfellow vermutlich sofort bis an die Obergrenze gegangen. Zwanzig, schätzte Cross. Bei einem Kaufpreis von zehn Milliarden für das Studio, was waren da schon zwanzig Millionen? Und ohne jedes Risiko für den Staatsanwalt. Er würde sich einfach strikt an das Gesetz halten. Wirklich elegant.

Claudia redete noch immer wie ein Wasserfall. »Jedenfalls mußte Bantz zurücktreten«, sagte sie. »Und Dora und Kevin waren froh, das Studio zu verkaufen. Dazu noch der andere Deal, fünfmal grünes Licht für ihre eigenen Filme, eine Milliarde Dollar für sie auf die Hand. Und dann taucht dieser kleine Italiener im Studio auf, setzt eine Besprechung an und erklärt, daß er der neue Besitzer ist. Und dann ernennt er mich aus heiterem Himmel zur Leiterin des Studios. Skippy war stinksauer. Jetzt bin ich sein Boß. Ist das nicht verrückt?«

Cross betrachtete sie amüsiert und lächelte.

Plötzlich stand Claudia auf und sah ihren Bruder an. Und ihre Augen, fand er, waren dunkler, schärfer, intelligenter als je zuvor. Aber sie lächelte gutmütig, als sie sagte: »Wie die Jungs, oder, Cross? Jetzt mach' ich es einfach wie die Jungs. Und ich mußte nicht mal mit irgend jemand bumsen ...«

Cross war überrascht. »Was ist los, Claudia?« fragte er. »Ich dachte, du wärst glücklich.«

Claudia lächelte. »Ich bin glücklich. Ich bin nur nicht blöd. Und weil du mein Bruder bist und ich dich liebe, will ich, daß du weißt, daß man mich nicht zum Narren gehalten hat.«

Sie kam zu ihm herüber und setzte sich neben ihn auf die Couch. »Ich hab' gelogen, als ich sagte, daß ich dir zuliebe bei Daddys Beerdigung war. Ich bin hingegangen, weil ich zu etwas gehören wollte, zu dem er gehört hat, zu dem du gehört hast. Ich bin hingegangen, weil ich mich nicht mehr fernhalten konnte. Aber ich hasse das, wofür sie stehen, Cross. Der Don und auch die anderen.«

»Soll das heißen, du willst das Studio nicht leiten?« fragte Cross.

Claudia lachte laut auf. »Nein, ich gebe gern zu, daß ich noch immer eine Clericuzio bin. Und ich will gute Filme und eine Menge Geld machen. Mit Filmen kann man soviel Ausgleich bewirken, Cross. Ich kann einen guten Film über große Frauen machen ... Mal sehen, was passiert, wenn ich die Talente der Familie für das Gute und nicht für das Böse nutze.« Sie lachten beide.

Dann nahm Cross sie in den Arm. Er küßte sie auf die Wange. »Ich finde, das ist wirklich ganz große Klasse«, sagte er.

Und er meinte es sowohl für sich selbst als auch für sie. Denn wenn Don Clericuzio ihr die Leitung des Studios übertragen hatte, dann brachte er Cross nicht mit Dantes Verschwinden in Verbindung. Seine Rechnung war aufgegangen.

Sie waren längst mit dem Essen fertig und hatten sich noch stundenlang unterhalten. Als Claudia sich erhob und zum Gehen wandte, holte Cross eine Geldbörse mit schwarzen Chips von seinem Schreibtisch. »Versuch mal dein Glück an den Tischen, auf Kosten des Hauses«, sagte er.

Sie gab ihm einen leichten Klaps auf die Wange und sagte: »Nur wenn du dich nicht wieder als großer Bruder aufspielst und mich wie ein Kleinkind behandelst. Das letzte Mal hätte ich dich umbringen können.«

Er umarmte sie, es tat gut, sie so nah zu spüren. In einem schwachen Augenblick sagte er: »Weißt du, ich hab' dir ein Drittel meines Vermögens vermacht, falls irgend etwas passieren sollte. Und ich bin sehr reich. Du kannst dem Studio also jederzeit sagen, sie können dich mal, wenn dir danach ist.«

Claudias Augen glänzten, als sie sagte: »Cross, ich weiß es ja zu schätzen, daß du dich um mich sorgst, aber ich kann dem Studio sowieso sagen, sie können mich mal, auch ohne deine Erbschaft...« Dann blickte sie plötzlich beunruhigt. »Ist irgend etwas nicht in Ordnung? Bist du krank?«

»Nein, nein«, sagte Cross. »Ich wollte nur, daß du es weißt.«

»Gott sei Dank«, sagte Claudia. »Und jetzt, wo ich drin bin, kannst du vielleicht aussteigen. Du kannst dich von der Familie lossagen. Du kannst frei sein.«

Cross lachte. »Ich bin frei«, sagte er. »Ich werde schon sehr bald von hier weggehen und mit Athena in Frankreich leben.«

Am Nachmittag des zehnten Tages tauchte Giorgio Clericuzio im Xanadu auf, um Cross zu treffen, und dieser verspürte ein flaues Gefühl im Magen, von dem er wußte, daß es in Panik umschlagen würde, wenn er es nicht unter Kontrolle brachte.

Giorgio ließ seine Bodyguards vor der Suite bei den Sicherheitskräften des Hotels. Aber Cross machte sich keine Illusionen, seine eigenen Bodyguards würden jeden Befehl ausführen, den Giorgio ihnen gab. Und Giorgios äußeres Erscheinungsbild wirkte auf ihn nicht beruhigend. Giorgio hatte offensichtlich abgenommen, und im Gesicht war er bleich. Zum ersten Mal hatte Cross bei ihm den Eindruck, als hätte er sich nicht völlig unter Kontrolle.

Cross begrüßte ihn überschwenglich. »Giorgio«, sagte er, »was für eine angenehme Überraschung. Ich ruf rasch unten an und laß eine Villa für dich herrichten.«

Giorgio lächelte ihn müde an und sagte: »Wir können Dante nicht ausfindig machen.« Er schwieg einen Augenblick. »Er ist von der Bildfläche verschwunden, und zuletzt wurde er hier im Xanadu gesehen.«

»O mein Gott«, sagte Cross. »Das ist bedenklich. Aber du kennst doch Dante, den hatte man eben nicht immer unter Kontrolle.«

Inzwischen bemühte sich Giorgio nicht mehr um ein Lächeln. »Er war mit Jim Losey zusammen, und Losey ist auch verschwunden.«

»Die beiden waren ein komisches Gespann«, sagte Cross. »Darüber hab' ich mir auch schon Gedanken gemacht.«

»Sie waren Kumpel«, sagte Giorgio. »Dem Alten hat's zwar nicht gefallen, aber Dante war eben sein Zahlmeister.«

»Ich werde dir helfen, so gut ich kann«, sagte Cross. »Ich werde sämtliche Hotelangestellten überprüfen lassen. Aber du weißt ja, daß Dante und Losey nicht offiziell registriert waren. Das machen wir nie mit den Leuten in den Villen.«

»Das kannst du machen, wenn du zurückkommst«, sagte Giorgio. »Der Don will dich persönlich sprechen. Er hat sogar ein Flugzeug gechartert, um dich zurückzuholen.«

Cross schwieg einen langen Augenblick. »Ich pack' rasch eine Tasche«, sagte er. »Giorgio, ist es ernst?«

Giorgio blickte ihm fest ins Gesicht. »Ich weiß nicht«, sagte er.

In der Chartermaschine nach New York studierte Giorgio eine Aktentasche voller Papiere. Obwohl das ein schlechtes Zeichen war, wollte Cross sich ihm nicht aufdrängen. Giorgio würde ihm sowieso niemals irgendwelche Informationen geben.

Auf die Maschine warteten drei geschlossene Wagen und sechs Clericuzio-Soldaten. Giorgio stieg in einen der Wagen und wies Cross mit einer Handbewegung einen der beiden anderen zu. Noch ein schlechtes Zeichen. Im Morgengrauen rollten die Wagen schließlich an den Wachleuten vorbei durch das Tor auf das Gelände der Clericuzios in Quogue.

Die Haustür wurde von zwei Männern bewacht. Weitere Männer hatten sich über das Gelände verstreut, aber Frauen oder Kinder waren nicht zu sehen.

»Wo zum Teufel sind alle?« sagte Cross zu Giorgio. »Im Disneyland?« Aber Giorgio weigerte sich, auf seinen Witz einzugehen.

Das erste, was Cross im Wohnzimmer in Quogue sah, war ein Kreis von acht Männern, und in diesem Kreis standen zwei Männer, die sich sehr freundschaftlich unterhielten. Ihm stockte das Herz. Die beiden Männer waren Petie und Lia Vazzi. Vincent beobachtete sie, er sah zornig aus.

Petie und Lia schienen sich bestens zu verstehen. Aber Lia trug lediglich ein Hemd und eine Hose, weder Krawatte noch Jackett. Lia war im allgemeinen korrekt gekleidet, was bedeutete, daß man ihn durchsucht und entwaffnet hatte. Und tatsächlich, er sah aus wie eine drollige Maus, die von zufriedenen, bedrohlichen Katzen umgeben war. Lia nickte Cross mit einem traurigen Gesichtsausdruck zu. Petie sah nicht in seine Richtung. Aber als Giorgio Cross ins Hinterzimmer führte, rührte er sich und folgte ihm, zusammen mit Vincent, dorthin nach.

Im Hinterzimmer wartete Don Clericuzio auf sie. Er saß in einem riesigen Lehnstuhl und rauchte eine seiner krummen Zigarren. Vincent trat auf ihn zu und reichte ihm ein Glas Wein von der Bar. Cross wurde nichts angeboten. Petie blieb in der Tür stehen. Giorgio nahm neben dem Don auf dem Sofa Platz und machte Cross ein Zeichen, sich neben ihn zu setzen.

Das vom Alter ausgezehrte Gesicht des Dons verriet keinerlei Gefühlsregung. Cross küßte ihn auf die Wange. Der Don blickte ihn an, und seine Miene schien, vielleicht vor Traurigkeit, etwas weicher zu werden.

»Nun, Croccifixio«, sagte der Don, »es war alles sehr schlau eingefädelt, aber jetzt mußt du mir deine Gründe nennen. Ich bin Dantes Großvater, meine Tochter ist seine Mutter. Diese Männer hier sind seine Onkel. Und du mußt nun uns allen Rede und Antwort stehen.«

Cross versuchte, sich nichts anmerken zu lassen. »Ich verstehe nicht ganz«, sagte er.

»Dante. Wo ist er?« sagte Giorgio schroff.

»Mein Gott, woher soll ich das wissen?« Cross tat überrascht. »Er hat sich nie bei mir abgemeldet. Vielleicht ist er in Mexiko und amüsiert sich dort köstlich.«

»Du verstehst nicht ganz«, sagte Giorgio. »Erzähl uns keinen Scheiß. Du bist bereits schuldig gesprochen. Wo habt ihr ihn hingeworfen?«

Vincent, der an der Bar stand, wandte sich ab, als könne er ihm nicht ins Gesicht blicken. Hinter sich hörte Cross, wie Petie näher an das Sofa herantrat.

»Wo ist der Beweis?« sagte Cross. »Wer sagt, daß ich Dante getötet habe?«

»Ich.« Der Don hatte das Wort ergriffen. »Begreif doch: Ich habe dich schuldig gesprochen. Gegen dieses Urteil ist keine Berufung möglich. Ich habe dich hierherbringen lassen, damit du ein Gnadengesuch einreichen kannst, aber du mußt den Mord an meinem Enkel rechtfertigen.«

Als er diese Stimme, diesen bedächtigen Tonfall hörte, wußte Cross, daß alles vorbei war. Für ihn und für Lia Vazzi. Aber Lia wußte es bereits. Er hatte es in seinen Augen lesen können.

Vincent wandte sich an Cross, auf seinem versteinerten Gesicht zeigte sich ein weicher Zug. »Sag meinem Vater die Wahrheit, Cross, das ist deine einzige Chance.«

Der Don nickte. »Croccifixio«, sagte er, »dein Vater war mehr als nur mein Neffe, er war Clericuzio-Blut wie du. Dein Vater war mein treuer Freund. Und daher werde ich mir deine Gründe anhören.«

Cross legte sich seine Worte zurecht. »Dante hat meinen Vater ermordet. Ich habe ihn schuldig gesprochen, so wie du mich schuldig gesprochen hast. Und er hat meinen Vater aus Rache und aus Ehrgeiz getötet. Mit dem Herzen war er ein Santadio.«

Der Don antwortete nicht. Cross sprach weiter. »Wie konnte ich es zulassen, meinen Vater nicht zu rächen? Wie konnte ich vergessen, daß ich meinem Vater mein Leben verdanke? Und ich empfand, genau wie mein Vater, zuviel Respekt für die Clericuzios, um dich zu verdächtigen, bei diesem Mord deine Hand im Spiel zu haben. Und doch glaube ich, daß du von Dantes Schuld gewußt und nichts unternommen hast. Wie hätte ich mich also an dich wenden können, damit du das Unrecht sühnst?«

»Dein Beweis«, sagte Giorgio.

»Ein Mann wie Pippi De Lena ließ sich niemals überraschen«, sagte Cross. »Und daß Jim Losey gleich um die Ecke war, ist einfach ein zu großer Zufall. In diesem Zimmer gibt es keinen einzigen Mann, der an Zufälle glaubt. Ihr alle wißt, daß Dante schuldig war. Und du, Don, hast mir selbst die

Geschichte der Santadios erzählt. Wer weiß, was Dante als nächstes geplant hätte, nachdem er mich ermordet hätte, was er ja, wie er selbst wußte, tun mußte. Als nächstes vielleicht seine Onkel.« Cross wagte es nicht, auch den Don zu nennen. »Auf deine Zuneigung hat er sich verlassen«, sagte er zum Don.

Der Don hatte seine Zigarre beiseite gelegt. Sein Gesichtsausdruck war unergründlich, aber es lag eine Spur von Traurigkeit darin.

Dann ergriff Petie das Wort. Petie hatte Dante am nächsten gestanden. »Wohin hast du die Leiche geworfen?« fragte Petie noch einmal. Und Cross konnte ihm nicht antworten, er brachte die Worte nicht über die Lippen.

Es trat ein langes Schweigen ein, und schließlich hob der Don seinen Kopf und wandte sich an alle Anwesenden. »Begräbnisse sind unnützes Zeug bei jungen Menschen«, sagte er. »Wie wurden sie damit geehrt? Wie haben sie ihnen Respekt verschafft? Die Jungen kennen kein Mitleid, keine Dankbarkeit. Und meine Tochter ist bereits wahnsinnig, warum sollten wir ihren Schmerz vergrößern und alle Hoffnungen auf ihre Heilung zunichte machen? Sie wird gesagt bekommen, ihr Sohn sei geflohen, und es wird Jahre dauern, bis sie die Wahrheit erfährt.«

Und nun schien sich jeder der Anwesenden zu entspannen. Petie trat vor und nahm neben Cross auf dem Sofa Platz. Vincent, der hinter der Bar stand, führte ein Glas Brandy an die Lippen.

»Aber Gerechtigkeit hin oder her, ihr habt ein Verbrechen gegen die Familie begangen«, sagte der Don. »Und ihr müßt dafür bezahlen. Du mit Geld und Lia Vazzi mit seinem Leben.«

»Lia Vazzi hatte nichts mit Dante zu tun«, sagte Cross. »Mit Losey schon. Laß mich ihn freikaufen. Mir gehört die

Hälfte des Xanadu. Ich werde die Hälfte dieses Besitzes als Zahlung für mich und Vazzi auf dich übertragen lassen.«

Don Clericuzio schien darüber nachzudenken. »Du bist loyal«, sagte er. Er wandte sich an Giorgio und dann an Vincent und Petie. »Wenn ihr drei zustimmt, dann werde ich auch zustimmen.« Sie antworteten nicht.

Der Don seufzte, als ob er etwas bedauerte. »Du wirst mir die Hälfte deines Anteils überschreiben, aber du mußt unsere Welt verlassen. Vazzi muß nach Sizilien zurückkehren, mit oder ohne seine Familie, ganz wie er will. Und ich befehle meinen Söhnen in deiner Anwesenheit, niemals den Tod ihres Neffen zu rächen. Du bekommst eine Woche Zeit, um deine Angelegenheiten zu regeln und die notwendigen Papiere für Giorgio zu unterschreiben.« Dann fuhr der Don in einem weniger schroffen Tonfall fort: »Laß mich dir versichern, daß ich von Dantes Plänen keine Kenntnis hatte. Nun geh in Frieden, und denk daran, daß ich deinen Vater immer geliebt habe wie meinen eigenen Sohn.«

Als Cross das Haus verlassen hatte, erhob sich Don Clericuzio aus seinem Sessel und sagte zu Vincent: »Zu Bett.« Vincent half ihm die Treppe hinauf, denn der Don war inzwischen recht schwach auf den Beinen. Sein Alter begann, seinen Körper zu zerstören.

Epilog

Nizza, Frankreich
Quogue

An seinem letzten Tag in Vegas saß Cross De Lena auf dem Balkon seines Penthouse und blickte auf die sonnenverbrannte Promenade hinab. Die großen Hotels – das Caesars Palace, das Flamingo, das Desert Inn, das Mirage und das Sands – schienen mit ihren neonfarbenen Vordächern der grellen Sonne trotzen zu wollen.

Die Verbannung, in die ihn Don Clericuzio schickte, ließ keinen Zweifel aufkommen: Cross würde Las Vegas niemals wiedersehen. Wie glücklich war sein Vater Pippi hier gewesen, und Gronevelt hatte diese Stadt zu seinem eigenen Walhalla ausgebaut, aber Cross hatte sich hier nie so wohl gefühlt wie sie. Sicher, die Vergnügungen der Stadt hatte er genossen, aber nie unbeschwert und wirklich froh. Die Atmosphäre dort war hart.

Die grünen Flaggen der sieben Villen hingen reglos in der Stille der Wüste, und eine hatte man auf dem abgebrannten Gebäude gehißt, ein schwarzes Skelett, der Geist von Dante. Aber all das würde er niemals wiedersehen.

Er hatte das Xanadu geliebt, er hatte seinen Vater, Gronevelt und Claudia geliebt. Und doch hatte er sie in gewisser Weise verraten. Gronevelt, indem er dem Xanadu nicht treu geblieben war, seinen Vater, indem er nicht zu den Clericuzios gehalten hatte, und Claudia, weil sie an seine Unschuld glaubte. Jetzt war er frei. Er würde ein neues Leben beginnen.

Was sollte er von seiner Liebe zu Athena halten? Gronevelt, sein Vater und selbst der alte Don hatten ihn vor den Gefahren romantischer Liebe gewarnt. Sie war der verhängnisvolle Fehler großer Männer, die ihre Welten beherrschten. Warum hörte er dann jetzt nicht auf ihren Rat? Warum legte er sein Schicksal in die Hände einer Frau?.

Es war einfach ihr Anblick, ihre Stimme, die Art, wie sie sich bewegte, ihr Glück und ihr Schmerz, all das machte ihn glücklich. Die Welt erstrahlte vor Schönheit, wenn er mit ihr zusammen war. Das Essen schmeckte köstlich, die Sonne wärmte seine Glieder, und er spürte das süße Verlangen nach ihrem Körper, das das Leben heilig machte. Und wenn er mit ihr schlief, dann fürchtete er niemals jene Alpträume, die ihn vor dem Morgengrauen heimsuchten.

Es war nun drei Wochen her, seit er Athena zuletzt gesehen hatte, aber erst heute morgen hatte er ihre Stimme gehört. Er hatte sie in Frankreich angerufen, um ihr zu sagen, daß er kommen würde, und er hatte das Glücksgefühl in ihrer Stimme gehört, weil sie nun wußte, daß er noch am Leben war. Es war möglich, daß sie ihn liebte. Und nun, in weniger als vierundzwanzig Stunden, würde er sie wiedersehen.

Cross war zuversichtlich, daß sie ihn eines Tages wirklich liebte, daß sie ihn für seine Liebe belohnte und ihn niemals verurteilte und daß sie ihn wie ein Engel vor der Hölle rettete.

Athena Aquitane war vielleicht die einzige Frau in Frankreich, die sich schminkte und entsprechend kleidete, um ihre Schönheit zu zerstören. Nicht daß sie versuchte, sich häßlich zu machen; sie war keine Masochistin, aber sie sah ihre körperliche Schönheit immer mehr als zu gefährlich für ihr Seelenleben an. Sie haßte die Macht, die sie ihr über andere Menschen gab. Sie haßte die Eitelkeit, die ihren Geist noch immer lähmte. Sie fühlte sich dadurch in der Arbeit behindert, von der sie wußte, daß sie ihr Lebenswerk war.

An ihrem ersten Arbeitstag im Institut für autistische Kinder in Nizza wollte sie wie die Kinder aussehen, wollte sich wie sie bewegen. Es war ihr Wunsch, sich mit ihnen zu identifizieren. An jenem Tag ließ sie ihre Gesichtsmuskeln locker, die seelenlose Gelassenheit der Kinder vor Augen, und humpelte seltsam schief, wie einige der Kinder, die an Bewegungsstörungen litten.

Als Dr. Gerard das bemerkte, meinte er süffisant: »O ja, sehr gut, aber Sie arbeiten in die falsche Richtung.« Dann nahm er ihre Hände in seine und sagte sanft: »Sie dürfen sich mit ihrem Schicksal nicht identifizieren. Sie müssen es bekämpfen.«

Athena fühlte sich zurechtgewiesen, und sie schämte sich. Wieder hatte sie sich von der Eitelkeit der Schauspielerin in die Irre führen lassen. Aber sie spürte, daß sie mit sich selbst in Frieden lebte, wenn sie für diese Kinder sorgte. Ihnen war es egal, ob ihr Französisch fehlerhaft war, sie verstanden den Sinn ihrer Worte ohnehin nicht.

Nicht einmal von den erschütternden tagtäglichen Szenen ließ sie sich entmutigen. Manchmal verhielten sich die Kinder destruktiv, erkannten die sozialen Regeln nicht an. Dann bekämpften sie sich gegenseitig und die Schwestern, schmierten Kot an die Wände und urinierten, wo es ihnen gefiel. Manchmal waren sie richtig furchterregend in ihrer Wildheit, ihrer Ablehnung der Außenwelt.

Athena fühlte sich nur dann hilflos, wenn sie nachts in dem kleinen Appartement, das sie in Nizza gemietet hatte, die Literatur des Instituts studierte. Da standen Berichte über die Fortschritte, die die Kinder machten, und sie waren erschreckend. Dann kroch sie immer ins Bett und weinte. Im Gegensatz zu den Filmen, in denen sie gelebt hatte, hatten diese Berichte meist kein Happy-End.

Als Cross sie anrief, um ihr zu sagen, daß er sie besuchen würde, fühlte sie Glück und Hoffnung in sich aufsteigen. Er lebte noch, und er würde ihr helfen. Doch dann überkam sie ein beklommenes Gefühl. Sie fragte Dr. Gerard um Rat.

»Was halten Sie für das Beste?« fragte sie ihn.

»Er könnte für Bethany eine große Hilfe sein«, sagte Dr. Gerard. »Ich würde gern sehen, wie sie über einen längeren Zeitraum hinweg eine Beziehung zu ihm aufbaut. Und es könnte auch für Sie sehr gut sein. Mütter dürfen sich für ihre Kinder nicht zu Märtyrerinnen machen.« Sie dachte über seine Worte nach, während sie zum Flughafen von Nizza fuhr, um Cross abzuholen.

Am Flughafen mußte Cross zu Fuß von der Maschine zu dem flachen Terminalgebäude laufen. Die Luft war lau und angenehm, nicht wie die sengende, schweflige Hitze von Vegas. Der Platz vor dem Flughafen war umrankt von unzähligen üppigen roten und violetten Blumen.

Er sah Athena, die auf dem Platz auf ihn wartete, und er bewunderte, mit welchem Geschick sie ihr Äußeres verwandelt hatte. Sie konnte ihre Schönheit nicht völlig leugnen, aber sie konnte sie kaschieren. Hinter der getönten, goldgerahmten Brille waren ihre Augen nicht mehr strahlend grün, sondern grau. In den Kleidern, die sie trug, wirkte sie dicker und schwerfälliger. Ihr blondes Haar hatte sie unter einem Country-Hut aus blauem Jeansstoff zusammengesteckt, der ihr Gesicht halb verdeckte. Er empfand Besitzerstolz bei dem Gedanken, daß er der einzige war, der wußte, wie schön sie wirklich war.

Als Cross auf sie zukam, nahm Athena die Sonnenbrille ab

und steckte sie in die Tasche ihrer Bluse. Er lächelte über ihre unerschütterliche Eitelkeit.

Keine Stunde später waren sie zusammen in der Suite des Hotel Negresco, in der schon Napoleon mit Josephine geschlafen hatte. So oder ähnlich wurde es jedenfalls in der Hotelbroschüre behauptet. Ein Kellner klopfte und brachte ihnen auf einem Tablett eine Flasche Wein und einen Teller delikater kleiner Häppchen. Er stellte es auf dem Balkon ab, von dem man einen Blick auf das Mittelmeer hatte.

Anfangs waren sie beide etwas verlegen. Sie hielt seine Hand vertrauensvoll, aber doch so, als hätte sie das Kommando, und die Berührung ihres warmen Körpers erfüllte ihn mit Verlangen. Aber er erkannte, daß sie noch nicht soweit war.

Die Suite war schön eingerichtet, prunkvoller als alle Xanadu-Villen. Das Bett war von einem Baldachin aus dunkelroter Seide überdacht, die dazu passenden Behänge mit goldenen Lilien besetzt. Die Tische und Stühle besaßen eine Eleganz, die es in der Welt von Vegas niemals hätte geben können.

Athena führte Cross auf den Balkon, und dabei küßte Cross sie auf die Wange. Und dann konnte sie nicht anders, sie nahm die feuchte Stoffserviette, die man um die Weinflasche geschlagen hatte, und wischte sich damit gründlich das ganze entstellende Make-up aus dem Gesicht. Wassertropfen glitzerten auf ihrem Gesicht, und ihre Haut strahlte rosarot. Sie legte eine Hand auf seine Schulter und küßte ihn zärtlich auf die Lippen.

Von ihrem Balkon blickten sie auf die Steinbauten von Nizza, deren grüne und blaue Farbe im Laufe der Jahrhunderte verblichen war. Unter ihnen bummelten die Einwohner von Nizza über die Promenade des Anglais, an dem steinigen

Strand tauchten junge Männer und Frauen, fast nackt, in das blaugrüne Wasser, während kleine Kinder sich in die Kiesel eingruben. Weiter draußen segelten weiße Jachten mit ihren Lichterketten wie Falken über den Horizont.

Cross und Athena hatten einen ersten Schluck Wein genommen, als sie das leichte Tosen hörten. Von dem steinernen Deich, aus einer Öffnung, die wie ein Kanonenrohr aussah, in Wirklichkeit jedoch die große Abwasserleitung der Kanalisation war, schoß eine riesiger, dunkelbrauner Wasserstrahl in das unberührte Blau des Meeres.

Athena wandte den Blick ab und sagte zu Cross: »Wie lange wirst du hierbleiben?«

»Fünf Jahre, wenn du mich läßt«, sagte er.

»Das ist doch albern.« Athena runzelte die Stirn. »Was willst du denn hier machen?«

»Ich bin reich«, sagte Cross, »vielleicht werde ich ein kleines Hotel kaufen.«

»Was ist mit dem Xanadu passiert?« fragte Athena.

»Ich mußte meine Anteile verkaufen«, sagte er. Er schwieg einen Augenblick. »Um Geld brauchen wir uns keine Sorgen zu machen.«

»Ich habe Geld«, sagte Athena. »Begreif doch. Ich werde fünf Jahre hierbleiben und sie dann nach Hause bringen. Es ist mir egal, was irgend jemand sagt, ich werde sie niemals wieder in eine Anstalt stecken, ich werde mich für den Rest meines Lebens um sie kümmern. Und wenn ihr etwas zustößt, werde ich mein Leben Kindern wie ihr widmen. Du siehst, wir werden niemals ein gemeinsames Leben führen können.«

Cross nahm sich Zeit, über seine Antwort nachzudenken.

In seiner Stimme lag Stärke und Entschlossenheit, als er sagte: »Athena, das einzige, was ich jetzt mit Sicherheit weiß, ist, daß ich dich und Bethany liebe. Das mußt du mir glauben. Es wird nicht leicht sein, ich weiß, aber wir werden alles versuchen. Du willst Bethany helfen und keine Märtyrerin sein. Dazu müssen wir ein letztes Hindernis nehmen. Ich werde alles tun, was in meiner Macht steht, um dir zu helfen. Sieh mal, wir werden wie Spieler in meinem Casino sein. Die Chancen stehen schlecht für uns, aber es besteht immer auch die Möglichkeit, daß man gewinnt.«

Er sah, wie sie sich erweichen ließ, und drängte daher weiter. »Laß uns heiraten«, sagte er. »Laß uns noch andere Kinder bekommen und ein normales Leben führen wie andere Leute auch. Bei unseren Kindern werden wir versuchen, das richtig zu machen, was auf dieser Welt offenbar verkehrt ist. Jede Familie trifft irgendein Schicksal, wir sollten unser Bestes tun, um Bethany zu helfen. Ich weiß, daß wir es können. Wirst du mir das glauben?«

Schließlich blickte Athena ihm ins Gesicht. »Nur wenn du mir glaubst, daß ich dich wirklich liebe«, sagte sie.

Im Schlafzimmer, wo sie sich liebten, schenkten sie einander ihr rückhaltloses Vertrauen. Athena glaubte, daß Cross ihr wirklich helfen würde, Bethany zu retten, und Cross, daß Athena ihn wirklich liebte. Als sie ihm schließlich ihren Körper zuwandte, murmelte sie: »Ich liebe dich. Ich liebe dich wirklich.«

Cross neigte den Kopf, um sie zu küssen. »Ich liebe dich wirklich«, wiederholte sie, und Cross dachte, welcher Mann auf dieser Welt würde ihr da nicht glauben?

Der Don lag allein in seinem Schlafzimmer. Er zog sich die kühlen Bettücher bis an den Hals. Sein Tod nahte, und er war zu schlau, um nicht zu bemerken, wie nah er bereits war. Alles war genau nach seinen Plänen verlaufen. Ach, wie leicht ist es doch, die Jungen zu überlisten.

In den letzten fünf Jahren hatte er Dante als die eigentliche Gefahr für seinen großen Lebensplan betrachtet. Er wußte, Dante würde sich dagegen wehren, daß die Clericuzios in den Schoß der Gesellschaft zurückkehrten. Und was konnte er, der Don, schon tun? Den Sohn seiner Tochter ermorden lassen, seinen eigenen Enkel? Würden Giorgio, Vincent und Petie einem solchen Befehl gehorchen? Und wenn sie es taten, würden sie ihn dann für ein Ungeheuer halten? Würden sie ihn dann mehr fürchten, als sie ihn jetzt liebten? Und Rose Marie, wieviel Verstand würde ihr dann wohl noch bleiben, denn sie würde die Wahrheit mit Sicherheit erahnen.

Mit der Ermordung Pippi De Lenas waren dann die Würfel gefallen. Der Don wußte sofort, was geschehen war, er sah sich Dantes Beziehung zu Losey genauer an und fällte sein Urteil.

Er hatte Vincent und Petie losgeschickt, damit sie Cross schützten, mit Panzerwagen und allem. Und dann hatte er Cross, um ihn zu warnen, die Geschichte des Santadio-Krieges erzählt. Was für ein schmerzlicher Prozeß war es doch, die Welt in Ordnung zu bringen. Und wenn er nicht mehr war, wer würde dann diese schrecklichen Entscheidungen treffen? Er entschied jetzt ein für allemal, daß die Clericuzios den endgültigen Rückzug antreten sollten.

Vincent und Petie sollten sich nur noch um ihre Restaurants und ihre Baufirmen kümmern, Giorgio an der Wall Street Firmen aufkaufen. Der Rückzug sollte vollständig sein. Selbst die Bronx-Enklave sollte nicht mehr aufgestockt werden. Die Clericuzios würden endlich in Sicherheit leben und gegen die neuen Ganoven kämpfen, die überall in Amerika aus dem Boden sprossen. Er warf sich die Fehler der Vergangenheit nicht vor, den Verlust des Glücks seiner Tochter und den Tod seines Enkels. Schließlich hatte er Cross in die Freiheit entlassen. Bevor er einschlief, hatte der Don eine

Vision. Er würde ewig leben, das Blut der Clericuzios war für immer Teil der Menschheit, und er allein hatte diese Linie begründet, das machte seine Tugend aus. Aber was war das für eine schlechte Welt, in der der Mensch zur Sünde verführt wurde.